# DU MÊME AUTEUR

*Aux Éditions Gallimard*

LE VIEIL HOMME ET LA MORT, 1996 (Folio, n° 2972).

MORT D'UN BERGER, 2002 (Folio, n° 3978).

L'ABATTEUR, 2003 (« La Noire » ; Folio policier n° 410).

L'AMÉRICAIN, 2004 (Folio n° 4343).

LE HUITIÈME PROPHÈTE ou Les aventures extraordinaires d'Amros le celte, 2008 (Folio n° 4985).

UN TRÈS GRAND AMOUR, 2010 (Folio n° 5221).

DIEU MA MÈRE ET MOI, 2012.

*Aux Éditions Grasset*

L'AFFREUX, 1992. Grand Prix du roman de l'Académie française (Folio n° 4753).

LA SOUILLE, 1995. Prix Interallié (Folio n° 4682).

LE SIEUR DIEU, 1998 (Folio n° 4527).

*Aux Éditions du Seuil*

FRANÇOIS MITTERRAND OU LA TENTATION DE L'HISTOIRE, 1997.

MONSIEUR ADRIEN, 1982.

JACQUES CHIRAC, 1987.

LE PRÉSIDENT, 1990.

LA FIN D'UNE ÉPOQUE, 1993 (Fayard-Seuil).

FRANÇOIS MITTERRAND, UNE VIE, 1996 ; nouvelle édition, 2011.

*Aux Éditions Flammarion*

LA TRAGÉDIE DU PRÉSIDENT, 2006.

L'IMMORTEL, 22 balles pour un seul homme, 2007. Grand Prix littéraire de Provence.

LE LESSIVEUR, 2009.

M. LE PRÉSIDENT : SCÈNES DE LA VIE POLITIQUE (2005-2011), 2011.

DERNIER CARNET, 2012.

*Aux Éditions J'ai Lu*

LE JOUR DE GLOIRE EST ARRIVÉ, avec Éric Jourdan, 2007.

# LA CUISINIÈRE D'HIMMLER

FRANZ-OLIVIER GIESBERT

# LA CUISINIÈRE D'HIMMLER

roman

*nrf*

GALLIMARD

*À Elie W., mon grand frère, qui m'a tant donné.*

« Vivez, si m'en croyez, n'attendez à demain.
Cueillez dès aujourd'hui les roses de la vie. »

RONSARD

# PROLOGUE

Je ne supporte pas les gens qui se plaignent. Or, il n'y a que ça, sur cette terre. C'est pourquoi j'ai un problème avec les gens.

Dans le passé, j'aurais eu maintes occasions de me lamenter sur mon sort mais j'ai toujours résisté à ce qui a transformé le monde en grand pleurnichoir.

La seule chose qui nous sépare des animaux, finalement, ce n'est pas la conscience qu'on leur refuse bêtement, mais cette tendance à l'auto-apitoiement qui tire l'humanité vers le bas. Comment peut-on y laisser libre cours alors que, dehors, nous appellent la nature et le soleil et la terre ?

Jusqu'à mon dernier souffle et même encore après, je ne croirai qu'aux forces de l'amour, du rire et de la vengeance. Ce sont elles qui ont mené mes pas pendant plus d'un siècle, au milieu des malheurs, et franchement je n'ai jamais eu à le regretter, même encore aujourd'hui, alors que ma vieille carcasse est en train de me lâcher et que je m'apprête à entrer dans ma tombe.

Autant vous dire tout de suite que je n'ai rien d'une victime. Bien sûr, je suis, comme tout le monde, contre la peine de mort. Sauf si c'est moi qui l'applique. Je l'ai appliquée de temps en temps, dans le passé, aussi bien pour rendre la justice que pour me faire du bien. Je ne l'ai jamais regretté.

En attendant, je n'accepte pas de me laisser marcher sur les pieds, même chez moi, à Marseille, où les racailles prétendent faire la loi. Le dernier à l'avoir appris à ses dépens est un voyou qui opère souvent dans les files d'attente qui, à la belle saison, pas loin de mon restaurant, s'allongent devant les bateaux en partance pour les îles d'If et du Frioul. Il fait les poches ou les sacs à main des touristes. Parfois, un vol à l'arraché. C'est un beau garçon à la démarche souple, avec les capacités d'accélération d'un champion olympique. Je le surnomme le « guépard ». La police dirait qu'il est de « type maghrébin » mais je n'y mettrais pas ma main à couper.

Je lui trouve des airs de fils de bourgeois qui a mal tourné. Un jour que j'allais acheter mes poissons sur le quai, j'ai croisé son regard. Il est possible que je me trompe, mais je n'ai vu dedans que le désespoir de quelqu'un qui est sens dessus dessous, après s'être éloigné, par paresse ou fatalisme, de sa condition d'enfant gâté.

Un soir, il m'a suivie après que j'eus fermé le restaurant. C'était bien ma chance, pour une fois que je rentrais chez moi à pied. Il était presque minuit, il faisait un vent à faire voler les bateaux et il n'y avait personne dans les rues. Toutes les conditions pour une agression. À la hauteur de la place aux Huiles, quand, après avoir jeté un œil par-dessus mon épaule, j'ai vu qu'il allait me doubler, je me suis brusquement retournée pour le mettre en joue avec mon Glock 17. Un calibre 9 mm à 17 coups, une petite merveille. Je lui ai gueulé dessus :

« T'as pas mieux à faire que d'essayer de dépouiller une centenaire, connard ?

— Mais j'ai rien fait, moi, m'dame, je voulais rien faire du tout, je vous jure. »

Il ne tenait pas en place. On aurait dit une petite fille faisant de la corde à sauter.

« Il y a une règle, dis-je. Un type qui jure est toujours coupable.

— Y a erreur, m'dame. Je me promenais, c'est tout.

— Écoute, ducon. Avec le vent qu'il fait, si je tire, personne n'entendra. Donc, t'as pas le choix : si tu veux avoir la vie sauve, il faut que tu me donnes tout de suite ton sac avec toutes les cochonneries que t'as piquées dans la journée. Je les donnerai à quelqu'un qui est dans le besoin. »

J'ai pointé mon Glock comme un index :

« Et que je ne t'y reprenne pas. Sinon, je n'aime mieux pas penser à ce qui t'arrivera. Allez, file ! »

Il a jeté le sac et il est parti en courant et en hurlant, quand il fut à une distance respectueuse :

« Vieille folle, t'es qu'une vieille folle ! »

Après quoi, j'ai été refiler le contenu du sac, les montres, les bracelets, les portables et les portefeuilles, aux clochards qui cuvaient, par grappes, sur le cours d'Estienne-d'Orves, non loin de là. Ils m'ont remerciée avec un mélange de crainte et d'étonnement. L'un d'eux a prétendu que j'étais toquée. Je lui ai répondu qu'on me l'avait déjà dit.

Le lendemain, le tenancier du bar d'à côté m'a mise en garde : la veille au soir, quelqu'un s'était encore fait braquer place aux Huiles. Par une vieille dame, cette fois. Il n'a pas compris pourquoi j'ai éclaté de rire.

# 1

*Sous le signe de la Vierge*

MARSEILLE, 2012. J'ai embrassé la lettre, puis croisé deux doigts, l'index et le majeur, pour qu'elle m'annonce une bonne nouvelle. Je suis très superstitieuse, c'est mon péché mignon.

La lettre avait été postée à Cologne, en Allemagne, comme l'attestait le cachet sur le timbre, et l'expéditrice avait écrit son nom au dos : Renate Fröll.

Mon cœur s'est mis à battre très vite. J'étais angoissée et heureuse en même temps. Recevoir une lettre personnelle à mon âge, alors qu'on a survécu à tout le monde, c'était forcément un événement.

Après avoir décidé que j'ouvrirais la lettre plus tard, dans la journée, pour garder en moi le plus longtemps possible l'excitation que j'avais ressentie en la recevant, j'ai embrassé de nouveau l'enveloppe. Sur le dos, cette fois.

Il y a des jours où j'ai envie d'embrasser n'importe quoi, les plantes comme les meubles, mais je m'en garde bien. Je ne voudrais pas qu'on me prenne pour une vieille folle, un épouvantail à enfants. À près de cent cinq ans, il ne me reste plus qu'un maigre filet de voix, cinq dents valides, une expression de hibou, et je ne sens pas la violette.

Pourtant, en matière de cuisine, je tiens encore la route : je crois même être l'une des reines de Marseille, juste derrière l'autre Rose, une jeunesse de quatre-vingt-huit ans, qui fait des plats siciliens épatants, rue Glandevès, non loin de l'Opéra.

Mais dès que je sors de mon restaurant pour déambuler dans les rues de la ville, il me semble que je fais peur aux gens. Il n'y a qu'un endroit où, apparemment, ma présence ne jure pas : en haut du piton en calcaire d'où la statue dorée de Notre-Dame-de-la-Garde semble exhorter à l'amour l'univers, la mer et Marseille.

C'est Mamadou qui m'amène et me reconduit chez moi, sur le siège arrière de sa motocyclette. Un grand gaillard qui est mon alter ego, au restaurant. Il fait la salle, m'aide pour la caisse et me trimbale partout, sur son engin qui pue. J'aime sentir sa nuque sur mes lèvres.

Pendant la fermeture hebdomadaire de mon établissement, le dimanche après-midi et toute la journée du lundi, je peux rester des heures, sur mon banc, sous le soleil qui me mord la peau. Je fais causette dans ma tête avec tous mes morts que je vais bientôt retrouver au ciel. Une amie que j'ai perdue de vue aimait dire que leur commerce était bien plus agréable que celui des vivants. Elle a raison : non seulement ils ne sont pas à cran, mais ils ont tout leur temps. Ils m'écoutent. Ils me calment.

Le grand âge qui est le mien m'a appris que les gens sont bien plus vivants en vous une fois qu'ils sont morts. C'est pourquoi mourir n'est pas disparaître, mais, au contraire, renaître dans la tête des autres.

À midi, quand le soleil ne se contrôle plus et me donne des coups de couteau ou, pis, de pioche, sous les vêtements noirs de mon veuvage, je dégage et entre dans l'ombre de la basilique.

Je m'agenouille devant la Vierge en argent qui domine l'autel et fais semblant de prier, puis je m'assieds et pique un roupillon. Dieu sait pourquoi, c'est là que je dors le mieux. Peut-être parce que le regard aimant de la statue m'apaise. Les cris et les rires imbéciles des touristes ne me dérangent pas. Les sonnailles non plus. Il est vrai que je suis affreusement fatiguée, c'est comme si je revenais tout le temps d'un long voyage. Quand je vous aurai raconté mon histoire, vous comprendrez pourquoi, et encore, mon histoire n'est rien, enfin, pas grand-chose : un minuscule clapotis dans l'Histoire, cette fange où nous pataugeons tous et qui nous entraîne vers le fond, d'un siècle à l'autre.

L'Histoire est une saloperie. Elle m'a tout pris. Mes enfants. Mes parents. Mon très grand amour. Mes chats. Je ne comprends pas cette vénération stupide qu'elle inspire au genre humain.

Je suis bien contente que l'Histoire soit partie, elle a fait assez de dégâts comme ça. Mais je sais bien qu'elle va bientôt revenir, je le sens dans l'électricité de l'air et le regard noir des gens. C'est le destin de l'espèce humaine que de laisser la bêtise et la haine mener ses pas au-dessus des charniers que les générations d'avant n'ont cessé de remplir.

Les humains sont comme les bêtes d'abattoir. Ils vont à leur destin, les yeux baissés, sans jamais regarder devant ni derrière eux. Ils ne savent pas ce qui les attend, ils ne veulent pas savoir, alors que rien ne serait plus facile : l'avenir, c'est un renvoi, un hoquet, une aigreur, parfois le vomi du passé.

Longtemps, j'ai cherché à mettre en garde l'humanité contre les trois tares de notre époque, le nihilisme, la cupidité et la bonne conscience, qui lui ont fait perdre la raison. J'ai entrepris les voisins, notamment l'apprenti boucher qui est sur mon palier, un gringalet pâlichon avec des mains de pianiste, mais je vois bien que je l'embête avec mon radotage et, quand je le croise dans l'escalier, il m'est arrivé plus d'une fois de le retenir par la manche pour l'empêcher de s'enfuir ; il prétend toujours qu'il est d'accord avec moi mais je sais bien que c'est pour que je lui lâche la grappe.

C'est pareil avec tout le monde. Ces cinquante dernières années, je n'ai jamais trouvé personne pour m'écouter. De guerre lasse, j'ai fini par me taire jusqu'au jour où j'ai cassé mon miroir. Tout au long de ma vie, j'avais réussi à n'en briser aucun mais ce matin-là, en observant les éclats sur le carrelage de la salle de bains, j'ai compris que j'avais attrapé le malheur. J'ai même pensé que je ne passerais pas l'été. À mon âge, ce serait normal.

Quand on se dit qu'on va mourir et qu'il n'y a personne pour vous accompagner, pas même un chat ni un chien, il n'y a qu'une solution : se rendre intéressant. J'ai décidé d'écrire mes Mémoires et suis allée acheter quatre cahiers à spirale à la librairie-papeterie de Mme Mandonato. Une sexagénaire bien conservée que j'appelle « la vieille » et qui est l'une des femmes les plus cultivées de Marseille. Alors que j'allais la payer, quelque chose la chiffonnait et j'ai feint de chercher la monnaie pour lui laisser le temps de formuler sa question :

« Qu'est-ce que tu comptes faire avec ça ?

— Eh bien, un livre, quelle question !

— Oui, mais quel genre ? »

J'ai hésité, puis :

« Tous les genres en même temps, ma vieille. Un livre pour célébrer l'amour et pour prévenir l'humanité des dangers qu'elle court. Pour qu'elle ne revive jamais ce que j'ai vécu.

— Il y a déjà eu beaucoup de livres sur ce thème...

— Il faut croire qu'ils n'ont pas été assez convaincants. Le mien sera l'histoire de ma vie. J'ai déjà un titre de travail : "Mes cent ans et plus."

— C'est un bon titre, Rose. Les gens adorent tout ce qui concerne les centenaires. C'est un marché qui se développe très vite en ce moment, ils seront bientôt des millions. Le drame avec les livres sur eux, c'est qu'ils sont écrits par des gens qui se moquent.

— Eh bien, moi, dans mes Mémoires, je vais essayer de montrer qu'on n'est pas morts de notre vivant et qu'on a encore des choses à dire... »

J'écris le matin, mais le soir aussi, devant un petit verre de vin rouge. J'y trempe mes lèvres de temps en temps, pour le plaisir, et quand je suis à court d'inspiration, j'en bois une gorgée pour retrouver mes idées.

Ce soir-là, il était minuit passé quand j'ai décidé d'interrompre mes travaux d'écriture. Je n'ai pas attendu d'être couchée, toilette faite, pour ouvrir la lettre que j'avais trouvée dans la boîte le matin même. Je ne sais si c'est l'âge ou l'émotion, mais j'avais les mains qui tremblaient tellement qu'en l'ouvrant j'ai déchiré l'enveloppe en plusieurs endroits. Quand j'ai lu son contenu j'ai fait un malaise, mon cerveau s'est arrêté net.

## 2

## *Samir la Souris*

MARSEILLE, 2012. Quelques secondes après que je fus revenue sur terre, une chanson a commencé à courir dans ma tête : *Can you feel it?* des Jackson Five. Michael à son meilleur, avec une vraie voix d'enfant pur et pas encore de castrat glorieux. Ma chanson préférée.

Je me sentais bien, comme chaque fois que je la fredonne. On dit qu'à partir d'un certain âge, quand on se réveille et qu'on n'a pas mal partout, c'est qu'on est mort. J'avais la preuve du contraire.

En recouvrant mes esprits après ma syncope, je n'avais mal nulle part et je n'étais pas morte, ni même blessée.

Comme toutes les personnes de mon âge, j'ai la hantise des fractures qui vous condamnent au fauteuil roulant : celle du col du fémur particulièrement. Ce ne serait pas pour cette fois.

J'avais prévu le coup : avant de lire la lettre, je m'étais assise sur le canapé. Lorsque j'avais perdu connaissance, j'étais naturellement tombée en arrière et ma tête avait roulé sur le moelleux d'un coussin.

J'ai de nouveau jeté un œil sur le faire-part que j'avais gardé à la main avant de jurer :

« Saloperie de connerie de bordel de merde ! »

Le faire-part annonçait la mort de Renate Fröll qui ne pouvait donc pas être l'expéditrice de la lettre. Son décès remontait à quatre mois et elle avait été incinérée au crématorium de Cologne. Aucun autre détail ne figurait sur le carton. Ni adresse ni téléphone.

J'ai commencé à pleurer. Je crois bien que j'ai pleuré toute la nuit parce que, le matin suivant, je me suis réveillée pleine de larmes, mes draps, mon oreiller et ma chemise de nuit étaient comme une soupe. Il fallait que je passe à l'action.

J'avais une intuition et je voulais la vérifier. J'ai appelé un de mes petits voisins sur son portable : Samir la Souris. C'est le fils d'un septuagénaire qui, à ce qu'on dit, a passé sa vie professionnelle au chômage : ça lui a bien réussi, c'est un très bel homme, propre sur lui et tiré à quatre épingles. Caissière et femme de ménage, son épouse, qui a vingt ans de moins que lui, en fait au moins dix de plus : elle est percluse de rhumatismes et traîne la patte dans les escaliers. Mais il est vrai qu'elle a toujours travaillé pour deux.

Samir la Souris a treize ans et déjà l'œil précis du chasseur de grosses primes. Rien ne lui échappe. C'est comme s'il avait des yeux partout, jusque dans le dos ou sur les fesses. Mais il s'en sert peu. Il passe son temps devant son ordinateur où il retrouve, en un temps record, moyennant espèces, tout ce qu'on lui demande. Un prix, un nom, un chiffre.

Flairant la bonne affaire, Samir la Souris est arrivé sur-le-champ bien qu'il ne soit pas du matin. Je lui ai tendu le faire-part :

« Je voudrais que tu me donnes le maximum de renseignements sur cette Renate Fröll.

— Quel genre de renseignements?

— Tout, de sa naissance à sa mort. Sa famille, son travail, ses petits secrets. Sa vie, quoi.

— Combien? »

Samir la Souris n'étant ni poète ni philanthrope, je lui ai proposé de lui donner, en échange de ses services, la console du salon. Il l'a examinée, puis :

« Elle est vraiment vieille, cette chose?

— XIX$^e$.

— Je vais voir sur la Toile combien ça vaut, un truc comme ça, et je reviens vers toi si le compte n'y est pas. Mais je crois que ça va le faire... »

Je lui ai proposé des biscuits au chocolat et de l'eau à l'un de mes sirops préférés, orgeat, menthe ou grenadine, mais il a décliné mon offre, comme si ces choses-là n'étaient pas de son âge alors qu'elles sont plus que jamais du mien.

Samir la Souris a toujours de bonnes raisons pour me laisser en plan. Il est débordé et ne sait pas prendre le temps. Si je n'ai jamais réussi à le retenir plus de quelques minutes chez moi, c'est aussi, je le sens, parce qu'il subodore les sentiments que j'éprouve pour lui : malgré notre différence d'âge, j'ai le béguin.

Dans deux ou trois ans, quand, l'homme ayant percé sous l'enfant, il sera devenu une boule de poils et de désirs, j'aimerais qu'il me prenne dans ses bras, qu'il me serre très fort, qu'il me dise des mots crus et qu'il me bouscule un peu, je n'en demande pas plus. À mon âge, je sais que c'est incongru et même idiot, mais s'il fallait chasser tous nos fantasmes de nos têtes, il ne resterait plus grand-chose à l'intérieur. Quelques-uns des dix commandements nageant dans du jus de cervelle et c'est à peu près tout. La vie serait à mourir. Ce sont nos folies qui nous maintiennent debout.

J'ai pour principe de vivre chaque instant comme s'il était l'ultime. Chaque geste, chaque mot. J'entends bien décéder tranquille, sans regret ni remords.

Le soir suivant, j'étais en chemise de nuit, prête à me coucher, quand la sonnette a retenti. C'était Samir la Souris. Je pensais qu'il allait me demander une rallonge, mais non, il avait travaillé toute la journée et tenait à me donner, de vive voix, les premiers résultats de son enquête.

« Renate Fröll, dit-il, était pharmacienne à Neuwidt, près de Cologne. Célibataire et née de parents inconnus. Aucune famille. Je n'ai rien trouvé de plus. Tu n'aurais pas une piste ? »

J'ai cru déceler de l'ironie dans son regard qui m'avait transpercée.

« Réfléchis un peu, ai-je répondu d'une voix neutre. Si je savais qui était cette femme, je ne t'aurais pas demandé de faire des recherches.

— Mais si tu n'avais pas une idée derrière la tête, tu te ficherais pas mal de savoir qui c'était. »

Je n'ai pas répondu. Samir la Souris était content d'avoir visé juste, une expression de satisfaction est passée sur son visage. L'âge venant, j'ai de plus en plus de mal à cacher mes sentiments, et il avait observé l'émotion qui s'était emparée de moi quand il m'avait donné les premières conclusions de son enquête, qui confirmaient mon intuition. J'étais comme la terre qui attend le séisme.

Quand il est parti, j'étais tellement excitée que je n'ai pas pu m'endormir. C'était comme si tous mes souve-

nirs étaient remontés. Je me sentais prise dans un tourbillon d'images et de sensations du passé.

J'ai décidé de reprendre mon livre. Jusqu'à présent,
c'était moi qui l'écrivais. Soudain, une voix est entrée en
moi et m'a dicté ce qui va suivre.

# 3

## *La fille du cerisier*

MER NOIRE, 1907. Je suis née dans un arbre, un
18 juillet, sept ans après la naissance du siècle, ce qui, en
principe, aurait dû me porter bonheur. Un cerisier centenaire avec des branches comme des bras lourds et fatigués. C'était un jour de marché. Papa était allé vendre
ses oranges et ses légumes à Trébizonde, l'ancienne
capitale de l'empire du même nom, sur les bords de la
mer Noire, à quelques kilomètres de chez nous : Kovata,
capitale de la poire et pot de chambre du monde.

Avant de partir en ville, il avait prévenu ma mère qu'il
ne pensait pas pouvoir rentrer le soir, ça le désolait
parce que maman semblait sur le point d'accoucher,
mais il n'avait pas le choix : il fallait qu'il se fasse arracher une molaire cariée et qu'il récupère chez un oncle
l'argent que celui-ci lui devait ; le soir serait vite arrivé et
les routes n'étaient pas sûres la nuit.

Je pense qu'il avait aussi planifié une beuverie avec
quelques amis mais il n'avait pas non plus de raison de
s'inquiéter. Maman était comme ces brebis qui mettent
bas en continuant à brouter. C'est à peine si elles inter-
rompent leurs mangeailles ou ruminations pour lécher
l'agneau qui vient de tomber de leur postérieur. Quand

elles enfantent, on dirait qu'elles font leurs besoins, et encore, il semble que cette dernière chose leur soit parfois plus pénible.

Ma mère était une femme charpentée avec des os lourds et un bassin assez large pour faire passer des bordées d'enfants. Avec elle, les naissances coulaient de source et ne duraient pas plus de quelques secondes. Après quoi, maman, délivrée, reprenait ses activités. Elle avait vingt-huit ans et déjà quatre enfants, sans compter les deux qui étaient morts en bas âge.

Le jour de ma naissance, les trois personnages qui allaient ravager l'humanité étaient déjà de ce monde : Hitler avait dix-huit ans, Staline, vingt-huit et Mao, treize. J'étais tombée dans le mauvais siècle, le leur.

Tomber est le mot. L'un des chats de la maison était monté dans le cerisier et n'arrivait plus à descendre. Perché sur une branche cassée, il miaula à la mort toute la journée. Peu avant le coucher du soleil, lorsqu'elle eut compris que mon père ne rentrerait pas, maman décida d'aller le libérer.

Après avoir grimpé sur l'arbre en étirant son bras pour attraper le chat, ma mère ressentit, selon la légende familiale, sa première contraction. Elle prit la bête par la peau du cou, la relâcha quelques branches plus bas et, saisie d'un pressentiment, s'allongea subitement dans le creux du cerisier, à l'intersection des branches. C'est ainsi que je vins au monde : en dégringolant.

La vérité est que, avant de tomber, je fus aussi éjectée du ventre de ma mère. Elle aurait pété ou crotté, je crois que ç'aurait été pareil. Sauf que maman m'a ensuite beaucoup caressée et adulée : c'était une femme qui débordait d'amour, même pour ses filles.

Pardonnez-moi cette image, mais c'est la première qui me vient à l'esprit et je ne peux la chasser : le regard maternel était comme un soleil qui nous illuminait tous; il réchauffait nos hivers. Il y avait, sur le visage de maman, la même expression de douceur que celle de la Vierge dorée, qui trônait sur son autel, dans la petite église de Kovata. L'expression de toutes les mères du monde devant leurs enfants.

C'est grâce à maman que mes huit premières années ont été les plus heureuses de ma vie. Elle veillait à ce qu'il ne se passât rien de mal chez nous et, n'étaient les saisons, il ne se passait jamais rien. Ni cris, ni drames, ni même deuils. Au risque de paraître niaise, ce qui est sans doute ma vraie nature, je dirais que c'est ça, le bonheur : quand les jours succèdent aux jours dans une sorte de torpeur, que le temps s'allonge à l'infini, que les événements se répètent sans surprise, que tout le monde s'aime et qu'il n'y a pas de cris dehors ni dans la maison quand on s'endort à côté de son chat.

Derrière la colline qui surplombait notre ferme, il y avait une petite maison en pierre, habitée par une famille musulmane. Le père, un grand échalas aux sourcils abondants comme des moustaches, qui savait tout faire, se louait à la journée dans les fermes alentour. Pendant que sa femme ou ses enfants gardaient les chèvres et les moutons, il faisait le commis partout, y compris chez nous, quand papa était débordé, pendant les récoltes.

Il s'appelait Mehmed Ali Efendi. Je crois bien que c'était le meilleur ami de mon père. Comme nous n'avions pas la même religion, nous ne passions pas les fêtes ensemble. Mais nos deux familles se voyaient souvent le dimanche pour partager des repas qui n'en finissaient pas, où je mangeais du regard le petit Mustapha, l'un des fils de nos voisins, de quatre ans mon aîné, dont j'avais décidé de faire un jour mon mari et pour lequel j'avais prévu de me convertir à l'islam...

Il avait un corps que je rêvais de serrer contre moi, des cils très longs et un regard profond qui semblait en empathie avec le monde entier. Une beauté fière et sombre, comme celles qui s'abreuvent de soleil.

Je me disais que je pourrais passer le reste de mes jours à regarder Mustapha, ce qui est, à mes yeux, la meilleure définition de l'amour dont ma longue expérience m'a, depuis, appris qu'il consiste à se fondre dans l'autre et non à s'oublier dans le miroir qu'il vous tend.

J'ai su que cet amour était partagé quand, un jour, Mustapha m'a emmenée à la mer et donné un bracelet en cuivre avant de s'enfuir. Je l'ai appelé, mais il ne s'est pas retourné. Il était comme moi. Il avait peur de ce qui grossissait en lui.

De notre histoire, je garde un goût étrange, celui du baiser que nous n'avons jamais échangé. Plus les années passent, plus ce regret me pèse.

Près d'un siècle plus tard, j'ai encore à mon bras ce bracelet que j'ai fait agrandir et je le contemple en cherchant mes mots pour écrire ces lignes. C'est tout ce qui reste de mon enfance que l'Histoire, cette maudite chienne, a engloutie jusqu'au dernier os.

Je ne sais trop quand elle a commencé son œuvre de mort mais, à la prière du vendredi, les imams lançaient des appels au meurtre contre les Arméniens, après que le cheik ul-Islam, un barbu d'une saleté repoussante, chef spirituel des musulmans sunnites, eut proclamé le djihad, le 14 novembre 1914. C'est ce jour-là, en grande pompe, et en présence d'une brochette de moustachus solennels, devant la mosquée Fathi, dans le quartier historique de Constantinople, que fut donné le signal de la guerre sainte.

Nous autres, Arméniens, on avait fini par s'habituer, on n'allait pas se gâcher la vie pour ces idioties. Quelques semaines avant le génocide de mon peuple, j'avais toutefois remarqué que l'humeur de papa s'était assombrie ; j'attribuais ça à sa fâcherie avec Mehmed, le père de Mustapha, qui ne mettait plus jamais les pieds à la maison.

Quand j'ai demandé à maman pourquoi ils ne se parlaient plus, elle a hoché la tête avec gravité :

« Ce sont des choses tellement bêtes que les enfants ne peuvent pas les comprendre. »

Une fin d'après-midi, alors que je marchais en haut de la colline, j'ai entendu la voix de mon père. Je me suis approchée de lui, par-derrière et avec précaution, pour ne pas éveiller son attention, avant de m'accroupir, cachée par un fourré. Papa était tout seul et faisait un discours à la mer qui roulait devant lui, en soulevant ses grands bras :

« Mes bien chères sœurs, mes bien chers frères, nous sommes vos amis, je vous le dis. Bien sûr, je comprends que ça puisse vous surprendre, après ce que vous nous avez fait subir, mais nous avons décidé de tout oublier, sachez-le, afin que nous n'entrions pas, les uns et les autres, dans cette spirale infernale où le sang appellera le sang, pour le plus grand malheur de nos descendances... »

Il s'interrompit et, avec un geste d'impatience,

demanda à la mer d'arrêter de l'applaudir pour le laisser poursuivre. Comme elle n'obtempérait pas, il reprit en hurlant :

« Je suis venu vous dire que nous voulons la paix et qu'il n'est pas trop tard, il n'est jamais trop tard pour se tendre la main ! »

Il s'inclina devant la houle des acclamations marines, puis s'épongea le front avec sa manche de chemise, avant de prendre le chemin de la maison.

Je le suivis. À un moment, il s'arrêta au milieu du chemin, puis hurla :

« Connards ! »

J'ai souvent pensé à cette scène un peu ridicule. Papa se préparait à jouer un rôle de pacificateur politique et, en même temps, il n'y croyait pas. En somme, il devenait zinzin.

Les soirs suivants, mon père fit des messes basses pendant des heures avec maman. Parfois, il élevait la voix. Depuis la petite chambre que je partageais avec deux sœurs et mon chat, je ne saisissais pas bien ce qu'il disait, mais il me semblait que papa en avait après la terre entière en général et les Turcs en particulier.

Une fois, mes parents ont tous deux haussé le ton et ce que j'ai entendu, derrière les murs, m'a fait froid dans le dos.

« Si tu crois ce que tu dis, Hagop, s'écria maman, il faut qu'on parte tout de suite !

— Je vais d'abord nous donner à tous une chance en leur proposant la paix, comme le Christ l'a fait, mais je n'y crois pas beaucoup. T'as vu comment il a fini, le Christ ? S'ils ne nous entendent pas, je ne suis pas partisan de leur tendre l'autre joue. On ne va quand même pas leur laisser sans se battre tout ce qu'on a mis une vie à construire !

— Et s'ils finissent par nous tuer, nous et les enfants ?

— On se battra, Vart.

— Avec quoi ?

— Avec tout ce qu'on trouvera, hurla papa. Des fusils, des haches, des couteaux, des pierres ! »

Maman a crié :

« Te rends-tu compte de ce que tu dis, Hagop ? S'ils mettent leurs menaces à exécution, on est tous condamnés d'avance. Partons pendant qu'il est encore temps !

— Je ne pourrais pas vivre ailleurs. »

Il y eut un long silence, puis des râles et des soupirs, comme s'ils se faisaient du mal, mais je ne me suis pas inquiétée, bien au contraire : quand j'entendais ces bruits, entrecoupés parfois de rires ou de gloussements, je savais qu'en réalité ils se faisaient du bien.

## 4

*La première fois que je suis morte*

MER NOIRE, 1915. Ma grand-mère sentait l'oignon de partout, des pieds, des aisselles ou de la bouche. Même si j'en mange beaucoup moins, c'est d'elle que j'ai hérité cette odeur sucrée qui me suit du matin au soir, jusque sous mes draps : l'odeur de l'Arménie.

À la belle saison, elle faisait du plaki pour la semaine. Rien que d'écrire ce mot, je commence à saliver. C'est un plat de pauvre à base de céleri, de carottes et de haricots blancs qu'elle agrémentait, selon les jours ou ses envies, de toutes sortes de légumes. Parfois, de noisettes ou de raisins secs. Ma grand-mère était une cuisinière inventive.

J'adorais éplucher les légumes ou préparer des gâteaux sous son regard bienveillant. Elle en profitait pour philosopher ou m'expliquer la vie. Souvent, quand nous cuisinions, elle se désolait que la goinfrerie mène l'espèce humaine : cette fringale nous donne à tous notre élan vital, disait-elle, mais quand, par malheur, nous n'écoutons plus que nos tripes, nous creusons nos tombes.

Elle allait sans doute retrouver sa propre tombe incessamment sous peu, à en juger par son gros popotin qui passait à peine entre les portes, sans parler de ses jambes variqueuses, mais elle s'inquiétait pour les autres, pas pour elle qui, depuis la mort de son mari, se considérait comme morte et ne rêvait que de le rejoindre au ciel. Ma grand-mère citait souvent des proverbes qu'elle tenait de la sienne. Elle en avait pour toutes les situations.

Quand les temps étaient durs :

« Si j'étais riche, je mangerais tout le temps, donc je mourrais très jeune. C'est pourquoi j'ai bien fait d'être pauvre. »

Quand on évoquait l'actualité politique :

« Il y a toujours moins à manger dans le ciel que dans son propre potager. Les étoiles n'ont jamais nourri personne. »

Quand on parlait des nationalistes turcs :

« Le jour où on laissera le loup garder les troupeaux, il ne restera plus un seul mouton sur la terre. »

C'est ce que n'avait pas compris l'Empire ottoman que j'ai vu s'effondrer au cours des premières années de ma vie. Façon de parler : dans mon trou perdu, je n'ai rien vu, bien sûr. L'Histoire entre toujours sans frapper et, parfois, c'est à peine si on la remarque quand elle passe. Sauf quand elle vous roule dessus, ce qui a fini par nous arriver.

*

Nous autres, Arméniens, étions sûrs de notre bon droit. Pour survivre, nous pensions tous qu'il suffisait d'être gentils. De ne pas déranger. De raser les murs.

On a vu le résultat. C'est une leçon que j'ai retenue pour la vie. Je lui dois cette méchanceté qui fait de moi une teigne sans pitié ni remords, toujours prête à rendre le mal pour le mal.

Résumons. Quand, dans un même pays, un peuple veut en tuer un autre, c'est parce que ce dernier vient d'arriver. Ou bien parce qu'il était là avant. Les Arméniens habitaient ce morceau du monde depuis la nuit des temps : c'était leur faute ; c'était leur crime.

Apparu au II$^e$ siècle avant Jésus-Christ sur les décombres du royaume de l'Ourartou, le leur s'étendit longtemps de la mer Noire à la mer Caspienne. Devenue, au cœur de l'Orient, la première nation chrétienne de l'histoire, l'Arménie résista à la plupart des invasions, arabes, mongoles ou tatares, avant de ployer au cours du deuxième millénaire sous le flot des Turcs ottomans.

« Les satrapes de la Perse comme les pachas de la Turquie ont également ravagé la contrée où Dieu avait créé l'homme à son image », aimait dire ma grand-mère, citant le poète britannique lord Byron, le premier nom d'écrivain que j'ai entendu dans sa bouche.

À en croire lord Byron et beaucoup d'autres, c'est de la poussière d'Arménie que naquit Adam, le premier homme, et c'est sur cette terre aussi qu'il faut situer le Paradis de la Bible. Il y aurait là l'explication de l'espèce de mélancolie teintée de nostalgie qui, depuis des siècles, se lit dans le regard des Arméniens, celui de toute ma famille à l'époque, mais pas dans le mien aujourd'hui : la gravité n'est pas mon fort.

Ce n'est pas parce que je passe ma vie en sabots devant mes fourneaux ou en tennis, le reste du temps, qu'il faut me prendre pour une inculte. J'ai lu presque tous les livres sur le génocide arménien de 1915 et 1916. Sans parler des autres. Mon intellect laisse peut-être à désirer, mais il y a quelque chose que je n'arrive toujours pas à comprendre : pourquoi fallait-il liquider une population qui n'était une menace pour personne?

Un jour, j'ai posé la question à Elie Wiesel qui était venu dîner avec Marion, sa femme, dans mon restaurant. Une belle personne, rescapée d'Auschwitz, qui a écrit l'un des plus grands livres du XX<sup>e</sup> siècle, *La Nuit.* Il m'a répondu qu'il fallait croire en l'homme malgré les hommes.

Il a raison et j'applaudis. Même si l'Histoire nous dit le contraire, il faut croire aussi en l'avenir malgré le passé et en Dieu malgré ses absences. Sinon, la vie ne vaudrait pas la peine d'être vécue.

Je ne jetterai donc pas la pierre à mes ancêtres. Après avoir été conquis par les musulmans, les Arméniens ont reçu l'interdiction de porter des armes, pour rester à la merci de leurs nouveaux maîtres qui pouvaient ainsi en exterminer de temps à autre, en toute impunité, avec l'assentiment du sultan.

Entre deux raids, les Arméniens ont vaqué à leurs occupations, dans la banque, le commerce ou l'agriculture. Jusqu'à la solution finale.

Ce sont les succès de l'Empire ottoman qui ont préparé sa chute. Les yeux plus gros que le ventre, il est mort, au début de mon siècle, d'un mélange de bêtise, d'avidité et d'obésité. Il n'avait plus assez de mains pour soumettre à sa loi le peuple arménien, la Grèce, la Bulgarie, la Bosnie, la Serbie, l'Irak, la Syrie et tant d'autres nations qui ne songeaient qu'à vivre leur vie. Elles ont fini par le laisser réduit à lui-même dans son jus, c'est-à-dire à la Turquie, laquelle entreprit alors la purification de son territoire, ethniquement et religieusement, en éradiquant les Grecs et les Arméniens. Sans oublier, il va de soi, de s'approprier leurs biens.

Les populations chrétiennes étant supposées séparatistes, il fallait les éliminer. Présents du Caucase à la côte méditerranéenne, les Arméniens constituaient la menace prétendument la plus dangereuse, à l'intérieur même de la Turquie musulmane : las des persécutions, ils envisageaient parfois la création d'un État indépendant en Anatolie. Il leur arrivait même de manifester, ce qui n'a jamais été le cas de mes parents.

Talaat et Enver, deux assassins en gros au visage satisfait, allaient mettre bon ordre à cette agitation. Sous la schlague de leur parti révolutionnaire des Jeunes-Turcs et du Comité Union et Progrès, la turquification était en marche ; rien ne l'arrêterait.

Mais les Arméniens ne le savaient pas. Moi non plus. On avait oublié de nous le dire, il faudra s'en souvenir la prochaine fois. Je ne m'attendais donc pas à ce qu'un après-midi une bande de braillards aux yeux exorbités par la haine, munis de bâtons et de fusils, arrivent devant la maison. Des fanatiques de l'Organisation spéciale, épaulés par des gendarmes. Des assassins d'État.

\*

Après avoir frappé à la porte, le chef local de l'Organisation spéciale, un gros manchot à moustache, a fait sortir tout le monde, sauf moi qui m'étais enfuie par-derrière : personne ne m'avait vue m'échapper.

Le chef a demandé à mon père de se joindre à un convoi de travailleurs arméniens qu'il prétendait emmener à Erzeroum. Papa a refusé d'obtempérer avec une bravoure qui ne m'a pas étonnée de lui :

« Il faut qu'on se parle.

— On se parlera après.

— Il n'est pas trop tard pour chercher à s'entendre et à éviter le pire. Il n'est jamais trop tard.

— Mais vous n'avez rien à craindre. Nous avons des intentions pacifiques.

— Avec toutes ces armes ? »

En guise de réponse, le chef des tueurs a donné un coup de bâton à mon père qui a poussé un grognement puis, avec la tête baissée des vaincus de l'Histoire, est allé se ranger à l'arrière du convoi.

Ma mère, ma grand-mère, mes frères et mes sœurs sont partis dans la direction inverse avec un autre groupe qui, avec ses valises et ses baluchons, semblait s'en aller pour un long voyage.

Après avoir pillé la maison, sorti les meubles ou les outils, et pris toutes les bêtes, y compris les poussins, les massacreurs ont mis le feu à la ferme, comme s'ils voulaient purifier les lieux après le passage d'un fléau.

J'ai tout observé depuis ma cachette derrière les framboisiers. Je ne savais pas qui suivre. J'ai finalement opté pour mon père qui me semblait en plus grand danger. J'avais raison.

Sur la route d'Erzeroum, les hommes en armes ont aligné leur vingtaine de prisonniers en contrebas, dans un champ d'avoine. Formés en peloton d'exécution, ils ont tiré dans le tas. Papa a tenté de se sauver mais les balles l'ont rattrapé. Il a boité un peu puis il est tombé. Le manchot lui a donné le coup de grâce.

Après quoi, les assassins de l'Organisation spéciale

sont repartis tranquillement, avec la démarche du devoir accompli pendant que montait en moi, comme un grand spasme, un mélange de chagrin et de haine, qui me coupait la respiration.

Quand ils se furent éloignés, je suis allée voir papa. Étalé par terre, les bras en croix, il avait ce que maman appelait les yeux de l'autre monde : ils regardaient quelque chose qui n'existe pas, derrière moi, derrière le bleu du ciel. Les chèvres ont les mêmes après qu'elles ont été saignées.

Je n'ai pu observer aucun autre détail parce qu'un déluge de larmes a brouillé ma vue. Après avoir embrassé mon père puis fait le signe de croix ou l'inverse, j'ai préféré filer : une petite meute de chiens errants s'approchait en aboyant.

Quand je suis retournée à la maison, elle brûlait encore par endroits en dégageant de la fumée. On aurait dit qu'un orage lui était tombé dessus. J'ai longtemps appelé mon chat mais il n'a pas répondu. J'en ai conclu qu'il était mort dans l'incendie. À moins qu'il se fût enfui lui aussi : il détestait le bruit et le dérangement.

Ne sachant où aller, je me suis naturellement rendue à la ferme des Efendi mais, quand j'y arrivai, quelque chose m'a dit que je ne devais pas me montrer : je me suis cachée dans un fourré en attendant de voir Mustapha. Il m'avait appris à imiter le cri de la poule qui vient de pondre. J'avais encore des progrès à faire mais c'était notre façon de nous dire bonjour.

Dès que je l'aperçus, je fis la poule et il se dirigea dans ma direction avec un air contrarié.

« Il ne faut pas qu'on te voie, murmura-t-il en s'approchant. Mon père est avec les Jeunes-Turcs. Ils sont devenus fous, ils veulent tuer tous les infidèles.

— Ils ont tué mon père. »

J'éclatai en sanglots. Du coup, lui aussi.

« Et toi, dit-il en s'étranglant, s'ils t'attrapent, tu auras droit au même sort. À moins qu'ils ne fassent de toi une esclave... Il faut que tu quittes tout de suite la région. Ici, tu es arménienne. Ailleurs, tu seras turque.

— Je veux retrouver ma mère et les autres.

— N'y pense pas, il leur est sûrement déjà arrivé malheur. Je t'ai dit que tout le monde est devenu fou, même papa ! »

Son père l'avait chargé de livrer du fumier de brebis chez un maraîcher à une dizaine de kilomètres de là. C'est ainsi que Mustapha a imaginé le stratagème qui m'a sans doute sauvé la vie.

Il a creusé à la pelle un gros trou dans le fumier noir et humide, sur la charrette qu'allait tirer la mule. Après m'avoir demandé de me lover dans cette fange, il m'a donné deux tiges de roseau à mettre dans la bouche pour continuer à respirer et m'a recouverte de pelletées de crottes tièdes, grouillantes de vie, sous lesquelles je me sentis réduite à l'état de cadavre.

Les gardiens de cimetière disent qu'il faut quarante jours pour tuer un cadavre. Autrement dit, pour qu'il se mélange à la terre, que toute vie s'en retire et que les remugles se dispersent. Je me sentais comme un cadavre au commencement, quand il est encore bien vivant : je suis sûre que je puais la mort.

Merde, tu retourneras à la merde, c'est ce que les prêtres auraient dû nous dire au lieu de parler tout le temps de poussière qui, elle, n'a pas d'odeur. Il faut toujours qu'ils embellissent tout.

De la merde, j'en avais jusque dans les oreilles et les trous de nez. Sans parler des asticots qui me gratouillaient sans trop insister, sans doute parce qu'ils ne savaient pas si j'étais du lard ou du cochon.

C'est la première fois de ma vie que je suis morte.

## 5

### *La princesse de Trébizonde*

Mer Noire, 1915. On s'habitue à tout. Même au purin. J'aurais pu rester des jours entiers sans rien faire dans mon fumier si l'urine de mouton ne m'avait transformée, de la tête aux pieds, en une vaste démangeaison. Au bout de quelque temps, je me serais damnée pour avoir le droit de me gratter.

J'avais l'interdiction de bouger. Avant notre départ, Mustapha m'avait mise en garde : si abrutis qu'ils fussent, les assassins d'État auraient tôt fait de vérifier ce qu'il y avait dans le tas de fumier s'il lui prenait l'envie de gigoter, un coup de baïonnette est vite arrivé et, parfois, il ne pardonne pas. Il n'était pas question que je mette sa vie en danger, ni la mienne, d'autant qu'il m'apparaissait désormais inévitable, après cet épisode, que nous allions nous marier, c'était écrit.

À un moment donné, la charrette a quitté la route et s'est arrêtée. Je crus que la démangeaison allait faiblir ; il n'en fut rien. Maintenant que je n'étais plus secouée par les nids-de-poule dans mon cercueil de crottes, il me semblait qu'elles s'insinuaient dans mon corps pour s'y mélanger : j'éprouvais davantage encore la sensation de pourrir vivante.

Alors que la charrette était toujours immobilisée, j'ai décidé de sortir de mon fumier. Pas d'un seul coup, cela va de soi. Je m'y suis prise lentement, comme un papillon qui sort de sa chrysalide, un papillon crotté et répugnant. Il faisait nuit et le ciel étoilé répandait sur la terre ce mélange de lumière et de silence qui étaient à mes yeux les modes d'expression du Seigneur ici-bas et auxquels j'ajouterais plus tard les musiques de Bach, Mozart ou Mendelssohn qu'il semble avoir écrites lui-même, par personnes interposées.

La mule avait disparu et, apparemment, Mustapha aussi. C'est quand je suis descendue de la charrette que je l'ai découvert dans le clair de lune : étendu de tout son long sur le bas-côté, au milieu d'une mare de sang noir, les bras en croix et la gorge tranchée.

Je l'ai embrassé sur le front puis sur la bouche avant d'éclater en sanglots sur son visage où figurait cet étonnement propre à ceux qui sont morts par surprise : je ne savais pas qu'on pouvait avoir autant de larmes en soi.

J'ai imaginé que Mustapha avait été arrêté pour un contrôle par des gendarmes turcs du même genre que ceux qui avaient emmené ma famille et qu'il leur avait mal parlé, c'était bien son genre. À moins qu'ils aient pris ce noiraud poilu pour l'Arménien qu'il était peut-être sans le savoir.

Mon chagrin fut à son comble quand je me suis rendu compte qu'il n'aurait pas plus droit que papa à une sépulture décente et qu'il finirait déchiqueté par les crocs baveux des clébards à la gueule pestilentielle qui s'en donnaient à cœur joie depuis la veille, dans la région. Impossible de l'enterrer : en plus de la mule, ses assassins avaient aussi volé la pelle et la fourche qui étaient dans la charrette.

Après l'avoir éloigné de la route et recouvert d'herbe, j'ai couru longtemps à travers les champs jusqu'à la mer Noire dans laquelle je me suis jetée pour me laver. C'était l'été et l'eau était tiède. Je suis restée dedans jusqu'au petit matin à me frotter et à me curer.

Quand je suis sortie de la mer, il me semblait que je sentais encore la crotte, la mort et le malheur. J'ai marché pendant des heures et l'odeur n'a cessé de me poursuivre, une odeur que j'ai retrouvée l'après-midi alors que je me cachais le long du fleuve, en découvrant qu'il charriait des charognes humaines.

Cette odeur ne m'a plus jamais quittée et, même quand je sors de mon bain, je me sens sale. Au-dehors mais à l'intérieur aussi. C'est ce qu'on appelle la culpabilité du survivant. Sauf que, dans mon cas, il y avait des circonstances aggravantes : au lieu de penser aux miens et de prier pour eux, j'ai passé les heures qui ont suivi à me remplir la panse. Je crois bien n'avoir jamais autant mangé de ma vie. Des abricots, surtout. Avant la tombée du soir, j'avais un bedon de femme grosse.

Les psychologues diront que c'était une façon de tuer mon angoisse. J'aimerais qu'ils aient raison mais je suppute que mon amour de la vie fut, comme il l'a toujours été, plus fort que tout le reste, la tragédie qui avait frappé les miens et la peur de mourir à mon tour. Je suis comme ces fleurs increvables qui ont pris racine sur des murs de ciment.

De tous les sentiments qui m'agitaient, la haine était le seul que ne dominait pas cet élan vital, sans doute parce qu'ils se confondaient : je voulais vivre pour me venger un jour, c'est une ambition qui en vaut bien d'autres et, si j'en juge par mon âge, elle m'a plutôt bien réussi.

C'est dans l'après-midi que j'ai rencontré l'être qui allait changer mon destin et m'accompagner à chaque instant, les années suivantes. Mon amie, ma sœur, ma confidente. Si nos chemins ne s'étaient pas croisés, j'aurais peut-être fini par mourir, rongée par mes ressentiments comme par des poux.

C'était une salamandre. J'avais marché dessus. Les taches jaunes sur son corps étant particulièrement vives, j'en conclus qu'elle devait être très jeune. On s'est entendues au premier regard. Après ce que je venais de lui faire, elle était toute pantelante et j'ai lu dans ses yeux qu'elle avait besoin de moi. Mais j'avais besoin d'elle aussi.

J'ai fermé ma main sur son petit corps et j'ai continué à avancer. Le soleil était encore haut dans son ciel quand je me suis couchée sous un arbre. J'ai creusé un trou dans la terre pour y mettre la salamandre et j'ai posé une pierre dessus, puis le sommeil m'a emportée.

« Lève-toi ! »

C'est un gendarme à cheval qui m'a réveillée. Un moustachu à tête de porc, mais un porc stupide et content de lui, ce qui est plus rare dans cette espèce que chez la nôtre.

« Tu es arménienne ? » a-t-il demandé.

J'ai secoué la tête.

« Tu es arménienne ! » s'est-il exclamé, avec l'air entendu des imbéciles quand ils jouent les informés.

Il m'a appris que j'avais été surprise par une fermière turque en train de voler des abricots dans son verger.

J'avais envie de prendre mes jambes à mon cou mais je me ravisai. Il me menaçait de son arme et il était du genre à l'utiliser, ça se voyait dans ses yeux vides.

« Je suis turque, ai-je tenté, Allah akbar ! »

Il a haussé les épaules :

« Alors, récite-moi le premier verset du Coran.

— Je ne l'ai pas encore appris.

— Tu vois bien que tu es arménienne ! »

Le gendarme m'a demandé de monter devant lui, sur son cheval, ce que j'ai fait après avoir récupéré ma salamandre, et nous sommes allés ainsi, au trot, jusqu'au siège du CUP, le Comité Union et Progrès. Arrivé devant, il a hurlé :

« Salim bey, j'ai un cadeau pour toi. »

Quand est sorti un grand type souriant, pourvu des dents de la chance, qui devait répondre à ce nom, le gendarme m'a jetée à ses pieds en disant :

« Regarde ce que je t'ai apporté, je ne me suis pas moqué de toi, hein, que Dieu te garde : pour de la princesse, c'est de la princesse ! »

J'ai su, ce jour-là, que j'étais belle. Je me suis dit qu'il valait mieux ne pas le rester longtemps : maintenant que Mustapha était mort, ça ne servait plus à rien et, en plus, je me disais que ça n'allait m'attirer que des ennuis.

# 6

## Bienvenue au « petit harem »

TRÉBIZONDE, 1915. Salim bey m'a ramenée chez lui à la tombée du soir. Il régnait une grande effervescence dans les rues de Trébizonde. On aurait dit que tout le monde déménageait.

On a croisé une vieille dame aux prises avec un petit vaisselier trop lourd pour elle, au point qu'elle s'arrêtait tous les deux pas pour reprendre son souffle, un couple qui portait une armoire, suivi de ses cinq enfants avec un lit, une table et des chaises, un jeune homme qui charroyait un bric-à-brac de draps, de tapis, de statues et de jouets d'enfants. C'est la première fois que je fus confrontée au visage hideux de l'avidité humaine, le dos courbé, la bouche tordue et le regard fuyant ou, parfois, exalté.

Quelques semaines plus tôt, mon nouveau maître n'était qu'un enseignant modeste et famélique qui donnait des cours d'histoire à l'école coranique où les élèves, paraît-il, le chahutaient. Depuis qu'il était devenu l'une des sommités du Comité Union et Progrès, un mois plus tôt, il avait bien pris quinze kilos et pas mal d'assurance. Grand, un regard doux que contredisait un menton dominateur, il en imposait.

Je le trouvais beau, et ce n'est pas sans fierté que je lui tenais la main comme si j'étais sa fille pendant le trajet qui nous mena chez lui. S'il fallait chipoter, la prolifération de petites verrues autour de ses yeux aurait pu gêner les puristes, mais la beauté a toujours besoin de défauts pour s'épanouir.

Il habitait une maison en pierre au sommet d'une collinette qui surplombait la ville, au fond d'un parc luxuriant, que peuplaient des dattiers, des orangers, des lauriers-cerises et des oliviers de Bohême, aux bustes rougeâtres, coiffés de cheveux d'argent. Des années après, j'appris que c'était l'ancienne propriété du plus gros bijoutier de Trébizonde. Un Arménien qui, deux jours plus tôt, avait été envoyé en « déportation » dans un bois, à cinq kilomètres de la ville, pour y être occis avec plusieurs de ses congénères. Salim bey l'avait achetée pour rien à sa femme avant qu'elle parte elle-même en « déportation » au fond de la mer, avec ses quatre enfants.

Il me conduisit dans une grande pièce, à l'étage, où six filles plus âgées que moi étaient en train de dîner. De la soupe au chou noir et aux haricots. J'ai refusé l'assiette creuse que m'a tendue une femme édentée et à bec-de-lièvre, Fatima, qui faisait à la fois office de gardienne, de confidente et de nounou. Elle ne parlait pas beaucoup mais ses yeux disaient qu'elle était de notre côté. Je l'ai tout de suite aimée.

Elle m'a donné une boîte en fer pour ma salamandre. Même si mon batracien devait retourner sa queue pour tenir dedans, il y fut tout de suite heureux et davantage encore quand, après le bain du soir, j'y mettais, la nuit, de la terre pour qu'il puisse s'y lover.

Fatima me conseilla de nourrir la salamandre avec des insectes ou des vers de terre, ce que je fis, les jours suivants, en rajoutant à son régime des limaces et de minuscules escargots dont elle raffolait. Sans oublier des araignées et des papillons de nuit.

Après ça, Fatima m'a mise en garde contre le liquide venimeux appelé, je le sus plus tard, samandarin, que pouvait secréter la peau de la salamandre quand elle se croyait en danger. Mais je n'ai jamais rien ressenti en la manipulant, il faut croire qu'elle se pensait en sécurité avec moi.

J'ai fait quelques trous sur le couvercle, pour qu'elle respire, et je lui ai donné un nom : Théo, diminutif de Théodora Comnène, la princesse chrétienne de Trébizonde dont, depuis le xv^e siècle, la postérité célèbre la beauté.

Ma boîte à salamandre m'accompagnait partout, jusqu'aux toilettes. Je ne pouvais plus me passer de Théo : c'était à la fois ma terre, ma famille, ma conscience et mon alter ego. Elle me sermonnait souvent et je ne me privais pas de lui répondre. On avait le temps de parler.

Chez Salim bey, le travail n'était pas très fatigant. Je ne supportais pas les versets du Coran dont on nous rebattait les oreilles, ni le reste, mais je n'oserais me plaindre quand je pense aux enfants qui ont été empoisonnés à l'hôpital de Trébizonde par le docteur Ali Saib, inspecteur des services sanitaires, et aux autres, attachés ensemble par groupe de douze à quatorze avant d'être emmenés avec leurs mères et leurs grands-parents dans des marches forcées en direction d'Alep pour mourir en chemin, de soif, d'inanition ou sous les coups de leurs gardiens. Sans parler de ceux qui ont été embarqués sur des bateaux et jetés en pleine mer.

Plusieurs soirs par semaine, Salim bey et ses amis, souvent des camarades de son parti, venaient disposer des corps de ce qu'il appelait le « petit harem ». Je sais que ce n'était pas amusant pour mes consœurs qui allaient de l'un à l'autre pour être ramonées de partout, plusieurs fois par soir. Il fallait qu'elles donnent de leur personne, en suant et ahanant, jusque tard dans la nuit. Des bêtes de somme dont elles avaient souvent l'œil mort, du moins le matin. Des chipies aussi. Elles me haïssaient à cause du traitement particulier auquel mon âge me donnait droit : j'étais réservée au maître dont les mœurs n'étaient pas assez dévoyées pour m'imposer la chosette. Il attendait simplement de moi que je lui fasse des choses. Des « gâteries », comme disait Fatima, qui m'a enseigné cet art qui est aussi une science.

« Fais attention à tes dents, répétait-elle. Tout ton travail consiste à les faire oublier. Les hommes détestent qu'on les râpe ou qu'on les mordille. Tu ne dois travailler qu'avec tes lèvres et ta langue pour sucer, lécher et aspirer avec toute la passion dont tu es capable : c'est comme ça que tu les rendras heureux. »

Il m'amenait dans son bureau, s'asseyait dans un fauteuil en cuir, me demandait de me mettre à genoux, de poser ma tête entre ses cuisses, puis d'ouvrir sa braguette, avant d'en extraire son engin et de lui donner son content en le pourléchant. Son désir montait alors crescendo, ses geignements se transformaient en grognements, et je ne vous raconte pas la suite.

Tout en l'excitant, je proférais toutes sortes d'insultes en mon for intérieur : notamment *salak* (« connard », en turc) ou *kounem qez* (« Je te baise », en arménien). Même si je ne pouvais, et pour cause, lire ses pensées dans son regard, je suis sûre qu'il était conscient de me faire du mal. Mais, en même temps, il me faisait beaucoup de bien. C'est lui qui, au fil de ces séances, a nourri cette violence qui m'habite et m'a permis de survivre.

# 7

## *Le mouton et les brochettes*

TRÉBIZONDE, 1916. Un matin, Salim bey a fait venir l'imam pour que je prononce devant lui les paroles rituelles de la conversion à l'islam : « J'atteste qu'il n'y a pas de divinité excepté Dieu, et j'atteste que Mahomet est le messager de Dieu. »

Le messager, je veux bien, mais le seul, non. Il y a aussi Jésus, que je continuerai à prier jusqu'à mon dernier souffle, ainsi que Moïse, Marie, l'archange Gabriel et beaucoup d'autres. Personne n'a le monopole de Dieu.

Quand l'imam m'a demandé si ma conversion était libre et volontaire, j'ai menti comme Salim bey m'avait demandé de le faire. J'ai même prétendu que j'étais heureuse de quitter le christianisme que j'abhorrais depuis ma petite enfance.

« J'ai toujours trouvé que le Christ était un trouillard et un pleurnichard, ai-je dit. Si c'est ça, le fils de Dieu, franchement, je plains Dieu, il l'a vraiment raté. »

En écrivant ces lignes, la honte m'envahit mais pas autant que ce jour-là que je passai ensuite à prier, à genoux, avant de marcher pieds nus sur des cailloux, pour me mortifier et me faire pardonner mes blasphèmes.

Pour vivre, j'étais prête à tout et mon maître m'avait dit que la conversion était pour moi la meilleure protection. Après ça, à l'en croire, je ne risquais plus rien : les musulmans avaient pour règle, contrairement aux chrétiens, de ne pas se tuer entre eux, c'était quand même un avantage.

Même s'il m'avait sauvée, Salim bey se sentait très coupable à mon égard et j'en ai tiré parti. Un jour que je lui demandais qui était le gros manchot moustachu qui avait emmené mon père pour le faire assassiner dans un champ, il me répondit sans hésiter :

« Gros et manchot, ça ne peut être qu'Ali Recep Ankrun. Je le déteste. C'est un type capable de n'importe quoi pour y arriver. Il tuerait père, mère, même ses propres enfants. Je vérifierai si c'est bien lui qui était à Kovata. »

Il vérifia et confirma. Il essaya aussi de prendre des nouvelles de ma mère et des autres. C'était très compliqué, il fallut attendre au moins six semaines pour que ses recherches aboutissent.

Salim bey avait l'air sincèrement accablé quand il m'a dit un jour, les yeux baissés, la gorge serrée : « Ta mère, tes frères et tes sœurs ont été attaqués par des brigands kurdes qui les ont tous égorgés. Ta grand-mère, je ne sais pas ce qu'elle est devenue, personne n'a pu me dire. »

J'ai éclaté en sanglots. Salim bey a pleuré aussi et ça n'était pas du cinéma, ses larmes étaient vraies, elles ont taché sa chemise. C'est à partir de ce jour-là que j'ai attendu ma grand-mère tous les jours que Dieu a faits :

j'espérais qu'elle avait été recueillie par les Syriens d'Alep ou d'ailleurs qui ont sauvé tant d'Arméniens. Pendant des années, jusqu'à une date récente, quand j'ai vraiment fait mon deuil, j'ai cru qu'on finirait par se retrouver et qu'on passerait nos vieux jours devant les fourneaux de mon restaurant. J'ai tout tenté, les détectives et les appels dans la communauté arménienne, mais en vain.

Je ne peux repenser à Salim bey sans éprouver un certain malaise. Ce qu'il faisait avec mon corps me répugnait mais, en même temps, j'appréciais qu'il désapprouve ses homologues du Comité Union et Progrès : il me parlait avec horreur des supplices qui étaient infligés aux Arméniens dans les geôles du CUP, pour leur faire dire où ils cachaient leurs économies. Les ongles qu'on enlevait à la pince. Les sourcils et les poils de barbe qu'on arrachait un à un. Les pieds et les mains que l'on clouait sur des planches pour se moquer ensuite des crucifiés : « Tu vois, t'es comme le Christ, Dieu t'a abandonné. »

Un jour, il m'a raconté aussi les marches de la mort, ces colonnes de zombies que les gendarmes turcs emmenaient dans les déserts ou les montagnes où ils tournaient en rond, jusqu'à ce qu'il n'en reste plus. Les femmes violées, les filles enlevées, les bébés abandonnés en chemin, les vieillards à la traîne, jetés dans les précipices ou par-dessus les ponts.

Salim bey était très fleur bleue, comme l'attestait son amour pour Mme Arslanian, sur lequel il s'est beaucoup étendu pendant ces séances où je réjouissais son engin. Une femme très belle et très riche qui, croyait-il, allait changer sa vie et lui apporter la fortune. Elle était libre, son mari, un médecin arménien, ayant malencontreusement disparu au cours de sa « déportation ».

Mme Arslanian était l'élégance incarnée. Avec ça, une bouche à baisers, une poitrine généreuse, des hanches à grossesses et une chevelure broussailleuse dont aucun peigne ni brosse ne pouvait venir à bout. Sans oublier son regard aimant et profond.

La première fois qu'il la vit, Salim bey éprouva un coup de foudre qui ne fut certes pas partagé mais dont il ne doutait pas qu'il finirait par la frapper à son tour. Il savait bien que ça le mettait en danger, à la direction de son parti qui bouffait de l'Arménien, matin, midi et soir, mais bon, si elle le lui avait demandé, il aurait tout quitté et se serait installé aux États-Unis pour vivre pleinement son très grand amour.

Bien qu'elle ait repoussé ses avances, ce que les circonstances permettaient de comprendre, Mme Arslanian se disait disposée à s'enfuir avec lui quand elle aurait récupéré ses enfants. Elle avait même trouvé leur point de chute : Boston. Elle rêvait de vivre sur la côte Est des États-Unis.

Mais il a fallu déchanter. Cette femme inspirait trop l'amour et la convoitise. Son destin tragique allait montrer que, contrairement à la légende, la beauté et l'argent ne protègent jamais personne de l'Histoire en marche.

Sur ce dossier, il y avait en effet trop de monde, et du beau, du puissant : le docteur Ali Saib, son ami Imamzad Mustafa, gestionnaire de magasins, et Nail bey en personne qui, à la tête du Comité Union et Progrès, était devenu le vrai maître de la Trébizonde. Sans parler d'Ali Recep Ankrun, l'assassin de papa. Quatre sales types, c'était écrit sur leurs visages qui portaient les stigmates de la haine et de la cupidité.

Mme Arslanian, ou plus précisément son magot, leur avait tourné la tête et, pour parvenir à leurs fins, ils l'avaient fait chanter avec ses deux enfants disparus, un garçon de dix ans et une fille de sept ans, qu'elle était prête à tout pour retrouver et dont elle était la seule à ignorer qu'ils avaient été assassinés.

Dieu seul sait si elle a dit à l'un des malfaisants qui lui tournaient autour où elle dissimulait son trésor de 1 200 livres en or mais, un jour, Cemal Emzi, le gouverneur de la province, a décidé de siffler la fin de la récréation. Il a fait emmener Mme Arslanian dans un bateau en haute mer où elle fut jetée par-dessus bord, selon la méthode de « déportation » qui semblait avoir la préférence des autorités de Trébizonde.

Salim bey m'a souvent dit qu'il ne comprenait pas comment la purification de la Turquie avait pu déraper de la sorte ; il n'avait jamais voulu, répétait-il, que « ça aille jusque-là ».

« Je suis désolé, m'a-t-il dit, un jour que j'avais été très performante, après qu'il eut poussé un cri de l'autre monde. On n'avait pas prévu ce qui est arrivé.

— Nous non plus...

— Tout le monde est devenu fou, tu comprends. Les gens en avaient assez...

— Assez de quoi ?

— Des Arméniens, tu sais bien. Des commerçants exploiteurs qui, depuis des siècles, nous suçaient le sang. Des gens très personnels, et pas seulement sur le plan religieux. Ils refusaient systématiquement d'entrer dans le moule, ils ne pensaient qu'à eux.

— C'était quand même pas une raison pour les massacrer comme ça.

— Nous, les Jeunes-Turcs, il faut que tu le saches, ma petite princesse, on est de bons musulmans et de bons francs-maçons, pas des barbares ni des assassins, on voulait simplement repartir de zéro avec une race pure et une nation moderne.

— Y avait pas des moyens moins affreux pour arriver à vos fins ?

— Il faut toujours égorger le mouton pour faire de bonnes brochettes mais bon, je suis d'accord, on n'est pas obligé d'exterminer tout le troupeau pour ça, on est allés trop loin. C'est pas la faute à notre programme, c'est la faute à l'homme. »

J'ai hoché la tête. Je savais qui étaient les vrais coupables : ceux dont j'avais écrit les noms sur une petite feuille de papier qui ne me quittait jamais.

J'aurais aimé rester encore avec lui des années, pour continuer mon enquête, mais, au fil des mois, j'ai senti décliner mes pouvoirs sur lui. Ses yeux ne me fixaient plus, ils m'évitaient. Il avait le regard pleutre des hommes qui vont voir ailleurs.

Désormais, pendant que je le besognais, Salim bey lisait un livre et ne le refermait qu'à l'instant ultime, quand la Sainte Crème m'explosait sur la figure ou dans la bouche. J'œuvrai ainsi tour à tour sous les couvertures du Coran, de *L'Île au trésor* de R.L. Stevenson ou des *Misérables* de Victor Hugo. En plus de ça, il était pressé, il en venait de plus en plus vite au fait.

J'avais cessé de l'intéresser mais il portait toujours sur moi le même regard protecteur. Ayant observé que je me passionnais pour ce qu'il lisait, il m'a offert *Les Misé-*

*rables* pour la fête de l'Aïd al-Fitr de 1916. Après ça, il m'a donné *David Copperfield, Huckleberry Finn* et d'autres livres de ce genre que je lisais le soir, avant de m'endormir, en m'identifiant à tous ces aventuriers de rivière ou de ruisseau.

J'habitais chez Salim bey depuis près de deux ans quand, un matin, Fatima a préparé mes affaires, ce qui fut vite fait car j'en avais peu, avant de m'amener devant le maître qui finissait son petit déjeuner. Faussement jovial, comme quand on annonce une mauvaise nouvelle, il m'a dit qu'il m'envoyait chez un ami, un gros négociant en thé, riz, tabac et noisettes, qu'il avait reçu chez lui, la veille, et auquel j'avais beaucoup plu bien qu'il ne m'ait vue que de loin.

« Il n'est pas beau mais il est très gentil, dit-il.

— Personne ne sera jamais aussi gentil que vous, mon maître.

— Il t'a trouvée appétissante et m'a demandé si tu tenais tes promesses. J'ai confirmé.

— Je ferai toujours ce que vous me demanderez.

— Je te demande de lui donner du plaisir comme tu m'en as donné. Mais rassure-toi, ma petite princesse. Je te prête, je ne te donne pas. Tu reviendras.

— Bien sûr que je reviendrai, confirmai-je. J'ai beaucoup de choses à faire ici. »

# 8

## *Les fourmis et la roquette de mer*

MÉDITERRANÉE, 1917. Nâzim Enver, mon nouveau maître, n'était pas un poète. La cinquantaine obèse, il était la preuve vivante que l'homme descend moins du singe que du cochon. Dans son cas, ce n'était pas n'importe lequel mais le verrat de concours qui, en équilibre précaire sur ses deux pattes arrière, peine à porter ses jambons flageolants.

Il ne me mettait pas l'eau à la bouche, mais je rêvais de le débiter, de le saler ou de transformer sa tête en pâté. J'avais calculé que s'il m'avait fallu le manger, à raison de deux cents grammes par jour, une année n'aurait pas suffi.

Dès que j'arrivai sur son bateau, *L'Ottoman*, un cargo qui mouillait dans le port de Trébizonde, je fus amenée dans sa cabine. J'y restai longtemps en plan, assise sur son lit. Dans les mains, j'avais la boîte de Théo et, à mes pieds, mon baluchon avec mes habits et la liste de mes haines. Je tuais le temps en priant Jésus dans son ciel pour qu'il se remue un peu, tue quelques Jeunes-Turcs et retrouve ma grand-mère.

Une heure après, quand Nâzim Enver arriva, en sueur et en rut, il me demanda de me déshabiller et de m'allonger sur le lit. Après m'avoir écarté les jambes puis écrasée sous les plis de sa viande attendrie, il passa à l'acte sans me demander mon avis ni même prononcer une seule parole, fût-ce de politesse.

À l'instant où Nâzim Enver se soulagea en moi peu après m'avoir pénétrée, il hurla comme si je venais de l'assassiner. Les verrats doivent avoir le même cri quand ils jouissent.

Après ça, il resta longtemps au-dessus de moi, comme prostré. Terrorisée à l'idée d'avoir mal accompli ma besogne, je restai sans rien dire ni bouger sous sa poitrine de dondon mamelue et j'aurais étouffé s'il n'avait fini par se dégager pour s'asseoir sur le lit. Il se retourna, son regard se posa sur moi mais il ne me vit pas. Il avait sur le visage les marques d'un ravissement affreux.

Quand je sortis des draps, je découvris qu'ils étaient pleins de sang mais je savais ce que ça signifiait, ma grand-mère me l'avait expliqué, Fatima aussi, et je ne pus, malgré mon dégoût, réprimer une certaine fierté.

Nâzim Enver ne me laissa pas le temps de me rhabiller. Il m'emmena nue, les cuisses sanglantes et mes affaires à la main, dans une petite cabine qu'il ferma à clé derrière lui et où, après m'être lavée, je passai la journée, puis les suivantes, à regarder la mer par le hublot en ruminant le passé et en faisant toutes sortes de prières dont aucune n'a jamais été exaucée, comme si le Tout-Puissant me faisait payer ma conduite.

Chaque soir, mon maître venait me chercher avant de se coucher et j'ai passé toutes les nuits dans son lit pendant le trajet qui devait nous emmener de Trébizonde à Barcelone. En dehors des moments où il me chevauchait, je n'existais pas pour lui, et les rares fois où il s'adressa à moi, ce fut pour me reprocher de ne pas bien aiguillonner son désir : « Concentre-toi, il faut que tu te donnes plus de mal que ça, une pierre ne suffit pas à faire un mur. »

Le jour, quand j'étais enfermée dans ma cabine, l'homme à tête de bœuf qui m'apportait mes repas ouvrait rarement la bouche, lui aussi, et ne me regardait, quand il daignait le faire, qu'avec un mélange d'indifférence et de lassitude. J'aurais été un meuble, je crois que c'eût été pareil.

Dieu merci, avec Théo, j'avais à qui parler. Ma salamandre n'a pas aimé cette traversée de la Méditerranée. Sans doute parce que je la nourrissais exclusivement de mouches et d'araignées qu'elle consommait de mauvais gré, mais il n'y avait rien d'autre à manger sur le bateau. De plus, elle était très choquée par le sort qui m'était fait, celui d'une esclave sexuelle soumise au bon plaisir de son maître et traitée plus bas que terre. Je passais mes journées à essayer de la calmer.

« Tu ne peux pas continuer à accepter ça, protestait Théo.

— T'es bien gentille, mais qu'est-ce que je peux faire ?

— Te révolter.

— Ah, oui, et comment ? »

Théo ne répondait rien parce qu'il n'y avait rien à répondre. Même si elle feint de les ignorer, la morale a toujours des limites, fixées par la raison.

Je redoutais que Nâzim Enver ne m'engrosse. Malgré les apparences, il ne m'avait rien pris. Ni ma dignité, ni mon estime, ni rien d'autre. J'ignorais que, n'ayant pas encore eu mes règles, je n'étais pas en âge d'enfanter. Mais j'avais appris à la ferme comment les bêtes faisaient leurs petits. Comme nous.

Je ne pouvais supporter l'idée que mon gros verrat lubrique me fasse un enfant à tête de cochon. Je savais ce qu'il fallait faire en pareil cas, Fatima me l'avait expliqué, quand j'étais au petit harem. Si la chose est prise à temps, de l'eau savonneuse suffisait. J'en barbouillais mon abricot après chaque pénétration.

Je me sentais comme la nymphe qu'une colonie de fourmis a dérobée à une autre pour la réduire en esclavage. Nous autres, humains, nous avons beau nous pousser du col et nous vêtir de parures, nous ne sommes que des fourmis, finalement, comme celles que j'observais dans la ferme de mes parents et qui, obsédées par l'idée d'étendre leur territoire, passaient leur temps à se faire la guerre.

Toujours disposées à éradiquer la colonie voisine, elles n'étaient mues que par leur volonté de puissance. Si un million et quelques centaines de milliers d'Arméniens ont été exterminés en 1915 et 1916, c'était bien simple : ils étaient moins nombreux et moins agressifs que les Turcs, comme ces grandes fourmis noires dont j'avais vu les nids dévastés par des armées de guerrières rouges, minuscules et mécaniques.

J'ai appris plus tard que, lors du grand massacre des Arméniens, les enfants de moins de douze ans étaient parfois soustraits à leurs parents pour être confiés à des « orphelinats » qui n'étaient en réalité que des bandes de derviches plus ou moins incultes, où l'on élevait les enfants dans la foi musulmane.

Les fourmis ne font pas autre chose quand elles

se livrent à des razzias d'œufs, de larves et de nymphes qui, arrivés à maturité, se mettront au service de leurs conquérants. N'étaient nos apparences, rien ne nous différencie, et on est en droit de penser que les fourmis sont l'avenir du monde. Esclavagistes, pillardes et belliqueuses, elles ont toutes les qualités requises pour remplacer l'espèce humaine quand son avidité compulsive l'aura fait disparaître de la surface de la planète.

La science nous a appris que certaines plantes refrènent volontiers le développement de leurs racines quand elles sont entourées de membres de la même parentèle : elles ne veulent pas déranger et entendent partager l'eau ou les sels minéraux. La chose a notamment été observée chez la roquette de mer qui pousse sur les plages sablonneuses des pays froids.

Je vous concède que la roquette de mer n'a l'air de rien et qu'elle n'a pas fait avancer la pensée ni la philosophie. Mais à mon humble avis, au moins sur le plan de l'altruisme et de la fraternité, elle vaut beaucoup mieux que nous. Si les Arméniens avaient eu affaire à elle, ils n'auraient pas été exterminés.

C'est pendant ce voyage que j'ai vraiment découvert l'art de la dissimulation. Je feignis d'aimer éperdument ce gros cochon de Nâzim Enver. Dès que je le retrouvais entre les draps, je lui disais, en le couvrant de baisers et de caresses, que je ne pouvais pas vivre sans lui, « *hayatim* », et que je mourrais s'il me quittait. La vanité des hommes est la force des femmes. Il céda à son mauvais penchant.

C'est ainsi qu'à la fin du périple, alors que nous longions les côtes italiennes, Nâzim Enver décida que je ne serais plus enfermée à clé et que je pourrais sortir de ma cabine. Passant des heures sur le pont, à scruter les blancheurs molles de l'horizon, je me fondais en elles et partais très loin, au-delà du monde.

## Chapacan I*ᵉʳ*

MARSEILLE, 1917. Je ne sais quel jour exactement notre cargo, *L'Ottoman*, entra dans le port de Marseille mais c'était au printemps, alors que l'Empire vacillant dont il battait pavillon était encore officiellement en guerre contre la France.

Avant de faire don de ma petite personne à Nâzim Enver, Salim bey m'avait dit que notre destination finale serait Barcelone, mais je soupçonne mon nouveau maître d'avoir organisé le déroutage avant notre départ de Trébizonde : il ne semblait pas contrarié, bien au contraire, quand le bateau accosta à Marseille.

Les recherches que j'ai pu faire m'ont appris que Nâzim Enver était un homme d'affaires avisé qui, à la fin des années 30, devint l'une des grandes fortunes de la Turquie, le roi du tabac et de la noisette auxquels s'ajoutèrent la presse et le pétrole. Mais sur le mystère du changement de destination, en 1917, je suis condamnée aux conjectures.

Même si je n'en ai aucune preuve, je subodore que, anticipant la défaite de l'Allemagne et la débandade de l'Empire ottoman, il avait décidé de rechercher, avant même la fin des hostilités, de nouveaux marchés chez les futurs vainqueurs. Avec d'autres fleurons de sa flotte qui ne cessa de grandir, *L'Ottoman* devint rapidement un des piliers du port de Marseille où il apportait régulièrement les productions de la mer Noire.

La première nuit après notre arrivée à Marseille, Nâzim Enver ne me donna pas signe de vie. À 5 heures du matin, alors que je n'avais pas fermé l'œil, j'allai sur le pont avec Théo que j'avais sortie de sa boîte et laissai mes yeux errer longtemps sur la ville d'où montaient des effluves de sel, de stupre ou de poisson.

Il se dégageait de Marseille un sentiment de grandeur que résumait bien l'inscription en latin que l'on pouvait lire jadis, ai-je appris plus tard, sur la façade de l'hôtel de ville :

« Marseille est fille des Phocéens ; elle est sœur de Rome ; elle fut la rivale de Carthage ; elle a rouvert ses portes à Jules César et s'est défendue victorieusement contre Charles Quint. »

C'était vraiment une ville pour moi. Séditieuse et indépendante, elle a toujours tenu tête à tout le monde, y compris à Louis XIV. La légende raconte que, le 6 janvier 1659, elle a envoyé devant le roi deux représentants, Niozelles et Cuges, qui, contrairement à tous les usages et au grand dam du comte de Brienne, refusèrent de s'agenouiller devant lui.

Le Roi-Soleil sut s'en souvenir. L'année suivante, après s'être emparé de la ville, il fit construire au-dessus du port, sur une pointe calcaire, le fort Saint-Nicolas dont les canons furent tournés en direction de la ville, pour tenir le peuple de Marseille en respect.

Comme si je pressentais tout cela, j'étais dans un état de grande fébrilité. Ouverte à tous, vents ou humains,

Marseille est une ville qui tend les bras. Il ne reste qu'à se laisser prendre. J'étais prise et ne voulais plus que la rejoindre sans attendre.

Je n'ai pas attendu. Il eût été trop risqué d'emprunter la passerelle, les marins auraient eu tôt fait de me rattraper. J'ai préféré ouvrir l'une des centaines de caisses entassées dans la soute, et me glisser dedans. Elle était remplie de noisettes, et il fallut que j'en jette pas mal pour m'y faire une place avec mon baluchon et la boîte de Théo.

Le matin, quand les grues commencèrent à décharger le bateau, je me suis sentie emportée puis ballottée dans les airs avant de me retrouver, un moment plus tard, sur les quais du port. Un docker m'a surprise en train de sortir de ma boîte, mais il a continué son chemin après m'avoir adressé un large sourire accompagné d'un petit salut amical de la tête.

Pendant deux semaines, j'ai vécu de rapines dans le quartier du port, à La Joliette, mais je dépérissais à vue d'œil. Découvrant à mon corps défendant que la liberté n'a jamais nourri personne, j'en venais à regretter les gâteaux et les loukoums dont je me gavais, peu de temps auparavant, dans la cabine de Nâzim Enver sur *L'Ottoman.*

J'ai fini par émigrer du côté du Vieux-Port où j'écumais les poubelles des restaurants après la fermeture. Les jours de chance, je m'y régalais de homards ou de crabes, aussi bien que d'ananas ou des restes de tartes. Sans oublier les croûtons de pain. Je profitais bien. Théo aussi.

Mais c'était une activité où la concurrence a toujours été rude et, une nuit, je fus interpellée par la police

interne des clochards de Marseille et emmenée sans
ménagement dans un bouge de Saint-Victor devant un
petit homme très chic, aux souliers vernis et à la bouche
tordue, qui semblait en vouloir à la terre entière et à
moi-même en particulier.

Il avait toutes les apparences de la réussite mais il était
plein de haine. On l'aurait piqué, c'est du fiel qui aurait
coulé, un fiel noir et méphitique. Ses yeux étaient
injectés de sang et son filet de voix cassée semblait se
frayer un chemin à travers le gravier.

Je ne comprenais rien de ce qu'il disait mais je voyais
bien qu'il n'était pas content. Je l'écoutais, tête baissée,
échine courbée, incarnation vivante de la soumission
totale, comme j'avais appris à le faire avec mes maîtres
précédents. La servilité est un métier : j'étais d'accord
avec tout. S'il l'avait fallu, je lui aurais même consenti
des câlins, bien qu'il eût mauvaise haleine et que j'aie
toujours eu la phobie des bouches qui puent. Mais je ne
devais pas être son genre et je ne m'en plaindrai pas, ce
fut une épreuve de moins.

On l'appelait Chapacan Iᵉʳ. Ce n'était pas gentil : en
argot local, ça voulait dire voleur de chien. On pronon-
çait néanmoins ce nom avec un mélange de respect et
de terreur.

À sa façon, c'était un roi, et il avait droit de vie ou de
mort sur ses sujets dont je faisais désormais partie. Mais
c'était aussi un chef d'entreprise, adepte du manage-
ment par le stress, qui savait tirer le meilleur de ses
employés. Il vivait sur six filiales spécialisées dans la
mendicité, le glanage, le vol, la prostitution, le jeu et le
trafic de drogue.

Dans un premier temps, je fus affectée, après un

stage de formation, à la division « mendicité » de son empire, et remplissais mon office devant les églises et les bâtiments publics.

Mendier est fatigant. Il faut toujours être aux aguets, souvent sous un soleil de plomb, pour ne pas laisser échapper la bonne affaire, celle qui croise malencontreusement votre regard, ralentit son pas, et que l'on peut alors accrocher, le corps suppliant, en répétant la première phrase de français que j'ai su prononcer :

« Siouplaît, j'ai faim. »

Souvent, j'étais au bout du rouleau quand j'allais apporter ma recette de la journée aux sous-fifres de Chapacan I$^{er}$ qui m'avait menacée des pires sanctions, avec des gestes évocateurs, si je m'avisais de lui en soustraire une partie : ça allait de l'ablation d'un doigt à la crevaison d'un œil ou des deux yeux, et ça pouvait finir, en cas de récidives, par l'amputation d'un bras, des deux, ou par la gorge tranchée dans un cul-de-basse-fosse.

Chapacan I$^{er}$ ne semblait pas mécontent de mes performances, à en juger par son sourire affable quand il me convoqua, plusieurs mois après mon embauche, pour ce qu'on appellerait aujourd'hui, dans le jargon des entreprises, un entretien d'évaluation.

J'étais nourrie et logée, si j'ose dire, dans le grenier d'un immeuble en ruine que je partageais avec deux vieilles dames qui semblaient toujours raser les murs, même quand il n'y en avait pas. À force de porter tout le malheur du monde sur leurs frêles épaules voûtées, elles finiraient, c'était écrit, par marcher un jour sur le nez.

Je les ai longtemps imaginées princesses en exil, c'est

dire leur classe, jusqu'au jour où j'appris qu'elles avaient toutes deux été abandonnées, au même moment, par leurs maris respectifs, un chaudronnier et un poissonnier, l'un et l'autre ayant décidé, la cinquantaine venue, de renouveler leur monture nocturne.

Le soir, elles m'apprenaient à parler français, et je commençais à bien me débrouiller. Plus je progressais, moins je me sentais à l'aise dans cette vie qui consistait à simuler, geindre et pleurnicher toute la journée pour trois francs six sous. Chapacan I$^{er}$ l'avait compris. C'est pourquoi il me proposa de m'affecter à la branche « glanage » de son organisation. Une promotion que j'acceptai sans hésiter.

Dans la foulée, Chapacan I$^{er}$, toujours très directif avec son personnel, m'attribua un nouveau prénom :

« J'aime pas Rouzane.

— Moi, j'aime bien. C'était le prénom de ma grand-mère.

— Ça sonne mal. Désormais, tu t'appelleras Rose. »

# 10

## *L'art du glanage*

MARSEILLE, 1917. On ne s'improvise pas glaneur. Il faut une technique, un matériel dédié et un apprentissage que m'apporta l'un des barons de Chapacan Iᵉʳ. Pourvu d'une tête grasse, j'allais dire ventrue, posée sur un corps fluet, on le surnommait l'Enflure et il justifiait pleinement ce sobriquet. Ce fat mettait de la solennité partout, dans ses gestes et ses paroles, y compris quand il se rendait au petit coin.

L'Enflure m'initia pendant trois jours à mon nouveau métier que j'exerçais avec un pic pour fouiller les poubelles, un crochet pour récupérer mes prises en gardant les mains propres s'il y avait de la gadoue dedans, une poussette d'enfant pour entreposer mon butin et un couteau pour le protéger, si besoin, contre les fâcheux. Il m'apprit aussi les quelques règles auxquelles il fallait se conformer pour devenir un as du glanage :

— La discrétion. Les gens n'aiment pas que l'on fouille dans leurs déchets, il suffit d'observer leurs regards noirs devant le manège des glaneurs.

— La rapidité. S'il y a un trésor dans une poubelle, il faut l'en soustraire le plus vite possible, sans éveiller l'attention, avant de repartir l'air détaché, ni vu ni connu, sous peine d'avoir des comptes à rendre.

— Le discernement. Il est important de savoir choisir ses prises et de ne pas tomber dans ce que j'appellerais le ramassage compulsif. Les mauvais glaneurs remplissent inconsidérément leur chariot de détritus inutiles, c'est une perte de temps et d'énergie.

Je récupérais le fer, bien sûr, mais aussi les jouets, les habits ou les chaussures. Un jour, j'ai trouvé des chatons dans un carton ; une autre fois, une vieille poule, une sorte d'ulcère vivant, les pattes attachées, apparemment trop moche pour mériter d'être tuée. Il y a des gens qui jettent tout, à commencer par leurs problèmes. Si j'avais continué à exercer ce métier, je suis sûre que j'aurais fini par tomber sur un vieillard grabataire gisant au fond de sa poubelle sous des boyaux de lapin et des épluchures de pommes de terre.

Je dois beaucoup au glanage, il m'a donné ma philosophie de la vie. Mon fatalisme. Mon aptitude à picorer au jour le jour. Mon obsession de toujours tout recycler, mes plats, mes déchets, mes joies, mes chagrins.

C'est aussi grâce au glanage que j'ai rencontré le couple qui a changé ma vie : les Bartavelle. Barnabé était un géant rustique et rougeaud avec un gros bedon qui semblait toujours sur le point d'exploser, ce qui explique sans doute qu'il posât si souvent ses deux mains dessus, avec une sorte d'inquiétude. Il mangeait ses mots et parlait des intestins.

Honorade, son épouse, semblait le fruit des noces d'un calcul biliaire et d'une fiole de vinaigre. Elle ne souriait jamais : tout la contrariait, le soleil, la pluie, le froid, la chaleur, et il y avait toujours une bonne raison de se plaindre.

Ils tenaient un restaurant, « Le Galavard », dans le quartier du Panier. Avant qu'ils m'embauchent, je crois n'avoir jamais déniché quelque chose d'intéressant dans leur poubelle que je fouillais pourtant consciencieusement chaque jour : ces gens-là ne gâchaient jamais rien, le poisson de la veille se retrouvait dans la farce du surlendemain avant de finir dans la soupe de roche des jours suivants.

Un jour qu'un de leurs employés leur avait fait défaut, Barnabé Bartavelle, dont la cuisine donnait sur la rue, me cria par la fenêtre, alors que je passais avec ma poussette, qu'il avait du travail pour moi :

« Occupe-toi au lieu de faire la cloche. »

Je compris plus tard que mon prédécesseur au restaurant s'était enfui après avoir reçu une de ces mémorables raclées que la main lourde de Barnabé Bartavelle, tyran de cuisine, infligeait régulièrement à son personnel. En tant que commis en charge de la plonge, de l'épluchage et du nettoyage, j'eus moi aussi mon content de coups, toujours sans frais, qui plus est, la maison ne rémunérant pas mes services qu'elle se contentait de payer en nature sous la forme des restes de la journée, conservés dans une gamelle.

Dans toute ma vie, j'ai rarement rencontré des rapiats pareils. Les Bartavelle comptaient tout et vérifiaient sans cesse que le niveau des bouteilles ou des provisions de farine ne baissait pas après qu'ils s'étaient absentés. Ils se méfiaient de tout le monde, y compris, je crois, d'eux-mêmes.

J'aurais eu tort de me plaindre. Grâce soit rendue à

Barnabé Bartavelle de m'avoir permis de découvrir ma vocation et initiée à mon futur métier. Il prétendait toujours qu'il allait régler, un jour, son compte à Théo : « Pas de bête ici. » Il me parlait mal et me donnait des coups de pied dans le derrière quand je traînaillais, ainsi que des surnoms affreux comme « L'Estrasse » ou « La Bédoule », mais quelque chose me disait qu'il m'avait à la bonne. De temps en temps, quand il était débordé, il m'autorisait à me mettre aux fourneaux. Il m'apprit même à préparer, avant le service, ce qui serait plus tard une de mes grandes spécialités, les aubergines à la provençale dont je crains qu'elles ne soient supplantées par celles de l'autre Rose de Marseille, ma concurrente sicilienne.

Il me laissa dormir dans une remise, derrière le restaurant. Une sorte de placard à balais, qui donnait sur la cour. Honorade Bartavelle n'était pas d'accord : estimant que son mari était trop faible et me laissait « m'incruster », elle me fit payer chaque signe de relative humanité que son mari manifestait à mon endroit, réduisant ainsi mes portions quotidiennes ou me fichant des claques sous prétexte que je lui bloquais le passage.

Faisant tout pour que les sbires de Chapacan I$^{er}$ ne me repérassent pas, j'avais changé de coiffure et n'allais, sauf exception, que de la remise à la cuisine et inversement. Ils m'ont quand même trouvée. Un jour, Honorade Bartavelle entra en cuisine, ce qu'elle ne faisait jamais pendant le service, ça irritait son mari, et se planta devant moi avec le seul et unique sourire qui, pendant mon séjour chez eux, traversa son visage :

« La Bédoule, y a du monde qui te demande. »

J'imaginais qui c'était mais j'ai quand même voulu

vérifier en jetant un coup d'œil en salle. L'Enflure se tenait à l'entrée avec un grand escogriffe à poils courts et tête de boxeur. J'ai écouté mon instinct : j'ai sauté par la fenêtre et couru pendant deux heures sans savoir où j'allais avant de marcher jusqu'à la tombée du soir. Avec moi, je n'avais emporté que la boîte de Théo dans une main et, dans l'autre, la liste des bourreaux de Trébizonde.

# 11

## Le bonheur à Sainte-Tulle

HAUTE-PROVENCE, 1918. Un petit vent tiède rasait les champs, courait dans les buissons et dansait dans les cheveux des arbres. Il était partout chez lui. Quand il eut fini d'entrer en moi, il m'emporta très loin, jusqu'aux miens que j'entendais parler dedans.

Il y avait dans ce vent le chant du bonheur sur la terre, le murmure infini des copulations minuscules et un mélange de graines et de particules où j'entendais assez distinctement les psalmodies de l'autre monde.

Après avoir mangé des pommes véreuses au bord d'un champ d'oliviers, je me suis endormie dans un fossé d'herbes sèches avec plein de voix familières dans la tête. L'été tirait à sa fin et la nature n'en pouvait plus. Mordue et saignée pendant des semaines par les crocs du soleil, elle semblait dans cet état qui, souvent, précède la mort quand, après une longue agonie, le malade finit, les bras baissés, par se laisser aller dans une douce torpeur.

C'était pour mieux recouvrer ses forces quand débouleraient de l'horizon les grands orages de septembre qui assommeraient tout ici-bas avant que le bonheur s'élève à nouveau, jusqu'à la Toussaint, de la terre juteuse, dans une sorte de résurrection générale. En attendant, les arbres, les plantes et les herbes souffraient de toutes leurs fibres exsangues : leurs crépitements déchiraient mes oreilles comme des petits hurlements.

Quand je me suis réveillée, le vent était parti et, après m'être servie à nouveau dans les pommiers, j'ai repris mon chemin. J'étais à la hauteur d'Aix en début d'après-midi quand je fus hélée par un vieux coiffé d'un chapeau en osier, aux commandes d'une charrette tirée par un grand cheval blanc :

« Mademoiselle, voulez-vous monter ? »

À onze ans, je n'avais pas peur des hommes et j'ai accepté sans réfléchir l'invitation du vieux qui m'a tendu la main pour m'aider à grimper sur sa charrette. Quand il m'a demandé où j'allais, j'ai répondu :

« Plus loin.

— D'où viens-tu ?

— De Marseille.

— Mais tu as un accent d'ailleurs. De quel pays es-tu ?

— D'Arménie, un pays et un peuple qui ont disparu.

— Si tu ne sais pas où aller, tu peux dormir chez nous. »

Il a eu un sourire agricole, ce sourire souffrant qu'accompagne un plissement d'yeux, avec un air de deux airs. Sa tête était noire comme un sarment, il faisait penser à une branche qui a perdu l'élan vital et tourne au fagot sur son arbre.

Je ne répondis pas. Je jugeai son invitation rapide mais quelque chose sur son visage me disait que son invitation venait du fond du cœur, qu'elle était sans arrière-pensée.

Il s'appelait Scipion Lempereur. C'était un paysan de Sainte-Tulle, près de Manosque, qui faisait des moutons, des melons et des courgettes. Jusqu'à présent, tout lui avait réussi, le mariage, les enfants, le travail, les récoltes. Tout, jusqu'à cette affreuse année 1918.

« Le bonheur rend aveugle, dit-il, aveugle et sourd. Je n'ai rien vu venir. La vie est une grosse saloperie, à qui il ne faut jamais faire confiance. Elle donne tout et puis un jour, sans prévenir, elle reprend tout, absolument tout. »

Scipion Lempereur venait de perdre trois fils à la guerre. Le quatrième était entre la vie et la mort à l'hôpital militaire d'Amiens. Un éclat d'obus dans la tête, généralement ça ne pardonnait pas, mais Dieu, disait-il, ne pouvait quand même pas lui enlever tous ses enfants en même temps, ce serait trop inhumain.

« Tout Dieu qu'il est, il n'a pas le droit de me faire ça, observa-t-il. J'ai toujours essayé de tout bien faire. Je ne comprends pas de quoi il a voulu me punir. »

Après un faux rire nerveux, il s'est mis à pleurer et j'ai pleuré à mon tour. Il y avait longtemps que ça ne m'était pas arrivé et ça m'a fait du bien : souvent, le chagrin s'en va avec les larmes, du moins est-il moins lourd après qu'elles ont été versées. C'était la première fois que je rencontrais quelqu'un que la mort des siens avait transformé en cadavre debout. Il ne s'en était pas remis.

Moi, si. Je m'en voulais de n'être pas assommée de tristesse comme lui et demandai pardon à ma famille de lui avoir survécu avec tant de facilité.

« Pourquoi ? demanda Scipion Lempereur en regardant le ciel.

— Pourquoi? » répétai-je.

Après ça, je lui racontai ma vie. Je passai sur Salim bey et Nâzim Enver et m'étendis sur mes aventures marseillaises qui le tinrent en haleine. Quand j'eus terminé mon récit, il renouvela sa proposition de rester au moins quelques jours avec sa femme et lui, dans leur ferme de Sainte-Tulle.

« Vous ne nous dérangerez pas, insista-t-il. Faites-le pour nous, ça nous fera du bien, je vous assure : on a besoin de se changer les idées. »

Cette fois, j'acceptai. C'est ainsi que je me retrouvai, tard le soir, dans la bastide des Lempereur au sommet d'une colline pentue qui donnait sur une pauvre rivière, un filet gluant et ridicule qui attendait les pluies pour ressembler à quelque chose. Tout autour, un immense tapis de laine, vivant et grouillant, broutait les herbes dorées.

Emma, la femme, était pourvue d'une mâchoire chevaline, avec la denture afférente, et d'une carrure d'homme de peine, rompu aux travaux des champs. Cela n'avait cependant pas terni son visage altier : creusé de rides, il rappelait les ravins à sec après que des torrents en furie les eurent dévalés pendant la mauvaise saison.

Elle n'était jamais allée plus loin que Manosque, mais elle avait beaucoup vécu grâce aux livres. C'est elle qui m'a fait découvrir, entre autres, le poète John Keats qui a écrit :

« Toute beauté est joie qui demeure. »

En ce qui concerne Mme Lempereur, il fallait ajouter au mot joie ceux d'intelligence et de culture. De ces trois points de vue, elle était d'une beauté comme on en rencontre peu, dans une vie.

Elle m'adopta au premier regard, puis m'embrassa comme si j'étais sa fille. Je le deviendrais un jour pour de vrai : après des années de procédures, j'ai fini par porter son nom. Les trois fils étant tombés au champ d'honneur pendant la guerre de 14-18, les Lempereur firent aussi de moi, après la mort du quatrième, leur unique héritière par testament déposé chez notaire.

Emma adopta aussi Théo qui connut, à Sainte-Tulle, les plus belles années de son existence. Ma salamandre était heureuse et ne m'accablait plus de reproches, comme par le passé.

Moi aussi, j'étais heureuse, si ce mot a un sens. Scipion et Emma Lempereur m'ont tout donné. Une famille, des valeurs et plein d'amour. Ma mère adoptive m'a de surcroît enseigné l'art de la cuisine : c'est elle, par exemple, qui m'a transmis la recette du flan au caramel qui a beaucoup fait pour ma célébrité.

Une autre recette a contribué tout autant à ma renommée. C'est la parmesane de Mamie Jo, une jolie châtelaine du coin qui venait souvent chez les Lempereur avec des plats cuisinés jusqu'à ce qu'un jour, pour notre grand malheur, elle parte aux États-Unis refaire sa vie avec un transporteur maritime.

À la basse saison, quand il y avait moins de travail dans les champs, Emma Lempereur organisait régulièrement de grands déjeuners campagnards d'une centaine de personnes : elle invitait ses voisins et des amis qui venaient parfois de très loin. Un jour que je lui demandais pourquoi elle se donnait tout ce mal, elle me répondit :

« La générosité, c'est des cadeaux qu'on se fait à soi-même. Y a pas mieux pour se sentir bien. »

Elle m'a laissé des tas de phrases de ce genre qui se sont imprimées pour toujours dans ma tête. Après Salim bey, Emma Lempereur m'a fait découvrir beaucoup de livres, notamment l'œuvre de George Sand ou les romans d'amour de Colette comme *Chéri* ou *Le Blé en herbe* dont je dois reconnaître qu'ils me tombent aujourd'hui des mains sans toutefois me faire mal aux pieds. Ils sont si légers...

J'ai honte d'écrire ça. C'est comme si je trahissais la mémoire d'Emma Lempereur qui, en dépit de tout l'amour qu'elle portait à son mari, répétait qu'il faudrait bien qu'un jour « les hommes cessent de s'essuyer les pieds sur les fesses des femmes ». C'était pour ça qu'elle aimait Colette et toutes celles qui portaient haut leur fierté d'être femmes.

Elle était féministe et aimait tenir avec ironie des propos du genre : « C'est un secret encore très bien gardé, mais un homme sur deux est une femme. Donc toutes les femmes sont des hommes, encore que, Dieu merci, tous les hommes ne sont pas des femmes. »

Chez les Lempereur, je revécus entre onze et dix-sept ans les saisons molles du bonheur, quand un jour chasse l'autre mais que rien jamais ne change, tout retrouvant toujours sa place, les hirondelles dans le ciel, les moutons dans la bergerie, les poudroiements à l'horizon, tandis qu'un mélange de joie et d'ivresse vous envahit rien qu'en respirant.

Vous me direz que je deviens bêtassonne mais le bonheur est toujours bêtasson. Au surplus, l'ayant déjà connu dans la ferme de mes parents, je m'en méfiais :

toute cette griserie en moi me faisait peur. L'expérience m'avait appris que ça ne dure jamais.

C'est quand tout va bien que l'Histoire vient vous déranger.

## 12

## *Le fusillé*

HAUTE-PROVENCE, 1920. C'est l'année de mes treize ans et de mes premières règles que le monde a commencé à devenir fou. Peut-être y eut-il des signes annonciateurs dans le ciel ou ailleurs, mais il me faut bien reconnaître qu'à Sainte-Tulle je n'avais rien observé de particulier.

Je ne regardais jamais plus loin que le lendemain. J'étais trop occupée à préparer des confitures, rentrer les foins, terminer mes devoirs, jouer avec les chiens, rouler la pâte, tailler les rosiers, caresser mon chat, affiner les fromages, prier le Seigneur, cuisiner, nourrir les poules, cueillir les tomates, tondre les moutons ou rêver des garçons.

Le soir, avant de m'endormir avec mon chat, je lisais des livres, comme chez Salim bey, et celui qui m'aura le plus marquée fut *Les Pensées* de Pascal dont Emma Lempereur m'avait dit qu'il était, de tous les ouvrages de ce genre, celui qui approchait le plus la vérité car il allait au bout de toutes les contradictions : Dieu, la science, le néant et le doute.

L'amitié du monde, des arbres, des bêtes et des livres m'a empêchée de voir par-delà l'horizon. Si l'Histoire a déraillé en quelques mois, il m'a fallu longtemps pour m'en rendre compte, puis comprendre que c'était la faute de quelques personnages dont le moindre n'était pas Georges Clemenceau, une teigne de génie, un grand homme, le roi des formules amusantes comme celle-là dont j'ai fait ma devise : « Quand on est jeune, c'est pour la vie. »

À l'époque, Clemenceau était président du Conseil. C'était le héros de Sainte-Tulle et de la France entière. Le casseur et le bouffeur de Boches. Le Père la Victoire. Le Tigre qui n'avait jamais froid aux yeux. Il avait gagné la guerre mais il allait perdre la paix. « Ne rabaisse jamais l'âne que tu as maté, disait ma grand-mère. Ou bien tue-le. »

Imposé à l'Allemagne par Clemenceau et les vainqueurs de la guerre de 14-18, le traité de Versailles entra en application le 10 janvier de cette année-là : certes, il créait une République arménienne mais pour le reste, d'une stupidité sans nom, il humiliait le Reich, le démembrait et le saignait économiquement, semant en lui les germes de la guerre suivante.

Un mois après qu'il fut promulgué, un personnage à mauvaise haleine et moustache carrée, Adolf Hitler, prenait en Allemagne le contrôle du parti ouvrier. Après l'avoir rebaptisé parti national-socialiste des travailleurs allemands, il le dotait d'un logo à croix gammée et d'un programme qui nationalisait les cartels, confisquait les bénéfices de la grande industrie et abolissait les revenus qui n'étaient pas le fruit d'un travail. Au même moment, une armée populaire de plusieurs dizaines de milliers de militants communistes occupait la Ruhr, et des gouvernements ouvriers, soutenus par des unités prolétariennes, prenaient le contrôle de la Thuringe.

C'était le chaos, sur fond de misère sociale, comme en Russie où les Bolcheviks et les Blancs monarchistes s'entre-tuaient, tandis que montait l'étoile de Staline qui deviendrait, en 1922, secrétaire général du parti communiste.

Dieu sait si je n'avais rien à voir avec tout ça. Le bonheur n'aime pas les mauvaises nouvelles et c'était comme si elles n'arrivaient pas jusque chez nous, en Haute-Provence : nos odeurs de cuisine les avaient découragées. Je crois n'avoir entendu parler d'Hitler que longtemps après, dans les années 30.

L'Arménie aurait dû me l'apprendre, mais j'ignorais qu'on n'échappe pas à l'Histoire quand elle a commencé à rouler sa meule. On a beau faire, on se trouve toujours réduit au sort de ces fourmis qui se carapatent devant la montée des eaux, les jours d'orage : tôt ou tard, elles sont rattrapées par leur destin.

J'étais comme elles et comme tout le monde, en vérité. Je ne voulais pas savoir et je n'ai rien vu arriver. Aujourd'hui encore, alors qu'une moitié de ma carcasse semble déjà partie pour l'autre monde, je n'entends pas la mort qui frappe pour m'emmener chez elle. J'ai beaucoup trop de choses à faire en cuisine, devant mes casseroles, pour prendre le temps de lui ouvrir.

*

C'est en 1920 encore que nous avons reçu la visite d'un ancien soldat qui avait fait la guerre dans la même section que Jules, le troisième des fils Lempereur. Un grand gaillard au teint blême et au regard affolé, qui flottait dans un manteau de velours tout crotté. Il avait tout le temps l'air de s'excuser, comme s'il dérangeait, rien qu'en parlant, en respirant ou en vivant. Même s'il n'était pas franchement laid, il inspirait une sorte de répugnance. Deux grosses verrues poilues se poussaient du col sur sa joue droite. De la mousse de salive blanche traînait toujours aux commissures de ses lèvres et sur le bout de sa langue. Sans parler de ses mains grandes comme des pelles, noueuses et par endroits violettes, dont il ne savait quoi faire.

Il s'appelait Raymond Bruniol. Vacher dans le Nord, il venait de perdre son travail, mais il avait trouvé une place pour dans deux mois dans une ferme voisine. En attendant, il avait décidé de voir du pays. Il est resté plusieurs jours à Sainte-Tulle. Un bon gars, la main sur le cœur, qui cherchait toujours à aider. J'ai vite compris qu'il était venu dire quelque chose aux parents, mais que ça n'arrivait pas à sortir.

Une heure après son arrivée, alors qu'on allait dîner, il a sorti de sa poche la montre de Jules et l'a posée sur la table de la cuisine. Emma a pleuré et Scipion a dit :

« On croyait qu'elle avait été volée.

— Il me l'a donnée pour que je vous la rende, a répondu l'homme. Il n'avait pas confiance en l'armée.

— Je lui donnerais pas tort », a fait Scipion.

Emma lui a jeté un regard noir et le soldat a ouvert la bouche pour reprendre la parole avant de la refermer subitement. Sa glotte tremblait.

« Il a été courageux jusqu'au bout ? a demandé Scipion sur un ton dégagé, comme s'il connaissait la réponse.

— Jusqu'au bout. »

Quand Emma lui a demandé quelles avaient été ses dernières paroles, il y a eu un long silence. On lui avait servi du vin et il en avala une longue gorgée pour se donner le temps du courage, puis :

« Maman. »

Tout le monde se regarda, interdit, tandis qu'Emma sanglotait de plus belle.

« Vous savez, observa-t-il, c'est ce que disent la plupart des soldats quand ils meurent. Faut pas oublier que ce sont des gosses qu'on tue. Des enfants qui viennent à peine de muer. »

Comme s'il voulait relativiser la chose pour consoler ma mère adoptive, Raymond Bruniol a ajouté :

« Il a dit quelque chose après mais c'était un gargouillis que j'ai pas compris. »

La veille du jour où l'homme est reparti, on était allés ramasser des cageots de pommes tous les deux. Des pommes rouges et potelées comme des derrières de petites filles après la fessée.

On était en train de rentrer à la bastide quand je me suis retournée au milieu du chemin pour laisser tomber :

« Qu'est-ce qui s'est passé que vous ne nous avez pas dit ? »

Il a baissé les yeux et, quand il les a relevés, il avait une expression ahurie :

« C'est délicat.

— Je veux que vous me racontiez », insistai-je.

Il y eut un silence pendant lequel il regarda la collinette, comme pour y chercher une inspiration, puis, d'une voix étranglée :

« Jules est passé devant le tribunal militaire et il a été fusillé, y a pas grand-chose de plus à dire.

— Qu'est-ce qu'il avait fait ?

— Rien.

— C'est impossible.

— Non, c'était comme ça, la guerre. On faisait rien et on se retrouvait devant le peloton.

— Pourquoi il a été condamné ?

— Pour sa flemme. L'année d'avant, il avait ouvert sa gueule un peu fort pendant un début de mutinerie, mais bon, ses supérieurs lui avaient pardonné. À la fin, ils en ont eu marre qu'il traîne tout le temps les pieds. Le général Pétain, le morpion de l'arrière, l'avorton de la Grande Guerre, il rigolait pas, vous savez. Pour faire peur à ses troupes, il avait un commandant à sa botte, un certain Morlinier, qui présidait le tribunal militaire. Si vous passiez devant lui, vous étiez sûr de finir devant le peloton d'exécution. C'est ce qui est arrivé au pauvre Jules.

— Sa dernière parole, ça n'a donc pas été : "Maman" ?

— Est-ce que je sais, moi ? J'étais pas là quand il est mort. J'ai improvisé. Mais vous savez, tout le monde disait ça, sur le front, à l'instant du dernier soupir. »

Le soir, après le dîner, j'ai écrit le nom de Morlinier sur la petite feuille de papier que j'avais gardée avec moi depuis mon séjour à Trébizonde et que j'appelais la liste de mes haines.

Je la conservais dans mon exemplaire des *Pensées* de Pascal.

Je la relisais souvent et, chaque fois, j'éprouvais le même tremblement intérieur devant le nom du manchot satanique qui avait tué mon père.

Comme Raymond Bruniol, je n'ai jamais eu le cœur de dire à ses parents que Jules avait été l'un des six cents soldats condamnés à mort et passés par les armes, au nom de la France, pour la victoire, par hasard, sans raison apparente.

# 13

## *La cuisine de l'amour*

MARSEILLE, 2012. Des décennies plus tard, Emma Lempereur est toujours aussi vivante en moi. Dans mon restaurant, j'ai plein d'occasions de penser à elle. Parfois, au milieu des grésillements de la friture, je crois l'entendre proférer les préceptes gastronomiques qu'elle me répétait sans cesse pour que je les imprime quand nous étions aux fourneaux pour préparer ses grands repas :

« Ne sale pas trop les plats. Ne sucre pas trop les desserts non plus. Mégote toujours sur l'huile, le beurre ou les sauces. La cuisine, c'est d'abord le produit, ensuite le produit et enfin le produit. »

C'est grâce à elle et à ma grand-mère que je suis devenue cuisinière, une cuisinière à succès, même si je n'ai jamais eu les honneurs du guide Michelin. Je dois tant à Emma qu'en pensant à elle la nostalgie m'étreint alors que j'écris ces lignes sur le petit pupitre où, d'ordinaire, je prépare mes additions et derrière lequel trône ma caisse enregistreuse. Mais je ne reste jamais triste très longtemps : en même temps, la fruition se lève en moi tandis que Mamadou et Leila finissent la mise en place de la salle enluminée par les gouttes de soleil du matin.

Je me sens riche, très riche : il y a de l'or partout, sur les verres comme sur les couverts.

L'envie est trop forte, je ne peux m'empêcher de reluquer Mamadou et Leila quand ils dressent les tables. Chez le premier, j'aime surtout les bras et les jambes qui me rappellent ceux de sa mère. Chez la seconde, je suis fascinée par le popotin, le plus beau de Marseille, comme une tomate pulpeuse dans sa peau tendue. À plus de cent ans, vous me direz que ce n'est pas de mon âge, mais qu'importe, je frétille du dedans en les regardant : ce sont deux provocations à l'amour.

De l'amour, j'en trouve encore sur les sites de rencontres que je fréquente la nuit, sur la Toile. Ce n'est que du virtuel, bien sûr, mais ça fait du bien. Jusqu'au jour où, la proie ferrée, j'accepte, de mauvais gré, de me dévoiler : il faut voir l'expression apeurée des hommes quand je daigne les voir enfin, après les avoir fait languir quelque temps.

Le dernier fut un septuagénaire ventripotent et alcoolique, divorcé, agent d'assurances, père de sept enfants, rencontré sur un site d'amateurs d'huile d'olive. Le contraire d'une affaire. On s'était bien entendus sur la Toile. On avait les mêmes goûts culinaires. On se tutoyait.

J'étais déçue. Il avait menti sur son âge. Moi aussi, il est vrai. Quand il s'est assis devant moi dans le café où on avait rendez-vous, il m'a vouvoyée, les sourcils froncés, après avoir chassé sur son visage des mouches imaginaires :

« C'est vous ?

— Ben, oui, c'est moi.

— Vous ressemblez pas tellement à la photo.

— Vous non plus.

— Quel âge avez-vous exactement?

— Exactement, ai-je répondu calmement, c'est impossible à dire, mon âge change tout le temps, vous savez.

— Mais encore?

— J'ai l'âge que j'ai et je le garde pour moi, voilà tout.

— Pardonnez-moi, mais vous êtes beaucoup plus vieille en vrai. »

J'ai explosé :

« Écoutez-moi, petit con. Si ma tête ne vous revient pas, je dois vous informer, au cas où vous l'ignoriez, que vous n'avez pas été gâté par la nature, ça, non! Vous êtes-vous vu en vrai, saloperie de connerie de bordel de merde? »

Plus je fréquente les hommes, plus j'apprécie les femmes. Mais avec elles aussi, j'ai pris des râteaux comme avec mon assureur obèse. Je sais qu'il vaut mieux quitter l'amour avant qu'il ne vous quitte. Mais je n'arrive pas à m'y faire. C'est pourquoi je continue à sévir sur la Toile sous le pseudonyme de « rozz-coeuraprendre ».

Une foule d'internautes vient chaque jour sur mon compte où j'étale mes états d'âme sur l'actualité des célébrités ou mon mal de vivre de femme seule en ne tenant que des propos débiles truffés d'expressions de minette en chaleur. J'emploie soigneusement les mots ou les expressions toutes faites de la nouvelle génération, comme « carrément » ou « c'est cool ». Je suis de mon temps.

*

À « La Petite Provence », mon restaurant marseillais, quai des Belges, face au Vieux-Port, il n'y a aucune photo d'Emma Lempereur ni de tous ceux qui, ensuite, ont partagé jadis la couche de « rozz-coeuraprendre ». Mon établissement est néanmoins un résumé de ma vie. Je la vois qui défile rien qu'en sentant les plats ou en regardant la carte des menus où figurent, entre autres, le plaki de ma grand-mère, les aubergines à la provençale de Barnabé Bartavelle ou le flan au caramel d'Emma Lempereur. C'est à ma mère adoptive, en définitive, que je dois une grande partie de mes recettes qu'elle agrémentait, ce qu'il m'arrive de faire aussi, de plantes médicinales.

Elle s'inspirait d'un livre ancien qu'elle consultait souvent, le *Petit Albert*, publié au XVIII<sup>e</sup> siècle, qui prétendait nous dévoiler tous les « secrets merveilleux de la magie naturelle et cabalistique ». J'en ai toujours un exemplaire au restaurant et suis ses indications plus ou moins farfelues au gré des désirs de la clientèle. Surtout en ce qui concerne les choses de l'amour.

Ce livre était si porté là-dessus qu'un *Albert moderne* fut édité contre l'*Albert* ancien, accusé, selon les auteurs du premier, de traiter « des matières un peu trop libres et peu convenables à cette décence que l'on doit garder dans un ouvrage public ». Les mêmes se gaussaient aussi de ses penchants pour l'astrologie ou de ses formules abracadabrantes ouvrant les portes de l'amour.

Pour séduire l'être aimé, l'*Albert* ancien recommande de lui faire avaler des extraits d'hippomane, un morceau de chair de dix à quinze centimètres que l'on trouve dans le liquide amniotique des juments et non, comme le prétendait Aristote, sur le front des poulains, sans oublier des cœurs d'hirondelles ou de passereaux, des couilles de lièvres et des foies de colombes. Je me contente, pour ma part, de plantes médicinales comme l'inule aunée ou *enula campana*, que l'on trouve dans les fossés et qui peut atteindre jusqu'à deux mètres de haut. Sous forme de poudre ou de décoction, elle est très efficace contre l'anémie, l'inappétence, les troubles digestifs, la diarrhée et le désamour chronique.

J'en mets à la demande dans mes plats, ainsi que de la roquette, de la marjolaine, de la verveine, des racines de fenouil et des feuilles de peuplier. Chaque fois, il me semble que je fais revivre Emma Lempereur. « On est ce qu'on mange, disait-elle. C'est pourquoi il faut manger de l'amour, de la cuisine de l'amour. »

Elle consultait souvent aussi un autre livre, *Les Plantes médicinales et usuelles* d'un certain Rodier, paru aux éditions Rothschild, dont j'ai retrouvé une édition, datée de 1876, et qui célèbre les vertus émollientes de la guimauve et de la verveine ou les capacités stimulantes du romarin et de la menthe sauvage. Grâce soit rendue à cet ouvrage d'avoir, de surcroît, réhabilité l'ortie qui fait tant de bien aux bovins, aux dindons ou aux humains. Je la sers souvent en soupe.

C'est l'un des plats préférés de Jacky Valtamore, un ancien caïd de mes connaissances, devenu, avec le procureur et le président du conseil régional, l'un des piliers de mon restaurant. Un bel homme avec un regard bleu Méditerranée, qui connaît et peut chanter plein d'airs de l'opéra italien. Un romantique comme j'aime. L'amant idéal qui a survécu contre toute attente à une tentative d'assassinat qui l'avait laissé pour mort. Dommage qu'il soit trop vieux pour moi. Passé la soixantaine, les hommes ou les femmes ne m'attirent plus et il y a déjà quelque temps qu'il est entré dans le cercle des octogénaires.

J'aime quand il pose son regard protecteur sur moi. C'est mon assurance-vie. Il me rend plus forte. L'autre soir, deux merdeux gominés sont venus me voir en cuisine. Ils m'ont proposé de leur verser un forfait mensuel en échange de ce qu'ils ont appelé une « assistance sécurité ».

« Oh, mais c'est du racket ! ai-je protesté.

— Non, c'est une aide qu'on vous apporte...

— Allez discuter de ça avec mon fondé de pouvoir. C'est lui qui s'occupe de tout. »

Je leur ai pris un rendez-vous avec Jacky Valtamore. Je n'ai plus entendu parler d'eux. Sa seule présence leur a fait perdre tous leurs moyens.

Un jour, après que Jacky m'eut dit qu'il avait le sentiment d'avoir raté sa vie, je lui demandai quel genre d'homme il aurait aimé être. Il m'a répondu sans hésiter :

« Une femme. »

Venant d'un macho pareil, c'est le genre de réponse qui aurait plu à Emma Lempereur. Dans mon adolescence, j'ai traversé une phase où je ne lisais que les romans dont le personnage central était une femme : *Une vie* de Maupassant, *Madame Bovary* de Flaubert, *Nêne* d'Ernest Pérochon ou encore *Maria Chapdelaine* de Louis Hémon. Les héroïnes de ces livres étaient toutes des victimes des hommes et de la société qu'ils avaient édifiée pour leur usage exclusif. Un jour que j'avouais à

ma mère adoptive que j'aurais voulu être un homme,
elle m'en dissuada avec une expression d'effroi :

« N'y pense pas, ma fille ! Tu verras, la vie te l'apprendra : la femme descend du singe mais, à l'inverse,
c'est le singe qui descend de l'homme. »

Elle rit, puis :

« Attention, je ne parle pas de Scipion. Lui, c'est mon
mari. Ce n'est pas un homme comme les autres. »

## 14

## *La reine des courbettes*

HAUTE-PROVENCE, 1924. Un jour, alors qu'Emma Lempereur et moi-même cueillions des abricots, elle est tombée de l'échelle. C'était l'année de mon bac et de mes dix-sept ans.

L'année aussi où, après la mort de Lénine, Staline entama sa conquête du pouvoir absolu. L'année encore où Hitler commença à écrire *Mein Kampf* dans la prison de Landsberg où il était détenu après un coup d'État manqué, si ridicule qu'on l'appela le « putsch de la Brasserie », contre la République de Weimar.

Ma mère adoptive est morte une quinzaine de jours plus tard, à l'hôpital de Manosque, après qu'un abcès se fut formé dans sa colonne vertébrale. Quand nous sommes rentrés de l'enterrement, Scipion Lempereur m'a dit, avant de monter dans sa chambre :

« Je vais passer. »

J'ai protesté et il a répondu :

« Je pourrais essayer de vivre, ça ne changerait rien, y a quelque chose qui coule en moi. Je ne sais pas ce que c'est, du chagrin, de la fatigue ou de la mort, mais ça coule tellement fort que je ne pourrai pas l'arrêter : c'est fini. »

Il s'est allongé tout habillé, avec son chapeau en osier sur le nez, du côté du mur, pour se retrancher du monde. Je ne m'affolai pas ; j'étais sûre qu'on ne pouvait décider de mourir de son propre chef et que c'est Dieu qui choisissait la date mais, le lendemain matin, il y avait des bulles sèches sur ses lèvres et il ne bougeait plus ; il était dans le coma.

Le temps d'aller chercher un médecin, Scipion Lempereur était mort. Il n'a même pas eu un frisson, un geste, une parole, rien. Il est décédé comme il avait vécu : subrepticement. C'est ainsi que je me suis retrouvée orpheline pour la deuxième fois de ma vie.

Mes parents adoptifs avaient tout prévu sauf qu'ils mourraient à quelques jours d'intervalle, avant que je fusse majeure. J'ai donc eu droit à un tuteur, Justin, un cousin de Scipion Lempereur qui arriva quinze jours plus tard de Barcelonnette avec sa femme, Anaïs, une charrette et deux gros chiens noirs et débiles.

L'hiver précédent, Emma Lempereur m'avait initiée à la physiognomonie, l'art que nous ont enseigné Pythagore et Aristote : il prétend déterminer le caractère d'une personne à partir des traits de son visage. Chez les nouveaux arrivants que je n'avais jamais rencontrés jusqu'alors, j'ai tout de suite décelé un mélange de violence, de voracité et de sournoiserie dans le nez de chien truffier, l'œil vicieux de fouine à l'espère et la graisse qui, à partir des lèvres inférieures, enrobait la tête. Je ne fus pas déçue.

Le premier soir, ils m'ont annoncé qu'ils me reprenaient en main et m'ont donné leurs instructions que je peux résumer ainsi :

« Tu arrêtes l'école, ça ne sert à rien, surtout pour une fille. »

« Tu ne regardes jamais tes maîtres dans les yeux si tu veux garder les tiens. »

« Tu n'utilises pas la tinette de tes maîtres. Tu vas faire tes besoins derrière la maison, dans un trou que tu auras creusé. »

« Quand on te parle, tu te tiens le dos courbé, la tête baissée et les mains derrière le dos. Tu ne te plains jamais et tu fais toujours ce qu'on te dit. »

« Si tu réponds ou discutes les ordres qu'on t'a donnés, tes paroles seront considérées comme des insolences et elles seront châtiées comme il se doit. »

« Tu quittes ta chambre qui sera désormais attribuée aux chiens : ils veulent toujours dormir à côté de nous. Tu t'installeras dès cette nuit dans l'écurie avec les chevaux. »

« Tu arrêtes avec les chichis, les robes, les souliers et tout le reste. Désormais, tu t'habilleras en blouse et tes cheveux seront coupés ras, pour qu'ils ne tombent pas dans les plats, on déteste la cuisine aux cheveux. »

Mangeant comme quatre, se réveillant même la nuit, après un dîner substantiel, pour aller se sustenter encore, Justin et Anaïs m'ont ainsi transformée le jour même de leur installation en fille de peine, me traitant plus bas que terre et ne manifestant de la considération que pour leurs deux chiens, aussi affamés qu'eux et pas plus futés qu'une mouche à viande.

Au demeurant, Justin et Anaïs aimaient surtout la viande, de préférence très saignante, bien qu'ils ne crachassent pas sur les daubes, les ragoûts, les fricassées ou les pieds paquets. Vivant surtout en cuisine pour leur préparer de quoi remplir leur panse, j'avais l'impression de nager dans le sang.

Au bout de quelques jours à leur service, je sentais la viande grillée, la chair morte carbonisée, la plaie saignante et brûlée. Je ne parvenais plus à me défaire de cette odeur, elle me suivait partout, y compris dans la paille de l'écurie, la nuit.

Justin et Anaïs n'ont pas attendu longtemps pour dévoiler leurs intentions. Ils n'étaient pas là depuis trois semaines qu'ils avaient déjà vendu le cheval et une partie du mobilier des Lempereur. Un bahut, une table, une horloge, deux armoires et des fauteuils. Ils me dépouillaient vivante. Comme je leur disais mon inquiétude, Justin a soupiré :

« On a des frais.

— Quels frais ?

— Faut te nourrir.

— Je ne coûte rien.

— Bien plus que tu le crois.

— Vous savez bien qu'on peut se nourrir sur la ferme, elle est même faite pour ça.

— Y a quand même des frais, insista Anaïs. Je crois que t'es trop jeune pour comprendre. »

Après cet échange, Anaïs me demanda de sortir et, derrière la porte, j'entendis des murmures au terme desquels ils m'annoncèrent qu'ils avaient décidé de me punir pour avoir répondu : mon chat serait donné à manger à leurs deux chiens.

J'avais un chat, un gros matou blanc angora qui me suivait partout comme un chien quand il n'allait pas, pendant les périodes de chaleur, courir la gueuse. Comprenant, dès leur arrivée, que leurs molosses ne s'entendraient jamais avec lui, je l'avais installé dans le grenier d'où il ne sortait que la nuit, quand les deux sales bêtes dormaient dans mon ancienne chambre.

Justin monta dans le grenier, l'attrapa et le jeta aux chiens comme s'il jetait des restes de poulet. Je préfère ne pas qualifier le cri qu'il poussa quand ils le tuèrent, un cri de colère et de révolte qui résonna longtemps sous ma boîte crânienne. Près d'un siècle plus tard, il arrive que je l'entende encore.

« Ça t'apprendra, me dit Justin, son forfait accompli. Maintenant, j'espère que tu tourneras ta langue plusieurs fois dans ta bouche avant de dire des bêtises. »

J'étais invitée aussi fermement à ne pas essayer de m'échapper : les chiens, qui me suivaient partout quand j'étais sur la propriété, ne me rateraient pas : d'après Justin, ils me ramèneraient aussitôt devant eux par la peau du cou. Morte ou vive, à moins que ça ne soit entre ces deux états.

Autant dire qu'après leur première leçon j'ai filé doux. Sans oublier de cacher aussitôt Théo et sa boîte dans la grange. Je continuai à nourrir ma salamandre, mais en veillant bien à ne pas la faire repérer. Elle y serait passée aussi.

Elle était très remontée. Tous les soirs, quand je lui apportais ses lombrics et ses insectes de la journée, elle fulminait :

« Qu'est-ce que t'attends pour bouger ? Prends des initiatives, chiotte !

— Y a rien à faire. J'ai pas la main. »

Comme d'habitude, Théo gratouillait là où ça faisait mal : tout en ourdissant contre mes nouveaux maîtres des complots qui restaient sans suite, je me comportais désormais en domestique docile et même servile. Sombrant dans les affres de la jouissance par la mortification, j'étais devenue la reine des courbettes. Je le serais peut-être restée quelques années encore si l'amour ne m'était pas subitement tombé dessus, un jour de pluie.

## 15

### *Grippe d'amour*

HAUTE-PROVENCE, 1925. Le grand amour, c'est comme une grippe. La première fois que j'ai vu Gabriel, j'ai ressenti un formidable tremblement me traverser de haut en bas, jusque dans la moelle des os. Un séisme de la colonne, qui me laissa dévastée, les jambes flageolantes.

C'était au demeurant un temps à grippe. Il pleuvait depuis des mois et des mois. Le ciel s'était étalé de tout son long sur la terre et ne voulait plus en décoller. Le monde semblait une serpillière au milieu d'une rivière en crue ; il était en train de couler.

Gabriel n'en pouvait plus, de cette pluie. Certes, il travaillait toujours à l'abri, dans la bergerie, mais elle lui plombait le moral et il allait beaucoup moins vite en besogne. Depuis son arrivée à la ferme de Sainte-Tulle, en fin de matinée, il n'avait fait que cent vingt-trois moutons. Les bêtes étaient à cran. Il en restait le double à castrer.

Justin Lempereur ne voulait pas aider le castreur ; il n'aimait pas ce travail et, en plus, il était très fatigué. Il avait trop mangé la veille au soir : ma fricassée de foies de volaille ne passait pas. Il avait donc envoyé à Gabriel le vieux berger de la ferme d'à côté, une loque humaine surnommée « Guenillou », qui déclara forfait au bout de vingt minutes, sous prétexte qu'une de ses brebis avait du mal à vêler, ce qui était au demeurant exact.

« Vêler par cette saison ? s'étonna Gabriel. C'est pas plutôt une maladie.

— Non, c'est un agneau. »

Il était rare que Gabriel ratât une bête et voilà que ce petit mâle s'était mis à pisser le sang en poussant un cri d'agonie, l'amourette dégoulinant son jus comme un morceau de viande rouge. Après ça, la bête s'était couchée sur le flanc avec le regard des animaux qui sont passés au couteau. Il avait le museau riant à pleines dents des moutons qui vont mourir.

Il fallait de la ficelle pour arrêter l'hémorragie et, après avoir vérifié qu'il n'en restait plus dans sa boîte à outils, Gabriel courut à la bastide, puis frappa de grands coups à la porte. Quand je lui ouvris, il faisait peine à voir. Il flottait dans ses habits trempés d'ouvrier agricole sous une casquette qui était ramollie comme une éponge gonflée d'eau.

C'était un jeune homme de petite taille avec des cheveux châtains dont la coiffure en boucles me rappellerait plus tard celle de l'Apollon de Michel-Ange. Pas ce jour-là, bien sûr, à cause de la pluie qui aplatissait tout sous les casquettes, même les crânes.

Je redoute de trahir ses traits en essayant de le décrire. La beauté ne se décrit pas, elle se vit. En tout cas, on voyait au premier regard que c'était quelqu'un d'aimant, de sensuel et de prévenant. Ses lèvres humides et entrouvertes inspiraient tant l'amour que j'eus tout de suite envie de l'embrasser. Mon cœur était en passe d'exploser, telle la tomate du potager, mordue par le soleil, à l'apothéose de l'été.

Si j'avais été une puriste, j'aurais trouvé à redire sur ses pieds démesurés ou sur son visage qui semblait avoir été taillé à la va-vite par un aveugle, à grands coups de serpe. Mais quand on était devant lui, on était tout de suite capturé par ses yeux bruns qui vous transperçaient : quelque chose me coupa en deux, un mélange de vertige, d'exaltation et de peur panique.

Comment me trouva-t-il ? J'étais une flaque de honte et me sentais minable dans ma blouse délavée à carreaux rouges, avec mes sabots crottés et mon teint hâlé de fille de ferme. L'amour ne prévient pas, même pas le temps de me faire une beauté, je n'étais pas à la hauteur de ce qui commençait.

« De la ficelle ! s'écria-t-il. Il me faut tout de suite de la ficelle ! »

Je ne lui ai pas demandé pourquoi et me suis aussitôt ruée dans la buanderie pour revenir avec une bobine. Gabriel m'a raconté plus tard que c'est au moment où je l'ai mise dans sa main qu'il a décidé que je serais sa femme.

Moi, je n'en étais pas encore là, je ne comprenais pas ce qui m'arrivait. J'éprouvais des sensations que je n'avais encore jamais éprouvées. Mon cœur tanguait. Ma bouche devenait sèche et mes lèvres se trémoussaient, comme fouillées par des vers. J'étais comme les Juifs de l'Exode à l'heure de la septième plaie d'Égypte (IX, 24) quand « la grêle et le feu, mêlés l'un avec l'autre, tombaient ensemble » sur eux. Je tremblais de froid et, en même temps, j'avais si chaud que tous les pores de ma peau s'étaient mis à suer. J'avais envie de crier de joie et, simultanément, d'aller me coucher. J'étais tombée amoureuse.

Alors qu'il était déjà reparti en courant avec sa bobine retrouver son mouton, je le hélai pour lui proposer de lui apporter du vin chaud à la bergerie.

« C'est pas de refus », cria-t-il sans se retourner.

Quelques minutes plus tard, le mouton sauvé, je lui apportai une timbale fumante d'une main tremblante :

« Ça vous réchauffera, monsieur.

— Appelez-moi Gabriel.

— Moi, c'est Rose. »

Il y eut un silence. Il ne savait pas quoi dire. Moi non plus. Je fus saisie de panique en songeant que la conversation allait peut-être s'arrêter là et que j'allais passer à côté du grand amour.

« Tu parles d'un mois de juin ! finit-il par dire. On n'a jamais vu ça !

— C'est vrai.

— Y a encore beaucoup de boulot, je pourrai pas finir aujourd'hui. Je vais dormir ici ce soir.

— Dans la bergerie ? Ça sent mauvais !

— Non, il y a aussi de bonnes odeurs de lait et de laine, ça sent l'enfance.

— C'est vrai », répétai-je.

J'étais pathétique, luttant contre la syncope, le souffle court, avec un regard éperdu. Je fis un grand effort sur moi-même avant de bredouiller :

« Vous allez dîner avec nous ?

— C'est prévu. »

J'étais heureuse qu'il restât manger et, en même temps, je redoutais ce moment où il découvrirait que je n'étais que la bonniche. L'éplucheuse de légumes, l'épandeuse de purin, la terreur des rognures, la videuse de tinettes, l'astiqueuse des sols, meubles, chaussures ou ego des patrons.

Je ne mangeais pas à la table familiale mais à la cuisine, une fois le service terminé.

« La suite ! hurla Justin quand, après l'entrée, vint le moment de passer au plat de résistance.

— Bon, alors, ça vient ? » grogna Anaïs, excédée par la lenteur du service.

J'avais préparé du poulet à la crème d'ail et d'artichaut. Une recette de mon invention et, soit dit en passant, une tuerie. Après avoir servi Gabriel et les Lempereur, je restai à attendre le verdict, le cœur battant.

« Je n'ai rien mangé d'aussi bon de ma vie, dit Gabriel.

— C'est vrai que c'est bon, concéda Justin.

— Sauf que ça manque de sel », observa Anaïs.

En guise de récompense, Justin m'invita à rester avec eux pour écouter Gabriel nous parler de son métier. Je m'assis sur un tabouret, près de la fenêtre, et bus ses paroles avec une expression de ravissement. La même, j'imagine, que celle de Thérèse d'Ávila en extase, sculptée par le Bernin, que j'ai vue un jour à la chapelle Cornaro de l'église Santa Maria della Vittoria de Rome, et qui reste à mes yeux l'une des plus belles représentations de l'amour à l'état pur.

# 16

## *Le roi de la pince Burdizzo*

HAUTE-PROVENCE, 1925. Gabriel Beaucaire était châtreur professionnel. Il lui était arrivé de castrer jusqu'à quatre cents bêtes en une seule journée. Un habile, un rapide et un costaud, car ce métier requiert de la force, notamment dans les bras.

Un artiste aussi, car la castration est un art autant qu'une science. Avec les bêtes, il faut faire preuve d'un mélange de fermeté et de douceur, pour éviter les mouvements de panique. Gabriel avait la main sûre et rassurante.

Il châtrait tout. Les moutons, surtout, mais aussi les veaux, les ânons, les porcelets et même les lapereaux. Il maîtrisait la méthode la plus moderne, celle de la castration à la pince Burdizzo par écrasement du cordon testiculaire.

Châtreur était un métier de saison qui commençait à la fin de l'hiver et se terminait à son commencement. Gabriel avait calculé qu'il castrait en moyenne près de quatre-vingt mille bêtes par an. C'était le roi de la pince Burdizzo, soucieux de ne pas blesser les bêtes ni de les faire trop souffrir.

Depuis la nuit des temps, les humains, non contents

de se repaître de leurs chairs mortes et de leurs plaies saignantes, humilient les animaux tout au long de leur existence. Tandis que les femelles sont soumises à des cadences infernales, pour produire leur lait, leurs petits ou leurs œufs, les bourses des mâles sont massacrées sans pitié, dans une sorte d'hécatombe génitale permanente.

Longtemps, la castration fut un danger pour les animaux de boucherie qui mouraient parfois des suites de l'opération. Elle était néanmoins systématique. Sinon, ils auraient été comme les hommes, toujours à courir après leur queue, grimpant sur tous les dos, enchaînant les saillies et affolant les femelles. Ils n'auraient pas profité ni fait leur gras.

C'est pourquoi les fermiers ont longtemps coupé au couteau les amourettes des moutons ou écrasé à coups de marteau les cordons testiculaires des bovins qu'ils avaient préalablement coincés entre deux bâtons. L'arrivée de la pince à castrer humanisa, si j'ose dire, la castration. Et Gabriel fut l'un des acteurs de cette révolution du testicule.

C'est un Français, Victor Even (1853-1936), qui l'a commencée en inventant la première pince à castrer : en broyant sous la peau les cordons testiculaires des mâles, elle bloquait l'irrigation sanguine des bourses et provoquait leur atrophie naturelle sans plaie ni risque d'hémorragie ou d'infection.

Quelques années plus tard, l'Italien Napoleone Burdizzo de La Morra (1868-1951) a perfectionné l'outil et démodé la pince d'Even, la sienne, à mors larges et manches raccourcis, étant plus légère et plus maniable. Mais le principe est resté le même : en transformant en bouillie une fraction des vaisseaux sanguins, on interrompt la circulation du sang vers les testicules, ce qui provoque la mort des tissus.

Gabriel palpait d'abord le scrotum de la bête pour repérer l'un des deux cordons spermatiques, au-dessus des testicules. Quand il l'avait trouvé, il le pinçait en le tirant sur le côté du scrotum, le plaçait alors entre les mâchoires de la pince Burdizzo, qu'il refermait dessus avant de l'étirer dans un mouvement de va-et-vient. L'opération durait une dizaine de secondes. Quatre fois de suite, car il comprimait les deux cordons spermatiques en deux endroits chaque fois, le second étant écrasé légèrement en dessous du premier.

Dans les jours qui suivaient, les testicules des bêtes enflaient avant de rapetisser et de se transformer peu à peu en lambeaux de peau rachitiques et débilitants. Il n'aimait pas son métier et, en même temps, il en était fier. Ce soir-là, il expliqua avec un sourire ambigu qu'il avait l'impression de faire œuvre de paix : « Quand il y a moins de couilles dans une ferme, il y a moins de violence, moins de conflits. Tous les paysans savent ça.

— Il faudrait peut-être songer à appliquer ce principe dans les sociétés humaines, fit Anaïs.

— Y aurait moins de guerres, ajouta Justin.

— On compte sur vous pour éviter la prochaine », conclus-je.

Tout le monde rit, Gabriel surtout. Il reconnut que ce n'était pas sans une certaine griserie qu'il attentait, avec sa pince, à tant de vies futures. Il ajouta qu'il se verrait bien castrer quelques généraux ou maréchaux de la dernière guerre mondiale, et j'ai tout de suite pensé au commandant Morlinier, qui avait condamné Jules à mort, mais il me sembla que la pince ne pouvait être une punition à la hauteur de son crime.

Quand il fut parti, les Lempereur sont montés se coucher avec leurs chiens, j'ai lavé la vaisselle et nettoyé la cuisine en moins de temps qu'il ne faut pour le dire, les mains tremblantes, incapable de fixer mes pensées. Je n'étais plus qu'un grand frisson de la tête aux pieds. Une affolée. Je savais que je ne me retrouverais qu'entre les bras de Gabriel.

Il eût été trop dangereux d'aller voir Gabriel avant d'avoir tout fini : j'aurais mis la puce à l'oreille des Lempereur qui ne se seraient pas privés de tout gâcher puisque leur mission sur terre était apparemment de me pourrir la vie jusqu'à ce que mort s'ensuive.

Le regard de Gabriel ne pouvait pas m'avoir trompée, je savais ce qui allait se passer. Lorsque je suis sortie de la cuisine, il m'attendait en effet dehors.

Je ne l'ai pas vu tout de suite, la nuit était trop noire, mais dès que j'eus refermé la porte, il craqua une allumette. Il était à deux ou trois mètres du perron.

La pluie avait cessé depuis quelque temps mais la cour était comme un grand égout. Il a fait vers moi quelques pas glougloutants, puis :

« Je voudrais vivre avec vous le reste de ma vie. »

Il m'aurait donné un coup de maillet sur la tête, c'eût été pareil. Je ne savais pas quoi répondre.

« Êtes-vous prête à tout partager avec moi, le temps que Dieu voudra bien nous donner ? »

J'ouvris la bouche, mais aucun son n'en sortit. Je me sentis si idiote que j'eus envie de partir en courant et en pleurant, mais ma tête finit par esquisser un hochement d'approbation qu'il ne put voir, l'allumette s'étant éteinte.

Pour qu'il ne prenne pas mon silence pour un refus, je me mis à tousser, comme si je cherchais à m'éclaircir la gorge, avant de lâcher, d'une voix étranglée, quelque chose qui pouvait passer pour un oui.

Je pensais qu'il m'embrasserait ou qu'il me prendrait la main, mais non, il est resté en plan devant moi sans savoir quoi dire. Il était dans le même état que moi.

Il m'a proposé de le suivre dans la bergerie. J'aurais préféré qu'il me demandât de le rejoindre à l'écurie. Les odeurs y sont bien plus agréables : on dirait que les chevaux chient du miel dans leur crottin et ses relents provoquent dans les poumons d'exquis chatouillis qui me transportent, mais bon, je n'allais pas chipoter.

Gabriel et moi avons passé une grande partie de la nuit, au milieu des moutons, à nous dire notre amour sans nous toucher, ni même nous effleurer, mais en nous regardant sans nous voir. Je n'ose rapporter notre parlage, tant il était insipide et radoteur.

« Il faut toujours revenir à l'esprit d'enfance, disait ma grand-mère. C'est là que tu retrouveras tout. Dieu, l'amour, le bonheur. » Mais c'est quand même une chose étrange, à la fin, que l'amour rende si bête et en même temps si heureux.

## 17

### *Un baiser de soixante-quinze jours*

SISTERON, 1925. Gabriel avait un programme assez lourd pour les jours à venir : trois cents moutons à châtrer dans une bergerie de Sisteron, d'autres aux Mées et à La Motte-du-Caire.

Pour ce qui nous concernait, il avait tout prévu avant même de me témoigner sa flamme. C'était quelqu'un qui ne doutait de rien, ni de moi, ni de lui, ni de notre amour.

Il avait prévenu mes maîtres qu'il partirait très tôt le matin, bien avant qu'ils se réveillent et lâchent leurs chiens. Il n'entendait pas compliquer notre départ.

Pour préserver leur sommeil pendant que nous décampions, Gabriel avait laissé sa mule et sa carriole assez loin de la bastide, en contrebas, au bord de la rivière, dans un champ de trèfles. Il pensait toujours à tout, mon amour.

Je n'emportai avec moi que la boîte de Théo, *Les Pensées* de Pascal avec la liste de mes haines à l'intérieur, quelques vêtements et un couteau de cuisine pour me défendre, si besoin, contre les molosses.

En chemin, tandis que tournoyaient des vols de corneilles, nous nous sommes tant embrassés qu'en arrivant à destination je ne sentais plus ma bouche ni ma langue, c'est à peine si je pouvais parler. Notre conversation tournait en rond. Il me demandait en mariage, je lui donnais mon consentement, il m'implorait à nouveau de lui accorder ma main, j'acceptais encore, et ainsi de suite : il fallait sans cesse que je le rassure d'un geste, d'un baiser, d'une caresse.

Il n'y a pas d'amour vrai sans angoisse. L'angoisse que tout s'arrête à chaque instant. L'angoisse que la vie reprenne soudain ce qu'elle a donné. C'est pourquoi Gabriel transpirait des cordes. Moi aussi. Je ruisselais de partout, mes yeux me picotaient, ça me brouillait la vue.

Nous restâmes dans cet état plusieurs jours de suite, collés l'un contre l'autre, sauf quand il réglait leur compte, à la pince, aux amourettes des agneaux mâles qui semblaient toujours humiliés par cette épreuve dont ils sortaient en boitant, la tête basse, avec des regards d'enfants punis.

Le jour où nous arrivâmes à Sisteron, chez Aubin, un gros éleveur de moutons et une vieille connaissance de Gabriel, je ressentis un pincement : je craignais, à tort, que ça n'en soit déjà fini de notre grand baiser permanent.

Aubin était un célibataire endurci, d'une soixantaine d'années, avec de petits yeux jaunasses, sous les plis graisseux des paupières. Quand il nous ouvrit, il resta un moment interloqué, avant de dire quelque chose qu'on n'a pas entendu à cause du vent qui se cognait dans les montagnes dressées en arc de cercle derrière nous. Il nous observa avec un air mauvais, nous invita d'un geste à entrer, puis bougonna à l'adresse de Gabriel :

« Je ne croyais pas que tu oserais venir après ce que tu viens de faire. Sinon, j'aurais prévenu la police.

— Mais qu'est-ce que j'ai fait ? Tu peux me dire ? »

Aubin alla chercher un journal dans sa cuisine et le mit sous le nez de Gabriel. À la une du *Petit Provençal* de la veille, ce gros titre :

Drame à Sainte-Tulle.
Une mineure enlevée par un dangereux maniaque.

L'article qui suivait faisait abondamment parler Justin et Anaïs Lempereur. Ils insistaient sur la naïveté de leur parente, Rose. Une simple qui n'avait jamais eu toute sa tête, au grand désespoir de sa famille. Elle n'en était pas, selon eux, à sa première fugue. « Elle a le diable au corps », commentait le journaliste qui, par ailleurs, décrivait Gabriel comme un être malfaisant doublé d'un obsédé sexuel, plusieurs fois condamné pour des attentats à la pudeur. Une bordille, comme on dit en Provence pour désigner la lie de l'humanité dont il semblait l'une des pires illustrations.

« C'est grotesque, explosa Gabriel quand il eut fini l'article. Grotesque et ridicule. On va t'expliquer, Aubin.

— C'est pas la peine, grogna l'autre, j'ai tout compris. »

Gabriel insista et nous fîmes à deux voix le récit de nos aventures. À la fin, Aubin a dit :

« Je veux bien, mais bon... »

Il est allé chercher dans son vaisselier trois verres et un alcool de gentiane. Après nous avoir servis, il a laissé tomber :

« Je vois qu'une solution pour vous, il faut dire à la police ce que vous venez de me raconter.

— Impossible, dis-je. Mes maîtres sont de tels menteurs que, dans dix ans, on y sera encore. Je préfère leur laisser la ferme et passer à autre chose.

— En ce cas, si vous avez besoin d'un gîte, vous pouvez rester ici, le temps de vous faire oublier. »

Après quoi, il nous a invités à passer à table. Il y avait des œufs durs, de la soupe au pistou et des fromages de chèvre, vieillis dans un pot d'huile d'olive. On mangeait de tout à la fois, avec de larges tranches de pain pour saucer ou tartiner. C'était son menu de tous les jours et, apparemment, il ne s'en lassait pas.

Je me souviens qu'Aubin roulait de gros yeux en direction de Gabriel, un virtuose de la conversation qu'il animait et relançait sans cesse, dans un feu d'artifice d'anecdotes et d'histoires drôles.

La nuit, quand je lui demandais où il avait appris tout ça, Gabriel me répondait :

« Dans les livres. Ici-bas, il n'y a que la vie et les livres qui nous permettent de la vivre mieux. C'est mon père qui m'a appris ça. Il est instituteur. Ma mère, elle, est maraîchère. Je tiens des deux. Du ciel et de la terre.

— Tu sais tellement de choses, Gabriel. Pardonne-moi, mais pourquoi es-tu castreur ?

— Je n'ai rien pu faire d'autre.

— Tu peux tout faire.

— J'ai été renvoyé du lycée de Cavaillon en classe de première après avoir mordu l'oreille du professeur de philosophie, si fort qu'il en a perdu un morceau : ça a fait scandale et, depuis, cette histoire me poursuit.

— Pourquoi l'as-tu mordu ?

— Parce qu'il avait dit que Spinoza était un philosophe dégénéré.

— C'est peut-être vrai.

— C'est mon philosophe préféré, celui qui nous a appris que Dieu est tout et inversement. Quand il a écrit : "Dieu est la nature", il n'y avait plus rien à ajouter. C'est une phrase que l'on peut vérifier tous les jours rien qu'en regardant un brin d'herbe qui s'élève vers le soleil. »

Théo aimait Gabriel autant que moi, c'était dire. Chaque fois que je lui apportais sa nourriture, ma salamandre me répétait en enfournant ses vers, ses araignées et ses limaçons :

« Épouse-le, Rose, épouse-le tout de suite. Tu l'as trouvé, ton homme, c'est lui. »

Je ne crois pas avoir été aussi heureuse que pendant ces deux mois et demi passés à Sisteron. Je n'ai jamais eu aussi peur non plus. Je faisais tout pour cacher ma joie, y compris à Gabriel, de crainte d'attirer les mauvais esprits qui, aux premiers signes de gaieté, accourent pour nous désenchanter.

Ce séjour à Sisteron fut un long baiser à peu près ininterrompu. Un baiser de soixante-quinze jours. Ce n'était pas seulement nous qui ne pouvions plus vivre l'un sans l'autre : nos lèvres ne supportaient pas l'éloignement, fût-il bref. Comme ces escargots qui se mélangent si bien qu'on ne parvient plus à les séparer, nous nous embrassions tout le temps. Quand nous gardions les moutons sur les flancs pentus des bouts d'Alpes. Quand nous étions surpris par des orages qui, après nous avoir gueulé dessus, versaient leurs seaux sur nous. Quand nous allions cueillir les herbes de montagne pour les plats que je préparais le soir. Quand nous avons fait l'enfant qui, un jour, s'est mis à pousser dans mon ventre.

## 18

## *Les mille ventres de l'oncle Alfred*

CAVAILLON, 1925. Gabriel habitait à Cavaillon dans un petit immeuble en pierre, à l'ombre de la cathédrale Saint-Véran, l'une des merveilles de la Provence avec des tableaux de Nicolas Mignard, un grand peintre du XVII$^e$ qui s'était toqué de l'édifice.

Jadis, les villes se cachaient. Contre la chaleur ou contre les envahisseurs. Tout le quartier de la cathédrale Saint-Véran vivait dans l'obscurité, même à midi, par grand soleil. La topographie des lieux était ainsi faite que l'immeuble de deux étages ne voyait jamais le jour.

Quand Gabriel a tourné la clé de sa porte, la voisine du dessus, une vieille moustachue, est descendue précipitamment en boitant et en criant :

« Heureuse de te revoir, mon pitchoun, mais il faut pas t'éterniser ici. Les gendarmes te cherchent, ils sont passés plusieurs fois, ils disent que t'as commis un crime abominable. »

Elle eut un sourire sans dents, puis :

« Alors, c'est elle, la petite que tu as enlevée ? Eh bien, félicitations, mon minot. T'as bon goût. »

Sur quoi, elle m'embrassa, laissant sur mon visage

une odeur de pisse, avant de prédire avec la gravité des diseuses de bonne aventure :

« Je sens que vous allez beaucoup vous aimer et vous avez raison, on a toujours raison quand on s'aime. »

L'appartement de Gabriel était inondé de livres. La coulée s'étendait jusque dans les placards de la cuisine. Des romans, des récits, des ouvrages philosophiques.

« Tu les as tous lus ? demandai-je.

— J'espère que je les aurai tous lus avant de mourir.

— À quoi ça sert de mourir cultivé ?

— À ne pas mourir idiot. »

Après avoir demandé à la vieille de rendre la mule et la carriole à ses parents, à Cheval-Blanc, une commune limitrophe de Cavaillon, Gabriel rassembla en hâte quelques affaires dans une valise en carton et, une heure plus tard, nous étions dans le train pour Paris.

Il avait décidé que nous nous réfugierions dans la capitale chez son oncle Alfred, qui avait épousé en premières noces la sœur de sa mère, morte depuis, et qu'il décrivait comme un écrivain de premier ordre, un des classiques du XXe siècle, auteur d'essais, de romans, de pièces de théâtre et de recueils de poésie.

Quand nous arrivâmes à Paris, le lendemain matin, nous allâmes directement chez lui. Alfred Bournissard habitait un immeuble cossu, rue Fabert, près des Invalides. Il était en train de finir son petit déjeuner, les lèvres luisantes et constellées de miettes de croissant. Quand la bonne nous amena devant lui, il se leva et embrassa Gabriel avec effusion.

Il était au courant de notre histoire et nous surnomma tout de suite « Roméo et Juliette ». Il y avait chez lui quelque chose qui impressionnait, une vivacité d'esprit, un sens de la repartie, ainsi qu'une drôlerie bien-veillante. Il avait, de surcroît, un regard clair qui mettait en confiance ; il ne faisait aucun doute qu'il avait été un bel homme dans sa jeunesse, ce qui lui avait permis d'épouser une riche héritière après la mort en couches de sa première femme, la tante de Gabriel.

Mais Alfred Bournissard était aussi arrivé à l'âge où, la cinquantaine passée, on est responsable de son visage, et le sien ne le prédisposait pas à être acquitté le jour du Jugement dernier tant il semblait avoir été façonné par la haine, la veulerie et la cupidité.

On aurait dit que le mot ventripotent avait été inventé pour lui. Il bedonnait de partout, du menton, des joues et même des poignets, ce qui contribuait à lui donner cette assurance satisfaite, insupportable à ses ennemis, qui l'avait empêché d'être élu à l'Académie française où il s'était présenté à deux reprises. Chaque fois, il avait recueilli plus de croix que de votes favorables.

D'un naturel expéditif, l'oncle Alfred décida, sans nous demander notre avis, que Gabriel serait l'assistant de son secrétaire particulier, tandis que je serais affectée à la cuisine, dans un premier temps à l'épluchage et à la plonge ; il attendait que je fasse mes preuves.

*

L'oncle Alfred travaillait à un grand projet auquel il comptait nous associer comme nègres. C'était ce qu'il appelait l'« événement Drumont ». Un essai, une grande biographie et une pièce de théâtre qu'il sortirait simul-tanément en 1927 pour commémorer le dixième anni-versaire de la mort de ce graphomane illuminé, auteur de *La France juive*, dont il avait été le collaborateur à la fin de sa vie.

C'est pourquoi j'ai lu et annoté, avec Gabriel, toute l'œuvre d'Édouard Drumont, journaliste, député, fondateur du comité national antijuif, qui fascina tant Charles Maurras, Alphonse Daudet ou Georges Bernanos. Sans oublier Maurice Barrès, le si bien surnommé « rossignol du carnage ».

C'était comme si nous avions fait un ménage à trois avec Drumont. Je ne compte pas les fois où nous nous sommes embrassés ou avons fait l'amour, Gabriel et moi, au milieu de ses ouvrages que nos ébats, malgré nos précautions, ont pu, parfois, froisser ou couvrir de taches suspectes. Ma grossesse excitait son désir.

Ainsi ai-je acquis, dans tous les sens du terme, une certaine intimité avec Édouard Drumont. Un enfant du siècle romantique qui, dans *La France juive*, un des grands succès d'édition de la fin du XIXe, singe volontiers Victor Hugo dans un style qui coule comme de la lave, j'allais dire de la bave.

Il est habité. Avant de mourir en 1917, à demi ruiné et atteint par la cataracte, Édouard Drumont avait dit à Maurice Barrès, qui le nota dans ses *Cahiers* : « Comprenez-vous que Dieu me fasse cela, à moi Drumont, après tout ce que j'ai fait pour Lui ! »

Dans *La France juive*, Drumont décrit de la sorte les principaux signes auxquels on peut reconnaître les Juifs : « Ce fameux nez recourbé, les yeux clignotants, les dents serrées, les oreilles saillantes, les ongles carrés au lieu d'être arrondis en amande, le torse trop long, le pied plat, les genoux ronds, la cheville extraordinairement en dehors, la main moelleuse et fondante de l'hypocrite et du traître. Ils ont assez souvent un bras plus court que l'autre. »

Après avoir lu ce passage, Gabriel avait rigolé : « On dirait mon portrait craché ! »

Dans son manuel antisémite, Drumont a noté d'autres traits : « Le Juif possède une aptitude merveilleuse à s'habituer à tous les climats. » Ou bien : « Par un phénomène que l'on a constaté cent fois au Moyen Âge et qui s'est affirmé de nouveau au moment du choléra, le Juif paraît jouir d'immunités particulières vis-à-vis des épidémies. Il semble qu'il y ait en lui une peste permanente qui le garantit de la peste ordinaire. »

Il a également noté que le Juif « sent mauvais » : « Chez les plus huppés, il y a une odeur, *fetor judaïca*, un relent, dirait Zola, qui indique la race et qui les aide à se reconnaître entre eux [...]. Le fait a été cent fois constaté : "Tout Juif pue", a dit Victor Hugo. »

Enfin, la névrose est, selon Drumont, « l'implacable maladie des Juifs. Chez ce peuple longtemps persécuté, vivant toujours au milieu de transes perpétuelles et d'incessants complots, secoué ensuite par la fièvre de la spéculation, n'exerçant que des professions où l'activité cérébrale est seule en jeu, le système nerveux a fini par s'altérer. En Prusse, la proportion des aliénés est beaucoup plus forte chez les Israélites que chez les catholiques ».

Sur quoi, Édouard Drumont donne des chiffres saisissants : sur 10 000 Prussiens, on compte 24,1 aliénés chez les protestants, 23,7 chez les catholiques et 38,9 chez les Israélites. « En Italie, ajoute-t-il, on trouve un aliéné sur 384 juifs et un sur 778 catholiques. »

De livre en livre, avec de plus en plus de succès,

Édouard Drumont a tapé sur le même clou : la juiverie qui s'est abattue « comme une pluie de sauterelles sur cet infortuné pays » qu'elle a « ruiné, saigné, réduit à la misère » en organisant « la plus effroyable exploitation financière que jamais le monde ait contemplée ». Je cite là des extraits de son livre *La France juive devant l'opinion*, publié en 1886, où il revient sur le triomphe obtenu par son célèbre essai, paru la même année.

Je ne peux pas vous obliger à lire les citations qui suivent. Du Hitler avant l'heure, écrit dans un beau français. Sachez cependant qu'elles résument bien le galimatias idéologique qui, avant de culminer avec l'Allemagne nazie, servait de pensée à tant de patriotes comme l'oncle Alfred.

« La société française d'autrefois étant chrétienne, écrit Édouard Drumont dans *La France juive devant l'opinion*, avait pour devise : Travail, Sacrifice, Dévouement. La société actuelle étant juive a pour devise : Parasitisme, Fainéantise et Égoïsme. L'idée dominante chez tous est non plus de travailler pour la collectivité, pour le pays, comme autrefois, mais de forcer la collectivité, le pays, à travailler pour vous. »

Édouard Drumont n'était pas un conservateur. La preuve, il prédisait que « toute la France suivra le chef qui sera un justicier et qui, au lieu de frapper sur les malheureux ouvriers français, comme les hommes de 1871, frappera sur les Juifs cousus d'or[1] ». Jules Guesde, l'une des grandes figures de la gauche socialiste, se crut ainsi autorisé à participer, un moment, à des réunions publiques à ses côtés. Sans doute partageait-il son ana-

---

1. *La France juive.*

lyse de ce capitalisme qui, partout en Occident, était en train de sortir de terre :

« C'est sur les ruines seules de l'Église que s'est élevée cette idole dévorante du capitalisme qui, pareille à une divinité monstrueuse d'Ashtoreth se fécondant elle-même, se reproduit sans cesse, enfante sans s'en douter, en quelque sorte, pendant qu'on dort, pendant qu'on s'aime, pendant qu'on travaille, pendant qu'on se bat, et étouffe tout ce qui n'est pas elle, sous son exécrable multiplication. »

On peut tout reprocher à Édouard Drumont, personne ne lui enlèvera un don inouï pour la prophétie comme quand, proposant d'en finir avec le « système juif », il écrit, plus de cinquante ans avant l'affreux séisme qui allait ravager le vieux continent :

« Le grand organisateur qui réunira en faisceau ces rancunes, ces colères, ces souffrances, aura accompli une œuvre qui aura du retentissement sur la terre. Il aura remis l'Europe d'aplomb pour deux cents ans. Qui vous dit qu'il n'est pas déjà au travail ? »

Adolf Hitler n'était pas encore né. Il faudra attendre 1889, soit trois ans plus tard, pour que vienne au monde cet enfant d'Édouard Drumont qui, comme l'archange, en fut aussi l'annonciateur.

# 19

## « *La Petite Provence* »

PARIS, 1926. Mes relations avec Théo se sont passablement détériorées pendant les mois où nous avons travaillé pour l'oncle Alfred. Quand j'apportais ses mouches ou ses araignées à ma salamandre qui avait désormais droit à un aquarium, j'essuyais souvent des pluies de reproches :

« Qu'est-ce qui t'arrive, Rose ? Qu'as-tu fait de ton âme ?

— J'essaie de survivre, comme tout le monde, Théo.

— Tu ne pourrais pas trouver des causes moins immondes !

— Je fais ce que je peux mais je vais me sortir de là, fais-moi confiance.

— Regarde-toi. Une chiffe molle, voilà ce que tu es devenue. Ressaisis-toi avant de finir en bouillie dans la cuvette des cabinets où tu es tombée, jusqu'à ce qu'un jour quelqu'un tire la chasse sur toi. »

J'entendais Théo mais je ne l'écoutais pas. L'oncle Alfred fut tellement satisfait de notre travail sur Édouard Drumont qu'il nous gratifia d'une somme substantielle grâce à laquelle je pus, quelques mois plus tard, ouvrir mon restaurant.

Je n'étais pas en mesure de monter l'affaire moi-même : j'avais dix-neuf ans et à cet âge, en ce temps-là, on était encore mineur. Étant recherché par la police depuis l'« enlèvement » de Sainte-Tulle, Gabriel prendrait cependant, pour moi, le risque de mettre l'établissement à son nom.

« Je sens que nous allons continuer à faire de grandes choses ensemble, dit l'oncle Alfred en se tapotant le bedon de contentement. Vous avez tout. Le talent, la passion, les convictions. Il ne vous manque plus que la réussite et je vais vous la donner. Elle viendra, mes petits, vous verrez qu'elle viendra. »

Il nous avait demandé de débroussailler le terrain et de lui préparer des notes sur l'auteur de *La France juive*. Mais dans notre élan, en travaillant tout le temps, nous avions écrit les premières moutures de la pièce, de l'essai et de la biographie qu'il reprit à peu près telles quelles. Sans oublier de nous rendre un hommage appuyé dans l'introduction des deux livres.

« Vous êtes la preuve qu'il y a des nègres intelligents », pouffa l'oncle Alfred avec une expression de satisfaction répugnante.

Ses mille ventres tremblant d'excitation, il nous commanda, dans la foulée, un dictionnaire des Juifs de France mais nous déclinâmes sa proposition. Outre que j'avais décidé de passer ma vie dans les cuisines, et non dans les livres, je n'aimais pas ce projet, Gabriel non plus : je le compris à son expression quand l'oncle Alfred nous le présenta.

Comme Gabriel était habile, il refusa l'offre avec tact, sans vexer son oncle :

« C'est un travail titanesque, je ne me sens pas à la

hauteur. En plus, on va avoir le petit dans les jours qui viennent, on ne sera plus si disponibles, je ne voudrais pas vous décevoir.

— Comme vous voudrez, mes enfants. »

L'oncle Alfred n'insista pas. Il avait d'autres idées pour nous. Une biographie de Charlemagne, un essai sur Napoléon et les Juifs, une histoire des mentalités européennes, un atlas des races dans le monde et j'en passe.

« Je l'ai toujours bien aimé, Charlemagne, dit Gabriel.

— Attention, il faisait travailler beaucoup de Juifs, observa l'oncle Alfred. Il en a truffé son administration, c'est ça qu'il faudrait creuser en s'interrogeant sur ses propres origines.

— Charlemagne était juif ?

— Je ne sais pas mais c'est fort possible : un Juif se reconnaît à ce qu'il embauche toujours des Juifs, ces gens-là se serrent les coudes, c'est une obsession qu'ils ont. Si on les laisse faire, y en a plus que pour eux. J'ajoute que Charlemagne était un cosmopolite, une sorte d'apatride militant, et que c'est une des principales caractéristiques de l'âme juive qui ne se reconnaît en aucun lieu et se considère chez elle partout... surtout chez nous, hélas !

— Pour écrire un ouvrage comme ça, conclut Gabriel, il faut être historien. Je crains qu'on ne vous déçoive. »

Il ne s'avouait jamais vaincu, l'oncle Alfred. Geyser d'idées, il nous proposa alors d'écrire pour lui le scénario d'un film dont il avait déjà la trame et le titre, *Moloch.* Il sortit du tiroir de son bureau un exemplaire de la revue scientifique *Cosmos,* daté du 30 mars 1885, où figurait une gravure d'un certain Sadler représentant « le supplice d'un enfant de Munich dont la mort avait provoqué le massacre de Juifs en 1285 ».

« L'enfant, indiquait le texte accompagnant la gravure, fut retrouvé sur les indications de la pourvoyeuse des sacrificateurs ; la victime avait été liée sur une table de la synagogue et percée de stylets, elle avait les yeux arrachés. Le sang avait été recueilli par des enfants. Le peuple excité commit les plus graves excès contre les Juifs de la ville et il fallut toute l'autorité de l'évêque pour calmer l'effervescence populaire et arrêter le massacre. »

« Voilà les bases du scénario, dit l'oncle Alfred. C'est un film qui pourrait avoir un gros succès, car il provoquera une polémique à propos d'une réalité qu'on refuse de voir : les Juifs aiment le sang, c'est un fait. Édouard Drumont a retrouvé un Talmud édité à Amsterdam en 1646 où il est écrit noir sur blanc que verser le sang des jeunes filles non juives est un moyen de se réconcilier avec Dieu. Moloch, qu'il faut sans cesse bourrer de chair humaine bien sanglante, est la divinité sémitique par excellence. Rien n'étanche sa soif et sa faim. Des sacrifices comme celui de Munich, il y en a eu partout dans le passé, à Constantinople comme à Ratisbonne, et il y en a sûrement encore. Il est temps de le dire et même de le crier sur les toits : les Juifs adorent le sang chaud. Si ce n'était pas le cas, le Pentateuque ne leur interdirait pas d'en boire. »

J'étais horrifiée par le son de scie de sa voix et, en même temps, attendrie par cette bonté douloureuse qui émanait de lui. Cet homme qui ne voulait que notre bien était odieux et touchant. Devant lui, j'étais toujours déchirée et me réfugiais derrière un sourire stupide, laissant la main à Gabriel qui, mieux que personne, savait embrouiller son monde.

Ce n'est pas une chose dont je suis fière mais nous avons appelé notre fils Édouard à cause de Drumont, notre bienfaiteur posthume, et aussi pour faire plaisir à l'oncle Alfred qui devint par ailleurs le parrain de cet enfant conçu et accouché dans le péché.

Il faudrait attendre encore deux ans pour pouvoir nous marier. Tant que je n'avais pas atteint l'âge de la majorité civile, il m'aurait fallu demander l'autorisation de mes tuteurs de Sainte-Tulle avant de convoler. Autant se dénoncer tout de suite à la police.

La naissance d'Édouard fut le plus beau jour de ma vie. Toute révérence gardée, il fallait que Chateaubriand fût un mâle bien obtus pour oser écrire dans ses *Mémoires d'outre-tombe* : « Après le malheur de naître, je n'en connais pas de plus grand que celui de donner le jour à un homme. »

S'il avait été une femme, Chateaubriand aurait su le bonheur atroce d'enfanter. Cette élévation intérieure. Cette joie sanglante, doublée d'un sentiment religieux. Après l'accouchement, alors qu'Édouard dormait sur mon ventre, sous le regard de Gabriel, je pleurais de ravissement ; c'était comme si j'habitais au-dessus de moi-même. J'aurais pu rester dans cette position jusqu'à ma mort.

Mais le monde m'attendait. Il me fallait gagner ma vie et faire mon lait. J'allaitai Édouard jusqu'à l'âge de six mois où je le mis en nourrice chez une voisine du sixième étage, une grosse femme qui produisait encore son litre de lait quotidien, sept ans après la naissance de son dernier-né.

À la fin de l'année, j'avais trouvé une gargote, rue des Saints-Pères, dans le VI<sup>e</sup> arrondissement de Paris. Une salle de seize mètres carrés avec une cuisine exiguë, qui ne me permettait pas de faire plus de trente couverts par jour. Le restaurant s'appelait « Le Petit Parisien », enseigne que j'ai remplacée par « La Petite Provence ».

J'y servais tous les jours mes spécialités, le plaki, la parmesane et les flans au caramel. À cela, j'ajoutais ma soupe au pistou où je ne mégotais ni sur l'ail ni sur le fromage. En quelques mois, je m'étais fait une belle clientèle d'écrivains, d'intellectuels et de bourgeois du quartier.

Alfred Bournissard venait souvent dîner ou déjeuner à « La Petite Provence », pour rameuter du grand monde. C'est à lui que je dois d'avoir attiré dans mon établissement des personnages comme la chanteuse Lucienne Boyer et les écrivains Jean Giraudoux ou Marcel Jouhandeau. Sans oublier un très vieux monsieur, Louis Andrieux, ancien préfet de police, qui avait aussi été député, sénateur, ambassadeur, et qui était le père naturel de Louis Aragon. Autant de gens qui ont fait la gloire de mon restaurant.

L'oncle Alfred nous a tant donné que je lui trouvais souvent des excuses quand il proférait ses monstruosités. Même si je me gardais bien de la contrarier, sa générosité me mettait mal à l'aise. Après la mort de sa première femme, il avait épousé en secondes noces l'héritière des quincailleries Plantin, écrabouillée par un train pour être sortie trop tard de sa voiture qui avait calé au milieu d'un passage à niveau. Veuf une seconde fois, il ne s'était jamais remis de sa mort. Il avait la larme facile et souffrait d'une sorte de manque d'amour qu'il recherchait partout, jusque dans le regard de son teckel, et je m'en voulais de ne pas le détester ni de pouvoir envisager de rompre un jour avec lui.

Je me consolais en me disant qu'il est toujours moins facile de recevoir que de donner.

# 20

## *L'art de la vengeance*

MARSEILLE, 2012. Il me faut interrompre provisoirement mon récit. Alors que je terminais le chapitre précédent, Samir la Souris est venu sonner à ma porte, vers 1 heure du matin.

« Je te dérange pas au moins ? »

Il m'a demandé ça avec l'air péteux de ces jeunes têtes à claques qui, derrière leurs lunettes noires, aux terrasses des cafés, nous narguent, nous les ancêtres dont chaque pas devant l'autre est un indescriptible supplice.

« J'allais me coucher, ai-je répondu.

— J'ai quelque chose d'énorme pour toi. »

J'ai détesté son sourire équivoque quand il m'a dit ça.

« C'est de la dynamite, a-t-il insisté. J'ai trouvé ça dans un registre officiel : Renate Fröll a été confiée à un "Lebensborn", en 1943. Tu sais ce que c'est, les "Lebensborn" ?

— Pas vraiment », répondis-je sur un ton dégagé avant de proposer à Samir la Souris de s'asseoir, ce qu'il allait de toute façon faire sans me demander l'autorisation, avec son impolitesse habituelle.

Il m'expliqua ce qu'étaient les « Lebensborn », mais je le savais déjà : des maternités SS, créées par Himmler pour développer une « race supérieure » avec des enfants volés ou abandonnés dont les parents étaient tous deux certifiés aryens, yeux bleus, cheveux blonds et tout. On effaçait leur état civil et ils étaient adoptés par des familles allemandes modèles afin de régénérer le sang du IIIe Reich.

Après que j'eus laissé s'installer un long silence pour le mettre mal à l'aise, une lueur d'inquiétude traversa le regard de Samir la Souris :

« Alors, tu ne me félicites pas ?

— J'attends la suite.

— Il faut qu'on aille en Allemagne tous les deux pour enquêter, on y verra plus clair.

— Tu sais que je ne peux pas voyager, objectai-je. J'ai un restaurant à tenir.

— Quelques jours suffiront.

— Maintenant que j'ai appris ce que je voulais savoir, je n'ai pas envie de creuser davantage. Je vais te donner la console que je t'ai promise en échange de ton travail et on sera quittes.

— Non, je veux continuer.

— Pourquoi ?

— Pour identifier les parents biologiques de Renate Fröll. Pour connaître sa vie après le "Lebensborn". Pour comprendre pourquoi tu t'intéressais à elle. »

Il y avait dans son regard un mélange d'ironie et d'insinuations qui m'horripilaient. J'avais le sentiment qu'il en savait plus qu'il n'en disait.

« Bordel de connerie de saloperie de merde, m'écriai-je tout à coup, qu'est-ce que c'est que ce pastis que tu es en train de me faire, petit con ? Si ça continue comme ça, tu vas vite te prendre une salade de phalanges dans la gueule. Tu ne pourrais pas me lâcher un peu la grappe ? Non mais, t'as vu mon âge ? Tu ne crois pas que tu me dois le respect ? »

Samir la Souris s'est levé d'un bond et a pointé sur moi un index menaçant :

« Tu arrêtes ça tout de suite, Rose. Tu m'as insulté, tu me dois des excuses. »

J'ai réfléchi un moment. Je regrettais mon mouvement d'humeur.

« Pardonne-moi, ai-je répondu pour clore l'incident. Je suis en train de remuer des tas de souvenirs pour écrire le livre de ma vie et ça ne me fait pas que du bien. C'est pour ça que je suis très à cran, tu comprends.

— Je comprends, dit-il, mais ne me refais pas ça deux fois. Tu ne me parles plus jamais comme ça, d'accord ? Plus jamais ! Sinon, ça ira très mal pour toi. »

Pour me rattraper, je lui ai proposé une menthe à l'eau et nous l'avons bue sur mon balcon en regardant le ciel étoilé qui clignotait. C'était une de ces nuits où il fait jour et où l'on sent Dieu au fond de l'espace, dans l'espèce de lumière voilée qui fait tout vibrer.

Samir la Souris semblait un bonbon et il me fallut beaucoup de volonté pour résister à l'envie de le prendre, de le croquer, de le sucer. Il sentait le feu qui montait dans ma carcasse de centenaire et, à en juger par son expression réjouie, ça l'amusait.

« Tu es une drôle de fille, finit-il par dire. Je crois que je vais enquêter sur toi.

— Inutile. Tu sauras bientôt tout sur moi quand tu auras lu mes Mémoires.

— Tu diras vraiment tout dans tes Mémoires ?

— Tout.

— Tu parleras même des gens que tu as tués ? »

Il dépassait les bornes. Je n'ai rien dit en le fixant avec une expression de mépris, pour marquer le coup et signifier mon mécontentement.

« Je sais que tu as tué des gens, reprit-il au bout d'un moment, ça se voit dans tes yeux. Il y a parfois une telle violence dedans, je te jure que tu me fais peur.

— C'est la première fois que j'entends ça. »

Ce n'était pas l'envie qui m'en manquait, mais je ne pouvais terminer la conversation là-dessus. Il y eut un nouveau silence qu'il finit par rompre :

« Tu dis toujours que pour se sentir bien il faut se venger...

— C'est vrai que je le dis. La vengeance est la seule justice qui vaille, ceux qui disent le contraire n'ont pas vécu. En plus, je crois qu'on ne pardonne vraiment qu'une fois qu'on s'est vengé. C'est pour ça qu'on se sent tellement bien, après. Regarde dans quelle forme je suis, à mon âge. Je n'ai ni regrets ni remords parce que, toute ma vie, j'ai observé la loi du talion et rendu coup pour coup.

— Merci de confirmer.

— Non, je ne confirme rien. On peut très bien se venger sans tuer, Samir. Il y a tout un art de la vengeance et il se pratique avec lenteur, sadisme et fourberie, souvent sans faire couler une seule goutte de sang. »

Il secoua la tête deux ou trois fois, puis soupira en haussant les épaules avec ostentation :

« Rose, tu ne peux pas croire un mot de ce que tu viens de dire. Il n'y a que le sang qui venge le sang.

— Non, il y a aussi l'intelligence. »

J'étais fière de ma réplique, c'était une bonne chute,

il fallait arrêter la discussion dessus. Pour lui prouver ma bonne foi, j'ai proposé à Samir la Souris de retourner dans le salon et de lire les premiers chapitres de mon livre.

C'était un pur produit de notre époque où l'ignorance, en matière littéraire, ne cesse de progresser. Malgré ses dénégations, je crois bien qu'il n'avait encore jamais lu un seul livre de sa vie, pas même un de ceux qu'il devait commenter à l'école et dont il avait survolé le résumé sur Internet avant de le recopier purement et simplement.

Butant souvent sur les mots, il mit plus d'une heure à lire mon prologue et les dix-sept premiers chapitres. À la fin, il était sonné. Non par mon génie, mais par la fatigue, comme s'il venait d'accomplir un effort surhumain.

Pour tout commentaire, il a laissé tomber avant d'aller se coucher, sur un ton de maître chanteur :

« Il faudra qu'on reparle de tout ça les yeux dans les yeux. »

Je ne savais trop ce qu'il voulait dire mais ça m'a empêchée de m'endormir.

## 21

### *Une omelette aux champignons*

PARIS, 1930. Tout allait trop bien, mais il a fallu que je bouscule notre félicité routinière et satisfasse les bas instincts qui me remuaient le ventre.

C'était une promesse que je m'étais faite à moi-même. Il n'y a que Théo qui fut mise au courant de mes projets qu'elle approuva au demeurant avec enthousiasme.

Gabriel et moi étions comme deux poissons nageant dans les eaux tièdes de la béatitude. Nous étions mariés depuis plus d'un an et j'aimais toujours tout chez lui, y compris ses parents que j'avais rencontrés à l'occasion de nos noces et qui m'avaient séduite. Deux Provençaux philosophes, comme Emma et Scipion Lempereur.

Il fallait se dépêcher de les apprécier, ils ne feraient pas de vieux os, ça se voyait dans leur regard et se vérifia dans les mois qui suivirent, alors que, pour nous, la vie commençait. Édouard avait trois ans, moi, vingt-deux, et Gabriel, vingt-six, quand j'ai décidé de fermer mon restaurant pendant les vacances de Pâques.

J'ai prétendu que j'avais des affaires personnelles à régler en Provence, il ne m'a pas demandé lesquelles : il y avait chez Gabriel une délicatesse qui lui interdisait de me réclamer des comptes sur la moindre chose, mais il est vrai qu'il entrait dans mes pensées comme dans du beurre. Je lui laissai Théo en gage.

Avec Gabriel, je ne doutais pas que notre amour durerait toute la vie. Dans notre chambre de bonne, au sixième étage de la rue Fabert, il n'y avait jamais un mot plus haut que l'autre, même après qu'Édouard nous eut fait passer une mauvaise nuit, ce qui arrivait souvent, les sinusites succédant aux laryngites et à toutes ces maladies qui s'acharnent sur nos bébés.

Gabriel savait bien ce que j'avais en tête. Il connaissait ces bouffées de haine qui, parfois, bloquaient ma poitrine. M'accompagnant à la gare de Lyon avec Édouard, il me glissa à l'oreille, alors que, le pied droit sur la première marche, j'allais monter dans le train :

« Sois prudente, mon amour. Pense à nous. »

La prudence n'étant pas mon fort, toute l'habileté de Gabriel consistait à me culpabiliser. Il ne contestait pas mon projet ; il en pesait les risques et en fixait les limites. S'il ne m'avait pas dit ça, je ne crois pas que j'aurais fait une étape à Marseille avant de prendre le train pour Sainte-Tulle. J'aurais simplement écouté l'envie pressante qui m'incitait à accélérer mes pas pour l'assouvir.

À Marseille, j'allai chez le coiffeur pour me faire couper les cheveux à la Jeanne d'Arc, puis achetai un panier, de la viande et de quoi me travestir en homme. Un pantalon, un manteau et une chemise, une casquette, ainsi qu'une écharpe pour dissimuler une partie de mon visage.

Quand j'arrivai à la gare de Sainte-Tulle, je pris la direction de la bastide des Lempereur en coupant à travers une petite forêt de chênes où je connaissais un coin à champignons et j'en remplis mon panier. Quelques morilles pour mettre par-dessus, mais surtout deux espèces mortelles dont les odeurs et les goûts trompent, depuis des générations, leurs victimes : des amanites phalloïdes et des inocybes fastigiés. De quoi tuer un régiment.

Quand les deux molosses arrivèrent sur moi, je leur jetai des morceaux de viande que j'avais fourrés de graines de ciguë à fleur bleue. Ils les engloutirent avec cette voracité stupide qu'on ne rencontre que chez le chien, le cochon et l'humain. C'est ainsi que l'on tuait les loups jadis. Effet garanti. Au bout de quelques minutes, les chiens se sont laissés tomber par terre, secoués par des spasmes, les yeux exorbités et la gueule mousseuse. On aurait dit qu'ils crevaient de froid, à petit feu, si j'ose dire...

« Je suis désolée pour vous, leur dis-je, mais il ne fallait pas tuer mon chat. »

Alors qu'ils agonisaient dans la cour, j'allai frapper à la porte de mes anciens maîtres, le panier de champignons dans une main et un revolver dans l'autre. Un Astra mod.400, un pistolet semi-automatique d'origine espagnole, que m'avait vendu un ami journaliste du Quartier latin.

C'est Justin qui m'ouvrit. N'était son teint rouge brique qui tournait au violet, il n'avait pas changé. Malgré mon déguisement, il me reconnut tout de suite et me serra la main en gardant ses distances, avec une circonspection craintive.

« Qu'est-ce qui est arrivé aux chiens ? demanda-t-il en regardant ses molosses gigoter sur le dos.

— Un malaise. »

Feignant de ne pas voir mon pistolet, il dit :

« Je suis content de te voir. Qu'est-ce qui t'amène ?

— Je suis venue pour le chat.

— Le chat ? »

Même si sa bouche était sèche et sa voix, blanche, il avait adopté un air faussement enjoué à cause du rapport de force : mon revolver braqué sur lui et ses chiens en train d'agoniser derrière moi.

« Si c'est que ça, on peut te donner un autre chat, ça se remplace facilement, y en a tellement...

— J'ai tout accepté de votre part, tout, mais le chat, non, dis-je en prenant la direction de la cuisine. Appelle ta grosse et on va manger, c'est l'heure. Je vais vous préparer une omelette aux champignons comme dans le temps, tu te rappelles ?

— Sûr que je me rappelle ! Tu es la reine de l'omelette aux champignons...

— ... et de beaucoup d'autres choses. »

Intriguée par le bruit, Anaïs s'amena de son pas lourd. Sa rétention d'eau lui faisait des chevilles comme des bonbonnes. Quand elle me vit dans la cuisine, mon Astra mod.400 à la main, elle poussa un grand cri de frayeur et serait tombée à la renverse si son mari ne l'avait retenue.

« Pourquoi t'es venue avec un revolver ? a fait Justin d'une voix gémissante, parfaitement adaptée à sa situation.

— Je n'ai pas voulu prendre de risques avec vous. Y a eu trop de malentendus entre nous, j'avais peur que vous ne compreniez pas le sens de ma visite, qui est une visite de paix et d'amitié...

— C'est dommage qu'on se soit pas compris. »

Justin était tellement fier de sa phrase qu'il la répéta deux fois.

« Voilà l'occasion ou jamais, dis-je, de se rattraper et de repartir de zéro. »

J'épluchai les champignons et les coupai devant eux avant de les mélanger aux œufs battus, quinze en tout. Quand mon omelette fut comme ils aimaient, bien baveuse, je leur ai servi une grosse part chacun en leur demandant de ne pas l'avaler, comme ils le faisaient d'ordinaire avec la nourriture, mais de bien la mâcher pour mieux s'en imprégner, en l'honneur du bon vieux temps. Ils obtempérèrent avec la goinfrerie profession-nelle de porcs à l'engraissage.

« J'aimais beaucoup mon chat, murmurai-je pendant qu'ils mangeaient leur omelette.

— Nous aussi, faut pas croire.

— Pourquoi l'avez-vous tué, alors ?

— C'est pas nous, c'est les chiens, protesta Justin, mais c'est sûr qu'on aurait pas dû le leur donner, on a été bêtes, on s'excuse. »

Quand ils eurent la panse remplie d'omelette, je leur préparai du café. Ils commençaient à le boire quand, observant leurs premières suées, je leur ai dit qu'ils allaient mourir : le processus commencerait d'ici quelques minutes et durerait plusieurs heures.

Ils ont paru surpris. Ils imaginaient bien que je mijo-tais un sale coup, mais ils ne s'attendaient pas à tomber par là où ils avaient toujours tant péché : la mangeaille.

« C'est pour le chat, dis-je. Il fallait que je le venge, j'y pensais tout le temps, ça me pourrissait la vie. »

Justin s'est levé mais je l'ai fait rasseoir sous la menace de mon semi-automatique. Je les ai laissés à leur destin quand ont commencé les nausées, les vomissements, les diarrhées, les vertiges, avant les convulsions et la destruction du foie. Je ne voulais pas voir ça : je n'ai pas la vengeance morbide.

Avant de partir, j'ai vidé une partie des restes de l'omelette aux champignons dans les écuelles des molosses avant de poser la poêle au quart pleine sur la table de la cuisine, de sorte que la police ne puisse avoir aucun doute sur les raisons de la mort des Lempereur et de leurs chiens.

Deux semaines plus tard, je reçus à Paris une convocation du commissariat de Manosque. De retour en Haute-Provence, je fus interrogée par un inspecteur suspicieux qui, avec un de ses collègues, me bombarda de questions pendant plus de quatre heures mais ne trouva, dans mes réponses, aucun élément pouvant lui confirmer mon implication dans cette affaire.

Il s'appelait Claude Mespolet et son nez était comme un poinçon prêt à percer, jaillissant de sa tête de vieille momie aigrie, plantée sur un petit corps de polichinelle. Il avait à peine trente ans et portait une veste huileuse sur une chemise chiffonnée mais pourvue cependant de boutons de manchette dorés. Très sceptique devant cette histoire d'empoisonnement aux champignons, il en avait contre le monde entier en général et contre moi en particulier.

« Quand il y a un meurtre, me dit-il, il faut d'abord chercher le mobile. Vous avez un mobile.

— J'ai peut-être un mobile mais il n'y a pas de meurtre.

— Rien ne le prouve, objecta-t-il.

— Rien ne prouve le contraire non plus.

— Si, madame : on a retrouvé des traces de ciguë

dans les cadavres des chiens. Ce qui me permet d'imaginer qu'il y a quelqu'un qui, après leur mort, dans un souci de mise en scène, a rajouté dans leurs écuelles les restes des champignons vénéneux. »

L'inspecteur Mespolet planta son regard dans mes yeux jusqu'à ce que je les baisse.

« Ce n'est certes qu'une supposition de ma part, conclut-il, mais bon, reconnaissez qu'il y a comme un ver sous la pierre... »

Sans le savoir, Claude Mespolet m'avait donné une bonne leçon. S'il n'était pas un as de la police, je n'étais pas non plus une virtuose du crime. Plus de mise en scène, désormais : ça éveillait trop les soupçons. Mieux valait improviser.

Quelques mois après, je reçus une lettre du notaire de Manosque m'annonçant qu'après la « tragique disparition » de Justin et d'Anaïs Lempereur j'étais l'unique héritière de la ferme de Sainte-Tulle. Je lui répondis que, ayant atteint la majorité et souhaitant me séparer de la propriété, je le chargeais de la vendre dans les meilleurs délais.

Avec le fruit de la vente, je pus acheter, à la fin de la même année, un trois pièces à Paris, rue du Faubourg-Poissonnière, pour Gabriel, Édouard et moi. C'est là que je fus, pendant près de dix ans, la femme la plus heureuse du monde.

## 22

## *Retour à Trébizonde*

PARIS, 1933. Le bonheur, disait Emma Lempereur, ça ne se raconte pas. C'est comme une tarte aux pommes, ça se mange jusqu'à la dernière miette qu'on ramasse sur la table avant de lécher le jus doré qui macule les doigts.

Le bonheur, ça ne s'affiche pas non plus. La meilleure façon de transformer vos amis en ennemis, c'est de se montrer heureux. Ils ne le supportent pas. Le bonheur est un chef-d'œuvre qui doit rester à tout prix inconnu : il faut le garder pour soi si l'on ne veut pas s'attirer les inimitiés ou le mauvais sort.

Nous étions arrivés à l'apothéose du bonheur, Gabriel et moi, quand nous avons donné une petite sœur à Édouard : Garance, une blondinette aux yeux bleus, comme sa mère, mais avec des traits bien plus fins, qui a manifesté très tôt une passion pour la danse. Je la voyais déjà ballerine à l'Opéra de Paris.

Édouard se voyait, lui, en policier ou en conducteur de train, à moins que ce ne soit chef d'orchestre. C'était un touche-à-tout sans complexe qui détestait les tiroirs et les étiquettes. Très tôt, il me sembla si éloigné de l'esprit français que j'avais peur pour lui.

Pardonnez-moi si je ne peux vous en dire plus sur Édouard et Garance. Dans les pages qui suivent, j'éviterai de parler de mes enfants. Il faut me comprendre : rien qu'en couchant leurs deux noms sur le papier, mon visage s'inonde de larmes et ma gorge se secoue de sanglots.

Pendant que j'écris ces lignes, l'encre se mélange aux pleurs, transformant mes phrases en grosses taches bleutées sur la feuille de mon cahier. Je n'ai pas commencé à vous raconter mon histoire pour me faire du mal. Or, tout s'embrouille et le sol se dérobe sous mes pieds chaque fois que j'essaie d'évoquer mes enfants en mots ou en paroles. Depuis la tragédie, je vis avec eux dans ma tête mais il vaut mieux pour moi qu'ils n'en sortent pas.

Dieu sait pourquoi, il m'est plus facile de me remémorer Gabriel, qui a pourtant connu le même sort qu'eux. À l'époque, il ramait. Professionnellement du moins. Désormais secrétaire en titre de l'oncle Alfred, mon mari était aussi son nègre et inondait de la prose bournissardienne la presse antisémite du moment, *La Libre Parole*, *L'Ordre national* ou *L'Antijuif*.

Même s'il ne me l'a jamais dit, je sentais bien, ce qui n'était pas pour me déplaire, qu'il avait honte de son travail : il n'en parlait presque jamais et quand, par hasard, nous l'évoquions, il gardait de plus en plus souvent les yeux baissés, tandis que des plis d'amertume tordaient ses lèvres et ses sourires. Il était complice de quelque chose que j'abominais et, en même temps, je savais qu'il valait mieux que cela. C'est pourquoi je lui pardonnais, d'autant qu'il cherchait apparemment à changer de voie en assurant, par exemple, l'intérim de la chronique musicale du *Figaro*.

Après la mort d'Alfred Bournissard, au printemps 1933, à cinquante-deux ans, d'une congestion cérébrale que l'engorgement de ses vaisseaux sanguins préparait depuis longtemps, Gabriel tenta de s'affranchir de cette extrême droite lamentable où grenouillait son oncle. Il travailla un moment pour Jean Giraudoux, auteur de *La Folle de Chaillot*, qui fut souvent accusé d'antisémitisme mais auquel il sera beaucoup pardonné pour avoir écrit un jour que la « race française est une race composée » et qu'il n'y a pas que « le Français qui naît. Il y a le Français que l'on fait ». Même s'il sent un peu le roussi, je ne l'ai jamais mis dans le même sac que les autres.

Quelques mois plus tard, cherchant un emploi stable, Gabriel accepta de devenir secrétaire de rédaction de la *La France réelle*, une feuille dont la vue même me donnait la nausée. J'aurais été mal fondée de jeter la pierre à mon mari. La clientèle de mon restaurant était composée pour l'essentiel d'individus de cette engeance.

Le dégoût qu'elle nous inspirait, sans que nous l'exprimions jamais, était sans doute la seule limite du bonheur à qui il en faut toujours pour nous permettre de profiter mieux de ce qui nous reste. Je savais que Gabriel n'avait rien à voir avec ces braillards prétendument patriotes qui proliféraient dans les années 30 et j'aimais qu'il cherchât à racheter son âme en travaillant sur une biographie à la gloire de Salomon Reinach, originaire d'une famille de banquiers juifs allemands, archéologue, humaniste et spécialiste de l'histoire des religions, l'un des plus beaux esprits de son temps, mort un an avant l'oncle Alfred.

Rien ne pouvait entamer l'harmonie de notre couple. Ni les miasmes de l'époque ni les difficultés professionnelles de Gabriel. Nous n'avions même pas besoin de nous parler pour nous comprendre.

Il lisait dans mes pensées comme l'année où il accepta de bonne grâce que je lui laisse les enfants pendant la fermeture annuelle de « La Petite Provence », la première quinzaine d'août : à son sourire complice, je compris qu'il savait ce que j'avais en tête lorsque je lui annonçai mon intention de me rendre à Trébizonde sur les lieux de mon enfance « pour régler des affaires personnelles ».

\*

1933 fut l'année de la naissance du III\ᵉ Reich. Il vint au monde, le 30 janvier, quand le président Paul von Hindenburg, vieille baderne à l'image de sa République finissante, sacra Adolf Hitler en faisant de lui un chancelier. Le ver était dans le fruit et le fruit était pourri.

Quelques semaines plus tard, après l'incendie du Reichstag, Hitler s'arrogea les pleins pouvoirs pour protéger le pays contre un prétendu grand complot communiste et, le 20 mars, Himmler, le patron de la police de Munich, annonça que s'ouvrirait près de Dachau, deux jours plus tard, le premier camp de concentration officiel avec « une capacité de 5 000 personnes » pour y cantonner tous les éléments asociaux qui, en suscitant de l'agitation, mettaient en péril leur vie et leur santé.

Au lycée de Manosque, j'avais choisi l'allemand en première langue. Passionnée par la culture germanique, Emma Lempereur m'y avait initiée en me mettant entre les mains *Les Souffrances du jeune Werther* de Goethe.

Après ça, tout s'était enchaîné. Bach, Schubert, Mendelssohn et tous les autres.

Malgré ce tropisme germanique, je ne prêtais aucune attention à la montée du nazisme et ne me préoccupais pas davantage des millions de morts, cinq, six ou sept, provoqués, la même année, par les grandes famines soviétiques.

Le 22 janvier 1933, Staline, l'un des plus grands criminels de l'histoire de l'humanité, signa avec son acolyte Molotov une directive ordonnant le blocus de l'Ukraine et du Caucase du Nord où les habitants furent condamnés à mourir sur pied d'inanition, avec interdiction absolue d'aller chercher ailleurs le pain qui leur manquait, tandis que l'Union soviétique exportait dix-huit millions de quintaux de blé.

La fièvre génocidaire était en marche ; rien ne pourrait plus l'arrêter. Sous la houlette d'Hitler et de Staline, elle allait broyer tour à tour ou simultanément les Juifs, les Ukrainiens, les Biélorusses, les Baltes, les Polonais et beaucoup d'autres.

Si j'avais pris la peine de m'informer sur tout cela, 1933 aurait laissé un goût de cendres dans ma bouche. Au contraire, cette année-là m'a donné l'une des plus grandes joies de ma vie. Et l'été 33, elle a commencé à vibrer en moi quand, du pont de mon bateau, je vis se rapprocher Istanbul.

Elle ne m'a pas quittée pendant mes trois jours d'escale à Istanbul, dans l'ancienne Constantinople qui avait changé de nom en 1930 et où je me suis tout de suite sentie chez moi. Je ne sais si c'était à cause des odeurs qui traînaient dans l'air ou de la bienveillance des regards que je croisais, mais j'eus le sentiment, en marchant dans les rues, de retrouver la part de moi que j'avais perdue en quittant la mer Noire.

Où étaient les assassins de ma famille ? Ici-bas, les bourreaux ont tôt fait de devenir des victimes et les victimes, des bourreaux. La foule était si bonasse que je ne pouvais l'imaginer, un instant, en train de massacrer les miens. J'étais turque parmi les Turcs, j'allais dire pour les Turcs : les hommes me semblaient bien plus beaux qu'à Paris mais je n'ai pas cédé à la tentation.

Il s'en est cependant fallu de peu. Un type m'a suivie dans le grand bazar d'Istanbul où j'achetais des cadeaux pour la famille. Il a fini par m'accoster et m'a proposé de me promener avec lui mais je n'ai pas donné suite.

J'ai été prier à la mosquée Sainte-Sophie qui fut pendant presque dix siècles, de l'an 537 à 1453, date de son islamisation, le monument le plus considérable de la chrétienté. C'était la dernière année qu'elle servait de lieu de culte avant d'être transformée en musée. J'étais transportée. Il m'a semblé voir quelque chose de divin dans la blancheur lumineuse qui entrait par les fenêtres pour se cogner contre les parois de la coupole.

Quelques jours plus tard, ma joie redoubla quand notre bateau arriva au large du port de Trébizonde qui se dressait au bout d'une mer laiteuse, mélangée au ciel bas et crémeux.

Ma joie était toutefois mêlée de cette sensation d'angoisse qu'on éprouve, la première fois, avant l'amour, quand on ouvre la porte de la chambre où nous attend le lit du plaisir. Sauf qu'en l'occurrence ce serait un lit de mort.

Je savais qui j'allais voir mais je ne savais pas encore ce que j'allais lui faire.

## 23

*Une promenade en bateau*

Trébizonde, 1933. Ali Recep Ankrun avait autant de ventres que l'oncle Alfred, à ceci près qu'il en portait aussi un sur le nez qui ressemblait à une tomate du Caucase, jetée en pleine figure.

Il était manchot et faisait partie de ces mutilés qui refusent d'admettre qu'ils ont perdu un membre : il ébauchait de temps en temps des moulinets avec son coude, afin de ponctuer ses phrases quand il les jugeait importantes. Je résistai, non sans mal, à l'envie folle de lui demander pourquoi il avait été amputé.

Il transpirait beaucoup, du visage surtout, ce qui l'amenait à garder sans cesse par-devers lui un mouchoir à carreaux grand comme un torchon avec lequel il s'épongeait la tête. Mais il sentait bon. Une odeur de loukoum, de caramel et de lait d'amande, qui me donna une petite faim.

Le maire de Trébizonde m'avait accueillie en se précipitant vers moi avec cette euphorie vulgaire et stupide qui caractérise les politiciens, comme s'il attendait ma visite depuis le jour de sa naissance :

« Vous avez tout à fait raison de vous intéresser à notre ville.

— Quand *Le Figaro* m'a proposé de préparer un grand dossier sur Trébizonde, j'ai tout de suite accepté.

— C'est la preuve que ce journal est très intelligent, ce que je savais déjà. »

Puis, baissant la voix, avec un sourire mielleux :

« Vous parlez très bien le turc. Où l'avez-vous appris ?

— À l'école. Mon père était fasciné par l'Empire byzantin.

— Vous savez sans doute que notre ville fut, pendant plus de deux cents ans, la capitale d'un autre empire qu'on appelle précisément l'Empire de Trébizonde.

— Oui, je sais aussi que votre ville a été fondée par les Grecs, longtemps avant notre ère.

— Ah ! les Grecs, soupira-t-il, nous ne nous sommes pas bien entendus. Ce sont des chrétiens obtus, obsédés par leur foi débile et maniaques des croix, il faut toujours qu'ils en mettent partout. Maintenant qu'ils sont tous partis, franchement, on se sent beaucoup mieux chez nous. »

Même si ça me démangeait, je n'allais pas lui répondre que le gouvernement turc avait résolu le problème grec comme il avait résolu le problème arménien, quelque temps auparavant : par l'éradication. Entre 1916 et 1923, le génocide des Grecs avait fait 350 000 morts dans la région. Le christianisme avait disparu de la surface de cette terre, les cloches s'étaient effacées devant les muezzins.

Je n'étais pas venue pour débattre avec Ali Recep Ankrun mais pour quelque chose de bien plus important. C'est pourquoi j'abondai dans son sens avec un air de petite fille soumise et fascinée :

« C'est cette purification qui a permis à votre ville de repartir sur de bonnes bases.

— Repartir n'est pas tout à fait le mot, je parlerais plutôt de renaissance et même d'explosion économique. Je suis prêt à vous accorder une interview exclusive pour évoquer tout cela, ainsi que mes projets qui sont très nombreux sur tous les plans, industriel, éducatif et religieux. »

Il me vanta les mosquées de Trébizonde qu'il fallait visiter toutes affaires cessantes, avant de me parler de la pêche, l'une des principales activités de la ville qui, à ses yeux, était la capitale d'à peu près tout. De l'anchois, du harenguet, du mulet rouge mais aussi de la noisette, du tabac, du maïs et de la pomme de terre.

Une heure passa, puis deux. Ali Recep Ankrun n'avait pas envie de mettre fin à notre entretien. Un garde-chiourme passait régulièrement une tête par une des portes de son bureau en lui faisant les gros yeux : la délégation de patrons géorgiens, qui faisait anti-chambre, s'impatientait, elle devait repartir très vite à Erzeroum où elle avait des rendez-vous.

Avant de mettre fin à notre première rencontre, le maire de Trébizonde m'invita à dîner le soir même et j'acceptai en simulant une sorte de frémissement dorsal qui, à en juger par la dilatation de ses pupilles, l'émous-tilla.

Je passai l'après-midi à me promener dans les rues de Trébizonde, notamment Uzun Caddesi, les oreilles remplies des cris des marchandes de poissons et les narines rassasiées des bonnes odeurs de pain lavash. Au bout d'un moment, je me suis sentie si pleine de vent, d'effluves, de parfums ou de couleurs, que j'avais fini par oublier ce pour quoi j'étais venue.

Tant de morts après, rien n'avait changé dans cette ville qui grouillait comme avant, au pied de sa montagne. La vie avait repris son cours et m'emmenait moi aussi à travers la foule affairée. Malgré toutes mes préventions, j'avais cédé aux charmes de Trébizonde. J'étais comme réconciliée avec moi-même.

Le soir, dans le meilleur restaurant de la ville où Ali Recep Ankrun m'invita, il me fallut résister avec tact aux avances du maire qui, apparemment, avait décidé que je passerais à la casserole, sitôt le dessert terminé. Sans me vanter, il me semble que je m'y pris assez bien.

« Jamais le premier jour, lui dis-je en prenant sa main moite. Pardonnez-moi mais... j'ai toujours besoin de réfléchir un peu avant de m'engager. Je suis tellement sentimentale, vous comprenez, et puis je suis mariée. »

Ce ne serait que partie remise. Quand Ali Recep Ankrun me proposa d'aller pique-niquer le lendemain midi sur son bateau, j'acceptai sans hésiter, les paupières papillotantes, en humectant mes lèvres avant d'émettre une sorte de râle qui, pour n'être pas subtil, était au moins très prometteur. J'ai failli lui dire que je serais alors prête pour la chosette, mais ce sont mes lombaires et mes fesses qui, en quelques légers trémoussements, le lui ont fait savoir.

« Ne dites mon nom à personne, insistai-je. Je tiens à mon mari, je ne veux pas de scandale.

— Moi non plus. Je serai très discret, rassurez-vous. C'est aussi mon intérêt.

— Je veux qu'il n'y ait que vous et moi sur le bateau.

Pas de domestique, vous savez comment sont ces gens-là. Ils parlent trop.

— Ça va de soi et je suis trop pudique pour accepter la présence de quelqu'un quand je vous ferai ma déclaration. »

Sur quoi, il me lança un clin d'œil, doublé d'un sourire égrillard. Je posai ma main sur la sienne et la caressai doucement pour lui confirmer mes intentions.

On a commencé à se tutoyer.

« J'ai tellement hâte de te prouver mes sentiments, ai-je dit.

— Je t'aime.

— Je crois que c'est une grande histoire qui commence. »

Le lendemain, quand je suis montée dans son bateau à moteur pour notre petite croisière, j'avais mon semi-automatique Astra mod.400 au fond de mon sac à main, mais comptais bien ne pas m'en servir. Comme je l'ai déjà dit, j'avais décidé d'improviser.

En premier lieu, je lui demandai de prendre la direction du large et le maire obtempéra sans argumenter quand je lui précisai que, pour ne pas froisser ma pudeur qui était grande, il devait mettre la plus grande distance possible entre le rivage et nous avant d'entamer les préliminaires.

Ensuite, quand nous fûmes loin de la terre, après qu'il eut arrêté le moteur et laissé dériver le bateau, je lui ai donné son content, c'était la moindre des choses : l'affaire fut vite expédiée, à peine le temps d'éternuer, mais je crois que le maire était très ému. Moi aussi, mais pas pour les mêmes raisons. J'étais dans l'état de fébrilité où je me trouvais avant mes accouchements.

La chosette faite, il lécha mes tétons avec une avidité de nourrisson. Comprenant qu'il avait envie de remettre le couvert, je prétendis que l'amour m'avait creusé l'appétit.

« D'accord, dit-il, on mange, on recommence, et ainsi de suite. »

De son panier, Ali Recep Ankrun a sorti des galettes turques, en particulier des *pides* à la feta et aux épinards à tomber par terre. C'est quand, le repas achevé, il s'est mis sur le bord pour pisser que je l'ai poussé avec une rame de secours pour le faire tomber à la mer. Alors qu'il s'agitait dans l'eau en ahanant comme un gros chien, je lui ai dit :

« C'est pour la mort de mon père.

— Ton père ?

— Un fermier de Kovata.

— Je me rappelle pas.

— Un Arménien. Tu l'as tué comme tu as fait tuer ma mère, ma grand-mère, mes frères et mes sœurs. Il fallait que tu payes un jour. Pour lui, pour tous les autres. »

Son infirmité le gênait et, en plus, il savait à peine nager. Il perdait son souffle et s'affolait. Je n'aurais pu dire s'il beuglait, couinait ou hennissait mais, entre chaque mot, il poussait des cris affreux d'animal d'abattoir.

« Est-ce que tu jouissais quand tu allais jeter tous ces gens à l'eau, ces femmes, ces enfants ?

— C'était les ordres. »

À en juger par l'expression de sa bouche où la lèvre inférieure avait pris l'avantage, il me semblait qu'il pleurait, mais je ne l'aurais pas juré.

« Si tu me sauves la vie, réussit-il à hurler dans un dernier effort, tu auras tout l'argent que... »

Il glouglouta quelque chose, gigota encore quelques secondes, bava des petits cris de lapin mourant, disparut sous une vague, puis coula.

J'ai regretté de ne pas lui avoir demandé s'il avait réussi à mettre la main sur le magot de Mme Arslanian. Il paraît que les gens disent toujours la vérité quand ils savent qu'ils vont mourir.

J'ai remis en marche le moteur du bateau et, quand je suis revenue à terre, j'ai filé à l'hôtel pour prendre mes affaires avant de retourner au port où je suis montée sur le premier bateau en partance.

Une somme rondelette a suffi à me trouver une place de passager clandestin. C'était un cargo qui transportait des raisins secs, de la laine et des peaux de bœuf. Sa première escale était en Roumanie d'où j'allais ensuite rejoindre la France par le train, innocente comme l'agneau qui vient de naître.

## Le Juif qui s'ignorait

PARIS, 1938. Quand on a été heureux, on s'en aperçoit souvent trop tard. Je n'ai jamais eu ce défaut. J'ai profité autant que j'ai pu des cinq années qui ont suivi et je n'ai rien à en dire, sinon qu'elles furent belles. Jusqu'au drame qui allait changer notre vie, quand un journal accusa Gabriel d'être juif.

Comme le disait l'auteur de l'article, il y avait des Juifs partout, pas seulement dans la banque ou dans la presse, mais aussi « dans la foule où on leur a permis de se fondre » en changeant leurs patronymes.

Tout a commencé avec l'Empire austro-hongrois. Pour en finir avec la pratique des Juifs de se donner des surnoms héréditaires, il leur attribua, de gré ou de force, des patronymes germaniques qui, souvent, sonnaient bien, comme Morgenstern (étoile du matin), Schoenberg (belle montagne), Freudenberg (mont de la joie) quand ce n'était pas des noms de villes : Bernheim, Brunschwig, Weil ou Worms.

En France, le décret napoléonien du 20 juillet 1808 donna le droit aux officiers d'état civil de choisir eux-mêmes le nom des immigrés juifs. Certains furent appelés arbitrairement Anus qu'ils transformèrent plus tard en Agnus. D'autres eurent droit, comme de l'autre côté du Rhin, à des noms de villes ou de villages : Caen, Carcassonne, Millau ou Morhange.

C'est ainsi que le nom de Picard n'a pas forcément de rapport avec la Picardie. Il s'agit souvent d'une traduction libre de Bickert ou de Bickhard. Ce patronyme fait partie de ceux qui, comme Lambert ou Bernard, francisation de Baer, peuvent prêter à confusion. Comme l'avait écrit un jour l'oncle Alfred, « les Juifs se cachent n'importe où, même sous des noms français ».

À la fin des années 30, des auteurs en vue entreprirent, à l'instar d'Henry Coston, de traquer le Juif jusque dans les retranchements patronymiques derrière lesquels il se dissimulait. Avec une rage de chasseurs, ils débusquaient dans leur terrier les Cavaillon, Lunel, Bédarrides ou Beaucaire.

Notre malheur fut que Gabriel s'appelait précisément Beaucaire. Le 8 janvier 1938, sous la signature de Jean-André Lavisse, un article de *L'Ami du peuple*, torchon qui tira longtemps à un million d'exemplaires, dénonça à la « une » et sur trois quarts de page à l'intérieur les origines juives de mon mari. Je tombai de l'armoire. Lui aussi.

Sous la rubrique « Cherchez le Juif », l'article, aussi venimeux qu'informé, révélait que Gabriel était issu, du côté paternel, d'une longue lignée juive : il y avait plein de noms et un arbre généalogique. Un travail apparemment imparable qui remontait jusqu'à l'arrivée de ses ancêtres en France, en 1815. On aurait dit une fiche de police.

*L'Ami du peuple* annonçait que Gabriel préparait en cachette une hagiographie du « juif et calomniateur du christianisme Salomon Reinach ». Il l'accusait aussi de s'être « vicieusement » infiltré dans les milieux d'extrême droite pour le compte de la Lica, la ligue contre l'antisémitisme, dont il aurait fréquenté depuis longtemps et en secret plusieurs dirigeants.

D'après Jean-André Lavisse, Gabriel était un « indicateur » qui collaborait avec les services de police de l'ancien président du Conseil socialiste Léon Blum, l'« hybride ethnique et hermaphrodite », dont il était proche et pour lequel il rédigeait des notes quand il n'alimentait pas en informations de toutes sortes les ennemis des Français de souche, Lica en tête.

Le journal donnait des noms et je dois dire que j'en connaissais au moins un, Jean-Pierre Blanchot, un des meilleurs amis de Gabriel qui me l'avait toujours présenté comme un professeur d'histoire et jamais comme l'une des chevilles ouvrières de la Ligue, ce qu'il était.

Le jour de la sortie de *L'Ami du peuple*, Gabriel vint me voir, à l'improviste, à « La Petite Provence ». J'étais en train de casser mes œufs dans ma casserole de lait pour préparer mon célèbre flan au caramel quand il est entré dans la cuisine. À son visage défait, j'ai tout de suite compris que la situation était grave. Quand il m'eut expliqué l'affaire, je lui demandai :

« Savais-tu que tu étais juif ?

— Bien sûr que non. Personne ne le savait dans la famille. Sinon, crois-tu que l'oncle Alfred, antisémite comme il était, nous aurait accueillis comme ça ?

— Il y a quelque chose à quoi je n'avais pas réfléchi avant et qui m'intrigue : ton prénom. C'est pas bizarre que tes parents t'aient appelé Gabriel ?

— Il y a beaucoup de non-Juifs qui s'appellent

160

Gabriel. C'est un prénom que tu retrouves, comme l'archange, dans le judaïsme, le christianisme et l'islam. Rose, je savais bien que tu t'en fichais mais si je l'avais su, je t'aurais tout de suite dit que j'étais juif. Où était le problème ? Et pour qui me prends-tu ? »

Quand je lui demandai s'il avait joué double jeu avec l'extrême droite, comme l'en accusait *L'Ami du peuple*, Gabriel a répondu par une question, ce qu'il faisait souvent et qui était, selon l'oncle Alfred, l'une des principales caractéristiques des Juifs en société :

« Tu me crois capable de jouer double jeu ?

— Franchement, ça m'étonne un peu... mais bon, je ne te cache pas que je préférerais. »

Gabriel ne m'a rien dit ; il a simplement posé un baiser sur mon visage, à la place habituelle, entre les tempes et les yeux. J'osais espérer que j'avais interprété comme il le fallait le sens de son geste mais n'arrivais pas à le lui demander, de crainte d'être déçue par sa réponse. J'étais, de surcroît, sonnée. Je venais de recevoir l'une des grandes leçons de ma vie : on ne connaît jamais les gens, même quand on vit avec eux.

S'il avait réussi à me cacher ses vraies convictions politiques, je n'étais pas à l'abri d'autres surprises. J'en vins à imaginer que Gabriel me trompait. Pendant que je suais dans ma cuisine, rien ne l'empêchait de mettre son art de la dissimulation au service d'une double vie sentimentale, d'autant qu'après tant d'années je sentais son désir s'émousser.

Il passait de moins en moins souvent à l'action et, de surcroît, expédiait son affaire de plus en plus vite. La nuit, pendant qu'il dormait près de moi, je fantasmais souvent sur ses supposées infidélités et, quand je rêvassais, le voyais chevaucher l'une de ces filles faciles qui, lors des réceptions, lui tournaient autour en buvant ses paroles et ses yeux.

J'arrivais encore à supporter le spectacle de leurs gigotements sous mon crâne mais je ne souffrais pas leurs râles ni leurs hurlements de plaisir agonique dans ma tête. Ces supplices nocturnes laissaient toujours en moi une sorte de ravissement atroce dont j'avais du mal à me remettre et, chaque fois, je sortais des draps avec un visage de déterrée.

Plus j'y pensais, moins je doutais qu'il eût le profil du mari adultère. Il ne parlait jamais de ses journées et semblait n'être soumis à aucun emploi du temps, travaillant beaucoup mais seulement quand bon lui semblait. Il était, au surplus, d'une humeur toujours égale, ce qui n'était pas mon cas, et n'oubliait jamais les petites attentions, comme les bouquets de fleurs, qui me mettaient le rouge aux joues et dont on sait bien, nous les femmes, qu'ils permettent aux époux volages de s'acheter une bonne conscience à peu de frais. L'agence Duluc Détective de la rue du Louvre m'indiqua néanmoins, après un mois de filatures, que Gabriel était blanc-bleu.

Après les révélations de *L'Ami du peuple*, Gabriel se retrouva du jour au lendemain sans travail : antisémite pour les Juifs et Juif pour les antisémites, il avait perdu sur tous les tableaux. Je dois reconnaître que c'est surtout pour l'avoir à l'œil que je finis par le convaincre, non sans mal, de venir travailler avec moi.

J'avais cédé le fonds de commerce de la rue des Saints-Pères pour acheter un nouveau restaurant, bien plus grand, que j'ouvris quelques semaines après, place du Trocadéro, toujours sous l'enseigne de « La Petite

Provence ». C'est là que Gabriel et moi devînmes, pour quelque temps, les rois de Paris avec notre chat Sultan que j'avais acheté pour qu'il y fasse la chasse aux souris, tâche qu'il remplissait avec un art consommé et une distinction sans pareille.

# *Jours insouciants*

PARIS, 1938. Quelques jours après l'article de *L'Ami du peuple* qui a changé notre vie, Adolf Hitler annexait l'Autriche. Le temps pour les troupes allemandes d'entrer dans le pays natal du Führer, sous les applaudissements des populations, et l'Anschluss était décrété le 13 mars.

Tandis qu'Hitler éructait ses mots de victoire sur le balcon de la Hofburg, place des Héros à Vienne, devant une foule en liesse, Himmler fermait les frontières, prenant ainsi au piège les rats, les poux, les Juifs et tous les ennemis du régime qu'il entendait éradiquer de la surface de la terre.

Cet événement ne m'a pas particulièrement frappée. Quand Gabriel et moi parlions du nazisme, nous n'arrivions pas à nous inquiéter. Berlin était un grand bouillon de culture où nous rêvions de nous abreuver. La culture de l'Allemagne, en pleine explosion créatrice avec Thomas Mann ou Bertolt Brecht, semblait la protéger de tous les maux.

Je suis sûre de n'avoir même pas lu les journaux qui relataient les derniers méfaits d'Hitler. J'étais aussi confiante que débordée. Dans le gros registre du restaurant où je notais tout, j'ai retrouvé que, le jour de l'Anschluss, je recevais le député du XVIᵉ, Édouard Frédéric-Dupont, qui avait réservé une table de quarante personnes. Le grand défenseur des concierges dont on disait qu'il serait député jusqu'à sa mort et qu'après il serait sénateur.

Un personnage à tête de crochet avec des façons de mille-pattes et un regard de fouine. Je l'aimais beaucoup et il le rendait bien à « La Petite Provence » qu'il fréquentait assidûment. Si j'en crois la note qui figure en bas de la réservation, il m'avait commandé un menu unique avec, en plat principal, mon inimitable brandade à l'ail et à la pomme de terre. À mon âge, je crois qu'il est temps de vous donner mon secret de fabrication : je rajoute toujours du piment de jardin dans ma purée.

Le 30 septembre 1938, quand furent signés les accords de Munich qui permirent le démantèlement de la Tchécoslovaquie au profit de l'Allemagne nazie, j'avais encore la tête ailleurs : c'était le jour de l'anniversaire de Garance que nous fêtions, comme chaque année, au restaurant, avec mon inégalable soufflé au crabe à la sauce au homard, qui était son plat préféré. Je me rappelle encore qu'à la table d'à côté il y avait Yvette Guilbert qui dînait avec deux vieilles dames et qui, après que notre fille eut soufflé ses bougies, vint nous chanter *Madame Arthur* :

> *Chacun voulait être aimé d'elle,*
> *Chacun la courtisait, pourquoi ?*
> *C'est que sans vraiment être belle*
> *Elle avait un je-ne-sais-quoi.*

Tandis que j'enchaînais les services à « La Petite Provence », de l'autre côté du Rhin, les événements se précipitaient. Je ne peux dire ce que je faisais pendant la « Nuit de Cristal », du 9 au 10 novembre 1938, quand fut ouverte la chasse aux Juifs dans toute l'Allemagne. L'amour avec Gabriel, probablement pas, la chose devenait assez rare. Une grosse insomnie que j'essayais de noyer dans le porto, cette hypothèse est la plus vraisemblable.

Apparemment, ce pogrom géant m'est passé au-dessus de la tête. Après ces incendies de synagogues, ces pillages de magasins et ces 30 000 arrestations de Juifs, j'aurais au moins pu m'inquiéter pour Gabriel. D'autant que, dans la foulée, les Juifs allemands ont été condamnés à vendre pour des sommes dérisoires tous leurs biens, maisons, entreprises ou œuvres d'art, avant le 1er janvier de l'année suivante. D'autant qu'ils ont été, de plus, interdits *ad vitam aeternam* de piscine, de cinéma, de concert, de musée, de téléphone, d'école ou de permis de conduire.

L'insouciance menait nos vies, et si nous avions pu mourir pour quelque chose, Gabriel et moi, c'eût été pour les deux enfants ou pour le restaurant. Comme les trois se portaient bien, tout était pour le mieux dans le meilleur des mondes, pour reprendre une expression stupide. Elle revenait tout le temps dans la bouche de mon mari qui, quand il me voyait me déchaîner devant mes fourneaux, me recommandait la lecture des grands sages de l'Antiquité, tel Épicure dont il citait souvent cette phrase : « Celui qui ne sait pas se contenter de peu ne sera jamais content de rien. »

Un jour, je le bluffai en lui répondant par une autre citation d'Épicure qui lui coupa le sifflet pour long-temps : « Hâtons-nous de succomber à la tentation avant qu'elle ne s'éloigne. »

J'y succombai au demeurant un soir que Gabriel était resté à l'appartement pour garder les enfants. C'était l'un des grands patrons des magasins Félix Potin. Un fort gaillard aux épaules de bûcheron qui sentait le cigare et l'eau de Cologne, le genre de type qui était fait pour jouer le rôle de Maupassant au cinéma. Il prenait toujours ses repas tout seul et, ces derniers temps, sem-blait attendre le moment où, avant la fin du service, je ferais le tour des clients. J'avais compris qu'il me courait après, une semaine auparavant, quand il avait mis sa main sur la mienne et bredouillé quelque chose que j'avais cru comprendre et préféré ne pas lui faire répéter.

Ce soir-là, le service étant terminé plus tôt que d'habi-tude, j'avais donné congé avant minuit au person-nel alors qu'il restait encore un seul client qui, dans la salle, près de la porte, rêvassait devant son verre d'arma-gnac : Gilbert Jeanson-Brossard, c'était le nom de ma tentation.

Je suis allée boire un verre d'armagnac avec lui et l'ai fini dans la cuisine après qu'il m'eut prise debout et par-derrière, contre la table de travail. Il n'était pas du genre à ménager sa monture mais j'avais beaucoup aimé et, quand il se dégagea, je laissai tomber :

« Merci.

— C'est pas à la femme de remercier, mais à l'homme, parce que la femme, elle donne, et que l'homme, lui, il ne fait jamais que recevoir.

— Si vous permettez, je crains que ce ne soit le contraire.

— Non. Si c'est le cas physiquement, ça ne l'est pas du tout dans la réalité des choses, vous le savez bien. »

Le front haut, les traits réguliers et les cheveux châtains, Gilbert Jeanson-Brossard était très bel homme. Le mieux conformé que j'aie jamais serré dans mes bras. Ses grosses mains de travailleur de force me surexcitaient. Rien que de les sentir sur moi, sous ma blouse, j'avais la chair de poule.

En dehors du cheval, des restaurants parisiens ou de la Côte d'Azur où il se rendait tous les étés, trois sujets sur lesquels il était inépuisable, sa conversation tournait vite court. C'était tout le contraire d'un intellectuel. Il y avait chez Gilbert Jeanson-Brossard quelque chose de fruste et d'animal qui me changeait des prévenances de Gabriel. Deux ou trois fois, il laissa sur mon cou des morsures violacées qui me confirmèrent que mon mari ne me regardait plus, même si j'avais pris soin de les cacher sous des foulards incongrus pour la saison.

Gilbert Jeanson-Brossard prit l'habitude de venir tous les jeudis soir, le jour de congé que s'accordait mon époux pour le consacrer à nos enfants. Lui aussi était marié et, bien qu'il me trouvât belle et toujours plus désirable, il ne me demandait rien de plus qu'une petite saillie hebdomadaire qui rajoutait du plaisir à mon bonheur.

## 26

### *La guerre est déclarée*

PARIS, 1938. Pendant plusieurs semaines, Gilbert Jeanson-Brossard ne mit pas seulement du sel dans notre couple, il resserra davantage encore, si c'était possible, mes liens avec Gabriel. C'est du moins ce que je crus.

Chaque fois qu'il m'avait chevauchée, de sa façon rapide et sauvage, dans la cuisine du restaurant, je rentrais ensuite dans la chambre conjugale avec des bouffées d'amour pour mon mari que j'entreprenais aussitôt sous les draps, sans que mes efforts fussent toujours couronnés de succès.

Je découvrais que la culpabilité peut être l'un des meilleurs ferments de l'amour. À condition, non de se donner, mais de se prêter, dans un adultère auquel on ne lâche pas la bride : une relation de convenance, sans autre enjeu que de se régaler, comme on dit à Marseille, dans le respect de tous. Le général de Gaulle a écrit que « l'homme n'est pas fait pour être coupable ». La femme, si. J'aimais bien me sentir mordue par un sentiment de forfaiture.

Ce n'était pas sans déplaisir que je subissais les objurgations de Théo dont l'aquarium trônait désormais dans les cuisines du restaurant et sous les yeux de laquelle nous forniquions :

« Qu'es-tu en train de me faire ? On ne trompe pas son mari, chiotte ! En tout cas, pas à trente ans ! Qu'est-ce que ce sera après ? »

Je n'avais rien à dire pour ma défense mais je changeai l'aquarium de place afin d'épargner à Théo le spectacle de nos amours. Elle continua néanmoins à me faire la leçon, sur un ton plus modéré.

En sa qualité de maître d'hôtel, Gabriel connaissait bien Gilbert Jeanson-Brossard qui était devenu l'un des piliers de « La Petite Provence », et je les ai souvent vus, non sans frissons, deviser ensemble. On aurait dit qu'une complicité secrète les unissait. Je craignais qu'elle ne se développât sur mon dos, mais je n'ai jamais eu droit, de la part de mon mari, à une insinuation ni à un sous-entendu pouvant donner à penser qu'il avait la puce à l'oreille.

Jusqu'à ce jeudi mémorable où il m'annonça qu'il restait avec moi pour le service du soir.

« Et les enfants ? demandai-je.

— J'ai tout réglé. Ils dorment chez la nounou. Je voudrais qu'on ait le temps de s'expliquer.

— À quel propos ? dis-je avec un air faussement étonné qui n'était pas en phase avec mes lèvres que je sentais trembler.

— Tu sais bien », a-t-il laissé tomber sur un ton de lassitude.

Je crois bien avoir servi ce soir-là les plus mauvais repas de toute ma vie de cuisinière, s'agissant du moins des plats qui n'étaient pas préparés d'avance. Plusieurs clients se sont plaints. L'un d'eux a même renvoyé son poulet fermier qui était quasiment cru, la cuisse et le pilon nageant dans une mare de sang. Je suis allée présenter moi-même des excuses en salle à un pète-sec à nœud papillon, qui ne les a pas acceptées :

« Pour le prix que vous nous faites payer, madame, il n'y a qu'un mot, c'est une honte ! Une honte ! »

Mais je savais comment faire avec les mauvais coucheurs de ce genre. Il se calma dès que je lui annonçai qu'il était l'invité de la maison et qu'il aurait aussi droit, en dédommagement, à une bouteille de champagne.

À la fin du service, pendant mon tour de la salle, je m'arrêtai naturellement devant Gilbert Jeanson-Brossard qui murmura, la main devant la bouche, comme s'il avait peur que Gabriel lise sur ses lèvres :

« Qu'est-ce qu'il fait là ? Peux-tu me dire ?

— Je ne sais pas.

— Il est au courant pour nous deux ?

— Je crains le pire.

— Veux-tu que je reste ?

— Je ne crois pas que ce soit une bonne idée. »

Quand tout le monde fut parti, Gabriel, après avoir fermé la porte à tambour, est venu me retrouver dans la cuisine où je m'affairais, un verre de pinot noir à la main. Il s'est avancé vers moi sans rien dire et m'a prise par-derrière comme le faisait Gilbert Jeanson-Brossard.

La chosette finie, il m'a dit en me fixant droit dans les yeux, pendant qu'il remontait son pantalon :

« Et alors ?

— C'était bien, murmurai-je, terrorisée, en feignant un regard aimant.

— Tu n'as rien d'autre à me dire ?

— Non.

— Ne crois-tu pas que j'ai droit à une explication?

— J'aimerais savoir, d'abord, de quoi tu m'accuses.

— Tu m'as trahi, Rose.

— Je ne comprends pas de quoi tu parles.

— Je ne vais pas te faire un dessin.

— Tu te racontes des histoires, Gabriel. »

La meilleure façon de se faire pardonner ses fautes, c'est de ne pas les avouer. Je ne sais pas où je l'ai appris, mais ça m'a beaucoup servi, dans la vie.

Il a insisté :

« Peux-tu me dire, en me regardant dans les yeux, que tu ne m'as jamais trompé?

— Je peux te le dire. »

Il m'a fait répéter. J'ai répondu la même chose. Il semblait consterné.

« Tu mens », a-t-il laissé tomber d'une voix blanche.

Je ne mentais pas. C'était lui seul que j'aimais, y compris quand je faisais avec Gilbert Jeanson-Brossard des bêtises qui, à mes yeux, ne tiraient pas à conséquence : l'amour avec lui, ça n'était pas de l'amour.

Les pas de côté ne détruisent pas l'amour. Au contraire, ils le réveillent, ils le nourrissent, ils l'entretiennent. Les cocus le sauraient, ils seraient moins malheureux.

C'est une chose que les hommes devraient comprendre au lieu de monter sur leurs grands chevaux, comme Gabriel, pour des vétilles adultérines et des aventures sans conséquence. Au lieu de quoi, ils se pourrissent la vie et, accessoirement, compliquent la nôtre aussi.

« J'ai toujours été fidèle, lui dis-je avec le regard pur de la bonne foi.

— Oui, fidèle à ton mari et à tes amants. »

Je ne sais qui le lui avait dit, sans doute un commis que je venais de licencier, mais Gabriel savait ce qui se passait, le jeudi soir, entre Gilbert Jeanson-Brossard et moi. Il le savait jusque dans les détails les plus crus, comme il venait de me le démontrer, mais il ne me l'a jamais dit, même après m'avoir annoncé sur l'air de la dignité bafouée qu'il allait me quitter et demander le divorce.

« Après ce que tu m'as fait, dit-il, tu dois au moins me laisser les enfants.

— Tu n'as pas le droit », hurlai-je.

J'ai commencé à trembler.

« Tu as fauté, tu dois expier », insista-t-il.

Je tremblai de plus en plus.

« Tu n'as pas le droit », répétai-je.

Il est resté longtemps à me regarder sans rien dire, puis :

« Tu as passé ta vie à faire des concessions. Ne peux-tu pas m'en faire au moins une, alors que tu es en tort? »

Je n'arrivais plus à contrôler mon tremblement.

« C'est une question de morale, reprit-il. Peux-tu comprendre ça?

— Je ferai ce que tu voudras.

— Je te laisse le restaurant et l'appartement, mais je garde les enfants. »

J'étais dévastée. Je ne me souviens plus de la date exacte de notre rupture mais c'était dans les premiers jours de septembre 1939 et autant vous dire que je me fichais pas mal que, le 2 du même mois, la France et la Grande-Bretagne aient déclaré la guerre à l'Allemagne nazie qui venait d'envahir la Pologne.

Gabriel avait tout prévu. Il a quitté le domicile conjugal, le soir même, et a commencé à travailler, dès le lendemain, dans un des grands restaurants de Montparnasse, « Le Dôme ». Moi, j'ai pleuré sans arrêt pendant vingt-quatre heures, puis, par intermittence, les jours suivants.

Après ça, j'ai tout fait pour m'occuper la tête. Je me suis lancée dans la phytothérapie, la science des plantes médicinales, en m'inspirant notamment des enseignements d'Emma Lempereur, de ma grand-mère, d'Hippocrate et de Galien, le médecin de l'empereur Marc Aurèle. J'ai créé, sous la marque Rose, ma propre gamme de pilules pour la forme ou le sommeil avec un logo à fleur dessiné par moi-même. J'ai commencé à suivre des cours particuliers d'allemand et d'anglais, qui m'étaient donnés par un jeune agrégé superbe mais qui n'éveillait rien en moi. Je me suis mise aussi à l'italien avec un vieux professeur. J'ai fait des heures à n'en plus finir dans mon restaurant, restant à dormir vite fait bien fait dans la salle, sur un lit pliable.

Rien n'y a fait. Un chagrin d'amour, c'est comme la mort d'une mère ou d'un père : on ne s'en guérit jamais. Tant de décennies après, la blessure n'est toujours pas refermée.

## 27

## *Pour l'exemple*

PARIS, 1939. Après que Gabriel eut quitté la maison avec nos enfants, une grosse boule a commencé à pourrir dans mon ventre. J'ai donné un nom à cette douleur qui vous mange les chairs et que chacun d'entre nous subit deux ou trois fois dans sa vie : le cancer du chagrin.

Il avait semé des métastases partout et d'abord dans mon cerveau qui, refusant de s'arrêter ou de se concentrer, tournait à vide et en rond. Sans oublier les poumons qui respiraient mal ni le gosier où plus rien ne passait, ni les tripes que tordaient souvent des crampes atroces.

Quand les crises de larmes ont cessé, la boule est restée et le chagrin a continué. Des décennies plus tard, j'en ressens encore les déchiquetures dans la poitrine, à un endroit très précis, au-dessous des poumons. Je suis sûre qu'il s'y trouve une tumeur. Dieu merci, elle ne s'est pas développée. Grâce à ma joie de vivre. Grâce à Théo qui m'a aidée à tenir le choc. Quand je lui ai annoncé la nouvelle, ma salamandre m'a dit :

« Je t'avais prévenue, pauvre idiote.

— Je ne m'en remettrai jamais.

— J'espère que tu m'écouteras maintenant. Alors, souris, souris tout le temps et tu verras, ça ira mieux. »

C'est ce que j'ai fait et ça a marché un peu, encore que longtemps après et jusqu'à aujourd'hui j'éprouve toujours un prurit de l'intérieur, une dévastation intime, une démangeaison sentimentale.

Pour que Gabriel revienne, je suis allée avec mon sourire mettre un cierge à Notre-Dame deux fois par semaine. Sans succès. Chaque fois que j'entendais du bruit sur le palier, je me disais que la Vierge m'avait entendue et je guettais, le cœur battant, le crissement de la clé qui entre dans la serrure, mais non, c'était toujours le voisin ou une fausse alerte.

Quand je voyais Gabriel pour lui rendre ou récupérer les enfants, son corps était toujours tendu comme un arc. Il n'avait jamais un mot plus haut que l'autre mais il gardait le visage fermé et parlait d'une voix gutturale que je ne lui connaissais pas, les dents serrées, à la manière d'un ventriloque. C'est pourquoi j'avais du mal à le comprendre et lui faisais souvent répéter ses phrases.

Dix-huit jours après notre rupture, j'ai repris espoir. Alors que je lui jetais un regard suppliant, il l'imita avec une moue méprisante :

« Je ne crois pas à la résurrection. Ni des morts ni de l'amour.

— Il y a des renaissances.

— Non. L'arbre qui est mort reprend par la racine, mais il ne repousse jamais bien. »

Une fois encore, Gabriel n'avait pas articulé ses mots et je lui demandai de me les redire en employant cette expression déjà désuète à l'époque et qui, hélas, a disparu depuis longtemps : « Plaît-il ? » Elle l'a fait sourire, un sourire indéfinissable où j'ai cru déceler de la tendresse, et qui m'a laissée penser que tout n'était pas perdu entre nous.

Moi, maintenant qu'il était inaccessible, je l'aimais plus que je ne l'avais jamais aimé. La preuve, j'avais la bouche à sec toute la journée, comme quand la passion est à son apogée. Gabriel ne quittait plus ma tête et j'étais redevenue fidèle, interrompant du jour au lendemain toute relation avec Gilbert Jeanson-Brossard dont la seule vue me faisait horreur et qui, à ma demande, cessa de fréquenter mon restaurant.

Tant que Gabriel ne reviendrait pas, je serais finie pour l'amour. Dès qu'un homme commençait des travaux d'approche, je n'éprouvais que du dégoût et lui soufflais, sur un ton mystérieux, pour le décourager :

« Pardonnez-moi, j'ai quelqu'un. »

Pendant des semaines, j'écrivis à Gabriel une lettre d'excuses par jour en reprenant des passages des Évangiles pour appuyer mon propos. Il ne m'a jamais répondu. Jusqu'à ce dimanche soir où, alors que je lui ramenais les enfants, il m'a prise à part :

« Pourquoi voudrais-tu que je t'accorde le pardon que tu me demandes ?

— À cause de la rédemption, Gabriel. Nous avons tous un devoir de rédemption.

— À condition qu'il y ait réciprocité. Les belles paroles de l'Évangile, elles ne sont pas du tout crédibles quand elles sortent de ta bouche, Rose. Tu es une teigneuse, une vengeresse, tu as toujours vomi l'idée de pardon. Comment pourrais-je pardonner à quelqu'un qui a toujours été incapable de pardonner ?

— Je ne comprends pas ce que tu veux dire. »

En guise de réponse, Gabriel poussa un gros soupir avant de citer le Deutéronome : « Vous n'aurez point compassion du coupable ; mais vous ferez rendre vie pour vie, œil pour œil, dent pour dent, main pour main, pied pour pied. »

« C'est ta philosophie, non ? » demanda-t-il.

Il me connaissait trop bien, Gabriel. À cet instant, j'ai eu une illumination. Je compris ce qu'il fallait faire pour me sentir mieux. Ce serait l'affaire de deux ou trois jours, pas plus. Mon salut portait un nom, celui du commandant Morlinier qui, pour avoir gâché les dernières années des Lempereur après avoir condamné leur fils à mort, méritait de figurer en haut de la liste de mes haines.

Je savais où le trouver et alléger ainsi pour un temps ma boule de chagrin. Depuis des années, je prenais des renseignements sur Charles Morlinier. Les pleins pouvoirs au maréchal Pétain, autre têtard de charnier de 14-18, dont il était un compagnon de guerre et de partouze, avaient relancé sa carrière. Après que le nouveau chef de l'État l'eut nommé au conseil d'État et fait commandeur de l'ordre de la Légion d'honneur, il était en piste pour la présidence du conseil d'administration des Postes.

Tout en végétant dans un poste subalterne à l'Office des Eaux et Forêts, Charles Morlinier, devenu général en 1925, avait présidé pendant trois ans l'Association des amis d'Édouard Drumont, et je l'avais rencontré plusieurs fois quand, avec Gabriel, nous préparions l'« événement Drumont ». Un personnage au maintien rigide et au teint jaunasse avec un nez comme un couteau de cuisine et des oreilles décollées. Quand il se déplaçait, on aurait dit qu'il passait ses troupes en revue. On l'entendait toujours venir de loin : les fers de ses semelles claquaient comme des sabots de cheval.

À défaut d'être aristocrate, le général Morlinier avait le mot noblesse plein la bouche, une bouche de peigne-cul dégénéré. Noblesse du combat, noblesse de ses sentiments, noblesse de la race française. Il parlait du ventre, avec un air crispé, comme s'il avait un nœud de vipères qui se tortillait à l'intérieur. Avec ça, toujours la même expression des fausses statues antiques du xixe siècle.

C'est une affaire que j'ai menée rondement. J'avais prévu de laisser à mon numéro deux en cuisine, Paul Chassagnon, un gros rougeaud, les clés du restaurant. Avec lui, ça tournerait bien, j'en étais sûre. Mais les événements se sont précipités, ça bouillonnait trop en moi, je n'ai pas pu me contrôler. Une heure m'a suffi.

Charles Morlinier habitait rue Raynouard, dans le XVIe arrondissement de Paris. Déguisée en grosse mémé et affublée d'une perruque blonde, avec des coussins cousus dans mon manteau, je me postai, alors que le jour n'était pas encore levé, au pied de son immeuble haussmannien, avec l'idée que j'allais suivre, avant d'opérer, ses faits et gestes pendant vingt-quatre heures. Il faisait frisquet mais je me sentais toute chaude, les joues en feu, comme si j'avais une montée de fruition.

Il est sorti de chez lui à 7 h 30, comme un voleur, et il a fallu que j'accélère pour qu'il ne m'échappe pas. Il marchait en direction de la rue de Passy et quand nous arrivâmes au croisement, je me précipitai à sa hauteur et le hélai en le prenant par la manche : « Jules Lempereur, le petit gars de Sainte-Tulle fusillé pour l'exemple, vous vous souvenez, général ? »

Le général Morlinier n'a pas eu le temps de répondre. Je n'ai pas pu me retenir. Avec l'air de ne pas comprendre ce qui lui arrivait, il a poussé un cri étrange, une sorte de bêlement, ses yeux sont sortis de leurs orbites et sa bouche est restée ouverte, sous l'effet de la surprise ou de la douleur, puis il est tombé d'un coup comme un paquet sur le trottoir. Il m'a semblé qu'il était mort avant même d'avoir perdu son sang. Mort de peur.

J'ai hésité à reprendre le couteau que j'avais enfoncé puis tourné comme une vrille dans sa poitrine, mais je l'ai finalement laissé au milieu des glougloutements sanguinolents : je n'avais pas envie de me salir.

J'ai ensuite descendu les jardins du Trocadéro et jeté dans la Seine mes gants souillés qui ont pris dans les flots la direction de Rouen, avant d'y balancer ensuite ma perruque, mon manteau et les coussins.

Après ça, j'ai repris le chemin du restaurant. Je me sentais si bien, comme délivrée du mal, qu'en arrivant peu après au travail Paul Chassagnon laissa tomber : « Madame, je ne sais pas ce qui vous est arrivé mais c'est un plaisir de vous voir à nouveau si heureuse. »

## 28

### *Rouge comme une crevette*

PARIS, 1940. Le 17 juin, les troupes allemandes ont défilé sur les Champs-Élysées comme elles le faisaient quotidiennement depuis qu'elles étaient entrées dans Paris, trois jours plus tôt. L'air tremblait, les rues étaient désertes et on n'en menait pas large.

C'est ce jour-là qu'Heinrich Himmler a choisi pour venir dîner à « La Petite Provence ». Je n'ai pas compris comment il a atterri là. L'officier allemand, dépêché pour faire la réservation et visiter les lieux, avait dit que le *Reichsführer-SS* voulait un restaurant avec vue sur la tour Eiffel, ce qui n'était pas vraiment le cas de mon établissement où on ne pouvait la voir que d'une seule table en terrasse, et encore, en tendant le cou.

Arrivé vers 22 heures, donc à la nuit tombée, Himmler n'a pas cherché à voir la tour Eiffel qui, depuis l'esplanade du Trocadéro, semblait, telle une nef, émerger de ténèbres marines. De toute évidence, le *Reichsführer-SS* n'était pas venu faire du tourisme. Protégé par une quinzaine de soldats et accompagné par autant de collaborateurs, sans parler des quatre camions militaires stationnés sur la place, devant mon restaurant, il a travaillé jusque tard dans la nuit en dépliant des cartes et en faisant beaucoup de bruit.

La circulation étant interdite dans Paris pour nous autres Français entre 21 heures et 5 heures du matin, la plupart de mes fournisseurs avaient fait faux bond. J'ai préparé le repas avec ce que j'avais. De la morue dessalée et des pommes de terre, notamment.

Après mon foie gras d'oie au porto, à la compotée d'oignon et de figue en entrée, Himmler et ses camarades ont eu droit à ma célèbre brandade de morue, puis à une charlotte aux fraises, avant ma farandole des tisanes. Je m'étais surpassée.

J'avais pourtant le moral à zéro : à 12 h 30, le même jour, j'avais entendu le discours radiodiffusé du maréchal Pétain qui prétendit avoir « fait à la France le don » de sa personne « pour atténuer son malheur » avant de lâcher de sa voix de vieux constipé en plein effort, juste avant le clapotis que l'on sait : « C'est le cœur serré que je vous dis aujourd'hui qu'il faut cesser le combat. » De nombreuses unités de l'armée française s'étant rendues aux Allemands dans la foulée, le ministre des Affaires étrangères, Paul Baudouin, avait cru nécessaire de rectifier, dans la soirée, les propos du nouveau président du Conseil en rappelant que le gouvernement n'avait « ni abandonné la lutte ni déposé les armes ». En tout cas, pas encore.

À la fin du repas, Heinrich Himmler a demandé à me voir. Après m'être recoiffée et maquillée en toute hâte, je me suis rendue à sa table, le cœur battant, la bouche sans salive, en tremblant comme une feuille.

« Bravo », a fait Himmler, donnant le signal des

applaudissements de ses collaborateurs qui ne le quittaient jamais des yeux.

« *Danke schön* », ai-je dit d'une voix timide.

C'était la première fois que je voyais un dignitaire nazi. Avant le dîner, Paul Chassagnon m'avait mise en garde : Himmler était l'homme des basses œuvres d'Hitler, un affreux personnage qui semait la mort partout où il passait. Au premier abord, le *Reichsführer-SS* inspirait pourtant confiance. N'était son gros cul, il semblait tout à fait normal, j'allais dire humain, mais je ne peux le dire aujourd'hui, maintenant que l'on sait tout ce que l'on sait. Je crus même déceler dans son expression un mélange de respect et de compassion envers nous autres Français.

Par interprète interposé, Himmler m'interrogea sur mes tisanes, puis sur les plantes médicinales. Mon allemand était trop rudimentaire pour que j'ose lui répondre dans sa langue, il me fallait encore quelques mois pour être au point. En attendant, j'impressionnai le *Reichsführer-SS* par le niveau de mes connaissances en matière de phytothérapie.

« Vous avez tout compris, dit-il. Les plantes, c'est l'avenir. Elles soignent, elles calment, elles guérissent. Dans le nouveau Reich que nous mettons en place, je peux déjà vous l'annoncer, il y aura des hôpitaux phytothérapiques. Est-ce que c'est pas une bonne idée, ça, madame ? »

J'opinai du chef. Les yeux enluminés par une ferveur intérieure, il croyait tellement à ce qu'il disait qu'on n'avait pas envie de le contredire.

Pour continuer à séduire le *Reichsführer-SS*, je lui ai dit que je devais beaucoup à une grande Allemande du XII^e siècle, sainte Hildegarde de Bingen, qui a beaucoup écrit sur les plantes, et dont je possédais les œuvres complètes. Afin de lui montrer que je savais de quoi je parlais, j'ajoutai que *Le Livre des subtilités des créatures divines* était un de mes livres de chevet.

Il a fait une grimace étrange, comme s'il avait mâché une crevette pourrie ou marché en escarpins sur une bouse. Je ne savais pas encore qu'Himmler avait quatre ennemis, dans la vie : par ordre décroissant, les Juifs, le communisme, l'Église et la Wehrmacht.

« Le christianisme, a-t-il dit, l'œil sévère, est l'un des pires fléaux de l'humanité. Surtout quand il est asiatisé. Une religion qui a décrété que la femme est un péché nous entraîne dans la tombe. Nous allons nous en débarrasser. Il n'y a rien à en garder, pas même Hildegarde de Bingen qui n'était qu'une bénédictine hystérique et frigide... »

Je me suis rattrapée aux branches en citant le *Pents'aoking* chinois qui, trois mille ans avant Jésus-Christ, répertoriait les plantes médicinales et célébrait le ginseng qui, en stimulant la sexualité des mâles, a tant fait pour la reproduction du genre humain.

Il a ri, un bon rire de père de famille après que sa fille lui a raconté une histoire drôle. Tous ses collaborateurs l'ont imité, mais de ce rire nerveux et artificiel que j'appelle le rire de cour.

« Moi, en tout cas, a-t-il claironné en prenant tout le monde à témoin, je n'ai pas besoin de ginseng !

— Vous savez, ça ne fait jamais de mal. »

J'ai demandé au maître d'hôtel d'aller lui chercher un assortiment d'une dizaine de mes boîtes de pilules. Le matin, quand il s'agissait de tonifier l'organisme, elles étaient à base d'ail, de ginseng, de gingembre, de basilic et de romarin. Le soir, lorsqu'il fallait calmer la bête, c'était un mélange de millepertuis, de mélisse, de cerise, de verveine officinale et de pavot de Californie.

Himmler me félicita pour la beauté de mes boîtes avec leurs étiquettes à l'ancienne.

« *Es ist gemütlich* », a-t-il dit, le dernier mot étant repris par la plupart des officiers qui, autour de lui, semblaient boire ses paroles.

Après m'avoir annoncé qu'il voulait continuer à « échanger » avec moi, le *Reichsführer-SS* a demandé à l'un de ses collaborateurs, un grand échalas blême, de prendre toutes mes coordonnées.

« Je reviendrai, a-t-il dit en partant. Je n'aime pas les dîners militaires dans des palais officiels. J'aime bien me frotter aux peuples comme le vôtre avec lesquels nous allons travailler pour construire un monde meilleur, plus propre, plus pur, avec que des personnes belles comme vous. »

J'ai rougi comme une crevette plongée dans l'eau bouillante.

# L'homme qui ne disait jamais non

PARIS, 1940. Heinrich Himmler ne m'a pas donné signe de vie pendant plusieurs semaines. Jusqu'à ce qu'un matin, deux SS se présentent au restaurant et dévalisent mon stock de pilules « Rose » pour la forme et le sommeil. Ils ont tenu à les payer sans oublier d'ajouter une grosse prime.

Ils sont revenus deux mois plus tard. Les mêmes : un trapu à bajoues et un grand maigre anguleux que je surnommai Don Quichotte et Sancho Pança. J'en conclus qu'Himmler quintuplait les doses, ce qui n'était pourtant pas son genre, pour ce que je savais de son caractère, organisé et méthodique, prenant tout au sérieux, y compris, j'en étais sûre, la posologie que j'avais fait imprimer sur les boîtes.

À partir de là, il fallut que je me rende à l'évidence : avec mes pilules qui favorisaient l'énergie et le repos d'un des plus grands chefs nazis, je travaillais à mon corps défendant pour la victoire finale de l'Allemagne.

Je ne voyais pas bien ce que je pouvais faire. Je vous épargne les admonestations dont m'accablait ma salamandre : Théo était déchaînée contre moi et, pour une fois, je ne lui donnais pas tort. J'envisageai un moment d'ajouter de l'arsenic ou du cyanure dans mes pilules mais c'eût été stupide : comme tous les industriels de la mort, le *Reichsführer-SS* était un grand paranoïaque ; il bénéficiait, selon toute vraisemblance, des services d'un goûteur, ce qui pouvait expliquer en partie sa surconsommation. Pour le supprimer, je ne voyais, en vérité, qu'un seul moyen : le traquenard amoureux.

Himmler en avait pincé pour moi, ça crevait les yeux, en tout cas les miens : les femmes ne se trompent pas sur ces choses-là. L'amour faisant perdre la raison, je me disais qu'il me suffirait de laisser le *Reichsführer-SS* venir à moi, de le ferrer au bon moment et de l'emmener dans un coin tranquille pour le liquider, ce qui me permettrait de reprendre Gabriel qui tomberait dans mes bras quand je lui dirais, essoufflée, après avoir monté six étages avec 70 000 SS à mes trousses :

« Chéri, je viens de tuer Himmler. »

Je suis sûre qu'il n'aurait pu résister. Les retrouvailles auraient commencé par un baiser cueilli vivant sur l'arbre, avant de continuer, une fois les enfants renvoyés dans leur chambre et la porte de la sienne fermée à clé, dans une folle étreinte qui se serait terminée sur le parquet ou sur le lit, les circonstances m'amenant à préférer la première solution, après qu'il m'aurait soufflé à l'oreille, gêné par mes petits cris délicieusement affolés :

« Ne fais pas de bruit. N'oublie pas que les enfants sont à côté. »

J'avais tout essayé pour renouer avec Gabriel. Les crises de larmes. Les supplications agenouillées. Les menaces d'attenter à mes jours. Les propositions de table rase, pour qu'il acceptât de repartir de zéro. Rien n'y faisait. J'en étais venue à penser qu'il n'y avait que l'assassinat d'Himmler qui aurait pu rallumer sa flamme morte.

C'était idiot, mais il fallait que je trouve quelque chose. Je n'arrivais pas à me faire à l'idée que ma cause était perdue et j'avais plusieurs raisons de ne pas le croire. Par exemple, je persistais à l'appeler chéri, parfois mon amour, et il n'en prenait pas ombrage. Un rougeoiement des joues trahissait même ses sentiments quand je m'humiliais sciemment, en lui disant mon amour, sur un ton geignard, à chacune de nos rencontres :

« Tu me manques tous les matins que Dieu fait. Dès que je me réveille, j'ai gardé le réflexe : ma main part sous les draps chercher ton dos, ton cou, ton bras. Elle revient bredouille et ça me serre le cœur. »

Un dimanche, je décidai de jouer le tout pour le tout. J'avais proposé à Gabriel de passer la journée au jardin des Plantes avec les enfants, et nous avions commencé par visiter le zoo. C'était une belle journée d'automne où le soleil, fatigué de son été, se dorait dans son ciel mou.

Nous étions dans le pavillon des singes avec lesquels les enfants étaient entrés en conversation quand je pris Gabriel à part et lui proposai de reprendre le cours de notre histoire là où nous l'avions laissée. Il eut une façon de protester qui, de son point de vue, n'était pas convaincante :

« Je ne suis pas sûr que ce soit bien pour nous, Rose. Ne précipitons rien, laissons venir.

— Ce n'est pas nous qui décidons du temps qui nous

reste. C'est le destin. Tu sais bien qu'on ne peut pas lui faire confiance. »

Il ne m'a pas dit non. Il est vrai que Gabriel ne disait jamais non, de peur de blesser. Je crois bien n'avoir jamais entendu ce mot dans sa bouche.

« Réfléchissons, murmura-t-il.

— L'amour ne se réfléchit pas, m'indignai-je. Il se vit.

— Tu as raison. Mais il ne repart pas non plus au premier claquement de doigts. Quand il a été blessé, il faut lui laisser le temps de reprendre des forces.

— On devrait arrêter de se faire du mal, toi et moi. On est faits l'un pour l'autre. Tirons-en les conséquences. »

J'ai saisi sa main.

« Tu as quelqu'un ? demandai-je.

— Non, personne.

— Alors, je voudrais que tu me donnes une deuxième chance.

— Dans la vie, il n'y a jamais de deuxième chance, Rose.

— La vie ne vaudrait pas la peine d'être vécue s'il n'y avait pas de deuxième chance.

— Eh bien, justement, moi, je me demande de plus en plus souvent si elle vaut la peine d'être vécue.

— Tu n'as pas le droit de parler comme ça, chéri. »

J'ai pris son visage à deux mains et j'ai embrassé Gabriel avec une fougue que sa retenue rendait ridicule. Il avait la bouche sèche. Elle me laissa un arrière-goût d'humus, des relents de vieilles feuilles en décomposition.

« Merci, dis-je quand il retira ses lèvres. Tu m'as pardonnée ? »

Il a hoché la tête et je me suis mise à pleurer. Il a sorti

de sa poche un mouchoir à carreaux et a essuyé mon visage avec un sourire souffrant.

Je n'étais pas belle à voir. Dieu merci, les enfants étaient trop occupés à jeter des cacahuètes aux singes.

« Si je continue à te repousser comme ça, murmura-t-il en finissant d'essuyer mes larmes, c'est moi qui vais finir par m'en vouloir.

— Ne retourne pas les choses, Gabriel. Quand je pense à ce que j'ai fait, je me dégoûte. J'ai tellement honte. La seule coupable, c'est moi.

— Non, ce sera moi si je refuse de tourner la page. Mais je vais le faire, il faut que tu me laisses encore deux ou trois mois, et, je le sens, nous pourrons alors nous aimer de nouveau, comme aux premiers jours. »

Nous sommes restés un moment dans les bras l'un de l'autre. Mais ça n'a pas plu aux enfants qui ont entrepris de nous séparer en nous tirant chacun d'un côté par le bras. Ils voulaient aller au pavillon des crocodiles.

Ce soir-là, quand je rentrai seule chez moi, il me semblait que l'air chantait.

*

Les semaines suivantes, Gabriel continua à user avec moi de sa stratégie de l'évitement qui, il n'y a pas si longtemps, m'horripilait et qui, désormais, m'attendrissait. Son regard devenait de plus en plus fuyant. Parfois, voulant me parler, il s'approchait de moi puis restait interdit, la bouche ouverte, comme si les mots demeuraient bloqués. Il prétendait n'être jamais libre pour passer un dimanche avec les enfants et moi au bois de

Boulogne ou ailleurs. Mais il mentait si mal que c'en était pathétique.

Autant de signes qui montraient que Gabriel était travaillé par un grand remuement intérieur, et ça n'était pas pour me déplaire : il était sur le bon chemin. Même chose quand il se plaignait de migraines ou que j'observais qu'il avait perdu une dizaine de kilos. Le jour où il m'annonça qu'il souffrait de maux d'estomac, j'ai pensé que je l'avais ferré. Plusieurs fois, alors que j'étais en cuisine, je me suis laissé brûler exprès la main ou le poignet, la meilleure façon d'accélérer son retour, d'après mes superstitions selon lesquelles il faut souffrir pour obtenir ce que l'on veut.

J'ai gardé un caillou dans ma chaussure une journée entière et quand, mettant fin à mon calvaire, je l'ai retiré, avant de me coucher, ma semelle intérieure était pleine de sang.

Un soir, je me suis planté une fourchette dans le dos de la main, endommageant l'un des cinq os du métacarpe : j'ai honte de le dire, mais j'avais cru entendre une voix me souffler que Gabriel reviendrait si je le faisais.

La voix m'avait trompée. Un dimanche, alors que je venais chercher les enfants pour passer la journée avec eux, Gabriel leur demanda d'aller jouer dans leur chambre et m'annonça à voix basse qu'il avait décidé d'aller vivre avec eux à Cavaillon.

« Tu ne peux pas me faire ça, protestai-je. Qu'est-ce que je vais devenir sans eux ?

— Je n'ai pas le choix, Rose.

— S'ils vont en Provence, je ne pourrai plus les voir, tu imagines ce que ça va être pour moi.

— Je te le répète, je suis obligé de partir. Il y a une campagne de presse contre moi.

— Où?

— Dans les journaux où sévissent nos anciens soi-disant amis. Tu n'es pas au courant?

— Je ne savais pas.

— Ils me traitent de youtre, de youpin, de cochon et de traître à longueur de colonnes. »

Il partit chercher un journal dans sa chambre et revint en déclamant :

« Édouard Drumont évoquait jadis "l'oblique et cauteleux ennemi" qui a envahi, corrompu et abêti la France au point de "briser de ses propres mains tout ce qui l'avait faite jadis puissante, respectée et heureuse". Parce qu'il correspond le mieux à cette définition, l'un des premiers visages qui vient à l'esprit, c'est celui de Gabriel Beaucaire, faux ami, faux écrivain, faux patriote et faux maître d'hôtel, mais vrai traître devant l'Éternel. Il a toutes les caractéristiques du Sémite : cupide, intrigant, subtil et rusé. C'est sa fourberie sans limites qui a permis à ce vil personnage de s'immiscer parmi les nôtres pour les espionner et revendre ensuite ses prétendues informations, toute honte bue, à nos pires ennemis. Il est temps d'en finir avec les individus de ce genre en général et celui-là en particulier qui, pour le malheur de ses voisins, a élu domicile 23, rue Rambuteau. »

Il agitait le journal comme si c'était un torchon plein d'acide qui lui brûlait les mains :

« Toute la presse antisémite s'y est mise, *Je suis partout* et tous les autres. C'est comme ça depuis trois jours. Un vrai pilonnage, je suis étonné que personne ne t'en ait parlé.

— Je ne lis pas ces saloperies...

— Tu comprends mieux mon inquiétude, maintenant?

— Bien sûr que je la comprends et tu peux compter sur moi, chéri. »

Je tremblais et transpirais comme une amoureuse avant le premier baiser, mais Gabriel se tenait à distance avec une expression de dégoût sur le visage, et il recula d'un pas dès que j'en fis un dans sa direction. Il est vrai qu'une odeur de pissat et de vinaigre flottait autour de moi. Je m'immobilisai, pour ne pas la répandre.

J'ai tout de suite reconnu cette odeur : c'était celle de ma peur, celle que j'éprouvais pour lui et les enfants. Mon cancer du chagrin reprenait son essor. Il allait ainsi faire ventre jusqu'à la fin de la guerre.

« Au travail, cette campagne de presse a mis mes patrons mal à l'aise, dit-il. Ils sont plus gentils que d'habitude, je sens qu'ils me soutiennent. Mais ils ne pourront pas tenir indéfiniment. Je préfère prendre les devants et partir le plus vite possible. Désolé.

— Je peux garder les enfants, dis-je d'une voix suppliante.

— Ce ne serait pas une bonne idée, Rose. Le jugement de divorce en a décidé autrement et tu sais bien que tu n'aurais pas le temps de t'en occuper. Une enfance en Provence, au milieu de la nature, c'est quand même ce qu'on peut leur offrir de mieux. »

Je fis celle qui vient d'avoir une illumination :

« J'ai trouvé la solution, chéri. Je peux vous loger et vous cacher chez moi, enfin chez nous, rue du Faubourg-Poissonnière, ni vu ni connu, en attendant des jours meilleurs.

— Tu me proposes de revenir à la maison ?

— N'aie pas peur. Si tu n'as pas envie de moi, je saurai me tenir : je ne te violerai et ne te toucherai pas.

— J'y compte bien. Mais j'aurais trop peur de céder à la tentation. »

Il avait souri et j'adorai ce sourire.

« De toute façon, il faudra bien que tu reviennes un jour.

— Il faudra bien... »

Il y eut un silence. Mon cœur semblait pris dans un tourbillon et j'entendais mon sang battre dans ma tête. Il finit par soupirer :

« C'est absurde de rester : Paris est une souricière.

— Tous les truands te diront qu'on se cache mieux à Paris qu'en province.

— Pas en temps de guerre, Rose. Je suis fiché comme Juif. Si je reste à Paris, je devrai être obligé de porter l'étoile jaune à partir du 7 juin.

— La semaine prochaine ?

— Oui, l'ordonnance vient d'être promulguée. Avec les enfants, nous serons comme des agneaux dans la gueule du loup, même si je n'ai pas l'intention de la porter.

— Pourquoi ne vas-tu pas expliquer à la mairie que tu n'es pas juif ?

— Tu sais bien que ça n'est pas aussi simple que ça : si les autorités ont décidé que j'étais juif, à cause de mon nom ou de lettres de dénonciation, je ne peux pas leur apporter la preuve du contraire. Ma gueule et mon sourire ne suffiront pas à les convaincre. Quand t'es juif par les temps qui courent, c'est pour la vie.

— Je te demande juste une faveur, dis-je, les yeux mouillés. Reste jusqu'à mon anniversaire. »

Il hocha la tête avec ce petit sourire craquant qui m'avait toujours rendue folle :

« Tes trente-trois ans, je ne peux pas laisser passer ça.

— Tu as raison, ça n'arrive qu'une fois.

— Il faut simplement que je déménage sans attendre pour me fondre dans la masse. Il y a quelques jours, j'ai vu un deux-pièces à louer tout près de chez toi, rue La Fayette. S'il est toujours libre, je vais le prendre et emménager sous un faux nom. »

Je me suis approchée pour l'embrasser mais Gabriel a filé dans sa chambre pour déposer le journal sur sa table de chevet.

30

## *Un déjeuner champêtre*

MARSEILLE, 2012. Quand Samir la Souris a sonné à ma porte, il était 1 heure et quelque du matin. Mamadou venait de me déposer chez moi et j'avais mis un bain à couler. Avant d'entrer dans l'eau, je me déshabillais en écoutant une chanson de Patti Smith, *People have the power.*

Si je pouvais refaire ma vie, la sienne m'aurait plu : chanteuse, musicienne, peintre, poète, photographe, activiste, écrivain, mère de famille, Patti Smith a tout fait. Je suis sûre qu'elle laissera son nom dans l'Histoire des femmes, celle que les hommes regrettent de nous voir écrire.

Un soir que Patti Smith était en concert à Marseille, elle est venue dans mon restaurant après le spectacle, et je me suis fait prendre en photo avec elle et son sourire aux dents gâtées. Elle figure en bonne place au Panthéon de mes Grandes Femmes.

J'ai fait attendre Samir, le temps d'enfiler mon peignoir puis de fermer le robinet de la baignoire et, lorsque je lui ai ouvert, il boudait ostensiblement. Il fait partie, jusqu'à la caricature, de ce que j'appelle la génération du « tout-tout-de-suite ». Celle qui semble toujours avoir des trains ou des avions à prendre alors qu'elle a toute la journée devant elle. Celle qui ne sait pas, contrairement à la mienne, savourer chaque goutte de vie que Dieu lui donne.

Samir avait sa tablette numérique dans une main et m'a tendu l'autre avec un air qui se voulait menaçant :

« Mon enquête avance. J'ai un truc incroyable à te montrer.

— Montre.

— Avant, je voudrais te raconter la dernière histoire qui circule sur la Toile. »

Il entra et s'assit dans le fauteuil du salon sans que je l'y invite.

« Qu'est-ce qui se passe, reprit-il, quand une mouche tombe dans une tasse de café pendant une réunion internationale ? »

Il laissa passer un silence, puis :

« L'Américain n'y touche pas. L'Italien jette la tasse avec le café. Le Chinois mange la mouche et jette le café. Le Russe boit le café avec la mouche. Le Français jette la mouche et boit le café. L'Israélien vend le café au Français, la mouche au Chinois, puis s'achète une nouvelle tasse de café avec cet argent. Le Palestinien accuse Israël d'avoir mis une mouche dans son café, demande un prêt à la Banque mondiale et, avec cette somme, achète des explosifs pour faire sauter la cafétéria au moment même où tous les autres sont en train de demander à l'Israélien d'acheter une nouvelle tasse de café pour le Palestinien. »

J'ai souri :

« C'est une histoire juive.

— Merci, ça ne m'avait pas échappé. Elle est drôle, non?

— Je n'ai pas dit le contraire. »

Patti Smith chantait maintenant : *Because the night*, son plus gros tube, écrit par Bruce Springsteen. Elle y mettait une telle flamme qu'on ne pouvait plus douter, en l'entendant, que les femmes sont désormais des hommes comme les autres.

Samir la Souris se leva, puis s'approcha de moi en disant avec ironie :

« Regarde bien, j'ai de la dynamite pour toi. C'est une photo que j'ai retrouvée sur un site d'archives de la dernière guerre. »

Il me donna la tablette et je me reconnus sur la photo. Je me tenais debout, derrière Himmler assis à table, avec un grand plat entre les mains. Je crois que, dedans, c'était du poulet fermier avec de la purée au basilic, une de mes spécialités : le *Reichsführer-SS* adorait ça. La tête légèrement tournée vers moi, il me regardait avec un sourire à peine perceptible et un regard non dénué de tendresse. En arrière-plan, un massif de fleurs et, plus loin, un fouillis d'arbres dont beaucoup de conifères. C'était un repas champêtre à Gmund, en Bavière.

Samir la Souris portait sur moi le même regard que celui du policier qui, dans les films noirs, montre les photos de la scène de crime à l'assassin pour le faire craquer, mais je ne craquai pas :

« C'est quoi ?

— C'est toi.

— Moi ? Excuse-moi, j'étais bien plus belle que ça.

— Arrête ton cirque, Rose. »

Entre nous, il y eut un silence que meublait, par

bonheur, la chanson de Patti Smith sur laquelle se concentra mon attention.

« Ce type, ai-je fini par dire, c'est bien Himmler ?

— Apparemment.

— Qu'est-ce que j'aurais à voir avec Himmler ?

— C'est ce que je me demande.

— C'est grotesque, protestai-je.

— C'est troublant.

— Je crois que tu devrais arrêter d'enquêter sur Renate Fröll.

— Ce n'est pas mon intention.

— Cette histoire, conclus-je, ne te réussit pas. »

Je n'étais pas convaincue qu'il fût assez vénal pour cesser de fouiner dans mon passé moyennant dédommagement. Au contraire, ça risquait de l'exciter davantage. Je préférais le congédier et me levai pour donner le signal du départ :

« Il est tard, Samir. À mon âge, je devrais être couchée depuis longtemps et j'ai encore un bain à prendre. »

Il resta assis et laissa tomber :

« Il faudra quand même que tu m'expliques ce que tu faisais entre 1942 et 1943. Entre ces deux dates, il n'y a aucune trace de toi nulle part, tu as disparu de tous les écrans radar, avant de disparaître encore après. C'est quand même bizarre, non, toutes ces disparitions ?

— C'est normal : je m'étais cachée en Provence.

— Pourtant, la police ne te recherchait pas. »

Je me rassis :

« La police me recherchait parce qu'elle recherchait mon ancien mari, l'homme de ma vie, le père de mes enfants, qui était juif. Est-ce que ça te va comme ça ?

— Tu me caches des choses, Rose, et quand on cache des choses, c'est qu'elles sont intéressantes.

— Je suis une très vieille dame qui aimerait qu'on la laisse tranquille et que tu devrais, si ce n'est pas trop te demander, respecter davantage. »

Après le départ de Samir, j'ai pris mon bain. Il était bouillant et, selon mon habitude, je le réchauffai à intervalles réguliers. J'ai cuit longtemps dedans, les yeux fermés, les oreilles dans l'eau, laissant remonter les souvenirs qui, mélangés à la vapeur, flottaient au-dessus de moi.

Quand je suis sortie du bain, j'étais blanche comme de la chair de poisson bouilli.

# 31

## *De si belles dents blanches*

PARIS, 1942. L'été est toujours en avance. Chacun sait qu'il ne commence jamais le 21 juin, mais plusieurs jours avant. Cette année-là, il arriva plus tôt encore que d'habitude, alors que les chênes, ces grands traînards de la Création, venaient à peine de virer au vert. À l'approche de mes trente-cinq ans, je restais cadenassée dans l'abstinence que m'avait conseillée Théo, bien qu'enflât en moi ce qu'on appelait jadis la fruition, attisée par la montée de la chaleur, annonciatrice de cette course à la fornication qui s'emparerait bientôt de la nature.

Un matin de juin, probablement à la fin de la première semaine du mois, les deux officiers SS habituels, Don Quichotte et Sancho Pança, sont entrés dans mon restaurant. Le personnel finissait la mise en place et je surveillais la fin de la cuisson de quatre grandes tartes aux abricots que je venais de parsemer d'éclats d'amandes et dont le dessus menaçait de brûler, de même que, dessous, mon feuilletage caramélisé. J'étais à cran.

Sancho Pança m'a demandé de les suivre d'une façon qui ne souffrait pas discussion. J'ai prié les SS d'attendre deux ou trois minutes que les tartes soient cuites à point et, après les avoir sorties du four, je les ai suivis. Je ne savais pas où et j'hésitais à le leur demander, n'ignorant pas que ce genre de convocation ne présage généralement rien de bon.

Quand, dans la voiture, je les eus interrogés en allemand sur notre destination, ils n'ont pas répondu. J'imaginai les pires hypothèses, notamment en rapport avec Gabriel, jusqu'à ce que Sancho Pança laissât tomber :

« Ze n'est pas grafe mais z'est importante.

— Vous ne pouvez pas me le dire ?

— Zegret bilitaire. »

Je parlais en allemand et il répondait en français. J'en conclus qu'il se sentait coupable d'occuper la France. D'autant qu'il me regardait toujours avec un air de chien battu, ce qui n'était pas le cas de son collègue.

Ils me conduisirent 49, rue de la Faisanderie, dans le XVIe arrondissement, où je retrouvai Heinrich Himmler, trônant derrière un bureau Louis XIV, dans une grande pièce lambrissée, en réunion avec trois vieux officiers SS assis devant lui, des documents sur les genoux. À quarante et un ans, il les dominait pleinement. Ils auraient été des chiens de compagnie, c'eût été pareil.

Dès qu'il m'aperçut, Himmler se leva précautionneusement, comme s'il souffrait d'une sciatique, signifiant ainsi à ses officiers que la réunion était terminée. Ils dégagèrent aussitôt le plancher sans se faire prier, laissant derrière eux une forte odeur de sueur et de tabac qui me rappelait celle des clapiers de Sainte-Tulle. Après m'avoir serré la main, le *Reichsführer-SS* m'invita à m'asseoir avec lui dans le coin salon.

Je n'en menais pas large et il le remarqua tout de suite. C'est pourquoi il commença par me rassurer, en allemand :

« Je suis venu incognito à Paris. Quelques affaires urgentes à régler. Je voulais aussi avoir avec vous une conversation strictement privée. »

Il reprit sa respiration, puis :

« Vous me plaisez beaucoup et, depuis notre première rencontre, il y a deux ans, je ne cesse de penser à vous. La nuit, le jour, dès que j'ai les yeux fermés, c'est votre visage qui m'apparaît. Je voudrais vivre avec vous. »

Je dodelinai de la tête en éprouvant les symptômes d'un malaise vagal, autrement dit un ralentissement de mon rythme cardiaque et une chute de ma tension artérielle. Il crut que j'opinais.

« J'aimerais vivre avec vous jusqu'à la fin de mes jours, reprit-il. Je ne suis pas pesant, vous savez. Je vais, je viens, je suis tout le temps en voyage. Ce que me demande Hitler, c'est pire qu'un sacerdoce. Je ne m'arrête jamais, c'est du délire, je ne sais pas ce que je ferais sans vos pilules. Mais j'ai besoin de vous savoir à moi, tout entière, pendant les rares moments de détente que me laisse mon travail. »

Ses yeux gris-bleu étaient plantés sur moi, j'allais dire en moi, parce que je ressentais comme des morsures. Il attendait que je dise quelque chose mais j'étais vitrifiée. Il me semblait que je ne pourrais plus jamais détacher ma langue de mon palais.

« L'honnêteté m'oblige à dire que je ne pourrais pas vous épouser, reprit-il. Un, Hitler est contre le divorce, il nous interdit de divorcer, il a fait des histoires à des tas de gens qui, comme Hans Frank, voulaient refaire leur vie. Deux, vous avez des origines aryennes si j'en juge par vos yeux bleus et vos cheveux blonds, mais je suis sûr que vos sangs sont mélangés.

— Je suis arménienne, dis-je dans un allemand qui s'était beaucoup amélioré depuis notre dernière rencontre.

— Je le sais. Vous avez donc une bonne base, celle d'une des branches les plus pures de la race aryenne. Le drame est que, comme tous les peuples issus du Caucase, les Arméniens se sont souvent mélangés aux Mongols ou aux Touraniens qui les ont envahis, violés et asservis. »

Le *Reichsführer-SS* m'observa de haut en bas, me dévisagea longuement, puis laissa tomber :

« Je n'ai pas assez de temps pour lire des livres ou visiter des expositions, mais je suis très sensible à la beauté. Je crois comme le poète John Keats que "la Beauté est Vérité et la Vérité Beauté".

— Ma mère adoptive adorait Keats.

— Eh bien, moi aussi. Sachez-le, je vous trouve très belle, sublimement belle. Mais comme toujours, la beauté, pour éclater, a besoin de défauts. Les vôtres sont évidents, je vais vous les dire franchement : vous avez quelques traits caractéristiques des Mongols. Les pommettes hautes, les yeux bridés, les sourcils minces, la peau mate. »

Je rougis.

« Je suis sûr que vous avez la tache mongoloïde, ajouta-t-il. Une tache gris-bleu, souvent située au-dessus des fesses, tout près du coccyx. Je me trompe ?

— Non, vous ne vous trompez pas.

— Eh bien, vous voyez, j'avais une bonne intuition. »

Himmler sourit, patelin :

« Vos traits mongols ne me gênent pas personnel-lement. J'ose même dire qu'ils me plaisent, d'autant que, je le répète, votre base est aryenne, il n'y a aucun doute là-dessus. »

J'étais horrifiée par son regard, celui du boucher qui contemple une entrecôte ou un faux-filet sur son étal sanglant et, en même temps, je ne détestais pas que ses yeux me réduisissent à l'état de matière à sa merci. Ce fut la première fois que j'éprouvai quelque chose pour lui : une envie dépravée de m'avilir et de me punir de tous mes péchés dont les moindres n'avaient pas été mes infidélités avec Gilbert Jeanson-Brossard.

Le menton fuyant d'Himmler ne gâchait rien. Dieu sait pourquoi, j'ai toujours été folle des mentons fuyants. Ils m'excitent, c'est sexuel.

Comme les timides qui cherchent à se donner une contenance, Himmler a toussoté avant de retirer ses lunettes, ce qui l'a soudain rendu plus humain. Derrière les verres, ses yeux étaient humides et j'ai cru y voir une supplication, une espèce de souffrance indéfinissable. Une trentaine de secondes ont passé, dans un silence sépulcral, quand le désir et la peur sont à leur paroxysme.

Après avoir rechaussé ses lunettes, Himmler a repris :

« J'ai une troisième raison de ne pas vous épouser : vous vous êtes mariée avec un Juif en premières noces.

— Mon ex-mari n'a jamais été juif !

— Ce ne sont pas mes informations. C'est un Juif, même s'il a essayé de donner le change.

— Vérifiez, ce n'est pas vrai...

— Je vérifierai. Mais ça ne changera rien. Ce que je vous propose, c'est de devenir ma compagne...

« — C'est très difficile de vous répondre comme ça, dis-je d'une voix hésitante, la gorge étranglée. On se connaît à peine...

— Venez m'essayer en Allemagne, quand vous voudrez, plaisanta-t-il. Vous ne serez pas déçue...

— Il faut que je réfléchisse.

— Réfléchissez vite. Sinon, vous me ferez souffrir. »

Il me tendit une carte de visite sur laquelle figurait le numéro de téléphone de son secrétariat à Berlin. S'il m'avait embrassée, honte à moi, je me serais probablement abandonnée, d'autant que ses belles dents blanches, d'une blancheur étincelante, présageaient une haleine supportable, encore que des dents blanches n'empêchent pas, parfois, les mauvaises surprises.

Mais, notre rencontre terminée, le *Reichsführer-SS* s'est contenté de me serrer la main, une main molle qui a provoqué en moi un malaise que j'ai noyé, de retour au restaurant, en buvant, le cœur battant, les trois quarts d'une bouteille de saint-julien.

Le soir, un couple très sympathique est venu dîner au restaurant : Simone de Beauvoir, une belle femme, metteuse en ondes à Radio Vichy, la station nationale, et Jean-Paul Sartre dont j'avais lu et apprécié le roman *La Nausée* avant la guerre. Ils fumaient et parlaient beaucoup.

Sartre a tellement aimé ma cuisine qu'il s'est proposé d'écrire un article sur le restaurant dans l'hebdomadaire collaborationniste *Comoedia* auquel il donnait de temps en temps des textes. J'attends toujours l'article.

## Mon poids en larmes

PARIS, 1942. Le lendemain de ma rencontre avec Heinrich Himmler, j'entendis tambouriner à la porte vers 6 heures du matin. Une voix de fausset hurlait sur le palier : « Ouvrez ! Police ! »

La voix appartenait à un personnage de petite taille, pourvu d'un nez et de pieds très grands, ce qui était de bon augure s'il est vrai qu'ils sont proportionnels à la taille de l'organe reproducteur. Malgré l'état de pénitence sexuelle dans lequel je me languissais depuis si longtemps, je ne ressentis pourtant pas le moindre frisson de désir.

L'homme me fusilla du regard, puis hurla :

« Commissaire Mespolet ! »

C'était sa façon de se présenter.

« Nous nous connaissons ? demandai-je.

— Je crois avoir cet honneur. »

Il avait à peine changé depuis notre dernière rencontre, à Manosque. Toujours la même tête de momie, éclairée par un sourire grimaçant, au-dessus du même corps de polichinelle. Sans oublier le nez en manche de marteau.

Quatre policiers sont entrés dans l'appartement pour

tout fouiller. J'allais protester, mais le commissaire me montra son mandat de perquisition avant de me demander sur un ton grinçant :

« Vous ne sauriez pas où l'on peut trouver votre ex-mari ?

— Nous n'avons plus de contacts.

— Mais vous avez des enfants.

— Je n'ai plus aucune nouvelle d'eux.

— Permettez-moi de ne pas vous croire. Votre ex-mari fait l'objet d'un mandat d'amener : il est recherché par toutes les polices de France. Si vous refusez de coopérer avec nous, je serai en droit de vous accuser de complicité.

— Je ne vois pas ce qui m'interdirait de coopérer avec vous. Gabriel ne s'est pas bien comporté avec moi, sachez-le. »

J'avais déjà fait mon café et je lui en proposai une tasse. Nous nous sommes installés dans la cuisine pendant que ses hommes de loi vidaient les tiroirs ou déplaçaient les armoires et les commodes afin, j'imagine, de découvrir derrière des passages secrets ou des ouvertures de souterrains menant aux cavernes de Sion.

« Qu'est-ce qu'il a encore fait, cet imbécile ? » demandai-je avec une feinte exaspération.

Il nous mettait dans le même sac, Gabriel et moi, si j'en juge par ses yeux accusateurs lorsqu'il énuméra ses griefs :

« C'est un agent de l'étranger qui a toujours voulu se faire passer pour un bon citoyen français. Un maître chanteur, un usurpateur d'identité et un calomniateur professionnel qui, dans des libelles immondes, a fait beaucoup de mal à des gens importants pour notre pays.

— À qui, particulièrement ?

— La liste est longue... »

Le commissaire Mespolet semblait accablé. Il soupira et but sa tasse d'un trait. Quand je lui resservis du café, je m'arrangeai pour laisser tomber sur ses épaules des mèches de cheveux que je portais longs à l'époque, mon haleine caressant sa nuque, mon bras effleurant le sien. Il fut soudain plus loquace quand je lui redemandai les noms des plaignants :

« D'abord, il y a Jean-André Lavisse, un grand écrivain et un grand journaliste de notre temps, un homme admirable, qui ne ferait pas de mal à une mouche. On dit qu'il va bientôt entrer à l'Académie française. Eh bien, il mériterait d'y être depuis longtemps, croyez-moi. Je l'ai rencontré plusieurs fois, il est très impressionnant. Si tous les Français étaient comme lui, notre pays n'en serait pas là, nous ne nous serions pas écroulés devant l'armée allemande. Il a une culture, une rigueur, une énergie. Sans doute avez-vous lu son livre, *Pensées d'amour...*

J'ai secoué la tête avec une moue de dégoût. C'était cet individu qui, dans *L'Ami du peuple*, avait commencé la campagne de presse contre Gabriel.

« C'est un tort, ce livre fait beaucoup de bien, reprit Claude Mespolet. En tout cas, la grande probité de Jean-André Lavisse n'a pas empêché votre ex-mari de l'accuser d'avoir acquis des biens juifs de manière illicite. Ces prétendus traficotages n'ont existé que dans sa tête de Juif haineux. De la diffamation pure et simple, chère madame. Germaine, sa femme, n'a pu supporter ces déchaînements contre son époux. Elle a fait une tentative de suicide au gaz qui lui a laissé des séquelles. On dit qu'elle n'en a plus pour longtemps.

— C'est affreux ! m'exclamai-je.

— C'est affreux, confirma-t-il. Et le pire est à venir, figurez-vous. Mme Lavisse est la nièce de Louis Darquier de Pellepoix, le descendant de l'astronome, qui vient de remplacer cet incapable de Xavier Vallat, il faut bien le dire, au Commissariat général aux questions juives. Cet homme admirable, issu d'une grande famille française, est une autre victime de votre ex-mari qui a écrit sur lui un petit livre monstrueux. Un tissu de mensonges et d'ordures, où il parle de personnalités considérables de notre pays en des termes que la décence m'interdit de prononcer et qui, quand j'y pense, me font froid dans le dos. Le genre d'ouvrages qui attentent non seulement aux bonnes mœurs mais aussi à la sûreté de l'État. »

De temps en temps, je faisais glisser ma langue sur mes lèvres entrouvertes en coulant sur lui des regards admiratifs. Rares sont les hommes qui savent résister à l'engouement d'une femme.

« Il y a plus grave, continua le commissaire. Nous savons de bonnes sources que votre ex-mari est en train d'écrire un livre de la même eau sur le Maréchal qui a tant donné à la France.

— Quelle horreur ! m'écriai-je. Pourquoi fait-il ça, saperlotte ?

— C'est un pervers, un Juif pervers qui se laisse guider par ses vils instincts. Il faut le mettre hors d'état de nuire, dans son propre intérêt. C'est pourquoi vous devez m'aider à le localiser.

— Je vais faire tout mon possible, je vous promets. »

210

Il me tendit sa main droite pour que je tape dedans, ce que je fis.

« Aidez-moi. C'est vital. Pour le Maréchal. Pour la France. »

Je sentais que sa main allait bientôt prendre la mienne et la laissai offerte à lui, sur la table, quand l'un des quatre policiers entra dans la cuisine :

« On n'a rien trouvé, monsieur le commissaire. »

Claude Mespolet se leva lentement, puis se rassit :

« Vous avez tout laissé bien rangé comme avant ?

— C'est-à-dire que, non... vous savez, c'est pas trop l'idée quand on fait une perquise.

— Je veux que vous laissiez cet appartement dans l'état où vous l'avez trouvé. Compris ?

— C'est comme si c'était fait. »

Même si le commissaire Mespolet avait tendance à lantiponner, je suis arrivée à mes fins : après avoir enfin posé sa main sur la mienne, il m'a invitée à dîner pour le lendemain.

« À 18 h 30 dans mon restaurant, répondis-je, ce sera plus pratique. Désolée, mais je ne peux jamais ni avant ni après : je suis en cuisine.

— Votre heure sera toujours mon heure. »

Il commençait à m'attirer vraiment. J'aimais la perspective de me détruire en me roulant dans la fange avec lui. Sur le pas de la porte, je lui ai glissé à l'oreille :

« Vous êtes ma plus belle rencontre depuis très longtemps. »

Il n'a pas rougi, mais il a papilloté des yeux.

Quand ils sont partis, je me suis habillée en hâte et, non sans avoir vérifié que je n'étais pas suivie, j'ai été prévenir Gabriel des dangers qu'il courait. Derrière la porte de son nouvel appartement, au 68 de la rue La Fayette, les enfants riaient aux éclats : il leur présentait un spectacle de marionnettes.

Ma conversation avec le commissaire Mespolet résumée, Gabriel m'a dit qu'il ne fallait pas s'affoler. Tout étant organisé pour que les enfants et lui rejoignent la zone libre, il ne changerait rien à ses plans et resterait à Paris jusqu'à mon anniversaire pour en partir le lendemain.

Quand je leur dis au revoir, les enfants s'accrochèrent à mes pieds. J'eus grand-peine à garder ma contenance après qu'Édouard se fut écrié :

« Maman, reste un peu avec nous, on ne veut pas que tu partes ! »

Mais dès que je refermai la porte, je me mis à sangloter. Il me semble bien que, ce jour-là, j'ai pleuré mon poids en larmes.

## 33

## *La stratégie Johnny*

PARIS, 1942. Le lendemain soir, le commissaire Mespolet est arrivé à « La Petite Provence » avec un air fermé, la bouche sèche, le regard perdu. J'ai pensé que c'était l'amour et j'ai tout fait, dès l'apéritif, pour le rassurer.

« À tout ce que nous allons faire ensemble, dis-je en cognant mon verre de champagne contre le sien.

— À nous, murmura-t-il, la tête baissée.

— Attention, il faut bien se regarder dans les yeux. Sinon, c'est sept ans de misère sexuelle.

— Vous y croyez vraiment ?

— Je suis superstitieuse. »

Il fallut recommencer.

« *Prost* », dis-je avec un air provocateur, en levant mon verre.

Il n'a même pas souri. Le commissaire Mespolet n'était pas le même homme que la veille. Il avait l'expression de celui qui perd son temps. Les fourmis dans les jambes, lesquelles battaient du tambour sous la table. Les tics aussi, comme ces coups d'œil furtifs qu'il jetait sans cesse autour de lui.

Alors que nous terminions la parmesane que j'avais

servie en entrée, il y eut un silence si lourd que je finis
par lui demander ce qui n'allait pas.

« C'est bien simple, répondit-il sans hésiter. Vous
m'avez déçu...

— Pourquoi ?

— Vous avez trahi ma confiance.

— Mais qu'ai-je fait ?

— À peine étions-nous partis que vous filiez chez
votre ex-mari... »

Je fis l'ahurie :

« Excusez-moi, mais on est en plein délire ! »

C'est ce que j'appelle la stratégie Johnny, une stratégie que Johnny Hallyday m'a dit avoir utilisée une fois
que tout l'accusait. Une feinte tellement grosse qu'elle
désarçonne l'autre. Un déni primal, le degré zéro du
démenti.

Il y a une dizaine d'années, après un concert, le chanteur était venu dîner jusqu'à plus d'heure dans mon restaurant d'aujourd'hui, à Marseille. Je l'ai tout de suite
aimé. Un homme blessé qui s'applique à se tuer à l'alcool depuis des décennies, mais qui n'y arrive pas. Il
était ivre mort, ce qui, dans son cas, est un euphémisme.
Sauf quand il chante.

D'une voix pâteuse, donc sincère, Johnny Hallyday
m'en a raconté une bien bonne qui me rappela mon
attitude, il y avait si longtemps, devant le commissaire
Mespolet. Une nuit, lors de ses débuts de chanteur, il
était rentré tard, totalement bourré, avec une jeune fille
qu'il avait ramassée Dieu sait où. Ils avaient déboulé
dans sa chambre conjugale et commençaient tous deux
à se déshabiller dans le noir quand, soudain, la lumière

s'était allumée. C'était la femme de Johnny. Elle s'écria, indignée, à l'adresse de la demoiselle à moitié nue :

« Qu'est-ce que vous faites là ? »

Alors, Johnny, tout aussi indigné, s'était tourné vers elle :

« C'est vrai. Qu'est-ce que vous faites là ? »

Je me souviens que les yeux du commissaire Mespolet m'ont, soudain, donné l'alerte. J'y ai vu des scintillements de couteau, son visage blême exprimait une haine inexorable.

Mon cœur s'est mis à battre plus vite. Je ne pouvais plus le contrôler.

« Si vous connaissez l'adresse de Gabriel et des enfants, demandai-je au commissaire, ça veut dire que vous les avez arrêtés ?

— Secret professionnel.

— Vous ne pouvez pas me répondre et faire preuve d'un peu d'humanité ? » hurlai-je en tremblant.

Il se leva et prit congé d'un petit geste de la tête, que j'eus à peine le temps de voir : je courais déjà et, à peine sortie du restaurant, hélai, place du Trocadéro, un taxi qui m'emmena au 68 de la rue La Fayette.

Sur la route, nous croisâmes beaucoup de Torpedo, de camions bâchés, de fourgons noirs et de bus bondés. Je n'ai pas compris ce qui se passait, je ressentais une grande fatigue et, en même temps, quelque chose hurlait en moi...

Au 68, je montai les escaliers quatre à quatre. Au cinquième étage, j'appuyai en tremblant sur le bouton de la sonnette. Pas de réponse. Je descendis, à bout de souffle, demander de leurs nouvelles à la concierge qui répondit, compatissante :

« Hélas, madame, la police est venue les prendre. Un commissaire m'a dit que c'était le jour de ramassage des Juifs, tous les Juifs.

— Les enfants aussi ?

— Les enfants aussi, qu'est-ce que vous croyez ? La police prend tout, chez les Juifs. Les petits, les vieux et les bijoux, mais pas les chats. Elle laisse toujours les chats. C'est un problème. J'en ai déjà récupéré cinq, avec les miens, ça fait sept, je ne peux pas en adopter plus. Heureusement, votre monsieur n'avait pas de chat. Sinon, j'aurais été bien embêtée. »

Elle poussa un gros soupir et reprit :

« Vous ne voulez pas un chat ?

— J'en ai déjà un.

— Deux, c'est mieux et trois, encore mieux. »

Quand je lui demandai si Gabriel et les enfants étaient partis avec des policiers ou des miliciens, elle fut incapable de me répondre.

« C'est les mêmes, dit-elle, et le résultat est toujours pareil, ma bonne dame : ils laissent les chats. »

Elle avait une tête de chat, sans les moustaches : c'était donc de son peuple qu'elle parlait avec tant de passion, ce qui ne l'empêchait pas de prendre part à mon malheur.

Elle baissa les yeux :

« Il ne faut pas vous faire d'illusions, ils sont partis pour longtemps. Ils avaient des bagages et la police a demandé au monsieur de fermer les compteurs d'eau, de gaz et d'électricité. »

Elle m'invita à entrer dans sa loge pour m'asseoir et prendre un grog. Je lui répondis que j'avais déjà

assez chaud comme ça et accourus au commissariat du
IX<sup>e</sup> arrondissement.

Après avoir attendu trois heures sans obtenir la
moindre information, je me suis rendue à la préfecture
de police où j'ai trouvé porte close, avant de retourner
au restaurant pour appeler Heinrich Himmler à son
Q.G. de Berlin.

Le service du soir terminé, Paul Chassagnon, mon
second, m'attendait tout près de « La Petite Provence »,
sur un banc qui n'existe plus aujourd'hui, en fumant
une cigarette.

« Il est arrivé quelque chose aux enfants ? demanda-t-il.

— Comment le sais-tu ?

— On m'a dit que tu étais partie brusquement en
courant. J'ai pensé que c'étaient les enfants.

— Une rafle. Je vais téléphoner à Himmler. »

Quand j'ai prononcé le nom du *Reichsführer-SS* d'une
voix furibarde, comme s'il avait des comptes à me
rendre, je n'étais pas consciente du ridicule de la situation. Mais je me trouvais dans un état second : revivant
le cauchemar de mon enfance, je perdais la raison, je
n'étais plus qu'un grand frisson.

Heinrich Himmler n'était pas à son bureau, c'était le
dernier endroit du monde où l'on aurait pu le trouver.
Sans doute était-il en tournée d'inspection en Russie,
en Bohême, en Moravie ou en Poméranie, à superviser
des exécutions de masse. C'est un de ses aides de camp
qui m'a répondu, un certain Hans. Après que je lui eus
exposé la situation, il a laissé tomber sur un ton aussi
scandalisé que le mien :

« C'est une grossière erreur. Je vais en parler au *Reichsführer-SS* dès que je l'aurai au bout du fil. Les autorités

françaises sont bien intentionnées, mais elles ne font que des bêtises, il faut bien le dire. Elles se trompent dans les fiches, elles confondent les noms, elles devraient nous laisser faire... »

Quand j'ai raccroché, je suis tombée dans les bras de Paul Chassagnon qui m'a dit que le service du soir s'était relativement bien passé, même s'il avait manqué d'à peu près tout. De pain, notamment.

« Mais qu'est-ce que j'en ai à foutre ? » m'écriai-je, avant de m'excuser puis de fondre en larmes.

Je mourais. Longtemps, je mourus. Tous ceux qui ont perdu des enfants savent qu'il y a encore une vie après la mort. Je m'accrochais à cette vie pour essayer de les retrouver.

Redoutant qu'Himmler ne téléphonât pendant que je rentrerais chez moi et ne me rappelât pas ensuite, je préférai attendre son coup de fil au restaurant. Quand Paul Chassagnon me proposa de rester avec moi, j'acceptai : j'avais besoin de sentir ses gros bras velus près de moi. De surcroît, je n'avais rien à craindre de lui. Il était homosexuel.

Nous nous sommes couchés au pied de la caisse, près du téléphone, sur un matelas de nappes pliées. Il a posé son bras sur mon ventre, ce qui m'a fait du bien, mais je n'ai pas dormi de la nuit. J'ai reçu trop de visites : sous mes paupières gonflées de larmes ont défilé jusqu'au petit matin Garance, Édouard, Gabriel, ma mère, mon père, ma grand-mère, mes frères et mes sœurs, tous emportés par le tourbillon des abominations du XXᵉ siècle.

Au petit matin, Heinrich Himmler ne m'avait toujours pas rappelée.

## 34

## *Raflés*

PARIS, 1942. Le 17 juillet, au lendemain de la rafle
dite du Vel'd'Hiv, je me suis réveillée très fatiguée et,
dans la salle de bains, je fus effrayée en croisant mon
visage dans le miroir du lavabo. Je ressemblais à une
vieille chouette en papier mâché avec de grosses poches
mauves sous les yeux. Je ne suis pas une adepte du
maquillage. Jusqu'alors me suffisait un nuage de poudre
de riz sur les pommettes.

Cette fois, après avoir bu mon café, j'ai mis le paquet.
Je gardais dans mon placard une boîte ronde de fond
de teint Bourjois qui datait d'avant la guerre et que je
n'avais jamais ouverte. Je m'en suis tellement enduit
la figure que j'éprouvais le sentiment de m'être cachée
derrière un masque. Après quoi, je me suis dessiné une
bouche vermillon au rouge à lèvres, sans mégoter
ensuite sur le Rimmel dont je beurrai mes cils, même
si je savais qu'il aurait tôt fait de couler sous l'effet de
la chaleur estivale.

Vous savez comme je suis superstitieuse. Pas question
de prendre le moindre risque : avant de téléphoner
à Heinrich Himmler, il fallait que je sois en beauté,
que je récite un *pater noster*, que je porte à mon oreille

la coquille qu'on appelle, en Provence, l'« oreille de Madone » et que je me badigeonne la poitrine d'une eau lustrale dans laquelle trempait un plant de verveine.

Quand j'appelai au Q.G. d'Himmler, l'aide de camp me dit que le *Reichsführer-SS* s'excusait de n'avoir pas encore retourné mon appel mais il avait eu « une soirée très chargée » : il était actuellement en réunion, « une réunion très importante » et me joindrait en fin de matinée, vers midi. De crainte qu'il ne l'eût perdu, je donnai à Hans le numéro de « La Petite Provence ».

« Rassurez-vous, dit Hans sur le mode ironique. Vos numéros de téléphone sont sur une feuille de papier bien en évidence sur le bureau du *Reichsführer-SS*. Et j'en ai un double sur le mien. »

Quand j'allai au travail, à bicyclette, selon mon habitude, il m'a semblé que Paris était en deuil. Il flottait dans les rues un climat de grande tristesse. Plus je respirais, plus je me sentais oppressée. Plus tard, après l'arrestation de 12 884 Juifs dont un tiers d'enfants, un rapport de la préfecture de police de Paris allait définir l'espèce de consternation qui se lisait sur tous les visages, ce jour-là :

« Bien que la population française soit dans son ensemble et d'une manière générale assez antisémite, elle n'en juge pas moins sévèrement ces mesures qu'elle qualifie d'inhumaines. »

Elle ne souffrait pas, ajoutait le rapport, que les mères fussent séparées de leurs petits. Ceux qui ont entendu les cris des enfants, ce jour-là, ne purent jamais les oublier.

Dès que je suis arrivée au restaurant, Paul Chassagnon

s'est précipité sur moi pour m'annoncer que Gabriel et les enfants étaient, selon toute vraisemblance, au Vel'd'Hiv où beaucoup de Juifs avaient été conduits. Je décidai de m'y rendre avec lui dès que j'aurais pu parler au *Reichsführer-SS*.

Avec sa ponctualité qui allait de pair avec sa politesse, Himmler me téléphona à midi pile.

« Vous pouvez compter sur moi, dit-il après que je lui eus résumé la situation.

— S'il vous plaît, suppliai-je.

— Quand vous me connaîtrez mieux, Rose, vous saurez que je suis quelqu'un qui dit ce qu'il fait et qui fait ce qu'il dit. Je vous rappelle très vite. »

Je fermai le restaurant et chargeai Paul d'aller au Vel'd'Hiv, tandis que je restais près du téléphone.

Heinrich Himmler m'appela vers 6 heures du soir. Il n'avait rien trouvé :

« Il y a quelque chose qui m'échappe, commença-t-il, et je n'aime pas quand je ne comprends pas : les noms de votre ancien mari et de vos enfants ne figurent pas sur le tableau récapitulatif des fiches d'arrestation des Juifs étrangers, dressé par les autorités françaises.

— Quelle conclusion en tirez-vous ?

— Aucune. De toute évidence, ils ont été arrêtés dans le cadre de l'opération "Vent printanier" menée pour nous par les Français. En tant que Juifs, ils nous reviennent.

— Mais ils ne sont pas juifs !

— Ils sont considérés comme tels. Quand on a au moins deux grands-parents juifs comme c'est leur cas, on est des *Mischlingue*. Des demi-Juifs, donc des Juifs. Normalement, ils devraient être sous notre contrôle.

— Pourquoi ne les retrouvez-vous pas, alors ?

— J'aurais tendance à mettre ça sur le compte de la désorganisation des services français. Ce n'est pas qu'ils mettent de la mauvaise volonté, mais ils sont trop fébriles, trop excités, comprenez-vous. Trop sûrs d'eux aussi. Ce sont des amateurs, pas des professionnels. Il y a tout le temps des problèmes avec eux.

— Vous pensez qu'ils les ont gardés ?

— Avec les Français, on peut tout imaginer, notamment le pire. Ils ont un tel complexe de supériorité, ils se croient géniaux. Pour parler, ils sont toujours les premiers. Mais dès qu'il faut passer à l'action, il n'y a plus personne. Ils ne prennent pas la peine de se concentrer, ils bâclent tout : on ne les refera pas. Est-ce que votre ancien mari et vos enfants portaient l'étoile jaune ?

— Non.

— Est-ce que le tampon "Juif" barrait leurs papiers d'identité ?

— Non plus.

— Si ce sont des Juifs qui ne sont pas enregistrés comme Juifs, c'est peut-être pour ça qu'on a perdu leur trace... »

Je rapportai à Himmler ma conversation avec le commissaire Mespolet. Il fallait l'interroger : si quelqu'un pouvait savoir où trouver Gabriel et les enfants, c'était bien lui.

« On va lui tirer les vers du nez, dit-il, mais je ne crois pas que ça servira à quelque chose : la clé de cette affaire, c'est sans doute la confusion des noms et des dossiers. En ce cas, on peut mettre du temps à les retrouver. Je vais m'en occuper personnellement. »

De peur de rater son appel, j'ai encore dormi au restaurant avec Paul Chassagnon qui avait tourné, une partie de la journée, autour du Vel' d'Hiv en quête d'informations sur Gabriel et les enfants. Il m'a raconté les plaintes, les pleurs et les rires, avant de fondre en larmes. Pour le consoler, je l'ai serré dans mes bras, puis embrassé. Quand nos bouches se sont mélangées, j'ai adoré le goût de muscade dans la sienne. Comme il se disait homosexuel, j'étais sûre que ça ne prêtait pas à conséquence mais tout s'est enchaîné malgré nous.

J'ai adoré sa façon de me prendre, avec délicatesse et circonspection. Artiste du préambule, il caressait bien et ne tentait rien sans demander. Il y avait chez lui le tact de Gabriel, que je n'ai jamais retrouvé chez personne, par la suite. C'est à cause de Paul Chassagnon que j'ai été si souvent attirée, ensuite, par les homosexuels, espérant retrouver avec eux tout le plaisir qu'il m'avait donné. Mais je n'ai jamais pu arriver à mes fins avec aucun. Pour ça, il faut une guerre ou un grand malheur.

Himmler m'a rappelée le lendemain, en milieu d'après-midi. Selon ses informations qui, précisa-t-il, demandaient encore à être vérifiées, Gabriel et les enfants étaient tous partis en déportation depuis la gare de Drancy. Il se faisait fort de les récupérer en route et mettait un avion à ma disposition pour le rejoindre à Berlin d'où je pourrais superviser les recherches avec lui.

Pour me rassurer, j'ai emporté avec moi ma salamandre dans une grande boîte à biscuits où elle pouvait déployer sa queue. Âgée d'au moins un quart de siècle, Théo commençait à devenir imposante. Dieu merci, elle pouvait espérer vivre encore plusieurs années. J'avais besoin d'elle comme jamais : désormais, c'était ma seule famille.

## 35

## *Un pou dans une botte de foin*

BERLIN, 1942. Hans m'attendait à la descente d'avion. Il se tenait raide comme la mort, dans son uniforme de SS. J'appris plus tard qu'il avait combattu sur le front russe dans la *Panzerdivision Wiking* où, après avoir fait des étincelles, il fut l'un des cinquante-cinq militaires élevés à l'ordre de chevalier de la Croix de fer.

Sans l'affreuse cicatrice qui barrait sa joue droite, Hans eût été un bel homme. Il l'était au demeurant, mais seulement du côté gauche. De l'autre, il avait quelque chose de monstrueux : un lance-flamme lui avait tout massacré, la joue comme l'oreille.

Quand il m'a demandé quels étaient mes centres d'intérêt, j'ai répondu :

« Dieu, l'amour, la cuisine et la littérature.

— Et le sport?

— J'aimerais m'y mettre. »

Il m'a conseillé d'entretenir ma forme en pratiquant les arts martiaux auxquels il était prêt à m'initier. J'ai accepté et, sans doute parce qu'il était tourmenté par une douleur, il n'a plus desserré les dents jusqu'à ce que la voiture s'arrête devant une belle maison de pierres grises dans le centre de Berlin. C'était le domicile de fonction du *Reichsführer-SS*.

Je ne savais pas encore qu'Himmler avait d'autres domiciles. Un appartement à Berlin-Grunewald pour loger sa maîtresse, Hedwig Potthast, qu'il installa plus tard, avec leurs deux enfants, grâce aux fonds du parti, près de Schönau, au bord du lac Königssee, tandis que sa légitime faisait la navette entre une habitation à Berlin et leur propriété de Gmund, en Bavière, où vivait leur fille, Püppi.

Après m'avoir fait visiter les lieux et montré ma chambre, Hans me proposa une collation. Du champagne et des tranches de saumon fumé ou mariné façon gravlaks avec des blinis et de la crème fraîche.

« Je préférerais attendre le *Reichsführer-SS* pour manger, objectai-je.

— Le *Reichsführer-SS* n'a pas d'heure. C'est un bourreau de travail, il n'arrête jamais : il risque de venir très tard.

— C'est plus poli de l'attendre, insistai-je.

— Il m'a demandé de vous donner à manger dès votre arrivée. C'est quelqu'un de très simple, vous verrez. Les chichis, ça n'est pas son genre mais il aime bien qu'on lui obéisse. »

Après avoir obtempéré pour la forme, je me suis occupée de Théo en allant lui chercher quelques charançons dans le jardin avec l'aide d'Hans. Ma salamandre n'en a mangé qu'un seul.

« Que se passe-t-il ? demandai-je à Théo. Tu fais la gueule ?

— Je n'aime pas cet endroit.

— Ce n'est pas une raison pour se laisser dépérir.

— Franchement, les nazis me coupent l'appétit.

— Moi, j'adore cette planète, Théo, et rien ne m'empêchera jamais de l'adorer, ni les hommes, ni même les nazis ! »

J'ai fermé sa boîte et je me suis endormie sur le lit.

« Le voyage s'est bien passé ? »

C'est la belle voix virile d'Himmler qui me réveilla trois heures plus tard. Il était penché sur moi et son haleine acide chatouillait mes narines.

« Je suis heureux de vous voir, susurra-t-il.

— Moi aussi. Vous avez des nouvelles ?

— Oui, dit-il en se redressant. On croit savoir où sont vos enfants : dans un train que nous avons détourné pas loin de Stuttgart. À l'heure qu'il est, nous sommes en train de le fouiller. »

Il me regarda droit dans les yeux :

« Attention, Rose. Pas de fausse joie. Ce n'est qu'une piste.

— Et Gabriel ?

— Nous le recherchons. »

Il me dit qu'il avait faim et alla dans la cuisine pour voir ce qui, dans le réfrigérateur, pourrait l'apaiser. Je l'accompagnai et lui proposai de lui faire un plat de pâtes au saumon fumé.

Je lui demandai si je pourrais me rendre à Stuttgart. Himmler me répondit, avec une pointe d'irritation :

« Dès que nous aurons retrouvé vos enfants. »

Je savais qu'il valait mieux changer de sujet, mais je ne pus m'empêcher de lui demander encore :

« Vous êtes optimiste ?

— Le pessimisme ne mène nulle part, c'est la maladie

des inutiles et des parasites. Nous avons la volonté, c'est l'essentiel. Nous allons donc y arriver.

— Et Gabriel?

— Je ne peux pas faire plus que ce que je fais. »

Je commençais à l'agacer. Après m'avoir proposé une bière, Himmler but deux bouteilles coup sur coup, avant d'émettre un drôle de bruit : on aurait dit un chat importuné par un chien ou un de ses semblables. Sauf que son visage exsudait le bonheur.

« Avez-vous pensé à apporter avec vous quelques-unes de vos pilules magiques? demanda-t-il.

— J'ai des réserves pour plusieurs mois.

— Merci, Rose. Vous êtes parfaite. »

Le *Reichsführer-SS* s'approcha de moi. Croyant qu'il allait m'embrasser, je vacillai, comme la brebis devant le couteau, mais il m'a donné une petite tape amicale sur la joue. Je frissonnais de peur et j'étais en même temps ivre de gratitude.

Je savais ce qu'il voulait mais c'était le genre d'homme à prendre son temps. Il ne résistait à rien, sauf à la tentation. Quand elle montait, il se crispait : les mots et les gestes tardaient à venir. Tant mieux.

C'était à moi de prendre l'initiative et je n'en avais, bien sûr, pas l'intention. Hans m'avait dit que nous dormirions dans deux chambres mitoyennes au premier étage. Je savais maintenant que je pourrais dormir tranquille : je n'avais rien à craindre d'Himmler.

Il a toussoté avant de me demander, tandis que je m'activais à mes fourneaux, si j'avais eu des aventures depuis mon divorce. Oubliant Paul Chassagnon, je mentis d'une voix tranchante :

« Non, je me dégoûterais moi-même...

— Vous êtes bien une femme. Goethe a tout dit là-dessus quand il expliquait que l'homme est polygame par nature, la femme, monogame. »

Il m'a chipé trois dés de saumon qu'il savoura en même temps que sa citation.

« Nous les hommes, reprit-il, nous sommes dans la conquête. Vous les femmes, dans la protection. Du foyer, des enfants, des économies. »

Lorsque je lui ai dit que j'étais venue avec un invité surprise, mon batracien Théo, Himmler a souri :

« J'adore les bêtes. Montrez-le-moi. »

Quand je le lui apportai, il me dit :

« Cet animal a besoin d'eau.

— J'y veille. Théo a droit à plusieurs bains par jour.

— Demain, je lui offrirai un aquarium. C'est un bel animal. François Ier en avait fait son emblème. Dommage qu'il soit si souvent associé au peuple juif à cause de son côté gluant. »

Il garda Théo dans sa main pendant que je retournais à mes fourneaux. Une fois mes pâtes cuites, je les ai égouttées, puis remises à chauffer dans la casserole avec le saumon fumé découpé en dés, un citron pressé, de l'huile d'olive, une cuillerée de moutarde, une autre de crème fraîche, du gruyère râpé et une gousse d'ail écrasée que j'avais fait revenir à la poêle. J'ai salé et poivré le tout avant de le servir avec quelques feuilles fraîches d'aneth, dénichées dans le bac à légumes du réfrigérateur.

Dès la première bouchée, Himmler a laissé échapper un soupir de contentement, une sorte de râle comme ceux qu'on pousse pendant l'amour. À la deuxième puis à la troisième bouchée, il a recommencé.

À la quatrième, Himmler a dit en me fixant droit dans les yeux :

« J'ai une idée. Si vous restiez ici comme cuisinière ? Ce serait une bonne couverture : après tout, c'est votre métier et ça évitera que les gens jasent, pendant que nous menons nos recherches qui risquent d'être longues à cause des gigantesques mouvements de populations engagés à travers toute l'Europe.

— Mais vous m'avez dit tout à l'heure que vous pensiez avoir localisé les enfants.

— Je vous répète que ça n'est rien qu'une piste, et concernant vos enfants seulement. Notre traque peut durer longtemps. C'est comme rechercher un pou dans une botte de foin. »

Pourquoi avait-il dit un pou et non pas une aiguille ?

# L'homme qui dînait sans cuillère
## avec le Diable

BERLIN, 1942. Très tôt, le matin suivant, je descendis à mes fourneaux pour préparer le petit déjeuner. La veille, Himmler m'avait dit qu'il aimait les crêpes flambées au rhum. Tout était prêt, la pâte et la bouteille, quand il débarqua dans la cuisine vers 6 heures moins le quart, habillé et rasé, la tête enfarinée, le regard ahuri de la vache qui vêle.

Je connaissais la réponse, je lui posai néanmoins la question :

« Vous avez bien dormi ?

— Pas du tout, mais ça n'a pas d'importance. J'ai lu et travaillé. J'aurai tout le temps de dormir lorsque nous aurons gagné la guerre. Le téléphone a sonné plusieurs fois pendant la nuit, ça ne vous a pas dérangé au moins ?

— J'ai dormi comme une bûche », mentis-je.

Lisant dans mes pensées, il déclara :

« Toujours pas de nouvelles de votre famille. »

Après quoi, le *Reichsführer-SS* s'est plaint de son estomac qui, pendant la nuit, l'avait fait atrocement souffrir. Des crampes à répétition que soignait régulièrement son masseur estonien d'« origine allemande », qu'avait formé un grand maître tibétain, le docteur Kô. Il s'appelait Felix Kersten et avait soigné plusieurs membres de la famille royale de Hollande : « Une crème d'homme. »

« Il vient dîner ce soir, dit Himmler. Je suis sûr que vous vous entendrez bien, Felix et vous. Vous êtes d'une espèce de plus en plus rare, celle des êtres vrais. »

Quand je lui demandai s'il était bien raisonnable qu'avec ses maux de ventre il mange les crêpes que j'étais en train de faire cuire, le *Reichsführer-SS* protesta, sur le mode ironique :

« Ce serait inhumain de m'en priver. »

Il trempa son doigt dans la pâte à crêpes, le lécha, puis déclara :

« Si je n'arrive pas à digérer ces crêpes, je demanderai à Felix de réparer les dégâts. Avec ses seules mains, il vient à bout de douleurs abominables, contre lesquelles la morphine ne peut rien. Parfois, elles sont si violentes que je m'évanouis : on dirait un cancer à son paroxysme, comme celui qui a frappé mon père, aux glandes salivaires. Vous croyez pouvoir m'aider aussi avec votre médecine des plantes ? »

Je hochai la tête : il y avait pléthore de plantes pour le soulager. Par exemple, l'anis, l'aneth, la coriandre et le fenouil, très performants contre l'accumulation des gaz.

« Je n'ai pas de gaz, fit-il.

— Tout le monde en a. Mais si les douleurs viennent de l'estomac et des intestins...

— ... C'est ça, mon problème.

— Eh bien, dans ce cas, la mélisse et la menthe poivrée peuvent être très efficaces. Je vais vous préparer des pilules. »

Dans la foulée, je lui recommandai de revoir toute

son alimentation en bannissant les graisses, les légumes crus, les fruits, les fromages.

« Mais qu'est-ce que je vais manger, alors ? demanda-t-il, désespéré.

— Du riz, des pâtes, de la purée.

— Je dis que je suis végétarien pour faire comme le *Führer*, mais vous avez vu le résultat sur lui : il y a quelque chose dans son régime qui le fatigue beaucoup, il n'en peut plus, il fait de la peine. Pour se sentir bien, il faut du fer et le fer est dans la viande. J'en mange parfois, mais discrètement.

— La viande n'est pas bonne pour la santé. Au moins dans un premier temps, je vous conseille de vous limiter aux poissons maigres et aux légumes cuits.

— Et la soupe de pois ? J'adore la soupe de pois !

— Il faudra éviter les pois secs. »

Après qu'Himmler fut parti, j'ai passé le reste de la journée à préparer le repas du soir. Je n'avais au demeurant rien d'autre à faire, sinon me manger les sangs en pensant à Gabriel et aux enfants.

Une fois mon menu composé, j'ai été acheter les provisions avec trois des soldats SS qui gardaient la maison. Les rues et les commerces de Berlin étaient envahis par des nuages de mouches excitées et zézayantes qui semblaient n'avoir pas mangé depuis longtemps et se régalaient de tout, y compris de la sueur qui trempait mon visage.

« On n'a jamais vu ça, soupira l'un des soldats.

— C'est peut-être un signe, dis-je. Ou bien une punition. »

Il n'a pas relevé. À midi, je suis entrée en cuisine pour

n'en sortir qu'en fin d'après-midi quand mon menu, hormis le plat principal, fut prêt.

Pour commencer, plusieurs entrées :

Gâteau d'aubergines, artichauts barigoule, grosses crevettes au basilic.

Ensuite, le plat :

Cabillaud à l'ail, au lait et à l'aneth.

Enfin, la farandole des desserts :

Tarte aux pommes sans pâte, soufflé glacé au Grand Marnier et pêches flambées au kirsch.

J'ose dire qu'en regardant mes plats sur la table de la cuisine, je ressentais des bouffées de bonheur que rien ne justifiait, alors que, vingt-quatre heures après mon arrivée à Berlin, j'étais toujours sans nouvelles de Gabriel et des enfants. Quand tout va mal autour de vous, rien ne vaut la cuisine, toutes les femmes savent cela.

*

Felix Kersten est arrivé à 20 heures. Il a commencé par s'excuser d'être à l'heure. C'était quelqu'un qui avait besoin de se faire pardonner les fautes qu'il n'avait pas commises.

Comme la veille, Himmler était très en retard et nous avons eu le temps de parler en l'attendant. Le docteur Kersten était un gros bonhomme transpirant, qui semblait pourtant flotter dans ses habits. Soufflant comme un bœuf et saisi d'une sorte de prurit permanent, il se grattait le visage, le ventre, les bras, les cuisses, quand il ne fourrait pas ses mains dans les poches de sa veste pour y remuer ou tripoter les papiers qui s'y trouvaient.

Si j'ajoute les mouches qu'il chassait avec fureur, le masseur du *Reichsführer-SS* était toujours en mouvement.

« Vous êtes nazie ? me demanda-t-il tout de suite après s'être présenté.

— Non, je suis venue à la recherche de mes enfants et de mon ancien mari, qui ont été déportés.

— Enchanté, dit-il en me serrant la main. Moi non plus, je ne suis pas nazi. Mais sachez que si Himmler l'est, frénétiquement de surcroît, vous pouvez lui faire confiance quand vous lui soumettez des cas personnels. J'en ai fait l'expérience. »

Il baissa la voix, puis :

« Je crois qu'il est toujours un peu de l'avis du dernier qui a parlé. S'il sort du bureau d'Hitler, c'est ennuyeux. Mais si c'est moi qu'il vient de voir, alors là, c'est différent... »

L'oncle Alfred Bournissard disait souvent que « les héros sont des zéros ». Felix Kersten était l'incarnation vivante de cette formule. La première fois que je l'ai vu, agité et brouillon, je n'aurais jamais pu croire qu'il serait considéré plus tard comme l'un des personnages les plus extraordinaires de la Deuxième Guerre mondiale, jusqu'à être canonisé, pour ainsi dire, par l'un des grands historiens de cette période, H.R. Trevor-Roper.

Le docteur Kersten était en effet une sorte de saint laïque, capable de dîner sans cuillère avec le Diable pour lui soutirer des vies. Grâce à ses mains de masseur, il prit le contrôle du cerveau d'Himmler et obtint beaucoup de choses de son patient, surtout quand celui-ci allait mal. Après la guerre, au terme de violentes polémiques, il fut établi qu'en 1941 il avait épargné à trois millions de Hollandais, dits « irréconciliables », une déportation en Galicie ou en Ukraine. De plus, le Congrès juif mondial l'a officiellement crédité d'avoir sauvé 60 000 Juifs. Sans parler de tous les prisonniers ou condamnés à mort qu'il a su retirer des griffes du III<sup>e</sup> Reich.

Il m'a conseillé de me méfier de tout le monde, sauf de lui et de Rudolf Brandt, le secrétaire d'Himmler, « un homme sans personnalité, mais un brave type ».

« Finalement, dit-il, il n'y a qu'une seule chose qui permette de supporter tout ça. C'est de boire. »

Sur quoi, il m'a demandé de l'akvavit que je lui servis dans un grand verre avant de partir, avec une tapette, à la chasse aux mouches.

Affalé dans son fauteuil, il me contait fleurette, la voix doucereuse et le regard énamouré. Il était lourd, mais ça me faisait du bien.

Il prit encore trois ou quatre verres et quand le *Reichsführer-SS* arriva, vers 11 heures du soir, le docteur était gris. Ce n'était pas grave. Avec Himmler, il n'y avait pas à faire la conversation : c'était toujours lui qui parlait. Pendant le dîner, il nous donna ainsi une conférence sur le sacrifice et l'honneur à partir de l'exemple édifiant de Frédéric-Guillaume I<sup>er</sup>, roi de Prusse de 1713 à 1740, qui vivait chichement dans deux résidences de campagne, après avoir coupé drastiquement dans les dépenses de la cour.

Un « monarque-soldat » qui a repensé la Prusse, réorganisé l'État et développé l'armée, jusqu'à doubler ses effectifs. Après que son fils, le futur Frédéric II qu'on appellera le Grand, un lettré révulsé par l'inculture encyclopédique de son père, eut tenté de s'enfuir en Angleterre, il n'hésita pas à l'emprisonner en forteresse et à faire décapiter sous ses yeux son ami Hans Hermann von Katte. « Quand il s'agit des siens, conclut Himmler, la bouche pleine de soufflé au Grand Marnier, les punitions doivent être rares, mais justes et sévères. »

*

Les jours ont passé, puis les semaines. Je n'avais toujours pas d'informations sur Gabriel ni sur les enfants. Heinrich Himmler semblait désolé, je crois qu'il se sentait surtout humilié, lui le prince des polices, de ne pouvoir régler mon problème.

De temps en temps, Hans, l'aide de camp, passait à la maison et, conformément à sa promesse, m'enseignait les techniques de combat rapproché qu'on appelle aujourd'hui le krav-maga et que lui avait apprises, dans sa jeunesse, un ami juif, copain d'université, originaire de Bratislava, dont il était sans nouvelles depuis longtemps.

Des méthodes d'autodéfense, mises au point par les Juifs de Slovaquie qui les utilisaient dans les années 30 pour se protéger contre les ligues fascistes et antisémites. Elles consistaient à agir très vite, sans prendre de risques pour soi-même, en s'attaquant, à la main ou à l'aide de tous les objets à sa portée, aux parties les plus sensibles de l'ennemi : les yeux, la nuque, la gorge, les genoux et les parties génitales.

« C'est comme dans la vie, répétait Hans. Tous les coups sont permis. » Je m'étais habituée à son visage double, Adonis d'un côté, Frankenstein de l'autre. J'étais fascinée par la blessure qui avait arraché un gros morceau de son bras, près du coude. Quelque chose m'attirait vers lui.

Un jour, sans doute parce qu'Himmler le lui avait interdit, Hans a cessé de venir à la maison. J'en fus marrie et quand je lui ai demandé ce que devenait mon soupirant à la tête cassée, le *Reichsführer-SS* sembla gêné.

« Il est en mission », répondit-il.

Je voyais bien que le *Reichsführer-SS* en pinçait pour moi mais il tardait à se déclarer. Un soir, son frère Gebhard vint dîner à la maison. Himmler semblait très heureux de le voir et je m'étais surpassée en cuisine : mon gâteau aux aubergines, notamment, avait fait l'objet d'éloges répétés.

Avant de monter se coucher, le *Reichsführer-SS* me proposa de me promener avec lui dans le jardin : j'ai compris qu'il avait quelque chose d'important à me dire.

Il avait plu récemment et Berlin était tout vert. L'air sentait l'herbe tiède. J'aimais cette odeur ; elle me remplissait de bonheur mais aussi de nostalgie : c'était la même qu'à Sainte-Tulle quand les averses avaient rafraîchi la terre qui se remettait à vivre.

Himmler m'a invitée à m'asseoir sur un banc de pierre, puis il a dit sur un ton pénétré, les yeux perdus dans les étoiles :

« Je suis désespéré que nos recherches prennent autant de temps. S'il fallait faire notre autocritique, je dirais qu'en voulant redessiner la carte démographique de l'Europe, Adolf Hitler et moi, nous avons agi trop vite et vu trop grand. Ce que nous avons accompli est totalement surhumain, mais nous n'avons pas suffisamment préparé ces déplacements de population.

— Il y a quand même une chance de retrouver ma famille, n'est-ce pas ?

— Je l'espère. »

Assis à ma gauche, Himmler a pris ma main droite et en a caressé la paume avec son index. C'était sa première tentative sérieuse depuis le soir de mon arrivée : mes chairs tremblotaient à la manière d'une carcasse de bête à peine tuée.

« Comment faites-vous pour être aussi ravissante ? murmura-t-il en approchant légèrement son visage. Avec vous, je ne sais pas ce qui m'arrive mais... »

Il n'a pas fini sa phrase. J'ai préféré changer de conversation :

« Vous n'avez pas de nouvelles pistes ? »

Je sentis que je l'agaçais mais il continua à me caresser la paume en chantonnant un air que je ne connaissais pas. Frémissante et résignée, je me dis que le moment tant redouté était arrivé mais il a porté ma main à ses lèvres et a posé dessus un baiser délicat avant de la libérer.

« Vous répétez tout le temps la même question, je vous répondrai quand j'en saurai plus. Votre ancien mari et vos enfants sont forcément quelque part sur notre continent qui, par la force des choses, est devenu un grand foutoir. Songez qu'en quelques mois nous avons transplanté des masses de personnes de souche allemande en Roumanie, Bessarabie, Russie, Lituanie et dans beaucoup d'autres pays. Même chose pour les Juifs. Ceux-là sont vraiment notre croix. Ah, les Juifs...

— Rien ne permet d'approuver ce que vous faites avec eux », osai-je murmurer en songeant à Théo qui, si elle m'avait entendue, aurait été fière de moi.

Himmler a repris ma main, l'a serrée très fort, puis :
« Vous parlez comme Felix, vous vous laissez intoxiquer par leur propagande. Il faut nous comprendre. Au lieu de laisser les Juifs pourrir l'âme européenne, nous avons décidé de traiter le problème. Rien ne sert d'essayer de germaniser les Juifs, vous savez. Ce sont eux qui nous enjuivent. On ne les changera pas, ils seront toujours à la solde de l'Empire juif, leur seule et vraie patrie, qui a entrepris de liquider notre civilisation. Je sais que notre politique est cruelle mais il y va de la préservation de la race germanique. J'aurais préféré que nous les laissions construire leur propre État, loin de nous, mais sous la pression de Goebbels, le *Führer* en a décidé autrement et, je le dis sans ironie, le *Führer* a toujours raison... »

Himmler paraissait de plus en plus fébrile. C'était peut-être l'amour mais aussi le bonheur de parler, son activité préférée. Même mort, au fond de son cercueil, cet homme aurait continué à discourir. Fils du proviseur du célèbre lycée de Wittelsbach de Munich, il avait commencé dans la vie comme éleveur de poulets mais il était un professeur dans l'âme et je me comportais, pour son plaisir, en élève ardente. C'était un assassin mais aussi un pédagogue. Ce soir-là, il me donna un cours d'Histoire sur Charlemagne :

« Du point de vue patriotique, j'ai toutes les raisons de lui en vouloir. Il a massacré les Saxons qui étaient quand même ce qu'il y a de plus pur dans la race germanique. Mais c'est grâce à ça qu'il a pu construire un empire qui a résisté aux hordes d'Asie. N'oubliez jamais ça, Rose : souvent, dans l'Histoire, c'est le Mal qui génère le Bien. »

## *Le baiser d'Himmler*

BAVIÈRE, 1942. C'est à Gmund qu'Himmler m'a embrassée pour la première fois, un baiser léger comme un papillon, à peine ébauché, déjà terminé.

De toutes les villes que j'ai visitées, Gmund est sans doute l'une des plus propres, j'allais dire astiquées. Sous les nazis comme sous tous les régimes, elle a toujours ressemblé, de loin, à un ramas de maisons de poupées savonnées et soigneusement disposées au bord du lac Tegernsee, surplombé par des montagnes coiffées de sapins.

Nous avons passé six jours dans le chalet d'Himmler avec une partie de sa famille, notamment sa femme légitime, Marga, une vieille carne baptisée au vinaigre, qui en voulait à la terre entière d'être trompée par son époux, et leur fille Gudrun, surnommée Püppi, une peste nazie à nattes blondes, âgée de treize ans et qui souffrait, comme son père, de maux d'estomac.

C'est seulement quand je me promenais en compagnie d'Himmler que je n'étais pas suivie par une garde noire de SS casqués. Il tenait à notre intimité, comme il disait avec un sourire entendu. Il avait toujours la même chose en tête, mais la remettait sans cesse au lendemain.

Ce soir-là, après avoir couché Püppi, Himmler m'emmena dans les bois et, tout au long de notre marche sous la lune, il me parla de Frédéric II de Prusse dit Frédéric le Grand, le « roi-philosophe », fils de Frédéric-Guillaume Iᵉʳ, le « monarque-soldat » dont il m'avait déjà parlé.

Pendant son très long règne (1740-1786), Frédéric le Grand avait fait d'un petit royaume éclaté une grande puissance en annexant notamment la Silésie et un morceau de la Pologne. Tout cultivé qu'il fût, il savait parler à ses soldats, comme, par exemple, quand il leur a dit, un jour qu'ils s'enfuyaient lamentablement : « Chiens, voulez-vous vivre éternellement ? »

« Il y avait chez Frédéric le Grand, me dit Himmler en prenant mon bras, cette rigueur et cette constance qui nous ont tant manqué par la suite. Comme moi, il ne laissait rien au hasard et s'occupait de tout, même des questions subalternes. C'est ça, la Prusse.

— C'est ainsi que la Prusse est devenue la Prusse, approuvai-je servilement.

— Mais la Prusse traîne un boulet : la Bavière. Les Prussiens et les Saxons seront toujours supérieurs aux Bavarois, vous savez, c'est un Bavarois qui vous le dit.

— Pourquoi ?

— Parce qu'ils ont les yeux et les cheveux blonds alors que les nôtres, hélas, sont noirs comme la mort. C'est une sorte de damnation, et je pèse mes mots. Elle nous donne, à nous autres Bavarois, l'impérieuse obligation d'en faire plus et de ne pas rechigner devant les sacrifices que requiert l'idéal germanique. J'aurais tant aimé avoir le type nordique comme vous. On vous a déjà dit que vous êtes irrésistible ? »

Soudain, le *Reichsführer-SS* coinça ma tête entre ses deux mains et but ma bouche en un baiser plus insistant que le premier. J'acceptais mon sort et me voyais déjà chevauchée dans le sous-bois, sur un lit feuillu et moussu, par l'un des personnages les plus importants de notre époque qui allait peut-être sauver mes enfants, mais Himmler retira subitement ses lèvres des miennes :

« Pardonnez-moi mais je crois que nous ne sommes pas raisonnables.

— C'est vrai. »

J'avais pris le parti d'être toujours d'accord avec lui mais là, je l'étais vraiment...

« J'ai trop de pression en ce moment », s'excusa-t-il.

Sur le chemin du retour, il s'empara de ma main et je serrai la sienne. Soixante ans après, alors que les faits sont prescrits, je peux dire que j'eus envie de lui hurler à la figure : « Prenez, profitez-en bien, c'est gratuit, stupide, absurde : c'est que de l'amour. »

Obsédée par le sort de Gabriel et des enfants, j'étais prête à aller jusqu'au bout de l'abjection, pourvu qu'il me les retrouve. Si immonde fût-il, je ne pouvais pas gâcher cette chance.

*

Sans doute Himmler savait-il ce qui était arrivé à Gabriel et aux enfants, mais il feignait d'attendre encore les résultats des recherches quand les premières tombées de feuilles annoncèrent l'automne.

La dernière fois que j'avais abordé le sujet avec lui, il avait piqué une petite colère. Désormais, j'évitais d'en parler. J'ai fini par comprendre pourquoi : s'il m'avait dit la vérité, je serais retournée à Paris. Or, pour lui, il n'était pas question que je parte. Il ne pouvait plus se passer de moi : avec mon régime et mes pilules, il allait bien mieux, même s'il avait toujours recours aux mains du docteur Kersten.

Un soir, Himmler m'a dit qu'il croyait, avant mon entrée dans sa vie, que ses crampes d'estomac étaient d'origine psychosomatique, mais que je lui avais apporté la preuve du contraire. C'était, en partie, une question d'alimentation. Encore qu'il ne niât pas que ses soucis se répercutaient toujours, d'une manière ou d'une autre, dans le ventre, son point faible.

« Avec le docteur Kersten, dit-il, vous êtes ma seconde béquille. Je ne sais pas ce que je ferais sans vous. »

Ses compliments ne pouvaient suffire. Himmler savait que je ne me contenterais plus longtemps de préparer ses dîners dans une maison où il ne venait dormir que deux ou trois fois par semaine. Il y allait de ma santé mentale.

C'est pourquoi il me nomma conseillère auprès de son état-major, chargée de coordonner les travaux effectués notamment au centre de recherches sur la nutrition, près de Salzbourg, ou au laboratoire de cosmétiques et de soins du corps, à côté de Dachau. J'étais ainsi habilitée à voyager — sous escorte, cela va de soi.

Dans la foulée, Himmler me mit aussi sous la coupe du *Sturmbannführer* Ernst-Günther Schenck, inspecteur de la nutrition de la Waffen-SS, et me demanda de veiller à l'application de la note qu'il lui avait adressée, ainsi qu'au grand patron de son administration, l'*Obergruppenführer* Oswald Pohl, concernant l'alimentation de ses soldats.

Je connaissais bien cette note, et pour cause. Je l'avais rédigée avec Himmler, dans la nuit du 11 au 12 août 1942. Parmi ses directives :

— griller le pain des soldats pour qu'il soit plus digeste ;

— augmenter les rations de noix, de fruits à pépins et de flocons d'avoine ;

— réduire la consommation de viande « lentement et discrètement, de façon raisonnable » pour en déshabituer les générations futures.

Il l'avait pratiquement écrite sous ma dictée alors qu'il contestait la nécessité de manger des fruits à pépins, lesquels, pour ce qui le concernait, ne lui réussissaient pas. Mais Himmler, le maître d'œuvre de la Solution finale, n'avait aucun caractère. Il se décomposait à la moindre remarque désobligeante d'Hitler et contredisait rarement le docteur Kersten ou moi-même.

C'est pourquoi je suis au regret de ne pas approuver ma philosophe de chevet, Hannah Arendt, quand, après l'avoir qualifié à tort de philistin inculte, elle prétend qu'Himmler était « le plus normal » de tous les chefs nazis. Sans doute le *Reichsführer-SS* tranchait-il au milieu des paranoïaques, zigomars, hystériques et sadiques qui peuplaient les hautes sphères de l'État nazi, mais c'était un pauvre hère souffreteux, une mauviette, faible de corps et d'esprit, comme j'en ai peu rencontré en plus de cent ans. Était-ce ça, un homme normal ?

## 38

## *Le dossier Gabriel*

BERLIN, 1942. Un soir, Heinrich Himmler est rentré avec un gros dossier qu'il m'a remis solennellement, sans un mot, alors que j'étais en cuisine, en train de lui préparer un fondant au chocolat. Je me suis lavé les mains et j'ai lu, le cœur battant, les notes qu'il contenait en commençant par la plus longue, signée Claude Mespolet.

Rapport au préfet de police

« Gabriel Beaucaire est un individu trouble qui a fait illusion pendant plus de quinze ans en se faisant passer pour un patriote, attaché aux valeurs de notre civilisation, alors qu'il travaillait en sous-main pour les pontifes des Douze Tribus et la diabolique Ligue contre l'antisémitisme. Neveu par alliance du regretté Alfred Bournissard, il a su profiter des relations de son oncle pour s'infiltrer dans les milieux nationaux.

Le 11 mai 1941, il a ainsi participé à l'inauguration de l'Institut d'étude des questions juives, 21, rue de La Boétie, où il n'avait rien à faire, tout comme l'éditeur Gilbert Baudinière auquel le capitaine Paul

Sézille, futur président de l'Institut, s'en est pris violemment, son nez crochu étant en effet plus que suspect.

Le 5 septembre suivant, Gabriel Beaucaire s'est glissé parmi les personnalités à l'inauguration de l'exposition « Le Juif et la France » au Palais Berlitz, organisée par l'Institut d'étude des questions juives. Une exposition qui, on ne le rappellera jamais assez, a enregistré 250 000 entrées à Paris et près de 100 000 à Bordeaux et à Nancy. Sous le pseudonyme de Francis Aicard, il en a fait l'éloge dans *La Gerbe* à laquelle il collabore régulièrement en prétendant s'appeler de son vrai nom Frémicourt, ce qui lui permet de se faire passer pour un parent du premier garde des Sceaux du Maréchal.

Même s'il conserve des appuis incompréhensibles dans certains milieux de la Révolution nationale, c'est un agent israélite avéré, comme l'attestent ses relations avec les adorateurs d'Adonaï qu'il fréquente ou a fréquenté assidûment dans le monde de la presse, enfin en cours d'aryanisation : notamment les Juifs Offenstadt, Boris, Berl, Cotnaréanu et Schreiber.

Les origines juives de Gabriel Beaucaire sont avérées, ses deux grands-parents maternels appartenant, comme le montre le document ci-joint, à la communauté israélite de Cavaillon. Cet imposteur professionnel conteste pourtant effrontément tous les éléments qui confirment sa juiverie. Le grand journaliste Jean-André Lavisse a été le premier à le démasquer dans un article du journal *L'Ami du peuple*, article contre lequel ce personnage sans vergogne a osé porter plainte.

À l'occasion de la procédure qui traîne en longueur, j'ai demandé une expertise approfondie au professeur d'anthropologie George Montandon qui, je tiens à le signaler, avec son abnégation habituelle, n'a pas souhaité qu'elle soit rémunérée. Je vous la communique avec le dossier et vous verrez qu'elle est sans appel.

Après une longue enquête, nous avons enfin réussi à localiser ce dangereux individu. J'attends vos instructions. Sans réponse de votre part, je le ferai arrêter dès demain, à la première heure. »

Expertise du docteur George Montandon,
professeur à l'École d'anthropologie

« Après avoir examiné Gabriel Beaucaire, je confirme qu'il est de type juifu et qu'il en a les caractères les plus courants :

— Un nez fortement convexe avec une proéminence inférieure de la cloison nasale.

— Des lèvres dont l'inférieure proémine.

— Des yeux humides, peu enfoncés dans les orbites.

— Une bouffissure assez nette des parties molles du visage, notamment des joues.

J'ajoute d'autres traits que j'ai énumérés dans mon ouvrage *Comment reconnaître le Juif* :

— Les épaules légèrement voûtées.

— Les hanches larges et graisseuses.

— Le geste griffu.

— La démarche dégingandée.

Du point de vue anthropologique, cet individu est donc juif à 100 %. »

Qu'entendait le professeur Montandon par le mot
« juifu »? Était-ce une faute de frappe? Une nouvelle
dénomination? Je me posai la question tandis que,
debout derrière moi, le *Reichsführer-SS* lisait les feuillets
par-dessus mon épaule, et que je sentais son souffle dans
mon cou. De temps en temps, il poussait un soupir pour
me signifier sa compassion.

Les autres documents n'avaient pas grand intérêt. Des
notes de filatures. Des fiches d'écoutes téléphoniques.
Des rapports de police. Je survolai le tout fébrilement,
puis, les larmes brouillant ma vue, posai le dossier sur la
table de la cuisine et tombai sur une chaise où j'éclatai
en sanglots avant de demander :

« Qu'est-ce que ça veut dire? Vous pensez que vous ne
retrouverez jamais Gabriel?

— Je n'en sais pas plus que vous. Je n'ai rien pu tirer
de plus de la stupide police française.

— Et les enfants? hoquetai-je.

— C'est pareil. J'ai fait tout mon possible, Rose. On a
perdu leur trace. »

Il s'assit à son tour et mit sa main sur la mienne :

« Sachez que je suis avec vous. De tout mon cœur. »

Je sanglotai de plus belle, toussai, puis éternuai :

« Excusez-moi, Heinrich. C'est trop dur. »

Je l'appelais à présent par son prénom. Nous n'avions
encore échangé que deux baisers, le premier étant fur-
tif, et le second plus long en bouche. Mais je sentais que
nous ferions bientôt l'amour : une force m'attirait vers
lui, une force pleine d'énergie négative, comme un trou
noir.

Certes, à cette époque, j'ignorais l'affreux personnage
qu'il était, alors que la Solution finale, décrétée à la

conférence de Wannsee, le 20 janvier de la même année, prenait son rythme de croisière sous son autorité. Mais il me faut dire, même si la honte m'envahit en écrivant ces lignes, que sa timidité m'émouvait, comme sa fatigue de l'esprit qui l'amenait à tomber si souvent, comme tous les faibles, dans la jérémiade : quand il ne se plaignait pas d'être accablé de travail, il se lamentait des humiliations qu'Hitler lui faisait subir, qui n'avait d'yeux que pour Goebbels.

C'est ce soir-là que j'ai eu droit à mon troisième baiser, un baiser ostentatoire, mélangé à la morve et aux larmes qui inondaient mon visage tuméfié, parsemé de taches rouges ou violacées. Une façon de me prouver qu'il m'aimait envers et contre tout. Même moche. Même ravagée par la peine.

Après quoi, Heinrich alla chercher à la cave une bouteille de château-latour 1934 qu'il me présenta fièrement avant de l'ouvrir :

« C'est la meilleure année que je connaisse, avec les millésimes 1928 et 1929. Un vin assez corsé, avec un goût de noix fraîche, très équilibré. »

Après que nous eûmes trinqué, en nous regardant bien les yeux dans les yeux pour nous épargner les sept ans d'abstinence sexuelle infligés aux contrevenants, Heinrich soupira :

« Le seul point sur lequel je suis d'accord avec la Bible, c'est quand elle conseille de boire du vin. »

Quand nous eûmes ingurgité les trois quarts de la bouteille, il redescendit à la cave d'où il remonta avec du blanc, cette fois, une bouteille de chassagne-montrachet, afin d'accompagner mon plat principal : une recette de mon invention, un hachis Parmentier de crabe à la truffe et aux gousses d'ail.

« Heinrich, insistai-je, je vous assure qu'on peut boire du rouge avec du crabe comme avec du poisson.

— Pas avec moi. Il y a des règles dans la vie et il faut s'y conformer. Sinon, nous ne vaudrions pas mieux que des animaux. »

Il déglutit la première bouchée de mon hachis avec un râle de satisfaction.

« La semaine prochaine, dit-il, je vais partir pour une tournée d'une douzaine de jours sur le front de l'Est.

— Heinrich, vous n'êtes jamais là ! protestai-je.

— J'ai des choses à superviser là-bas. Des choses très importantes. Mais je pense qu'il ne faut pas que vous restiez ici à m'attendre. Ce n'est pas bon pour vous. Je vous propose donc de partir en mission en Bavière. Vous y ferez le point sur tous les travaux que j'ai lancés en matière de pharmacologie pour donner plus d'énergie à mes SS et calmer les angoisses de nos déportés.

— D'accord, murmurai-je après un moment d'hésitation.

— Et puis j'ai une grande nouvelle pour vous : le *Führer* nous invite à passer deux jours avec lui à Berchtesgaden, en fin de semaine. Il a entendu parler de vos exploits de cuisinière. »

Après le dîner, Heinrich m'a embrassée de nouveau avant de retirer brusquement ses lèvres et ses mains, puis de gagner sa chambre en prétextant un irrépressible besoin de dormir. En montant l'escalier, il s'est arrêté au bout de quatre ou cinq marches et a répété, sur un ton inspiré, une phrase qu'il disait avoir entendue, quelques jours plus tôt, dans la bouche du *Führer* et qui me permettait de mieux comprendre son comportement : « Je crains de porter malheur aux femmes — j'ai peur de m'attacher. »

## 39

### *L'haleine du Diable*

BERCHTESGADEN, 1942. C'était un paysage à couper le souffle, et pas seulement au figuré : j'avais du mal à respirer. Sur la route de Bavière entre l'aérodrome d'Ainring où notre trimoteur, un Ju 52, avait atterri, et Berchtesgaden, la retraite d'Hitler, j'avais le sentiment de me trouver dans un tableau pompier peint par Gustave Doré sur une idée de Richard Wagner dont il me semblait entendre, dans le vent qui battait les vitres de la voiture, des bribes de l'ouverture de *Tannhäuser.*

Il fallait que les hiérarques nazis fussent bien aveugles pour rester athées devant tant de beauté naturelle, sur le « nid d'aigle » d'Hitler, face au lac Königssee dont les reflets vert émeraude se faufilaient entre des montagnes surplombées par le Watzmann, au milieu des falaises, des forêts, des pâturages, des cascades et des glaciers.

Le genre d'endroit où l'on se dit qu'il est inutile de chercher pour découvrir Dieu dans le ciel. Il y est partout. La lumière qui perce un nuage, l'orage qui évente tout ou le voile d'or dans la nuit étoilée nous en disent plus que les textes sacrés ; il suffit de les regarder. Il était piquant que je me trouve dans ce lieu divin aux côtés d'Heinrich, grand bouffeur et assassin de curés, qu'il n'aurait pas fallu pousser loin pour qu'il prétende que c'était Hitler, et non le Seigneur, qui avait créé l'univers.

On a pris nos bagages et tandis qu'Himmler se rendait dans la grande salle du Berghof, la résidence d'Hitler, avec sa fenêtre de huit mètres sur quatre, je fus amenée dans les cuisines où une brigade en uniforme, composée surtout de jeunes femmes, préparait le déjeuner. Elles me saluèrent respectueusement, en esquissant une sorte de révérence, avant de retourner à leurs fourneaux, la tête baissée. Contrairement à ce que j'aurais pu penser, je fus très bien accueillie par le chef, une demoiselle potelée dont j'ai oublié le nom, mais qui n'était ni Marlène von Exner ni Constance Manziarly, les deux diététiciennes qui travaillèrent ensuite pour le *Führer.* Je ne le jurerais pas, mais il me semble qu'elle s'appelait Traudl.

On aurait dit une carmélite. Il n'y avait dans son regard et dans son expression aucune trace de vice. Le genre de femmes qui font perdre la tête aux hommes : derrière cette innocence affichée, ils imaginent, souvent à tort, une perversité prometteuse. Bien que je ne fusse pas du sexe opposé, je dois reconnaître, non sans embarras, que Traudl m'excitait comme elle excitait aussi, je l'appris plus tard, Martin Bormann : son art de la courtisanerie l'ayant hissé beaucoup plus haut que ses compétences n'auraient pu le faire dans la hiérarchie du Reich, Bormann exerçait sans retenue son droit de cuissage dans les chambres du Berghof, à la barbe de sa femme.

Quand je m'enquis des goûts culinaires d'Hitler, Traudl me prit à part :

« Il adore les sucreries. Sinon, c'est très compliqué, le nourrir est un vrai casse-tête... »

Je lui demandai si Hitler suivait un régime et elle murmura :

« Il souffre tout le temps de flatulences et de crampes d'estomac. Souvent, juste après les repas, il se tend brusquement, sous l'effet de la douleur. C'est affreux de voir quelqu'un souffrir comme ça.

— C'est affreux, approuvai-je.

— On dirait qu'il a reçu une flèche dans le ventre, et il se met à transpirer énormément. Le pauvre, il vit un cauchemar, vous savez. »

Je me suis bien gardée de dire : comme Heinrich, bien que ce ne fût pas l'envie qui m'en manquait. J'ai simplement déclaré :

« J'ai déjà fait la cuisine pour des personnes qui avaient des problèmes digestifs. Dans ces cas-là, je sais ce qu'il faut faire.

— Nous sommes là pour vous servir. Mais vous devrez en référer pour tout à Herr Kannenberg. »

Elle prononça ce nom d'une voix si solennelle que je compris l'importance du personnage. Cet ancien restaurateur, à la quarantaine mafflue et fessue, était le majordome d'Hitler. Au Berghof, on le surnommait Gras-Double.

Quand Gras-Double s'amena ensuite, précédé par le rire qui faisait se tressauter sa moustache, le doute n'était plus permis : important, Arthur « Willi » Kannenberg l'était en effet, au propre et au figuré. Il y avait chez lui cette euphorie doublée d'une autorité naturelle que l'on retrouve chez les grands gastrolâtres qui, des décennies après leur venue au monde, ne peuvent toujours pas cacher leur joie d'être sur terre. Ils ne s'y habituent pas : on dirait que le malheur n'a jamais de prise sur eux.

« Bienvenue au paradis, dit-il en me serrant énergiquement la main. Enfin, ce n'est quand même pas le paradis pour tout le monde. Je compte sur vous pour mettre du bonheur dans le ventre du *Führer*. Son estomac lui fait des misères en ce moment.

— Qu'est-ce qu'il ne supporte pas, Herr Hitler ?

— Eh bien, beaucoup de choses, en dehors des carottes, des œufs mollets ou des pommes de terre.

— C'est triste.

— C'est comme ça. Comme il suit le régime Bircher-Benner, ses seules fantaisies sont les noix, les pommes et le porridge, c'est vous dire. Le reste du temps, il est condamné aux fruits et aux légumes crus.

— Les légumes crus, c'est très mauvais pour ce qu'il a.

— Vous le lui expliquerez. De toute façon, au point où il se trouve, il est prêt à tout essayer. »

Afin que je puisse préparer mon menu du dîner en connaissance de cause, Kannenberg m'a fait visiter les gigantesques serres qui assuraient la production de légumes pour Hitler et ses invités. Il y avait de tout. Même des tomates tardives, constellées en leur sommet de petites taches brunes. C'était comme une allégorie du nazisme qui rêvait d'autarcie et d'autosuffisance.

J'ai fondu devant les poireaux. Au Berghof, m'apprit Kannenberg, ils finissaient leur vie dans la soupe avec les pommes de terre. Moi, je les servirais en entrée, avec une vinaigrette aux truffes.

Pour le plat, je n'ai pas hésité : devant cette profusion légumière, la lasagne végétarienne s'imposait. Je la présenterais comme un mille-feuille entrelardé de compositions différentes, toujours dominées par la carotte, le plus digeste de tous les légumes, râpée et légèrement bouillie.

Dans la réserve de fruits, il y avait des pommes en pagaille. J'optai donc pour une tarte aux pommes avec un doigt de rhum, quelques pincées de vanille écrasée et deux petites cuillerées de jus de citron. Une recette de mon invention, qui a été beaucoup copiée depuis.

Il fallait que le repas soit prêt une heure avant d'être servi afin que les goûteuses d'Hitler mangent une partie des plats qui lui étaient destinés et que l'on ait le temps de vérifier qu'aucun poison n'agissait sur leur organisme.

J'ai fait un tabac. Le nazi étant très moutonnier, il avait suffi qu'Hitler appréciât le dîner sans être pris de crampes au dessert pour que je fusse sacrée reine d'un soir. Heinrich est venu me chercher et toute la tablée m'a applaudi, le *Führer* en tête.

Une vingtaine de minutes plus tard, alors que je regardais, par la fenêtre de ma chambre, un orage zébrer le ciel, Heinrich a déboulé, le visage défait :

« Le *Führer* veut vous voir.

— Oui, et alors ?

— Il faut que vous me juriez de ne pas lui parler de vos enfants et de votre ancien mari. S'il savait que vous avez été mariée avec un Juif, il ne me pardonnerait pas de vous avoir amenée ici.

— Peut-être le sait-il déjà.

— Non. Ce genre d'informations ne peut passer que par moi. »

Heinrich m'amena dans le bureau d'Hitler. Il semblait si tendu que, dans le couloir, pour le détendre, j'ai caressé son bras, puis sa nuque. Il m'a souri.

La porte était ouverte et nous restâmes un moment dans l'embrasure. Hitler nous avait forcément entendus arriver mais il ne pouvait pas nous voir. Il était assis dos à nous, dans un grand fauteuil, face à la fenêtre, et caressait d'une main son chien, un berger allemand, tandis que de l'autre il tenait le document qu'il était en train de lire.

« Entrez », finit-il par dire sans se retourner.

Vous n'êtes pas obligé de me croire, mais je vous certifie qu'à l'instant précis où j'ai croisé son regard, un éclair illumina la fenêtre avant que la foudre tombe sur le flanc de la montagne, avec un fracas auquel succédèrent des échos et des bruits d'éboulis. Hitler a plaisanté :

« J'avais préparé ça pour vous impressionner. »

Après avoir fait signe à Heinrich qu'il pouvait se retirer, il m'a invitée à regarder avec lui l'orage par la fenêtre. Le spectacle était grandiose.

« Je me demande, dit-il en se levant, ce que Pannini aurait fait de ça. Encore un chef-d'œuvre, certainement. »

Le *Führer* m'expliqua que Giovanni Paolo Pannini, peintre italien de la Renaissance, amateur de scénographies et d'effets monumentaux, était un de ses artistes préférés.

« J'adore ce peintre, dit-il, parce qu'il n'a pas peur. Les vrais artistes n'ont jamais peur. Les grands hommes non plus. Les autres sont des tocards. »

Hitler prit mon bras et m'emmena dans le coin salon. Nous nous assîmes sur le même canapé en cuir noir.

« J'ai des toiles de Pannini ici, reprit-il. Des ruines romaines. Il faudra que je vous les montre. »

Son haleine fit frémir mes narines. Je crois n'avoir jamais senti une odeur aussi ignoble, même pendant le génocide arménien quand je longeais le fleuve de Trébizonde, où clapotaient des flottilles de cadavres.

J'étais mal à l'aise. Pour me détendre ou me faire parler, Hitler m'a proposé un verre d'alcool de prune. J'en ai bu trois d'affilée, ce qui explique que je ne me rappelle plus ce qui s'est dit après.

Joseph Goebbels s'est joint à nous. Un petit homme aux cheveux noirs et gominés, affligé d'un pied bot, qui ne tenait pas en place. Je ne savais pas encore qu'il était l'un des piliers du III$^e$ Reich et le metteur en scène du culte d'Hitler pour lequel, antichrétien fanatique, il disait éprouver « un sentiment sacré ». Mais son hystérie, ce soir-là, reste encore gravée dans ma mémoire.

Goebbels m'a encore fait boire. Du kirsch, cette fois. Je ne le jurerais pas, tant mes souvenirs sont embrouillés, mais il me semble que c'est avec lui que je suis sorti du bureau d'Hitler.

Qu'avons-nous fait ensuite ? Rien, autant que je me souviens. J'ai erré un temps en tanguant dans les couloirs jusqu'à ce que passe un groupe d'hommes parmi lesquels je crus reconnaître Martin Bormann, le chef de la Chancellerie. Il y eut une bousculade et des rires, puis l'un d'eux m'entraîna dans une chambre où, après m'avoir collée contre la fenêtre, il me prit.

Quand l'homme se retira de moi, j'étais comme foudroyée et je restai longtemps dans cette position, pantelante et hébétée, en regardant derrière la fenêtre.

Quand j'ai remis ma robe, quelques minutes plus tard, il n'y avait plus personne dans la chambre. Je me suis allongée sur le lit et j'ai dormi un peu.

40

*Trois doigts dans la bouche*

BERCHTESGADEN, 1942. Je n'ai plus revu Hitler. Trois soirs de suite, je fus chargée du dîner du Berghof et, si j'en crois les compliments des convives, je fis des étincelles. Encore que le *Führer* ne fût pas emballé par mes desserts. Il n'aimait que les gros gâteaux au beurre et à la crème fouettée, qui n'ont jamais fait partie de mon répertoire. Il paraît qu'il s'en faisait servir trois parts de suite. Or, il n'a repris ni de ma tarte du premier soir, ni de ma charlotte aux poires du lendemain, ni de mon baba au rhum du dernier jour.

Hitler se disait végétarien au nom de la souffrance animale et il évoquait souvent, notamment devant sa maîtresse Eva Braun, grande carnivore, une visite dans des abattoirs ukrainiens qui l'avait traumatisé. Mais Willi, son cuisinier, m'a confié, sous le sceau du secret, que le *Führer* ne crachait pas toujours sur la viande, les saucisses bavaroises et les pigeonneaux farcis dont il avait longtemps raffolé. En tant que végétarienne, j'étais heureuse de l'apprendre.

Le dîner terminé, les invités du Berghof regardaient souvent un film dans la grande salle après avoir pris leur thé ou leur café, avachis dans leur fauteuil, en écoutant le *Führer* évoquer la météo ou les dernières aventures de Blondi, son berger allemand. À moins qu'il ne se lançât dans une causerie barbante sur Wagner, le commerce des œufs ou les avancées de la science. Tout le monde l'écoutait avec une attention qui relevait de l'abnégation. Je me disais qu'un peuple capable de s'ennuyer à ce point, sans broncher, en gardant le sourire, était forcément invincible : il avait le sens de l'éternité dont il prenait la mesure à chaque instant.

Le premier soir, j'avais eu l'idée de servir après le repas, en guise de mignardises, des scones au sésame, aux raisins secs ou à la confiture de fraises. Comme ils se consomment tartinés ou fourrés de crème épaisse, le *Führer* les adorait. Jusqu'à ce qu'il demande ce que c'était. Quand il apprit l'origine anglaise de mes petits gâteaux, il émit un grognement qui fut interprété comme une condamnation.

Heinrich ne supportait pas le climat de désœuvrement qui régnait à Berchtesgaden. Malgré l'air des Alpes, tout, ici, était émollient. Les journées étaient une succession de repas interminables, de promenades digestives et de collations de sucreries. Rien ne fatigue plus que les loisirs : ils transforment les plus endurcis en chiffes molles.

Le premier soir, quand il me rendit visite dans ma chambre, vers minuit, pour me tirer les vers du nez après mon entrevue avec Hitler, je n'avais pas encore dessoûlé, malgré le litre et demi d'eau bue. Heinrich a déclaré en s'affalant sur mon lit :

« Vous avez le regard de quelqu'un qui a bu.

— Je crois que c'est bien vu.

— Il n'y a pas grand-chose d'autre à faire ici. Qu'est-

260

ce qu'on s'emmerde! Le peuple allemand est le seul peuple qui trouve normal de s'emmerder, Rose!»

Il s'approcha de moi :

« Les Allemands feraient mieux de se dépêcher de gagner la guerre, ne croyez-vous pas?»

Son inquiétude me fit rougir de joie. Rien n'était donc perdu pour nous alors que je croyais, jusque-là, que les nazis avaient gagné la guerre : j'ignorais que les choses se passaient moins bien que prévu sur le front russe.

« Nous sommes en train de devenir une nation qui ne fait plus peur, gémit-il. Hitler vient de recevoir Laval, votre président du Conseil, une espèce de fiente charbonneuse, qui s'est moqué de lui en refusant de déclarer la guerre à l'Angleterre et aux États-Unis sous prétexte que Pétain s'y opposerait. Je ne comprends pas qu'on l'ait laissé repartir vivant. Un pouvoir faible est un pouvoir mort.»

Soudain, il me dévisagea :

« Vous puez l'eau-de-vie. C'est avec Hitler que vous avez bu comme ça?»

J'ai préféré ne pas mentir.

« Il vous a fait boire pour que vous lui parliez de moi, c'est cela?»

Je lui ai répondu que nous avions parlé de cuisine et du peintre Pannini.

Rassuré, il se redressa, me prit les avant-bras, m'attira vers le lit, et quand je fus tombée au-dessus de lui, m'embrassa. Un baiser fort en bouche, puissant, gras, riche en alcool, avec un goût de champagne pour commencer, puis de tomme de brebis, de bois pourri, de noisette fraîche, de vieux rhum et de poivre gris en finale.

Il me mit trois doigts dans la bouche. Des doigts fins de pianiste que j'embrassai avec une fougue qui, assez vite, le troubla. Il luttait contre lui-même, ça se voyait dans ses yeux qui se voilaient : il détestait perdre le contrôle de ses sentiments.

Soudain, Heinrich se leva, s'éclaircit la gorge, ajusta son col de chemise, défroissa ses manches en les frottant, me salua et sortit.

*

Quatre jours plus tard, deux trimoteurs Ju 52 nous attendaient à l'aéroport d'Ainring, à une vingtaine de kilomètres de Berchtesgaden. L'un pour emmener Heinrich à Berlin d'où il repartirait ensuite vers le front russe. L'autre à destination de Munich : je devais y retrouver Felix Kersten, le masseur du *Reichsführer-SS*, pour aller visiter avec lui le centre d'études cosmétiques et homéopathiques.

L'air débordé et le visage à peu près aussi chiffonné que son manteau bleu marine, Felix Kersten m'accueillit avec un mélange d'emphase et de gravité qui n'augurait rien de bon. Il m'avait dit qu'il harcèlerait l'état-major SS jusqu'à ce qu'il en obtienne des nouvelles de Gabriel et des enfants. Dès que j'ai croisé son regard, j'ai su qu'il en avait.

Il a marmonné, les yeux baissés, une phrase que je n'ai pas comprise. J'ai simplement entendu : « Dachau. » Ce nom m'a fait frissonner. Créé par Himmler en 1933, l'année de la prise de pouvoir des nazis, Dachau était le seul camp de concentration dont je connaissais alors l'existence. Tout s'est mis d'un coup à tambouriner en moi. Le cœur, les tempes, les tympans. Je n'étais plus qu'un battement dans le vide.

« Votre mari est mort à Dachau. Les enfants sont décédés dans un train. »

Quelque chose explosa en moi. Quand je repris conscience, Felix me tapotait les joues. Après m'avoir aidée à me redresser sur la banquette, il a haussé les épaules avec un air fataliste, avant de me caresser l'avant-bras d'une main consolatrice. J'ai sangloté de plus belle.

Je ne me souviens plus de ce qui se passa ensuite au centre d'études. Je n'émergeai qu'en fin de journée quand je retrouvai à l'hôtel, près de Max-Joseph-Platz, Felix Kersten qui avait passé une partie de la journée à Dachau. Il m'a confirmé que Gabriel était mort, il avait pu le vérifier dans un registre, à la date du 23 août 1942.

« Je n'ai pas de détails, murmura-t-il. Pardonnez-moi. »

Je n'ai rien pu en tirer d'autre. Il ne voulait au demeurant parler que des expériences médicales qui l'avaient traumatisé : inoculation de malaria sur des prisonniers sains pour tester de nouveaux produits pharmaceutiques, la quinine étant trop rare et trop chère ; immersion de détenus dans des bacs d'eau glacée, parfois jusqu'à la mort, pour étudier les effets de l'hypothermie avant de les disséquer comme des grenouilles en leur ouvrant le crâne puis la poitrine ; injection de pus dans les cuisses d'une quarantaine d'ecclésiastiques, pour la plupart polonais, provoquant sur eux d'énormes phlegmons purulents, afin d'identifier le remède le plus efficace contre les infections, les cobayes en soutane étant divisés en groupes comme les souris de laboratoire et traités ensuite, selon les cas, avec des sulfamides ou des comprimés biochimiques qui, paraît-il, avaient la préférence d'Heinrich.

Les ecclésiastiques traités aux sulfamides se rétablissant assez rapidement, les plus vigoureux d'entre eux avaient eu droit, du coup, à une injection intraveineuse du pus de leurs propres phlegmons, ce qui allait fausser les résultats de l'expérience, mais il ne fallait pas humilier le *Reichsführer-SS*. Quand ils n'étaient pas inconscients, les survivants se tordaient sur leur lit en geignant, dans d'atroces douleurs.

« Y a pas de mots pour ce que j'ai vu, murmura Felix, la voix blanche et la tête basse. C'est le chaudron de toutes les abominations. Je vais le dire à Himmler, il n'a pas le droit de laisser faire ça.

— Parce que vous croyez qu'il n'est pas au courant?

— Je m'en fiche, pourvu que je puisse sauver des vies! Mais je sais, ce qui ne l'excuse pas, qu'Himmler n'est pas toujours à l'aise avec ce qui se passe. »

Felix me raconta qu'assistant à une exécution de masse à Minsk, le 15 août 1941, Himmler avait été sur le point de défaillir. C'était son baptême du sang. Erich von dem Bach-Zelewski, *Gruppenführer* pour la Biélorussie, lui-même responsable de 200 000 assassinats, était à ses côtés. Il a raconté par la suite que son patron, « blanc comme un linge », regardait le sol à chaque salve et qu'il avait hurlé, hors de lui, quand les SS tardèrent à achever deux jeunes filles qui agonisaient dans la fosse : « Arrêtez de torturer ces femmes! Tuez-les! »

Toutes proportions gardées, commenta Felix, Himmler était comme ces mangeurs de viande rouge qui ne supportent pas les méthodes d'abattage des bêtes.

Trois mois plus tard, alors que son masseur l'attendait pour une séance, Himmler était rentré dévasté de la Chancellerie. C'était le 11 novembre 1941, Felix se souvenait précisément de la date. Alors que le *Reichsführer-SS* souhaitait seulement procéder à l'« évacuation » des Juifs, Hitler venait de lui demander d'organiser leur « extermination ».

Himmler était déprimé et Felix, horrifié. Quand son médecin avait dénoncé, en le massant, l'inhumanité d'une telle solution, le *Reichsführer-SS* avait objecté : « Les Juifs dominent la presse, les arts, le cinéma et tout le reste. Ce sont eux les responsables de la pourriture et de la prolétarisation sur lesquelles ils prospèrent. Ils ont empêché l'unité de l'Europe et n'ont jamais cessé de renverser les systèmes de gouvernement avec des guerres ou des révolutions. Il faut leur demander des comptes pour les millions de morts dont ils sont responsables à travers les siècles. Quand le dernier Juif aura disparu de la surface de la terre, c'en sera fini de la destruction des nations et aux générations à venir seront épargnés de futurs massacres sur les champs de bataille au nom du nihilisme juif. Pour accéder à la grandeur, il faut savoir marcher sur des cadavres. C'est ce qu'ont fait les Américains avec les Indiens. Si nous voulons créer une nouvelle vie, il faut nettoyer le sol pour qu'il puisse, un jour, porter des fruits. Telle est ma mission. »

À cet instant de son récit, Felix me prit la main et, en la serrant, me transmit une sensation de froid :

« Quelques jours plus tard, Himmler a quand même

reconnu, avant d'en défendre le principe, que l'extermination des peuples était antigermanique. »

Il a ri d'un rire faux.

« Si nous en sommes réduits à compter sur un homme comme Himmler pour sauver des Juifs, a-t-il ajouté, c'est que tout est vraiment pourri, ici-bas. »

Felix et moi éprouvions le même mélange de panique, de fatigue et d'anéantissement. Il ne nous restait plus qu'à boire, et nous nous sommes soûlés méthodiquement, à l'allemande : à la bière puis au schnaps.

Le lendemain, nous sommes rentrés à Berlin. Retrouvant ma chambre, j'allai directement devant l'aquarium et racontai les derniers événements à Théo, dont les gardes SS s'étaient bien occupés en mon absence. À la fin de mon récit, ma salamandre fulmina :

« Qu'est-ce que t'as à coucher avec des nazis ?

— Je ne fais pas que ça !

— Mais tu le fais et ça me dégoûte !

— Si je suis venue en Allemagne, c'était pour sauver mes enfants, à n'importe quel prix.

— Et t'as vu le résultat, ma pauvre Rose ? Tu t'es prostituée pour rien ! »

J'ai soupiré en fixant avec tristesse les yeux noirs de Théo :

« Que voulais-tu que je fasse ?

— Que tu te respectes, chiotte !

— Comment veux-tu qu'une femme se respecte quand on lui a pris ses enfants ? »

J'ai passé la nuit à pleurer dans mon oreiller.

# 41

## L'embryon qui ne voulait pas mourir

BERLIN, 1942. Pendant la semaine où j'attendis dans la maison de Berlin le retour d'Heinrich, je passais sans cesse de la terreur à l'abattement. Je l'avais fait glisser dans le peloton de tête de la liste de mes haines.

Qu'il ne m'ait pas dit la vérité sur le sort de Gabriel et des enfants relevait pour moi de la duplicité et de la pure trahison. J'étais décidée à lui demander de me laisser rentrer à Paris. En attendant, j'essayais de tuer le temps en buvant des tisanes au millepertuis, en m'occupant de Théo, en me promenant au Tiergarten, le grand parc de Berlin, ou en lisant les œuvres complètes de Shakespeare parues en 1921 et traduites en allemand par Georg Müller, que j'avais trouvées dans la bibliothèque d'Heinrich. Mais j'étais hantée par Gabriel et les enfants, je n'arrivais pas à penser à autre chose.

Pendant son voyage, Heinrich m'a téléphoné plusieurs fois. Sa voix était caverneuse, ce qui signifiait qu'il avait beaucoup bu ou peu dormi, et sa conversation manquait d'intérêt, comme celle de l'employé qui relève les compteurs : si je ne me trompe, je devais être la quatrième femme sur sa liste, après son épouse, sa fille et sa maîtresse.

Quant au docteur Felix Kersten qui était retourné en Hollande après l'épisode bavarois, il me téléphonait tous les soirs en me posant toujours, d'une voix inquiète, les mêmes questions qui n'appelaient pas de réponse : « Comment ça va ? Vous êtes sûre que ça va bien ? Est-ce que je peux faire quelque chose pour vous ? »

C'est le jour où Heinrich allait rentrer de sa tournée que tout a basculé : le matin, en me pesant, j'ai observé que mes seins avaient grossi. Sans me vanter, j'ai toujours eu beaucoup de monde au balcon mais là, franchement, c'était trop.

Je me suis levée puis regardée dans la glace de la salle de bains. En tâtant mes gros seins bien pleins, j'ai constaté que les tubercules de Montgomery avaient également grossi sur l'aréole elle-même assombrie. J'en ai profité pour me caresser la poitrine qui, à plusieurs reprises, a frémi de plaisir.

La veille déjà, après avoir uriné, j'avais remarqué de petits saignements marron dans la cuvette des toilettes. Sur le moment, je n'y avais pas prêté attention mais à présent, il n'y avait plus de doute : j'ai poussé un long cri d'épouvante qui a fait monter précipitamment dans la salle de bains deux des gardes SS chargés de la protection de la maison.

« Laissez-moi, leur dis-je. Ce n'est rien. Je me suis coincé le doigt dans la porte. »

Ne supportant pas l'idée de laisser grandir dans mon ventre une graine de nazi, je me sentais comme la cigale dans laquelle la guêpe a pondu son œuf après l'avoir enfermée au fond d'un trou, bouché par un caillou, et que l'ignoble larve, sortie de sa membrane, mangera toute vivante, jusqu'au dernier filament de sa chair.

Pour me débarrasser de l'intrus, j'étais prête à tout. Les cuillerées d'huile de ricin. Les tisanes de persil, d'absinthe, d'armoise, de laurier et de saule blanc. L'injection d'eau savonneuse et l'introduction de plantes abortives dans le col de l'utérus. La course à pied, le saut à la corde, les coups de poing dans le ventre.

Dans l'hypothèse affreuse où le fœtus resterait accroché envers et contre tout, il faudrait lui trouver un père de substitution et, pour jouer ce rôle, je ne voyais qu'Heinrich. Je devais donc conclure au plus vite avec lui dès lors qu'il apparaîtrait que mes tentatives d'avortement étaient vouées à l'échec.

Le soir, quand Heinrich est rentré à la maison après sa tournée dans l'Est, il s'est assis sur le canapé en soupirant et, après m'avoir demandé de m'approcher, il a sorti une petite boîte de sa poche. C'était une bague de fiançailles : un gros rubis de Birmanie, serti au milieu d'une couronne de diamants.

Une fois ma bague enfilée, je me suis agenouillée devant lui. J'ai ouvert son pantalon, déboutonné sa braguette, extirpé son gourdin du caleçon et, après l'avoir enfourné entre mes lèvres, j'ai donné à Heinrich le meilleur de moi-même, ma vie, ma dignité, ma science, comme seules les femmes savent le faire, jusqu'à ce qu'une décharge de Sainte Crème me rafraîchisse la bouche, puis la gorge.

Quand je me suis relevée, Heinrich était affalé, les bras grands ouverts sur le dossier du canapé, la tête légèrement en arrière, avec un large sourire de plénitude. Il m'a tutoyée pour la première fois :

« Tu es vraiment la femme de ma vie. »

Je n'allais pas lui renvoyer le compliment. Je me

269

comportais de la sorte avec lui parce qu'il me fallait un géniteur pour l'enfant que je portais. Ce ne pouvait être qu'Heinrich, il fallait qu'il me pénètre de toute urgence. Sinon, j'allais au-devant de gros ennuis.

De plus, il me semblait que le passage à l'acte était le meilleur moyen de le détacher de moi : souvent, ce sont les amours impossibles qui restent éternelles. Dès lors que nous vivions le nôtre, je pouvais espérer qu'Heinrich se lasse de moi et me laisse partir dans les prochains jours, ce qui aurait pu me permettre d'avorter à Paris.

Je lui trouvais un certain charme avec son air calme que contredisaient ses sourcils interrogatifs. Sans parler de l'ironie qui, par intermittence, tendait ses lèvres. N'eussent été sa moustache trop soignée et ses lèvres si minces, il aurait eu belle allure. Mais depuis que je savais ce qui était arrivé à Gabriel et aux enfants, j'avais aussi de plus en plus envie de le tuer.

À la fin du dîner, quand je lui annonçai que je voulais retourner en France, il m'a répondu d'une voix blanche, avec une expression sinistre :

« Il n'en est pas question. »

*

Les soirs où Heinrich rentrait dormir à la maison, je lui faisais une gâterie selon le même rituel : après que le *Reichsführer-SS* s'était assis sur le canapé, je lui apportais un verre de porto sur un plateau puis, pendant qu'il en buvait les premières gorgées, je m'agenouillais devant lui.

Je ne détestais pas sentir sa main sur mon crâne pour me guider. Je ne me privais pas non plus de haleter de plaisir quand il me prenait par les mâchoires pour enfoncer son engin dans ma gorge ou quand il introduisait ses doigts dans les trous de mon nez pour m'empêcher de respirer.

Je commençais à paniquer. Les jours se succédaient et je n'arrivais toujours pas à le faire passer à l'acte. Mon dévouement n'y faisait rien, il n'acceptait que d'ensemencer ma bouche et rien d'autre. Or, pour qu'Heinrich ne puisse douter qu'il était le père de mon enfant, il fallait coucher, et il n'y avait plus de temps à perdre.

Je commençais à me faire à l'idée que mon increvable embryon ne se laisserait pas tuer dans l'œuf. Depuis cinq semaines que j'essayais de l'éradiquer de mon ventre, rien n'avait marché. Ni les sauts que j'effectuais par-dessus les trois marches de l'escalier. Ni les meubles que je soulevais et déplaçais sans cesse dans l'espoir de provoquer une fausse couche.

Un soir, Felix Kersten est venu dîner à la maison après avoir négocié le même jour, alors qu'il massait le *Reichsführer-SS,* plusieurs libérations de Juifs en Hollande. Si ma mémoire est bonne, c'était le 19 décembre 1942, le jour anniversaire de la naissance d'Emma Lempereur pour qui j'avais été prier, le matin même, à la cathédrale Sainte-Edwige dont l'abbé était mort sur le chemin de Dachau pour avoir pris le parti des Juifs après la Nuit de Cristal.

Felix arriva, selon son habitude, avec une heure d'avance. Nous avons eu le temps de faire le point autour d'une bouteille de schnaps. Après que je lui eus révélé que j'étais enceinte, il a soupiré :

« Et de qui ?

— Je ne sais pas.

— Comment pouvez-vous ne pas savoir ?

— J'étais tellement soûle, je ne me souviens plus de grand-chose. »

Il s'est levé et approché de moi.

« Je vous déconseille vivement de mentir à Himmler, a-t-il murmuré. C'est en lui disant la vérité que vous gagnerez votre liberté.

— Je vais le dégoûter, c'est ça ?

— Plus encore que vous le croyez. Il est obsédé par les maladies sexuelles, c'est sa grande hantise. Il a raison. »

Felix a hésité un instant avant de reprendre à voix basse :

« Il est établi qu'Hitler a contracté la syphilis il y a une vingtaine d'années. »

Il s'arrêta soudain et pointa son index en direction du plafond, comme s'il avait des oreilles, puis souffla :

« Vous ne le dites à personne, vous me jurez ?

— À personne. Je vous écoute.

— Depuis cinq ans, Hitler a toutes sortes de symptômes qui montrent que sa syphilis, même si elle a été soignée à l'époque, continue à faire des ravages dans son corps. »

Il baissa encore la voix dont un filet énuméra les symptômes du *Führer* :

« Le rapport est sans appel : Hitler souffre d'une paralysie progressive des membres, de tremblements des mains, d'insomnie chronique et de maux de tête. À ça, il faut ajouter des accès de démence et de mégalomanie. Autant de signes que la syphilis continue de le travailler. Les seuls signes qui manquent encore à la liste sont la fixité de la vision et la confusion verbale, bien que ses discours me semblent plus brouillons qu'avant...

— Vous croyez qu'Hitler va mourir ? chuchotai-je.

— Himmler est très inquiet. Il faut le voir parler de la maladie d'Hitler. Il est tellement hygiéniste, il tremble de dégoût.

— Donc, il va me laisser tranquille.

— Vous n'avez plus rien à craindre. Himmler pense déjà que toute la hiérarchie nazie est infectée par la syphilis. Il va vous mettre en quarantaine. »

Pendant le dîner, alors que nous faisions un sort à ma soupe aux artichauts et à la truffe, Felix est parti en vrille contre la politique antijuive du Reich. Il a notamment mis Heinrich en garde contre le jugement que la postérité porterait sur lui.

« Mais ce n'est pas moi qui suis responsable de tout ça, a répondu Heinrich. C'est Goebbels.

— Non, c'est vous, insista Felix.

— Contrairement à Goebbels, je n'ai jamais voulu exterminer les Juifs, je souhaitais seulement les expulser d'Allemagne. Avec tous leurs biens, certes, mais qu'ils foutent le camp et qu'on n'en parle plus ! Par la voie diplomatique, nous avons demandé à Roosevelt de nous aider à les accueillir chez lui, il y a de la place en Amérique, des territoires vierges : il n'a même pas daigné répondre à notre requête. En 1934, afin d'éviter le massacre, j'avais proposé au *Führer* de créer un État indépendant pour y installer tous les Juifs, loin de chez nous.

— En Palestine ? demandai-je.

— Non, c'est trop près. Je pensais à Madagascar où il y a un climat chaud comme les Juifs aiment. Sans parler des ressources naturelles qui sont abondantes : graphite, chromite ou bauxite. Eh bien, tout le monde s'est opposé à mon projet. »

Je détestais son ton geignard et disparus un moment dans la cuisine, laissant Felix continuer son assaut. J'étais si énervée que j'ai cassé un plat en porcelaine de Moustiers.

Felix aussi était très énervé. Il a raconté, en des termes à peu près semblables, cette conversation dans ses Mémoires.

Après le dîner, quand j'ai raconté à Heinrich que j'avais été violée et engrossée à Berchtesgaden, tout se passa comme Felix l'avait prévu. Au comble de l'émotion, il partit chercher dans l'armoire à liqueurs une bouteille de schnaps dont il but un bon quart au goulot, puis :

« Ce ne sont pas des manières. Göring, Bormann, Goebbels, ce sont tous les mêmes. Des cochons syphilitiques. Ils donnent le mauvais exemple...

— Ne vaudrait-il pas mieux que j'avorte ?

— N'y pense pas, Rose ! Nous avons besoin de sang neuf pour le Reich. »

Il but encore une longue gorgée :

« Maintenant, tu vas me laisser m'occuper de tout et tu dois me promettre de ne rien dire à personne. »

Je promis. Au moment de nous dire bonsoir, il ne m'a pas embrassée sur la bouche. Il m'a simplement donné une tape sur l'épaule comme on le ferait avec une bête d'embouche, pour l'encourager à bien profiter.

## 42

### *Un piaulement de volaille malade*

BERLIN, 1942. Avec Heinrich, tout se passa comme me l'avait annoncé Felix. Il se tint à distance pendant toute notre conversation et pas une fois son dégoût n'a pris le dessus sur son ironie habituelle. À la fin, après sa tape sur mon épaule, il n'est pas monté dans sa chambre. Il est parti dormir ailleurs. Je lui faisais horreur comme si j'étais moi-même syphilitique.

Je n'ai plus jamais revu Heinrich et il ne m'a donné aucun signe de vie. Je ne l'ai pas regretté : je n'avais déjà guère de dignité quand je l'ai rencontré ; il ne m'en restait plus quand notre histoire s'est achevée. Je n'éprouvais désormais plus d'amour ni même d'indulgence pour moi. Grâce lui soit rendue : je crois que notre propension au narcissisme et à l'infatuation est la pire des choses ; elle nous tire toujours vers le bas. C'est à cause de ce vide en moi, par lui creusé, que je suis devenue increvable.

Je fus assignée à résidence et mise au secret dans notre ancien nid d'amour jusqu'à mon accouchement, sept mois et demi plus tard. Ma monstrueuse excroissance semblait considérée par les nazis comme quelque chose de sacré, j'étais suivie par un médecin SS qui venait m'examiner une fois par semaine, et assistée vingt-quatre heures sur vingt-quatre par une aide-soignante taciturne qui dormait dans la chambre d'Heinrich.

Elle s'appelait Gertraud. Un petit bout de femme à l'échine courbée, qui semblait avoir peur de tout. Je compris pourquoi quand elle m'apprit un jour qu'elle était une cousine éloignée du menuisier Johann Georg Elser qui, le 8 novembre 1939, avait tenté de tuer Hitler en déposant une bombe à retardement dans la brasserie de Munich, la Bürgerbraükelle, où le *Führer* commémorait chaque année son putsch manqué de 1923.

Elser avait réglé le minuteur de l'explosif à 21 h 20. Mais Hitler quitta la brasserie plus tôt que prévu, à 21 h 07, avec toute sa smala, échappant ainsi à l'attentat qui tua néanmoins huit personnes.

Il était clair que Gertraud ne pensait rien de bon du III<sup>e</sup> Reich mais elle préférait serrer les dents et son regard bienveillant m'a suffi, qui me soutint tout au long de cette épreuve.

Tous les jours, j'ai prié le Christ, la Vierge et les saints pour que meure cette chose en moi. J'ai fait des vœux et allumé des cierges. Au troisième mois, je me suis même enfoncé une aiguille à tricoter.

À l'évidence, instruction avait été donnée à Felix Kersten pour qu'il ne m'appelle ni ne vienne me voir. Sans doute avait-on changé le numéro de téléphone de la maison. Je n'avais au demeurant le droit de communiquer avec personne ni de sortir, sauf pour une promenade rituelle, sous bonne garde, souvent dans le quartier de Wannsee, afin que mon fœtus prenne l'air.

J'aimais marcher sur la plage du grand lac que le gel faisait craquer sous mes pieds. Il m'arrivait également de passer devant la belle villa blanche où, je l'appris plus tard, s'était tenue, le 20 janvier 1942, la conférence de Wannsee quand plusieurs dignitaires nazis, sous la houlette de Reinhard Heydrich, le bras droit d'Heinrich, décidèrent des modalités de l'extermination des Juifs.

J'aimais aussi marcher le long du petit lac où le poète Heinrich von Kleist s'est suicidé en 1811, après avoir tué Henriette Vogel, la femme de sa vie, atteinte d'un cancer. Souvent, j'allais me recueillir devant leurs tombes, une grosse pierre pour l'écrivain et une petite plaque pour l'amante. Il me semblait qu'ils auraient été tellement mieux ensemble, sous la même dalle.

Au printemps, nous allions parfois dans l'île aux Paons où, autour du château romantique construit pour sa maîtresse par Frédéric-Guillaume II, les gallinacés se pavanaient en criaillant à plein gosier leur joie fornicatrice.

Autour du lac, je retrouvais les paysages de Trébizonde, notamment le matin, quand la brume dormait sur l'eau et qu'une houle lactée bombait le sol avant d'être éventrée par un vent timide qui ouvrait des fenêtres de plus en plus grandes, au fil des heures, sur le ciel bleuté. C'était pour moi l'image du paradis perdu.

Ce qui m'indisposait le plus, pendant ces balades, c'était la vue des enfants : je pensais aussitôt aux miens et me mettais à pleurer. Aussi, dès qu'ils en voyaient venir vers nous, mes gardes SS m'emmenaient dans une autre direction. Je ne me suis jamais sentie aussi proche d'Édouard et de Garance que pendant cette période. Il suffisait que je ferme les paupières pour qu'ils apparaissent dans ma tête.

Lors d'une de mes dernières promenades au lac de

Wannsee, j'ai relâché Théo avec qui j'étais fâchée depuis plusieurs semaines.

Un jour, après que je l'eus nourrie, ma salamandre m'annonça qu'elle voulait reprendre sa liberté :

« Je ne peux plus rien pour toi.

— C'est faux, Théo. Vivre, c'est dur, mais survivre, encore plus.

— Je ne suis que ta mauvaise conscience. Tu te débrouilleras très bien sans moi. Je me rapproche du cap des trente ans, l'âge limite pour les salamandres, et je n'ai pas envie de mourir dans un aquarium au domicile d'un dirigeant nazi. »

Quand je me suis approchée du lac, ma salamandre frétillait de joie. Elle a plongé dans l'eau sans se retourner.

*

Heinrich avait décidé que, dès sa naissance, mon bébé serait confié à un « Lebensborn », une de ces pouponnières où l'État SS élevait des enfants nés de mères « racialement valables » qui avaient passé un test de pureté.

Une dizaine de milliers d'enfants naquirent dans ces « Lebensborn » mais on chiffre parfois à 250 000 le nombre de ceux qui furent kidnappés dans les territoires occupés pour être « germanisés » dans ces maisons d'éducation nazie. Choisis selon des critères raciaux, ils étaient appelés à devenir l'aristocratie du peuple des Germains nordiques qui, selon le *Reichsführer-SS*, atteindrait 120 millions d'individus en 1980.

Blonde aux yeux bleus, le tronc pas trop long, les mollets assez galbés, les jambes non arquées, j'étais la reproductrice idéale.

Soit dit en passant, j'avais du mal à comprendre l'obsession de la blondeur d'une hiérarchie nazie dont aucun des piliers, hormis Göring, n'avait un seul poil clair sur le crâne. Presque toujours bruns, voire noirauds, ils étaient l'antithèse du peuple qu'Hitler avait un jour appelé de ses vœux : « Nous souffrons tous de la dégénérescence du sang mêlé et corrompu. Que pouvons-nous faire pour expier et nous purifier?... La vie éternelle que confère le Graal n'est accordée qu'à ceux qui sont réellement purs et nobles. »

Avec son teint mat, sa maigre carrure, son menton relâché, ses yeux en amande et ses paupières tombantes, Heinrich était loin du compte. Ses ennemis disaient parfois qu'il correspondait à la description du Juif dans les brochures nazies. C'était peut-être pour ça que je ne l'avais pas trouvé si répugnant.

Le soir de notre dernière conversation, Heinrich m'avait expliqué la philosophie du « Lebensborn ». D'abord, croyant me consoler, il m'avait dit qu'il ne serait jamais l'homme d'une seule femme. « En sacralisant le mariage, a-t-il poursuivi, l'Église, avec ses principes sataniques, a fait baisser de manière dramatique notre taux de natalité. C'est normal : dès qu'elles sont mariées, les femmes se laissent aller, et l'indifférence s'installe dans les couples. C'est à cause de ça qu'il manque des millions d'enfants dans notre démographie.

— Tu proposes donc que les hommes puissent avoir une autre femme? demandai-je, horrifiée.

— Exactement. La première épouse, qu'on appellerait la "Domina", garderait un statut particulier, mais il faut en finir avec les bêtises de la chrétienté et laisser l'homme se reproduire à sa guise. Le "Lebensborn" est une première étape de notre politique familiale : l'enfant illégitime n'est plus marqué du sceau de l'infamie, il devient même l'élite du peuple germanique. Ton enfant sera heureux, Rose. »

Je ne lui avais pas dit combien je m'en fichais. Je n'avais qu'une hâte, c'était de me délester pour toujours de l'hydre qui gonflait en moi et qui vint finalement au monde, le 14 août 1943.

« Vous voulez le voir ? me demanda la sage-femme.

— Surtout pas », répondis-je en fermant les yeux.

Je me souviens bien de son cri. Je n'en avais encore jamais entendu de ce genre. Une sorte de piaulement de volaille malade, quelque chose de déchirant. C'est le seul souvenir que j'ai gardé de lui. Il est tout de suite parti pour le « Lebensborn » le plus proche.

Les jours suivants, je suis restée seule à la maison jusqu'à ce que deux gardes SS m'emmènent à l'aéroport pour me mettre dans un avion en partance pour Paris, conformément à la promesse d'Heinrich.

# 43

## *Le crime était signé*

PARIS, 1943. Un an après, rien n'avait changé hormis la mort de mon chat Sultan, écrasé par un camion militaire, place du Trocadéro. En mon absence, Paul Chassagnon, mon bras droit au restaurant, avait pris les rênes de « La Petite Provence » qui continuait de vivoter. Il avait payé les factures que je recevais à l'appartement où, à ma grande surprise, il n'y avait pas un seul grain de poussière, ni dans l'air ni sur les meubles : à sa demande, ma femme de ménage, une virtuose du balai, avait continué de passer chez moi deux fois par semaine.

À mon retour à Paris, je souffris pendant plusieurs semaines de crampes d'estomac. À en juger par les symptômes, elles étaient du même type que celles qui tourmentaient Hitler et Himmler. Avec des renvois bilieux qui surgissaient, parfois, au milieu d'une phrase que je ravalais, et qui laissaient, au petit matin, des traces brunes aux commissures de mes lèvres. Mes petites pilules aux plantes n'étaient d'aucun effet. C'était une maladie métaphysique.

Je tentai de la soigner en travaillant comme une bête de somme au restaurant ou en allant me recueillir sur les tombes des parents de Gabriel, morts pendant mon séjour en Allemagne, au cimetière de Cavaillon. Je ne m'étais pas remise de l'été 42 : je restais enclouée dans mon passé et, comme les vieilles folles, parlais sans cesse à mes morts, Gabriel, Édouard et Garance.

« Je sais ce que vous voulez, leur disais-je. Ce n'est pas la peine de me le répéter tout le temps, je vais le faire.

— Ne nous oublie pas, suppliait Gabriel.

— Mais enfin, je ne pense qu'à vous ! »

Sur quoi, Paul Chassagnon s'amenait, les sourcils interrogatifs, sa louche à la main :

« Qu'est-ce qu'y a, Rose ? Un problème ?

— Mais non », répondais-je, rouge de confusion.

Un client du restaurant s'inquiéta de mon état : Jean-Paul Sartre, venu dîner avec Simone de Beauvoir. Le philosophe avait levé son visage vers le mien et m'avait soufflé dans la figure, en même temps qu'une forte odeur de tabac, de café et d'alcool :

« Il faut vous reposer, ma petite. Vous êtes à bout, vous avez vraiment une tête de déterrée. Puis-je faire quelque chose pour vous ? »

J'avais secoué la tête, mais j'aurais bien fait l'amour avec lui, par exemple, même si tant de choses me répugnaient chez lui, à commencer par sa voix qui semblait provenir d'une fabrique de couteaux. J'avais fondu devant ses gros yeux humides et globuleux : depuis mon retour à Paris, il avait été la première personne, en dehors de Paul Chassagnon, à lire dans mon cœur.

Sartre avait lui-même du vague à l'âme : jouée quelques semaines plus tôt à l'ancien théâtre Sarah-Bernhardt, aryanisé sous le nom de théâtre de la Cité, sa pièce *Les Mouches*, mise en scène par Charles Dullin, avait été un four.

Après la guerre, la bien-pensance décréta que la pièce de Sartre, pourtant autorisée par la pointilleuse censure allemande, était un acte de résistance, ce qui n'a jamais été prouvé, alors qu'ont été avérées les bonnes relations de Dullin avec l'occupant et le soutien du spectacle par *La Gerbe* ou le *Pariser Zeitung*, deux journaux nazis. Sans parler de la petite fête au cours de laquelle, après la représentation des *Mouches*, l'auteur trinqua, en compagnie de Beauvoir, avec plusieurs officiers allemands comme les *Sonderführer* Baumann, Lucht et Rademacher.

Par chance, il n'y eut pas de photographe pour immortaliser la scène : Jean-Paul Sartre sablant le champagne avec des nazis. Ce qui n'empêcha pas le philosophe de participer, après la Libération, au comité d'épuration, tandis que Sacha Guitry, pétainiste convaincu il est vrai, prenait la direction de la prison pour avoir trinqué avec l'occupant.

Sartre était meilleur que l'on croyait, meilleur et pire. Je lui pardonnerai tout, sa rouerie, ses mensonges, ses anathèmes, pour m'avoir dit ce jour-là, avec tant d'humanité, en posant sa main sur mon bras :

« Vous devriez vous changer les idées. »

Il avait raison. À cause de la perte de mes enfants, j'étais en train de perdre goût à la vie qui, de plus, ne valait pas grand-chose, ces temps-ci. Résumant bien l'état d'esprit général, une chanson de Charles Trenet tournait sans arrêt dans ma tête :

> *Que reste-t-il de nos amours ?*
> *Que reste-t-il de ces beaux jours ?*
> *Une photo, vieille photo de ma jeunesse*
> *Que reste-t-il des billets doux,*
> *Des mois d'avril, des rendez-vous ?*

Je chantonnais particulièrement trois vers qui me semblaient avoir été écrits pour moi :

*Bonheur fané, cheveux au vent,*
*Baisers volés, rêves mouvants*
*Que reste-t-il de tout cela ?*

Je suis sûre que je les fredonnais encore le matin d'automne où je me suis rendue chez Jean-André Lavisse, rue Auguste-Comte, près du jardin du Luxembourg. Le ciel était comme une cascade, il nous écrasait d'eau grise et de feuilles mortes.

J'allais à mon rendez-vous avec une allégresse anticipatrice. Après avoir longtemps hésité, j'avais fini par conclure que seule la vengeance pourrait guérir mes maux de ventre. Elle guérit au demeurant de tout.

La vengeance est certes une violence faite au code civil et aux préceptes religieux, mais c'est aussi un bonheur dont il me semble stupide de se priver. Quand elle a été consommée, elle procure, comme l'amour, un apaisement intérieur. Justice faite, c'est la meilleure façon de se retrouver en paix avec soi-même et avec le monde.

Loin de moi l'idée de contester ceux qui prétendent que le pardon est la plus belle des vengeances, mais c'est une formule qui relève surtout de la morale ou de la philosophie. Il ne peut s'agir, en l'espèce, que d'une vengeance abstraite : elle ne répare rien.

Pour faire du bien, il faut que la vengeance soit physique et concrète. C'est quand elle est cruelle qu'elle nous permet de refermer nos blessures et de nous soulager pour longtemps.

Contrairement à la plupart des sentiments, la vengeance ne s'émousse pas avec le temps. Au contraire, elle devient même de plus en plus excitante. En sonnant à la porte de Jean-André Lavisse, j'étais donc très excitée. Ce n'est pas lui qui m'a ouvert, mais une pauvre jeune fille à l'échine courbée qui, à en juger par son accent et ses manières, avait été arrachée il y avait peu à sa province natale. J'ai décliné une fausse identité, Justine Fourmont, et elle m'a conduite, par un labyrinthe de couloirs, au bureau du maître.

Je ne me l'étais pas imaginé comme ça. Un éphèbe qui frisait l'hermaphrodisme, avec une tête de vieille bique, une mèche rebelle et l'air de s'être soûlé au vinaigre. Il travaillait à son bureau, en robe de chambre, au milieu de milliers de livres. Il y en avait partout, sur les rayons des bibliothèques, bien sûr, mais aussi par terre où ils formaient des falaises en équilibre instable, dont certaines s'étaient déjà écroulées.

Après m'avoir invitée à m'asseoir, Jean-André Lavisse me demanda pourquoi je voulais écrire sa biographie.

« Parce que je vous admire, répondis-je sans hésiter.

— Une biographie, c'est ce qui peut arriver de pire à quelqu'un. J'appelle ça les vers d'en haut pour les différencier des vers d'en bas qui nous bouffent dans notre cercueil. »

Il sourit bêtement et je fis de même avant de poursuivre :

« J'adore vos romans. Ils sont très au-dessus de ce qu'on peut trouver dans la littérature contemporaine. Je n'ai qu'un regret, c'est que vous en ayez écrit si peu.

— Mes activités journalistiques sont trop prenantes, elles nuisent à mon œuvre. »

Leur fréquentation m'avait appris ce qu'il fallait dire aux écrivains, surtout quand ils sont aussi journalistes. Ils ne redescendent sur terre que si vous leur parlez de leurs livres. Je prétendis que je mettais plus haut que tout *Un amour incertain* et *La Montée du matin*, ses deux dernières bluettes qui avaient connu un certain succès.

« Il n'y a que vous pour parler aussi bien de l'amour, précisai-je. Vous et Stendhal.

— J'accepte cette comparaison. »

La vanité des écrivains donne une idée de l'infini. Figé comme une statue, Jean-André Lavisse savoura mon compliment jusqu'au suivant, qui provoqua chez lui un rengorgement et une sorte de dandinement.

« Toute votre œuvre montre que vous connaissez les femmes et que vous savez les aimer.

— Elles me le rendent bien, permettez-moi de le dire. »

Je l'ai regardé avec des yeux fascinés et les lèvres entrouvertes, avec l'expression de la Vierge priant le Tout-Puissant et mon manège a tout de suite fonctionné. Jean-André Lavisse s'est levé, a pris un de ses livres dans la bibliothèque puis, après avoir cherché une page, s'est approché de moi en me lisant à haute voix quelques maximes de son grand succès, *Pensées d'amour,* paru cinq ans plus tôt :

« L'amour fait mourir les hommes et naître les femmes. »

« La seule résistance possible contre l'amour, c'est la fuite. »

« L'amour est une maladie dont la mort, seule, peut nous guérir. »

« Même quand l'âge vient, il y a une chose que l'amour n'arrive jamais à comprendre : c'est qu'il n'est pas éternel. »

Il se tenait de manière étrange, les hanches en avant et la tête en arrière, dans la pose du grand écrivain scrutant sa postérité. Quand il fut à ma portée, utilisant mes rudiments de krav-maga, je me suis redressée et lui ai donné un coup sec sur la glotte, comme me l'avait appris Hans, mon ami SS, à Berlin. J'aurais pu lui mettre les doigts dans les yeux ou frapper ses parties génitales, mais, n'étant qu'une faible femme, j'avais préféré la méthode la plus expéditive et donc la moins risquée.

Jean-André Lavisse est tombé de tout son long et s'est mis à gigoter sur le parquet comme une bête frappée à mort. Il avait du mal à respirer et serrait son cou des deux mains. Son visage était rouge brique. Il étouffait.

Je ne voulais pas tuer Jean-André Lavisse, en tout cas pas encore. Je me suis agenouillée et penchée sur lui avec un air compassionnel :

« Est-ce que ça va, monsieur ? »

En guise de réponse, il a lâché un jus de mots et de bulles auquel je n'ai rien compris. Je lui murmurai :

« Vous m'avez pris ce que j'avais de plus cher, mon homme, Gabriel Beaucaire, et mes enfants. Rien ne pourra jamais me les rendre. Je n'irai mieux que si je vous fais souffrir : c'est la seule façon pour moi de me soulager un peu. »

J'ai sorti une bible de mon sac à main et lui ai lu quelques lignes du Deutéronome :

« Le Seigneur vous frappera d'ulcères, comme Il en

frappa autrefois l'Égypte ; et Il frappera aussi d'une gale et d'une démangeaison incurable la partie du corps par laquelle la nature rejette ce qu'il lui est resté de nourriture. »

Je me suis relevée et j'ai commenté :

« Il y a plein d'autres malédictions comme ça dans la Bible : elles me fascinent. »

Son visage avait tourné au violet : il respirait à peine et ouvrait grande sa bouche comme un poisson sorti de l'eau.

« Rassurez-vous, dis-je en m'agenouillant. Je serai moins cruelle que le Seigneur. »

J'avais prévu de lui verser le contenu d'un flacon d'acide chlorhydrique sur le fondement, pour respecter la lettre de la Bible, mais non, c'était trop stupide et compliqué. Du tranchant de ma main, je lui ai donné un deuxième, puis un troisième coup sur la gorge et Jean-André Lavisse est mort.

Soudain, j'ai entendu un grand cri ridicule derrière moi. C'était la servante :

« Au secooooours ! À l'assachin ! »

Elle s'est précipitée sur moi en aboyant, en bavant et en me mordant. C'était comme si j'avais eu affaire à un chien enragé. Elle alerta ainsi tout le voisinage et quand j'entendis des bruits de pas dans le couloir qui menait au bureau, je me suis levée et j'ai foncé, renversant en chemin un jeune homme, sans doute le fils Lavisse, qui accourait. J'ai ensuite fait tomber une femme à tête de bouledogue qui, je le sus ensuite, était sa seconde épouse, avec laquelle il s'était marié un mois après la mort de la précédente.

Elle s'accrochait à mes jambes. Je lui ai donné plusieurs coups de pied en pleine figure et elle a enfin lâché prise en poussant un râle.

J'ai filé en hâtant le pas en direction du jardin du Luxembourg. J'étais oppressée. Ce n'était pas normal après mon crime qui aurait dû me soulager. J'ai imputé cette sensation aux arbres nus qui formaient des haies de branches mortes contre lesquelles le vent se déchirait. Un décor d'assassinat.

Rue Vaugirard, j'ai commencé à transpirer. J'ai compris pourquoi quand j'arrivais à la hauteur de l'église Saint-Sulpice : j'avais oublié ma bible chez Jean-André Lavisse et, du coup, signé mon crime.

Sur la page de garde était écrit :

> *À ma Rose chérie,*
> *pour ses quinze ans,*
> *avec tout l'amour du monde*
>
> *Emma Lempereur*

J'ai décidé de partir sur-le-champ pour la zone libre, à Marseille, d'où je m'expatrierais aux États-Unis. J'avais déjà beaucoup vécu mais je n'étais âgée que de trente-six ans. Rien ne m'empêcherait de refaire ma vie.

## *Un voyage à Trèves*

MARSEILLE, 2012. Alors que je finissais ce chapitre, Samir la Souris a sonné à ma porte avec insistance.

« Rose, tu es grand-mère ! a-t-il annoncé.

— Qu'est-ce que c'est que cette histoire ?

— Renate Fröll, ta fille, a eu un fils. J'ai retrouvé sa trace à l'école primaire qu'il fréquentait, à Aschaffenburg.

— Tu dérailles complètement !

— Il faut que t'arrêtes de nier, Rose, tu deviens ridicule.

— Ne me parle pas comme ça, je ne le supporte plus. Un peu de respect, ducon ! »

À ce mot, la foudre a éclaté dans ses yeux et il s'est mis à trembler de partout : Samir était très susceptible. Il m'a pris le bras et l'a secoué en s'écriant :

« Tu vas t'excuser, bouffonne !

— Je n'ai plus l'âge.

— Excuse-toi. »

Il me tordait le bras à présent : ça faisait trop mal.

« Excuse-moi », murmurai-je.

Il a aussitôt baissé le ton :

« J'ai réussi à dégotter tous les éléments : tu as eu une

fille en Allemagne et elle a eu un fils. Erwin, il s'appelle. »

Samir m'a mis sous le nez une photo d'Erwin Fröll, âgé de dix-huit ans, l'année où il rata son *Abitur*, le baccalauréat allemand, qui couronne ou sanctionne la fin de l'enseignement secondaire supérieur général.

Samir s'est vautré sur mon canapé et je suis restée debout pour regarder la photo de mon petit-fils sous la lumière du lampadaire. C'était un garçon aux cheveux noirs et bouclés dont le visage me rappela tout de suite celui de Gabriel. C'était absurde, mais c'était la vérité. Il avait le même nez conquérant, le même front beethovénien, le même regard volontaire, le même sourire de tête à claques. Je n'ai pu réprimer quelques larmes qui ont fait sourire Samir. Soudain, j'avais envie de serrer Erwin dans mes bras le plus vite possible :

« Où peut-on le voir ?

— Je sais où le trouver. Il est entré en 2004 dans une institution de Trèves qui accueille les gens qui ont des problèmes neuronaux.

— Il a une maladie ?

— Je ne sais pas, je n'ai pas pu avoir accès à son dossier médical, mais il est très fatigué. C'est ce que m'a dit la fille du standard quand j'ai essayé de le joindre. Je n'ai pas compris grand-chose à ce qu'elle me racontait : on a communiqué en anglais et le sien était aussi mauvais que le mien. »

J'ai demandé à Samir le numéro de l'institution de Trèves. Il l'avait mémorisé dans ses contacts et, après l'avoir composé, il me tendit son portable. La standardiste m'indiqua qu'elle ne pouvait pas me passer Erwin parce qu'il n'était plus en état de parler.

« Qu'est-ce qu'il a ? »

Il y eut un silence au bout du fil, puis :

« Si vous êtes une amie ou quelqu'un de la famille, je vous conseille de ne pas tarder à lui rendre visite.

— Vous voulez dire qu'il va mourir ?

— Je n'ai pas dit ça. Nous ne sommes pas habilités à donner par téléphone des renseignements sur la santé de nos patients. Si vous venez, en revanche, vous verrez où il en est... »

À la fin de la conversation, ma décision était prise : je fermerais le restaurant quatre jours et nous partirions dès le lendemain soir pour Trèves, Samir, Mamadou et moi.

*

La voiture de Mamadou, une vieille Peugeot avec deux cent vingt mille kilomètres au compteur, n'avançait pas. Nous sommes arrivés à Trèves en début de matinée, au terme d'un voyage de près de quinze heures, alors qu'à en croire Internet, sa durée n'aurait pas dû excéder huit heures.

Je savais que Trèves, la plus vieille ville d'Allemagne, surnommée souvent la « seconde Rome », est aussi l'une des plus belles, mais nous n'étions pas venus faire du tourisme. J'avais hâte de voir mon petit-fils.

Sur la route, devant les vignobles protégés du froid par le schiste qui réchauffe la vallée de la Moselle, j'eus envie de riesling, mais ce serait pour plus tard. Je demandai à Mamadou d'aller en acheter pendant que nous rendrions visite à Erwin. Quand nous sommes sortis de la voiture, j'ai eu honte des effluves qui s'en sont dégagés et en même temps de la peine pour les fleurs et les oiseaux qui devraient les supporter, le temps que le vent les avale.

La même odeur de renfermé flottait dans la clinique de la Fondation Peter Lambert, du nom du célèbre rosiériste local, où Erwin était hospitalisé. Tous les téléviseurs étaient à fond, comme souvent dans ce genre d'établissements.

Quand on regarde tout le temps la télévision, c'est qu'on va mourir. Je ne sais s'il y a un lien de cause à effet, mais l'expérience m'a appris qu'elle était l'antichambre de la mort.

Erwin Fröll avait quarante-neuf ans ; je lui en aurais donné plus de soixante. N'étaient le nez et le front, il avait perdu .oute ressemblance avec Gabriel. Il était devenu chauve et glabre. Le beau garçon de la photo n'était plus qu'une épave posée sur le lit, avec des coussins sous les bras, les hanches et les jambes pour soulager les articulations.

Comme tous les patients, il semblait regarder la télévision mais le film qu'elle diffusait allait trop vite pour lui. J'ai baissé le son. Il n'a pas protesté.

« Ah, vous voilà enfin, dit-il d'une voix hésitante. Vous m'avez... ramené... mon sourire ?

— Quel sourire ? demandai-je.

— Le mien. On m'a dit que je l'avais plus.

— Qui a dit ça ?

— Tout le monde.

— Tout le monde peut se tromper.

— Quelqu'un n'arrête pas de me voler mes affaires. Mon sourire. Ma voiture. Mon chat. Ma brosse à dents. J'ai plein de choses qui disparaissent. »

Il leva un index menaçant :

« Je veux savoir qui me l'a pris, mon sourire. »

Erwin me regarda intensément, puis, comme si un éclair de lucidité l'avait traversé, marmotta :

« J'aime bien quand t'es là, maman. Pourquoi est-ce que je ne te vois plus ?

— Ta mère est morte. Moi, je ne suis pas ta mère, mais ta grand-mère.

— Ah, oui, comme Waltraud. »

Il hocha gravement la tête et laissa tomber, sur le ton de l'oracle qui a une révélation :

« Les grands-mères sont des mères plus gentilles, les seules qui nous comprennent vraiment. Tu as été une vraie grand-mère pour moi, maman. Comme Waltraud. »

Cet échange l'ayant apparemment fatigué pour le reste de la journée, il s'endormit sur-le-champ. Je me dis que je ne pourrais jamais rien en tirer, ce que me confirma ladite Waltraud, l'infirmière en chef de l'étage. Elle m'indiqua en confidence qu'Erwin avait déjà dépassé de plusieurs mois la durée moyenne du stade terminal de la maladie d'Alzheimer qui, après dix ans de maturation, excède rarement les deux ans.

Erwin était arrivé huit ans auparavant à la clinique de la Fondation Peter Lambert et, depuis, n'avait pas reçu de visite. Sauf celle de sa mère, morte voilà plusieurs semaines, d'un cancer de l'estomac, alors qu'elle venait de retrouver, au terme de longues recherches, le nom de sa propre mère, c'est-à-dire moi-même, que sa timidité maladive l'avait empêchée de contacter.

Waltraud m'apprit encore qu'Erwin avait exercé plusieurs métiers, charcutier, plâtrier, épicier, manutentionnaire, peintre en bâtiment, avant de devenir chômeur professionnel dès la fin de la trentaine. « La société n'a rien perdu, résuma-t-elle. C'était un gros paresseux et un beau parleur doublé d'un asocial. »

Le lendemain, alors que la voiture s'approchait de Marseille, le coffre rempli de bouteilles de riesling mosellan, Samir la Souris, assis à la place du mort, s'est tourné vers moi qui étais allongée sur la banquette arrière, les jambes en l'air et la tête sur un oreiller :

« J'ai récupéré des souvenirs dans la chambre d'Erwin.

— Tu n'as pas fait ça ! »

Il a souri et a sorti de son sac de voyage une statuette en plastique de Karl Marx, né à Trèves, 10, Brückenstrasse, un éventail et une coquille d'œuf à son effigie, son *Manifeste du parti communiste*, ainsi que deux livres de Rosa Luxemburg, *Réforme sociale ou révolution ?* et *La Crise de la social-démocratie.*

Soulagée que Samir n'ait pas volé d'argent, j'ai souri moi aussi, puis j'ai roté, un rot au riesling de la veille au soir. Tout le monde a éclaté de rire, moi la première.

« Il reste encore une chose à savoir, dis-je à Samir. Qui a envoyé le faire-part de décès de Renate Fröll ?

— C'est pas sorcier, répondit-il. Il suffit d'un peu de jugeote. Depuis que la Croix-Rouge a ouvert ses archives, il y a quelques années, tout le monde peut avoir accès aux dossiers des "Lebensborn" pour connaître ses parents. Ta fille Renate a retrouvé ton nom, mais pour une raison que j'ignore, la maladie ou autre chose, elle n'a pas été rechercher ton adresse.

— Comment le sais-tu ?

— Sinon, elle se serait manifestée. Avant de mourir, elle a donné ton nom à quelqu'un, sans doute à l'infirmière en chef qui t'a retrouvée sur la Toile.

— Je retournerais bien à Trèves pour parler avec cette Waltraud.

— Je ne crois pas que ce soit une bonne idée. Contrairement à ce que je pensais, ce voyage t'a pas fait du bien, Rose. Il faut que tu te reposes.

— C'est vrai, confirma Mamadou devant son volant, sans tourner la tête.

— J'ai été heureuse de voir mon petit-fils, dis-je. Mais je regrette d'être arrivée trop tard.

— Arrête avec les regrets, coupa Samir. Quand on n'aime pas son passé, il vaut mieux éviter de se retourner dessus et continuer son chemin.

— Surtout que je ne laisse que des morts sur mon chemin », conclus-je à voix basse.

Pour une fois, le regard que Samir a coulé sur moi était si bon que j'ai failli fondre en larmes. Je me sentais désemparée.

Maintenant que mon petit-fils était sur le point de mourir, Samir et Mamadou étaient ma seule famille. J'avais envie de le leur dire, mais les mots ne venaient pas.

Je ne les avais pas encore trouvés quand nous sommes arrivés à Marseille où la nuit finissait de tomber : l'horizon était couvert d'éclaboussures de sang, comme un poste d'abattage. Je n'aime pas les crépuscules, c'est comme s'ils me retiraient la vie de la bouche. Le monde est mal fait : le soleil se couche toujours quand on a le plus besoin de lui.

# 45

## *Simone, Nelson et moi*

NEW YORK, 1943. Paul Chassagnon m'ayant acheté le fonds de commerce de « La Petite Provence » avec l'argent qu'il avait accumulé en mon absence, je suis arrivée avec un gros pécule aux États-Unis. J'avais cousu les billets dans la doublure de mon manteau.

Grâce à une association d'entraide arménienne, j'ai tout de suite trouvé un emploi de cuisinière dans un petit restaurant de la 44e Rue, près de l'hôtel Algonquin, non loin de Times Square. Je dormais sur place, au sous-sol. Je crois bien n'avoir jamais autant travaillé de ma vie.

Ce n'est pas tant le boulot qui m'incommodait que les relents de sucre, de viande, d'oignon et d'huile bouillante, les quatre odeurs de New York, dans lesquelles je vivais toute la journée et que j'emportais chaque soir au fond de mon sac de couchage.

Souvent, j'avais envie de me vomir moi-même.

Le restaurant ne faisant relâche que le dimanche midi, il ne se passait pas grand-chose dans ma vie. Ma seule sortie hebdomadaire, c'était la messe du dimanche à Saint-Patrick, tout marbre et or, sur la Ve Avenue.

Au bout de quelques mois, je m'étais rabattue sur

l'église Saint-Thomas, un peu plus bas, sur la même avenue. N'était son magnifique retable où figurent les douze apôtres, George Washington ou l'ancien Premier ministre britannique William Gladstone, elle rendrait neurasthénique le plus joyeux des catholiques, tant l'atmosphère y est sombre et vénéneuse, mais je préfère encore la tradition doloriste du christianisme au culte du Veau d'or, symbolisé jusqu'à la caricature par Saint-Patrick.

J'étais revenue plus croyante que jamais de mon séjour en Allemagne. À l'église, j'allais régulièrement demander à Jésus et à la Sainte Vierge des nouvelles de ma famille dans son ciel. Apparemment, elles étaient bonnes. S'ils ne sont pas forcément plus heureux là-haut, les morts sont moins fatigués que les vivants sur la terre. Ils n'ont pas à lutter. Ils ont le temps pour eux.

Quand le temps était beau, j'allais manger un sandwich à Central Park après la messe et avant de retourner au travail. J'aimais regarder les écureuils rouler sur l'herbe avant de la fouiller jusqu'à y trouver un gland qu'ils décortiquaient de leurs mains d'enfant, en agitant de bonheur leur queue en plumeau.

C'est à Central Park que j'ai rencontré l'homme qui allait me donner une nouvelle chance. Un représentant de commerce en dentifrice et mousse à raser. Il avait la cinquantaine, un gros ventre, une moustache minuscule, un air de bovin mélancolique. Il s'appelait Frankie Robarts et voulait monter un restaurant à Chicago.

J'ai décidé de le suivre le jour même quand, après être venu tester ma cuisine dans la gargote de la 44e Rue, il m'a proposé de reprendre une affaire avec lui. L'Amérique est un pays où on n'arrête pas de refaire sa vie jusqu'à la mort. C'est pourquoi elle a fini par se croire éternelle. C'est sa faiblesse. C'est aussi sa force.

*

À Chicago, Frankie et moi avons baptisé notre restaurant « Frenchy's ». Les premiers mois furent difficiles : ma cuisine provençale ne faisant pas un tabac, on tirait le diable par la queue. C'est quand je me suis spécialisée dans le hamburger que notre petit établissement du front de lac a pris son envol.

Au « Frenchy's », dès que ça commença à puer la mort, je veux parler de la chair grillée, les clients sont arrivés. Mon végétarisme s'accommodait mal de cette affreuse odeur. N'arrivant pas à m'y habituer, je comprenais que je ne pourrais jamais devenir américaine.

Les États-Unis sont une société de carnivores qui a besoin de son content de viande saignante ; elle marche au bifteck haché comme d'autres à l'espoir ou à la trique. J'avais le sentiment de vivre tout le temps dans le péché. J'empestais même le péché.

Chez nous, le client pouvait composer son hamburger à la commande. Aux herbes, aux épices, aux pignons, aux flocons d'avoine, à la mozzarella, au gruyère râpé, aux oignons, aux poivrons, à la tomate, aux aubergines, aux épinards, aux dés d'ananas, tout était possible. En accompagnement, j'avais mis au point plusieurs sauces, à la moutarde, au bleu, à l'ail ou à l'aneth, toutes très sucrées.

Je faisais par ailleurs le meilleur « strawberry short-cake » de Chicago. Je l'avais rebaptisé « tarte aux fraises à l'américaine », en français sur la carte, et il marchait même mieux que mon célèbre flan au caramel que je ne me résignais pas à sucrer davantage pour me conformer aux goûts locaux.

En ce temps-là, j'aimais avoir un homme dans mon lit. Frankie Robarts n'était pas très performant et, de plus, il ronflait. Sans parler de l'espèce de gélatine dont étaient constitués son ventre, son derrière ou ses cuisses, qui me donnait l'impression, quand nous faisions l'amour, de nager dans du porridge.

Nous avions un seul vrai point commun, le restaurant, ce qui suffisait à meubler nos conversations. Quand nous changions de sujet, Frankie était vite ennuyeux, se contentant d'enfiler les formules creuses, comme s'il redoutait de prendre des risques en montrant son vrai visage.

C'était un personnage qui se contrôlait toujours. Si je supportais Frankie, malgré tout, c'est parce qu'il était en admiration devant ma science culinaire et en adoration devant mes seins ou mon popotin. Si barbant qu'il fût, il était le meilleur antidote à toutes mes angoisses. Il disait tout le temps que j'étais sa seule famille. L'inverse était vrai aussi. Au bout d'un an de vie commune, j'ai accepté de l'épouser.

Je cherchais quand même ailleurs. Faisant toujours mon petit tour en salle à la fin du service, je repérais de temps en temps des clients qui me plaisaient mais je n'osais jamais franchir le pas en répondant à leurs avances. J'étais comme ces gens qui, cherchant l'occasion de quitter le foyer conjugal, la fuient dès qu'ils la trouvent.

Je me disais que j'étais morte à l'amour. Deux ans ont passé jusqu'à ce qu'un soir de l'hiver 1946, je reste interdite devant un type au regard ténébreux dont on ne pouvait savoir, en le regardant, si c'était un artiste ou un travailleur manuel. Il n'y a qu'en Amérique et en Russie que ce genre de personnages existe : l'écrivain aux épaules de bûcheron, qui semble sortir de la forêt où il vient de couper son bois.

Boxeur, joueur, ivrogne, communiste et, accessoirement, romancier, il s'appelait Nelson Algren et avait déjà écrit un livre très remarqué : *Le matin se fait attendre.* J'ai tout de suite su qu'il était aussi violent que romantique : il y avait chez ce spécialiste des bas-fonds une colère que j'avais envie de boire sans attendre. Il serait la tempête, je serais sa terre nourricière. J'avais hâte qu'il me ravage. J'en ressentis l'urgence comme une morsure qui cessa seulement le jour où nous avons consommé.

La première fois que je l'ai vu, il dînait avec une prétendue actrice coiffée comme Vivien Leigh dans *Autant en emporte le vent,* sorti aux États-Unis quatre ans plus tôt. Elle était incapable d'aligner deux phrases de suite. Par bêtise ou par timidité, je ne sais, mais le résultat était le même. Quand il a su que j'étais française, Nelson Algren m'a demandé comment j'avais pu quitter Paris pour me retrouver dans un trou à rats comme Chicago.

« La guerre, ai-je dit. C'est comme un bombardement, la guerre : ça projette les choses et les corps là où ça n'était pas prévu. »

J'ai vu qu'il avait trouvé ma réponse intéressante et que, l'espace d'un instant, il songea à prolonger sa question, mais il a préféré m'interroger sur ce que je regrettais le plus.

« Rien, dis-je.

— C'est impossible !

— Si je reviens à Paris, je sais que je n'arrêterai pas de pleurer.

— Je ne vous crois pas.

— Je ne veux pas retourner là où habitaient mes morts. Je ne pourrais jamais revivre parmi eux.

— Vous n'avez pas envie d'essayer ?

— J'ai trop le goût de la vie. Pourquoi le gâcher ? »

Il répéta ce que je venais de dire, puis observa :

« C'est beau, tout ce que vous dites. Vous me permettez de l'utiliser un jour dans un roman ?

— Je serais très flattée. »

Je n'étais pas dupe. Je pus vérifier par la suite qu'il faisait souvent ce coup-là. Contrairement à beaucoup d'écrivains, c'était un séducteur professionnel.

Il revint dîner le lendemain avec une autre fille, une pétasse à cheveux décolorés, et me laissa son numéro de téléphone sur un petit papier jaune. Je l'appelai le matin suivant et allai le rejoindre dans son deux-pièces au nord de Chicago. J'avais trente-neuf ans et une envie furieuse de ne pas perdre de temps.

Quand il a ouvert la porte, j'ai jeté ma bouche sur la sienne avec une telle force qu'il a failli tomber à la renverse. Après avoir retrouvé l'équilibre, il m'a entraînée, pendant que nous continuions à nous embrasser, jusqu'à son lit où nous avons fait l'amour.

Après ça, nous sommes restés allongés et avons parlé en regardant le plafond pendant un quart d'heure avant que je me décide à nettoyer l'antre de Nelson, d'une saleté repoussante et où proliféraient des cadavres de bouteilles.

Pendant un mois, je me rendis dans son bouge deux ou trois fois par semaine après l'avoir prévenu de mon arrivée. L'amour aidant, j'embellissais à vue d'œil. Je racontais à mon mari que j'allais voir un fournisseur ou que j'avais rendez-vous chez le dentiste, il n'y voyait que du feu. Sa crédulité aggravait d'autant ma culpabilité qui me pesait, notamment quand nous étions en pleine action et que, quittant les yeux vitreux de Nelson en plein orgasme, j'imaginais dans la pénombre le regard dévasté de Frankie. En me concentrant bien, je suis sûre que j'aurais pu découvrir derrière lui les visages de Gabriel, Édouard, Garance, papa, maman et tous les autres.

Que venaient-ils faire dans cette histoire ? Pourquoi fallait-il toujours que je voie les morts et les absents chaque fois que je me donnais du plaisir ? En me faisant du bien, je ne faisais pourtant de mal à personne.

Un après-midi, au début de l'année 1947, j'appelai Nelson pour le prévenir de mon arrivée, mais il me demanda de ne pas venir chez lui :

« J'ai quelqu'un. »

C'était Simone de Beauvoir qui faisait une tournée de conférences aux États-Unis. Quand Nelson est venu dîner avec elle au restaurant, le lendemain soir, nous sommes tombées dans les bras l'une de l'autre. Elle sentait l'alcool, la cigarette et des odeurs que je préfère ne pas qualifier mais que j'avais connues chez lui.

Nelson lui avait bien réussi, à elle aussi, beaucoup

mieux que Sartre en tout cas. Je ne l'avais jamais vue aussi belle et resplendissante.

Je suis restée à leur table jusqu'à la fermeture. À un moment donné, la conversation a tourné autour des États-Unis où, la paupérisation de la classe ouvrière aidant, la situation devenait, d'après eux, « révolutionnaire ». Le ton est assez vite monté. Ils se chauffaient l'un l'autre et je les trouvais navrants. Il n'y a que les gens cultivés et talentueux qui peuvent proférer de telles sottises avec l'autorité de la conviction.

« Malgré les difficultés, les Américains n'ont pas l'air si malheureux, protestai-je. Je ne vois pas pourquoi ils changeraient de régime.

— Tu ne vas quand même pas nier qu'il se passe des choses importantes en Russie et en Chine, s'indigna Nelson. Tu ne peux pas rester aveugle au futur de l'humanité !

— Ce n'est pas un gouvernement qui peut apporter le bonheur, je ne croirai jamais à ces fadaises.

— Ah bon. Qui peut l'apporter, alors ?

— C'est de moi qu'il viendra. En plus, j'aime bien la vie ici.

— Parce que tu n'as pas le temps de réfléchir, soupira Nelson avec un air méprisant. Tu es aliénée par le système capitaliste, complètement aliénée ! »

Simone buvait les paroles de Nelson : tant d'amour relevait de l'aliénation, aurait dit Sartre. Malgré tout ce qu'on a pu raconter sur son compte, elle ne se prêtait pas, elle se donnait. Je me suis souvent demandé, par la suite, si ça n'était pas ses hommes qui lui avaient toujours fait voir le monde de travers.

Ce soir-là, elle avait les pupilles dilatées. Il suffisait

de voir son regard pour comprendre que mon ancien amant avait détrôné Sartre et qu'il serait l'homme de sa vie, du moins pour quelque temps.

Autant vous dire que je n'ai pas été étonnée quand j'ai appris, longtemps après, qu'elle voulait être enterrée certes à côté de son Sartre mais avec la bague que lui avait offerte Nelson. Après leur rupture, ils se haïssaient tellement que je suis sûre qu'ils s'aimaient encore.

Les jours suivants, les deux amoureux ont pris l'habitude de venir au « Frenchy's ». J'aimais leur bonheur. Il ne m'enlevait rien, au contraire. Mon couple avec Frankie, vaguement ébranlé un moment par mon aventure avec Nelson, en était sorti cimenté.

Quand Simone est retournée de l'autre côté de l'Atlantique, Nelson a continué à venir au restaurant, mais moins souvent et presque toujours avec des filles. J'avais peur pour leur amour, il ne semblait pas à taille humaine, encore qu'un jour où il était seul et avait envie de parler, il sortit de son portefeuille une lettre d'elle, en date du 14 janvier 1950, où je pus lire :

« Oh! Nelson, je serai gentille, je serai sage, vous verrez, je laverai le plancher, cuisinerai tous les repas, j'écrirai votre livre en même temps que le mien, je ferai l'amour avec vous dix fois par nuit et autant dans la journée même si ça doit légèrement me fatiguer. »

Je me souviens encore du sourire de Nelson quand je lui rendis la lettre, le sourire du dompteur qui a maté son fauve.

« Pour être féministe, on n'en est pas moins femme », commenta-t-il en se caressant les bras.

Quelque temps plus tard, après avoir dîné avec des journalistes aux airs de comploteurs, Nelson était resté un moment avec moi et m'avait ouvert son cœur. Il lui semblait qu'il y avait deux Beauvoir. L'amante et la féministe. La femme amoureuse et la femme de tête. Il ne lui demandait pas de couper ses racines et d'accomplir un « suicide spirituel ». Il voulait simplement construire quelque chose avec elle. Un enfant et une maison ensemble, ça n'était quand même pas trop demander. Apparemment, elle ne voulait rien entendre.

Je n'ai pas remis ça avec Nelson. Ce n'était certes pas l'envie qui m'en manquait, mais il ne la partageait pas. Sans doute avais-je trop forci, du bassin et des jambes en particulier. Peut-être redoutait-il aussi que je ne parle un jour à Simone. Dans les années qui ont suivi, ma conduite fut exemplaire, comme si je cherchais à me faire pardonner des fautes que mon mari avait à peine subodorées. Je n'avais pas à me forcer : je prenais goût à cette succession de gestes répétés qu'était devenue notre vie de restaurateurs débordés par le succès ; elle me rassurait. Notre avenir était du passé qui recommençait tout le temps.

Frankie avait beaucoup grossi. Tels étaient, à cette époque, les effets de la réussite. Il avait largement dépassé le quintal et la position du missionnaire nous était interdite depuis longtemps : j'y aurais laissé ma peau.

Chicago est la cité des extrêmes. Une fois, c'est le Groenland ; une autre, les tropiques. « Ici, le climat est très exagéré », aimait dire Frankie Robarts. Il y fait toujours trop froid ou trop chaud. Parfois, il semblait que tout bouillait, comme dans une de mes marmites, et les poissons remontaient, cuits, à la surface du lac Michigan avant d'aller pourrir sur les plages de sable fin.

« Bienvenue à la plage des poissons morts », blaguait-on. Mais ce n'était pas drôle : certains jours, l'odeur importunait la clientèle.

Mon mari supportait la canicule à peu près aussi bien que les poissons du Michigan. Quand elle nous tombait dessus, il était trempé comme une éponge et coulait de partout. J'appréhendais ces périodes-là qui pouvaient me condamner à deux mois d'abstinence sexuelle. Chaque nuit, il se produisait quelque chose d'affreux : rien.

Le 2 juillet 1955, alors que le soleil commençait à donner ses premiers coups de pioche sur la terre, Frankie Robarts a fini par exploser. Il est mort en plein service, d'une crise cardiaque déclenchée par un accident vasculaire cérébral, alors qu'il servait un hamburger à une cliente qu'il a renversée sur sa banquette et qui s'est retrouvée le visage badigeonné de sauce tomate.

Quelques jours plus tard, j'ai reçu une lettre de condoléances de Simone de Beauvoir que Nelson Algren avait prévenue de la mort de mon mari. Elle me proposait, « pour me changer les idées », de me joindre à elle et à Jean-Paul Sartre qui, à l'automne, partaient en voyage en Chine. « Tous frais payés », ajoutait-elle. Ils me feraient passer pour leur secrétaire auprès des autorités chinoises.

J'ai vendu le restaurant et me suis débrouillée pour les retrouver tous deux à Pékin après être passée par Moscou : je ne voulais pas remettre les pieds sur le sol français.

## *Le deuxième homme de ma vie*

PÉKIN, 1955. Quand je suis arrivée à Pékin, j'ai tout
de suite aimé les Chinois, peuple concret, qui ne doute
de rien et ne ménage pas sa peine. Ce sont des Américains, mais sans le grand sourire dentu ni cette tendance
à l'embonpoint provoquée par l'abus de sucre ou de
graisses animales : à mon humble avis, marchant plus
vite, ils iront fatalement plus loin.

J'avais quarante-huit ans, il était temps que je trouve
l'âme sœur, celle qui pourrait rallumer le soleil qui
m'avait toujours éclairée à l'intérieur, même la nuit, et
dont la dernière flamme s'était éteinte avec la mort de
Frankie Robarts.

Le couple Sartre-Beauvoir étant ce qu'il était, j'aurais
pu me laisser tenter par lui comme je l'avais été, une
douzaine d'années auparavant, à « La Petite Provence ».
Je subodorais même que ça n'aurait pas été pour
déplaire à Simone. Mais si fascinant fût-il, l'intellectuel à
tête de crapaud et aux dents gâtées n'était pas mon
genre. Je ne supportais pas son sourire forcé — on aurait
dit qu'il poussait. De plus, sa voix d'acier provoquait
toujours sur moi l'effet d'un caillou qui crisse sur une
vitre. Enfin, il était souvent affligé de cette méchanceté

venimeuse qui caractérise certains personnages disgracieux et que trahissait son haleine : elle sentait l'amertume autant que le tabac et l'alcool.

Il y avait belle lurette que Simone ne faisait plus rien avec lui et, soit dit en passant, je la comprenais. Après Nelson Algren, elle fréquentait Claude Lanzmann, un très beau jeune homme, que je n'ai jamais vu et dont elle parlait avec émotion. En ce temps-là, elle avait le visage épanoui des femmes aimées.

Ce qu'il y avait de mieux chez Sartre, c'était Beauvoir. Qu'aurait-il été sans elle ? Une girouette péremptoire. Un mauvais écrivain. Enfin, pas grand-chose. C'est elle qui a écrit sa légende.

Pendant six semaines, nous avons sillonné la Chine, de Pékin à Shanghai et de Canton à Nankin, mais comme l'a dit Sartre bien plus tard, quand il eut retrouvé sa lucidité, « on a vu beaucoup de choses mais en fait, on n'a rien vu ». Tout était officiel, même les apartés, et je n'oublierai jamais la migraine qui me tombait dessus dès que les apparatchiks nous infligeaient leurs discours où ils s'efforçaient, avec un art consommé, de ne rien dire. J'avais de la peine pour eux.

Sartre et Beauvoir ne voyaient goutte. Leurs hôtes multipliant les courbettes, ils étaient aux anges. On aurait dit deux paons aveugles et sourds se pavanant au milieu des volailles.

Je ne me lasserai jamais de répéter ce qui fut une des grandes leçons de ma vie : il n'y a rien de plus stupide que les gens intelligents. Il suffit de flatter leur ego pour les manipuler comme on veut. La crédulité et la vanité marchant de pair, elles se nourrissent l'une de l'autre, même chez les plus grands esprits : j'eus l'occasion de le vérifier tout au long du voyage.

Pendant que Simone prenait des notes pour son plus mauvais livre, *La Longue Marche*, un essai sur la Chine qu'elle publia en 1957, j'écrivais sur un cahier les formules que m'inspiraient nos pérégrinations :

« L'homme travaille, mais le Chinois plus encore. »

« L'intellectuel se laisse flatter de la main mais le pauvre, non. Il est trop cabossé : les caresses lui font mal. »

« Les lendemains qui chantent finissent toujours par nous laisser sans voix. »

« Communisme : système qui n'a pas compris que pour faire le bonheur des autres, il suffit de les laisser tranquilles devant un paysage. »

C'est la veille de notre retour que je suis tombée amoureuse d'un communiste chinois. Il se passa avec lui à peu près la même chose qu'avec Gabriel. Une secousse tellurique qui me traversa le dos, doublée d'une apnée et d'une atroce envie de faire pipi. Au premier regard échangé, j'ai su que je vivrais avec lui le reste de ma vie, du moins tant que l'amour durerait.

Il s'appelait Liu Zhongling. Il était veuf et avait douze ans de moins que moi. Quand je cherche ce que j'ai le plus aimé chez lui, je ne sais par quoi commencer, tant il était parfait, de la tête aux pieds, avec ses yeux en amande, ses lèvres à croquer, sa langue habile, tout en muscles, jusqu'à ses orteils galbés que je ne me lasserais pas de téter. Cet homme était un bonbon et, lorsque je pense à lui, je n'ai pas honte de le dire, l'eau me vient encore à la bouche.

Il me faut parler aussi de son odeur le soir, quand

nous nous retrouvions. À peine musquée, elle sentait la fleur d'automne, le bois mouillé et le marc de raisin.

L'intellect était à la hauteur du reste. Guide, traducteur, commissaire politique, Liu était tout cela. À notre retour d'une mission dans le nord du pays, il nous avait été affecté pour notre dernier jour à Pékin, notamment pour expliquer à Sartre et Beauvoir, qui en étaient fort marris, que le président Mao ne pourrait pas les recevoir.

M'alpaguant après la réception d'adieux, Liu m'a dit dans un français parfait :

« Je ne sais pas comment vous le dire, je ne comprends pas ce qui m'arrive et vous allez me trouver idiot, mais bon, voilà, pardonnez-moi : je ne peux pas imaginer ma vie sans vous.

— Moi non plus », ai-je répondu sans hésiter.

La conversation se termina dans ma chambre où, sans préambule, Liu me chamboula au point qu'au bout d'une heure, j'eus la sensation d'avoir été ravagée par une armée d'amants déchaînés. Au lit, il était épuisant et inépuisable.

Avec lui, il n'y avait rien d'autre à faire que de s'abandonner comme un ballot dans une mer en furie. Toutes les années que j'ai passées avec lui, j'étais couverte de bleus, de suçons, de pinçons et de morsures que j'arborais fièrement comme des médailles. Sans parler des courbatures.

Après l'amour, Liu m'a parlé littérature et plus particulièrement de Stendhal qu'il semblait connaître sur le bout des doigts. Bien qu'il fût tout sauf cuistre, je me rendis compte que mon inculture était encyclopédique.

Je me souviens qu'il me cita une formule, selon lui

typiquement stendhalienne, qui figure dans *Vie de Henry Brulard* que je n'ai toujours pas lu :

« L'amour a toujours été pour moi la plus grande des affaires, sinon la seule. »

Après m'avoir prise une seconde fois, il m'annonça qu'il avait trouvé la solution qui nous permettrait de vivre ensemble, malgré la difficulté de la situation. Il demanderait à l'ambassadeur d'Albanie, qui était de ses amis, de m'embaucher comme cuisinière.

Le lendemain, je laissai donc Sartre et Beauvoir repartir à Paris. Simone avait compris pourquoi je restais. À l'aéroport, où je les avais accompagnés, elle s'approcha de moi et murmura à mon oreille :

« Liu ? »

J'ai hoché la tête.

« Je vous comprends, souffla-t-elle. C'est un très beau garçon. Quand l'amour est là, il ne faut pas hésiter et attendre qu'il repasse. Prenez-le dès qu'il se présente et ne le lâchez plus. »

Simone baissa encore la voix :

« Si je peux vous donner un conseil, il ne faut jamais se mettre en situation de regretter jusqu'à la fin de vos jours une décision que vous aurez prise, je crois qu'il n'y a rien de pire. »

Pour les choses de la vie, Simone était de bon conseil comme j'ai pu le constater longtemps après dans ses livres que j'ai dévorés et que j'aimerais relire une dernière fois, avant de mourir, *Le Deuxième Sexe*, *Les Mandarins* ou *Les Mémoires d'une jeune fille rangée*. Pour le reste, notamment la politique, elle s'était trompée plus que de raison. Passée directement du carcan de la bourgeoisie à celui de l'intellocratie, elle était trop rigide pour penser bien. Sa raideur fut son excuse.

Sartre, son mauvais génie, n'avait, lui, aucune excuse, fors son extraordinaire intelligence qui le poussait aux pires imbécillités, tant elle lui donnait de l'assurance, notamment celle de retomber toujours sur ses pattes, ce qui fut le cas, quand on songe qu'il s'est trompé sur tout. Bigleux devant le nazisme dont le caractère satanique lui a échappé lors du séjour qu'il effectua en Allemagne pendant l'année universitaire 1933-1934. Pleutre devant Vichy qu'il combattit sur le tard, ce qui ne l'empêcha pas, à la Libération, de se faire passer pour un résistant de la première heure. Aveugle devant le communisme qu'il a célébré sous Staline, les révolutions du tiers-monde qu'il a servies frénétiquement ou le gauchisme dans lequel il s'est vautré à la fin de sa vie.

Qu'importait qu'il n'eût cessé de se fourvoyer pourvu qu'il figurât sur la photo. De préférence, avec Simone de Beauvoir, la distinction incarnée. Que sa ligne politique l'emmenât régulièrement dans le décor, c'était sans importance. Il en changeait aussitôt et sa basse-cour le suivait en caquetant. Son statut l'autorisait à s'égarer. Pour en avoir le droit, à cette époque, il suffisait d'être du bon côté. Le sien.

# Le pigeon voyageur

PÉKIN, 1958. Liu Zhongling rencontrait souvent Mao Zedong (1,80 m) et Deng Xiaoping (1,50 m) mais j'ai mis des mois à savoir quelle était sa fonction exacte dans l'appareil du parti communiste chinois. Avec sa taille (1,65 m), il faisait bien la synthèse entre les deux.

Au début de notre relation, chaque fois que je tentais de parler politique avec lui, il changeait de conversation. J'ai rapidement compris qu'une de ses tâches était que le fossé ne se creuse trop entre eux.

Longtemps, le nouvel homme de ma vie a tout cloisonné. Il ne se trahissait jamais. Sans doute évitait-il même de réfléchir à son travail devant moi, de peur que je ne lise dans ses pensées, ce que j'aurais au demeurant été capable de faire, tant notre relation était fusionnelle : j'étais lui, il était moi.

Je pouvais souffrir le martyre quand Liu avait mal aux dents ou hurler de douleur quand il se brûlait la main avec le couvercle d'une casserole. Si nous avions un rhume ou la grippe, c'était toujours de conserve. Du matin au soir, nous étions la même personne avant de nous transformer, la nuit, en bête à deux dos.

Il se déplaçait beaucoup. Quand Liu était à Pékin, il

lui arrivait rarement de passer une journée avec moi : il avait trop à faire. Aujourd'hui, il suffit que je ferme les yeux pour me ramentevoir nos quelques promenades dans les parcs de Pékin ou dans les hutongs, les quartiers traditionnels aux rues étroites où il fallait passer entre les haies de linge étendu à sécher.

J'aimais Pékin par tous les temps, y compris quand le ciel semblait tombé par terre et que nous marchions dans la purée de pois, au milieu des nuages. Mais c'est de nos nuits, dans ma soupente de l'ambassade d'Albanie, que je garde surtout la nostalgie. Je ressens comme une saignée dans mon corps pendant que j'écris ces lignes.

Nous n'avons jamais passé une seule nuit ensemble sans faire au moins une fois l'amour. Autant dire que ça me changeait de Frankie Robarts. Je notais tout sur un petit carnet que j'ai emporté avec moi : en treize ans, il m'a donné 4 263 orgasmes. À cette vitalité s'ajoutaient une écoute et une attention qui auraient réconcilié la plus antiphallocrate des féministes avec la gent masculine.

Certes, Liu n'a jamais effacé ni même supplanté Gabriel dans ma mémoire, mais il y a fait sa place et elle est grande. Encore aujourd'hui, alors que mes chers disparus se pressent dans ma tête, trop étroite pour les accueillir tous, je pense à lui plusieurs fois par jour. Quand j'ouvre la fenêtre pour respirer l'air du dehors : c'était son premier geste du matin. Ou quand j'écrase mon œuf dur coupé en deux dans de la sauce de soja, comme il aimait le faire au petit déjeuner.

L'ambassade d'Albanie n'avait pas le sou et mon travail y était aussi ingrat que pénible. Les choses ne s'y sont même pas améliorées quand l'Albanie s'est rangée derrière la Chine, après le rapport de Nikita Khrouchtchev sur les crimes de Staline, au XX$^e$ Congrès du parti communiste de l'Union soviétique, en 1956.

Son Excellence Mehmet Artor était un vieux célibataire, ancien professeur de français à Tirana et vague cousin d'Enver Hodja, le Staline de poche du pays. Il ne voulait manger qu'albanais, notamment du goulache, du poulet aux noix, de la tourte aux légumes ou des feuilles de vigne fourrées au riz. Il devenait irritable si je ne lui avais pas préparé son babeurre ou son boza, boisson fermentée et à peine alcoolisée, à base de blé, de maïs et de sucre, qu'on peut agrémenter de poudre de vanille. Malheur à moi s'il n'avait pas à sa disposition, pour terminer le déjeuner ou le dîner, une assiette de baklavas au miel et aux amandes. Il en faisait une consommation immodérée, comme en attestait son ventre.

Mettre la main sur ces produits était un cauchemar. Il n'était pas rare que je fusse en panne de miel, de céréales ou de légumes pendant des semaines et Son Excellence se fâchait alors contre moi avant de s'en prendre aux dysfonctionnements du régime chinois. Sa foi dans le maoïsme semblait varier au gré de ce qu'il trouvait dans son assiette.

Pour l'heure, il n'y avait pas grand-chose. La raison en était la politique du Grand Bond en avant, lancée par Mao Zedong à partir de 1958, pour accélérer la marche vers le communisme, notamment dans les campagnes, soumises à un programme de collectivisation dément, doublé d'une lutte contre le « déviationnisme de droite » qui affama et ensanglanta le pays, jusque dans les villages les plus reculés.

La « révolution permanente » : telle fut la contre-attaque de Mao Zedong à sa fronde interne, après que plusieurs dignitaires du régime comme Zhou Enlai ou Liu Shaoqi l'eurent mis en cause en dénonçant le gauchisme ou l'« aventurisme » de sa politique. Ils prétendaient que le président allait trop vite ? Eh bien, tant pis pour eux, il irait plus vite encore.

À l'ambassade d'Albanie dont je ne sortais que pour faire les courses au marché, je ne pouvais avoir conscience de la catastrophe qu'était en train de perpétrer la politique de Mao Zedong. Pourtant, il m'a vite semblé que quelque chose clochait : j'avais beau me démener et courir les marchés, partout les étals étaient pratiquement vides. Souvent, je rapportais de la patate douce ou du *bok choy*, le chou chinois, parfois des côtelettes de chien, mais je trouvais de moins de moins de choses à mettre dans la soupe de Son Excellence, qui faisait triste figure quand il se mettait à table.

Plus la situation devenait dramatique, plus Mehmet Artor s'accrochait au marxisme-léninisme que les communistes chinois n'avaient pas été capables d'appliquer. L'ambassadeur mettait les difficultés d'approvisionnement sur le compte d'obscurs complots de la bourgeoisie et du capitalisme :

« Ils nous affament pour nous dégoûter du communisme, ronchonnait Mehmet Artor en tapant sur la table avec le manche de son couteau. Il suffirait de les éliminer et tout irait tellement mieux. Mon cousin Enver réglerait ça en trois coups de cuillère à pot. »

C'est pendant cette période que Liu a commencé à me parler de ses activités et à me faire part de ses doutes. Ancien meilleur ami du fils aîné de Mao, Anying, mort dans un bombardement pendant la guerre de Corée, en 1950, il avait ses entrées à la présidence. Mais il était surtout l'un des hommes liges de Deng Xiaoping, le secrétaire général du parti communiste, de plus en plus hostile, même s'il ne le disait pas publiquement, par les folies du Grand Bond en avant. Mon homme passait les messages de sa part et le prévenait des complots qui se tramaient contre lui. Il se définissait comme son « pigeon voyageur ».

La désorganisation du secteur agricole provoqua des famines qui, trois années durant, ravagèrent la plupart des provinces, du Sichuan au Henan ou de l'Anhui au Gansu. Comme au temps de Staline, le communisme de Mao exterminait les paysans en leur coupant les vivres. Une sorte de génocide qui s'élève, selon les experts, de 33 à 70 millions de morts.

Il n'y avait plus à tortiller, si le capitalisme était l'exploitation de l'homme par l'homme, le communisme était l'inverse, mais en pire.

Dans les campagnes chinoises, tout a fait ventre pendant plusieurs saisons. Les feuilles, les mauvaises herbes ou les cadavres des personnes mortes de faim, notamment des enfants qui pouvaient finir dans les intestins de leurs parents. Quant à la faune, elle avait quasiment été effacée de la surface du pays.

J'avais un beau chat chinois qui, avec ses traits fins et ses yeux perçants, me rappelait mon homme, au point que je l'avais appelé Liu II. Il partait souvent à l'aventure dans les jardins du voisinage. Un jour, il a disparu. Il a fini en boulettes ou dans une soupe.

Les moineaux commençaient même à manquer dans

le ciel de Pékin où régnait un silence de mort. Les filets charnus des oiseaux se retrouvaient dans tous les plats de viande, y compris dans mon goulache après que j'eus retiré soigneusement les os des petites carcasses afin qu'ils n'obstruent pas le gosier de Son Excellence, mais ça ne le nourrissait pas.

Souvent, je pense à tous ces intellectuels, écrivains ou ministres occidentaux qui, à cette époque, se vautraient dans le maoïsme et que Liu balada, dans tous les sens du mot, pour leur faire admirer les grandes réalisations du régime. Ils n'y ont vu que du feu. Pendant toutes ces années, ils ont rempli les journaux et les livres de leurs bêtises et de leurs abjections. J'en connais qui sévissent encore, pérorant sur d'autres sujets, toute honte bue. Plaignons-les.

J'accuse tous ces lèche-culs péremptoires de corruption morale, de complicité d'assassinat, de non-assistance à personne en danger et, au mieux, d'aveuglement et de stupidité ayant entraîné la mort sans intention de la donner.

« Le président Mao ne dort plus, m'a annoncé Liu, un jour, sur le ton de gravité que l'on réserve d'ordinaire aux nouvelles importantes.

— Écoute, Liu, c'est la moindre des choses, après le mal qu'il a fait : ça prouve qu'il a encore une conscience.

— Mao a toujours eu un sommeil difficile, c'est pourquoi il se lève souvent très tard, mais là, ça devient alarmant, il a de plus en plus souvent de grosses migraines. En plus, il ne veut plus manger de viande, en signe de solidarité avec son peuple, ça va l'affaiblir davantage encore.

— Au contraire, objectai-je. Il sera en meilleure santé, ce qui lui permettra de mieux digérer sa nourriture et le malheur de son peuple. »

Liu n'a pas relevé. Après que je lui eus demandé si Mao avait une haleine horrifique comme celle d'Hitler, je n'ai pu porter le moindre crédit à sa réponse qui semblait extraite d'un communiqué officiel :

« De l'avis général, le président Mao sent très bon de la bouche.

— Ah, bon, dis-je. Et il sent bon de partout ?

— De partout. »

J'ai ri et Liu aussi. Il ne perdait jamais son humour, même quand le sol se dérobait sous ses pieds.

*

Une nuit, alors que nous nous donnions du plaisir, Liu a manqué de m'étrangler. C'était ma faute : je lui avais demandé de serrer mon cou très fort pendant qu'il me ramonait, et il a si bien suivi mes instructions que j'ai fini par tourner de l'œil.

À peine avais-je recouvré mes esprits qu'il me demandait en mariage. J'avais maintenant cinquante-neuf ans, et lui toujours douze ans de moins. Si je voulais encore changer une fois de nom, c'était l'occasion ou jamais. Je préférais le sien à celui que je portais alors : Robarts.

Liu, qui avait ses entrées partout, a pu obtenir une autorisation spéciale. C'est ainsi que je m'appelle, depuis, Zhongling. Le mariage n'a rien changé entre Liu et moi. Nous avons continué à travailler comme des bêtes et à nous donner du bon temps quand il nous en restait. L'état de santé de Son Excellence s'aggravant peu à peu, j'étais devenue, en plus de sa cuisinière, sa garde-malade.

Souffrant d'une hernie discale paralysante, Mehmet Artor ne pouvait plus se déplacer qu'en fauteuil roulant et, faute de personnel, ce fut à moi que revint la tâche de le promener. Il m'en sut gré car il m'obtint, grâce à ses relations, un passeport diplomatique que je ne lui avais pas demandé mais qui allait bientôt m'être d'une grande utilité quand, après le Grand Bond en avant, survint la catastrophe suivante.

C'était toujours quand on le croyait mort que Mao Zedong renaissait de ses cendres. Sans cesse en mouvement, cet as de la tactique politicienne n'oubliait jamais de récupérer le mécontentement du pays en imputant ses propres échecs à ses rivaux du parti. Pour faire oublier son fiasco du Grand Bond en avant et mettre au pas son équipe infectée à nouveau par une contestation larvée, le président chinois inventa la Grande Révolution culturelle. Une sorte de coup d'État populaire qui visait, parmi d'autres, Deng Xiaoping, le parrain spirituel de mon mari, pourtant d'une grande prudence. Une nouvelle fois, il doublait sur la gauche les chicaneurs et les réfractaires de sa nomenklatura.

Le 16 mai 1966, dans un texte que Liu m'a traduit et commenté, les mains tremblantes, Mao s'en prit, lors d'une session élargie du bureau politique, aux représentants de la bourgeoisie qui s'étaient infiltrés sournoisement dans le parti, le gouvernement et l'armée. Une fois toutes les conditions réunies, ces « révisionnistes contre-révolutionnaires » avaient prévu, selon le président chinois, de prendre le pouvoir et de « remplacer la dictature du prolétariat par la dictature de la bourgeoisie ». C'est pourquoi il appelait le peuple à les passer en jugement sans attendre en commençant par son dauphin attitré, Liu Shaoqi qui, d'après mon mari, était « un homme juste et bon ». « Un homme humain », avait-il ajouté, fier de sa formule.

« Je ne sais pas ce qui va se passer maintenant, me dit Liu, mais je crois que nous devrons nous voir moins souvent, peut-être même plus du tout. Je ne veux pas t'exposer ni te compromettre.

— Je suis quand même ta femme, répondis-je. Je veux tout partager avec toi.

— À partir de maintenant, je vais me battre à la vie et à la mort pour mes idées. Je suis désolé, Rose, ça n'est pas ton combat et pas ton histoire. S'il m'arrivait malheur, j'aurais trop besoin que tu me survives pour qu'après moi il reste encore sur terre quelque chose de notre amour. Est-ce que tu comprends ça ? »

Il savait parler, mon homme. Les yeux humides et en ravalant mes sanglots, je lui ai fait promettre qu'il passerait de temps en temps à l'ambassade pour me donner des nouvelles et puis aussi pour autre chose qu'il est inutile de préciser. Il a dit oui mais n'en a rien fait. Pendant un an et demi, il ne s'est pas manifesté.

Deng Xiaoping fut exilé. Liu Shaoqi, emprisonné : l'ex-futur successeur mourra longtemps après, en 1969, dans sa geôle de Kaifeng, faute de soins. Quant à mon mari, il fut tué à coups de barre de fer par des gardes rouges, à Canton. Il paraît qu'il s'est défendu comme un lion, blessant plusieurs de ses assaillants.

Le 2 février 1968, quand Mehmet Artor m'a annoncé la mort de Liu, nouvelle qu'il tenait d'un haut personnage de l'État, j'étais désespérée. Sur le coup, j'ai pensé sortir sur-le-champ de l'ambassade pour tuer au hasard un ou plusieurs gardes rouges dans la rue. Je n'avais aucun doute sur l'efficacité du krav-maga mais je redoutai d'être arrêtée dès que j'aurais accompli mon forfait. Dieu merci, l'ambassadeur d'Albanie tua dans l'œuf cette idée idiote.

« Ce pays est en train de devenir fou, dit Mehmet Artor. Il faut partir.

— Je veux voir le corps de Liu. Je veux le voir, l'embrasser et l'enterrer.

— N'y pensez pas, votre mari est mort il y a plus de trois semaines, il est déjà sous terre, on ne sait où. Il n'y a pas de temps à perdre, il faut partir le plus vite possible. »

Le lendemain, nous nous sommes envolés pour l'Albanie.

Dans l'avion, j'ai échafaudé un autre projet : effacer la mort de Liu par le sang d'un grand intellectuel français qui aurait eu des complaisances pour Mao Zedong. Jean-Paul Sartre s'imposait, mais je l'ai écarté pour ne pas faire de peine à Simone de Beauvoir. Quelques semaines plus tard, quand j'arrivai en France, je savais que j'avais l'embarras du choix.

## *Un fantôme du passé*

MARSEILLE, 1969. Tous les chemins me mènent à Marseille. La ville était, comme en 1917, lors de mon premier séjour, d'une saleté métaphysique. Traversée en tous sens par les rats, les mendiants, les pickpockets et les glaneurs de poubelles, elle restait joyeuse, remettant tout le monde à sa place, et dans cette pagaille, je me suis tout de suite sentie chez moi. J'ai loué un deux-pièces à l'ombre de la basilique Saint-Victor.

Dans la liste de mes haines, j'avais ajouté les noms de plusieurs intellectuels, et mon choix s'est finalement porté sur Louis Althusser, l'un des papes de Saint-Germain-des-Prés, qui a suivi un parcours somme toute logique : stalinien, maoïste, puis dément. N'ayant pas le courage de se tuer lui-même, il a étranglé sa femme longtemps après.

Louis Althusser a eu la chance que je fusse à Marseille où j'ai rapidement abandonné mon plan, emporté par le grand rire de la ville qui a raison de tout. Avec l'argent de la vente du « Frenchy's » que j'avais conservé en Chine, je m'étais acheté un restaurant quai des Belges, sur le Vieux-Port. Une salle de vingt-deux couverts avec une petite terrasse. Je l'ai baptisé bêtement « La Petite

Provence », comme à Paris, sans penser que ça pourrait, un jour, m'attirer des ennuis.

L'établissement a tout de suite été très couru. J'y faisais tout sauf la salle, pour laquelle j'avais embauché Kady, une Malienne de vingt-trois ans sans papiers ni complexes ni sous-vêtements. Dès le premier regard, j'ai rêvé de la déshabiller, ce que je fis au demeurant, le soir même, avant de me faufiler avec elle sous les draps. Après avoir connu beaucoup d'hommes, j'avais décidé, la soixantaine passée, de me reconvertir dans la femme. Celle-là m'allait bien.

Je fus sa première femme, sa dernière aussi. Au petit matin, elle m'a dit avec un grand sourire :

« Mieux vaut panard que jamais. »

C'était son type d'humour. Coiffée à l'afro comme Angela Davis, célèbre activiste dont tous les garçons étaient amoureux, elle se disait d'origine princière. Kady mentait volontiers, mais je m'en fichais, tant que ça ne concernait pas le travail. Pour le reste, elle était si gracieuse que je lui pardonnais tout. J'avais sans cesse envie de l'embrasser et je ne m'en privais pas, avant ou après le service. Pour ce qui était de la faire gigoter de plaisir sous l'effet de mes inventions, j'attendais que nous soyons chez moi, entre quatre murs, pour étouffer ses gloussements et ses hurlements, la discrétion n'étant pas son genre. J'étais dépassée par son tempérament.

Elle m'affolait. J'étais transportée par sa voix sensuelle, teintée d'ironie, son rire éclatant, ses yeux sentimentaux, sa pomme d'Adam qui dansait sur mon cou, ses seins qui tressautaient quand elle parlait et ses lèvres pulpeuses qui semblaient toujours chercher quelque chose à mordre ou à manger. J'essayais de lui donner ce qu'elle voulait. L'amour, bien sûr, mais aussi la chaleur, la sécurité, la protection, la compréhension et l'attention de tous les instants. Tout ce dont a besoin une femme.

Mais il lui manquait quelque chose. Un jour, alors que nous achetions des daurades vivantes à notre pêcheur habituel, un barbu neurasthénique au poil gras qui avait son étal sur le quai, en face du restaurant, Kady m'a dit d'une voix forte :

« Je veux un enfant. »

Je ne voyais pas le rapport avec les pauvres daurades qui se débattaient lamentablement dans le sac où je venais de les plonger. Après une seconde de stupéfaction, le pêcheur prit un air moitié étonné, moitié égrillard, son regard passant de Kady à moi et inversement.

Je ne savais pas quoi dire. Kady répéta en haussant encore le ton :

« Je veux un enfant.

— D'accord, d'accord », ai-je répondu, après un rictus d'impatience, pour clore l'incident.

En retournant au restaurant, nous n'avons pas desserré les dents. Il est vrai que je n'en menais pas large avec mon sac grouillant de hoquets et de trémoussements d'agonie. N'osant jamais demander au pêcheur de tuer lui-même les daurades, de peur qu'il ne me taxe de sensiblerie mal placée, je hâtais le pas pour mettre fin moi-même à leurs souffrances sur mon plan de travail, en leur fracassant la tête d'un coup de rouleau à pâtisserie.

C'est autour de minuit, après être rentrées du travail, que nous sommes revenues sur le sujet de l'enfant, Kady et moi. Nous étions assises toutes les deux sur le canapé, l'une contre l'autre, à écouter en nous pelotant et en nous embrassant, son air préféré, chanté par Scott McKenzie, que j'avais mis à jouer sur l'électrophone :

> *If you're going to San Francisco*
> *Be sure to wear some flowers in your hair*
> *You're gonna meet some gentle people there*

Je n'ai pas encore parlé de la langue de Kady et c'est un grave oubli. Son organe lingual était un instrument charnu qui changeait souvent de couleur, tournant parfois au violacé, et dont elle usait avec virtuosité. Une sorte d'engin masculin, en plus mobile. Après un baiser qui me laissa hébétée, Kady me déclara, tandis que je reprenais mes esprits :

« Je veux un enfant parce que j'ai trouvé le père.

— C'est qui?

— Tu ne le connais pas.

— Un Noir?

— Évidemment. Il n'est pas question que ma descendance soit souillée par la race blanche, si c'est encore une race, tellement elle est dégénérée.

— Comme tu voudras. »

Le mâle reproducteur faisait la plonge dans la brasserie d'à côté. C'était un Malien, comme Kady. Grand et beau, le cou long, le regard fier, il avait la même démarche qu'elle, lente et royale. Le jour qui nous sembla le plus propice à une fécondation, nous l'avons emmené à l'appartement où il s'est prêté sans entrain, comme à reculons, à la tâche que nous lui avions dévolue.

Il ne savait pas qu'il était, avec son outil, en train de faire un enfant. Il croyait seulement participer à une séance de voyeurisme où j'étais censée me régaler pendant qu'ils se ventrouillaient sous mes yeux. Je ne fus pourtant pas à la fête, d'autant moins que j'ai cru voir, quand il se répandit en elle, des éclats de jouissance scintiller dans le regard de Kady.

Dieu merci, il ne fut pas nécessaire de remettre ça. Neuf mois plus tard naissait Mamadou, 3,7 kg, de père inconnu, qui allait porter le nom de sa mère : Diakité.

Mamadou cimenta notre couple et notre bonheur. Jusqu'au jour où, faisant le tour des clients après avoir éteint mes fourneaux, je suis tombée sur un fantôme de mon passé. Il n'avait pas changé. Les visages haineux semblent toujours sortir du formol. Ils restent immuables. Ses cheveux avaient à peine blanchi. Quant à ses dents, elles souffraient de n'avoir jamais été détartrées, ce qui pouvait laisser à penser qu'il n'avait personne dans sa vie. Elles étaient fondues dans un magma de dépôts beigeâtres, que je regardai avec dégoût quand, se levant mélodramatiquement de table, il se dirigea vers moi avec un large sourire, son grand nez en avant :

« Madame Beaucaire ? demanda-t-il en me serrant la main.

— Non, corrigeai-je. Zhongling.

— Je n'en crois pas mes yeux. Vous n'êtes pas Mme Beaucaire, née Lempereur ?

— Vous vous trompez », insistai-je.

J'ai secoué la tête et haussé les épaules en respirant très fort, pour alléger la constriction qui pressurait le sang de mon cerveau.

« Eh bien, ça alors, dit l'homme, pardonnez-moi, c'est

que je divague. Je me présente : Claude Mespolet, nouveau préfet de police de Marseille. J'ai connu une dame qui tenait à Paris un restaurant qui servait les mêmes plats et portait le même nom que le vôtre, "La Petite Provence". J'ai imaginé sottement que vous étiez la même personne. Désolé pour cette confusion. »

Il me présenta les personnes avec qui il déjeunait. Deux gros députés rougeauds dont l'un était beaucoup plus petit que l'autre. Ils avaient la bouche lustrée de graisse, comme des chiens qui sortent leur museau de l'écuelle.

« Vous ressemblez quand même beaucoup à cette dame dont je vous parlais, insista Claude Mespolet en m'examinant des pieds à la tête. En plus forte, car elle était assez mince, mais on prend toujours du poids avec l'âge. C'était il y a un quart de siècle. Comme le temps passe vite !

— C'est vrai », approuvai-je.

Au moment de l'addition, je lui ai proposé de rester un moment avec moi quand les deux élus seraient repartis.

« Félicitations pour votre parmesane, dit-il alors que je m'asseyais. Vous avez vraiment gardé la main.

— Je ne compte pas parler de gastronomie avec vous, répondis-je, mais d'une chose qui vous concerne directement. »

Je lui ai alors indiqué avec un sourire de maître chanteur que je détenais des documents compromettants sur lui. Notamment une note datée de 1942, signée de sa main et adressée au préfet de police de Paris, où il épiloguait sur les origines juives de mon premier mari. C'était du flan, Himmler ne me l'avait pas donnée après me l'avoir laissé lire, mais le petit sourire supérieur de Mespolet a tout de suite disparu de son visage. Il n'était cependant pas du genre à se laisser démonter.

« Que proposez-vous ? demanda-t-il sur un ton dégagé.

— Que vous me laissiez tranquille. »

Il a réfléchi, puis murmuré entre ses dents :

« Vous avez commis un crime en tuant Jean-André Lavisse, d'une façon tout à fait ignoble.

— C'était un collabo, répondis-je à voix basse.

— Pas vraiment. Il avait rendu des services aux gaullistes de la France libre, au point qu'à la Libération, il a reçu la médaille de la Résistance à titre posthume.

— Ce fumier ?

— Les gens ne sont jamais tout noir ou tout blanc, mais les deux en même temps, quand ils ne sont pas gris. La vie ne vous a pas appris ça ?

— Elle m'a appris le contraire.

— En tout cas, votre crime n'est pas prescrit, j'y ai veillé avec le juge d'instruction chargé de l'affaire, qui est un ami.

— Tout s'est pourtant passé il y a plus de vingt-cinq ans.

— La justice a ses codes que le code pénal ignore. »

Il répéta sa formule en se rengorgeant. Il s'appréciait beaucoup et me faisait penser à une gargouille à qui un plaisantin aurait fiché une plume de paon dans le derrière.

« Si vous bougez en relançant la justice, conclus-je, je bougerai en rendant public le document que j'ai en ma possession. C'est ce qu'on appelle la dissuasion ou l'équilibre de la terreur. Le mieux serait qu'on en reste là, ne pensez-vous pas ?

— En effet. »

Quand Claude Mespolet est sorti du restaurant, j'ai ressenti un pincement de la poitrine à l'estomac qui n'a fait que croître, les années suivantes, malgré les joies que me donnaient Kady et Mamadou.

## 49

### *Le dernier mort*

MARSEILLE, 1970. La pinçure ne me lâchait pas. Je me réveillais et m'endormais avec elle. Parfois, elle s'enfonçait si profondément dans ma chair, diffusant dans toute ma poitrine une douleur amollissante, que je cessais de respirer.

Même si, faute de temps, je retardais le moment de procéder aux examens que m'avait prescrits mon médecin, je me disais que je couvais un cancer. Mais c'est Kady qui l'a attrapé. La maladie l'a emportée en un an et demi, après qu'on lui eut retiré un sein, puis l'autre, la moitié d'un poumon, une tumeur dans la vessie, avant de lui découvrir un gliome dans le cerveau.

Ne voulant pas mourir à l'hôpital, Kady a préféré finir ses jours dans notre appartement. Pour l'accompagner jusqu'au bout, j'avais fermé le restaurant, sous prétexte de « congés annuels ». Ils ont duré six semaines.

La bravoure ne cède jamais devant rien, fors la mort. C'est son refus de capituler devant son cancer qui amena ma femme à tant souffrir, à la limite du raisonnable, au point que, les derniers jours, l'envie me prenait parfois d'abréger son martyre.

Mais non, Kady ne se ferait grâce de rien, pas même

d'une seconde, feignant jusqu'à l'instant fatal de savourer chaque goutte de vie avec un petit sourire cassé que je revois au moment où j'écris ces lignes. Elle m'avait demandé de lui trouver des dernières paroles à prononcer lorsqu'elle se sentirait partir. Je lui avais proposé celles d'Alfred de Musset : « Dormir, enfin je vais dormir ! »

Kady ne la trouvait pas assez « drôle ». Elle apprécia, entre toutes, la célèbre phrase d'Auguste de Villiers de L'Isle-Adam, écrivain méconnu qui aura au moins réussi sa sortie : « Eh bien, je m'en souviendrai de cette planète ! »

Son choix s'arrêta cependant sur une formule dont j'étais l'auteur : « Y a quelqu'un ? » Mais au moment de rendre l'âme, sa main dans la mienne, alors que Mamadou dormait dans son berceau, elle a soufflé autre chose que je n'ai pas compris et que je lui ai fait répéter :

« À bientôt. »

Dans mon cimetière crânien, elle figurait désormais aux côtés des morts auxquels je pense plusieurs fois par jour : mes enfants, mes parents, ma grand-mère, tous les hommes de ma vie, Gabriel, Liu et même Frankie. Avec Kady, ça commençait à faire beaucoup, mon carré personnel était en train de déborder.

Sur le plan intellectuel, j'ai pas mal perdu. C'est le problème avec l'âge : un jour, on finit par avoir un tel capharnaüm de gens et de choses dans son cerveau qu'on ne retrouve plus ses affaires.

Sur le plan sexuel, je me suis contentée désormais de moi-même. Ce que j'aime avec l'onanisme, c'est qu'il n'y a pas de préambule et qu'en plus on n'est pas obligé de parler quand on a fini : le gain de temps n'a d'égal que le repos de l'esprit.

Après la mort de Kady, j'ai eu le sentiment, par moments, d'avoir encore la vie devant moi. Grâce soit rendue à Mamadou de m'avoir aidé, par son seul sourire, à me rapiécer. Mais j'avais perdu la reviviscence qui, auparavant, me remettait debout après chaque coup du sort. J'avais tendance à rester dans mon ciel pour y regarder le monde de haut. À soixante-trois ans, ce n'était pas de mon âge. Enfin, pas encore.

Quelque chose m'empêchait de me laisser, comme avant, porter par mon élan vital. Cette pinçure, accompagnée de nausées, qui me tourmentait au point de me réveiller souvent la nuit. J'ai subi toutes sortes d'examens. Les médecins n'ont rien trouvé. Je savais ce qu'il me restait à faire.

\*

En enquêtant sur Claude Mespolet, j'ai appris qu'il possédait une résidence secondaire à Lourmarin, dans le Luberon, où il se rendait régulièrement, notamment l'été. Divorcé et sans enfants, il y allait presque toujours seul, généralement le samedi soir.

Avec des dents si tartrées, c'eût été un miracle qu'une femme de bonne condition accepte de partager sa couche, fût-ce une nuit. À la préfecture de police, ses subordonnés disaient qu'il passait son dimanche à jardiner, ce qui aurait dû me convaincre qu'il n'était pas une si mauvaise personne.

J'en étais venue à penser qu'il était impuissant. À moins qu'il ne fût un adepte de l'onanisme. En ce cas, c'était un point commun qui nous aurait donné matière à converser sur ses avantages : pratiqué de la sorte, l'amour n'est plus dangereux, l'autarcie lui permet d'échapper aux affres de la séparation fatale.

Un samedi après-midi, après avoir fermé le restaurant et laissé le petit Mamadou à une voisine, je suis allée l'attendre chez lui dans sa pinède. C'était en août et il régnait une grande excitation dans l'air où les moustiques et les hirondelles dansaient au-dessus des cymbales des cigales, tandis que la terre se couvrait de fils d'or.

Son chauffeur a déposé Claude Mespolet en fin de journée. Le préfet de police était accompagné d'un chien, un Jack Russell, l'animal le plus égotiste et le plus infernal de la Création après l'homme. Je ne m'attendais pas à la présence de ce personnage supplémentaire, mais j'avais de quoi le neutraliser : un flacon de chloroforme, dans la poche de ma saharienne.

Le préfet a fait le tour du propriétaire avec son chien, s'arrêtant devant certains arbres qu'il caressait. Des oliviers tortus, avec des yeux noirs et des cheveux d'argent. Des arbres pour partir à la guerre, tant ils semblaient avoir résisté à tout, au cagnard, aux gelées, aux déluges. Même si j'étais trop loin pour en être sûre, je crois qu'il a parlé à certains.

Quand Mespolet est entré dans la maison, le chien est resté dehors, à courir dans tous les sens, en aboyant après le monde entier. Les cigales. Les papillons. Les oiseaux. Jusqu'à ce qu'il déboule devant moi en clabaudant avant que je lui tende une main amicale qu'il lécha aussitôt. Quand je l'eus apprivoisé, je l'ai, soudain, immobilisé sur le dos et lui ai appliqué sur le museau une lingette sur laquelle j'avais versé le quart du flacon de chloroforme.

« Castro ! Castro ! »

Claude Mespolet appela son chien une partie de la soirée, depuis le perron mais aussi dans son jardin dont il fit le tour plusieurs fois en hurlant son nom. Il n'y avait aucune chance qu'il le retrouve. Castro gisait loin de là, dans la garrigue, les pattes attachées, une bande de chatterton enroulée autour du museau.

Quand il est monté se coucher, Mespolet a laissé la porte d'entrée ouverte au cas où il viendrait au chien l'idée de rentrer dormir à la maison. J'ai attendu une heure.

Quand je suis arrivée devant lui, il dormait d'un bon sommeil, à en juger par sa respiration douce et régulière. Je l'ai observé un long moment, dans la pénombre, dans un état d'extase atroce qui, des années après, me fait encore honte.

Je n'avais pas envie d'entendre Mespolet. Il me dirait sur le ton de la jérémiade ce que disent toujours ces gens-là, et qui, au demeurant, est assez vrai. Il ne pouvait pas faire autrement, c'était un fonctionnaire, il exécutait les ordres. Qu'ils viennent de la bouche du maréchal Pétain ou du général de Gaulle, c'était pareil, il fallait obéir et il ne savait pas faire autre chose. Encore qu'il ait su changer de maître, au cours de sa carrière, passant du pétainisme pendant l'Occupation au soviétisme de la Libération, quand il fallait échapper à l'épuration, il n'y avait pas mieux, avant de se reconvertir dans le gaullisme à la fin des années 50. Je connaissais déjà son discours : c'est la vie qui veut ça, elle consiste à donner le change. Pour un Camus qui a vraiment résisté, combien de Sartre ou de Gide qui se sont pris pour le vent mais n'étaient que la girouette?

Je n'avais pas envie non plus de croiser le regard de Mespolet. Jacky, mon ami caïd de Marseille, m'a souvent dit que les truands évitent toujours de fixer les yeux de celui qu'ils vont abattre, de peur de se ramollir avant de tirer. Je n'ai donc pas allumé la lumière avant de loger sept pruneaux dans le corps du préfet de police avec mon Walther PPK que j'avais, pour la circonstance, muni d'un silencieux.

Après quoi, j'ai libéré le chien avant de rentrer à Marseille, le cœur léger, en écoutant la 9e Symphonie de Beethoven que j'avais mise à fond, pour fêter mon dernier mort.

50

*Ite missa est*

MARSEILLE, 2012. La chaleur est lourde et tombe sur la terre comme une pluie. La ville pue le poisson et la poubelle. Tout poisse et on n'a qu'une envie, c'est de se jeter à l'eau, mais je ne veux pas m'exhiber : je me sens trop vieille pour ça.

C'est mon anniversaire. J'ai décidé de fêter mes cent cinq ans en petit comité, dans mon restaurant que j'ai « privatisé », avec Mamadou, Leila, Jacky, sa femme, Samir la Souris et Mme Mandonato, mon amie libraire qui ne cache pas sa joie d'avoir vendu, la veille, son fonds de commerce à un caviste bio. Très beau garçon, paraît-il. « Une tuerie », a-t-elle dit. J'irai vérifier quand il ouvrira.

Je ne sais pas qui est l'imbécile qui a inventé les fêtes de Noël, mais s'il était encore vivant, je lui réglerais son compte : à cette période et plus particulièrement le 24 décembre au soir, je suis toujours prise de grands accès de nostalgie en pensant à tous mes morts, à commencer par mes enfants et sans oublier mon petit-fils de Trèves qu'Alzheimer a emporté.

Le débile narcissique qui a eu l'idée du premier anniversaire de l'Histoire est encore plus criminel. À partir

338

de la quarantaine, c'est un supplice qu'il faut s'infliger par convenance sociale, pour faire plaisir. Arrivé à mon âge, c'est pire : chaque fois, on se dit que c'est le dernier anniversaire. N'était le rite de l'anniversaire auquel je dois me soumettre, tout irait pour le mieux. Depuis la mort du préfet Mespolet, je me sens soulagée et heureuse : la pinçure dans la poitrine est partie la nuit même pour ne plus jamais revenir. Mais j'observe bien que tous semblent incrédules, autour de la table, quand je leur dis, sur un ton joyeux, mon bonheur de vivre.

« Je veux bien te croire, dit Jacky, mais ça ne doit pas être facile tous les jours, après ce que tu as vécu.

— Malgré tout, je suis aux anges.

— Au ciel », corrigea Samir la Souris avec son mauvais esprit habituel.

Je répondis à Jacky que j'avais en effet vécu, jusque dans la moelle de mes os, ce qu'on peut considérer sans crainte de se tromper comme l'une des périodes les plus affreuses de l'histoire de l'humanité : le siècle des assassins.

« Il a fait tellement de morts, dis-je, qu'on n'est même pas foutu de les compter. »

L'institut néerlandais Clingendael, spécialisé dans les relations internationales, a chiffré à 231 millions le nombre de morts provoqués par les conflits, les guerres et les génocides de ce XXᵉ siècle qui n'a cessé de repousser les limites de l'abjection.

Quelle est l'espèce animale qui s'entretue à ce point, avec autant de férocité ? En tout cas, ni les singes ni les cochons dont nous sommes si proches, pas davantage les dauphins ni les éléphants. Même les fourmis sont plus humaines que nous.

Au xxᵉ siècle, il y a eu l'extermination des Juifs, des Arméniens, des Tutsis. Sans parler des tueries de communistes, d'anticommunistes, de fascistes et d'antifascistes. Les famines politiques en Union soviétique, en Chine populaire ou en Corée du Nord, qui ont décimé les paysanneries supposées rétives. Les 60 ou 70 millions de victimes de la Seconde Guerre mondiale provoquée par Adolf Hitler qui a inventé les massacres industriels. À tout cela, il faut encore ajouter toutes les autres infamies, au Congo belge, au Biafra ou au Cambodge.

Au palmarès de l'épouvante, Hitler, Staline et Mao figurent en tête, avec des dizaines de millions de morts à leur actif. Avec la complicité de leurs thuriféraires, intellectuels ou politiciens, ils ont pu épancher leur soif de sang et sacrifier à tour de bras sur l'autel de leur vanité.

« Et dire que c'est moi qu'on emmerde ! a rigolé Jacky, déclenchant les rires. Après ça, tu ne crois pas que la maréchaussée, au lieu de s'acharner sur moi, n'aurait pas mieux fait de demander des comptes à tous ces criminels et à leurs flagorneurs patentés !

— Il aurait fallu mettre la plus grande partie du pays en prison », a objecté Samir la Souris.

Il s'est ensuite tourné vers moi :

« J'ai l'impression que toutes ces horreurs ont glissé sur toi sans t'atteindre vraiment. Comment t'as fait ? »

Je lui ai cependant répondu en toute honnêteté que longtemps, j'ai ignoré ce qui m'avait fait supporter tout ça, même si j'ai toujours éprouvé une répugnance naturelle à ajouter ma plainte au grand pleurnichoir de l'humanité. Si l'Enfer, c'est l'Histoire, le Paradis, c'est la vie.

Le bonheur ne nous est pas donné : il se fabrique, il s'invente. J'ai appris ça récemment en lisant, sur les conseils de Mme Mandonato, les philosophes de la joie qui avaient écrit noir sur blanc ce que je pensais sans avoir jamais été capable de le formuler. Épicure, qui a si bien parlé du bonheur de la contemplation, mourut de rétention d'urine après avoir enduré la maladie de la pierre. Spinoza, chantre de la félicité, fut proscrit et frappé de malédiction par sa communauté. Nietzsche, enfin, célébra la vie et prétendait connaître un bonheur sans nom alors que son corps souffrait le martyre, rongé par un herpès génital géant et une syphilis au stade tertiaire, doublés d'une cécité progressive et d'une hyperesthésie auditive. Sans parler des crises de migraines et de vomissements.

« Sa douleur, Nietzsche l'appelait ma chienne, a précisé Jacky qui avait des lettres. Il disait qu'elle était aussi fidèle qu'un clebs et qu'il pouvait passer sa mauvaise humeur sur elle. »

À la fin du dîner, alors que j'étais ivre, je me suis levée et j'ai fait un petit laïus :

« Un discours, c'est comme une robe de femme. Il faut qu'il soit assez long pour couvrir le sujet et assez court pour être intéressant. Le mien tiendra en une phrase : on n'a jamais que la vie qu'on mérite. »

Après quoi, je leur ai distribué une photocopie où j'avais écrit mes sept commandements :

Vivez chaque journée sur cette planète comme si c'était la dernière

Oubliez tout mais ne pardonnez rien.

Vengez-vous les uns les autres.

Méfiez-vous de l'amour : on sait comment on y entre mais pas comment on en sort.

Ne laissez jamais rien dans votre verre, ni dans votre assiette, ni derrière vous.

N'hésitez pas à aller contre le courant. Il n'y a que les poissons morts qui le suivent.

Mourez vivant.

Je venais de finir ma coupe de champagne quand je me suis souvenue d'un autre précepte que j'ai toujours veillé à suivre : « Chassez l'amour-propre en vous. Sinon, vous ne connaîtrez jamais l'amour. » Je l'ai crié en m'y reprenant deux fois, pour en faire profiter tout le monde, puis Jacky a branché son portable sur les enceintes et nous avons chanté, sous sa conduite, mon air d'opéra préféré : *E Lucevan le Stelle* de *Tosca* avant d'entonner *Il Mondo*, une chanson interprétée par Il Volo, un trio de ténors italiens, d'adorables adolescents qui viennent à peine de muer :

> *Iiiiiil moooooondo*
> *Non si è fermato mai un momento*
> *La notte insegue sempre il giorno*
> *Ed il giorno verrà*

Oui, le jour viendra, chers petits ténors, ne vous inquiétez pas. Il est même au rendez-vous tous les matins. Il suffit d'ouvrir les yeux.

Après le dîner, alors que je disais au revoir à Jacky et à sa femme sur le pas de la porte de « La Petite Provence », j'ai entendu un grand cri. Un bêlement entrecoupé de couinements. Au coin de l'avenue de la Canebière, une femme en robe légère était à terre aux prises avec un voyou qui tentait de lui arracher son collier. Je reconnus tout de suite le « guépard » dont je parlais au début de ce livre.

Le temps que nous arrivions sur le lieu du crime, il avait déjà filé. Jacky a aidé la dame, une jeune octogénaire botoxée, à se relever. Elle pleurait à petites larmes en reniflant :

« C'était le collier que m'avait offert mon mari l'année où il est mort, il y a si longtemps déjà. Il ne vaut rien, mais c'est sentimental, vous comprenez. »

J'ai demandé à Jacky s'il pouvait user de ses relations pour retrouver le nom et l'adresse du voyou. J'avais deux mots à lui dire.

# ÉPILOGUE

Le « guépard » se prénommait Ryan et habitait chez sa mère, sur la corniche, dans une petite maison baroque qui donnait sur la mer. Psychothérapeute de bonne réputation, Mme Ravare, une veuve de quarante-six ans, recevait ses clients à domicile, sauf le mercredi et le jeudi après-midi qu'elle passait à l'hôpital de la Timone où elle suivait d'autres patients.

Je tenais ces renseignements et beaucoup d'autres de Jacky Valtamore qui avait tenu à m'accompagner. J'ai accepté de mauvaise grâce mais, à cent cinq ans, comme il me le fit remarquer sans élégance, on ne prend jamais trop de précautions. Il est vrai que la canicule des derniers jours ne m'avait pas réussi, même si j'observais à la lettre les instructions du ministère de la Santé qui recommandait aux vieilles personnes, menacées de déshydratation, de boire régulièrement de l'eau. J'avais, de surcroît, le sentiment d'avoir du beurre dans les tennis. À chaque pas, du coup, il me semblait que j'allais glisser et tomber.

Après avoir salué son sbire, un gros type léthargique qui faisait le guet dans l'allée, Jacky m'a demandé de l'attendre devant la porte. Il a sauté par-dessus un muret pour aller derrière la maison de Mme Ravare, du côté de la mer, avant de m'ouvrir quelques minutes plus tard. J'ai souri : à quatre-vingt-deux ans, il n'avait pas perdu la main.

« Il est là ? demandai-je.

— Puisque je te l'ai dit, murmura-t-il avec irritation. Il y a trois jours que je le fais surveiller, du matin au soir. Sinon, on ne serait pas venus. »

J'ai suivi Jacky dans le petit escalier en colimaçon qui donnait sur la chambre du « guépard ». Il était allongé sur le lit, les yeux fermés et les écouteurs de son baladeur vissés sur les oreilles. Qu'il dormît ou pas ne changeait pas grand-chose. Il était retranché du monde des vivants.

« Tu dors ? » a gueulé Jacky.

Ryan Ravare a ouvert un œil, puis l'autre, avant de se dresser, avec une expression horrifiée. J'étais contente de mon effet : il m'avait reconnue.

« Oui, t'as pas la berlue, ducon : c'est bien moi la vieille folle qui t'a fait si peur, un soir, sur le Vieux-Port. »

J'ai sorti mon pistolet, un Glock 17, de la poche de ma saharienne.

« Je t'avais pourtant bien prévenu, continuai-je, de ce qui t'arriverait si tu récidivais. Eh bien, mon petit gars, l'heure du Jugement dernier est arrivée. »

Jacky m'a prise par la manche, les sourcils froncés, puis m'a soufflé à l'oreille :

« Mais qu'est-ce que t'es en train de faire, Rose ? On avait juste parlé d'une petite leçon et rien d'autre.

— On va voir, chuchotai-je. J'improvise. »

Sentant un désaccord chez l'ennemi, Ryan tenta d'en tirer profit :

« Permettez-moi de vous le dire, madame, vous êtes très agressive.

— Parce que toi, ducon, t'es pas agressif avec les gens que tu dépouilles ?

— Je vois pas de quoi vous voulez parler. J'ai rien fait et vous venez m'accuser chez moi, c'est un monde, ça ! »

Sur quoi, il a pris le petit ton geignard propre aux nouvelles générations :

« Si vous avez pas remarqué, je suis en pleine dépression en ce moment. Je dors plus, je mange plus, ma mère est très inquiète. Vous pouvez vérifier, je suis en train de suivre un traitement. »

Il nous montra un tas de médicaments qui formaient une sorte de petit village provençal, perché sur sa table de chevet comme sur un pic.

« Je suis très fatigué, reprit-il. Depuis des années, je souffre du mal de vivre, c'est ce qu'on a diagnostiqué à l'hôpital. Ma vie n'est pas drôle, croyez-moi. Je n'arrive pas à m'en sortir et, ces derniers temps, c'était pire, j'avais même envie de me suicider. »

Il prétendait s'adresser à moi mais ne regardait que Jacky, le maillon faible. J'ai toussoté pour attirer son attention, puis :

« Je te propose un marché. Si tu te rends à la police avec tout ton butin, tu auras la vie sauve. Sinon, je te crève sur-le-champ.

— À la bonne heure, a soufflé Jacky entre ses dents. Voilà qui est mieux parler. »

Apparemment, Ryan hésitait. J'ai insisté :

« Si tu refuses de payer ta dette à la société, il faut que tu saches que ça me fera vraiment plaisir de te tuer.

C'est à cause de mon ami et de lui seul que je me retiens de tirer tout de suite, pour te laisser une chance.

— J'aime pas la prison.

— T'as pas le choix. »

Ryan a répondu que sa priorité était de sortir de sa mauvaise passe, et que la détention ne lui paraissait pas idéale pour ça. Je lui ai demandé de prendre ses responsabilités avant d'ajouter que s'il lui prenait l'envie de nous dénoncer, une fois qu'il serait derrière les barreaux, il ne ferait pas de vieux os : Jacky et moi avions beaucoup de relations dans les prisons. Des vicieux et des affreux qui adoraient se défouler sur les petites frappes dans son genre.

Après que nous eûmes conduit Ryan au commissariat de la Canebière, j'ai été boire mon premier pastis de l'année avec Jacky à la Brasserie, quai des Belges. Quand j'ai commandé une deuxième tournée, Jacky a secoué la tête.

« Encore un, juste un, ai-je protesté. Il faut vite boire la vie avant qu'on vous retire le verre.

— Jure-moi que ce sera le dernier.

— Il faut toujours boire comme si c'était le dernier, Jacky. Ce n'est pas à toi que je vais apprendre qu'on meurt de n'avoir pas vécu et que sinon, on meurt quand même.

— Quitte à mourir, Rose, autant que ce soit en toute conscience et en bonne santé. Pas pétée comme un coing.

— Excuse-moi, mais ce sont des propos d'ivrogne. La seule chose que la vie ne m'ait pas apprise, à moi, c'est à mourir. Et, figure-toi, je n'ai pas encore l'intention de partir. »

La vie, c'est comme un livre qu'on aime, un récit, un roman, un ouvrage historique. On s'attache aux personnages et on se laisse porter par les événements. À la fin, qu'on l'écrive ou qu'on le lise, on n'a jamais envie de le terminer. C'est mon cas. D'autant que j'ai encore tant de choses à faire et à dire.

Je sais que mes lèvres continueront toujours de remuer, même quand elles seront mélangées à la terre, et qu'elles continueront de dire oui à la vie, oui, oui, oui...

# RECETTES
## DE « LA PETITE PROVENCE »

# LE PLAKI DE MA GRAND-MÈRE

Pour 6 personnes et plus :

*Ingrédients*
2 kg de haricots blancs à écosser
1 gros oignon
5 carottes coupées en rondelles
1 bouquet de persil haché
1 tête d'ail dont les gousses seront épluchées mais pas
 coupées
2 grosses tomates mûres coupées en morceaux
les feuilles de 2 grosses branches de céleri
1 botte de persil

*Préparation*
 Faire revenir l'oignon coupé en morceaux dans un
fait-tout.
 Ajouter les carottes, les tomates, les gousses d'ail, le
céleri.
 Mettre les haricots et couvrir d'eau.
 Cuire à feu doux pendant une heure.
 En fin de cuisson, ajouter le sel, le poivre et le persil.
 Laisser refroidir. Manger tiède ou bien frais après
avoir versé un filet d'huile d'olive.

Pour 8 personnes et plus :

*Ingrédients*
1 kg de tomates, 1 kg d'aubergines et 1 kg de courgettes
5 oignons
5 gousses d'ail, du thym, du laurier, du persil
3 œufs
100 g de parmesan

*Préparation*
Faire revenir dans de l'huile d'olive 3 oignons avec les tomates épluchées et épépinées. Laisser mijoter 45 minutes avec 3 gousses d'ail, du thym, du laurier et du persil. Retirer le couvercle en fin de cuisson pour favoriser l'évaporation qui renforcera le goût. Passer le coulis au moulin ou au mixeur et laisser au frais.

Faire revenir les tranches d'aubergines qui auront été dessalées auparavant. Laisser absorber le gras sur du papier essuie-tout.

Faire revenir les courgettes coupées en morceaux avec les deux oignons qui restent. Laisser fondre à feu doux jusqu'à ce que vous puissiez les écraser. Ajouter alors des grattures d'ail, le parmesan et les œufs battus.

Tapisser le plat des tranches d'aubergines qui doivent remonter sur les côtés et verser par-dessus la purée de courgettes.

Mettre le plat au bain-marie dans le four à 180 °C pendant une vingtaine de minutes. Laisser reposer, puis refroidir au réfrigérateur. Sortir une heure avant le repas, démouler et servir avec le coulis.

## LE FLAN AU CARAMEL D'EMMA LEMPEREUR

Pour 6 personnes :

*Ingrédients*
7 œufs
1 l de lait
1 bâton de vanille
1 sachet de sucre vanillé
200 g de sucre
7 morceaux de sucre et deux cuillerées d'eau pour
   faire le caramel directement dans le moule à charlotte d'une vingtaine de centimètres de diamètre

*Préparation*
Mélanger et faire bouillir le lait avec le sucre, le
sucre vanillé et la vanille en bâton.
Laisser refroidir.
Ajouter les œufs battus.
Verser le tout dans le moule à charlotte sur le cara-
mel refroidi.
Mettre le moule au bain-marie dans un four à
180 °C pendant 45 minutes.

Laisser refroidir le flan puis le mettre au réfrigérateur sous film plastique afin qu'il n'en prenne pas les odeurs.

Démouler au moment de servir.

## LA TARTE AUX FRAISES À L'AMÉRICAINE
## OU « STRAWBERRY SHORTCAKE »
## DU « FRENCHY'S »

Pour 8 personnes :

*Ingrédients pour le biscuit*
1 sachet de levure chimique
250 g de farine tamisée
150 g de crème liquide
1 pincée de sel
115 g de beurre
3 cuillerées à soupe de sucre semoule

*Ingrédients et préparation pour la garniture de fraises*
   1 kg de fraises qu'il faut choisir avec soin : pour être goûteuses, elles doivent provenir, de préférence, de producteurs locaux.
   Les couper en deux ou trois.
   Ajouter 100 g de sucre blond, puis mélanger.
   Laisser reposer.
   Si vous avez des doutes sur la qualité de vos fraises, vous pouvez y ajouter une cuillerée à soupe de jus de citron.

*Préparation*
Préchauffer le four à 210 °C.
Mélanger la farine, la levure, le sucre et le sel.
Ajouter le beurre coupé en petits morceaux sans trop le mélanger.
Ajouter la crème liquide pour humidifier.
Étaler la pâte avec un rouleau à pâtisserie.
Couper la pâte en huit rectangles de 2 cm d'épaisseur environ.
Poser ces rectangles sur la plaque à pâtisserie préalablement beurrée.
Saupoudrer d'un peu de sucre.
Faire cuire au four environ 12 minutes. La pâte doit être bien dorée.
Quand elle a refroidi, couper chaque rectangle en deux dans le sens de la longueur.
Disposer les fraises entre les deux couches de biscuit.
Verser dessus de la crème Chantilly battue avec de la vanille.
Poser dessus trois fraises en décoration.

Cela est la recette traditionnelle. Au « Frenchy's », je cassais la pâte. Après en avoir ajouté les brisures aux fraises, je servais le « strawberry shortcake » dans un grand saladier que je recouvrais de chantilly vanillée à laquelle j'ajoutais un doigt de whisky.

PETITE BIBLIOTHÈQUE
DU SIÈCLE

*Le génocide arménien*

ARNOLD J. TOYNBEE : *Les Massacres des Arméniens. Le meurtre d'une nation (1915-1916)*, Petite bibliothèque Payot.
RAYMOND KÉVORKIAN : *Le Génocide des Arméniens*, Odile Jacob.

*Le stalinisme*

VASSILI GROSSMAN : *Vie et Destin*, Livre de Poche.
ALEXANDRE SOLJÉNITSYNE : *L'Archipel du Goulag*, Seuil.
SIMON SEBAG MONTEFIORE : *Staline. La cour du tsar rouge*, 2 tomes, Tempus.
TIMOTHY SNYDER, *Terres de sang. L'Europe entre Hitler et Staline*, Gallimard.

*Le nazisme*

HANNAH ARENDT : *Les Origines du totalitarisme*, 3 tomes, Seuil, Points/Essais.

HANNAH ARENDT : *Eichmann à Jérusalem*, Gallimard, Folio Histoire.

JOACHIM FEST : *Hitler*, Gallimard, épuisé.

JOACHIM FEST : *Les Maîtres du III<sup>e</sup> Reich*, Livre de Poche.

SAUL FRIEDLÄNDER : *L'Allemagne nazie et les Juifs*, 2 tomes, Seuil, Points/Histoire.

GÜNTER GRASS : *Le Tambour*, Points-Seuil.

IAN KERSHAW : *Hitler*, Flammarion.

FELIX KERSTEN : *The Kersten Memoirs (1940-1945)*, Double-day and Company.

PETER LONGERICH : *Himmler*, éditions Héloïse d'Ormesson.

MICHAËL PRAZAN : *Einsatzgruppen*, Seuil, Points/Histoire.

MICHEL TOURNIER : *Le Roi des Aulnes*, Gallimard, Folio.

STANISLAV ZÁMECNÍK : *C'était ça, Dachau, 1933-1945*, éditions du Cherche-Midi.

## Le maoïsme

JUNG CHANG et JON HALLYDAY : *Mao. L'histoire inconnue*, Gallimard, Folio Histoire.

JEAN-LUC DOMENACH : *Mao, sa cour et ses complots*, Fayard.

YANG JISHENG : *Stèles, la grande famine en Chine, 1958-1961*, Seuil.

ALEXANDER V. PANTSOV avec STEVEN I. LEVINE : *Mao, the real story*, Simon and Schuster.

JEAN PASQUALINI : *Prisonnier de Mao*, en 2 tomes, Gallimard, Témoins.

## Les camps de la mort

ROBERT ANTELME : *L'Espèce humaine*, Gallimard, Tel.

RAUL HILBERG : *La Destruction des Juifs d'Europe*, 3 tomes, Gallimard, Folio.

PRIMO LEVI : *Si c'est un homme,* Pocket.
DAVID ROUSSET : *L'Univers concentrationnaire,* Pluriel.
ELIE WIESEL : *La Nuit,* Éditions de Minuit.

## L'occupation allemande en France

SIMONE DE BEAUVOIR : *La Force de l'âge,* Gallimard, Folio.
GILBERT JOSEPH : *Une si douce occupation, Simone de Beauvoir et Jean-Paul Sartre, 1940-1944,* Albin Michel, épuisé.
IRÈNE NÉMIROVSKY : *Suite française,* Denoël, Folio.

## XXᵉ siècle en général

SIMONE DE BEAUVOIR : *Le Deuxième Sexe,* Gallimard, Folio.
SAUL BELLOW : *Herzog,* Gallimard, Folio.
ALBERT CAMUS : *L'Homme révolté,* Gallimard, Folio.
MARGUERITE DURAS : *Un barrage contre le Pacifique,* Gallimard, Folio.
WINSTON GROOM : *Forrest Gump,* J'ai lu.
JONAS JONASSON : *Le vieux qui ne voulait pas fêter son anniversaire,* Pocket.
JACK KEROUAC : *Sur la route,* Gallimard, Folio.
J.M.G. LE CLÉZIO : *Le Procès-verbal,* Gallimard, Folio.
NORMAN MAILER : *Un rêve américain,* Grasset, Cahiers rouges.
TIERNO MONÉNEMBO : *L'Aîné des orphelins,* Points-Seuil.
J.D. SALINGER : *L'Attrape-cœurs,* Pocket.
GAËTAN SOUCY : *La petite fille qui aimait trop les allumettes,* Points-Seuil.
JOHN STEINBECK : *Tortilla Flat,* Gallimard, Folio.
KURT VONNEGUT : *Abattoir 5,* Points-Seuil.
SIMONE WEIL : *La Pesanteur et la Grâce,* Pocket.

*Prologue*                                           13

 1. Sous le signe de la Vierge                       17
 2. Samir la Souris                                   22
 3. La fille du cerisier                              27
 4. La première fois que je suis morte               34
 5. La princesse de Trébizonde                        43
 6. Bienvenue au « petit harem »                     48
 7. Le mouton et les brochettes                      53
 8. Les fourmis et la roquette de mer                60
 9. Chapacan Iᵉʳ                                      66
10. L'art du glanage                                 72
11. Le bonheur à Sainte-Tulle                        77
12. Le fusillé                                       84
13. La cuisine de l'amour                            91
14. La reine des courbettes                          98
15. Grippe d'amour                                  104
16. Le roi de la pince Burdizzo                     109

17. Un baiser de soixante-quinze jours — 114

18. Les mille ventres de l'oncle Alfred — 119

19. « La Petite Provence » — 126

20. L'art de la vengeance — 133

21. Une omelette aux champignons — 138

22. Retour à Trébizonde — 145

23. Une promenade en bateau — 151

24. Le Juif qui s'ignorait — 158

25. Jours insouciants — 164

26. La guerre est déclarée — 169

27. Pour l'exemple — 175

28. Rouge comme une crevette — 181

29. L'homme qui ne disait jamais non — 186

30. Un déjeuner champêtre — 196

31. De si belles dents blanches — 201

32. Mon poids en larmes — 207

33. La stratégie Johnny — 213

34. Raflés — 219

35. Un pou dans une botte de foin — 224

36. L'homme qui dînait sans cuillère avec le Diable — 230

37. Le baiser d'Himmler — 240

38. Le dossier Gabriel — 245

39. L'haleine du Diable — 252

40. Trois doigts dans la bouche — 259

41. L'embryon qui ne voulait pas mourir — 267

42. Un piaulement de volaille malade — 275

43. Le crime était signé — 281

44. Un voyage à Trèves 290

45. Simone, Nelson et moi 297

46. Le deuxième homme de ma vie 308

47. Le pigeon voyageur 314

48. Un fantôme du passé 324

49. Le dernier mort 332

50. Ite missa est 338

*Épilogue* 345

Recettes de « La Petite Provence » 351

   Le plaki de ma grand-mère 353

   La parmesane de Mamie Jo 354

   Le flan au caramel d'Emma Lempereur 356

   La tarte aux fraises à l'américaine ou « strawberry shortcake » du « Frenchy's » 358

Petite bibliothèque du siècle 361

Composition CMB Graphic.
Achevé d'imprimer
sur Roto-Page
par l'Imprimerie Floch
à Mayenne, le 27 juin 2013.
Dépôt légal : juin 2013.
1ᵉʳ dépôt légal : avril 2013.
Numéro d'imprimeur : 85102.
ISBN 978-2-07-014160-9 / Imprimé en France.

**257308**

The terrorist turned his attention to the second vehicle. A near-solid wall of lead stopped it, wounding and smoking, windshield shattered. A couple of the green-uniformed cops jumped out and fled, leaving their weapons behind. But Karim and a sergeant fought back. They spilled out from either side of the dying vehicle and returned fire—Karim with his .45 sidearm and the sergeant with an AK.

Then Brandon Kragle darted across the separation, intent on reaching one of the cops' abandoned weapons. The terrorist caught the movement and shifted fire. Brandon combat-rolled and came up next to the cop car's sheltered rear door. He grabbed an AK lying on the back seat.

The terrorist screamed in fury. Karim cast aside his .45 and snatched the rifle away from the sergeant. He sent the tango on his way to Allah.

Major Kragle slowly stood up. He spotted a blue van about two miles away where it was winding up into the surrounding brown hills.

"That's the highway leading toward Habban and Sayun, toward Saudi," Thornton said. "They'll be trying to get to either Iraq or Afghanistan by plane or boat."

Brandon made up his mind.

He was going after them.

# DETACHMENT DELTA

# PUNITIVE STRIKE

## CHARLES W. SASSER

**AVON BOOKS**
*An Imprint of HarperCollinsPublishers*

AVON BOOKS
*An Imprint of* HarperCollins*Publishers*
10 East 53rd Street
New York, New York 10022-5299

Copyright © 2002 by Bill Fawcett & Associates
ISBN: 0-380-82058-7
**www.avonbooks.com**

First Avon Books paperback printing: June 2002

Avon Trademark Reg. U.S. Pat. Off. and in Other Countries,
Marca Registrada, Hecho en U.S.A.
HarperCollins® is a registered trademark of HarperCollins Publishers
Inc.

Printed in the U.S.A.

10  9  8  7  6  5  4  3  2  1

*This novel is dedicated to my old friend
and army buddy, Darrell Turner*

# AUTHOR'S NOTE

While this novel is a work of fiction with no intended references to real people either dead or alive other than the obvious ones, discerning readers will no doubt make connections between recent history and events in this book. These are intended. For example, I have used literary license to transform the October 12, 2000, terrorist bombing of the USS *Cole*, renamed herein as the USS *Randolph*, as a fictional launching point for the adventures described.

*Punitive Strike* was written prior to the tragic events of the World Trade Center and the Pentagon and centers only upon events prior to September 11, 2001. However, since *Punitive Strike* is the first novel in a series dealing with Delta Force and counterterrorism, we should expect forthcoming volumes to tackle Operation Enduring Freedom, the attacks on America, and the continuing struggle to bring Osama bin Laden and other international terrorists to bay.

As Jennifer Fisher, my fine editor at HarperCollins, wrote in response to her first reading of the manuscript: "There was an eerie sense of wondering what was fact and what was fiction. . . ." For thirteen years I was a member of the U.S. Army Special Forces (the Green Berets), and therefore have some understanding of covert and SpecOPs missions. I hope to continue this merging of fact and fiction to create stories that may very well reflect the *real* stories behind counterterrorist operations by the United States.

Finally, I want to make clear that my rendering of certain high profile characters, such as President John Stanton in this volume, are partly creations of my own imagination or are interpretations necessary to the plot. The same goes for certain high profile events.

# DETACHMENT DELTA

## PUNITIVE STRIKE

# CHAPTER

## Aden, Arabian Peninsula

Amal Khamis Mohammed had been at the window overlooking the harbor since dawn, waiting. The call for morning prayers amplified through the mosques' PA systems sounded like go-carts racing up and down Aden's narrow and rocky streets. Amal laid out his prayer cloth near to the window, went to his knees and bowed toward Mecca. He asked for Allah's blessing and guidance in the action that was to come. Then he resumed his vigil at the window.

Like the great spiritual and military leader Osama bin Laden, Amal was born in Saudi Arabia. He had given up his citizenship in protest over the Gulf War, in which Saudi Arabia had sided with the United States against Iraq, and initially enlisted with the Palestine Liberation Organization to fight Israel and the U.S. Later he joined bin Laden's al Qaeda. He was a small man with a face that rightfully belonged on the dark rats that sniffed and lurked in the city's gutters and sewers; he had black beady eyes and quick, restless

his head and a
. He sipped a

ocused on the
ie it appeared
till in the Gulf
ed among the
rs, oilers, and
untries. Aden,
bian Peninsula,
nd the Persian
n many nations
seeking refueling, repairs, and cargo transfers. In ancient times she had grown rich because she lay along important trade routes between Europe, Asia, and Africa.

Aden was a transient place, a strange and dangerous country full of fishermen, sailors, thieves, smugglers, and plotters. A terrorist town. The USS *Randolph* was the twenty-eighth U.S. warship to enter the port for refueling since Americans began enforcing sanctions against Iraq following the war.

At 0845 the destroyer began mooring procedures to take on fuel at an offshore pier. A number of harbor boats operated by a Yemeni firm, the Al-Mansoob Commercial Group, hauled out the ship's huge mooring lines to stationary buoys. By 0920 the ship was all fast. At 1030 orders came to receive. Pier workers sent over two fueling lines and turned on the fuel flow.

Amal remained at his window post the entire time. The hardening sun glared against the sea, making sun dogs and sun dazzle and silhouetting boat traffic. The warship was dark with the sun behind her. A sleek and beautiful ship.

At 1110, while refueling was still under way, a white skiff trimmed in red moved across the harbor, running low and heavy and casual in the water. Amal's heart began to pound against his chest.

There were two men in the boat. One of them operated the outboard engine. The other sat in the bow, looking forward like the carved head on a brave, ancient man-of-war. Sea birds sailed and darted above the boat, swooping low, begging for bait handouts. Viewed from the window in the city high above, it was a tranquil scene. An old movie starring Anthony Quinn and Sophia Loren in which sound had been muted.

A moment of nostalgia overtook the rat man, for he savored the old movies, but the moment quickly morphed into a blood-warming excitement that stiffened his wiry form. He forced himself to relax and grow calm as he watched the drama unfold as though it were indeed a movie.

He almost envied the two martyrs in the skiff.

The man in the bow of the boat waved at the American sailors on the USS *Randolph*'s main deck. Americans were so trusting. Suspecting nothing, they waved back. One sailor with an M-16 rifle watched the skiff. The boat approached unchallenged. It passed slowly underneath the spread of the decks and out of sight of those above.

It eased down the hull length of the 505-foot destroyer until it was amidships. The two crewmen suddenly stood up. They wore traditional *futas* and turbans, like those Amal wore while watching from the window. Both threw their arms above their heads, as though reaching for supplication. The skiff detonated in a brilliant flash of the most searing light.

The movie's sound returned with a sharp and terrible bang. The *Randolph* leaped out of the water like a stricken fish. Although he expected the explosion, had been anticipating it, the rat man nonetheless dropped the tiny coffee cup from his trembling fingers. Shock waves bellowing across the bay and slamming against the city knocked him back from the window.

He was amazed and at the same time deeply moved. The image that burned itself into his retinas was the shadows of his comrades, arms upraised, vanishing into the light as they ascended to Allah.

Praise be to Allah!

# CHAPTER 2

**Alamo Hueco Mountains**

Major Brandon Kragle, U.S. Army Delta Force,
worked his way crawling along the thorny lee side of
the ridge, then began a lizard movement toward the
top. Behind him, also wriggling on their bellies
through the gray mesquite, came Troop One's sniper,
Sergeant "Gloomy" Davis, and the female lieutenant
from Funny Platoon. The Major, as he was known in
Troop One, needed to study the cabin before finalizing
plans for its takedown. The female had been with the
advance contingent; she came along on the leader's recon to show him the way.

Like he needed a slit-tail to show him anything.

What did she call herself? Gypsy.

"Gypsy?" he had scoffed when she and the advance
party met the troop at the airfield. "Is that because
you're a wanderer?"

"It's because it's my name, Major," she replied
coolly.

"Yeah, well . . . Lieutenant, is it?"

"Lieutenant Gypsy Iryani, sir."

"Iryani? What kind of name is that?"

"It's American."

"Sounds Arab."

She was dark-skinned like an Arab, not nut dark but more a raw honey color. She had freckles across the bridge of a nose that looked once to have been broken, wide emerald eyes, and the brightest crop of red hair he had ever encountered. Brandon had seen redheaded Arabs before.

Slits were everywhere in the army these politically correct days. They brought with them lowered physical standards and COO training, as in "Consideration of Others." Some bitch was always screaming sexual harassment every time a *real* soldier so much as glanced at a rounded ass. Even Delta Force had four or five of them in the Intelligence detachment the male troopers called Funny Platoon. They served as intel operatives, infiltrating countries to recon targets for the assault forces.

This one didn't look like a dyke. You could never tell, though.

She prepared to accompany the leader's recon.

"I can read a map, Lieutenant," Brandon snapped.

"Sir, everybody knows how you feel about women in *your* military. Lord knows you make no secret of it. But I've been up to that ridge already and looked over the cabin. Let me do my job. You do yours. Sir."

At least she knew enough to have selected an observation point with adequate cover and concealment. Brandon handed her that much. Dark green juniper edged the top of the ridge where it overlooked the terrorists' hideout.

Brandon shifted the short MP-5 submachine gun slung across his back so the mag no longer dug into his ribs. He wore jeans and black sneakers, a long-sleeve black pullover, and a night watch cap jerked low above active gray eyes that searched the terrain ahead and higher up. Cammie stick in desert colors patterned his lean face, including the thick bristle of mustache. In the desert heat, he had sweated through the pullover and jeans. Sand adhered to the moisture along his ribs and in the crotch and on the butt of his jeans.

He glanced back at Gloomy Davis and pointed two fingers at his own eyes: *I'll have a look-see. Wait here.* Gloomy nodded once. He was a wiry little guy with drooping mustaches, face camouflaged, blue eyes intense. Too rough-hewn and homely to get a wife, he married his rifle instead and would probably pay it alimony if they were ever separated. The Winchester .300, Mr. Blunderbuss, was now cased and strapped to his back to keep it clean and free of getting knocked about.

Brandon ignored the girl. He left the two of them lying in the mesquite while he scrabbled up to the juniper at the crest of the ridge. The sun rode low and bloodred off to the right, where the ridge gradually descended toward a desert bowl. Less than an hour's daylight remained. Junipers cast lengthening shadows on the leached and rotted soil of the ancient sea bed, dispelling some of the intense heat of the day. Little desert creatures were starting to venture out.

Concealed beneath the low juniper branches, he wiped sweat from his eyes and broke out a powerful compact binoc. The cabin lay below in a narrow basin bisected by a dry creek bed. It looked like a small hunting lodge of fairly new construction. The logs gleamed fresh and salmon-colored. Three rooms, Brandon guessed. All in a shotgun row, with a window overlooking each room on this side. The windows were paned and set in wooden frames, an important piece of information should the troop have to assault through them.

A narrow porch shaded the front door, which appeared to be the cheap, hollow-cored variety local Mexican campesinos used on their adobes. SAT photos the troop studied on the flight en route showed a back door of the same type; here, the angle of the cabin obscured it from Brandon's view.

The terrorists had used a rusty old blue SUV to transport the hostages. It sat parked and partly camouflaged underneath a stand of willows along the dry streambed. Brandon carefully glassed the vehicle, the cabin, and the surrounding terrain. Nothing moved except a buzzard lazily circling overhead. No sign of the three Mexican tangos who had already executed one American and were holding two others in reserve inside the building. The place appeared as untenanted as it had in satellite target photos.

A piece of cake. Delta trained on taking down terrorists in sports stadiums, hijacked 767s, and cruise ships—and now, in real life, to draw a remote cabin fortified by three or four half-literate Mexicans was almost laughable. Why hadn't the Mexes sent in their *federales* instead of calling for America's crack counterterrorist force?

"Whether Delta will actually be used has yet to be ascertained," the U.S. Army Special Operations commander had said in his initial briefing, when Delta Force was alerted at Fort Bragg, North Carolina, shortly before dawn. "However, you are to proceed on that assumption. Pre-position and prepare your troops for any eventuality. An aircraft is waiting for you at Pope. Weapons, flak vests, ammo, and individual kits have been sent over from Bragg and are being loaded."

Major Kragle's Troop One drew the mission, while Major Dare Russell's Troop Two went into reserve. Brandon's younger brother, Cameron, served as one of Dare's squad sergeants. A *sergeant*. Their father, the General, accused him of having no ambition. Cameron didn't care what their father thought. He would "honor thy father and thy mother," as the Scriptures commanded, but he still didn't care what his father thought.

"Three American hostages have been snatched from the embassy in Mexico City by a band of terrorists calling itself Los Venceremos," Lieutenant Colonel "No Sleep" Callahan, Colonel Buck Thompson's deputy commander, briefed the two troops as the plane took off from Pope. Colonel Buck had gone ahead with the advance party to get things started. "A SWAT from the Mexican Federal Police is en route and available, but the Mex government has asked the Yanks for assistance due to the sensitive nature of the incident."

Weren't all terrorist situations *sensitive*?

"One of the hostages was shot and killed on the way

out of Mexico City and the body dumped in the road to discourage pursuers," No Sleep continued. "One of the two remaining hostages is the American ambassador's sixteen-year-old daughter. You get the picture. The Mex police pulled off and notified us. They don't want to take the hit if the proverbial shit reaches the proverbial oscillator.

"We tracked the terrorists' SUV by satellite to a cabin in the desert where the tangos apparently feel safe for the time being. We expect them to contact us shortly to make whatever their demands are in exchange for the lives of the girl and our embassy's press attaché."

Not a man in either troop believed this was the *real thing*. The troops had had it up the wazoo with alerts, "full mission profiles," and drills. Rendezvous made, intel gathered, sketches drawn, tasks performed without sufficient time. Hopping around from Pope to Richmond to Washington, D.C., only to be told to stand down. That it had been merely another FMP drill. No terrorists after all. So sorry, you all. Just jerking Delta's chain.

"Here we go again," groused Sergeant Rock Taylor, Troop One's commo specialist. "Heeeer's Johnny."

Air controller traffic was piped into the plane's cabin. "Bravo Three-five-six-nine-eight, Memphis center. We show you clear to Mexico City via direct Houston. High-level five forty. Company requests you not contact Mexico City for security reasons. . . ."

"Holy shit!" yawped Thumbs, Troop One's Demo Dick. "This ain't no drill. This fucker's on its way. We're really going."

Planning began in earnest.

The two Delta troops rendezvoused with the advance party at a small isolated airfield on the outskirts of Mexico City. A number of bigwigs from both countries were there—a Federale SWAT captain, a rep from the Mexican government, an assistant representing the U.S. government. USSOCOM, the United States Special Operations Command, approved Delta's being committed. Troop Two secured the outer perimeter and waited in reserve. Brandon moved the sixteen operators of Troop One into position for the takedown while he conducted a leader's recon of the target with his top-ranking sergeant and the redheaded lieutenant from Funny Platoon.

He thought of asking Dare Russell to transfer Cameron over to One for the ops. His brother needed to be tested in a real life situation after his disgrace in the Iraqi War. But then the Major dismissed the option as being too risky.

If he were a betting man—and *all* CTs were bettors, it being the nature of counterterrorism—he would have wagered that the two remaining hostages were being held in the cabin's middle room. He decided to work on that assumption while building secondary contingency plans around the other two rooms.

A breeze from the approaching nightfall slithered through the juniper boughs above his head. Doves cooed from down by the streambed as they got their last drinks from surviving puddles before going to roost. Brandon glassed the cabin a final time. Still no activity. But he still had a wait before kicking off the operation. Let the night settle in. Let the scumbags feel secure and get drowsy. Then . . .

*Hey, motherfuckers! We're back!*

After making his notes and drawing diagrams, he completed his recon, eased down from the crest and belly-crawled downslope until he reached a position where he could see the other two. He signaled them to come on up. This would be a good hide for the sniper and his .300 Winchester. If things started turning to shit, a good sniper could redeem what was left. You had to plan against the odds.

Lieutenant Iryani led the way, crawling up the ridge toward him. Gloomy followed. Probably so the horny bastard could watch her ass in her tight jeans, Brandon thought. She had almost reached the Major when she suddenly froze, horrified eyes locked onto something directly in front of her.

A broad triangular head rose out of a thick pile of coils from behind a small barrel cactus not more than a foot in front of her face. Rattlesnakes were coming out to hunt. It buzzed a warning.

"Oh, shit!" Brandon murmured.

It was definitely an *Oh, shit!* moment.

"Don't move at all!" he barked in a whisper.

If she batted an eyelash, quivered, or took in a deep breath, the reptile would likely sink deadly fangs into her cheek or her eyes. It kept up its chilling buzz while its head swayed slightly, assessing whether the life-form inches away represented a possible meal or a threat.

Seeing the problem as well, Gloomy edged to his

right in an attempt to distract the snake. Brandon motioned for him to keep still, then wormed his way very quickly downslope. To his surprise, Gypsy Iryani seemed to have nerves like icicles. Either that or she was scared stiff. She stared death eyeball-to-eyeball and never flinched a muscle.

Good gal. She had balls.

The Major drew the Marine Ka-Bar combat knife Grandfather Jordan, now ambassador to Egypt, had carried in the South Pacific with MacArthur against the Japanese. He inched near enough that the rattler switched its attention to him. The forked black tongue worked like a sliver of nervous mercury. The tail kept up its menacing tune.

"Look at me, baby," Brandon encouraged it. He grinned tightly at the redhead. "I'm referring to the snake, Gypsy Rose Lee, in case you were considering sexual harassment. I wouldn't dare call *you* baby."

She didn't think his dark humor was funny under the circumstances. It was astonishing how her face clouded without a single muscle moving.

Using his free hand, concentrating on the rattler, Brandon unknotted the bandana go-rag from around his neck and dangled it at arm's length toward one side. The snake's wary eyes followed. Gypsy watched with icy curiosity. Brandon flicked the tail of the bandana toward the snake.

It struck in self-defense. At the same instant, Brandon's knife slashed out with amazing speed and relieved the snake of its head. The thick rope of a body went into writhing spasms, spraying bright blood and lashing against Gypsy's face. She rolled away with a muffled cry and lay on her back, trembling and breathing hard.

Brandon flipped the twisting body aside with his knife. The dispatched head snapped at the knife. He crawled close to the lieutenant.

"If you've finished fucking with the local flora and fauna," he taunted, "can we get back on the job?"

She rolled over to confront him, glaring. "Aren't you going to eat it?" she flared. "That's what you snake eaters do for fun, isn't it?"

Brandon locked up for a moment, disconcerted by her spunk under the circumstances.

"I have a feeling I should have helped the snake," he said.

"I'd rather have been bitten by it than be obligated to such an asshole."

A splash of snake blood smeared her cheek. On impulse, unable to think of an immediate snappy comeback, Brandon grabbed her by the back of her head and flicked the blood off her cheek with his tongue. He grinned, mollified, and led the way back to the crest of the ridge.

# CHAPTER 3

Major Kragle established a SATCOM radio linkup with the Delta Force commander, Colonel Buck Thompson, wherever he was. Colonel Thompson hadn't made an appearance on-site, which seemed unusual.

"Why aren't you here, sir?"

"I'm en route, Major. If you can't handle it—"

"I didn't say I couldn't handle it, sir."

"Then please get the fuck on with your plan."

The Mexicans were anxious that it be done quickly and effectively. Another sniper-observer team from Dare Russell's troop was positioned to help contain the situation and to continue relaying intel by radio to the tactical command center at the airfield. Brandon had left Lieutenant Iryani with Gloomy Davis on the ridge as an observer. She obviously didn't like it, but accepted her assignment in testy silence.

The Major deployed the assault element, his Troop One, into the valley in two teams of seven men each. One team approached from the cabin's unguarded rear, using nightfall and the dry streambed as cover. The second fire team scared up a squad of javelina from a red hall thicket, but soon took up position to the cabin's front. Once everything was in place, Brandon turned the TOC over to Dare Russell and joined his unit.

"We have tango, black two," Lieutenant Iryani reported by radio from the ridge.

Target buildings were color-coded and numbered. Translated, Gypsy's message indicated a terrorist had been spotted on the west side of the building at the middle window.

A few minutes later she relayed, "Two tangos, red."

The terrorists appeared restless. They smoked cigarettes on the front porch, pacing and peering into the surrounding darkness. Then they turned and went into the cabin, slamming the door behind them. Dim lights now came on inside, radiating from the middle window. Either candles or an oil lamp, as there were no electric lines strung to the building.

"Bingo!" Major Kragle whispered into his transceiver, alerting all elements that it was a go. He added to the pucker factor: "Remember, there's a sixteen-year-old girl in there."

The plan became action. Troop One assaulted the cabin shortly before dawn, at about the same moment the USS *Randolph* blew up in Aden harbor.

Rear Assault Two secured the SUV in the streambed and created a diversion by tossing a flash-bang grenade through the window into the back room of the cabin. Assault One rushed the house and gained access in two elements. One team went through the front door, the second through the middle window. There was firing. It was all over in six seconds.

Sergeant Thumbs Jones was the first to notice. "Mannequins! They're dummies! This is another fucking drill!"

The Mexicans, the embassy personnel, the terrorists themselves—all role players. They were really in *New* Mexico.

Major Kragle was furious. Some of his guys thought they were doing something they had never done before. In their minds, they were shooting for real. People were dying. And then to find out it was all make-believe. It would take days for them to come off their traumatic high and sort out their emotions.

Evaluators coming out of the woodwork were interested in how many bullet holes were in the "terrorists" and how many in the "hostages." The tango mannequins all had bullet holes in them. None of the hostages had holes.

"Sir, don't do this to us again," Brandon later implored Colonel Thompson.

"Calm down, Major. We found out what we intended—who would shoot when it came down to the nut cutting."

"They all came through, sir. I knew they would."

"You only *thought* it, Brandon. Now you *know* it."

The Major looked up and caught his brother's eye. Cameron dropped his gaze and turned away.

# CHAPTER 4

**Washington, D.C.**

Coffee and pastries were served on silver trays around the huge oaken table before the sun had yet risen over the Potomac. This was the second day of the President's Conference on a National Strategy of Counterterrorism. It had been going on since 0500. Lieutenant General Darren E. Kragle, a man who stood six-six, with a salt-and-pepper crew cut so stiff it looked like nails hammered into his skull, passed both big hands across his head and rubbed his face, gestures of weariness and frustration. The lean face looked as hard as an oaken rifle stock permanently weathered from long years of military exposure. He permitted himself one look at the others gathered around the table before he buried his disgust beneath the expression of neutrality he had learned to wear for such occasions.

Politicians and lawyers and professors—no different than stevedores and plumbers and enlisted soldiers when it came to free chow. They talked with their mouths full and kept stuffing it in. And kept talking. A bunch of windy assholes. Talk, talk, talk. Yet nothing ever seemed to get accomplished. They never seemed to understand that you didn't *talk* to terrorists. You kicked 'em in the balls or slit their throats and blew 'em to hell.

If asked, the General aptly described himself as possessing a direct action mentality. He lived by simple guidelines of task, conditions, and standards. That was probably the primary reason why he would never make it to the Joint Chiefs of Staff or even assume a major army command. He had resigned himself to living and dying, careerwise, as commander of USSOCOM, the United States Special Operations Command. SpecWarfare. He had little patience for all the chickenshit in what he thought of as the "regular army." Being on the political and military fast track meant you continued to kiss mine and I kissed yours while the world might be blowing up around you. Kissing ass was not General Kragle's cut of cloth.

"U.S. opponents—state and such nonstate actors as drug lords, terrorists, and foreign insurgents—will not want to engage the U.S. military on its terms," Governor Pudge Gillmore from Maryland was saying.

His place name plaque provided his title as CHAIRMAN OF THE ADVISORY PANEL TO ASSESS DOMESTIC RESPONSE CAPABILITIES FOR TERRORISM INVOLVING WEAPONS OF MASS DESTRUCTION. Jesus Lord God, where did they come up with these labels?

"They will choose instead political and military strategies designed to dissuade the United States from using force," he continued pontificating. "Between now and 2015, terrorism will become increasingly sophisticated and designed to achieve mass casualties . . ."

General Kragle fumbled with a half-eaten doughnut. Rubbed his hands through his crew cut. Leaned back in his chair. *Okay, okay, okay. Cut out the bullshit and get on with it.*

The National Security Advisor, the Honorable Clarence Todwell, glared disapproval in the General's direction. Kragle saw the NSA was a jowly little man with puckered little asshole eyes. He looked as though he had been gnawing high off the public hog for a long time.

The USSOCOM didn't need lecturing on terrorism and counterterrorism. He and Charlie Beckwith had literally written the book on it back when they launched the 1st Special Forces Operational Detachment—Delta, the most effective and feared CT unit in the world. Delta Force. That was back in 1977, when he was still a Special Forces operator out with the troops instead of a cut-balled eunuch gassing with a bunch of pols who wouldn't know a tango if one ran in and started stuffing sticks of TNT up their rectums.

Sometimes Kragle envied his elder son. He had called a linkup with New Mexico this morning as soon as Brandon completed his FMP.

"Sir, maybe we're not the best counterterrorism force in the world," Brandon said in that deep crisp voice that sounded so much like the General's own, "but there's none any better."

"I talked to Buck Thompson. He said you did a helluva job. Good work, son."

"We'll get better. What we need is a real world mission. Are you at home, sir?"

"I'm in Never-Never Land—Washington, D.C. For a counterterrorism conference."

It had always been that way, the General seldom at home after the boys' mother died so young.

"How did Cameron do?" the General asked.

"Troop Two was on outer perimeter, sir."

"We need to test him. Have you talked to him about OCS?"

"He insists he likes being an enlisted man—unless he's a chaplain."

"He doesn't know what the hell he likes."

At least Cameron hadn't enlisted in the navy. The General suspected Cassidy, the younger of the three brothers, had enlisted in the navy—the *navy*—because he couldn't stand being in the same service with his old man.

Governor Pudge Gillmore finally sat down and darted a hand for another pastry. Scott Sheldon, general counsel of the Senate Armed Services Committee, took his place. He summarized and endorsed the Comprehensive Anti-Terrorism Act of 2000, which included provisions for declaring martial law and a list of legal powers authorities might seek in the event of a major terrorist attack against U.S. soil. Once martial law was established by presidential decree, the act allowed government to seize community and private assets, including food, water and vehicles; to control transportation terminals for airplanes, railways, buses, and trucks; to utilize the military for civil control; to control communications and media access; to broaden criminal law constitutional standards for warrants and searches, and detain individuals without warrants; to investigate groups and conduct widespread surveillance without the legal requirement of "reasonable suspicion."

The General slumped inside himself and slowly burned where it wouldn't be noticed. There had been a time in the United States, not that long ago, when Americans would never have accepted such a political act and the constraints it proposed. In recent years, however, citizens had shown themselves to be surprisingly compliant to almost anything politicians shoveled on them as long as government pork kept coming to salve their special interests. All right, they seemed to say, spy on us with cameras and confine us to "sensitivity training" for using an inappropriate word, but give me free medical care and free day care and let me sue Big Tobacco and Big Fat and Big SUVs and Big Guns and never ask me to be responsible for *anything*.

The General knew it was a cynical way for a military man to look at his country. Sometimes he thought he had lost faith in the concept of America. Well, perhaps not the *concept*. To that concept of personal freedom and limited government, God, duty, and equal opportunity, he was as devoted and patriotic as he was the first day he snapped to attention in the Citadel and recited the Pledge of Allegiance. Something else then, if not the concept? Perhaps the way the concept had been warped so that it was no longer traditionally American.

He pretended to listen to a discussion between

White House Counsel Robert Dycus and lawyer J. David Bagget from the Center for Strategic and International Studies.

"The Posse Comitatus Act is primarily smoke and mirrors, statutory and not constitutional," Dycus argued over some point. "There is solid legal authority to use the military for domestic counterterrorism."

"The military is not trained for domestic actions, and not at all in the field of constitutional liberties and civil rights," the other lawyer shot back. "The press would oppose it."

"Censorship would be necessary to prevent mass hysteria and for efforts to control civilian exodus."

"It simply is not clear that should the President declare martial law, whether or not that allows press controls and closing down of offensive Internet sites within the United States—"

Unable to stand it any longer, General Kragle abruptly slapped both palms against the table. Instant silence. His reputation as a forward, no-bullshit officer preceded him throughout the counterterrorist community. So far this morning he had had little to say.

"General . . . ?" said Todwell, the National Security Advisor, who chaired the panel. "You have something you can't wait to add?"

Snotty little twerp.

The General stood up. He was a rawboned, broad-shouldered man with an imposing presence. At fifty-five, he still kept himself in shape mentally and physically.

"Gentlemen," he said in a measured tone, "I have been listening today to a continuing discussion of how government is empowered to control people in the event of a domestic terrorism situation."

"Well, now—" Governor Pudge Gillmore interrupted.

General Kragle silenced him with a look. "My father," he said, "was a country one-room schoolteacher in McKey, Oklahoma, when World War Two began. Some of you may know him—Jordan R. Kragle, now U.S. Ambassador to Egypt. He tells the story of how when he first began teaching, one of his students was a spoiled brat. The brat's father came to school and admonished the teacher that his son's ego was very fragile and therefore he must not be disciplined the usual way. 'If Carlson does something wrong and must be corrected,' said the brat's sire, 'you may select one of the other students and punish him instead. Carlson will understand that whatever he is doing is unacceptable and not do it again.' "

"That's all very entertaining, General—" the NSA began.

"Entertaining and with a moral, Mr. Todwell. The point is that we may punish the other boys, but that does nothing for Carlson's character. What we should be doing is kicking Carlson in the balls and leaving the freedom of the American people intact."

The General sat down. The table became agitated with the shuffling and rattling of papers and the clearing of throats. The panel was obviously uncomfortable with being dressed down, even in parable and even by a military legend with enough ribbons on the chest of his dress greens to open a Georgetown salad bar. The members were about to recover and open a counterattack when a Marine aide entered the room and hesitantly approached General Kragle. He bent formally at the waist.

"Telephone, sir."

"Take a number. I'll call back."

"It's from the Joint Chiefs of Staff, sir. He said it was urgent."

General Kragle rose to his feet. "Gentlemen, I hate to leave in the middle of a firefight, especially if I started it and have superior firepower. Carry on."

He could be an arrogant sonofabitch when the situation called for it.

He followed the Marine to a vestibule off the carpeted hallway.

"You may take it here, sir. It's a secure line."

"Thank you."

There was a sofa and a telephone among an arrangement of fresh roses on a cut-glass coffee table. He picked up the receiver.

"Kragle here."

He listened. His jaw tightened.

"When did it happen? . . . How many casualties? . . . Yes, sir. I'll catch a cab and be there in thirty minutes."

He hung up. He drew in a deep, ragged breath of dread before executing an about-face and marching toward the exit.

**Washington, D.C. (CPI)**—Maryland Governor Pudge Gillmore warns that the potential for terrorist attacks against the United States and its interests is a "serious, emerging threat, greater than ever before." Gillmore is part of a Washington panel that Congress has mandated to study the changing danger to U.S. security and what kind of responses the nation should make.

The implications for the future of American society, the way it is organized, and for civil liberties are being examined, Gillmore notes. He emphasizes that groups seeking to influence U.S. policy or perpetrate revenge have the capability to inflict serious actual and psychological damage on the nation . . .

# CHAPTER 5

**Fort Bragg, North Carolina**

Brandon Kragle and his two younger brothers, Cameron and Cassidy, had grown up with the folklore of Delta Force. Uncle Mike Kragle, a Vietnam combat correspondent who ended up marrying a gook good-time girl, wrote a book about Vietnam snipers, *The 100th Kill*. Then he published a second book, *Medals and Body Bags*, about Delta and the Iran hostage crisis. Brandon kept both volumes in hardcover displayed in the inside entranceway of his off-post bachelor's pad in Fayetteville, along with other Delta Force mementos of his father's and of his own. The General's old jump helmet, a pair of worn combat boots, early Delta shoulder patches, commendations, a Mark 3 SEAL knife, and a huge blown-up photo of his dad, the General, standing with Colonel Charlie Beckwith and actor John Wayne—all tall men, bigger than life.

Cameron jokingly referred to the display as "the Shrine." What did he know? He had no sense of tradition, while it had been Brandon's dream for as long as he could remember to finally become a part of it. Every time Brandon returned to his apartment, no matter how beat he might be, "the Shrine" always reminded him of his legacy and of his place in it. It never failed to lift his spirits. He had heard the Delta story so many times as a kid that it was almost as though he had lived it with his father.

Back in 1977, General Darren Kragle had held the rank of major and was S-3 Ops with 7th Special Forces Group at Bragg when Colonel Charlie Beckwith distributed his flyers among the Green Berets on Smoke Bomb Hill.

*WANTED. VOLUNTEERS. WILL GUARANTEE YOU A MEDAL, A BODY BAG, OR BOTH.*

"Christ, Charlie. Shit. This is great," Darren Kragle scoffed. "You'll rally a lot of people around you with this. You won't get a swinging dick. But go ahead. What have you got to lose?"

"Are you volunteering, Kragle?"

"Well . . . shit. Yah, I guess I am."

Charlie's problem the next week was turning people away. He was inundated with responses. Field commanders began screaming, "What the hell? My best guys are trying to go over to Delta Force, whatever the hell that is, to work with Beckwith." Only seven men were selected from the first batch of sixty who initially tried out for 1st Special Forces Operational Detachment—Delta.

There might not have been a counterterrorist force at all if it hadn't been for Kragle teaming up with Beckwith. They were brash, energetic men who understood how to bull things around in the system to get them done. Together, they were irresistible.

They took their proposal presentation directly to General Morrison, Deputy Chief of Staff for Operations and Plans. They pointed out to the DCSOP that nowhere else in the United States armed services was there a small force of hand-picked volunteers thoroughly trained for the counterterrorist job who could act instantly in the event of hostage situations, aircraft hijackings, or other terrorist activity. Semipros and gifted amateurs were no match for international terrorism, no matter their individual abilities and potential. Fighting terrorism in the trenches required full-time professionals who spent as much time on the subject as the enemy did.

"Look, sir," Colonel Beckwith contended, "the smallest integral squad in any infantry unit, even Rangers or Airborne, is a forty-man platoon that can be broken down into squads. What we intend building is a unique organization that uses as its building blocks the four-man patrol designed by the British SAS in World War Two. Sixteen-man troops, each flexible enough to permit its being broken down into two eight-man patrols, four four-man patrols, or eight two-man patrols. The key is to be able to change easily within any situation."

Major Kragle brought in the full-court press in describing the number and variety of skills Delta required to handle all terrorist situations: the *best* soldiers, first of all, who were airborne and Scuba-qualified, preferably Special Forces and Rangers; soldiers with skills to climb mountains, lock out of submarines, fly airplanes, speak other languages, who had the resolve to operate decisively in the absence of orders; soldiers who were explosives experts, snipers and shooters, SF medics, chopper pilots; soldiers who could get into buildings or planes held under siege; locksmiths, electricians, drivers who could hot-wire a Ford or Ferrari, athletes . . .

"Super soldiers?" General Morrison said.

"Yes, sir," Colonel Beckwith admitted. "Insofar as possible. Will you support the Delta proposal when it's taken to the Army Chief of Staff?"

"Absolutely. We should have been doing these things long ago."

The two veteran Green Berets pressed for Delta to have a direct pipeline from the White House and the Joint Chiefs of Staff to avoid the pitfalls of bureaucracy, protocol, and political infighting. You didn't have time to go through command layers when a terrorist situation arose. You had to have all your shit in one rucksack and ready to go.

The result was a Delta Force with such autonomy that it didn't have to worry about pissants while elephants were stomping it to death. Its chain of command came directly from the Joint Chiefs, with administration and operational control invested in USSOCOM. That old warhorse Charlie Beckwith was now dead, passed on to that big airborne ops in the sky, but *General* Darren Kragle was still around as USSOCOM.

Brandon Kragle never tired of the story; it gave substance to his own life as an SF Delta trooper. Now, returning from the New Mexico abortion, dead tired, he casually saluted the photo of his father as he entered his apartment. He stripped out of his grungy clothing and took a hot shower. It was mid-morning by the time he pulled the shade to his bedroom window, turned up the air-conditioning, and crawled between the sheets. Colonel Buck had given the troops the rest of the day off to sleep.

Before he drifted off, he lay on his back for a few minutes reviewing the details of what had turned out to be another drill. What could he do to improve his troop's performance? What training should they concentrate on as a unit? Who needed more work?

He thought of Lieutenant Gypsy Iryani. Her remarkable red hair, the freckles, and her incredible emerald eyes. She was a good-looking piece if you went for the girl-next-door type. The girl next door who would probably kick you in the balls if you got out of line on a first date.

Troop One had put on a little show about the rattlesnake incident back at the airfield when the mission was concluded and everyone was still on a high from the action. Sergeant Gloomy Davis was a big-mouthed asshole who just couldn't keep to himself how the troop's CO had licked the snake blood from the cheek of the looker from Funny Platoon. No chance of keeping it quiet in Delta. The men were ready for him after the After Action report.

"Sir!" Gloomy had said, his sniper's eyes relaxed from the iced beer Colonel Buck provided. "If you got it, sir, then I say you should flaunt it."

"What the hell are you talking about, Sergeant Gloom 'n' Doom?"

"Your tongue, sir." Gloomy saluted. "You really know how to come on to a girl."

"Fuck you very much, Sergeant."

"Forgive me saying so, sir. You ain't my type. Sergeant Taylor, front and center!"

Sergeant Rock Taylor, the troop's commo man, snapped to attention with his beer at side arms. He'd stepped forward briskly in an exaggerated forward-march and stood at attention. Gloomy executed a snappy about-face and saluted Taylor. Taylor returned the salute.

"Pre-sent *tongue!*" Gloomy commanded in his best drill sergeant voice.

Out shot fully three inches of the grossest flesh not attached to an ungulate. Rock Taylor's serrated tongue, the result of scars left from some tropical disease, was the expressed envy of every would-be lady's man in SpecOps. He once caused a five-car pileup on the expressway simply by flashing it at a couple of bleached babes passing in a Mazda Miata convertible.

"Sir, *that* is a tongue," Gloomy said. "We've arranged for Sergeant Taylor to give you lessons."

Lieutenant Iryani, watching from the other side of the airport terminal, had been amused. She lifted her beer in mock tribute. Brandon felt his cheeks burning.

Now, the telephone at Brandon's bedside jolted him awake. Groggy from fatigue, he reached for the receiver.

"It's the General, son. I may have some bad news."

There was an unfamiliar strain in his father's voice. Brandon sat up in bed, fully awake. He noticed a pair of bikini panties lying on the other pillow. The brunette—what was her name?—from the Pirate's Den. Candi or Brandi, something like that. He tossed the panties into a corner. At least they didn't stick to the wall.

"I've already notified Buck Thompson," the General was saying. "Delta will be alerted this afternoon. Buck thought the men needed some rest first after having been up all night. Have you seen the news?"

"I came home and went directly to bed, sir."

He got up with the cordless and turned on the bedroom TV. A commercial advertised Tampax.

"We don't yet know what the President's reaction will be, although judging from his past record, he'll probably wave a hanky at them. He's called in the Joint Chiefs for a meeting with the Secretary of State and the National Security Advisor. I'm at the White House now. We should know more by this evening."

"Dad, you haven't told me what it is."

There was an Ex-Lax commercial on TV.

The General inhaled a deep breath from the other end of the line. "A bomb went off and blew a hole in the USS *Randolph* the size of your apartment. So far, there are seventeen American sailors known dead. Fifty or more are still unaccounted for—"

"Cassidy . . . ?"

Silence from the other end of the line.

"Dad, what about Cass?"

Journalist Second Class Cassidy Kragle had been aboard the *Randolph* when it put into port at Aden for refueling.

"Sir?"

"Your brother is not among the seventeen," the General said.

"Among the fifty . . . ?"

The weariness in the General's voice answered the question. "Brandon, I need you to pass this on to Cameron for me, but otherwise keep it to yourself until Buck pulls the alarm."

"Don't you think Cameron should hear it from you, General?"

"This is not the time for a family reconciliation—if there will ever be a time. Major Kragle, tell your brother."

"Yes, sir."

"I'll be in touch."

The line went dead. Brandon sat on the edge of the bed for a long minute, head in his hands. The news had knocked the breath out of him. His kid brother missing. Presumed . . . ? He didn't want to think it because that would make it so. The three brothers didn't always see eye to eye on things, but along with Gloria, who was much more than just a housekeeper, *they* were the family. Mom had died at childbirth with Cassidy. The General was this huge figure of authority who periodically came and went at the household. The boys always called him "the General." Cameron and Cassidy probably never would feel comfortable calling him Dad.

Ex-Lax was followed by a network Viagra commercial featuring Bob Dole. Brandon switched the TV channel to the Fox Network, which was airing a special report.

"As the dust settled," Shepard Smith narrated, "sailors began grasping the severity of the damage done to their ship. They realized something disastrous had occurred when men began crawling out from be-lowdecks and saying that 'it is much worse' for others still trapped there. Soon, that was apparent. Sailors struggled out of the tangled steel with severe burns, multiple fractures, and other alarming injuries . . ."

# CHAPTER 6

**Fayetteville, North Carolina**

Major Kragle, in faded jeans and a T-shirt, pounded on his brother's apartment door in downtown Fayetteville. Eastland Apartments was one of those run-down complexes catering to enlisted soldiers who wanted to get out of the barracks. He pounded several more times before a sleepy voice answered.

"Just a minute, okay?"

A female's voice. It sounded oddly familiar.

"Who is it?" Cameron this time.

"Brandon."

"What are you doing here? Go home and rack out."

"Open the door."

After a moment the door cracked. "This better be good—"

Brandon irritably pushed his way inside. What was the matter with his brother? Cameron wore only his undershorts.

"It's about Cass—" he began before his breath caught in his throat.

His unexpected entry surprised the girl on her way to the bathroom. All she wore above bare brown legs was one of Cameron's Class A green uniform shirts. Nothing else. She was barefoot and appeared to have just gotten out of bed. Trapped, she slowly turned in the doorway and leaned defiantly against the jamb. She tilted her chin and regarded the intruder out of cool emerald eyes. The face paint and desert were gone. The freckles across her dark nose matched her incredible red hair.

"Sorry, Major. No snakes here," she said.

"What the hell are you doing here?" Brandon flared.

Amusement touched her face. It was a beautiful face without the camouflage.

"Going back to bed," she replied—and disappeared with a wry half smile over her shoulder.

"She's a *lieutenant,* little brother," Brandon hissed under his breath. "That's fraternization."

"How do you tell officer from enlisted without our uniforms, *big* brother?" Cameron shot back.

"What the fuck are you thinking? You want to get kicked out of Delta over a piece of cheap officer tail?"

"That's enough, Brandon."

"What would the church say—Brother Cameron Kragle, fornicator. *Hallelujah! Amen!* Or were you just doing Bible study together?"

"You didn't come here to talk about our souls."

Brandon realized that Gypsy Iryani's presence in his brother's apartment upset him more than it should have. Would he have been as outraged if she were some *other* lieutenant? With an effort, he forced himself to take a deep breath and back off. Cameron stood calmly before him, waiting. He was tall, like all the Kragles, with the strong jaw and prominent features of father and sons. He was blond and fair like their mother, however, whereas both Brandon and Cassidy had inherited their father's dark Irish looks.

Hell, what difference did it make about the slit? Brandon thought. He hadn't even spoken to her until New Mexico, although he had occasionally noticed her from a distance around the Delta complex. It was just a shock to find her shacked up with an *enlisted man*—his own brother, at that—who always seemed to be too busy going to church to have a need for women. Showed how much the brothers knew about each other these days.

Brandon still felt resentful and couldn't have explained why. He cast another look at the closed bedroom door.

"Our little brother Cassidy," he said with deliberate bluntness, "has gotten himself blown up."

**Washington (CPI)**—Seventeen American sailors are believed dead, and as many as fifty others are still listed as missing following a terrorist attack on the U.S. guided missile destroyer, the USS *Randolph*. The *Randolph* was refueling in the harbor at Aden, Yemen, this morning at approximately 11:00 A.M. when a small boat sidled up to the destroyer and detonated a load of explosives. The blast ripped a forty-by-forty-foot hole in the $1 billion warship.

It was the first time terrorists have successfully attacked a U.S. Navy ship.

"We do believe that this threat is enduring, it's dangerous. It is not a transitory threat. It's not going away," said National Security Advisor Clarence Todwell.

President John Stanton immediately appointed a *Randolph* Commission to review and investigate the bombing. Agents from the FBI and Navy CID have been flown to Aden to conduct a complete criminal investigation. Sources also report that a special counterterrorist detachment from the elite Army Special Forces Delta has been sent to help determine which terrorist group is responsible for the bombing and what counterterrorist action, if any, should be taken by the United States . . .

# CHAPTER 7

**Fort Bragg, North Carolina**

Orders came down from the State Department and the Joint Chiefs, but Brandon knew USSOCOM, his father, was the real impetus behind them. The orders were simple and broad. Detachment 2A under the command of Major Brandon Kragle would report to U.S. Central Command in the Persian Gulf. Its mission was to work with FBI and other authorities in determining which terrorist group might be responsible for the attack and recommend actions that should be taken by Delta Force.

The bodies of JO2 Cassidy Kragle and nearly fifty other seamen had not yet been extricated from the wreckage. The ship's crew continued to wage a desperate battle to keep the *Randolph* afloat.

The General called Brandon after orders came down. "I asked Buck to send you and Cameron together," he explained. "It's only fitting that we Kragles look into this ourselves. Buck was cautious. He was afraid personal feelings might cloud your judgment. I

assured him, as he knows, that you are a professional
and will conduct yourself as a professional."

"I won't let you down, sir."

"I know you won't. Keep an eye on Cameron."

"He'll be all right. He has his Bible."

"Son . . . I want you to bring Cassidy . . . bring his
body back home."

Detachment 2A consisted of four operators. Major
Kragle selected Sergeant Davis as the third member.
He trusted Gloomy, who had proved himself a thor-
ough professional when he knocked off a tango who
hijacked a 747. Plugged him through the head at five
hundred yards when he'd been about to execute a flight
attendant.

Besides, Gloomy had a dour sense of humor that
lightened up things when they got heavy. He knew the
detachment might need that.

Colonel Buck made the fourth selection.

"Sir?" Brandon questioned, blinking.

"Your convictions regarding women in combat are
duly noted, Major. But you're not going into combat.
You're conducting an investigation, at this stage. An
*investigation*. Understand that, Major?"

"But Lieutenant Iryani . . . ?"

"It's Lieutenant *al* Iryani. Her mother was Egyptian,
her father a U.S. Air Force colonel. She speaks fluent
Farsi as well as several other Arab and Muslim dialects. You will need a translator. She's the best we
have—and she's a good operator. We've used her a
couple of other times with the Palestinians and in Iraq.
Besides, it's Funny Platoon's job to run advance operations for the teams."

"But . . . ?"

"You have something personal against her, Brandon? Something I should know about?"

Nothing, except she was screwing his brother, an enlisted man. "No, sir."

"Good. Then it's settled. Remember. You're to keep a low profile. Cooperate with the other investigative agencies, find out what you can, bring your brother back, make your reports, and we'll let the JCS and US-SOCOM make the decision on whether Delta has a job there or not."

"They're terrorists, sir. Terrorists are our job."

"A low profile, Major. Stay out of trouble. That's an order."

Major Kragle took Cameron and Lieutenant *al* Iryani aside.

"I don't give a damn if the two of you get naked and read Revelations together in the hot tub as long as you're off-duty and off-post," he warned. "But there'll be no hand-holding going on during this mission. Girl, you don't know what a rattlesnake bite is until you piss me off."

# CHAPTER 8

## Cairo, Egypt

The big C-141 Starlifter transport took off from Pope Airfield at midnight in a bleak, cold North Carolina drizzle. The plane was equipped with regular seating, all facing toward the rear, instead of the usual troop webbing. The engines were already revving when the four passengers in civilian clothing climbed aboard with their gear.

Before buckling in, Major Kragle shook the rain off his long reversible, spread it across the back of one of the seats, and went forward for coffee. When he returned with a cup, the two sergeants, Davis and Cameron, had settled into seats together. Lieutenant Iryani, obviously assuming the officers would travel likewise, and providing herself at the same time a certain professional aloofness from her lover, had taken the seat next to Brandon's raincoat.

He hesitated. The image of those long, slim brown legs extending from Cameron's Class A shirt flashed through his mind. He took the seat behind her. Shrugging, she buckled in. He settled back and closed his eyes as the airplane taxied out in the rain, took off, and streaked toward New Jersey, where it would top off its tanks before heading across the Atlantic.

The C-141 refueled again at Ramstein Air Base in Germany, then once more at Barcelona. The detachment arrived in Cairo at dawn because of the time changes and flying into the sun. They had breakfast in the airport terminal while they awaited an aircraft to transport them out to the nuclear aircraft carrier USS *Abraham Lincoln* in the Gulf, which had been selected as an operations center for investigators. Breakfast consisted of orange juice, coffee and rolls, a welcome respite from bitter Air Force coffee and box lunch sandwiches. Gypsy Iryani had slept much of the way over and read a war novel the rest of the time. Thirty hours on the plane and she still looked fresh. Brandon felt irritable and grumpy. He felt like shit. Lieutenant Iryani made an obvious point of ignoring him after his earlier rebuff.

Over coffee, Gloomy rose to his droll best, amusing them with tales of his high school days back in Hooker, Oklahoma. The school had a Hooker Glee Club and Hooker cheerleaders. The football team was known as the Hooker Horny Toads. Sharpening the ends of his great mustache, he was elaborating upon an incident involving a drunk who mistook the Hooker athletic bus for a traveling brothel when a tall, very black man wearing a short blue jacket approached their table.

"Is one of you Major Kragle?"

Military, especially American military, never wore uniforms while traveling the Muslim world.

"Are we that obvious?" Brandon asked.

"Americans always look like Americans." He stuck out a thick hand. "Major Kragle? I'm Special Agent Claude Thornton, with the FBI. I'm afraid I have to confess. It wasn't exactly my powers of detection that sniffed you-all out. I received a message that you'd be here. I'm also on my way back out to the *Abe* and then on to Aden. We might as well take the same bus. Save the taxpayers some money. I'm sorry to hear about your brother. . . ."

The sergeants and Lieutenant Iryani introduced themselves. Besides being tall, the FBI agent was so solidly built he seemed to bulge out of his jacket. He was in his mid-forties and as black as a bowling ball, which his shaved head resembled. His features were aquiline and handsome. He explained that he was the Resident Agent stationed in Cairo. He had returned to Cairo the day before from the *Randolph* site to check on some leads and was now going back out.

"You're in charge of the FBI investigation?" Cameron asked.

Laughing heartily, Thornton said, "You might call me the head nigger."

Brandon liked the man immediately. A guy who could laugh at himself in politically correct America these days was a rare and refreshing bird.

"Any of the leads pan out?" the Major asked.

Thornton shrugged. "I think we have time for me to have a coffee," he said, and sat down. The urn was on the table. He poured himself a cup.

"We understand there were two perps and they blew themselves up with the ship," Gypsy said.

"They rode the fireball," Thornton confirmed, "but they were only the ground troops. Expendable."

"No matter how many times I see it or hear about it," Gypsy went on, "it's still hard to comprehend the state of mind of people willing to sacrifice their lives for little or no gain."

"It's difficult for the Western mind to understand," he agreed. "But here in the Middle East and in Southwest Asia, in the Muslim world, it's not that hard to grasp."

He began to recite in a high singsong mosque tone: " 'O ye who believe, what is the matter with you, that when ye are asked to go forth in the cause of God, ye cling so heavily to the earth! Do you prefer the life of this world to the hereafter? But little is the comfort of this life, as compared with the hereafter. Unless ye go forth, He will punish you with a grievous penalty, and put others in your place. . . . ' "

He returned to his normal deep voice.

"That was part of a *fatwa* issued three years ago by fundamentalist jihad leaders. *Fatwa* means 'judgment.' The *fatwa* said that the ruling to kill Americans and their allies, civilians and military, is a *fard'ayn*—an individual duty on every Muslim who can do so in any country in which it is possible to do it. Killing must be done in order to liberate the al-Aqsa Mosque and the Holy Mosque of Mecca from the Western grip and to defeat all foreign armies in the land of Islam in compliance with the words of Almighty God."

He assumed a different voice. " 'Fight the pagans all together as they fight you all together.' "

"Sheik Usamah bin Mohammed bin Laden," Gypsy exclaimed, leaning forward with intensity.

"Osama bin Laden," Thornton agreed, looking pleased that she knew enough of terrorist politics to recognize a quote by the notorious international terrorist leader.

Gypsy had another surprise for him. She spoke to him in rapid, fluent Farsi. He blinked, grinned, and replied in the same tongue. Impressed, he said to the Major, "This lady is one valuable asset. From the way she talks, she could have been born in Baghdad. Anybody else *parlez-vous* the lingo?"

"Sorry," Brandon said.

"Then she'll make two Americans in Aden who speak Arab, including me."

In a gesture of pride, Cameron reached to lay his hand over hers, but caught himself when she cast him a look.

"It sounds like you've already laid the bombing on bin Laden," Brandon noted.

"It's a logical conclusion," the black man responded. "Immediately after the *Randolph* was bombed, people started leaving Yemen for Afghanistan before we could close off the airport and train stations. Bin Laden is in Afghanistan, where he is protected by the Taliban rulers while he recruits an army and exports his particular form of terrorism."

He looked out the terminal window and stood up. "Our bus just pulled in," he said. "We'll have to continue this on the plane. I hope you don't mind walking out to it. We don't pull our aircraft up to the terminals, even in Cairo. Too many security problems."

Thornton continued the conversation aboard the V-22 Osprey, an aircraft unique in its ability to take off like a helicopter, then rotate its twin props ninety degrees and fly like an airplane. He possessed a fascinating wealth of knowledge about terrorism born in Arabia and the Muslim world. Out the portholes, the Gulf shimmered deep and aquamarine beneath a bright morning sun.

It had been well over a decade now, Thornton said, since fundamentalist Islamic students called Taliba had abandoned their schools to fight at the head of Afghan armies against the Russians. The Taliban Islamic Movement, which now ruled in Afghanistan, or at least controlled that part of it around Kabul, had attracted radical Muslims from all over the Middle East and Asia. Osama bin Laden, the restless scion of a five *billion* dollar construction business in Saudi Arabia, fought against the Soviets. He remained in the country afterward, more or less as one of the many warlords involved in the civil war that continued after the Russians tucked in their tails and pulled out.

However, bin Laden's goal was not to rule Afghanistan; it was to drive all Christians and Jews out of the lands of Mohammed. The United States, the "Great Satan," was his archenemy.

"All Americans are our enemies," he stated in a BBC interview from a secret hideout inside Afghanistan. "Not just the ones who fight us directly, but also the ones that pay their taxes."

He used his fortune to found *al Qaeda*, "the Base," which became the operational hub for organizing, training, and financing Sunni Islamic terrorist groups. It had links to terrorist groups around the world— Egypt, Saudi Arabia, Algeria, Iran, Palestine, Albania, Kosovo, Canada, the United States. Al Qaeda published its goals: drive all U.S. forces from the Arabian peninsula; overthrow the U.S.-friendly government of Saudi Arabia; liberate Muslim holy sites in Palestine; support Islamic revolutionary groups around the world.

The U.S. State Department traced bin Laden's influence all the way back to Somalia in 1993, when he supplied troops and rockets to bring down and kill eighteen U.S. Marines, Rangers, and Army pilots in Mogadishu. His terrorist war had escalated since then, piling up American corpses in a bloody jihad of attrition.

The FBI agent ticked off a list of bin Laden–suspected terrorist activities: 1993, Somalia; 1993, bombing of the World Trade Center in New York; 1995, the attempted assassination of Egyptian President Mubarak in Ethiopia; 1995, bombing of the Riyadh military base in Saudi Arabia that killed six U.S. servicemen; 1996, bombing of the U.S. military complex in Dhahran, Saudi Arabia, killing nineteen U.S. military; 1998, bombing of U.S. embassies in Kenya and Tanzania in which 224 people died, including twelve Americans.

And now the USS *Randolph*.

"He's mad," Gypsy decided.

"Perhaps so, young lady," Thornton said. "But yesterday's madmen, yesterday's terrorists, are today's statesmen. Nobody in Arabia has a bloodier past than

Yassir Arafat. He was the bin Laden of his day." He made a face. "Now the President of the United States invites him to Camp David."

"If I could get him in my sights for two seconds . . ." Gloomy murmured darkly.

"You're not going to get the chance, Sergeant. The Taliban is not going to give him up. Pakistan is siding with the Taliban in Afghanistan and warning that 'no Americans, including its ambassador,' is safe if the U.S. invades Afghanistan to strike at terrorists. If we touch bin Laden, the Taliban says, the mujahideen will rise up in Afghanistan and teach us a lesson, as they taught Russia."

He glanced out the porthole and shook his head in disgust. "So what do we do?" he asked with a rhetorical scoff, then answered it himself. "We bomb an aspirin factory in the Sudan and kill a few woolly heads, Tomahawk some empty buildings in Afghanistan to make sure we don't kill anyone else and piss off the Taliban, and offer a five million dollar reward for bin Laden that he can double *not* to be betrayed. The U.S. won't do anything now, even if we find bin Laden's personal fingerprints all over the *Randolph*. That sonofabitch is as safe in Afghanistan as you are in your own beds back at Fort Bragg. Gentlemen, the United States doesn't have the balls to do anything. No offense, Miss Gypsy."

# CHAPTER 9

**Washington, D.C.**

It was General Darren Kragle's experience that the
first thing Washington did when confronted with a crisis was convene a special commission to study it, in
hopes that it would die of its own accord before anyone actually had to do anything. He had never gotten
used to it. He had fought three tours in Vietnam, par-
ticipated in the Grenada invasion under President Reagan, was there when Desert One blew up, used Delta to
snatch Noriega out of Panama during Operation Just
Cause, and commanded SpecOps forces against Iraq.
Now it chafed his butt to be stuck here in this chattering din of political squirrels, doing nothing, while one
of his sons halfway around the world was probably
dead and the other two were en route to at least do
*something*.

He showed his pass to security at the gate and was
directed to the White House Situation Room. It was a
small, windowless room, fifteen by twenty. Comfortable office chairs were placed around a central confer-

ence table, all filled with important-looking men and
women. Additional chairs, also filled, lined the wall.
The Vice President sat at the head of the table quaffing
iced tea and, the General thought, no doubt getting
ready to go to the john.

The National Security Advisor, Clarence Todwell,
whom the General considered a toadie, occupied a
place to the VP's right. The heads of the CIA and FBI
were to his left. The General nodded curtly at Scott
Sheldon, general counsel of the Senate Armed Services Committee, who sat with Governor Pudge Gillmore and White House counsel Robert Dycus. It
appeared the President's Conference on a National
Strategy of Counterterrorism had merely moved from
one place to another and changed its name to the *Randolph* Commission.

Added to this core, as befitted the gravity of the situation, was a bunch of Assistant Assistant Secretaries,
Associate Assistant Secretaries, Principal Assistant Associate Deputy Undersecretaries, Chiefs of Staff to the
Associate Secretary to the Deputy Assistant Secretary—all striving to look as important as possible
while giving the impression that they all had rods stuck
up their asses.

"Well, well . . . General Kragle has finally arrived,"
the NSA said, squinting his little eyes in reproval. "We
can now proceed to work on this crisis."

"I apologize, gentlemen, Mr. Vice President. The
traffic in this city is hellish, what with all the politicians rushing to serve our nation and save the world."

Somebody along the sidelines actually had the balls

to snicker. General Kragle vowed to find that boy afterward and offer him a job. The Vice President looked into his iced tea and shook his head. The Chief of the JCS shot the General a sharp look.

The *Randolph* Commission got down to business. Washington commissions all seemed to follow the same scripted format. The first step was to enhance the crisis until things turned into the Great Flood.

"Southwest Asia is probably the most dangerous part of the world right now," the VP opened, after first excusing himself to go to the bathroom. A whitecoated black servant refilled his tea glass while he was gone. "Start with Afghanistan, sweep south and west, on through the Middle East and North Africa, including Sudan, and you have an arc of crisis that is deeply bemired in the terrorist business."

Presently, he finished, and thereafter sat like a cardboard cutout of himself. Except for the occasional batting of his eyes and his sipping tea, Kragle reflected, he might have died and gone to political heaven.

General Kragle called the next step in the process the "Not I, sir" phase. That was when everybody explained what it was he didn't know, why he didn't know it, and then postulated excuses to save his political neck from the chopping block.

"Muslim extremists are posting encrypted or scrambled photos and messages on popular websites and using them to plan attacks against the United States and our allies," the CIA director said. He slitted his eyes and talked out the side of his mouth, spy style. "We have grave security concerns. It's difficult, given First

Amendment constraints and existing technologies, to intercept those messages."

The next step was to find someone upon whom to cast the blame.

"We knew since immediately after the embassy bombings in East Africa that terrorists were planning to attack a U.S. ship," Governor Pudge Gillmore said. "The operations and intelligence staffs of U.S. Central Command should never have sent the *Randolph* into Yemen under a relatively low-level state of alert on a day when the U.S. Embassy in Aden was closed because of security concerns. The attack could have been mitigated if security procedures to handle boats approaching the destroyer had been followed."

The General thought of the fourth step as locking the barn door after someone had already stolen the horse. Todwell, the NSA, supplied this. The General sighed. *Prattling, inflated asshole.*

"Fundamentalist Islamic terrorist threats to U.S.-related targets are very high, particularly in Turkey and Jordan but also in the Middle East and Western Europe as Ramadan approaches," the NSA said. "We should be particularly concerned about December twenty-third, which marks the Islamic Night of Power, when the first verses of the Koran were revealed to the prophet Mohammed. We have increased security at all U.S. military facilities worldwide, but particularly in Naples and Gaeta, Italy. The aircraft carrier USS *Truman* has been ordered to cancel a port of call in Naples and go to Greece instead."

General Kragle rocked back in his chair and rubbed

big hands across his stiff crew cut. He sat at the far oval of the table, near the wall.

Fifth step: Everybody show how much we're doing to conclude the crisis.

"There are many, many leads that need to be run out and covered," the head of the FBI said. "It takes time to set these leads and get the work done, then get the results back to the United States for analysis and further action. We're wrestling with how to come up with conclusive evidence that can withstand scrutiny in a criminal trial in the United States."

The VP aroused himself. "You have obtained evidence, then?"

"Well . . ."

"Either you have or you haven't, Mr. Director."

"I'll have a full report by this afternoon."

"Who's in charge over there for the FBI?"

"Senior Resident Agent Claude Thornton. He's worked Southeast and Southwest Asia for twenty years. He speaks fluent Arabian, among four other languages. He's a tough, no-nonsense man. I have complete confidence in his abilities."

"I want *something* on the President's desk by three o'clock," the VP said, sounding tough.

General Kragle was listing the steps on his scratch pad as they came up. He wrote: *Sixth Step—do something.*

Todwell said, "Missile strikes following the U.S. Embassy attacks failed—"

"Big-time," General Kragle inserted, drawing a sour look from the NSA.

"—so I would consider such efforts carefully. We are joining Russia in pushing for U.N. sanctions against nations that are implicated in harboring terrorists, such as Afghanistan's Taliban rulers. The President has also authorized the offering of a five million dollar reward for information leading to the capture of whoever is responsible for blowing up the *Randolph*."

"Pardon me, Mr. Security Advisor," General Kragle interrupted.

Another sour look.

"What was the reward we offered for our embassy bombers?"

The NSA's beefy face seemed about to explode.

"Wasn't that also five million dollars?" the General prompted.

Todwell found his voice. "If I recollect—"

"It was five million dollars. Has anyone collected it?"

"That's only one step in the process. State is now in the process of drafting an ultimatum to Afghanistan that the harboring of those responsible for this atrocity, if Afghanistan is indeed harboring them, will not be tolerated. Therefore—"

The General stopped him. "Pardon me, Mr. Security Advisor. What will we *do* if Afghanistan defies the ultimatum as it has before? Send over a cruise missile and blow up a mountain in the Khyber Pass, pat ourselves on the back, feel good about it, and then sit back and wait for al Qaeda to plant explosives in the White House john? Weren't those the same actions we took the last time? Pardon me for saying so, gentlemen, but that's about like slapping a rapist on the arm when he already has your panties down to your ankles."

The melting and settling of ice cubes in the VP's tea glass echoed in the room.

"General Kragle," Governor Pudge Gillmore finally said, "we all realize that your son, aboard the USS *Randolph*, is still missing and that you're under some personal stress—"

"Sir!" the General retorted. "With all due respect to this esteemed gaggle, my son is one of *seventeen* known dead and perhaps fifty others who will be found dead. These are *Americans,* gentlemen. They died for this country. The least we can be expected to do is have the gonads to do something about it."

The NSA shot to his feet. "General Kragle, you're out of line, sir!"

Counselor Scott Sheldon had had very little to say during the meeting. He now intervened.

"Gentlemen, I'm interested in any proposals General Kragle may have to offer. You do have suggestions, General?"

Todwell sat down, glaring.

"Go ahead, General," the VP invited reluctantly.

"We know who's responsible for this," the General said in a more reasonable tone, "the same as we know who's behind most of the terrorism in the region. Why don't we say it? Osama bin Laden."

"There's already a five million dollar reward on his head," Counsel Robert Dycus pointed out.

"That's the point. Do you think the Israelis would sit back on their behinds and offer a reward for terrorists who blew up one of their ships? Hells bells, gentlemen. Osama bin Laden will continue his jihad against the Great Satan as long as he doesn't have to pay a penalty for it."

The Vice President held up both hands. "What are you suggesting, General Kragle?"

The General looked around the room with a steady, determined gaze. "Go in and get him and bring him out of Afghanistan—or wax his ass."

"Do you know what you're saying?" the NSA blazed. "You're advocating the armed invasion of another country. Pakistan has already issued a paper warning that that would be cause for war against the United States. North Korea and China are both rattling arms and indicating they will support Pakistan and Afghanistan."

General Kragle stood up. "Not an armed invasion," he said. "A small unit of highly trained counterterrorists inserted clandestinely with plausible deniability. This is a job for Delta. This is why we created Delta."

"I don't know," the VP hedged. "We still have diplomatic channels open with Afghanistan. The Secretary of State is meeting is Istanbul with Afghan leaders to discuss under what conditions bin Laden will be turned over to the United States."

"Sir, we've had these negotiations since 1993—and nothing's happened except bin Laden keeps sending out his terrorists."

"We have to ask ourselves: Is this worth going to war over?"

"Mr. Vice President, we are already at war!" General Kragle snapped. "With terrorists. And we're losing it.

Seventeen American lives! Sooner or later we have to choose a mountain worth dying on."

He sat down. The discussion his proposal initiated lasted, sometimes heatedly, for another hour. It concluded in a seventh step: schedule another meeting.

# CHAPTER 10

**Gulf of Aden**

A navy yeoman brought coffee and prepared to record the sailor's statement as investigators aboard the USS *Abraham Lincoln* got down to business. Young, weary-looking sailor witnesses were being choppered out to the *Abe* while shipmates aboard the *Randolph*, these two days later, continued battling to keep the destroyer from sinking. They all told virtually the same story: There was an explosion and all hell broke loose; nobody saw anything.

"We might as well copy one statement and have them all sign it," Gloomy Davis complained.

"Patience is the secret to all investigations," Agent Thornton said, and demonstrated it with each new witness.

The latest seaman to be escorted into the skipper's wardroom slumped at the table, his eyes red-rimmed and his face haggard and blackened with smoke. The black man with the shaved head offered him a cup of coffee; all the others waited. They were all dressed in civvies, except for the yeoman.

"Just relax, son," Agent Thornton said, "and tell us everything you remember about when the detonation went off. We're here to piece things together so we can find who's responsible."

The lad glanced up with haunted eyes. "I want you to find them after what they did, sir."

"We intend to. You're Seaman . . . ?"

"Wiley Monroe, sir. Ordnanceman."

"Then you're familiar with explosives?"

"I know we didn't have anything that powerful aboard the ship."

"Let's start with where you were when it happened."

"I had just gone below. We finally moored to the pier, got the lines across and secured, pulling in at about 1000 hours. The bosses told me, 'Go hit your rack, but don't let the chief see you.' I went down and climbed in my rack and waited for chow."

"You were helping secure the lines before that? Did you see anything unusual?"

"Not really. There were boats and other ships. . . ."

"But no boats in particular?"

"Sorry, sir . . ."

"Go on."

"I—I never felt energy like that in all my life. It blew the ship up about twenty feet and then back down. I thought we ran aground, except I realized we were in port. It knocked me out of my rack. All the power was out. The alarms were going. I started to my GQ station and ran into two of my shipmates. One had

part of his . . . his face blown off, and the other was
blind."

He swallowed and rubbed his eyes. Thornton laid a
comforting hand on his shoulder. Brandon noticed
Gypsy's eyes watering. She dropped her head to keep
him from seeing. Maybe she wasn't as tough as she
sometimes pretended.

"Once people saw I was qualified in first aid," Monroe went on when he recovered, "they sent me to the
Bloody Aisle. I will call it the Bloody Aisle as long as
I live. It was a nightmare. Blood everywhere and people lying dead on the side. Somebody had put on some
emergency lighting and there was that big hole in the
ship. I could see the pain and people running about. I
could see heads smashed into the rubbish and legs and
arms dangling.

"The first guy I saw had just come aboard a few
weeks ago. I went to help him and found his brains
hanging out of his head, and his midsection to the
crotch was gone. I moved on. My next patient or ship-
mate could talk and breathe. I asked him to stay calm.
It was so loud in the Bloody Aisle from screams and
moans that I had to shout. I could tell this guy's legs
were broken because the bones were bulging out of
both legs. One eye was swollen shut and one bulged
out of his head. I knew he couldn't see me. He didn't
look the same, his jaw broken . . . serious gashes on his
face . . ."

The bomb had gone off just below the chow hall,
where sailors were gathering for mid-meal. The blast
knocked the seventeen-million-pound warship into the
fueling pier. Two American missionaries half a mile

away reported that their house shook and a mirror broke. One of the ship's two main engine rooms, a compartment three stories tall and twenty yards long, was virtually destroyed. Flooding reached to its upper level. The blast demolished two chow halls. One was so pancaked that deck and overhead became almost inseparable.

Without power, crews toiled feverishly in darkness or under the faint light of lanterns to save the ship and their shipmates. Some sailors dived into the harbor to rescue other sailors who had either been blown into the water or who, dazed by the explosion, had literally walked off the decks.

"So . . . so two corpsmen and me round up the uninjured people and carry the wounded out on stretchers," Monroe continued after downing a glass of water. "With no electricity or lights, we made it through the Bloody Aisle. The first look outside of the ship was almost unimaginable.

"The Yemeni ambulances were there to help us. We carried the injured off. My buddy was first. I went over to him just as the little guy took his last fighting breath. With the smell of blood and shock everywhere, I had to get off the ship. So I got on the water ambulance to assist the injured and made it to land. I looked back at my destroyed ship. It was listing at a twenty degree angle from the water inside it. We had guards with rifles everywhere. . . .

"That night we waited for another explosion. We were sitting ducks. But after a while the wait ended. There would be no more. I guess they made their point."

They had indeed.

"Will that be all, sir? That's all I remember."

The seaman stood up to go. He hesitated.

"There's something else?" Thornton prompted.

"Well, you asked me if I saw anything unusual . . . I didn't, not before the bomb went off, but there *was* something I thought a little odd when I was bringing the injured topside. . . ."

"Which was?"

"Some people had been blown off the ship or were jumping or falling into the water. Most of those were climbing out on the fueling pier. But I saw this one boat . . ."

Major Kragle had been leaning against a bulkhead, his expression set, trying to block his mind from identifying his brother with the carnage the sailor described. Cameron sat in a chair with his head down, holding a Bible. Both looked up.

"I thought nothing about it at the time," Monroe said. "I assumed it was some fishermen or somebody rescuing our guys from the drink. There were these guys in it wearing dresses and those tall Arab hats—"

"Tarbooshes," Gypsy supplied.

"Yes, ma'am. But that wasn't what caught my attention. Some of our people were in the boat. The boat was heading on in toward the town. I thought they were being taken to the hospital. The thing is, one of our guys I saw on the boat is still missing."

Cameron slowly came to his feet. Gypsy gripped his elbow.

"You recognized the sailors?" Thornton asked, with a quick glance at Brandon.

"Just that one. The other two had their backs to me. One was a girl, though. I could tell that."

"The name?" Brandon pursued. "What was his name?"

"The guy I knew? He was the ship's PIO and journalist. JO Second Class . . . um . . ."

"Kragle?"

Could it be possible? Could he have survived?

"That's it, sir. Second Class Cass Kragle. He had brown hair and a crew cut like yours."

# CHAPTER 11

Most of the fifty listed dead or missing had been accounted for by now. Only five had not. The Major's finger trembled as he scrolled down the printout. He came to the name and held his finger there until he was sure Cameron had seen it.

"Yes," Gypsy said for him.

    ARMSTRONG, Calvin J., YN1, 576-78-6912
    BURGUIERE, Kathryn A., SA, 593-42-7327
    KRAGLE, Cassidy W., JO2, 499-71-5444
    McCLENNY, Robert L., SN, 531-21-6342
    SLATON, Curtis D., SN, 618-91-6754

Cameron exhaled. "Thank the Lord he's alive."

"Don't thank Him yet," Brandon cautioned. "We don't know if he's still alive or, if they do have him, and that girl, how long they'll keep them alive."

Agent Thornton looked thoughtful. "I think we can assume they're okay so far," he speculated. "If you're an Eastern tango, it's standard modus operandi to snatch ours and offer to trade them for theirs. It does make sense. The suicide team comes in and blows up the ship while a second team gets ready to charge out and snatch hostages. If I don't miss my guess, we'll soon be hearing from al Qaeda, wanting to exchange prisoners. Several terrorists are about to go on trial now in New York for the bombing of the World Trade Center and for blowing up our African embassies."

Cameron pounded his Bible against the palm of his other hand, as though for punctuation. "Agent Thornton, you said the Yemenis blocked off roads, train stations, and airports?"

"But probably not quickly enough."

Brandon saw what his brother meant. "An American girl and two American men, especially a very tall kid like Cass, would have been hard to hustle out of the city. Especially right after the bombing happened."

Thornton thought it over. "Maybe," he agreed. "They might have been taken to a safe house to be held until things die down."

"If that's the case, somebody will have noticed," Gypsy said.

"Exactly!" the Major exclaimed. "Have the locals organized a canvas of likely neighborhoods?"

Agent Thornton expressed scorn. "The locals don't do shit unless we prod 'em."

"My blunderbuss and I can *do* some prodding," Gloomy Davis offered grimly.

Thornton shot out both palms and took a step back. "Delta's not going ashore," he said.

"We'll keep a low profile," Brandon argued. "If there's a chance the hostages are still in Aden, we need to be there."

"My instructions came directly from the White House through the director. No troops are to touch Yemeni soil. It's a very delicate situation."

"Claude! Look at us. Do we look like *troops*?" The team wore civvies. "We're not here to get in the way. Our mission is to assess Delta's prospective role in the follow-up. Delta *will* be a part of the follow-up if the hostages are still here."

The agent dug in. "My instructions about you are clear. Delta assesses the situation and reports back to Central Command—"

"There was one further part of the orders," Brandon pointed out. "We were to bring back JO2 Cassidy Kragle."

"Bring back his *body*."

"It didn't say the body had to be dead. Claude, you said yourself the Yemenis are refusing to allow Americans in on the interrogations. You only get what intel they want you to have. Lieutenant Iryani speaks Arabic. Part of her job is intelligence gathering ahead of a Delta action."

It took some persuading, but Thornton eventually wavered. He readily saw the benefit of having ashore another American who understood the language.

"We can't just keep sitting on our fat butts and depending on ragheads."

"Exactly!" Major Kragle agreed.

The Resident Agent's dark eyes surveyed the team's determined countenances—the tall leader with the dark mustache; his equally tall blond brother carrying a small Bible in his shirt pocket; the wiry little sniper from Hooker, Oklahoma; and the dark Arab girl with the brilliant red hair cropped short and striking green eyes.

"Leave your weapons aboard the *Abe*," he relented. "Sergeant, take the Bible out of your pocket and carry it where it can't be seen. You're going into Koran country."

**Washington (CPI)**—"As we speak," the President's media advisor announced at a White House press conference this afternoon, "250 men and women are battling for their ship and their shipmates. Bucket brigades are baling out water as the USS *Randolph* lists to one side. The ship is blind, mute, and crippled, but still afloat."

The U.S. military attaché, relaxing on a beach a few miles from where the *Randolph* went up in the harbor at Aden, saw the explosion. Although the attaché called the U.S. Embassy in downtown Aden, it was hours later before the news reached Washington, D.C.

The first message that arrived in the U.S., shortly before noon, Eastern Standard Time, read: "Suspected terrorist attack from small boat believed used in tying up mooring lines."

In response, the U.S. government sent doctors and medical supplies from Bahrain, five hours away. Also, several rapid response teams rushed to Andrews Air Force Base outside Washington, D.C., where they remain. The U.S. Special Operations Command (USSOCOM) alerted Delta Force, but so far only an advance contingent has been sent to "assess" the situation. Investigative Command Centers have been set up aboard the USS *Abraham Lincoln* in the Persian Gulf and at the American embassy in Aden.

Follow-up response which will lead to concrete actions has been even slower. So far, most of it is occurring through diplomatic and political channels and through the world's press.

"There is no limit on the amount of U.S. effort that will go into finding the people responsible for this and bringing them to justice," said Barbara Bodine, the ambassador to Yemen.

"We can't continue just to be on the receiving end of this," a senior military figure told Consolidated Press International. "We've got to go on the attack."

"The U.S. is working with the Kingdom of Saudi Arabia on elements of the investigation," a spokesman in President Stanton's administration said. "There is no question that al Qaeda was involved in this attack. We have an idea that this runs through Afghanistan. The question is, who gave the orders?"

In the Gaza strip, Sheik Ahmed Yassin, founder of the militant Muslim group Hamas, denies the involvement of Hamas with al Qaeda. However, he said, "We will use whatever tools we can to facilitate jihad against the occupiers of Arabia and their supporters. We have the best minds working for us."

In the meantime, the investigation in Aden is

making little progress. Aboard the wounded
*Randolph*, FBI agents and Navy Criminal Investigative Services search for evidence. They
have found pieces of fiberglass from the terrorist boat, hundreds of fragments containing
traces of explosive Semtex, and small scraps of
flesh, all that remain of the bombers.

Yemeni officials are rounding up scores of
people, including suspected Muslim militants.
At the same time, a top administrative aid in
Washington reports, American investigators
are being hampered by FBI suspicion that some
local officials may have assisted the plotters.

Yemeni government authorities are apprehensive about allowing the FBI to operate
freely and have laid out restrictive rules for
questioning suspects and witnesses. The FBI
has not been allowed to conduct the investigation aggressively and to examine terrorist
groups in Yemen.

The Stanton administration has sent a mild
protest to the Yemeni government. A spokesman
for the State Department said the United States
must continue to act "sensitively."

# CHAPTER 12

## Aden, Yemen

Aden was becoming Westernized, like the rest of the world. In its suburbs, people lived in fairly modern houses or apartments along broad streets, and they shopped in supermarkets. Life followed the older way downtown, where people dwelt in thick-walled mud houses along narrow, twisting alleys and shopped in open air markets. Veils were vanishing from the women, but they still wore dark, shapeless clothing. Some of them tattooed their faces with tribal markings.

"Their owners' brands," Gloomy Davis commented, looking at Gypsy. "Do you have one, Lieutenant?"

He had been smitten by her; he would have liked nothing better than to put his own brand on her, impossible as the idea was. Gypsy rewarded him with a dazzling smile.

"Sergeant, if you have a hankering to do some branding, you'd better head on back to the cow farms of Oklahoma."

Thornton had arranged for a car to meet them at the

American embassy after a chopper lifted them into the city from the *Abe*. They crushed themselves into a compact French Renault driven by a little English-speaking Arab wearing a black Clint Eastwood Stetson.

"Hey, pard," Gloomy greeted him. "Out doing some branding?"

Cameron's hand rested possessively on Gypsy's knee in the backseat. She gently removed it.

"Rattlesnakes," she whispered loud enough to make sure Brandon overheard.

Apparently, the driver only knew the location and function of two controls—the gas feed and the horn. The car roared out of the embassy gate, took a wrong right, executed a skillful U-turn, narrowly missing a donkey cart and a rusted motor scooter, and exploded downhill toward the bay and the police station. Men in turbans or *tarbooshes* sitting in the outdoor cafés drinking strong, bitter coffee and chewing leaves of the qat plant reflexively pulled their chairs back from the street as the car tore by, scattering carts, bicyclists, donkeys, motorbike taxis, small trucks loaded with chickens or goats, and pedestrians who shook their fists.

"You're a kamikaze!" Gloomy accused, bracing himself against the dash.

"No, no. I a Hussein al Hayat."

"Kamikaze," Gloomy insisted.

Kamikaze grinned broadly. "I drive American," he boasted. "I drive good, no?"

He swerved up before an imposing four-story, modern-looking building that took up most of the block and braked with a squeal of tires. A couple of uniformed policemen in green khakis going up the stone steps shook their heads at Kamikaze as his passengers unloaded.

"Wait for us, Hussein," Thornton ordered.

"Sound like country and western song." Kamikaze tilted back his Stetson and began to sing in a falsetto voice, "Ohhhh, wait for meeee, where the ribber flows . . ."

Gypsy laughed.

"You like country?" Kamikaze asked her.

"I'm an ol' two-stepping shit-kicker from way back."

"You continue to amaze, Lieutenant," Brandon said.

"I'm from Texas originally. There's a lot about me you don't know, Major."

"I haven't asked."

"Patsy Cline, George Jones, Garth Brooks?" Kamikaze asked. " 'Send Me Down to Tucson' . . . 'Wine Colored Roses' . . . I a cowboy like John Wayne and Clint Eastwood."

Gypsy laughed with him. "You're incredible, Kamikaze."

"Incredible?"

"You're a wild man."

"Yes. Yes. I a wild man."

The inside of the police station wasn't that different from a precinct house in New York or Chicago after a major crisis such as a mass murder, the latest in a string of serial killings, or a terrorist bombing like the one in Oklahoma City. A plainclothesman with a .45 Colt stuffed into his belt, only partly concealed by a loose short-sleeve sport shirt, came out into the bullpen to greet them. He was a small dark man, bald on top, with tufts of iron gray hair circling over his ears and around the back of his head.

Thornton thumbed toward a closed door before which a crowd clamored. "The big man busy, Karim?"

"He question many suspects. Busy. Busy."

"I'm sure he is. Tell him al Qaeda has taken American hostages from the ship."

"Yes? Wait to please here."

"Abdul Karim al Hage," Thornton said to the others as the plainclothesman pushed through the noisy throngs jamming the station house, knocked on the closed door, and admitted himself. The door shut behind him. "He's liaison between the American investigators and the Yemeni police."

After fifteen minutes had passed, Brandon fumed, "What kind of game are they playing with us?" Like the General, his father, he had little patience when things needed to be done.

"It's called making the Americans kowtow," the agent said casually, used to it. He had been dealing with Arabs for years. "You have to understand Muslims." He took out a handkerchief and wiped it across his bowling ball head. "God, it's hot in here. Too many people jammed together."

Gloomy looked around. "About half of whom are probably carrying bombs," he said. "Are all these folks suspects?"

"Truth be known, most of the population in this two-camel shitburg probably have more sympathy for the dead bombers than for our dead sailors," Thornton said. "The same day of the bombing, there was a march past our embassy to demonstrate against the

Americans and pay tribute to the bravery of the martyrs who blew up the *Randolph*. That's what we're dealing with here."

"Can't we go around the local police?" Cameron asked.

"Not without causing a major incident."

The Major grunted. "It might be worth it."

"Maybe. We're supposed to have an arrangement with the ragheads to share in the investigation and questioning of suspects. But that's only for political consumption. I have ten agents in a closet office down the hallway sitting on their asses, drawing the big bucks and doing squat. The Yemeni chief of detectives—the big man, Omar al Rahman—does all the questioning. He sends out his guys to check on leads. Most of them couldn't find their prayer cloths if they were stuffed up their rectums. Sorry, Lieutenant Iryani. Then Omar comes out and tells us what he wants us to know. If it wasn't for Karim, who has some sympathy with the Americans, we'd never know what the hell is going on."

"Do you think the big man might be covering up?" Gypsy asked.

Thornton chuckled dryly. "Most officials over here are corrupt to one degree or another. What makes Omar the bag-of-shit man so dangerous is his stupidity."

Restless, Major Kragle began to pace. "We have Americans in Aden being held somewhere—and this goofy bastard is playing catch me–fuck me."

There was a long bench next to the wall. Gloomy found himself a place between a veiled old woman and a fat man in khaki pants and dirty T-shirt who stank of garlic and smoke and sweat. The enlisted were accustomed to waiting on officers to make decisions.

After another quarter hour of standing around waiting, Gypsy Iryani also took to the bench, wriggling in next to a waif of a boy who seemed frightened and was there all by himself. Bare chested and barefoot, he wore only a pair of jean cutoff shorts as soiled and dirty as his body. Straight black hair hung down over dark eyes. Gypsy smiled at him. The little boy warmed quickly to the pretty lady who spoke to him in his own language. Brandon watched the two of them giggling and chattering; she knew how to make friends.

"Major Kragle?"

The tone of her voice warranted attention. She smiled reassuringly at the boy and stood up.

"This little guy may have something," she said. "His name is Wadih. His mother made him come down here to talk to the police, but he's been sitting here for over an hour."

Brandon gave him a glance. "What did he see?"

"He lives up on the hill in the city, above the harbor. He saw the *Randolph* blow up. About an hour later a truck with a tarp over the back pulled up in front of a house down the street from him. Some people were taken out from under the tarp and rushed into the house. Wadih thinks they were American sailors. They wore dungarees."

"That's got to be them!" Cameron exclaimed.

"He's come down to the police station for the last three days," Gypsy said. "They keep telling him to come back tomorrow. They took his name, so he was afraid not to do what they told him."

"Stupid pricks," Thornton said. He and Brandon knelt in front of the little boy, who cringed against Gypsy.

"Tell him everything's okay, he's not in trouble," Brandon said to Gypsy. "I *knew* they were still here. Ask the kid if he's seen them come out of the house."

She did, translating his answer. "He thinks they're still in there."

"Will he take us to the house?"

Karim returned then, in time to overhear part of the translation. He also became excited.

"He'll take us," Gypsy said, "if we go right now. His mother has been very afraid. She wants him to come home as soon as he can."

"Let's go," Brandon agreed, rising.

Thornton started toward the closed door to report the development to Omar. Brandon stopped him. "Your big man has been sitting in there for two days and still has no idea about the hostages," he spat out. "Claude, he's stonewalling the investigation. You tell him now and that house will be empty when we get there. Are you willing to take that chance with three American lives at stake?"

The agent hesitated. Karim squirmed, suspicious of a conspiracy.

"The chief detectives must be informed," the plain-clothesman protested.

"Hold on, Karim." Thornton was thinking it over. He shook his head. "What am I doing, letting you talk me into something? You Delta folks are going to get my black ass in a crack."

"Claude, we can get them if we go now," Brandon urged.

"We'll need weapons . . . some manpower . . ." His eyes fell on little Karim, who fidgeted under his look. "All our government requires is that we have a Yemeni liaison with us if we take any action," he pondered aloud. "What the hell! I've been in trouble before with folks much less agreeable."

He threw a big arm around Karim's shoulder. The two men lapsed into a hot discussion in Arabic. Finally, Karim relaxed. He didn't seem to like it, but he nodded his agreement and rushed off.

"Karim has agreed to rustle up another car and three or four street cops with some firepower," he explained. "They'll meet us out front."

Brandon watched the policeman go. "Can he be trusted?"

Thornton shrugged. "He thinks he'll be a big hero and get a medal and a promotion if he uses his incentive to capture the terrorists himself." He chuckled. "Besides, I offered him money."

On their way out of the police station, Gypsy said impishly, "Well, Major? You owe this one to a slit-tail."

"Don't push it, *al* Iryani."

# CHAPTER 13

With his black Stetson pulled down to his ears, Kamikaze caromed the French car into a run-down residential section in the heights and reduced speed, but only marginally. Mud-walled cottages, paint faded and peeling, lined narrow, potholed streets. Chickens and geese protested with loud squawks and honking as they scattered. Wadih, in the front seat with Gypsy, pointed ahead.

"That's the house," Gypsy said. "The one with the fence."

Only the red-tiled roof of the cottage and the top branches of a blooming bougainvillea stuck up above a solid wooden fence tall enough to enclose an elephant. A gamecock with flowing yellow plumage stretched its neck and peered down from the tree. This was a house where secrets might be easily kept.

Major Kragle ordered Kamikaze to pull over. Behind them, the unmarked cop car filled with uniformed policemen carrying Chinese-made AK-47 assault rifles also eased to a stop. Karim got out and came up to take a look at the target with Thornton and Brandon. They couldn't go storming in like the Keystone Kops meeting the Three Stooges. Hard core tangos either executed their prisoners or used them as living barricades at the first sign of threat. This was going to be a tough nut to crack, what with the fence blinding all approaches. This was the *real world*, the Major reminded himself, not another staged FMP.

"We don't even have a pocketknife among us," Cameron pointed out.

"Throw your Bible at them," Brandon mocked, then immediately regretted the sarcasm. He jerked a thumb toward the other car. "Those guys back there have enough firepower to refight the Gulf War."

Cameron visibly winced at mention of the Gulf War—and again Brandon regretted his choice of words.

"Cassidy's not coming back alive, you know that?" he said. "We're the only chance he has."

"You don't think I know that?"

Not much more than this brief conversation ensued before activity erupted at the terrorist compound. A gate was flung wide and an old blue step van roared out the opening, tires squealing. It fishtailed in the street as it headed for the hills.

"We've been made!" the Major shouted, realizing that the terrorists must have been tipped off.

"I catch! I catch!" Kamikaze volunteered in the excitement.

Everybody scrambled back into the two cars to give chase. As an experienced counterterrorist operative, Brandon should have expected a stay behind, a blocking force to stop or delay pursuit. But his attention was so fixed on the escaping van that most likely carried his little brother and the other hostages that the armed man who suddenly charged out of the compound behind the van caught him by surprise. The gunman crouched in the middle of the street and opened up with a stubby Uzi, blazing away savagely at the two cars bearing down upon him at speed.

Kamikaze slammed on the brakes and twisted the wheel. The little Renault skidded sideways, threatening to roll. Bullets punched into the side of the car. Glass shattered. Someone—Gypsy?—screamed.

The tango turned his attention to the second vehicle. A near solid wall of spanging lead stopped it, wounded and smoking, windshield shattered. A couple of the green-uniformed cops jumped out and fled, leaving their weapons behind. Another ran around behind the car and crouched while the terrorist attempted to pick him off with the Uzi. Karim and a sergeant fought back. They spilled out from either side of the dying vehicle and returned fire, Karim with his .45 sidearm and the sergeant with an AK.

Adrenaline rush, fear, and excitement spoiled their aim. The tango remained spread-legged in the street, a skinny black-clad figure wearing what appeared to be a dark blue ski mask. He pinned the cops down with a spray of lead, holding his ground, apparently willing to sacrifice himself in order to let the other terrorists and their hostages escape.

All this occurred within a matter of seconds while the step van disappeared up the street.

If the fucker wanted to commit suicide in the name of Allah, Brandon thought, he would help him. He

rolled from the backseat, out the lee side of the car
even before it shuddered to a halt.

"Stay down!" he called out to the others.

Only a few yards separated the two stalled vehicles.
The Major darted across the separation, intent on
reaching one of the cops' abandoned weapons. The terrorist caught the movement and shifted fire. Brandon
felt bullets snapping around him, heard the crack as
they stole the air. He combat-rolled and came up next
to the cop car's sheltered rear door. An AK and a dead
cop leaking a stream of blood onto the floorboard lay
on the backseat. Brandon grabbed the weapon and
dropped back to the asphalt.

The terrorist screamed in fury as he expended his
clip of ammo. Reversing the weapon as a club, he
charged. In one motion, Karim upgraded his firepower
by casting aside his .45 and snatching the rifle away
from his sergeant. The tango jerked and danced on the
other end of Karim's bullets like a puppet on strings
manipulated by a spastic puppeteer. He went down
hard and lay there.

The sweet-sour smell of fresh blood and burned
cordite hung in the air. The only sounds were the
pounding footfalls of the fleeing cops, Karim's heavy
breathing, and gurgling coming from the throat of the
dying gunman.

The Major slowly stood up with the assault rifle. He
gave Karim an accusing glance as he walked over to
the downed terrorist and kicked the Uzi out of his
reach. The gurgling stopped. He lay in the morning sun
on the asphalt, on his way to Allah; dead.

Claude Thornton proved to be the third casualty of

the brief fight. He appeared more angry than hurt as he advanced on Karim, holding his left arm tightly with his right to check the flow of blood from a bullet wound to his upper arm. Blood from glass cuts also smeared his bowling ball head. Gypsy followed him, attempting to tend to his injuries.

"They knew we were coming, Karim!" Thornton bellowed. "It was you. You radioed Omar!"

"I— He is my commander," Karim stammered, trembling in the aftermath.

Gypsy attempted to calm the agent. "Claude, please. You're hurt."

"Not nearly as fucking hurt as that fucking Omar is gonna be when this black ass descends on his fucking head. The sonofabitch tipped 'em off."

The others appeared unscathed, although all were pale and jittery. Gloomy saw after Kamikaze and the kid, who were too scared to emerge from the floorboard where they had wedged themselves. Brandon was relieved to see that neither his brother nor Lieutenant Iryani had suffered injuries.

It was in his training to quickly assess a situation, then consolidate and regroup. Now that the fight was over, he turned his attention back to the mission. He spotted the blue van about two miles away, winding up into the surrounding brown hills through some greenery. Smoke from its tailpipes marked its progress like a dirty cloud.

"That's the highway leading toward Habban and Sayun, toward Saudi," Thornton said. "They'll be trying to get either to Iraq or to Afghanistan by plane or boat."

Brandon made up his mind. He was going after them.

"Major—" Thornton said, starting to protest. He caught himself and shook his head. "They'll have the hostages," he said. "Go on. We'll search the house anyhow, and I'll run interference for you with the Yemeni police and our military. I suspect Omar may be a bit more cooperative after this. And, kid . . ."

Brandon paused.

"Good luck, Major."

Ignoring the police, who might have objected, Major Kragle tossed the unfired AK-47 into the backseat of Kamikaze's Renault and helped the driver extricate himself. The little man sheepishly objected to being replaced behind the wheel, insisting that "I do job." He jerked down his Stetson and was ready to go. Lieutenant Iryani scrambled into the car with Cameron and Gloomy.

"We don't need Funny Platoon on this one," Brandon balked.

"Do you speak Arabic, Major?"

"Kamikaze does."

She stepped near. "Who do you trust, Major? Me or a driver in a cowboy hat you met an hour or so ago?"

"Neither," Brandon said. "Get in the car."

# CHAPTER 14

From Aden, Agent Thornton radioed the news to Major Kragle in the pursuit vehicle, using police mobile radios commandeered from Karim. A search of the terrorist compound revealed the house to be empty of both hostages and terrorists. However, police found a U.S. Navy watch cap with the name SLATON stenciled on it, unassailable proof that the hostages had been held here and were now gone in the step van.

"Kragle, Cassidy W.," Brandon recited somberly. "Burguiere, Kathryn; and Slaton, Curtis."

The two other navy men still missing, Armstrong and McClenny, were perhaps entangled in twisted steel aboard the destroyer.

Kamikaze drove the Renault with the impressive skill of a veteran New York cabbie. It was an odd chase, one in which the prey was already out of sight. The only thing Brandon had to go on was his assumption that the terrorists would be attempting to get out of Dodge and that, as Thornton pointed out, this was the only road. It was an unmarked two-laner that passed out of the city through little farms and clusters of mud-brick dwellings. There were no garages attached to the little houses and few barns or outbuildings large enough to conceal a van. At any rate, the terrorists were unlikely to hole up again so soon. They were on the run.

The country opened up into a dry, hilly plateau that quickly turned into a stony desert that extended all the way to Saudi Arabia. It was a brown, dry land, scarred and barren, through which ran the bleached and empty ribbon of macadam shimmering with heat mirages. On occasion a dirt road or trail junctioned off into the desert. The team searched with their eyes as they sped past, seeing no fresh tracks. Baked air whipped into the car through the shot-out side window, drying out skin and lips and eyes. The car occasionally rocked on the road from side gusts of wind. Blowing sand stung their eyes, all but blinding them. Kamikaze said he didn't like it; this was the way sandstorms began.

There was no need for conversation. Everyone concentrated on the road ahead, as though collective will might bring the van into sight.

Brandon checked the AK-47 and found its thirty-round magazine full. Cameron opened his Bible and read for a minute before closing his eyes in silent prayer. Brandon felt Gypsy's eyes studying him. He turned his head toward the backseat and interrupted her. Their eyes locked and neither seemed willing to unlock them. Brandon formed the impression that she might be comparing him to Cameron—probably unfavorably. She surely found him less sensitive and compassionate, and less all that other psychobabble bullshit New Age women found attractive these days in men. He wondered, however, what she could possibly have in common with his Bible-toting brother. She stared down rattlesnakes, for Christ's sake. Brandon hadn't noticed her pray or open a Bible. Not once.

Cameron's eyes opened and he looked at the two of them, one at a time, a questioning expression on his face. Gloomy broke the impasse.

"I suppose you have a plan for taking them down, sir, providing we do catch up?" he said to the Major. "I mean, considering we only have the one weapon."

"No," Brandon said, and resumed scanning the road ahead.

Although Kamikaze reassured them that there was only one road leading across the desert and that they would soon catch up with the van, unless it was equipped with a jet engine, Brandon was beginning to think he had made the wrong decision and had let the terrorists escape with his little brother and the other two sailors.

"There's lots of places an airplane can land out here and pick them up," Gloomy noticed.

Kamikaze seemed to relax now that it looked like he could participate in the excitement of the chase without having the showdown at the end of it. He began to sing, tapping the steering wheel in time with the C&W favorite, "One More Day with You."

"Sheik *al* Clint Black," Gloomy deadpanned.

They topped a rise, from which they saw barren miles in all directions. Gloomy pounded a disappointed fist against the back of the seat. Discouraged, the Major was about to suggest they turn back. Cassidy's life expectancy had turned into a drop of sweat on the hot sand.

They all saw the step van at the same time. It came up out of a low place in the road and disappeared over the next hill in a cloud of foul smoke. The chase was on in earnest. Kamikaze stopped singing and looked concerned. He let off the gas feed.

"Put the pedal to the metal, cowboy," Brandon snapped.

Thus galvanized, Kamikaze coaxed every horsepower he could out of the engine. The speedometer needle bounced on its peg. They lost sight of the van while crossing a valley bottom through which a dry wadi ran. A wind as dry as old bones and so hot it must have originated in hell kicked up tufts of sand that slashed at the Renault.

They picked up the quarry again as the van hove into sight on another incline. Kamikaze had narrowed the gap. The van seemed to tow a balloon of black-gray smoke.

"It is hurting," Kamikaze declared. "It not go too much far now, I betcha."

"You can't take them on alone!" Lieutenant Iryani exclaimed, leaning toward the Major.

It was a little late to think about that now. Brandon's only thought when they set out on this race was that unless he did *something*, the terrorists would get away and neither he, Cameron, their father, nor Gloria would ever see Cassidy alive again. Well, he had better come up with a plan. The van was slowing.

The others could maybe throw rocks at the bastards.

Sometimes a direct action mentality got you into deep *kimshi*. The General was always warning about that, from his own experiences.

Ahead a few miles loomed an oasis, a patch of green in the brown as brilliant as Gypsy Iryani's eyes in her dark, freckled face. The van disappeared into it. Brandon's heart sank; the cocksuckers were going to fort up in the buildings, perhaps take more hostages as bargaining chips.

As they bore down upon the stopover, they made out a gas station and trading post set out in the middle of nowhere to serve the random wayfarer. It was serviced by a walled-in water well and surrounded by date palms and wild thorn threes that produced the ilb nut upon which the desert people subsisted.

The place was in an uproar. People in striped *futas* and long, loose Arabic robes ran frantically about among goats and camels scattering in long disjointed strides. Brandon sorted out two facts at once. The blue step van sat abandoned and smoking; riders on camels were urging their mounts up a boulder-strewn hogback beyond the fueling station. Six camels, seven riders. Sand whipped and snarled around the mounted terrorists as they beat their animals mercilessly to urge greater effort.

"Oh, my God!" Gypsy exclaimed, and Brandon's heart caught.

A man's body lay facedown on the hot sand next to the van. A hatless sailor in blue dungarees. The Major jumped out of the Renault while it was still in a skid. He ran to the corpse and flipped it onto its back. The head lolled to one side. It was a thin face, eyes frozen in terror within a web of fresh blood.

Slaton, Curtis D. The latest casualty of the terrorist assault on the USS *Randolph*. The top of his head had been blown off at point-blank range. Obviously a warning that the others risked the same fate if the pursuit continued.

"It's not Cameron!" Brandon threw back over his shoulder as he dashed toward the corrals and holding pens out back. The gates had been flung open and the stock stampeded to further confuse the situation. The fleeing riders skylined themselves at the top of the ridge.

Brandon dropped to one knee and sighted on the last rider in the cavalcade. He was squeezing out trigger slack when a gust of wind blew sand into his eyes.

"Damn!"

He dropped his head and rubbed his eyes.

A sharp *craaack!* from the ridge was followed by several more. Bullets snapped close by. A ricochet whined high into the sky.

By the time the Major could see again, squinting, the camels and their jockeys had dropped beyond the hogback. His first impulse was to give chase on foot, get to the top of the ridge in time to pick off some of them before they got out of range. He restrained himself, however. Slaton's body was having its desired effect.

He might kill one or two of the tangos, but the others would probably retaliate by shooting either Cassidy or the female sailor. Maybe both. Then most of them would still get away.

He had to come up with something else. He returned to the oasis, jogging, to find his detachment in the middle of a miniriot consisting of camel jocks and goat herders. Kamikaze and Gypsy were attempting to calm them, but the Arabs appeared far too agitated to be soothed by mere words. Everybody jabbered and waved his arms violently. Some motioned at the sky, which was taking on a bruised appearance, others gesticulated toward the hogback over which the terrorists and their hostages had fled, while still others flapped their hands at camels and goats scattered out of their pens.

Some of the women and their brown kids held onto each other and formed a fearful ring around the dead American. A woman began a keening wail. The other females immediately took it up. The rising wind flapped their loose clothing, making popping sounds. The women shielded their eyes from the blowing sand with their hands.

Gypsy called out to Brandon, "There were shots?"

"I'm all right. What's happening?"

"They're upset because those guys hijacked their camels."

Brandon made up his mind. "Heap some more grief on 'em. Tell them we need some riding camels too. Except we'll pay. Tell them the American government will pay."

Gypsy gave him a look, but she translated the request. One of the men, perhaps the owner of the oasis, seemed to be more or less in charge. He was a square-jawed fellow who resembled Omar Sharif on a bad day in the desert.

"He wants cash," Gypsy said.

"Bloodsucker," Brandon muttered. He collected a little more than two hundred dollars from the team.

"Not enough," Gypsy translated.

Brandon stepped close to Omar Sharif and glared at him eye-to-eye. "Tell this cocksucker of a used car salesman he'll take what we have and get the rest later. One way or the other, we're getting those camels. We're not giving up because this asshole is a greedy fucker."

Put that way, the man backed off with his palm out.

"They'll take it," Gypsy said. "We'll get camels as soon as they can round up some. But he says we're all crazy. We're about to have a sandstorm. Major, it might be a good idea to wait until—"

"Lieutenant, tell him to get those camels."

# CHAPTER 15

**The Empty Quarter**

Through the luck of the Irish, which was what the General would have called it, there were plenty of camels for stealing and renting; the oasis was hosting its semi-annual dromedary meet, swap, sale, and hoedown. The terrorists had gained almost an hour's head start by the time the mounts were rounded up and saddled. A herdsman whose face was as craggy and eroded as that of the Sphinx sketched a crude map that showed wide flat desert flanked by rising escarpment leading nearly to the Saudi border. Gypsy interpreted.

"He says no one rides in the mountains unless he knows the trails."

"Let's assume the terrorists don't know the trails either," Brandon said. "All we have to do is keep between these rocky hills."

It was his intent to leave Gypsy behind to return the car and Slaton's body to the American embassy in Aden while he took Kamikaze along, in the event a translator was needed. A woman would do nothing but slow them down. Cameron agreed with him, more out of concern for Gypsy's safety than any conviction that women in combat couldn't hack it and were nothing but trouble. Gypsy protested, her temper flaring as fiercely as her hair was red. As part of the team, she blazed, she deserved to share honors and hardships the same as either of the three men.

Brandon got back in her face. "You'll follow orders the same as every other soldier, Lieutenant. Like them or not."

In spite of Kamikaze's assertion that "I ride camel like Long Ranger," it turned out he knew less about the beasts than a Los Angeles slum kid knew about dude ranch cayuses. Gypsy was the real wrangler.

"Funny Platoon gets around," she explained, wrinkling her freckled nose in amusement at the group's attempts to get mounted. "I've pulled missions in Arabia before. I'm a descendent from a long line of camel jocks."

"Get mounted," Brandon gruffly conceded.

Kamikaze also accompanied the party, although he expressed ambivalence between returning to safety in Aden or hooking up with a real posse out of a John Wayne movie. Unwilling to be thought afraid, which he was, he mounted the smaller of the camels with a false air of bravado—and promptly tumbled off on his big Stetson when the camel started to rise. He jumped up, spluttering, and to his credit tried it again.

Brandon was tempted to leave the little buckaroo behind, except that both the U.S. and the Yemenis might more readily accept the team's unilateral action against the terrorists if it were accompanied by a na-

tional. After contracting a local driver to deliver the
dead man, the Renault, and a report on the situation
back to the American embassy, the team mounted and
set out. They were well out of range of the police mobile radios.

"Cross your leg over the saddle like this and lock it
in place under your other leg, sidesaddle style," Gypsy
instructed.

"Real men don't ride sidesaddle in Oklahoma,"
Gloomy protested.

"They would if they roped little doggies off camels."

The Sphinx shouted last minute instructions as the
team finally got lined out and started up the hogback
after the fleeing killers.

"What was that?" Brandon yelled back to Gypsy.

"He says we will all be lost when the sandstorm ar-
rives. But he says not to worry about the camels. They
know the way to their homes if we are dead."

"Tell him I'm not worried about the camels."

Garbed out in robes and turbans, for which they had
traded their jeans and shirts—Sphinx having convinced them that Arab garb was necessary in the
desert—the Deltas looked like a coterie of Arab
cameleers, at least from a distance. The determined little band topped the ridge and gazed out over a vast ex-
panse of forbidding countryside. It was understandable
why it was called the Empty Quarter.

The flats stretched from left to right, horizon to
horizon, limited only by the more shaded existence of
the escarpments on either side. Nothing grew out there
except a few scattered thornbushes. It was a sea of
hard stony sand cratered by wadis and scabbed by out-

croppings of corroded rock. In the distance, in the direction ahead, the brassy sky was rapidly turning a festered and infectious yellow. A searing wind snatched at their robes, popping the coarse cloth like gunshots and filling the air with blowing sand that would soon deny the sun.

Mere specks in the distance moved across the terrible land like flies on a pane of dirty glass. Any reservations Brandon might have held disappeared. Where *they* could go, he could follow. The Major had inherited his father's genes. Damn the torpedoes, full speed ahead . . . and all that.

Brandon took the lead, pushing his mount, soon abandoning hopes for a quick resolution of the situation and settling down for a long, hard chase. This means of primitive transportation, stretching all the way back through Old Testament times, had a lot to be desired. The camels were long-legged and covered ground well if joltingly, but their disjointed manner of movement made it seem as though they were in slow motion. The riders settled into their own thoughts as the miles passed beneath them.

Brandon thought of Gloria. She had been the General's housekeeper before the babies were born, and stayed on after Mom died to rear the three wild boys almost as her own. She saw to it that they had a feminine influence to soften the General's rough expectations of what men should be.

Brandon remembered his mother, while Cameron had only vague recollections, and Cassidy, of course, none at all. Gloria was the only mother figure Cassidy had ever known. It was she who changed his diapers and warmed his bottle in the middle of sleepy nights, who took him by the hand for his first day in kindergarten, sat through all his school Christmas and Easter programs, and ensured that his manners were acceptable and that he respected women and God. She made it clear that she and the older brothers had a special obligation to the youngest, who had never known a mother.

"You must always take care of your little brother," she admonished.

Minihurricanes of sand tufted across the flats, obscuring views of the fleeing terrorists except in brief, distorted glimpses. Head bowed against the wind, Brandon checked and saw Cameron and Gypsy riding side by side. Gloomy Davis and Kamikaze brought up the rear. The wind had already stolen the little driver's Stetson and whipped it away into oblivion. He probably wasn't feeling much like a cowboy about now.

They rode hunched down into their shoulders, heads lowered against the whipping sand, unable to communicate, simply following like exhausted mountain climbers stepping into the tracks of the man directly ahead.

What would it do to Gloria—and to the General, Brandon wondered, if they had to return and report Cassidy dead?

# CHAPTER 16

## MacDill Air Force Base, Florida

Gloria was giving him the silent treatment over *her* boys, all three of whom had disappeared into the Yemeni Empty Quarter yesterday. According to FBI Special Agent Claude Thornton, the last communication received from the detachment before it passed out of radio range reported that it had the terrorist vehicle in sight. Everything else known about the situation came through a driver who brought back the embassy Renault and the dead sailor's body.

General Kragle sat in his favorite stuffed chair at the window of his study, his back to the room, but he was far from relaxed. He watched the rising sun reddening the entire sky with fire. It would be another Florida scorcher. But nothing compared to the scorcher his sons must be enduring in the Empty Quarter. Forced inactivity while the hours passed without word brought frustration and irritability.

The Secretary of Defense, counseling patience, had

turned down yet another request by the General and Colonel Buck Thompson to airlift at least one Delta troop to the Gulf of Aden, to be near and ready for any action should Detachment 2A catch up with the terrorists and need support. The Secretary explained that diplomatic relations with Yemen were shaky at the present time anyhow.

That was true, NSA Clarence Todwell had pointed out, because the renegade American force was out on its own in the countryside, engaging in firefights that got people killed, chasing purported terrorists without establishing communications and without the sanction of either U.S. or Yemeni authorities. And there was the FBI agent accusing the Aden chief of detectives of corruption and threatening to stuff a desk up his posterior for allegedly tipping off the terrorists responsible for the *Randolph* bombing.

"Everything's iffy," Todwell had concluded.

"Iffy? What the hell does that mean?"

"General, I would remind you that you're speaking to a superior."

"With any due respect, *Mister* Todwell, I don't see a uniform. How many of you in this so-fucking-sensitive administration have ever *worn* a uniform? All I've seen are a bunch of draft dodgers from the very top on down—"

Todwell looked as though he would burst a vein. Buck Thompson had gotten got up then and moved between them, warning the General with a look that said his outburst was unlikely to further Delta's cause.

"We will choose to ignore your insubordination under the circumstances, General Kragle," the SecDef had said. "I know you must be upset over your sons. However, your sons are on the verge of creating an international incident that could have repercussions throughout the Muslim world."

"They're doing a job, sir—recovering American servicemen taken hostage inside a rogue nation—"

"They've gotten one serviceman killed already!" the NSA charged, finding his voice. "Seaman Curtis Slaton would still be alive if your—your sons had not tried to take matters into their own hands. He was shot in the head because of the attitude you're displaying here today."

General Kragle had jumped up. He ignored Todwell and went directly to the Secretary of Defense.

"Mr. Secretary, *sir*. If Det 2A doesn't catch up with the tangos before they get out of Yemen, we'll have two more American bodies delivered to American embassies while we sit our asses. Look, Thornton says the detachment is armed with a single weapon and one magazine of ammunition. I know my son. He'll take them on, no matter the odds. Are we going to abandon him?"

The SecDef fiddled with some papers and made some notes. He finally looked up, as though surprised that the two SpecOp officers were still here.

"Place Delta on alert," he conceded.

"Delta *is* on alert. Do we have authorization to—"

"You have authorization to place Delta on alert. General, we have to consider the big picture."

"The big picture is, the terrorists are kicking our butts for us while the rest of the world snickers at our limp-wristed response. *Sir*."

"That'll be all, General," Todwell said, lowering his voice to try to sound more assertive.

The General gave him a contemptuous look. The SecDef pretended to immerse himself in paperwork. He looked up.

"They're not rogue nations anymore."

"What?"

"We don't call them rogue nations anymore, out of respect for their national self-esteem. They are now 'nations of concern.' "

*Nations of concern!* Now, in his study, General Kragle snorted with disgust. He leaned back in his stuffed chair and glared at the sunrise outside his big study window. God pity Cassidy and the young lady sailor.

Even though Gloria had gone silent, she was making it awfully difficult to ignore her and her disapproval of events. She banged around the room, ostensibly dusting and straightening up. Doing it noisily, however, with frequent reproachful sighs. She brought him his morning coffee in a cup and saucer the way he liked it. Deliberately, it seemed to him, she sloshed some over into the lap of his robe. He jumped up like a scalded cat, balancing the remaining coffee in the cup at the end of his arm, and hopped around as he frantically slapped at the hot spot.

Unmoved, Gloria stood solid and wide before him, her nappy hair done up in a red Aunt Jemima bandana, an apron over her print dress, her chubby black arms fisted onto her hips. The expression screwed into her round face would have stopped a Mack truck bearing directly down upon her.

Gloria had never married, never had kids of her own.

The Kragle boys were *her* sons; she let everybody know that you didn't mess with them unless you were looking for trouble in all the wrong places. Starting with her.

"I reckon them boys is going through worse than that," she said in a serves-you-right tone, finally deigning to speak. "Wants me to fill up that coffee cup again, General? You done spilt most of it."

The General fended her off with an open hand. "I don't think I could survive another cup."

He sat down at his desk, pushed the cup out of Gloria's reach, and rubbed his face wearily with both hands. Gloria remained planted in front of him.

"Gloria, what do you want? I'm doing what I can."

"It's what you ain't done, Darren."

Her forefinger went into action then, jabbing at his face. It was the most formidable finger in the universe, one that had kept three rambunctious boys on the straight and narrow, for the most part, and had intimidated a general officer in the U.S. Army on more than a few occasions, when she thought he needed it. General Kragle thought she should have been an infantry company first sergeant, a Marine drill instructor. When Gloria got done with an ass-chewing, that ass had done been *chewed*.

"All these years, and now you may never get another chance to make it right between you and them," she scolded. "We might never gonna see them poor kids again, out there with them A-rabs and all. Them boys ought not be out there like this, thinking they daddy don't care."

Tears welled in her eyes and streaked down the

rounded black flesh of her cheeks. She choked up and momentarily lost her voice.

The General pushed back from his desk and stomped over to the window, glaring out. He sometimes hoped she would lose her voice permanently. He didn't need a Jiminy Cricket sitting on his shoulder.

"I should have fired your black ass thirty years ago," he said.

"Too late now, General. I done become family."

"Oh, no. You didn't *just* become family. You started off as help. You became family. *Then* you became head of household."

Her voice softened. "Darren, I knows you cares about your sons. In your own way. But you gots to let them know it too. I done been praying all night that God in His mercy will give you another chance, and give them another chance too. All they lives, they been seeking your approval—and they don't never seem to get it."

The General turned from the window to confront her. "Approval? That's pure unadulterated bullshit, Gloria. Those boys have done what they please, and to hell with what I think."

"God bless you, General. You really does believe that, don't you?"

"I believe it because it's true. Brandon's the only one that has even tried."

She approached him and stretched up to lay a hand on his shoulder. She looked him in the eye. "Darren, you done brought that boy up to be another general. You was his hero ever since he could toddle across the room and look up there at that big picture of you and

Charlie Beckwith getting ready to parachute. I ain't blaming you for that. But I *is* blaming you for Cameron and Cassidy. Especially Cameron. Cameron ought not even be in the army, much less in Delta Force—"

"It's his chance to redeem himself."

"What in the world does that boy gots to redeem himself for? Tell me that, General."

"Damnit, Gloria. He's a Kragle. There's never been a coward in the Kragles."

"Is that right?" she scoffed, tears still rolling down her cheeks. "I s'pose ain't none of you big tough Kragles never been afraid of nothing."

She shook the big man gently. "Darren, he was eighteen years old."

"I was eighteen when I went to Vietnam the first time."

"Cameron ain't you, General. He would have been a man of the cloth, a preacher, if you hadn't sent him to fight against them Iraqs. He didn't have nothing personal ag'in no Saddam Hussein. Cameron be cut out of a different bolt of cloth than the rest of y'all. He be more like his mother, God rest Rita's soul, 'cause if she be looking down on you and them boys, she ain't getting much rest otherwise."

The General tuned her out. "Maybe I will have a fresh cup of coffee, Gloria. In the cup this time, not in my lap."

"You ain't heard nary a word I done said," she accused, turning away. "You is losing your sons, Darren. You too stubborn to see it, and you too stubborn to admit it even if you does see it. You mebbe done lost them in more ways than they being out there on that A-rab desert. If God should give you another chance—"

She burst into a full freshet of tears, great wet tears that streamed down her face from the breached dam of her great love and compassion for this family she had served since she was a teenager. Like most tough men, General Kragle melted before the onslaught of a woman's tears. He went to her, reluctantly, but he went, as she hoped he would. She needed comforting too. He wrapped her in his big arms. He continued to gaze out the window, over her head, as the bloodred sun squeezed into view, streaming red cathedral rays through the glass panes.

From a great well of sadness, which Gloria would have said General Kragle never possessed, came a hoarse whisper. "I see it, Brown Sugar Doll."

# CHAPTER 17

**The Empty Quarter**

To Cassidy W. Kragle, Journalist Second Class, U.S. Navy, it was obvious, beginning at the safe house in Aden, that the terrorists were being pursued, a reality he was unable to verify until the step van quit on them in the desert. The flight started with a phone call. Cassidy heard the ring from the darkened room in which he and the two other hostages had been kept bound in the days following the explosion aboard the USS *Randolph*. The last he saw of his ship, it was smoking and listing badly, undoubtedly sinking. Still in a state of shock, he thought they were being rescued when men in a boat pulled him and two other sailors out of the drink where the blast had thrown them.

The phone call spurred their captors into action. They went apeshit, rushing around the house screaming at and kicking the prisoners, duct-taping them with fresh bindings, then tossing them into the back of a blue step van like sacks of grain.

"Look, be careful with her, she's hurt," Cass

protested to Amal, the vicious little rodent who seemed to be in charge and who spoke English.

A slug of ship's steel from the exploding *Randolph* had ripped a strip of flesh from Seaman Apprentice Kathryn Burguiere's upper left arm. It wasn't a serious wound, but, left untreated for the past three days, had become infected and painful, adding to the poor girl's deteriorating mental state. She was a chunky little woman with bobbed brown hair and big, brown eyes that viewed her keepers with abject terror.

Cassidy received a kick in the gut for his protestations.

"Shut up or you will be even more hurt than her," Amal hissed.

One of the terrorists stayed behind at the house as a rear guard while the others roared away in the van. Rifa, the stay-behind, had shown some sympathy toward the Americans. He couldn't have been much more than seventeen or eighteen, with a thin, sorrowful face and a devotion to or fear of Allah that kept him on the prayer mat twice as long as any of the others. Amal thrust a Uzi submachine gun into the boy's hands, then hugged him quickly. The other four terrorists also embraced him, looked at him a last time, then climbed hurriedly into the back of the van over the three bound bodies of the hostages. Clearly, they didn't expect to see Rifa again.

"Allah," they said to him.

"Allah," he said back.

The van door slammed, cutting off Cassidy's outside view. The van eased out through the fence, then its tires squealed and the van fishtailed as it took off like a scalded cat. Almost immediately, gunfire erupted in its wake.

"What's going on?" Cassidy demanded, startled.

Amal, with an AK-47 assault rifle, leaned over the prisoners to look out the back window. He sat back down presently because of the bouncing and weaving of the van, but not before he had delivered another kick to Cassidy's midsection.

The hostages' hopes of imminent rescue soon faded. They readjusted themselves so their heads were together in the rocking van. Preoccupied as they were with events outside the vehicle, the terrorists paid little attention. The jolting of the van over rough roads caused Kathryn to whimper in pain.

"What do you think it was, Cass?" Slaton asked.

"We left in a hell of a hurry. I'd say it was the police."

"Do you think they saw us?"

"All we can do right now is wait."

"We'll never be found," Kathryn wailed.

The one Cassidy had dubbed Chicken Breath drove the van fast and hard. Acrid smoke from the ailing engine filled the vehicle, causing the hostages on the floorboard to nearly suffocate while the terrorists grew increasingly agitated and dangerous. Their behavior indicated that someone was following them. The police perhaps, or the military. The hostages' hopes rose again.

Banging pistons and loss of power soon forced the van to stop. The prisoners were dragged out and tossed on the ground at an oasis way stop in the desert. The captors Cassidy had dubbed Monkey and Toenails marched some locals off at gunpoint to a corral to produce camels, after first ascertaining that no substitute vehicles were present. Meanwhile, Amal ordered Chicken Breath and Baby Face to stand the bound prisoners against the side of the van. He then produced a pistol.

"Which of you will be the first to pass over?" he mocked, wearing a cruel smile that more nearly resembled a grimace. He pointed the pistol first at Cassidy's forehead, then at Slaton's, back and forth, tantalizing them. Tears ran down Slaton's cheeks; his lip quivered from sheer terror. He tried to speak, to beg for his life, but could only blubber.

Kathryn's knees buckled, but Monkey jumped forward and slammed her against the van. She stood weakly between Cassidy and Slaton, watching the awful pistol like a mouse hypnotized by a snake's eyes as the muzzle passed across her back and forth.

"Why does it have to be either of us?" Cassidy asked, refusing to feed Amal's sadism by displaying fear.

"Do not be stupid," Amal growled, as though the American should know without benefit of an explanation. "A corpse goes a long way as a warning not to pursue us."

"Why not leave the girl here?" Cassidy suggested. "She'll warn them. She'll tell them you mean business. You'll still have the two of us."

Amal rejected the bid. "Unsatisfactory. I want the girl."

Slaton finally found his voice. "I—I . . . You don't have to kill me. Leave me here. I'll tell them you mean business."

"Weakling!" Amal spat out.

His lip curled with contempt. He pointed the semi-automatic at the bridge of Cassidy's nose. Cassidy tensed but refused to flinch. He was tall, with a dark crew cut and the unwavering gray-blue gaze that all three Kragle sons had inherited from their father. The psychology of bullies, intimidators, and assorted other sadists required their victims to cower and beg in order for them to obtain satisfaction from the torment. Amal knew instinctively that it would be better and safer to kill the tall one, but the gun nonetheless shifted back to Slaton, who almost fainted.

"Praise Allah!"

Amal shot the sailor in the forehead. Blood and shards of bone splattered Kathryn as the dead man dropped to the ground. She screamed and kept screaming as though in a nightmare from which she would never wake. Amal slapped her across the cheek with the barrel of the gun to shut her up. She reeled back, bounced off the van and fell facedown, unable to catch herself since her hands were tied behind her. Still screaming, she thrashed to get away from the dead man.

Cassidy took a threatening step toward Amal, intent on choking the life out of the little rodent, even if he had to do it by clamping his teeth through the guy's windpipe. The gun stopped him. Slaton's blood spackled Amal's dark face, giving him an even fiercer, more desperate appearance.

"You should have shot me," Cassidy said. "That was your mistake. I'll see you dead."

"Don't tempt me, American. You'll join him soon enough. That I promise."

As they rode frantically away on the camels—Kathryn in the saddle with Amal, and Cassidy's camel led by Chicken Breath—Monkey and Baby Face threw shots at a man who jumped out of a black car and ran around the back of the camel corrals. Something about the man looked vaguely familiar. Sand whipped across Cassidy's view, stinging his eyes. By the time his vision cleared, the hogback ridge loomed between him and the would-be rescuer.

The approaching sandstorm appeared to distress the terrorists, as did the camel pursuit that soon took up their back trail. From time to time Cassidy took the opportunity to glance back. Through brief openings in the swirling sand he glimpsed Arab riders relentlessly on the chase.

The fugitives rode their camels in a bunch in order to be heard above the rising wind. They jabbered and shouted in excited Farsi, gesticulated at their pursuers, argued, and all the while beat and kicked their humped mounts to urge greater speed out of them. More than once they looked at Cassidy in a way that let him know they were debating whether to leave a second warning dead on the sand.

Apparently, Amal decided against it, at least for the time being. One dead American had failed to discourage. Why should a second make a difference? Whoever was back there didn't care about American lives. Besides, al Qaeda would have nothing left with which to eventually negotiate with the Americans if Amal continued to kill hostages.

Cassidy resigned himself to the knowledge that Amal would shoot him when he became more liability than asset, or when it became advantageous for him to do so. Kathryn was a much more negotiable commodity, considering the way American men sheltered their females, women's liberation or not. Amal had taken a sash and secured her to himself on the camel to keep her from falling off. From what Cassidy could see, she appeared feverish, in a state of shock.

"Hang in there," he called back to her. It was the only thing he could think to say.

The terrorists were all beating their mounts and shouting to urge them on. The sun looked weak and yellow as it slowly died above the Empty Quarter.

# CHAPTER 18

The camels grew increasingly unruly as the onrushing sandstorm swept into the wide valley, obliterating the sun entirely and transforming the very air into a swirling maelstrom of violent molecules much magnified. The Deltas were hard put to prevent the stampede of the remaining mounts after Kamikaze's beast tossed him from its back and hightailed it for home, immediately vanishing. Brandon was forced to call a halt, like it or not. There was no way anyone, even hardened desert cameleers, could continue in such a storm.

They dismounted and huddled in the bouldered lee of a wadi, which provided some shelter, gripping the lead ropes of the remaining camels, who refused to relax and stay down. The animals milled nervously about on the ends of their leads, lowing and honking and bellowing.

Kamikaze's pride was much bruised by the buck-off.

"Lone Ranger, huh?" Gloomy snorted.

"Groomy, him buck like wild bull."

Brandon hunkered in deep thought between Cameron and Gloomy. He wouldn't be defeated by anything as elemental as nature. The others were in a similar depressed state of mind. Gypsy was tempted to say "I told you so," but controlled the urge. Irrepressible Gloomy tried to raise spirits by launching into one of his Hooker, Oklahoma, tales after Kamikaze mentioned that he was hungry.

"That reminds me of this good ol' boy in Hooker who decided he wanted a chicken dinner," he began. "So he goes out with an ax and catches Pete the rooster to chop off his head—"

The Major cut him off. "They can't be more than a mile or so ahead, if that," he speculated. "We've been closing the gap all afternoon. I'm sure Cass and the girl sailor have slowed them down some. A storm like this, chances are they've had to go aground too."

Gloomy shifted positions. "I can hear your mind working, boss."

"This storm might be the best thing we could have hoped for. This may be our best chance to catch them by surprise and get our people back."

"You can't see three feet in front of your face," Gypsy cautioned.

"Neither can they. That's the beauty of it. We're the last thing they're going to expect."

Brandon outlined a simple if somewhat reckless plan. However, all agreed that it just might work. They were unlikely to get another ready-made opportunity. They put their heads together in order to be heard above the raging of the wind and the slash of blown sand. Darkness was rapidly falling.

Gloomy and Kamikaze as interpreter, if needed, would accompany the Major and make their way down the shallow valley to locate the sheltered terrorists. It was Brandon's reasoning that the fugitives, keeping mostly to the right side of the valley during the day's chase, would seek refuge among the rocks and wadis on the right.

"You could walk within six feet of them and never see anything," Cameron said.

The Major held up a hand. "Listen. What do you hear?"

They went quiet.

"Wind blowing sand against the rocks . . ." Gypsy offered, puzzled.

"What else?"

"The camels!"

Brandon rewarded her with a grim smile. "Exactly. All we have to do is listen for their grumbling and protesting like a bunch of scared women."

Gypsy refused to rise to the bait.

"Using the element of surprise," Brandon continued, "we go in and get our people back."

He checked his rifle to make sure the blowing sand had not fouled the action. Kamikaze watched with both fascination and trepidation in the fading light; he had never seen people like these Americans. Gloomy complained about having left Mr. Blunderbuss aboard the *Abe* so far away in the Persian Gulf.

"When you get my signal," Brandon said by way of last minute instructions, "bring the camels on up."

It was dark enough to move out. He tapped Gloomy and Kamikaze and started to rise. Cameron's hand on his arm stopped him.

"Brandon, Cass is my brother too. Don't you think I

should be the one to go? Let Gloomy stay behind with the camels and—"

He almost said *camels and women.*

"I'll take Gloomy," the Major said, and he didn't have to say more.

# CHAPTER 19

The camels wanted to drift. Cameron suspected they were like cows on the Montana ranch where he worked one summer between school terms. A big thunderstorm had come up and the cattle lowed and moved around and then started drifting ahead of the storm until they ran into a fence or found shelter. It occurred to Cameron that if camels could lead Brandon to the terrorists, why couldn't camels lead the terrorists back to *them*?

He listened, heard nothing but the wind and grit, and the restless camels tugging on their leads, continuing to protest.

Cameron brooded. He and Gypsy huddled side by side in the limited shelter of the boulder. He envied his older brother. It took brass balls to go out there blind, armed with only one weapon, to take on a squad of trigger-happy fanatics who had already demonstrated their willingness to sacrifice their own lives for al Qaeda or any other insane cause in the name of Allah. It bothered Cameron. He doubted he had balls like that, although he *had* volunteered to go. He didn't quite know if he'd been relieved when Brandon turned him down.

Cameron knew that Brandon was the General's hope in maintaining the Kragle military legacy. Cassidy was still young and in the rebel stage, rejecting or at least questioning all values and customs. And Cameron thought of himself as the "outside" brother. He was different from the other Kragle men, all the way back to Grandpa Jordan, now ambassador to Egypt. Not only was he blond like his mother, where all the other men in the family were dark from the Irish dark side, he was also introspective, philosophical, often brooding. He characteristically thought out everything in detail before making a move; it would never have occurred to him to jump up in the middle of a sandstorm to go fight terrorists, no matter the incentive. He felt himself more suited for the contemplative monastic life than for desert battle against religious crazies. He should have been a monk, he thought, an ascetic, spending long silent days in the company of God.

"Are you praying?" Gypsy asked him, her shawled head and face close to his.

"Just thinking."

He wrapped an arm around her and drew her into the shelter of his body. They were silent for a long time.

"Did you ever think of what it must have been like for Jesus when he spent forty days and forty nights in the desert?" she asked presently. "Jesus must have had doubts about God."

"Do you have doubts?"

"It is hard not to have doubts on nights like this. You only hope that there is a God and that He will listen."

" ' . . . and shall not doubt in his heart, but shall believe that those things which he sayeth shall come to pass . . . ' "

"Sometimes, Cameron, I envy you your faith and I'm jealous." She seemed thoughtful for a minute. "Does he ever pray?"

"Who?"

"Major Kragle. Your brother."

"One Bible pounder per generation among the bold Kragle clan is more than sufficient," he replied in self-derision.

It disgusted Cameron that his brother was *out there*, while he cowered behind a rock in a woman's arms, with the Word of God in his pocket and shame in his heart. He turned his face away; he was afraid Gypsy might read the self-loathing on his face, even in the darkness.

"I love you, Gypsy," he whispered, his face averted.

The camels saved her from having to answer. They gave a lunge that jerked both of them to their feet. Gypsy talked to the animals to calm them. One of them finally folded its legs and knelt on its belly, its head thrust toward them in the shelter of the wadi boulder. The others milled and rumbled in their throats, but they seemed to have also settled somewhat.

It occurred to Cameron, as it sometimes did in insecure moments, that Gypsy had never said she loved him, not even once in their year-long relationship.

Honest to the point of self-debasement, he had to ask himself: How could a beautiful, brave woman like this love a man like him anyhow? From the beginning, she would never have allowed him to touch her if she knew what kind of man he *really* was, how he had dishonored the Kragle name. He considered her to be the one temptation in his life that compelled him to seek compromise with God. Every time they made love, he prayed afterward for God to forgive him the weakness of his flesh and the sin of lust—and he prayed they would marry and she would never uncover his horrible secret.

He might endure the wrath of God for his frailty, but he could never withstand her pity and disgust if she ever found out.

"They could be lost," Gypsy worried.

"Brandon has a compass."

"I counted five of them. There's only one . . . We have one weapon. . . ."

"You don't know my brother," Cameron said.

He felt her looking at him. "He's like your father, isn't he? I met him once at a change of command ceremony."

"Oh, yes. My father, the General. What did you think?"

"You can feel the power. All you have to do is get near him. It's said he's a tough man, but fair and honest."

"You've described the Kragle men," Cameron agreed. "A long line of tough generals. I'm like my mother."

The way he said it killed the conversation. Talking was difficult anyway, what with the sand stinging their faces and filling their mouths every time they spoke.

They sat huddled against each other, heads down and protected, holding onto the camels' ropes while the better part of an hour passed. Their nerves felt as raw and exposed as their sand-blasted faces. They started at every unexpected sound or varying of the storm's intensity. As always, Cameron concluded with stinging self-criticism, big brother played the hero onstage while little brother with his Bible stayed backstage and held the horses.

How could he redeem himself if he were always the holder of horses? *Redeem?* That was his father's choice of words.

"Boy, this is your chance for salvation," the General had said when he'd transferred him to 1st Special Forces Operational Detachment—Delta.

"The Lord is my redemption, sir," he'd replied.

"That's not until you die, boy."

Why did he let his father manipulate him, control so much of his life? Why did any of the sons allow the sins of the father . . . ?

He felt the shame burning inside. He shifted away from Gypsy so she would not feel it and share, by some psychic osmosis, the humiliation he continued to suffer. He lifted his eyes and stared into the blowing sand, and it was like it was beginning all over again . . .

The "Mother of All Battles" was how Saddam Hussein referred to it. Desert Storm's one-hundred hour ground war began in the dark along a 250-mile line stretching westward from the seacoast. Allied troops had night vision goggles and other devices that enabled them to see the Iraqi lines in darkness and rain-mist and smoke from burning oil wells. The U.S. Marine Expeditionary Force led the push. The XVIII Airborne Corps brought up the left flank. The U.S. Army VII Corps came next, with its two armored divisions and its platoons of M1A1 Abrams main battle tanks. Saudi units filled in the line to the right of the tanks.

Corporal Cameron Kragle held on as the charge began. Riding the Abrams at the trigger of its 120mm tank killer was like riding a steel bull on the prod. His face glowed dull red from dials and gauges on his gunner's console as he peered out through the therma-imager at the rain-filled blackness ahead of the fast-moving tank. His heart had started hammering as soon as the word came to start moving. The faster the tank moved, the nearer it drew to the enemy, the harder his heart thumped against his ribs.

He was going into battle for the first time. It was raining, no less, *in the desert,* and the darkness was so complete that no way, not even with the night-vision goggles, were they going to spot the enemy before they blundered right into him. The division chaplain had passed out little crosses on chains and pocket-size copies of the New Testament. The rest of the crew dumped theirs into a box in the bow. Cameron wore his cross around his neck and occasionally reached to touch it for reassurance. He murmured brief prayers as the line of tanks charged forward, asking God to make him worthy so as not to dishonor the General.

He was so afraid. His lips were cracked and his tongue felt like a horned toad trapped inside a sand pocket.

"Gunner?" the tank commander, Roberts, called down to him through the intercom.

Roberts was a Vietnam vet, as steady and cool as if he were still stretched out in the shade back in Riyadh.

"You okay, kid?"

Cameron shot up a thumb. A-okay. The horned toad in his mouth refused to allow him to form words.

"Piece of cake, kid," the TC said. "Just remember—stay on that gun and I'll pick the targets for you."

Roberts claimed people were basically nasty fuckers, and if you left them in war long enough or turned them loose without supervision, they'd do stuff that would cause a buzzard to puke. Cameron never wanted to believe that. Mankind was flawed, true, and people were born sinners and therefore came short of Heaven. Yet their basic natures were good, shown the way. They were all searching for God; it was just that so many of them didn't know it yet.

*Let us search and try our ways, and turn again to the Lord.*

The tanks raced across the salt flats without significant contact anywhere along the line. Mech units redlining it west of them across scrubland were probably already twenty miles ahead. Clouds thickened. Rain continued as steady and monotonous as a confession. The strange calm dragged on for mile after mile.

They grunted and chuffed up a kind of broken wadi. The TC began shouting through the intercom then. A squad of infantry in a Bradley opened up with a stream of tracers like a ribbon of fire. Cameron stared into the therma-imager. He saw ghostly, glowing, boxy shapes swimming in a kind of grainy green mist.

Roberts's voice blasted through his helmet. "BMPs! Kragle, what the fuck's going on? Get on your fuckin' gun, boy!"

Cameron had them in his imager. The line must have overrun Iraqis, because soldiers were running among the rocks and armored personnel carriers. Rounds thumped against the tank's plate, shrieking and zipping off.

Charlie Tuna in the bow opened up with the 7.62. Muzzle flashes lit up the ground in front of them and a chain of tracers pulsed and laced after the ghostly man-shapes.

A blue streak struck Blue Three on the forward slope of its hull, just below the driver's hatch. The round bounced off, still white-hot, and immediately receded into the dark sky. The commo net erupted with chattering, excited voices.

"Are you damaged . . . ?

"Say again, Six—"

"Who's taking forward fire? What do you got . . . ?"

"No, goddamnit. We're still functioning—"

"Contact! Contact! Bearing zero-five-six—"

Roberts was still yelling about the BMP—a Russian-made infantry fighting vehicle with a .74 smoothbore and a Sagger antitank missile launcher. Cameron rode with the tank, coming up on the top of a little rocky defile. He had lost the BMP from his imager. Where was it?

*Where was it?*

"Sagger!" Roberts was yelling. "Get that fuckin' Sagger!"

A gunner at the 120mm main battle gun of an M1A1

Abrams could "lase" an enemy, have the computer interpret the data, generate a firing solution, get a target and track it while the tank kept moving to avoid becoming a target itself, and squeeze off a round—all in a matter of seconds. The tank fired an awesome shell, a high-velocity tank killer with a depleted uranium core that could penetrate Russian T-72 armor or knock the turret off its mounting.

It all made Cameron a little dizzy.

He spotted the BMP in the green liquid. He went through the sequence automatically, just as he had been trained. He got the green light from the computer and fired. The sound shook him, and the Abrams lurched with the recoil. The muzzle flash lit up the terrain ahead.

The BMP exploded. Little man-figures appeared in the hatch, scrambling out of the inferno. Charlie Tuna put out machine gun fire. The figures dropped back into the vehicle. The BMP immediately burst into full flames, white phosphorus sparking as the machine blackened and settled into the ground with its load of infantry. Cameron imagined how they must be screaming as they died in their trapped hell.

"Oh, my God!"

What had he *done*?

Johnny, the assistant gunner, snatched up another HEET round as it came up from the magazine. He cleared the expended hull from the steel breech, homed the fresh round, slammed the iron, and slapped Cameron on the shoulder.

"Ready!"

*"Oh, my God!"*

"Kragle, what the fuck?" the TC roared. "Your one o'clock, goddamnit. Get on that sonofabitch. He's homing on us, Kragle! Fire your fuckin' gun!"

Cameron sat frozen, staring into the imager. He felt the tank's right treads digging into sand and rock. The BMP emitted a streak of fire heading directly at him.

The entire landscape lit up like a reverse negative as the Sagger rocket slammed into the Abrams. The concussion slapped hard and painfully against Cameron's ears and his chest. The arroyo erupted in flames. The tank seemed centered inside a white blossom of molten metal.

Cameron could never recollect how he got up through the hatch past the TC and out of the tank. He remembered Roberts yelling out, cussing at him, trying to tell him they were still in action. Damaged but still in the fight. They were trying to stop him, and he was screaming in such terror that he wet and defecated his pants.

Johnny took over the gun, yelling curses at him too. All of them yelling and screaming—and nothing, not even Satan himself, could have stopped Cameron from getting out of that steel coffin.

He ran blindly back in the direction from which they had come, only peripherally aware of other men—Iraqis—darting among the rocks, firing their weapons, of explosions and tracers of fire as monsters dueled. He ran through thorns that ripped his uniform to shreds and left him scratched and bleeding, wild-eyed, terror-stricken at what he had done to others and what others were doing to him, on and on into the dawn.

Later, much later, he agonized over how that night had shaken his faith in humankind, in himself. People, himself concluded, really *were* nasty fuckers who did stuff that would make a buzzard puke.

Combat MPs policed him up wandering alone in the desert the next day. The Army was going to court-martial him for deserting under fire. He had left his buddies and fled. The General saved him because the General couldn't have it said that one of *his* sons was a weakling and a craven coward.

That was the night he never wanted Gypsy Iryani to ask him about, that he must live with, as the General put it, until he redeemed himself.

He was still staring into the blowing sand, refighting old battles with himself, when gunfire cracked hard and sharp on the howling wind. That did it for the camels, who were just looking for an excuse. They bolted, snatching Cameron out of his dark reverie and yanking both Gypsy and him to their feet and pulling them along in great lunging strides.

Gypsy went down first with a cry of pain, losing her ropes. Cameron tripped, and the next thing he knew he was twisting and bouncing over the ground, being dragged as he sobbed from anger and frustration. The ropes blistered through his hands and whipped free.

The camels vanished into the storm.

He lay there with his head buried in his arms, tasting the bitter bile of self-condemnation boiling in his throat. He couldn't even hold the horses.

Finally, he got to his feet, and Gypsy was already there, staring into the tempest where the camels had gone. She panted from exertion and from dread and fear.

"The water?" she gasped.

"On the camels," he said, and began beating his thigh in cadence with, "Stupid! Stupid! Stupid!"

# CHAPTER 20

The Major had taken point with the AK when they left their makeshift camp in the dry wadi. Gloomy Davis brought up drag, with the apprehensive Kamikaze between them. Distorted by storm and darkness, obstacles appeared as grainy liquid shapes, shadows that passed by on either side, whispering from the blowing sand. Brandon used his compass to keep an azimuth. The shallow valley tilted generally toward the northeast, in the direction of Saudi Arabia, while the terrain rose to the right against a wall strewn with boulders and cut by wadis coming down from the high country. The feel of the land underneath their boots helped keep them oriented. Otherwise they navigated blind.

They made slow, nerve-wracking progress. Their eyes felt like orbs rotating in sandpaper. Brandon called frequent listening halts; he was afraid they would not hear the camels after all and flounder on past the terrorist bivouac. Or, worse yet, blunder unprepared into the enemy's camp.

He experienced a wave of relief when they heard the

camels. Moaning, complaining, blowing and anxious. Kamikaze, directly on Brandon's heels, pointed in the wrong direction with a trembling hand. Gloomy silently corrected him.

Even more cautiously now, guided by animal sounds, they made their way toward the terrorist base. Caressing the smooth crescent of the AK trigger, Brandon experienced a moment's déjà vu. He was back in Desert Storm with Army Special Forces. His team had parachuted by night onto a suspected Iraqi SAM site that the flyboys with their "smart" bombs had been unable to target. The team's mission was to take it out. The wind came up and there was blowing sand.

Out of the same brief war, Brandon Kragle, then a lieutenant, received the Bronze Star for valor, while Cameron Kragle faced a court-martial for cowardice in the presence of the enemy.

Brandon's clenched fist shot up to freeze the little patrol. He pointed two fingers at his eyes. *Enemy in sight.*

He had glimpsed a single movement, dark and vaporous, less substantial than smoke. It was like the shape was there and then gone by the time he became aware of it. The pop of somebody's clothing snatched by the howling wind confirmed his sighting.

From the left the wind brought to them the sound of the camels. Ahead Brandon heard the static feedback of a military radio and, if he listened carefully enough, a subdued electric-like voice speaking Arab from the instrument. Another voice answered it. The tangos were making commo.

Brandon dropped to one knee and turned to whisper into Kamikaze's ear. "Can you make out what they're saying?"

Kamikaze listened as the volume of the radio conversation rose and fell with the gusts of wind. He put his lips to Brandon's ear.

"They talk of *vamos*."

Brandon squeezed the driver's arm to let him know he didn't understand.

"*Vamos*. You know? *'You done gone and stomped my poor heart flat and now I'm gone'*?"

"They're pulling out?"

Kamikaze nodded. "Cannot hear all of it. But radio seem to say helicopter cannot fly in storm."

Brandon quickly devised a course of action and relayed it in hurried whispers to Gloomy and Kamikaze. If they could knock out the radio and isolate and scatter the tangos, they had a good chance of picking off the bastards one at a time. Let them try to negotiate with American lives when *they* were on the target end of the firing range. Fuck 'em very much.

Besides, find the radio and they probably found Cassidy and Burguiere.

They cautiously skirted the camp, moving generally toward the static of the radio. A careful step at a time. Crouching, peering ahead through the churning haze, using the restlessness of the camels and the storm itself to cover any sounds of their movement.

Everything seemed to be going as planned until Murphy, as in Murphy's Law—"Anything that can go wrong, *will*"—raised his head out of the dry muck and cackled. That was the only explanation for why the terrorists' camels chose that moment to spook. Tethered in a bunch to a small thorn tree, they ripped the bush out of the ground in concert and took off, farting and blowing loose stinky bowels.

That brought a couple of the bad guys running. They skidded to a stop when they almost collided with the intruders. They did an abrupt about-face and were gone, to spread the alarm, before Brandon could get off a shot.

"Shit! *Shit!*"

Muttering under his breath, having lost the element of surprise, the tall officer charged the camp in the hope that he still might hold some edge. The camp erupted in shouts and pandemonium.

A submachine gun cackled. It sounded like another Uzi. Tangos were prone to the little weapons. They could easily be concealed up female accomplices' skirts.

The gun fired blind in the wind and sand, spraying the area on the chance of getting lucky. Nonetheless, bullets zipped close enough that Brandon dived for cover behind a boulder.

Kamikaze and Gloomy were right behind him. Kamikaze threw himself to the ground in an attempt to bury his head in the sand. His breath rasped like he had just run a gauntlet of demons whipping him with black snakes. He moaned. It smelled like he had looser bowels than the camels. Poor little fucker, Brandon thought. He had been paid to merely drive a car for the embassy, not join a posse and chase bad guys who shot

at him. Brandon was afraid the tangos would hear him
hyperventilating.

Everything went deathly still following that one
burst of fire. The radio went off. Brandon strained to
pick up a sound.

"Ready, boss?" Gloomy asked.

"Go!" Brandon hissed.

Gloomy was as quick physically as he was mentally.
He plunged toward a second boulder twenty feet away
and only barely visible. He made plenty of noise,
stomping his feet and yelling. It was the oldest diversionary trick in the world, its intent to draw fire and
thus pinpoint the firer. Somehow, it always seemed to
work.

The Uzi banged off again, in two three-round bursts.
Okay. Brandon knew he had him. Now to get him to
expose himself again.

There was some frantic shouting farther back in the
rocks.

Brandon dashed across open ground to the Uzi's left
flank. Gloomy, who had balls so big you could bowl
with them, was up again and moving in the opposite
direction, deliberately making plenty of noise. This
was a maneuver Delta had practiced many times.

There was muzzle flicker as the tango tried to zero in
on the noise. Brandon charged. The guy had to be directly in front of him, but Brandon couldn't make out
the form. His eyes felt gritty and tear-filled.

Still in a headlong rush toward the point of fire,
Brandon hesitated on the trigger in order to get near
and be sure of his target.

The Uzi turned on him, muzzle flash blasting almost into his face. Bullets snapped past. He hit the ground in a combat roll. Bullets chewed around him. He kept rolling. His finger found the trigger again.

He loosed a single burst. The man's shadowy form was only ten feet away. Brandon knew the General would have his ass if he missed at that range, whether blinded by sand or hellfire or anxiousness.

The terrorist fell like a sack of wet shit. No scream. Nothing. Just the falling and the clatter of his weapon propelled out of his hands by the impact of the AK's heavy 7.62mm rounds thumping into his body.

Brandon kicked the fallen Muslim as he ran past to make sure he was down to stay. He didn't bother with the weapon. He left that for Gloomy. That gave the good guys two weapons.

"Cassidy?" Brandon called out. "It's your brothers. We're getting you out of here, Cass."

A woman screamed, muffled, but it sounded farther away than from where the original radio sounds emanated. With a sinking feeling, Brandon realized what must have happened. Again the terrorists had willingly sacrificed one man in order to let the others escape. Sure enough, there was nothing left at the campsite except tracks already being blown out by the wind and a bloody bandage. Either Cass or the girl sailor was hurt and had thought to leave the dressing as a sign.

The raid lost its momentum and thus its chances of success. The Major's shoulders slumped in disappointment as he stood, squinting, into the raging sand. A sound to his rear brought him around.

"Easy, boss."

Gloomy appeared. He looked around. "They're gone."

"Like Phantom of the Opera. It's suicide to try to chase them in this now. We've given them all the advantage. We might as well regroup."

He glanced at Gloomy's newly acquired submachine gun.

"Two of us now, and only four of them left," he said. "That puts the odds in our favor. The fuckers are also on foot. On camels, we'll catch up with those murdering scumbags pretty quick when the storm slacks."

# CHAPTER 21

**Cairo, Egypt**

He walked stooped now, his hair not white, but silver. Nevertheless, Ambassador Jordan R. Kragle was still a large man, and had passed down those genes to three sons and seven grandsons. Men who, for the three current generations, were hard on women and hard on themselves. Ambassador Kragle's wife, called Little Nana by almost everyone, had to be committed to an upscale nursing home in West Palm Beach last year. But before she got so bad with Alzheimer's that she couldn't even recognize her own husband, she used to warn every potential new female addition to the clan that the Kragle men were a bad bet.

"The Kragle men, now mind you, are war chasers," she would say. "Do you know what that means, lassie? It means that when the car needs to be fixed, there's a leak in the kitchen faucet, or your firstborn plays his first football game, it's you that'll be doing the walking, fixing, and cheering—'cause that Kragle man of yours will have whiffed gunpowder in some indecent land and harkened to the sound of the bugle. The Kragle men are easy men to love, lassie, but hard to hold onto and even harder to live with."

She was a prophetic and endearing young woman who became a prophetic and endearing old woman. She always emphasized her warnings with examples. Jordan had been away whiffing the gunpowder when each of their three sons came into the world.

He had been in the Philippines marching on Cabanatuan with the Alamo Scouts to rescue the Bataan Death March survivors when Darren, now the General, was born. When it came time for Michael, Little Nana had to call her own taxi to the hospital because her husband was in Israel with the Jews, fighting for a homeland. And David?

"I was home for David, wasn't I?" the Ambassador protested.

"You always say that," Little Nana scolded. "You were not home, Jordan. You were in Tanganyika."

"What was I doing in Tanganyika?"

"Not being at home. I suspect all your ancestors were Gypsies in the Russian Steppes."

The Kragles were Irish, but Little Nana said "Russian Steppes" whenever she referred to the most remote, distant, and exotic place she could think of.

Now, the Ambassador smiled sadly, thinking of his wife. He buzzed for his secretary and stood waiting for her at the wide window overlooking the city. The Cairo Tower stood like a latticed staff of cholla cactus bone left bleached on an Arizona desert. The island of Gezina, upon which the American offices were built, swam in the middle of the Nile River, but the Ambassador had no view of it either to the east or the west. Beyond the Nile, however, Muslim mosques rose like minarets over the crowded squalor of the eastern city. Unrest, ignorance, poverty, and fanaticism bred revolution and terrorist action in the Old City.

"Ambassador Jordan?"

He hadn't heard Alice enter. She was an elderly woman gone plump, with short bleached-blond hair to cover the gray. She would never be a blue-hair.

"Alice, did you wire the roses?"

"Don't I always, Jordan?" Having been with him for over forty years gave her first name privilege. "Poor Little Nana. She probably thinks she has a secret admirer in Cairo named Jordan Kragle."

He sent her roses twice a week. Sometimes she even remembered who he was. At least for a fleeting moment. He hoped she remembered this week.

"You also have a telephone call, Jordan. On two," Alice said.

"Kragle here," he said into the phone. "Yeah, Claude. How's the bullet wound? . . . Don't worry about it. I thought you were very diplomatic. Intercourse the politicians. I'd have stuffed the desk up his posterior too . . . I don't blame the FBI for what happened, so don't blame yourself. I know how hardheaded my grandsons are. They take after their father . . ."

Alice shook her head. That was an old family joke.

"Forget it, Claude . . . I know if you hadn't been shot, you'd be out lost in the desert with them. Where are you now? . . . Yeah? Come by the office as soon as you can. We'll work on something to get them out of there . . . No, I haven't seen the papers this morning. Why? . . ."

Alice left and brought back a bound bundle of the morning mail and newspapers and dropped them on his desk. Cradling the telephone receiver into his shoulder, he used both hands to undo the bundle. The story was on the front page of the *New York Times*: FOUR GO TO TRIAL IN AFRICAN BOMB ATTACKS.

He quickly scanned the first paragraph.

"So you think this is the reason for the bombing of the *Randolph* and the taking of hostages?" he asked the FBI Special Agent. "I agree with you, Claude . . . We'll be hearing from bin Laden . . . I know we have to move on it, Claude. I'm in daily, sometimes hourly, contact with Washington . . . This President is dragging his dick on it, but he didn't appoint me so I'm not sure how much influence I have. I expect him to can my wrinkled old butt any day now and replace me with a yes man . . . Yeah, yeah, I know . . . The General, my son at USSOCOM, is pushing to at least mobilize Delta to Cairo, but this administration . . ."

He shook his head in disgust.

After a final, "Okay, Claude. Keep me posted if you hear anything," he hung up. He leaned forward over the newspaper.

It was always the same story with the Islam jihad fanatics: *You got mine, I got yours. Let's trade.* The entire thing might be academic by now anyhow. This was the second day of a fierce sandstorm that had swept the hardscrabble deserts of southern and central Yemen, preventing all travel to the region. For all anyone knew, terrorists, hostages, and pursuers might well all be lost in the desert while the scorching winds leached the life-saving moisture from their bodies and sand battered the strength out of their souls.

"Get my son on the hook," the Ambassador said to Alice, looking up from his desk.

The Kragle men had survived worse fixes than this.

**New York (CPI)**—Four followers of Osama bin Laden were charged in U.S. District Court on Tuesday of murder. Included in the charges are the 1998 bombings of two U.S. embassies in Africa that killed 224 people and injured thousands in a hail of rubble and shattered glass . . .

That we are finally going to trial is a triumph for world justice over international terrorism," said U.S. Attorney Martin Blackwood, whose office will prosecute the men as part of an ongoing investigation of bin Laden, the fugitive Saudi billionaire and reported head of the al Qaeda terrorist organization.

Six other defendants charged in the conspiracy are in custody; thirteen others, including Osama bin Laden, are being sought . . .

# CHAPTER 22

**The Empty Quarter**

He had rewrapped the turban so only his eyes showed. Detachment 2A had found some refuge beneath an overhanging ledge of rock while it waited out the storm. The others were restive but asleep, while the Major's fierce gray eyes blazed out at—nothing. In spite of the shelter, it was like sitting inside a wind tunnel being blasted by bucketsful of sand. He was thinking that *they* were out there. Nearby. They couldn't have gone far under these conditions.

He was concerned about the bloody bandage he had found. Once the chase resumed—on foot for both sides, as it turned out—whichever of the two hostages was injured would soon become a liability. The tangos were not apt to simply turn him, or her, loose to be repatriated; execution was al Qaeda's modus operandi. But first, perhaps, the terrorists would try to make a bargain.

The General and Buck Thompson always said you couldn't bargain with terrorists.

Gypsy, lying deeper under the ledge between Cameron and Gloomy, stirred. She sat up, feeling the Major awake, and eased up to sit next to him.

"What does it feel like?" she asked, her voice muffled from the wraps around her face.

"What does what feel like?"

"To kill someone?"

He responded with an irritable sound. He was still in a bad mood because of the camels. His tongue already felt like a dry sponge. The others were in even worse shape, especially Kamikaze.

"No one could have held onto those animals," she said, reading his mind.

"Yeah? Well . . . no one did. You thirsty yet?"

She stiffened at the dig. "There was no need for you to come down on Cameron. It was as much my fault as his."

They sat without talking. His tone softened when he spoke again. "I think the wind's letting up. We'll need to be ready to move out as soon as the weather lifts. You'd better get some sleep."

"What about you, Major?"

"I'll make do."

"John Wayne," she said.

"What?"

"You know, the strong, silent type. Do you realize you haven't said more than a dozen words to me since we left Fort Bragg?"

"Lieutenant *al* Iryani, I wouldn't have said those to you if you'd stayed at Bragg."

"Major, is it me personally—or is it that you just don't like all women?"

"Oh, I like women, *al* Iryani. As long as they're baking cookies, looking pretty, and dropping their panties regularly."

"You really are a sexist pig," she rebuked him, without the heat she would have liked to put into it. "Then it's me in particular you don't like?"

"What difference does it make? It's my brother who says his prayers with you, tucks you in bed, and— I always thought he was celibate."

"You know nothing about what's between your brother and me," she seethed, starting to heat up now.

"You came out of his bedroom wearing only his shirt and a smile. Don't tell me you were having Bible study?"

"Your brother is a good and decent man," she flared back. "It's not like you caught me in a whorehouse."

"From now on I'll try to avoid the ones you frequent."

He heard her sharp intake of breath.

He looked away, then back toward her, sitting so near him. She seemed suddenly small and vulnerable, in need of protection.

"That remark was uncalled for," he admitted, stopping short of an actual apology.

"I understand how you feel." Her voice became less edged. "You're stuck with a female on a mission—an officer female who also happens to be sleeping with your *enlisted* brother. That has to offend your sense of honor and propriety."

He said nothing, not sure if she intended to mock him or not. Unable to read her face in the near total darkness, he settled for drawing her clean into his nostrils so that her image formed inside his brain. The cropped red hair, the emerald eyes, dark skin, freckles, full pouty lips, slightly crooked nose . . . He even *tasted* her, out of his recollection of when he had licked the snake's blood off her cheek in New Mexico. That seemed so long ago now, like they had known each other for years instead of a matter of a few days.

He quickly turned off his thoughts to escape her nearness. This wasn't just some broad he picked up at a dance club in Fayetteville. This was his brother's girl.

"Do you love him?" he asked her.

"You didn't answer my question," she countered. "Is it me in particular you don't like?"

They sat there at an impasse. Gritty wind screamed around the rock ledge.

"You don't seem to have given it a second thought," she said presently. "That was a kid we killed in Aden. A terrorist, but still a kid. Then you shot this guy here, dropped him on the ground, wasted him—and it's no more to you than if you'd changed your socks."

"A change of socks is cleaner," he evaded. "What do you want from me? Get down on my knees like my brother?"

"At least I would know you're human. We've killed two men and I haven't seen a reaction from you."

"Have you forgotten something?" he blazed underneath his breath. "That *kid*, as you call him, conspired to blow up a ship that killed seventeen of our sailors. They shot Curtis Slaton in cold blood, *executed* him. This guy was trying to kill me, so I killed him. You want a reaction, lady, this is it: Kill 'em all, let God sort 'em out."

"We could have at least buried him."

"He deserves the desert and the vultures. This is the business we're in, *al* Iryani. Save your sensitivity and compassion for a bunch of bums sleeping on grates in New York City or drunks lining up at a mission for free slop and a flop. It has no place in Delta. While you're feeling their pain, they're shooting off your pretty ass."

"God help me if I ever get so hard that I can kill and not feel *anything*."

"You and my brother do go together, *al* Iryani."

"Stop calling me that."

He felt her shoulders rise with her deep intake of breath. "I had to know if there was anything inside you except stainless steel and gunpowder."

"I guess you have your answer."

"No," she said.

"Now answer my question," he challenged. "Do you love him?"

She moved away and back underneath the ledge. He heard her pull the long Arab robe around her. Cameron groaned in his sleep as she curled up close to him. Was that her answer?

# CHAPTER 23

The half canteen of water left behind when the camels bolted was gone before noon. It hadn't been much more than a swallow apiece, divided among five people. Kamikaze straggled fifty yards behind the others beneath a sun so fierce after the sandstorm that it seemed to burn up even their shadows.

"Gloomy . . . ?"

He staggered, fell to his knees and reached imploringly toward the backs of the Americans. Lieutenant Iryani cast a parched look back over her shoulder. "Major—" Her voice cracked.

Major Kragle paused. They were laboring up the side of a steep hogback that stretched diagonally across the floor of the desert valley. He reached down and picked up a few threads torn from a T-shirt. Cassidy, smart kid, was always thinking. The terrorists had managed to obtain a head start in the dark after the weather cleared, but Cassidy had been dropping things on the ground to mark the trail. A dime, a nickel, bits torn from his clothing. Like Hansel and Gretel on their way to the witch's house. Cassidy now knew that his brothers were in pursuit and wouldn't give up. You could depend on the Kragle men.

The Major started out again.

"Major Kragle . . . ?" Gypsy croaked.

Brandon stopped and shaded his eyes from the sun to look back at Kamikaze on his hands and knees. He wasn't praying to Allah either. The little cowboy was done for.

"We'll have to leave him," he said hoarsely, turning his attention back to climbing the ridge. He shook his head to clear his vision of the film of red that kept creeping across it.

"We can't just leave him out here by himself," Gypsy protested. "He'll die."

Brandon's jaw clenched in anger. He stumbled down the hill toward her. Gloomy Davis seized the opportunity for a break. Breathing hard and raspy, he bent over the short captured Uzi, using it as a brace to keep from falling. Behind him, Cameron tottered on his feet. His face was already burned and peeling, sandpapered first by the sandstorm and now blistered by the reemerged desert sun. He wobbled protectively toward Gypsy.

Brandon thrust his face at her. "You stay with him, then. You're the nurturing little mama."

Cameron staggered between them. "Do you know what you're saying, Brandon?" he cried.

"That's *Major* to you, *Sergeant.*"

"Get off your high horse, *Major*. We can't leave anybody behind."

Brandon jabbed a finger toward the top of the hogback with such fury that it knocked him off balance.

"Those cocksuckers are suffering as much as we are.

If that was you up there instead of Cass, would you want me to stop because some cunt can't hack it?"

"Cunt? *Cunt?*" She was in his face instantly, ready to claw out his eyes, no matter that she could barely stand on her feet. "*Major*, my ass is dragging, but I'll hump the desert as long as you will."

"All right, all right." He backed off. Thirst and fatigue had made them all edgy. "Look, the tangos have to be just on the other side of that ridge. They still have the radio and they'll be calling for help. We got to keep the pressure on. Lieutenant, you and Cameron stay back with the Arab. Get Kamikaze into some shade. Gloomy and I will go on ahead."

"You'll need an interpreter," Gypsy argued valiantly. "You're killing us all, Major, but if we're going to die, I'll die on my feet, not hiding in the shade behind rocks waiting for the trumpet to blow."

Brandon patted his AK rifle. "This is the only interpreter I'll need. They'll understand it fine. You have your orders, Lieutenant. Gloomy and I will pick you up on the way back. You're both unarmed anyhow and wouldn't be any help."

Cameron's shoulders slumped. Once again he was staying behind to hold the horses. With the women and the weak.

"Go with God," he murmured.

"God doesn't come out here without per diem and a resupply chain."

Straight ahead, full bore. That was the only way Brandon knew. Just like the General.

Gloomy followed him, panting heavily, the rest of the way to the top of the ridge, while Cameron and the girl turned back to help the prostrate driver. Kamikaze wouldn't be singing "Wine Colored Roses" for a spell.

The terrorists had reached the flats beyond. Black specks crawled through the heat haze and the shimmering mirages of lakes. Brandon counted six figures. That meant Cassidy and the female sailor were still with them and alive. His greatest fear was that the terrorists would execute another hostage as a warning. However, it seemed they might be using the one hostage to support or carry the one that was wounded. To Brandon, that indicated it was the female who was injured, as it would be hard for her to carry a big man like Cassidy. They probably wouldn't kill her; they needed her. The Americans were more likely to bargain for a woman's life than a man's, sentimental as they were. At the same time, they also needed Cassidy to keep her going.

"If I only had Mr. Blunderbuss," Gloomy lamented, "I could pick off those assholes one at a time all day long."

Revitalized by the sighting of their prey, Brandon surged downhill with Gloomy on his heels. The two troopers were lean and tough, honed to a peak by constant field training and exercises at Wally World, which was what troops called the Special Operations training facility at Bragg. The two of them were surely in better shape than the terrorists. Kamikaze and the girl had held them back.

Well, not the girl, he thought. She *was* tough.

They gained steadily on their quarry. Brandon set a pace fast enough to overtake but slow enough to maintain. There was no place out there to hide now. It came down to who had the stamina.

Brandon worked to keep his thoughts focused, but fatigue and deprivation caused them to wander. During brief intervals, he found it difficult to distinguish between reality and hallucination. His mind replayed old scenes from his childhood or from his earlier military career. Incidents popped up that seemed real but that he couldn't be sure had happened to him or to someone else or were just something he'd read in a book or saw in a movie. For some odd reason, a phrase from a college literature course leaped into his mind.

*I was trapped in a house with a lawyer, a bare-breasted woman, and a dead man. The rattlesnake in the paper sack only complicated matters.*

He chuckled to himself as he shuffled along. Gypsy's rattlesnake, he mused, only complicated matters.

"Boss . . . ?"

The rattlesnake complicates . . . he repeated to himself, and couldn't go on because he was laughing.

"Jesus, boss! Are you all right?"

That snapped him out of it. Of course he was all right.

The terrorists changed courses, angling to the left, as though out of desperation. The Delta soldiers cut an even deeper angle in order to head them off from the cover and concealment of the valley's distant wall. Brandon estimated they would be inside AK range within less than an hour. A firefight put Cassidy and the girl at risk, but their lives as hostages weren't worth a fart in a whirlwind anyhow if the tangos escaped with them.

*Craaack!*

The rifle shot echoed inside Brandon's thumping

heart. The tangos had killed a hostage! He stopped and peered, fearful of the worst. All six figures remained on their feet. The rifle barked again.

"They're shooting at us!" Gloomy concluded as a bullet buzzed overhead, followed by the report of a third shot.

"That's a relief," Brandon murmured.

"Ragheads can't shoot for shit," Gloomy scoffed. "The sum'bitches would starve to death back in Hooker trying to get a rabbit."

The Deltas continued the pursuit, and they continued to overtake. Brandon ceased sweating. He felt dizzy. Gloomy staggered as he walked, now muttering to himself. What kept them going was the realization that the terrorists had to be in the same shape. Maybe even worse. Two of their number appeared to be dragging each other. Brandon assumed that was Cassidy and the girl, he probably attempting to slow down the band without making it so obvious that the terrorists lost patience and shot him.

Periodically, the terrorists paused long enough to wing back a few shots in an attempt to discourage the pursuit. Their aim got better as the distance between the two groups gradually narrowed. A bullet thumped into the sand about twenty feet in front, geysering.

It shook Gloomy back to awareness. "Boss, let me try the AK," he requested.

Brandon exchanged weapons with him. Gloomy was the best shot in Delta Force, a feat he proved at least once a year when the snipers got together on the firing range for games. The wiry little soldier wearing the handlebar mustache and the incongruous dirty white robe dropped behind a rock, to use it as a bench rest. He was back in his element now, fully aware, cognizant and focused. He tested the breeze, aimed, blinking against the intense white glare of the sun.

Brandon squatted next to him. "Be careful of your target," he cautioned. "Two of those are our people."

"I've got 'em, boss."

Gloomy heard the helicopter first, causing him to hesitate on the trigger. Puzzled, he looked up with swollen eyes. Brandon recognized the *whump! whump!* just as an old Vietnam-era UH-1B Huey appeared low on the immediate horizon behind them. The unmarked chopper bore down on them with startling swiftness, flying so low and fast that its rotors generated their own sandstorm.

Brandon first thought it was friendly, sent out by Agent Thornton or the General to look for them. A string of tracers fired by a door gunner rocking 'n' rolling with an M-60 machine gun chewed a swath across the ground and changed his mind. This was what the terrorists had been counting on all day, what had kept them going.

Brandon threw himself into the dirt and rolled to give the chopper gunner a moving target. Thumping lead kicked sand and gravel into his eyes. Gloomy Davis flopped onto his back and chattered back with the deep-throated Russian Kalishnikov.

The Huey wasn't interested enough in them to make a second pass. It had more important matters to attend to. It flew straight for the terrorist band, hovered briefly, then squatted on the desert. Its blades continued to rotate while the terrorists ran to it and scrambled into the open troop bay, driving the prisoners ahead of them.

"Shoot the engine!" Brandon yelped.

Gloomy was already at it, cranking out aimed rounds. Sparks flew when the steel-jacketed lead struck metal plate. The General told stories about how Hueys in Vietnam took one hell of a beating from Viet Cong 51s and 7.62s, returning to the fire support bases so riddled with bullet holes that it didn't seem possible they could stay in the air.

It was harder than it appeared to shoot down a chopper. This one leaped back into the air, terrorists and hostages aboard, and skimmed across the desert, nose down, to pick up speed. It jinked to the left, then streaked down-valley, growing smaller and smaller until it disappeared from view.

**New York (CPI)**—The U.S. State Department has confirmed that three sailors from the USS *Randolph* were seized by terrorists who bombed the American destroyer during refueling exercises in the harbor at Aden. At least one of the three is now reported to have been executed by the terrorists at a remote oasis in the Yemeni desert northeast of the capital.

Seventeen American naval personnel died in the explosion; fifty were initially declared missing. All have now been accounted for, with the exception of three enlisted people identified as: Kathryn A. Burguiere, 20; Cassidy W. Kragle, 22; and Curtis D. Slaton, 25. These three are believed to have been seized by terrorists in boats following the explosion. It is unknown at this time which of the three was shot.

Reports indicate that the terrorists and their hostages have fled into a remote and inhospitable section of the desert known as the Empty Quarter. An unidentified rescue party gave chase. A sandstorm sweeping across the area has cut off all communications and prevented authorities from launching counterterrorism forces.

The abduction is reportedly linked to international terrorist figure Osama bin Laden and the al Qaeda organization. The United States has offered a $5 million reward for bin Laden's capture.

Four followers of bin Laden went on trial in New York Tuesday for the 1998 bombings of two U.S. embassies in Africa that killed 224 people and injured thousands of others. Six more await trial.

High sources indicate the bombing of the USS *Randolph* could have been conducted in retaliation against the trials. Administration officials have speculated that the U.S. sailors may have been taken in order to give terrorists a bargaining position for the release of the conspirators held and facing trial for the embassy bombings. U.S. President John Stanton spoke in tough terms this morning in an address televised internationally. "You can run but you can't hide," he said. "We will find you and we will bring you to justice no matter what it takes."

He proposed an additional $5 million reward for information leading to the capture of bin Laden or any of his closest lieutenants. Although he has not ruled out missile strikes such as those directed at Sudan and Afghanistan following the embassy bombings, such retaliation is considered unlikely.

Pakistan has threatened to go to war if the U.S. invades any "nation of concern" suspected of harboring international terrorists. The use of counterterrorism units such as the elite Delta Force would be considered an invasion, the Pakistani spokesman said . . .

# CHAPTER 24

**The Persian Gulf**

It was dark when Amal ripped the duct tape off their eyes, taking skin and hair with it. He seemed to derive savage delight in inflicting pain. Cassidy, bound hand and foot, like Kathryn, refused to give him the satisfaction of a reaction. Kathryn cried out and whimpered. They lay on warm, dark sand. Cassidy heard gentle surf nearby and smelled the rich odors of the sea.

Amal bent over them, his thin form outlined against a heaven full of stars so bright the absent moon was not needed. He carried a rifle slung on one shoulder. The other terrorists from Aden, those who survived, were busy in the background with several other men, loading supplies onto a boat moored next to shore. Its mast spired straight and tall toward the stars, giving Cassidy the impression of a large sailing dhow.

"Ah there, little girl." Amal leered over Kathryn with all the lecherousness of a dirty old man on a playground. "You have fed. You have watered. Have we not treated you humanely?"

Both captives were indeed feeling stronger after the ordeal on the desert.

"Where are we?" Cassidy asked. It seemed a reasonable request.

Amal unslung his rifle and worked the bolt. He jammed the muzzle hard against his forehead. Cassidy stiffened.

"You are where your brothers never expected you to be," Amal sneered.

From Amal's previous comments, it was clear he had not literally interpreted Brandon's "Your brothers are here!" remark during the desert raid. He took "brothers" as meaning comrades-in-arms.

"Your brothers shot my friend Ahmed. They killed Rifa in Aden," he said, viciously pressing Cassidy's head into the sand with the muzzle of his weapon.

Ahmed was the one Cassidy had privately dubbed Chicken Breath. Too bad Brandon hadn't drilled Amal instead, he thought now.

"Look at the bright side," Cassidy said defiantly. "They've gone to Allah. I'm sure more of you will get that opportunity. My brother soldiers won't quit."

Amal whacked him across the cheekbone with the rifle barrel, ripping his skin. Warm blood flowed into Cassidy's mouth. He spat it out. Stubbornness was another Kragle trait.

"I will shoot you first," Amal jeered. "We suffered casualties, but we have triumphed. Allah will carry us to victory over the Great Satan."

*Asshole.*

He reslung his rifle and returned to Kathryn. "You Americans!" he scoffed. "Sex, drugs, and rock and roll. Sex, drugs, and . . . sex. Is it for the service of sex that Americans place females on ships of war? It is a good idea. Why else would women go to war except to pleasure the soldiers?"

He grabbed her breast. Bound as she was, Kathryn had no choice but to lie there helplessly with her eyes closed, as though blocking the humiliation out of her mind and willing it to go away. The terrorist leader fondled her breasts and stuck his hand down the front of her dungaree trousers. Kathryn inhaled sharply and stifled a sob.

"You are a virgin? It cannot be. No Satan girl over the age of ten is a virgin." He stood up, laughing at the thought. He sniffed his fingers. "You need a bath," he scolded.

"I thought you Arabs only liked little boys in bed," Cassidy taunted.

Amal kicked him in the ribs and walked away, still laughing.

"Kathryn?" Cassidy whispered when he caught his breath again.

She turned over on the sand and got as close to him as she could. "Why are they doing this?" she whispered. "What are they going to do to us?"

It was a rhetorical question, the answer to which Cassidy preferred not to contemplate. They lay together under the stars. After a while, as the boat was still being loaded, Kathryn's fear subsided somewhat and, aided by fatigue, she temporarily escaped into a fitful sleep.

She awoke again when the men came to load the prisoners aboard the dhow. They grabbed the Americans with the same rough carelessness they had employed against the previous cargo. Both were tossed into the boat's hold, where barely enough space remained for their bodies to mesh together. The closing hatch slapped Cassidy in the face. He quickly turned his head to the side as somebody on the deck stood on the hatch to force it closed.

From below came the peculiar rotting odor of wet wood and mildew. Water sloshed sour in the bilges. It was so dark in the hold that it was the same with eyes opened or closed. The dhow rocked as men on deck prepared to cast off. Cassidy overheard Amal and Monkey talking, and knew that the terrorists were accompanying the boat.

The boat heeled to port as it got under way and sea breezes caught the big lateen-rigged sail. Soon there were no sounds topside of moving about, and he heard no voices. Cassidy assumed everyone must be sprawled out asleep except for the helm watch. He tried to reposition himself, but found that any movement added to his bunkmate's discomfort.

"Do you have any idea where we are?" Kathryn whispered. She sounded resigned to her fate, whatever it might be.

There had been the dizzying helicopter ride from the desert, a short ride in the back of a truck covered with a tarp, and now the boat.

"I'd be guessing," he whispered back. "Maybe the Arabian Sea, even the Persian Gulf. We've traveled a long way."

"Was that really your brother?" she asked.

He felt a certain family pride. "Brandon won't give up on us. Neither will my father. The General is head of Special Operations, and both Brandon and my middle brother Cameron are with Delta Force. I'm thinking of switching over to the army when my hitch with the navy is up and joining Delta. After this, I know I will."

"Do you think there will be an 'after this'?" she asked, sighing. With her, tears were always just beneath the surface. "I was going home next month on leave. I really miss my mother. We were like best friends." She almost broke down. "I—I wonder now if I'll ever—"

"You'll see her again, okay?"

He kept her talking, whispering. It was better than letting her fixate on an unpredictable and questionable future in the hands of fanatics.

"Where's home?" he asked her.

"Toeterville, Iowa."

"Where's Taterville?"

"Toeterville. It's just a little bitty place in the middle of cornfields next to a railroad track. We have a post office, a farm store, and a general store."

"A farm girl, huh?"

In spite of circumstances, she giggled softly. "Corn fed, as they say. On the town's centennial celebration, we had a big event—a walkaround parade. You ever hear of that before? The town's too tiny for a regular parade, so we parked the parade on the street and people came and walked around the parade and looked at it."

They chuckled together, each remembering things. Cassidy shifted. Something he lay on kept poking him in the back.

"Where's home for you, Cass?"

He hesitated. "Here," he finally said. "There. Everywhere. Fayetteville. Fort Polk, Fort Benning, Fort Bliss, Germany, Italy, the *Randolph*—"

"A military brat?"

"We moved at least once a year from the time I was born. The General is . . . Well, the General is *the General*."

How else could you explain a force of nature?

"That's really odd that you call your dad the General."

"We have an odd family."

"I'll bet all that moving was hard on your mom. We only moved once, from one side of the cornfield to the other, and Mom didn't like that."

"Mom died when I was being born. The General was gone most of the time, so that left my two brothers, Gloria, and me."

"Who's Gloria? Your sister?"

He felt a tinge of homesickness. "Gloria is our housekeeper. At least she started out that way. She turned out to be . . . well, my mother. I guess if I have a home at all, you could say home is wherever Gloria is. Right now, that's in Florida."

He shifted again and squeezed a hand underneath his back to rearrange things. "Jesus! You know what we're lying on? This whole boat must be full of guns."

That jolted her thoughts back to their predicament.

She began crying again in little quiet gasps. She wasn't as resigned as she previously seemed.

"Is it your arm? Is it hurting?"

"It's better. Honestly. I can't help it. Cass, we are never going to go home again."

# CHAPTER 25

**MacDill Air Force Base, Florida**

The call came after midnight. Gloria answered it downstairs, as always, and then *ran*, huffing, to the General's bedroom on the second floor. She was accustomed to calls for him at odd hours, but every ringing of the telephone now brought with it potential news of *her* boys. It might be good news, or it might not. She never knew what to expect, so she was always afraid. She hovered over the bed, listening to the General's side of the conversation.

"Sir? This is Agent Claude Thornton. I'm the Resident Agent in Cairo—"

"What is it, Darren?" Gloria demanded. "Is it *them*? Is it?"

"I apologize for the hour, sir, but I knew you'd want to know—"

The General took a deep breath to fortify himself for the news. "You've found them?"

Gloria froze, her fingers digging into the General's arm like pincers.

"Yes, sir. I'm with them on the *Abe Lincoln* now. We picked them up this afternoon in the desert."

The General carefully controlled his voice. "Are they all right?"

Gloria's fingers tightened.

"They were spent, sir, about done for. Lieutenant Iryani was hallucinating, and your sons and Sergeant Davis weren't much better off. She thought they were being picked up by space aliens when the helicopter landed. The embassy driver who went with them is in critical condition in Aden, but it looks like he'll make it after I bought him a new cowboy hat."

The General didn't understand that, so he let it slide. He covered the mouthpiece and said to Gloria, "They're aboard our aircraft carrier. They're all right."

She burst into tears and laughter. "*Hallelujah! Hallelujah!* Thank you, Lord, I praise your goodness." She jumped into bed with him in her excitement to share the news. She would be interrogating him afterward for every word.

"How about the hostages?" the General asked. That put an immediate damper on Gloria's celebration.

"They were alive when last seen." The agent quickly filled him in on circumstances of the unmarked helicopter. The General passed it on to Gloria, who had grown somber and anxious again.

"Thank you, Agent Thornton. I assume they'll be in sick bay for the next couple of days. Tell the Detachment 2A commander that Colonel Buck Thompson and I are on our way to personally conduct the debriefing."

He hung up. He indulged himself a single sigh of relief in front of Gloria. Brown Sugar Doll was, after all, family. He almost couldn't bear the look of mixed joy and pain in her eyes at the split news, both good and not so good. But at least they knew Cassidy was still alive. He covered up whatever emotion he might be feeling by brusquely getting out of bed in his pajamas and going to the closet to keep Gloria from seeing his face. His pajamas were OD Army green, of course.

"Brown Sugar Doll, what would the neighbors think if they walked in and saw us in bed together?"

She jumped out of his bed like it had turned into a pit of vipers. She blushed, inwardly embarrassed. "Oh, pshaw, Darren. They be thinking you finally got smart."

"You suppose we might get a cup of coffee in this joint?"

"I promises not to spill it on you." She hurried to the door, where she hesitated and turned back. "Darren, the Lord done listen to my prayers, but He still ain't forgive you. And he ain't gonna forgive you either until you gets *all* them boys right back home where they belongs and you tells 'em you love 'em."

That finger of hers went into action.

"Y'all gots to take care of the baby son, you hear what I'm saying, General? Ain't none of these A-rabs worth one precious hair on that baby's head—and I wants him home. Hear me, Darren? I wants my boys *home.*"

# CHAPTER 26

**The Persian Gulf**

"What about Pete the chicken?" Lieutenant Iryani asked.

She entered men's sick bay aboard the USS *Abraham Lincoln*. Sergeant Gloom 'n' Doom's blue eyes sparkled as they latched onto her. The ordeal in the desert had left him looking more wiry than ever. He stroked his great drooping mustache and prepared himself to finish the tale.

"Yes. Pete the chicken . . ."

Gypsy wore a long ward gown that made her appear as vulnerable as a schoolgirl. Her freckled nose and forehead were peeling from long exposure to sun and sand, but her spirit had returned. She had freshly showered. She brought with her a clean girl smell, and had brushed her short hair until it highlighted in bright copper tones. She lit up the sick ward with her smile.

Cameron's eyes also took in her every graceful movement, as devotedly as did Gloomy's. Brandon Kragle, in the other hospital bed, was reading a book.

He frowned; they were a couple of moonstruck calves. She perched on the edge of Cameron's bed and, in a quick movement, with a defiant glance at the other brother, gave his blond crew cut a stroke of affection. She caught the title of Brandon's book: *War and Peace.*

"I thought nobody ever read Tolstoy except in college," she said.

"He's read it at least three times," Cameron interjected, with a questioning look first at his girlfriend, then at Brandon. He felt the tension between the two.

Brandon continued reading. Gloomy stepped in to counter the strain, resuming his tale where he had left off in the desert.

"Like I said, the farmer, whose name was Bubba Blue, was hungry for a chicken dinner—"

"This is Hooker, Oklahoma, right?" Gypsy teased. "Where men are Horny Toads and women are Hookers and—"

"Everybody else is a hairdresser," Gloomy finished for her. "Yes. Hooker. So Bubba goes out and chops off Pete's head. Pete flops around for a minute like a chicken with its head cut off. Then he gets up and walks off, and he lives like that for another eighteen months. Bubba went out on the highway and put up a big sign: 'The World's Only Living Chicken with Its Head Cut Off.' Tourists used to come from as far away as Woodward and Tulsa just to take a gander at Pete. There was a piece in the paper about it. Everybody was amazed. Ol' Pete put Hooker on the map, gave folks something to be proud of."

"Is that a true story?" Gypsy demanded, incredulous.

"The Major might spoof a lady, but I wouldn't."

Gypsy was in a saucy mood. "Will you lie to a lady, Major Kragle?"

"Why," said Gloomy, going along, "this handsome galoot has cut such a wide swath through the hearts of female-kind that the Department of Interior is thinking about declaring 'em an endangered species. Women call him on the phone, saying"—he went into a high falsetto voice—" 'Brandon, Brandon, come spoof us. We just *love* it when you bullshit us.' "

Brandon growled something and sat up, swinging his legs over the edge of the bed. He was restless from two days' forced inactivity and in no mood for foolish patter. The way he looked at it, they had started a job and hadn't finished it. The Empty Quarter was only round one. Somehow, he would have to find a way to make it into round two.

He walked out of the bay and made his way through the labyrinth of steel corridors until he came to the catwalk that ran along the edges of the flight deck. He stood in the burning Gulf sun and let the sea breezes ease his depression.

Sometimes the girl really hit his piss-off button.


The General and Colonel Buck Thompson arrived that afternoon and were landed aboard the carrier by an Osprey aircraft. The General walked brusquely into sick bay wearing dress greens and ribbons, looking, as always, imposing and professional and hard. Gloomy respectfully saluted from flat on his back, although salutes were not required under such circumstances.

Lieutenant Iryani, who had been summoned for the meeting, likewise saluted. Colonel Buck congratulated the four soldiers and shook their hands. The General surveyed their cracked and beaten faces; their skin looked as though it had been abraded by sandpaper.

"You made it," he said. "Good."

That was the extent of the emotion he allowed himself.

The two senior officers insisted that Detachment 2A go over every single detail of their adventure. From when Lieutenant Iryani held her conversation with the little boy Wadih at the Aden police station to when the policeman and terrorists were shot in the suburbs and Agent Thornton wounded; from finding Seaman Curtis Slaton executed at the oasis, to the bizarre camel chase and the brief firefight in the sandstorm; and, finally, to the disappointing moment when the terrorists hustled their hostages aboard the unmarked helicopter and escaped.

"What did you do with the dead tango?" the General asked Brandon.

"Left him where he fell. We were in a bit of a hurry."

"Any intel on the body?"

"Just some snapshots and a letter to his sweetheart. Lieutenant Iryani translated it. We saved what there was for the spooks to mull over."

"Good work. Who have you told about the shooting?"

"Nobody. We were waiting for the after action debriefing."

"Good. It didn't happen, understand? The chief of

detectives in Aden, this Omar creep, isn't the only bin Laden sympathizer in this part of the world. We'll have an international incident on our hands if word gets around that Americans shot a Muslim. No use making our esteemed President nervous in the service with the details. Bodies in the desert are often not found until some other lost soul stumbles across a skull or leg bone years later. Let sleeping terrorists lie."

After the debriefing, Colonel Thompson dressed down his troop leader. "What were your orders, Major Kragle?"

"Sir, to assess the situation, report to Central Command, and bring back Petty Officer Cassidy Kragle—"

"More specifically, Major, your orders were to stay out of trouble."

"Begging the Colonel's pardon, sir. *We* weren't in trouble; the terrorists were. Under the circumstances, I interpreted the commander's intent and made my decision."

Colonel Buck nodded. "Carry on, Major. I would have done the same thing."

"Thank you, sir."

On his way out, the General paused and looked back, as though wanting to say more but not exactly sure how to word it. His gray eyes moved from one son to the other, then to Lieutenant Iryani and Sergeant Davis. The eyes softened. Then, abruptly, he did an about-face and marched out, heels clapping resolutely in the steel passageway, echoing.

When he was gone, Gypsy said to the Kragles, "Why didn't you two get up and hug your father?"

"You don't hug the General," Brandon retorted.

"I don't remember ever hugging him, or him hugging us," Cameron said, bemused at the thought.

"Yes, I can see that he controls his feelings," Gypsy commented.

Cameron nodded. "For a fact, they are not on his sleeve."

"What I see," Gypsy assessed, "is a passionate man who harnesses his passion." She glanced at Brandon. "Like other men I know."

FBI Special Agent Claude Thornton made a special effort to fly out to the *Abe* and fill the team in on where the investigation was leading. Detachment 2A was glad to see the burly black man looking so fit after his wound. He shook hands with the men and grabbed Lieutenant Iryani in a jovial bear hug.

"I thought you all had bought the proverbial farm," he said.

"We didn't like the terms of the mortgage," Gloomy said.

"Like it or not, it would have been yours if your father and Ambassador Kragle hadn't put on a lot of pressure to launch an SAR to find you. There were some in our government who were willing to leave you out there on your own rather than take a chance on offending the Yemenis. Sometimes, I wonder what the hell's happening to our country. Maybe I oughta go back to Africa." He laughed. "Hell, Egypt *is* in Africa. All right, gang. Here's the skinny . . ."

The investigation in Aden was about wrapped up, he reported. "We now have the names of the two terrorists who blew themselves up with the *Randolph,* as well as the names of the suspects who escaped with the hostages. I'll give you a copy of the report. They're all members of al Qaeda, bin Laden's bunch of jihad junkies. Chief of detectives Omar al Rahman now has his ass in the crack for his attempts to protect the terrorists; the sonofabitch was keeping them informed all along. He's been arrested and Karim has taken over as detective chief. There is a God after all.

"A bin Laden lieutenant underling by the name of Amal Khamis Mohammed apparently organized the attack on the *Randolph.* We found the house where he was kicking back and watching out the window when his boys rode the fireball to hell. I'd like to get these black hands around his scrawny, sadistic neck. We almost had him, Major. He was in the van. We figure that when you saw the helicopter pick him up in the Empty Quarter, they were heading to Afghanistan with your brother and the girl sailor, where we can't get our hands on them. There are a lot of mountains to hide under in that country—and the Taliban government will protect them. Gang, I'm afraid we've come to a dead end otherwise. The terrorists have won another one."

Was President John Stanton's vow to the terrorists— "You can run but you can't hide. We'll find you wherever you go"—only so much spin delivered for media consumption? Brandon wondered. Was America really going to let a fleabag, half-baked terrorist general hold the entire nation hostage?

# CHAPTER 27

General Kragle remained on the *Abraham Lincoln* for another day. He checked on the patients frequently, but spent most of his time on the bridge with the captain and the Task Group commander. He made arrangements for the brothers to patch-in a telephone call to Gloria in Florida, where she cried and said her life would be complete once Cassidy was safe and all three boys on their way home.

The General appeared in deep thought, as though wrestling with a decision. He asked Brandon to accompany him for a private talk. The two tall men went up on the flight deck and watched air ops for a while. F-16s were being catapulted into the sky on patrols over the Iraqi No Fly Zone, while others were being caught on the return.

"How did Cameron do?" the General asked.

Noncommittal, Brandon replied, "He was there."

"Gloria thinks it's a mistake for him to be in Delta."

"So do I."

The General nodded. "We owe him a fair chance."

Brandon said nothing. They took the catwalk toward the ship's bow, where it was less noisy.

"We've heard from bin Laden," the General said, getting down to business. "It's just as we suspected. He wants to exchange Cassidy and Seaman Kathryn Burguiere for the embassy bombers now on trial in New York. Burguiere's panties and Cassidy's shorts mysteriously turned up in Pakistan. DNA shows the underwear belongs to them. As far as we know, they're still alive and probably in Afghanistan."

"And we're doing what about it, sir?"

"The President has ordered State to begin negotiations."

"Negotiations!" Brandon exclaimed in disgust. "They bomb our ship, kill our people and take hostages—and we're negotiating?"

"I suspect the administration has already written off Cass and Burguiere rather than tweak the tiger in Beijing."

"You mean . . . just *leave* them in Afghanistan."

"It seems nobody in Washington has the stomach for action. Even the Joint Chiefs of Staff are waffling. Gutlessness is contagious."

They gazed out to sea, standing shoulder-to-shoulder on the catwalk.

"Sir, we *have* to do something."

The General turned and studied his oldest son for a long time. "I'm working on an option," he said.

"Sir, whatever it is, I want to be a part of it. I think I deserve that. Cass is my little brother. Discounting that, I'm the best troop leader and operator in Delta."

"Be careful what you ask for."

"Sir, haven't you always said that it's not always easy to do the right thing?"

The General pondered some more, warring with himself. His sons had just returned from one extremely hazardous mission, and now he was considering dispatching them on another so dangerous that he could lose not only Cassidy but the other two as well. Could he do that to his own flesh and blood?

He also had to ask himself an even more elemental question: Could he do that to some other flesh and blood not his own?

He made up his mind. "When can you be ready to travel?" he asked.

"Right this moment, sir."

"You'll be airlifted to Cairo tomorrow. There's a C-141 waiting for you there. I'll be leaving this afternoon."

"Where are we going?"

"The United States."

"But . . . Cassidy and Burguiere are still in southwest Asia."

"A fight does not begin in the ring," the General said.

# CHAPTER 28

**Florida**

The Goldwater-Nichols Act of 1986 restructured the Department of Defense and created the U.S. Special Operations Command, whose current commander was General Darren E. Kragle. USSOCOM coordinated under one hat all special warfare forces in the United States, including those dedicated to counterterrorism, sabotage, and other clandestine missions. It was a movement away from "high-intensity conflict," which depended on divisions of armor, fleets of warships, flights of bombers and nuclear weapons, and toward "low-intensity conflict" on a small, controlled level, conducted by teams of specialists such as the Navy SEALs, Army Green Berets, and Delta Force.

Although SpecOps came under USSOCOM's control, the General did not have complete autonomy of mission. USSOCOM answered directly to the National Command Authority—the President of the United States, Secretary of Defense, and the Joint Chiefs of Staff. And General Kragle knew that the National

Command Authority was not going to do anything about American citizens terrorized by the world's fanatics. He also knew that though the President was good at clenching his jaw and talking tough, behind the scenes, away from the press, he was a schoolyard bully who backed down whenever someone called his bluff. "Can't we all just get along together?" should have been his campaign slogan. His foreign policy consisted of appeasing terrorists, despots, and assorted international tyrants and abusers.

Eyes narrowed, jaws set, resolute in his decision, General Kragle turned away from brooding out his home office window as Gloria entered with coffee. She was almost walking on tiptoes.

"They is coming home!" she sang out.

"They're going to be busy, Gloria, so don't expect too much."

She turned on him the wary eye that often preceded *the finger.* He got on the telephone to head her off. She left with a look that said she'd be back.

"Raymond," he said into the receiver, "I need to talk to you. Don't tell anybody, not even your clerk."

An hour later General Kragle was still stewing over the President's lack of action—in fact, his *refusal* to act—as he jogged in shorts and plain white T-shirt along a crescent of white sand beach that fringed the Gulf of Mexico.

The General remembered back to the impeachment hearings, when he had gone into a Baskin-Robbins in D.C. and recognized one of the House impeachment managers, Representative James Rogan, having ice cream with his daughters. He walked up to their table.

"You're Congressman Rogan," he announced, blunt as always. "You're prosecuting my Commander-in-Chief."

Rogan squirmed, as though unsure if he should stand and salute or hustle his daughters toward the nearest exit.

"The man you are prosecuting," the General growled, "is unfit to command the United States Armed Forces. Here's my card. I'm General Darren Kragle. If you wish to report this conversation to the Secretary of Defense tomorrow morning, that will be your right and your privilege. I shall immediately re-sign my commission. Good evening, sir."

He saluted and walked off.

President Stanton survived the impeachment mostly because, small as his balls were, the eunuchs in the Senate had even smaller ones and voted not to convict. The General had not changed his mind: John Stanton wasn't fit to command a Boy Scout troop, much less the armed forces, service in which he had dodged dur-ing the Vietnam War.

The beaches were lightly populated this early in the morning. Tourist sunbathers had not yet sallied forth with their creams and oils and wrinkled, flabby skin. The General always promised himself never to retire in Florida.

Damn, he was in a crappy mood. He had called the Secretary of Defense the previous afternoon as soon as he returned from Cairo.

"We're negotiating," the SecDef said.

"Who's negotiating?"

"Well . . . Mr. Todwell is negotiating."

"With whom?"

"That's classified, General."

"Have you heard anything about my son and the young lady?"

"We're negotiating."

"Does that mean you don't know shit and you're not doing shit?"

A bronzed god of a lifeguard just coming on duty and climbing into his tower watched the tall, distinguished-looking man jog past on the beach. He didn't look like a tourist. Neither did a short, barrel-chested man, also wearing a crew cut, who joined him.

The two joggers ran side by side in silence until they reached a particularly desolate strip of sand where the tides had clogged a little inlet with seaweed, plastic bottles, driftwood, and used condoms. They stopped together and gazed out over the Gulf, with the red sun rising at their backs and tendrils of fog still heavy against the saltwater.

General Raymond Holloman commanded the Air Force Special Operations Command at Hulbert Field. AFSOC provided special aircraft and crews to insert and extract Special Forces combat elements and support them with air power. That was the reason General Kragle had called this unorthodox rendezvous.

"Had your coffee yet, Darren?" General Holloman ventured. He wore a small butt pack, from which he smilingly extracted a thermos and two battered tin cups. He gestured toward a large timber that had washed onto the beach at a recent high tide and dried in the sun. They sat on the log, gazing out to sea while coffee cooled in their cups.

"I heard your boys are on their way home," Holloman said.

"Two of them," the General corrected, and looked at his friend.

Holloman nodded his understanding. They were of the old school. Real men *really* didn't eat quiche and go on *Oprah* to prove how sensitive they were. These were forthright men of few words. They understood each other. Holloman gave General Kragle time to get around to the purpose of the meeting.

"Did you know," the General finally said, "that New York City's Hall of Fame for Great Americans draws only a few thousand visitors a year, while Cleveland's Rock and Roll Hall of Fame attracts a million or so?"

General Holloman looked at his coffee. He looked at the gentle morning lap of the surf. "I guess I didn't."

"Ray, we abandoned our POWs in Vietnam. We left Americans in the hands of Beirut thugs and did nothing for almost seven years. I was at Desert One with Charlie Beckwith when the attempt to rescue our Iranian embassy hostages blew up—and then we just gave up and did nothing."

General Holloman waited.

"I guess what I'm saying is that people had rather go see rock 'n' roll than concern themselves with real heroes like those boys and girls aboard the USS *Randolph*. But Ray, as long as I'm USSOCOM, as long as there's a breath left in this battered old warrior's body, we will not abandon another American to the enemy. But that is exactly what John Stanton is about to do."

Holloman's lips tightened. "Where are you going with this, Darren?"

"Hear me out before you say no," the General said.

Fifteen minutes later the stocky AFSOC shot to his feet. He sloshed the coffee remaining in his cup toward the surf.

"Darren, do you know what you're asking? I know he's your son, but—"

"I'd do the same if he were your son or the son of Joe Blow in Possum Trot, Kentucky."

"We don't even know if he and the girl are still alive, Darren."

"They're alive. Bin Laden must be knocked in the dirt or it'll be other Americans next month. Another U.S. ship, an embassy . . . Americans won't be able to leave home without fear if we don't show the world that you're dead if you touch us. Damn it, we are not going to let this turn into another Iranian hostage crisis."

"We'll be court-martialed. My new young trophy wife will spend my retirement while I spend the rest of my life in the federal pen at Leavenworth." He paced the sand nervously, shaking his head vigorously. "This is crazy, Darren. You can't go off and declare a private war, invade another country."

"Ray, I won't abandon them. We'll find where they're being held. The Pentagon has devoted military satellites to it. And when we do, all I need from you are aircraft and crews we can trust, a secure airfield, cover to leave the country—and your silence for a few days. Look, each branch of the military contributes its own Special Forces assets to the overall pool under USSO-COM. You don't have to know anything about it. I asked for the assets as your superior, you assigned them to USSOCOM knowing nothing else. I've already arranged for a mission rally point, outside Cairo."

"Maybe it won't be necessary if Stanton decides to move."

"Maybe the sun won't rise tomorrow either."

"Darren, how long do you think the JCS will believe I didn't know where my airplanes were going?"

"Seventy-two hours and it'll be over. I'll accept full responsibility."

"You can't get away with it, General Kragle."

"We've become so soft and self-centered in this nation that there's one thing we neglect to see," the General said with determination.

"And what's that?"

"Sometimes you have to do the right thing and to hell with the consequences."

# CHAPTER 29

**Eglin Air Force Base, Florida**

Major Brandon Kragle personally handpicked the team, as ordered, with two exceptions: his brother Cameron and the redheaded lieutenant from Funny Platoon.

"Sir, I don't think Cameron or Lieutenant Iryani are good choices," he protested.

"Your brother has to go," the General said. "What happened during Desert Storm is still on his record. We owe him a chance."

"Sir, even if it means compromising the mission and getting him killed?"

"He's going, Major."

Brandon gave in, but attacked the General's second choice with more vigor.

"Sir, you've always said the same thing about women on an operation—they don't belong. They're too much trouble, they can't hack it, and they're bad luck."

"We don't have much choice. She'll have to be on the team," the General said, after pondering it. "An interpreter is essential. Even you said Lieutenant Iryani is the best you've seen. She not only speaks Farsi and other Arab dialects, she has a working knowledge of Afghan Pushtu. She's the only one we have. Besides, if I go around now trying to find a replacement, that's going to set off red lights and buzzers all the way to Washington. That can't happen. Somebody may already be sniffing around, trying to find out what's going on."

When Brandon still resisted, the General cocked an eyebrow. "Major, is there a personal reason you want her scratched?"

"No, sir. It's just that she was in the Empty Quarter and—"

"So were you and Cameron and the sniper sergeant."

But there was a personal reason. Two of them. First, he told himself, she was a distraction to his brother. You couldn't take two soldiers who were sleeping with each other on a dangerous ops into Indian country. That was asking for trouble.

And the second reason Brandon hadn't even admitted to himself. Not consciously, not openly.

Out in the Empty Quarter there was a moment when they were all hallucinating from heat and dehydration and he thought they had lost her. He actually saw her dying with the sun sucking her life out. He experienced such distress then that he felt like lying down on the sand and beating the ground with his fists at the unfairness of it all. She was the first thought that came to his mind when he regained some awareness aboard the *Abe Lincoln*.

He came to shouting her name. "Gypsy? *Gypsy?* Lieutenant *al* Iryani?"

"It's all right, Major," the corpsman had reassured him. "She's here."

What was the *matter* with him? he'd wondered. Still not fully cognizant of his surroundings, he'd thrown aside the corpsman who tried to stop him and staggered wildly into the passageway, looking for her. He and Cameron both, bleating like lost sheep. They had to see for themselves. In women's sick bay, Gypsy had weakly held out a hand to each of the brothers.

That alone was reason enough to leave her behind.

"No, sir. Nothing personal," Brandon now murmured.

At Fort Bragg's Wally World, no one except Colonel Buck himself seemed to know that anything was going on. Even men Brandon selected for the team were not told about it until they were alerted in a group and smuggled off base under deep cover in the middle of the night.

There would be eight soldiers on the expanded Detachment 2A, half a troop, all except Cameron and Iryani selected from Troop One. Brandon debated on leaving Sergeant Gloomy Davis behind, since he had just endured one trying mission, then decided that Gloomy would be hurt and resentful at even the thought. Besides, Gloomy was a solid senior NCO, and an artist with a .300 Winchester, or any other weapon, for that matter.

Staff Sergeant Rock Taylor, of the serrated tongue that had once caused a five-car smashup on the freeway, would go along as communications specialist. The Rock was about thirty, with black hair and eyes, a wide mouth to hold all that tongue, and a long trunk compared to his short legs. He was single and not presently in a relationship, a factor Brandon also took into consideration when assembling the team.

Sergeant First Class Theodore Thompson, foreign weapons specialist, called "Ice Man" because of his unmeltable nerves, was also about thirty. He was an average-looking man with brown hair and brown eyes who currently held the North Carolina State championship as a middleweight karate kick boxer. When told to pack his ruck for a mission, he simply shrugged. Around Troop One it was joked that someday he would break his own record of speaking more than ten words in a single week.

The Major decided on Sergeant T. B. Blackburn as team medic. Barely twenty-two, "Doc TB" stood almost as tall as Brandon. He was a jolly bear of a young man with a perpetual after five shadow on his rock jaws and a tender bedside manner. His eyes unconsciously filled with tears when he came upon human or animal injures. He was Mr. Fix-It with an aid bag—and had been last year's honor grad from the year-long Special Forces Medical Specialist Course. That was why Colonel Buck recruited him for Delta.

Detachment 2A required a demolitions specialist. SpecOps had no one better to offer than Sergeant Calvin "Thumbs" Jones. The lanky black man from Mississippi had lost half his left thumb in a demo experiment, which led to his nickname. He was a "high yellow" complexion, as Gloomy Davis put it, about twenty-five, and claimed to be the descendent of both slaves and slave owners. He got along with everyone unless he had a reason to blow you up.

Those, along with Brandon, Sergeant Cameron Kragle, Gloomy Davis, and Lieutenant Iryani, made up Detachment 2A, U.S. Army 1st Special Forces Operation Detachment—Delta.

Major Dare Russell, Troop Two's commander, got suspicious about all the secrecy and made a point of showing up the night the detachment was loading all its gear into a pair of rented SUVs to move out.

"I'd give my left nut for a mission like this," he said to Brandon, probing.

"I don't know what you're talking about, Dare. You only got the right one left anyhow."

"Come on, Brandon. Where you taking these rowdies—and the pretty Funny Platoon gal?"

Brandon lowered his voice conspiratorially. "Keep it to yourself, Dare?"

Russell grinned and held up two fingers. "Scout's honor."

"We're invading China."

"Ah, come on, Major. You could have just told me it's none of my business."

"It's none of your business, Dare. Keep your mouth shut, okay? We're going on an orgy."

The General had selected the old Air Force Special Warfare Center at Eglin Air Force Base in the panhandle of northern Florida as the training and rehearsal site. It was a vast, isolated 465,000-acre complex with access to 44,000 square miles of Gulf waters for test ranges undisturbed by commercial air traffic. It was presently a vacant cantonment, all but abandoned. Almost no one ever went there.

The Doolittle Raiders had trained nearby for their historic bombing foray against Japan nearly sixty years ago. "Bull" Simons and his Special Forces raiders had used this very place in 1970 to train for their assault against the Son Tay POW camp in North Vietnam. That mission had been so secret that even the men themselves didn't know what it was until they were on their way. They had created a special patch for themselves: a mushroom on a black background out of which a pair of eyes peered. The inscription on the patch read KITDFB, which stood for "Kept in the Dark, Fed Bullshit."

Gloomy brought up the Son Tay patch on the long drive to Florida.

"Don't keep us in the dark, Major. We're going in after your brother and Kathryn Burguiere," he guessed. "That right, boss?"

"Don't speculate, Sergeant. You'll get everything in the briefing."

It was after dark when the two-vehicle convoy arrived at Eglin. Brandon let themselves in through a back gate, the key to which the General had provided. Post security had apparently been ordered to stay away. For all apparent purposes, Auxiliary Field 3 was abandoned. There was a parking apron for helicopters and aircraft, a landing strip grown over with weeds, some old World War II–era wooden troop billets, a chapel, a theater and classroom space, a small post exchange with nothing in it, a vacated snack bar, a mess hall and motor pool, a headquarters building with barred windows, and—

"Rats!" Lieutenant Iryani exclaimed in disgust.

The eight Deltas in civvies climbed out on the aircraft parking apron where weeds grew out of cracks. Bewildered, they looked around in the dark at the buildings where not a light shined and nothing moved.

"We had an old ghost town like this out by Hooker," Gloomy commented. "It was haunted."

A light flashed on in the headquarters building. The door opened and a tall solitary figure approached.

"I told you it was haunted," Gloomy said.

"Major Kragle," the General greeted. "Bring your team and come with me."

They filed into a room arranged for a briefing. Covered maps hung from the back wall, with chairs arranged in front and a scale-model mockup of buildings on a table. Brandon was surprised that no one else occupied the room. He had never been to a mission briefing in which the brass didn't outnumber the operators.

"Sit down, gentlemen. And lady," the General invited.

He handed each soldier a target folder with the detachment's code name, Punitive Strike, stamped on it, along with TOP SECRET.

"Time is short," he said, "so let's get down to business."

He displayed the maps: one of the Persian Gulf region, at a 100,000:1 scale; another of Afghanistan; and finally, a blowup of a specific area, done at 500:1.

"We are going to rescue two American hostages from a terrorist camp in Afghanistan," he told the team right off. "This is something American prisoners have a right to expect from their fellow soldiers."

There was absolute silence. Then the Rock let out a low whistle.

"This is the town of Dowlat Yar," the General went on, pointing to the map. "Osama bin Laden has established an ammo depot and training camp for his al Qaeda 'soldiers' here in the foothills of Safid Kuh on the Harirud River. We estimate as many as two hundred terrorists in the camp—and they continue to draw more recruits as they obtain additional arms and ordnance from Iran, Pakistan, Libya, and the Chinese. We've confirmed by satellite that the camp is isolated and active. It's about four miles downriver from Dowlat Yar."

He requested the lights in the room be dimmed. He had set up a slide projector and asked someone to operate it. Sergeant Taylor volunteered.

"This is the camp. We also have the scale-model table mockup. It consists of five buildings in a cluster which serve as billets, classrooms, as command and ops center, and a mess hall. There is also a sixth building where Osama bin Laden stays when he's there. This building here"—he nodded to Taylor to put up the next slide—"has barred windows and appears to be a detention center of sorts. If our people are being held by al Qaeda—and we now know they are—this is the most likely spot for them to be."

"It's another Son Tay," Gloomy Davis breathed.

"Bull Simons had more than two companies as assault and support," the General said. "We have less than an infantry platoon, counting me in support and the crews for the aircraft. We have no force in reserve, no air cover, no on-site support. But what we have are *you*, Delta Force, and the element of surprise. Everything depends on surprise. Get in there, get out again. A C-141 will insert you by parachute, and you and the recovered prisoners will be extracted by C-130. It's in your target folders. Major Kragle, you will have one week, maybe even less, to prepare Two Alpha. We will have a small window of opportunity and it won't stay open long. You must be prepared to take it whenever it opens—or lose it."

"Yes, sir."

The absolute silence again.

"Any questions?"

Doc TB spoke up. "Not a question, sir. I'd just like to say thank you for choosing me for this. I'd hate to wake up the day after this went down and discover I wasn't a part of it."

The team cheered him. They stood up and cheered the General and Major Kragle. The General's stone face almost relaxed. Brandon, however, was troubled. Apparently, the mission was so secret that even Washington and the Pentagon knew nothing about it. It wasn't merely the fact of little support, but of *no* support. There was the complete paucity of Pentagon brass and other high-ranking officers, of generals getting their pictures taken with the team so that, afterward, they could claim to have been part of it if it succeeded. Colonel Buck Thompson wasn't even here. There was only the General and the eight chosen Deltas in a deserted training camp.

Brandon dismissed the detachment with an admonishment to get settled in tonight because preparation planning and training began at 0400. He stayed behind with the General.

"Sir, who approved the mission?" Brandon asked bluntly. Straight out, the Kragle way.

"USSOCOM. That's all you need to know. That leaves the United States with total plausible deniability."

Plausible deniability meant that if any team members were compromised during the mission, the politicians in Washington could disavow all knowledge. That was the only way most of them would do business anymore. They had to have a way to weasel out. Brandon thought he must have inherited the cynicism it took his father an entire career to develop. He suspected the reason Detachment 2A was in Florida was because Washington was looking to find a way out of actually doing anything about the hostages while making the public think it was trying everything.

Brandon thought about it. He looked at his father for a long while.

"It doesn't go any further up than USSOCOM, does it, Dad? Washington *has* total plausible deniability because Washington doesn't know about it. It's your career you're sacrificing, sir. Not mine."

"I won't abandon them," the General said with iron steadfastness.

The realization struck Brandon. "We're on our own."

It was a sobering thought.

"*I* am with you, son."

# CHAPTER 30

None of them had ever seen security so tight that it prevented the mission team from at least enjoying basic support. Brandon had to drive into Pensacola and buy food and common supplies such as toilet paper at a Super Wal-Mart. They fixed up an old stove in the mess hall, repaired a gas generator to power a refrigerator and set up a kitchen, in which they took turns preparing meals. One of the barracks was cleaned out for living quarters. The enlisted men took the bay, while Major Kragle and Lieutenant Iryani each moved into a squad leader's private room in the same barracks.

The Major drove Punitive Strike from the first day. He ran their sorry asses, and his, into the ground. Time was precious; he used every minute of it. They ran three assault rehearsals each day against a crude plyboard mockup they constructed, three more each night. Some were dry runs with empty weapons. Others were live fire with tracer ammo, ribbon charges, grenades, the works. He walked his raiders—walked them, crawled them, ran them—through the mockup so many times they complained of doing it over and over again in what sleep they could get. After a few days, with a scheduled full dress rehearsal coming up, the assault element was streaking into the detention building, busting down doors, breaking hasps and hinges and taking turns carrying each other out of the compound. No one knew what physical condition the prisoners might be in.

"It's one thing to run FMPs and drills and shoot at man targets," Brandon preached to his troops, leveling a look directly at his brother, then another at Lieutenant Iryani. "It's entirely another thing to shoot a man himself. You can't have an operator hesitating at that critical moment when the time comes to blast a cocksucker into the next world. Hesitation gets you killed, gets your teammate killed, or gets a hostage wasted."

The General watched with approval.

In the time when they weren't drilling on the life-size mockup, they were on the table model. It was precise in every detail so the team could see exactly the way the compound would look on the night of the raid. By varying the light in the optical viewers, the compound would appear to be lit by a moon, by flares, or would be in near total darkness.

Satellites had photographed the real camp in its hidden valley. CIA spooks the General knew and trusted provided high-image space prints. Comparison of the snapshots Brandon stripped off the dead terrorist in the desert against satellite images confirmed that some of them had been taken at the terrorist encampment. All this intel went through experts on international terrorism, such as FBI Agent Claude Thornton and Ambassador Jordan Kragle in Cairo, who assigned a probability rating of 70–30, maybe even 80–20, that Cassidy and Kathryn Burguiere were indeed being held at the targets.

A couple of days after this initial assessment, General Kragle raised the probability rating to 100–0 when satellites picked up the initials C and K stamped into the soil and grass behind the terrorist detention facility. That had to be Cassidy's doing; the kid was always thinking. This confirmation raised the morale of Detachment 2A to the bursting level. The Deltas took to the compound and to the model with renewed enthusiasm.

"The window will open any time now," the General advised.

The plan was a simple one. KISS—"Keep it simple, stupid." When ordered, the team would take off in a C-141 Starlifter from Eglin and fly directly to Cairo. Three hours before H-Hour, Punitive Strike would once more emplane on the Starlifter, sky out of Cairo flying east to the Persian Gulf, then turn north over Pakistan toward Afghanistan. The General had called in markers from some of the folks at the National Security Administration who worked with satellites. He'd arranged for them to use space technology to block all radar and communication waves over Pakistan and Afghanistan for a time, thus allowing the American aircraft a temporary safe corridor through which to approach Afghanistan and depart afterward. This was his "window of opportunity."

At 0300 the team would parachute HALO—high

altitude, low opening—into a sort of alpine meadow behind the terrorist compound. The action had to be swift and violent when the Deltas hit the ground. They had less than two hours to strike the camp, recover the prisoners, and reach the flats about a mile away, where a C-130 would land to extract them. If they weren't there within a prescribed fifteen minute time slot, the aircraft would take off without them.

Brandon wondered how the General had arranged all this without going through the National Command Authority.

For the sake of simplicity and drill, Major Kragle broke the team down into three elements, four if he counted Gloomy. It was the little sniper's job to keep secure the Objective Rally Point, and set up on a high place with Mr. Blunderbuss to cover the entire camp with his sharpshooting.

He code-named the three elements Wildroot, Redwine, and Greenleaf, the same names that Colonel Arthur "Bull" Simons had used for elements of the Son Tay raid into North Vietnam. Redwine, the security element consisting of Lieutenant Iryani and Sergeant Rock, would set up in defense around the detention center in order to buy the assault element time to get into the building and rescue the hostages. Doc TB and Thumbs made up Greenleaf, whose job it was to create a diversion at the south end of the camp while Wildroot—the Major, Cameron, and Ice Man—assaulted the cells and released Cassidy and Kathryn Burguiere.

"I'm not holding the horses?" Cameron wisecracked, then considered the possibility that he was on the assault element only because it allowed Brandon to keep an eye on him.

A simple plan, but even simple plans were subject to Murphy's Law.

Brandon made up rhymes to describe the operation from its start to its finish. Each member was required to memorize them. Brandon borrowed the idea from an old war movie, *The Dirty Dozen*, starring Lee Marvin and Donald Sutherland. The Punitive Strike team recited the lyrics like a religious litany, crowding around the table model, chanting and pointing to where each should be at any precise moment during the assault.

> *At 0300, Punitive Strike into the well . . .*
> *At 0305, Gloom sets up the doom . . .*
> *At 0310, Redwine stretches out the vine . . .*
> *At 0320, Greenleaf booms the tomb . . .*
> *At 0330, Wildroot assaults the vault . . .*
> *At 0340, Wildroot enfolds the fold . . .*
> *At 0345, Greenleaf smokes the jokers . . .*
> *At 0350, Gloom booms more doom . . .*
> *At 0430, Punitive Strike sees the light . . .*

Gypsy was animated with excitement, her short-cropped red hair almost flaming in the light, freckles sprinkled like flecks of gold across her slightly crooked nose. She looked up, and her wide emerald eyes captured Brandon's regarding her with a strange, almost yearning light. He covered it up with a sharp bark of, "What happens if . . . ?"

The team heard "What happens if . . . ?" a hundred

times a day as the Major sketched out scenarios, emergencies, and fuck-ups that required immediate contingency responses. If someone hesitated a beat too long in coming back with a solution, Brandon jumped on him.

"Goddamnit, Taylor! *Here!*" Jabbing at the model. "It's *here* where you'll be if Iryani . . . if Iryani goes down. You don't leave her, understand? Delta doesn't leave anybody behind."

Brandon had a bad feeling about the ops. He couldn't define why. The game plan should work if everything went okay and Murphy kept his nose to himself. After the others dragged themselves to their racks to grab a few hours' needed sleep, he walked the aircraft apron in the starlight, playing the mission over and over in his mind.

"Small unit combat is a pretty simple business," Bull Simons had once remarked. "The guy who carries the gun wants to know what the hell kind of man you are and he wants to know you're there with him—not up front, necessarily, but that you know your business, you've got control of the sonofabitch, and if the thing really goes sour that you are going to be there with him when it's time to have it out."

Brandon had to trust the General to have control of the sonofabitch.

**Washington, D.C. (CPI)**—A Marine Corps training exercise in Jordan has been cut short and navy ships have been ordered out of port in Bahrain, Pentagon officials said, because of a terrorist threat.

The Stanton administration described the threat as "nonspecific," meaning it was aimed at Americans but not necessarily against members of the military. A "worldwide caution" urges U.S. citizens to maintain a high level of vigilance and to take appropriate steps to increase their security.

The announcement comes in the wake of the bombing of the USS *Randolph* in Aden and the seizing of three U.S. sailors by a group believed to be al Qaeda, the international terrorist organization headed by Saudi billionaire Osama bin Laden.

One of the sailors, identified as 25-year-old Seaman Curtis D. Slaton of Vermont, was subsequently found executed. The other two, Petty Officer Cassidy W. Kragle and Seaman Apprentice Kathryn Burguiere, are believed to have been taken to Afghanistan. On Tuesday, U.S. government officials received notification from al Qaeda that it would negotiate the lives of the two sailors in exchange for the release of terrorists now on trial in New York for the bombings of U.S. embassies in Africa in 1998.

Afghanistan's Taliban rulers rejected U.S. concerns about the possibility of another terrorist strike by the followers of Osama bin Laden, saying that the Saudi dissident is under their strict control and cannot use Afghan territory as a base for attacks. They also deny that al Qaeda has brought the two American Navy hostages into the country.

These remarks came a day after the Arabic satellite channel MEBC reported that bin Laden followers were planning another attack on American and Israeli "interests" within the next few weeks unless their demands are met regarding the Muslim bombers on trial in New York.

"All the activities of Osama bin Laden are under the tight control of the Taliban," a Taliban foreign ministry official said. "Osama has no such facility in Afghanistan which can be used against any country."

The U.S. State Department declared Afghanistan "a haven of lawlessness," and has vowed an all-out diplomatic, political, and economic pressure campaign to isolate the ruling Taliban militia from the world community.

Pakistan and China again issued warnings that an attack by the U.S. on Afghan soil was "tantamount to a declaration of war."

In 1998 the United States fired Tomahawk cruise missiles into alleged terrorist training camps in Afghanistan to retaliate for the bombings of American embassies in Africa. President Stanton assured Afghanistan that no such actions by the U.S. will reoccur.

"We hope to settle this issue peacefully," he announced in a communiqué. "No United States personnel will set foot in Afghanistan. Nor will we send missiles or aircraft to disrupt the negotiations. We will avoid war because it is not in the interests of our nation or the world."

U.S. military forces throughout the Persian
Gulf were placed on a heightened alert. The
level of security, known as "threatcon," was
raised a notch . . .

# CHAPTER 31

Major Kragle brought back pizzas and Cokes from Pensacola. He took out boxes of Trojans and tossed one to each soldier. Gypsy looked startled.

"What's this?"

Doc TB laughed. "You never heard of safe sex?"

Gypsy blushed through her freckles. She sat with her mouth open. Always quick to take advantage of a situation, Gloomy produced a hot dog from the fridge. After action meetings were always held at tables in the mess hall.

"Let me demonstrate its function," he offered.

"I *know* its function."

"Oh, but not the *art* of it," Gloomy countered, clearly enjoying himself. He soon had them all, with the exception of Cameron, in gales of much needed laughter after the days of tension and pressure. He explained in graphic terms how to use a condom as, slowly, sensually, he slipped it onto the hot dog, then held it up and passed it around for closer inspection.

"How did you learn to do that?" Rock Taylor drawled. "I thought you Hooker boys used inner tubes."

"Perverts!" Gypsy laughed.

She deftly removed the condom when the sheathed hot dog came to her. Her eyes mischievously sought Brandon's as she took a bite off the end of the dog. Gloomy cried out in mock pain and doubled over.

"Why do women do *that*?"

Cameron was still not amused. He believed America suffered from moral and cultural insanity and that mankind could be living its last days. "You put the condoms over the muzzles of your weapons to keep out dirt and water and stuff," he explained to Gypsy.

"Yeah, well . . ." Ice Man said.

"Theodore!" Thumbs cried. "You spoke *two* words!"

The General arrived shortly thereafter. He summoned Brandon outside. "Tell them the mission is a go—tomorrow night," he said.

They were waiting for him when he came back in.

"Tomorrow night is full dress rehearsal, including the jump and everything," he announced tersely. "Immediately afterward, we sky up for Cairo. You can sleep on the plane. Have all your weapons and gear ready to go."

The team grew quiet. Sergeant Rock got up and solemnly went from soldier to soldier to touch fists. "We're ready, sir," he said.

For Brandon, at least, it was always the night before an action that he grappled with his anxieties. He wasn't afraid for himself; he knew that to be true. He was afraid for his people and anxious that the mission go well. Nonetheless, he always thought about family the night before. He had meant to drive down and visit with Little Nana in the nursing home, whether she recognized him or not. She would probably think he was an orderly or a nurse's aide.

He missed Gloria. He and Cameron had spoken to her from aboard the *Abe Lincoln*, but that wasn't the same as being with her and enjoying the little boy comfort of having her fuss over them. She was much more black than brown, but the Kragle sons had always known her as Brown Sugar Doll. Brandon smiled to himself.

"The *only* white blood I gots in me," she always said, "be coming because of my three white sons."

That's how she always introduced them: "My sons." It elicited stares, and the boys, when they were young, played along by calling her "Mama," sometimes to the General's chagrin.

Walking alone in the darkness, thinking, unable to sleep, Brandon came to the old chapel—a simple wooden structure with a tall steeple of the sort that used to be so common in the South. A dim light emanated from inside. The door was open. Curious, he stepped inside. Someone else couldn't sleep. A candle burned on the altar up front, capturing in a halo of almost holy light the image of Cameron Kragle on his knees, his blond head bowed in silent prayer.

Brandon started to turn away, feeling like an intruder. He couldn't. Something about his brother like that on his knees touched him and froze him in place. Cameron had always been the odd, sensitive one, big enough to have thrown his weight around, yet always willing to turn the other cheek and forgive his transgressors. He seemed to go through life, through this "veil of tears," as he put it, with his feet on earth while his head was in heaven.

The General had made a big mistake in pushing him into Delta Force, Brandon thought, and quietly backed out of the chapel and walked on in the warm darkness.

To occupy his mind, to take it off tomorrow night, he engaged in a system of checklisting and double-checking. He went to the armory in the headquarters building and inventoried weapons, ammunition and explosives.

Five H&K submachine guns for the close work at the compound; one M-16A2 rifle fitted with a 40mm M-203 grenade launcher and including an assortment of special purpose grenades, including parachute flares for signaling the C-130 upon extraction; two M-60 machine gun "hogs" to be carried by Rock Taylor on Redwine security and Thumbs on the diversionary element; stun and frag grenades; blocks of C-4 plastic explosives; a three-pound mixture of C-4 and thermite stuffed into a length of fire hose for knocking down reinforced doors or blasting out barred windows or gates; det cord; M-60 igniters; SEAL sheath knives with camouflage grips and sheaths. He himself would carry his grandfather's Ka-Bar.

Gloomy's Winchester was missing; he undoubtedly had it next to his bunk.

"If I had had it when we were in the Empty Quarter," he groused, "we'd be at Bragg now knocking down some cold ones with Cassidy Kragle and the little sailor lady."

. . . Two handheld GPS units for triangulating ground location using satellites; an AN/PRC-137—known as an "Angry Prick-137"—a high-frequency long-range communications radio with an integrated security system, complete with a multipurpose special operations antenna kit, a small solar panel for recharging radio batteries, and a keyboard that would enable the team to send and receive encrypted data messages. It would be their team's primary communications link to the tactical operations center. Four small AN/PRC-126 squad radios for internal communications on the ground; a set of PVS-7 night vision goggles with headset . . .

The Major still couldn't sleep. He continued his walk in the night, playing the ops plan over and over in his mind, looking for flaws, testing it for weaknesses.

There was a major weakness in *every* plan—the human element. If humans were involved, there were weaknesses.

"Major?"

She appeared out of moon shadow next to the hangar. She stepped out lithe and graceful and into the moonlight and waited for him to reach her. She wore a long sleeveless flannel gown that covered her feet, and it gave her the impression of a lovely ghost floating across the ground.

"This seems to be a night for insomnia," he said, approaching. He wore his sterile battle dress uniform without rank or insignia.

"Care for company from a fellow insomniac?" she asked.

He shrugged, trying to make it seem a matter of indifference. He guided her silently away from the chapel, circling out of sight behind the hangar and out onto the apron.

"Nervous?" he asked.

"Yes."

"It keeps you honed."

"I know you tried to leave me behind," she said. "But I won't let you down."

"Is that why you were waiting for me—to tell me that?"

"I wasn't waiting—" She caught herself. She laughed. She *was* waiting for him. "I'm not quite sure why," she admitted.

"To see if I have anything inside except stainless steel and gunpowder?" he taunted.

He was very much aware of her nearness, the clean smell of soap after a shower, the scent of a woman ready for bed. He was also aware of how it would look if the team commander and a female subordinate were observed together on a moonlight stroll. Most of all he was aware of his brother nearby, praying in the chapel.

Females meant nothing but complications when you mixed them with combat soldiers.

She had tried, of course, as he commanded, to keep up appearances that she was merely another soldier and team member. She even buddied up with Gloomy to keep down the talk; no one would suspect her and the wiry little sniper of having a fling, no matter that Gloomy's eyes went puppy dog every time she came near him. She worked to hide it, but the others guessed that the lieutenant from Funny Platoon and the CO's sergeant brother had something going.

"I asked you a question when we were in the desert," Brandon ventured after they had walked in silence.

They stopped and faced each other. The moon shined on her uplifted face. He felt like a schoolboy playing Walk Around the House for the first time with a girl at a teen party. The pale light revealed the pain in her face.

"Are you in love with my brother?"

"I knew what you meant."

"So? Are you going to answer it this time?"

"It's not as simple as you make it sound." Mixed emotion warred in her eyes. He stepped back to avoid being drawn into them body and soul.

Jesus! What a fool he was making of himself. He also wasn't making it any easier on her. He didn't intend to. She took a deep, sad breath and turned her back to him but did not walk away. She lowered her head.

"I don't know if you'll understand this," she said presently, and Brandon realized she was crying softly, "or if you'll believe it. I'm not a whore, no matter what you think—"

"Look, I—"

"Let me finish. Please. I met Cameron in church at a very vulnerable time in my life. My father had just died and I guess I was searching for something that Cameron seemed to offer. It was like I was drifting without tethers to anywhere or anything. Cameron was there, gentle and kind and sympathetic and always willing to be there for me. He possesses a goodness that sometimes makes me feel ashamed of myself, that makes me feel soiled. Do you understand?"

"I grew up with him, remember?"

She turned back to him. Tears sparkled on her cheeks. "I wish I *were* in love with him," she whispered.

He took in the tilt of her head, the red hair deep gold under the moon, soft illumination on her throat and on her lips. Her eyes seemed emerald pools into which he felt himself falling. He reached out slowly and brought his fingertip down her cheek, wiping tears and then looking at the wetness as though to assure himself it was genuine. She shivered.

"It's not fair to him," she anguished. "I've known it for a long time. He wants to marry me. I—I . . . Cameron says there can be only one woman for him in his life—and I'm it. I believe him. I had almost gathered enough courage to break off with him, to let him go. He deserves that honesty. Ultimately, if I married him, I'd make us both miserable. In fact, I made the decision to tell him when we were alerted for the FMP in New Mexico. I was going to tell him when we got back. That was before . . ."

He knew what she meant. Before the rattlesnake.

"Did you know," she murmured, still drawing him into her eyes, "that . . . when you licked my cheek . . . ? I wanted you to kiss me."

He had wanted to kiss her too. That was what had made him so damned mad.

He rubbed her tears between his fingers, feeling them, testing their texture, and stepped back another step.

"Then all this with the *Randolph* began," she said, "and things keep getting more complicated."

She stood with one hip upthrust the way he often noticed. The outline of her bikini panties became clearly visible through the thin flannel. She wore no bra and her nipples pressed against the fabric. The moon made seductive shadows in the hollow triangle below the flat round of her belly. He was aware of the rasp of his breathing and the catch in hers.

She floated near, lifted her lips. He took her in his arms and kissed her then, tenderly at first, until the force of passion drew her onto her tiptoes and crushed her body against his. Breathing heavily, still kissing her, he lifted her into his arms and started with her toward one of the unoccupied barracks where there were bunks and mattresses.

She was crying openly then, with her face buried in the hollow of his neck. "No, no," she was whispering, "not like this."

He stopped in his tracks. He thrust her onto her feet as though she had turned into the rattlesnake.

"We have to remember who we are, what we are. Our responsibilities," he said gruffly. "What do you think you're doing anyhow? Playing switch hitter? We're officers in the U.S. Army, Lieutenant. We shouldn't have to remind ourselves again of that. Go to your quarters."

Incredulity mixed with a blaze of anger on her face. "What are you talking about? Do you think I had this *planned*?"

"Didn't you?"

She turned abruptly on her heels and started to storm off. Her emotion was too strong. She whirled to get in the last word, ran back to glare him in the eyes.

"You really *are* a stiff-necked bastard," she cried. "Believe me, this won't happen again. I must be such a fool!"

This time she kept going, accompanied by the lingering sound of angry weeping.

# CHAPTER 32

**Afghanistan**

The terrorists released them from their common cell once a day for exercise and to empty the slops can that served as a toilet. Kathryn had lost considerable weight and was no longer the chunky little girl she had been aboard the USS *Randolph*. She utilized her time outside looking up at the mountains or down at the river. Her arm wound had almost healed, miraculously, despite the lack of treatment, but her nonphysical wounds continued to fester. She woke up on her grass mattress with cries of fear. Cassidy watched her terror grow each day as she became more silent and withdrawn. She was convinced the terrorists were going to kill them—and do worse things than that to them first.

Winds out of the high country moaned and howled and gnawed at the barred open window. Cold moonlight shining through the bars spread a pale sheen on the cell's rough wooden floor.

"I want to see my mother," Kathryn wept, whimpering and crying out in her sleep. "Mom? *Mom?*"

Cassidy pulled his grass mattress next to hers. He gently drew her spoonwise into the hollow of his chest and belly, to lend her his warmth and comfort. "They'll come," he whispered into her ear. "I know they'll come."

"They—They don't know where we are."

"Delta will come."

The detention center had two rooms, one of which was the cell itself, with its thick wooden door into which a tiny barred window had been cut to allow guards to look into the prison and shove through food and water once a day. Food consisted generally of greasy soup with potatoes and sometimes a chunk of fat. Kathryn contracted diarrhea, which further debilitated her. She cried relentlessly, and begged Cassidy to shut his eyes and hold his ears when she had to use the bucket in the corner.

Amal gave her some pills. She took them and they stopped the diarrhea before she completely dehydrated. Cassidy suspected that Amal's motives were other than compassion. The terrorist leered openly at the girl and shouted something at the guard, who soon produced a bucket of water.

"Clean yourself," Amal ordered. "The next time I place my fingers in your pants, I do not want them to stink."

He grinned at Cassidy, drew an imaginary gun from within his robes, pointed a finger at him and cocked his thumb. "Bam!" he shouted, and laughed at his little joke.

The other room where the guards stayed was exactly the same size as the cell. In fact, it appeared to be a second cell. It also had a single barred window and a heavy door that opened to the outside. The outer door remained unlocked most of the time to permit terrorists to come and go at will.

Cassidy studied every detail of both rooms in anticipation of developing an escape plan. The only furniture in the guards' room were a bunk bed in the far corner, some chairs, and a small table at which a guard sat reading an Islamic newspaper and smoking a water pipe with a strong, sweetish odor. Five times a day the guard spread his rug on the floor, got down on his knees toward Mecca and bowed and chanted. All praise to Allah!

He laid his rifle on the table while he prayed. Cassidy stared at the weapon, entertaining escape scenarios. If he could get to the rifle while the guard prayed . . . If he could somehow grab the guard and restrain him when he brought food . . . If he and Kathryn could make a run for it during their daily exercise sessions . . .

Impractical ideas, all of them. But it was not in his nature to roll over and passively accept whatever fate threw at him.

He discreetly tested the walls and floor of the cell, searching for a loose stone or board, a weakness in the structure that would allow exploitation. Radicals in Teheran had held embassy personnel for a year. Shiite terrorists in Beirut kept Terry Anderson captive for nearly seven years. In Vietnam, a pilot friend of the General's remained caged at the Hanoi Hilton for five years, while the General himself spent nearly a year in a Viet Cong prison in the Mekong Delta before he became one of only a handful of Americans ever to escape the commies.

The General hadn't been much of a father, but he was one hell of a soldier.

Cassidy knew that he and Kathryn should not expect the terrorists to release them anytime soon. He paced as he'd seen animals in zoos pace. Zoo animals paced all their lives without ever finding a way out.

"Where would we go even if we got away?" Kathryn asked fearfully. "We don't even know where we are."

They had been transported to the camp bound and blindfolded in the back of a truck after having made the sea crossing in the dark hold of the sailing dhow. Traveling blind made judging distances and directions difficult if not impossible.

Cassidy attempted to wangle information from the guards. None of them spoke English, or they didn't let on if they did. One was surly and beefy, with a young wispy beard; he banged his rifle butt against the window whenever Cassidy tried to speak to him. Another simply stared or ignored him. A third growled, "Fook off."

Amal seemed to be something of a minor hero because of whatever role he had played in the bombing of the USS *Randolph,* but apparently he was still nothing but a minor leader in the camp's structure. He was in charge of the prisoners and nothing else.

He appeared at the detention building and ordered Kathryn brought into the outer room. She stood shivering under his scrutiny, her arms folded across her breasts and her eyes lowered in humiliation. He walked slowly around her, licking his lips and trailing a dirty finger down her belly, across her hips and down, pushing against the dirty dungaree cloth. Neither she nor Cassidy wore underwear, as the terrorists had for some reason taken it from them before they reached the encampment.

Amal stuck his little hands down the front of her trousers and probed. Kathryn sobbed aloud, almost wilting to the floor. He removed his hand and sniffed it.

"Ummm," he said.

The guard Cassidy called Monkey was on duty. He licked his lips and laughed, his eyes fixated on Kathryn's crotch.

Cassidy banged furiously on the door. "Leave her be, Amal. I swear—"

"Don't swear," Amal said.

There was a framed enlargement of Osama bin Laden on the wall in the guards' cell above the bunk. It showed him in native Arab garb with an AK-47 rifle tucked in a favorite pose underneath his arm. Cassidy recognized the Saudi terrorist leader from newspapers and TV. He also recognized him again when the "Director," which was how Amal referred to him, showed up to inspect the prisoners at the camp. He tapped into the detention building using a twisted wooden cane, a thin figure of amazing height with a full beard, a white headdress, and a smirk on his face that said he regarded the rest of mankind as inferior. Cassidy surmised he felt that way because, first, most didn't have his wealth, and second, few understood the power of violent revolution and applied terrorism in changing the world for the better.

So this was the man on the FBI's Most Wanted List? For whose arrest the United States had offered five *million* dollars?

Cassidy studied him with curiosity when he and his followers crowded into the guards' room. The tall, stooped man limped over to the cell door and stared back mildly at him through the bars. It was commonly known that he spoke English, but that he refused to utter a syllable in the language of the Great Satan.

"Soon enough we'll exchange positions," Cassidy suggested. "*You* will be on this side of the bars."

That little shit Amal, always eager to ingratiate himself, leaped forward like an alley rat to flog him. Bin Laden held out a hand to stop him. He made a remark. The crowd in the room laughed dutifully. The entourage left, Amal glaring back at Cassidy over his shoulder. Cassidy went to the cell's outer barred window and watched the leader continue his inspection of the camp.

Bin Laden remained in the camp for an extended stay. He had his own quarters, a small white house near the river which Cassidy could see if he pressed his face against the bars at the right angle. He also saw the river from the same angle, swift and bright, with bare, savage mountains on the other side. Cassidy wondered what the name of the river was, and if it emptied into the sea, which sea?

Terrorist soldiers at the camp trained every day. He judged that several hundred of them were billeted in the two long barracks on a high ledge overlooking the river. They marched about the camp in camouflage BDU uniforms, conducting close-order drills, running an obstacle course, and disappearing into the surrounding hills to train on patrols, raids, ambushes, and, presumably, to blow up small children in synagogues. They were well-armed. Cassidy recognized AK-47 assault rifles, RPGs, .51 caliber Russian heavy machine guns, as well as NATO block weapons like the M-16 and M-60; he wondered if the U.S.-manufactured armaments might not have come over on the dhow with them.

Nearly every day, rifle and machine gun fire banged away at a range somewhere downriver. The terrorists seemed to have plenty of ammo to burn up. Sometimes there were explosions. It seemed they were training for a major operation.

"We are building a mighty army for Allah," Amal boasted. "To bomb the enemy and attack him in the belly where he is not looking is only the first step in the war waged against the infidel aggressors. Soon, when the time is right, we will attack with our army. As we attacked and destroyed the destroyer."

He laughed, his grating snicker irritating. Cassidy decided that he really did have a face just like a rat's.

Cassidy walked briskly during their brief once-a-day outings. A guard watched them with his AK-47 at the ready, undoubtedly under orders to shoot if the Americans tried to escape. Cassidy tested how far he could go before the annoyed rifleman waved him back. That gave him an idea.

To the guard, it must have appeared that the American was simply exercising off his cell legs within the parameters established for him. After two or three days, Cassidy wore out a walking path in the scrub grass. Only an airplane—or a satellite—flying high above and directly over the prison could have seen the two initials stamped into the ground—a *C* and a *K*. Cassidy and Kathryn.

"Your country has forgotten you," Amal taunted. "Your President Stanton cares only about personal power and himself. Perhaps," he snickered at Kathryn, "if you would presume to wear a thong bikini and get down on your knees at his desk and take into your lips—"

"You're a disgusting piece of shit," Cassidy snarled.

"You have insulted me and you have insulted the director, American Kragle, beyond our capacity," Amal warned.

The surly guard with the wispy beard, whom Cassidy had dubbed Ho Chi Minh, stabbed Cassidy hard in the solar plexus with the barrel of his AK, doubling him at the waist and dropping him to his knees. The terrorist brought the rifle up in a butt stroke to the gasping American's face. The blow opened up a bloody gash on Cassidy's cheekbone. Fighting for breath, Cassidy glared hate at the rat man.

Amal seemed unperturbed. "If you would do that for your President, pretty Satan girl," he continued, "I am certain he would exchange our comrades for you right away and you would be free."

He dismissed Cassidy with a contemptuous, "Perhaps you could make the same arrangement."

Kathryn's filthy dungarees hung on her withering body, and her hair became wiry and unhealthy.

"Cass?" she whispered at night. "I'm cold. Please come and hold me."

He held her and silently vowed terrible revenge.

# CHAPTER 33

**Pensacola, Florida**

They were in bed, naked, and they had made love.
They were both covered with a light sheen of sweat,
even in the air-conditioning. Lieutenant Colonel Bud
Knight lay on his back with the sheet thrown back and
the hallway light falling square across his belly. Her
hand where she held him gently stroked to bring it
back. His hand lay low on her belly. He playfully
twirled a finger in her navel and then moved lower to
the silky patch of curly hair. The hair was still moist
from their lovemaking. He gently caressed the hair on
either side of her opening, where he had just been and
come, and then he found her entrance. It was easy to
find, he thought. A lot of other pilots had found it before him.

But that was before he married her a year ago—and
he hadn't exactly been pure either. They were faithful
to each other now. He trusted her.

She lifted her hips into his hand, inviting him to enter with his fingers. He did.

"Let's do it again," Melanie offered, her voice throaty. "Oh, let's."

She rolled over naked against him, her hips already working. She found his mouth with hers and tongue-kissed him deep with renewed passion.

"Baby, it's late," he protested. "I'm flying tomorrow."

"We won't be able to do it for a whole week!"

Knight was forty. Melanie was twenty six, a second wife, his trophy wife. Ellen, his first, got fed up with the enforced military separations. There was more to the divorce than that, of course. There always was. But the U.S. Air Force Special Operations Command for which he had *volunteered* was the final straw. He was often gone on secret operations that he couldn't even tell her about.

She packed up her clothes and the two kids and the cocker spaniel, the goldfish, the cockatiel, and her resentment, and left. The law firm of Down, Dirty, Filthy and Underhanded served divorce papers on him the next week.

He married Melanie because she was gorgeous and so hot in bed that it didn't matter if she wasn't exceptionally bright.

"I don't understand why I can't go with you sometimes," she pouted, rolling away abruptly, as though reminded that there were parts of his life he refused to share with her.

"You wouldn't like Egypt," he said. It slipped out.

"You're going to Egypt!" she cried. "Don't they have pyramids there?"

"Forget I said that," he shot back, suddenly intense

and up on his elbows in bed, looming above her, his hand pressing into her shoulder.

"Bud! You're hurting me!"

"I'm sorry. Melanie, nothing said in this house goes out of it, understood?"

"I'm your wife, Bud. I'm sure all them old hush-hush fuddy-duddies don't intend to include *wives* out of their secrets. Aren't wives supposed to know these things about their husbands?"

"There are things the President of the United States doesn't even tell the First Lady," Bud ad-libbed lamely.

She giggled. "At least not until everybody's talking about the intern on TV the next day."

Relaxing, he said, "This isn't hanky-panky."

"I know that, lover," she said, soothing him. "But why do you have to leave at night? And why is it so *secret*?"

"If I told you," he teased, accepting her this time when she rolled over on top of him, "I'd have to kill you."

# CHAPTER 34

**Washington, D.C.**

Few outside the centers of power were aware of how fast news, rumors, and just plain bullshit traveled in the upper echelons of both politics and the military. Clarence Todwell, the President's National Security Advisor, was deeply troubled as he propelled his beefy body through White House corridors on his way to see the Vice President. He had just engaged in a disturbing conversation with the Deputy Commander of the Air Force Special Operations Command. It was Todwell himself, with an eye to planting friendly moles wherever they might be useful, who had used his influence to have General Dwayne Carson appointed to AFSOC when the Stanton administration swept into power. Todwell wanted Carson named Commander of AFSOC instead of Deputy Commander, but the Joint Chiefs went for General Raymond Holloman instead. Holloman was a tight-mouthed sonofabitch who, it was said, would rather talk to a bum sleeping on a street grate than to a politician. Todwell found him almost as obnoxious and unpleasant as USSOCOM, that big bastard General Kragle.

"Sir?" General Carson began when he telephoned. Todwell was still having his coffee. "My wife is at a breakfast at the Air Force Wives Association at Eglin Air Force Base."

"Wonderful," Todwell said, unable to contain his sarcasm. "Give her my compliments."

Truth be known, the NSA couldn't stand military men, their gossipy wives, and their petty little bickering over rank and protocol. He only stomached selected ones, like General Carson, because they could at times be useful.

"What I meant," Carson went on, unoffended, "is that something interesting has come up at the breakfast that I thought you ought to know about."

The NSA reached for a doughnut on a silver platter. "Oh?"

"Yes, sir. A pilot's new young blond wife is talking about her husband flying to Egypt tonight. My wife just called me about it from the breakfast."

"So?"

"You know we're on an upgraded threatcon and have pulled everything back to a readiness status until this *Randolph* thing can be resolved. AFSOC has no flights at all scheduled to Egypt or the Middle East. Special Operations is not flying anywhere. We're awaiting orders from the NCA."

"Did you ask Holloman about this?"

"I just did. He denied knowing anything about it."

"Maybe the pilot's wife was just being a blonde."

"I don't think so, sir. My wife says she is complaining because he's leaving *tonight.* He's a C-141 pilot. I've checked around, called a few people. Operations shows nothing. Nobody seems to know anything."

The NSA pondered the news. "Odd . . ." he mused.

"I thought so, sir," General Carson agreed.

"General, keep on it. I always thought you should be the commander of AFSOC."

"Yes, sir."

Todwell hung up the phone, considered things for a moment, frowning until his little eyes almost puckered closed, then immediately got up and hurried out of his office. The President would still be in bed this early, hopefully either by himself or with the First Lady, but the VP was always up.

The NSA knew, he simply *knew,* that something underhanded was up. The military had its plotters conspiring against him and the President. There was always treason abroad, whispering and secret meetings and an occasional angry anti-administration public remark by some high ranker whose firing or bringing up on charges for speaking out against the Commander-in-Chief only produced more rancor in the ranks. The public would be alarmed if it knew how close the military was to open rebellion, for the first time in the nation's history, like generals in some banana republic.

The military didn't trust the administration, and the mistrust was reciprocal. It was more than merely the fact that the President had been a Vietnam War protestor. Hell, the media wasn't around. The President was no *protestor;* he had been a draft dodger. The military resented that. The Stanton administration, Todwell had to admit, fed the resentment and provided the military with plenty of reason for further suspicion.

During President Stanton's first inaugural ceremony, which he had insisted on calling Freedom Day, a flight of jet fighters flew low over Pennsylvania Avenue in salute to the new Commander-in-Chief. A famous actor standing on the podium with the presidential party—Stanton was infatuated with Hollywood— looked up and cried, "What the hell are *they* doing on *our* Freedom Day?"

"It's all right," Todwell reassured him, looking around to make sure no news media had overheard. "They're *our* planes now."

The relationship between the Stanton administration and the military worsened with the President's first official act of allowing gays to openly serve in the armed forces. He then stated the new policy that it was a woman's right to serve in combat. U.S. Marine guards serving at the White House were ordered to change into civvies because the First Lady said she didn't want to see uniforms in the corridors.

Troglodytes in the military grumbled and complained, refusing to be enlightened, but they had no choice but to go along. Dissent in the ranks grew, however, with what the brass considered the administration's mishandling of Somalia, Haiti, Bosnia, Kosovo, and, especially, the terrorist situation. The Joint Chiefs protested using military force as "peacekeepers" while refusing to use them to curtail terrorism against Americans and American interests abroad.

General Kragle of USSOCOM, the most Neanderthal-browed of the bunch, and the most outspoken, kept demanding Special Operations actions against terrorists while he referred to peacekeeping as "meals on wheels." It got to the point where Todwell could expect to hear his deep voice grating on everyone's nerves all over Washington.

"Hell," he protested, "this administration is reducing us in strength and overextending us to every little shitpot country in the world. Peacekeeping! We're not street corner cops. Our job is war. We rape, pillage, and plunder when the politicians screw things up, which they inevitably do."

A detestable man, a nasty man, that General Kragle. The NSA was making it one of his priorities to see that General Kragle was relieved at USSOCOM and kicked out of the army. The President and the VP both agreed with him that the thorn had to go, but they urged caution. Kragle still commanded an inordinate amount of respect and influence in the military. The sonofabitch had been a war hero.

"The Air Force is sending a C-141 to Egypt tonight," the NSA reported when he was admitted to the Vice President's office.

The VP's lack of expression and visible emotion had become the butt of frequent jokes. It was said that the Secret Service often used a cardboard cutout of the VP as a decoy—and no one ever seemed to notice the difference.

"Sir, did you hear me? The C-141 is from the Air Force Special Operations Command. If it's going somewhere, you can bet it has something to do with

General Kragle. Nothing happens in USSOCOM without Kragle's knowledge and approval."

"Well, Mr. Advisor, what are you saying?"

Todwell patiently explained that the United States had gone on a heightened alert worldwide because of the bombing of the USS *Randolph* and other threatened actions by terrorists. Marines were being withdrawn from European training operations. Nothing was moving anywhere because the President didn't want to acerbate tension in the international community.

"Mr. Vice President, you were present at the special meeting of the *Randolph* Commission. You heard Kragle and his preposterous ranting about this being a mountain worth dying on. He actually advocated using Delta Force to invade Afghanistan—"

"We can't do that!" the VP exclaimed, stiffening in his chair, which for him was tantamount to an emotional explosion. "That could lead to war with Pakistan and China."

"Yes, sir. That's what I've been trying to tell you. The more I think about it, the more I believe this secret flight tonight has something to do with Delta Force and the two *Randolph* hostages. One of them is Kragle's son, you know that? Sir, this plane could be bound for Afghanistan."

"Do you know that for a fact, Mr. Advisor?"

"All I know right now, sir, is that there *is* an unannounced flight. It's probably going to take off from Eglin Air Force Base in Florida."

"Get me General Kragle on the phone."

"I've tried. He's out of pocket and not answering his calls."

The VP stood up. He *really* did look like a cardboard cutout.

"I'll go directly to the President with this," he promised. "John and I are of one mind. Nothing—I repeat, *nothing*—must interfere with this administration's initiative to bring peace to the world. It's our legacy. Mr. Advisor, I want you to find out about this airplane and report directly to me. We don't have much time."

"Yes, sir."

"I want General Kragle and that airplane stopped. This can't happen. Do you hear me? This cannot happen."

# CHAPTER 35

## MacDill Air Force Base, Florida

General Darren Kragle considered two options on how to play this day before Punitive Strike dress rehearsal at Eglin that evening and the sky-up for Cairo immediately afterward. He could either hang around the office, pretending to righteously go about business as usual in order to avert any suspicion, or he might disappear for the day and fly up to Eglin to be with Detachment 2A. Either way, computers, communications equipment, and all the other gear he needed to establish a tactical operations center in-theater were already on their way to Cairo aboard two C-130s Ray Holloman had supplied him for the mission.

He chose the first option. It would be a slow day for Detachment 2A anyhow. Brandon and the team would undoubtedly sleep late, then ready gear and weapons for the rehearsal tonight. Brandon required no help in final mission preparation.

So far, everything looked to be a go. He had been half afraid the tangos would move the prisoners to keep their location secret. However, military spy satellites showed on at least three occasions two figures in navy dungarees, a man and a woman, exercising behind the detention building at the isolated camp in Afghanistan. The large initials *C* and *K* remained clearly visible in the grass.

Of course, there was always the possibility that bin Laden was tweaking the Great Satan's tail by *letting* the Americans know where the hostages were detained. The Americans would never launch Tomahawk cruise missiles on their own people. At the same time, public remarks made by the Saudi fugitive indicated he didn't believe the U.S. President had the gonads to launch a deep penetration rescue raid. He apparently felt pork would rain out of the sky over Jerusalem before Yank CTs arrived in Afghanistan.

He was right, as far as it went. What he hadn't counted on was a rogue general in SpecOps.

The General came in late for work on the final morning. He missed six telephone calls before he arrived at his office at 0900.

Marilyn, his secretary, thrust the telephone notes at him when he walked in wearing Class B greens. His BDUs were packed inside his old parachute bag in the trunk of his car, ready to go.

"That Mr. Clarence Todwell has called three times. He is such a snot!" Marilyn declared. She had worked for the Defense Department for over twenty-five years, transferring as still a young woman to USSOCOM when the Goldwater-Nichols Act unified SpecOps in 1986. She was now white-haired and had gained some pounds. *Snot* was her strongest word for someone she disliked, and she thoroughly disliked the National Security Advisor. She was a discriminating woman, the General thought. He had to hand her that.

"Did he say what he wanted?" he asked, feeling a twinge of apprehension.

"He left his office phone and his cell number. He said if you didn't call back he'd send the MPs after you. He didn't sound like he was joking."

Todwell *couldn't* have found out. Punitive Strike's existence had been withheld from all except those with a strict need to know. That included only a handful of people—the team itself; the pilots and crews for the single C-141 and the two C-130s; AFSOC General Ray Holloman; Delta's Colonel Buck Thompson; Ambassador Jordan Kragle in Cairo; and a few others who were involved in supporting the mission aircraft in Egypt and in Kuwait. All had been sworn to deep secrecy.

If that wasn't it, then what? The NSA must be up to something else.

The General's misgivings grew when he saw that the fourth *"return call"* was from the White House. He recognized the Vice President's number. He lay that note aside and decided to return General Holloman's calls first. There were two of them, across which Marilyn had printed *Urgent!* He dialed his friend's number.

"Ray?"

"Darren. Let me get to a secure line. I'll call you right back."

He did. He sounded grim and got to the point immediately. "Todwell knows something's up. He called me twice about the C-141, asking where it is and why it's going to Egypt tonight."

Damn. The sonofabitch knew *something*, all right.

"I got three phone calls myself from the little fuck," the General said, "and one from the White House."

"Darren, this is one horse maybe you should unsaddle. Either that or kiss your entire career good-bye as it goes down the toilet."

"It'll be worth it if we can get those sailors out. Ray, do you think you can stonewall Todwell? Keep the little prick busy and running in circles tonight and tomorrow night. That'll give us time."

The General heard Holloman breathing over the line.

"Ray? Look, all we have to do is get them out of Afghanistan. I'll call a press conference and give the President all the credit for a brilliant plan and for the execution of it. I'll even kiss his cowardly royal ass if I have to. He can't court-martial me if it turns out *he* secretly appointed me in the first place."

"And if you don't get them out? If the mission fails?"

"Delta won't fail."

"You sound awfully confident."

"A lot of times in the SpecWar business, confidence is all you've got. Ray, I'm sorry I got you into this."

"I would have bought the farm long ago in Vietnam if it hadn't been for you and ODA-213," Holloman said. "You risked a lot more than your career to get me out of *that* crap pile. I'm leery about it, Darren, but the least I can do in repayment is help you get your son back."

"There are *two* Americans over there, Ray."

"Listen, ol' buddy. Clarence Todwell is one treacherous, dangerous sonofabitch. He's a fanatic when it comes to Stanton's so-called World Peace Initiative. The man'll kiss any butt, stab any back, do *anything* he's told to do if he thinks it's what John Stanton wants. Watch your back trail, General. You got a loose SAM on your tail."

"Keep your powder dry, Ray."

Three hours later, at noon, General Holloman called back. The General still wasn't taking or returning calls, but he did accept this one when Marilyn told him who it was.

"Heads up, General," Ray began. "Todwell's on his way to Eglin now. It sounds like he's about to put it together. He should be there just after dark. I'll have some of our guys meet him and run a delaying action—but you had better clear out ASAP."

•

# CHAPTER 36

**Eglin Air Force Base, Florida**

Rucks and parachutes were lined up in two ranks at the wide door of the old aircraft hangar at Auxiliary Field 3, waiting for the airplane to arrive. Inside, Punitive Strike went busily about last minute checks for the rehearsal and that night's flight across the Atlantic.

Doc TB and Ice Man, breaking his silence, stood face-to-face shouting the mission litany at each other.

*"0320—Greenleaf booms the tomb . . .*
*0330—Wildroot assaults the vault . . ."*

Sergeant Taylor was packing commo gear into his rucksack and had the parts of a disassembled M-60 machine gun spread on a poncho around him. Thumbs had misplaced some igniters and was looking for them with Cameron's help. Gloomy Davis peered through the scope of his sniper's rifle, adjusting it.

Major Kragle worked with Lieutenant Iryani on the

upcoming HALO jump, teaching her the proper techniques for a dual parachute insertion. Dual was necessary since Gypsy had never jumped freefall and there had been neither the time to get her qualified nor to teach her the procedures for relative work in the air. Jumping dual placed the two parachutists in a spoons position, with the novice attached backward to the front side of the master. Neither of the two officers appeared to be enjoying the togetherness after last night's scene, but the Major was the most experienced parachutist not only on Punitive Strike, but also in Delta Force.

"The rucks will be attached to you and your harness attached to me. We have one main and one reserve between the two of us," Brandon explained in a professional voice that seemed at once impersonal and strained. "We'll stabilize in the air with our arms, just like I showed you."

"Yes, sir, Major," Gypsy responded curtly. He had made her feel both ridiculous and cheap in his rejection of her.

As for Brandon, last night had only reconfirmed his conviction that women did not belong in a combat outfit. He had almost violated his own rules and army regulations, which prohibited male-female fraternization. Even worse, he had all but cuckolded his own brother. He made a promise to himself that future exchanges between himself and Lieutenant Iryani would be kept on a detached, strictly professional basis. That was the way it had to be, no matter what.

Damn her.

It seemed to him that she had come to the same decision.

"I'll let you know when it's time to get ready to land," he continued, speaking from behind her in an unnecessarily harsh voice. Brandon wore the main and reserve parachutes, while she strained with the weight of the heavy rucksack attached to her harness and resting heavily against her thighs and knees. "You'll pull the quick release when I tell you, drop the ruck on its lowering line and prepare to PLF. Think you can handle that?"

"It's not rocket science, Major."

"You might wish it were when you're falling straight down through black space at 120 miles an hour, Lieutenant."

"You do your job, sir. I'll do mine."

"See that you do. I'll not have—"

"A *slit,* sir?" she flared.

"—getting my men killed."

Cameron Kragle watched the exchange from a distance, immense sadness in his eyes.

A "Little Bird" helicopter passed noisily over the hangar and landed on the tarmac out front. The General and Colonel Buck Thompson got out and strode purposefully toward the hangar. Brandon called the team to attention.

"At ease," the General said. "Major Kragle, is Punitive Strike good to go?"

"Good to go, sir."

"Very well, Major. Your C-141 will be landing momentarily. The timetable has been moved up because of circumstances beyond our control. There'll be no dress rehearsal. Don't worry about the area; I have a team coming in to clean up and erase all signs of your having been here. Punitive Strike will emplane for Cairo within the hour."

# CHAPTER 37

General Kragle studied his middle son, who reclined in the C-141 seat ahead of him and across the aisle, a Bible enfolded in his hands. Lieutenant Iryani occupied the adjoining seat, but she and Cameron had barely exchanged a word since the aircraft took off from Eglin at sunset. The General wondered at the tension that obviously existed between his two sons and the attractive female officer from Funny Platoon.

The look of vulnerability on the young sergeant's face reminded General Kragle of those many times when he returned home late after some long absence and went with Gloria into the boys' rooms to check on them. He remembered how his sons slept according to their distinct personalities: Brandon like a coiled spring, even then, all composed and ready for instant action; Cassidy, the youngest, with a grin on his face, open and fun-loving and generous, ready to play and laugh as though the world were his playground; and Cameron, who slept peacefully, spiritual even as a child, almost otherworldly in his simplistic piety.

Perhaps if he had given in and encouraged Cameron

to be a monk, or even a country Baptist preacher, the General mused, there would never have been a need for Desert Storm and the ordeal with VII Corps tanks in the desert fight that tested the young Kragle and found him lacking.

"Major?" the General said to Brandon, sitting between him and Colonel Buck.

"Sir?"

"We should never have pushed Cameron. He'll break."

Brandon could think of no adequate response.

"He'll hold, sir." But he didn't really believe it.

With his contacts in Africa and throughout the region of southwest Asia, Ambassador Jordan Kragle had arranged for the unmarked Starlifter's unannounced entry past Cairo customs and local officialdom. The C-130s had already landed and unloaded cargo with which to set up a tactical operations center in a room at the airport provided by the Egyptian government; the TOC was already operational due to the efforts of the elderly ambassador and FBI Special Agent Claude Thornton, who had been brought into the operation. The AFSOC C-130 Spectres continued on to Kuwait City, where they would remain undercover until one took off, with the second as backup, to extract the Delta detachment from Afghanistan.

The C-141 and its commandos were kept isolated at the airport for the next six hours. The General and Colonel Buck got off to check on the TOC and to use the sophisticated communications and satellite equipment to update themselves. In their absence, Agent Thornton boarded the aircraft for a reunion with the original members of 2A. He still wore a bandage, but his arm was out of its sling and functioned again.

"Your grandpa brought me in because I speak some of the languages, we're friends, and—what the hell?—my career's about over anyhow," he explained to Brandon and Cameron. "It's a pretty small TOC for an operation like this. All in the family, you might say. You got the gramps, the papa, Colonel Buck—and, well, your faithful neighborhood nigger in the woodpile. I may even be kin. You Kragles ever own any slaves in Mississippi?"

He laughed heartily, then sobered to deliver the final commo briefing. Sergeant Rock, as well as the rest of the team, committed all frequencies and call signs to memory.

"The TOC will maintain scrambled commo links with all three Punitive Strike aircraft for the duration of the mission. I'll be your voice from outer space when you're on the ground. Your call sign is Strike Six. Call me Dark Night One."

He finished and shook hands with the entire team, with the exception of Gypsy, whom he enveloped in a gigantic bear hug.

"Major Kragle, bring back Osama bin Laden's beard. I want to hold it in my hand." He looked around at the young faces. "All of you," he said, "you're brave people. Your country should be proud of you. Godspeed your safe return with the hostages."

The General and Colonel Buck delivered last minute briefings on operational security, weather, escape and evasion, and updates on the situation. Things remained largely unchanged. Satellites had picked up the hostages in the exercise area within the past few hours, the weather prediction called for clear skies, Detachment 2A was going in sterile so their bodies would yield no proof as to nationality if things went wrong, and Osama bin Laden had been reported as visiting the terrorist encampment.

"Your primary mission is the rescue of the hostages," the General continued. "If you get a chance to take on bin Laden, you will have done the entire world a favor. But don't jeopardize the mission to do it."

The E&E plan was even more KISS simple than the operations plan—there wasn't one.

"Once this goes down," Colonel Buck explained, "and it gets out to the entire world that there was a raid, whether it succeeds or fails, there won't be a second chance. You're either out of there with our hostages or . . . if you miss the C-130 rendezvous for any reason, we won't be able to send SAR aircraft to find you. You'll have to evade on your own. Iran lies to the west, Pakistan to the east, and Turkmenistan to the north. North is your best shot."

Gloomy Davis let out an explosive burst of air. "We ain't in Hooker no more, Toto."

"We had people who walked out of Iran after the hostage rescue attempt fucked up," the General reminded them.

It was Colonel Buck's and the General's turn to shake hands before they got off to man the TOC.

"Keep the light burning for us, sir," Brandon said.

"It always is. Remember one thing: You must have the element of surprise. The raid has to be swift and deadly or they'll kill Cass and Burguiere before you get to them. Good luck—and good hunting."

Cameron bade his father good-bye with a crisp, "Sir." His eyes always reminded the General of Rita. They were not the flinty warrior gray of Brandon's or the merry summer morning of Cassidy's; they were the soft cloud gray of his mother's. The General reached out with one hand and grasped his son's shoulder. Then he turned and was gone.

The C-141 took off from Cairo into a sky ablaze with stars. Ambassador Kragle had arranged special clearances across Saudi Arabia and Kuwait, while the General's connections with the National Security Administration's satellite people should provide the American aircraft a temporary safe blind corridor through which to approach Afghanistan. The Starlifter climbed to 30,000 feet on a heading north over Pakistan.

Mrs. Melanie Knight was having a Fuzzy Navel at the bar of the Officers Club at Eglin Air Force Base. She was dressed fit to kill in a short little number that stretched wonderfully across her bottom and was low enough on top to tease with a generous amount of cleavage. She looked spectacular. A young chopper pilot sidled over and took the stool next to her.

"A lady never drinks alone," he opened.

She turned and rewarded him with a sultry smile. "Well," she purred, "I *am* a lady."

Halfway around the globe, Colonel Bud Knight piloted an AFSOC transport jet across the international border into Pakistan, high above the pale sands of the

Rigestan Desert, unaware of what the loose lips of his young blond trophy wife had unleashed upon him, his crew, and eight army Delta soldiers.

*Piece of cake*, he was thinking. All he had to do was fly past, kick Delta into the sky, and head for home. By tomorrow night he'd be back in bed with his hot little number of a faithful wife.

# CHAPTER 38

**Washington, D.C.**

Decisions were being made from the highest possible level.

"General Kragle and AFSOC are both out of pocket and cannot be contacted," NSA Clarence Todwell complained to President John Stanton. "We've assumed they've established a command center somewhere in the Middle East or North Africa. Everybody was gone from Eglin when I arrived there, but I talked to some noncoms who said there had been some training and shooting going on. What we know at the present is that our radar and satellite surveillance picked up the C-141 when it entered Pakistan. I've checked around, sir. It was all cleverly done. Some of our people in satellites thought Kragle had your authority to block radar sites in Pakistan and Afghanistan to give the plane a safe passage in and out of both countries. I don't mean to toot my own horn, Mr. President, but we would never have known about the plot if I hadn't started snooping around on my own. What gall Kragle has—going behind our backs like this!"

Todwell knew that the President was no emotionless cardboard cutout like that idiot VP of his. Stanton still had a thick crop of wonderful silver hair, all his teeth, and women swooned over him on the campaign trail. "That fucking tin god of a son of a bitch," Stanton raved now, pacing back and forth. "I'll have that cocksucker up on charges. I'll have him thrown so deep in Leavenworth they'll have to pipe in sunlight!"

The NSA perched on the sofa in the Oval Office, his head contritely bowed and his hands together between his thighs. The President's temper was legendary. The two of them were alone in the office.

"Stop that aircraft!" the President roared.

"Sir, we have tried. We have no communications link with it. Apparently, it answers directly to General Kragle, wherever he is, and we can't contact him."

President Stanton threw himself onto his chair and plopped both feet onto his desk. He tented his hands beneath his chin, his lips quivered, and he concentrated for a few tense minutes.

"What if we lifted the radar cover?" he asked.

"The Pakis might shoot the plane down. Then again, they might not. They have SAMs, but they're not real good with them."

"In your opinion, Todwell, what are the repercussions if the raid succeeds? It is a raid, isn't it?"

"What else could it be? China, Pakistan, and Afghanistan have already indicated they will consider any such action as an invasion and a provocation for war. North Korea will probably side with China. We will also damage U.S. relations with the Arabs, what with the escalation of violence over Israel. It would do irreparable harm to our relations in that entire region, sir, and could provoke increased terrorism against our interests and lead to international incidents. Things are fragile with China anyhow over Taiwan. However . . ."

"However *what*?"

"Your approval ratings at home would shoot through the roof."

"And if the Pakis shot down the plane?"

"We'd have to warn the Pakistan government that the intrusion was not our doing."

"In other words, tell the Pakis where the plane is so they can shoot it down?"

"Yes, sir. But then, you know how the American public is. They would demand action, and if you didn't give it to them, your numbers would drop in the polls overnight. Also, if it ever came out—and it would—that we informed the Pakis . . ."

The President sighed heavily. He got up and looked out the window behind his desk. "China now has nuclear capabilities," he pondered.

"So does Pakistan, sir."

He abruptly turned to face his NSA. "That leaves us one option, Clarence—terminate the flight ourselves."

"Sir, we have maybe three hours to act. I told you we don't have communications with it or its operation center."

The President folded his arms across his chest and glared fiercely across the room. "Scramble fighters off the USS *Truman*. It's in the Gulf, isn't it?"

Todwell stared back. "Sir?"

"Scramble fighter aircraft. We must demonstrate to the world that the United States of America will take any steps necessary to avoid and prevent war. World peace must be the legacy of my administration."

"Are you suggesting, sir, that—?"

"Shoot the son of a bitch down. They're criminals acting without orders and against the interests of the country."

"Shoot it down?" the NSA echoed, stunned.

"Is there another way to stop it?"

"But, sir . . . the media will crucify us."

"What we're doing is for the good of the American people," the President patiently explained. "We are stopping rogue generals attempting an invasion of a foreign country on their own initiative. We're saving American lives in the long run."

He laughed, and Todwell found it a cynical sound.

"Clarence, you underestimate the complacency of the average citizen of this country. People don't give a damn what happens in Washington and the rest of the world just as long as we don't turn off Oprah. I want you to advise Pakistan of the situation. Then, using my authority code, order fighters from the *Truman* to inter-cept the C-141 and bring it down. It's unmarked. They don't have to know it's an American plane. All they have to do is follow orders."

"Jesus," the NSA breathed.

The President had already moved on to other matters.

# CHAPTER 39

**Afghanistan**

At H-Hour minus thirty, Major Kragle gave orders to chute up. The detachment worked in two-man buddy teams, helping each other into parkas to keep out the freezing temperatures at altitude, strapping on parachutes and reserves, hanging kit bags on D-rings below the belly reserves, and securing weapons to their shoulders underneath parachute harnesses. Brandon and Lieutenant Iryani tied red glow sticks around their ankles. The other team members wore yellow glow and would assemble around the Major in-air.

As jumpmaster, Brandon stood spread-legged facing the others near the troop door. All the seats had been removed from near the door for the jump.

"At H minus five," he shouted, "put on your helmets, goggles, and oxygen masks. Make sure your $O_2$ is flowing freely. We don't want anyone passing out. Pull your helmet straps tight. The blast when you go out the door can rip off your heads otherwise."

The spiel was primarily for Gypsy's benefit, although it was also a checklist reminder for the old hands.

He conducted Gypsy's equipment check first. She held her hands clasped on top of her head to give him access to her body while he deftly inspected for twisted straps or loose buckles, first in front, where the H of the parachute harness crossed below the mounds of her breasts, uplifting them, then spinning her about by the shoulder to check her back. To Brandon, she looked so pale in the red glow of the interior night vision lights that her freckles seemed to swim on her dark skin. Her slim body in the BDU cammies felt hard and tense. The girl was scared to death, but she was going. He had to give her that.

He finished checking quickly, running expert hands down her ribs and past the side flare of her hips. He slid hands up one thigh to her crotch to check for loose straps, then the other. He felt her wince.

All she wore was the harness, as she would jump strapped to him. He slapped her on the butt, the traditional paratrooper signal for good to go, before he thought about it.

"Okay!" he said above the throbbing hum of the big airplane engines.

He checked the others one at a time. Their faces looked hard and set in the red glow. Gloomy gave him a wry smile and a thumbs-up. Cameron looked to the side.

"I know what you're thinking," Brandon said. "You're dead wrong."

"If I'm wrong," Cameron replied, sounding more hurt than angry, "why do you feel you have to bring it up?"

"Keep your mind off pussy and on business, Sergeant. It'll all be there when we've finished, understand? Don't fuck up, Cameron. Just don't fuck up this time."

Cameron reddened. "God keep us all, Major."

Then they waited. That was always the worst part. They made themselves as comfortable as possible and seemed to shrink down inside themselves, each confronting his own dreads. At twenty minutes till H-Hour the pilot began depressurizing the cabin so the comparative vacuum at 30,000 feet would not suck everything out of the airplane when the door was opened. Hoar frost laced frozen patterns around the edges of the door and on the bare metal floor. Breath soon blew arctic clouds around their faces.

At ten minutes till 0300, Brandon stood up and motioned for Lieutenant Iryani to move beside him. They wouldn't hook together yet, but she had to be ready. He gave the signal, and the stick—the jumping group—lurched to its collective feet and steadied itself against the fuselage skin of the aircraft next to the door, where the seats had been removed. Standing spread-legged facing his troops, the Major patted the top of his head and everyone donned helmets, goggles, and $O_2$ masks. They resembled space explorers. Gloomy Davis, first in the stick and therefore first out the door, looked back at his troop leader with eyes that appeared wide and vacant through the cold glass.

Cameron was third, and Ice Man stood at the end.

Brandon tested the door handle, preparing to slide the door up and open to the night. Once the jump light turned from red to green, the detachment had fifteen seconds to open the door and get out in order to be over the calculated drop zone. Brandon and Gypsy, with their red glow sticks streaking through the night like falling stars, would lead the freefall. The others would guide them while Brandon aimed toward the river and the range of low rolling hills to the south of it.

Brandon glanced at his watch. One hand, fingers splayed, shot out at the stick.

"Five minutes!"

Hearts raced. Sphincters snapped. No matter how many times you did it, it was still the same nerve-wracking rush. Doc TB, a Catholic, crossed himself. Cameron stared straight ahead. Brandon thought he was likely praying. Okay, if it helped.

He reached for the seal lock to open the door.

*"Dark Night One? Dark Night One?"* The terrified voice burst through Agent Claude Thornton's headphones as the FBI agent in Cairo listened. Colonel Knight, pilot of the insertion C-141, sounded as though he were having a coronary. "We are encountering unidentified fighter aircraft. Their intent appears hostile! I repeat . . . *Oh, Jesus God in Heaven! Do you read me?* We're being fired upon. Missile—"

The last thing that shrieked from his anguished throat was a scream and a high-pitched gurgle. Then the radio went dead. Thornton sat there for a full minute, too dazed to react.

The AFSOC Starlifter with Delta Detachment 2A aboard had just been shot out of the sky over Afghanistan.

# CHAPTER 40

The jump light turned from red to green with a terrible ironic presence at almost the same instant the first AIM-9 Sidewinder struck the Starlifter just aft of the pilot station; the second missile missed. In a last noble gesture, the pilot had hit the light to let the detachment know it was over target if it could get its members out before the aircraft disintegrated.

The big jet lurched violently in the air when it was hit, like a grouse in full flight stopped by a hunter's shotgun blast. Pieces of it exploded from a white core that all but obliterated the cockpit and its occupants. The fuselage fractured nearly its entire length. Had the cabin not already been depressurized, the occupants and everything loose would have been sucked out into space.

Fire extinguishers, coffee urns, wheel chocks, and other odds and ends, along with the jumpers, were thrown about inside the long tubelike enclosure like pebbles rattled in a tin can. Chaos reigned as each soldier struggled for personal survival.

After the initial blast, the aircraft went into a flat descending skid, rapidly bleeding off speed. By some presence of mind, Brandon found himself holding onto a cargo netting with one hand and Gypsy's H-harness with the other. As soon as the airplane assumed some momentary stability, he pulled Gypsy to her feet and shoved her into the netting. She grabbed it and held on.

There was total blackness except for sparks showering from flames whipped from the direction of the missing cockpit. Brandon had no time to think. G-forces slammed him against the fuselage. He felt around desperately for the door handle. He found it, but the aircraft frame had twisted and he couldn't get the door to slide up.

Someone appeared next to him. Their combined strength opened a small crack at the bottom. Wind screamed in. Another trooper joined them. Brandon had no idea who it was in the darkness and bedlam, with everyone helmeted and masked and unable to speak to each other. The three men worked at the door, straining to widen the breach at least enough for jumpers to slip underneath and out into the screeching night.

With a final effort, they slid the door open. Brandon braced himself over the abyss, looking almost straight down into a jagged shadowy landscape so far below he saw the curvature of the earth against the universe. He wore gloves, but wind curling into the door numbed his hands anyhow.

Someone sliding and falling across the deck crashed into his legs and almost took him out the door. He whipped to one side and the body catapulted past him into the terrible night.

He grabbed a shadow nearby and tossed it out the
door. He grabbed another and tossed it. Someone else
jumped on their own. Yelling to himself, he seized his
soldiers and bodily threw them into space literally on
top of each other. He lost count of how many, he
wasn't counting anyhow, but when there was no one
else, he started to go out himself.

He hesitated.

The plane was coming apart. Chunks of it whipped
past the door like shrapnel. There was a real fire forward now, partly sheltered from the wind. Its eerie illumination revealed Gypsy still clinging to the cargo
netting. He knew it was her because she wasn't wearing parachutes. He had almost forgotten her.

He lunged toward the netting as an explosion in a
gas tank ripped apart what remained of the starboard
wing and sent the aircraft into a tumbling spin. There
was no time left. Getting her off the netting was like
ripping a cat off a screen door. He jerked her free and
in the same motion hurled her out of the dying Starlifter. You couldn't hear a scream in space.

Brandon lunged out immediately after her. He
quickly stabilized in the cold thin air, then slapped
both arms against his sides and went into a torpedo
dive, increasing his downspeed to well over one hundred miles per hour. Below, he glimpsed yellow glow
sticks. Then he saw the red ones on Lieutenant Iryani's
ankles as she tumbled toward earth.

From 30,000 feet, he had approximately two minutes to reach her before she plummeted into Afghanistan
like a meteor. He dared not take his eyes off the red
glow sticks attached to her ankles. They were bounc-

ing all over the sky. She seemed to be tumbling and fluttering through the air like a piece of paper thrown out the window of a speeding car, jigging this way and that below him. She was probably in shock, he thought, first from getting an airplane shot out from under her, then from being heaved out the door like a sack of garbage. It was enough to freeze up even experienced Delta troopers.

Arms pressed against his sides, the drag of his feet keeping his head pointed straight toward earth, Brandon quickly achieved max velocity and streaked through the hostile night sky. He kept his eye on her glow lighting, unable as he was to see her form against the darkness below her.

He mustn't overshoot.

He made wings of his arms to reduce speed. She was dead meat if he misjudged and shot past. It wasn't like he could get back up to her or that she knew enough about flying to get down to him. There was an old SpecWar joke among the teams: If you rode your unopened parachute all the way in, they simply scooped up what was left of you into your helmet and buried your helmet.

He became peripherally aware of the yellow sticks flying farther below in loose formation as they guided on each other and waited for him to catch up. He was aware also of the black earth rushing up toward him.

Her lights jagged left. He dropped his left arm a little and flew into it, lining himself up on her. There was no time to think it out, to plan an approach. He simply flew on gut instincts. Act now, think about it afterward. That was how he lived so much of his life.

She shot to the right, apparently tumbling. He flew toward her. He was heavier than she and therefore capable of reaching max velocity more quickly when the time came. Her fluttering in the sky, a broken-winged bird, increased her drag and decreased her rate of fall.

They were falling through a thin skein of high altitude ice. Frozen crystals beat against Brandon's helmet and pebbled his goggles.

He glimpsed her shadow. He was coming up on her fast. He flew to the right to intercept here course in that direction. He knew he had only one chance. He had to take advantage of the right opportunity, time things perfectly.

He couldn't think of what would happen if he flubbed it.

She was directly below him. Now! He V'd his arms. His head dropped.

She suddenly jerked in the opposite direction, away from him. Seeing that he was about to torpedo past her, he thrust out his right arm. The sudden drag whipped him around, rolling over and over toward his left, the air howling around him. Earth and stars, earth and stars, alternating at light speed in his vision.

He stabilized with a left wing—and there she was. Momentarily below him, almost within reach, still skidding toward the left.

He ducked his head and flattened his arms, diving for her. She disappeared from sight. He thought he missed her. He thrust out both arms to arrest his dive— and collided with her. He grabbed for anything he could hold onto.

She slipped out of his hands. He glimpsed her floating away. He thought he'd missed her. Panic threatened.

In a final desperate act, he threw himself onto his back. Her form momentarily outlined itself against the stars above him. He grabbed as he shot by with alarming speed.

It was his last chance. And hers.

Miraculously, a finger hooked into the back of her H-harness. The shock of his falling weight almost ripped her free. But he held on out of sheer determination and willpower.

She was clawing and kicking like someone drowning in the ocean. Fortunately for both of them, he had caught her from behind, or else she might have taken them both to their deaths. He jerked her backside directly into his arms, pinning her and squeezing her hard against his body.

They continued their plunge toward the black earth and the shiny twist of the river directly below. He still had to snap in the ring that tethered her to him and prepare to deploy his chute and land, but first he wanted to reassure himself that this woman with whom he had fallen in love was not going to die. Gypsy ceased struggling when she realized she was safe in his arms.

# CHAPTER 41

**Cairo, Egypt**

Claude Thornton sat at the bank of radios, stunned by the suddenness with which the operation ended. He wore a headset, gripped a mike, and glared at the radios as though daring them not to open up and exchange magnetic waves with the ill-fated Starlifter on the other side of the Persian Gulf. Radio silence had continued for the past half hour, since the last correspondence from the C-141 over Afghanistan. The only sounds in the small secure room were Colonel Buck Thompson's footsteps as he paced grimly back and forth and the agent's desperate voice beseeching the mike.

*"Strike Six, this is Dark Night One, over . . ."*

A pause to let the airplane respond, if it could. Then, all over again.

*"Strike Six, this is Dark Night One . . ."*

General Kragle gripped the arms of his chair, leaning forward toward the radios, his oaken face carved hard. His father, the Ambassador, looked tonight all his seventy-plus years. His cheeks had hollowed within the past thirty minutes and his hair appeared to have gone even whiter. His asthmatic breathing thickened the tension in the room.

The pilot's last broadcast had shaken them all.

*"Oh, Jesus God in heaven! Do you read me? We're being fired upon. Missile—"*

A hideous, otherworldly scream followed, like that of a horse caught in a barn fire, and after that, nothing.

Thornton paused at the mike and looked around at the others. "Maybe the team got out first," he said. He looked less than hopeful. Gloom settled into the corners of the room.

The jangle of one of the phones caused everyone to jump. Only a limited number of people knew about the line. The General snatched the receiver out of its cradle.

"Yeah?"

"Darren, this is Holloman. I've been trying to get through for the past two hours. . . . Darren, they're going to shoot down your C-141."

The General dropped his head and ran a big hand through the nail bristles of his crew cut. "Too late, Ray. They've already shot it down." His head snapped up. "What do you mean by *they*? Ray, the Pakis shot it down. . . ."

"I don't know all the details," Holloman responded. "How long ago did it happen?"

"A little more than a half hour. What's going on, Ray?"

"Oh, Jesus," Holloman breathed. "Oh, God, Darren. I'm sorry. I tried to warn you. It's already all over

Washington. The Joint Chiefs are calling a special session at the Pentagon. That's why I've been trying to reach you. Two hours ago I got a patch-in from an old friend, the ops officer on the *Truman* in the Gulf. The *Truman* had just launched a flight of F-16s to intercept and destroy a bogie. The orders were high priority from the highest level, with special clearances to fly over Pakistan. Gerald thought the orders were odd and gave me a patch-in to ask if we had any Special Operations going on in the region. I started putting two and two together and—Darren, the Pakis didn't shoot down that C-141—"

"*He* did it!" the General murmured in disbelief. "The draft-dodging sonofabitch actually shot down our own people. The bastard killed my sons. I never thought he would go that far."

"He's a politician, isn't he? Did you ever see a politician who wouldn't do any damned thing? Any word yet on the . . . detachment?"

"Nothing." The General's voice was hollow.

"I'm sorry, Darren. You also ought to know that they've put out a secret call for you on every military post of ours in the world. You're to be arrested on sight. Any officer who assisted you in any way goes before a general court-martial. I've been summoned to meet with the Joint Chiefs in Washington this evening."

"I'm sorry for dragging you into this, Ray."

"I'm not, General. You're right. There has to be a mountain worth dying on."

"This isn't your mountain, Ray. You remember that. I went behind your back and arranged this without your knowledge—"

"At ease, sir. You could have left me on that hill in Vietnam. You didn't."

The General hung up and slumped in his chair. He looked around the room at the strained faces of his associates. It had been many years since Ambassador Kragle had seen his son look defeated.

The General drew in another long ragged breath and dialed the White House. Might as well get it over with. Punitive Strike was finished anyhow.

"This is General Kragle. Put me through to the President."

Instead, he was patched through to NSA Todwell. The man's voice grated in his ear, sounding like a bootlicking whine. He felt the urge to reach through the lines, grab Todwell by his flabby neck and squeeze the life out of him.

"Kragle . . . ?"

"I should have known you'd be the one with the shit detail. It's still *General* Kragle to you, asshole."

"You've forfeited the rank, Kragle. Where are you? You're under arrest by order of the President of the United States. You're to be charged with treason and insubordination and a dozen other high crimes. You are to turn over all communications codes to me immediately. Do you understand? You must recall any other aircraft and abort now to prevent further action."

"You're simply going to leave two young Americans in the hands of terrorists without doing anything?"

"That's not your concern. You're no longer so high and mighty, are you, *General*? You have been relieved of all responsibility and authority."

"Fuck you, asshole. You killed my sons."

He hung up. He wasn't going to turn himself in to *this* bunch.

"We might as well start clearing out of the TOC," he said to the others. "Claude, you're a man worth serving with. I want you and the Ambassador to leave. If anyone ever asks, you weren't here and you know nothing about it. Buck will catch the next commercial flight back to Bragg and pretend he's been there all along. I'll take all the responsibility for shanghaiing Delta and cumshawing everything."

"There'll be a CID inquiry," Colonel Thompson pointed out. "It'll all have to come out."

"Maybe, maybe not. I'm down, but my throat's not cut."

Sooner or later, there would be a reckoning.

"Claude, do one more thing before you take off."

"Yes, sir?"

"Contact the C-130s and turn them back before they're shot down. Punitive Strike has no need of them now."

# CHAPTER 42

**Afghanistan**

Ho Chi Minh and another guard, a swarthy, bandy-legged fellow, came into the cell and awoke him by kicking him in the ribs. Then they beat him while Amal watched from the doorway with his beady excited eyes. Cassidy was tall and broad-shouldered and gave a good accounting of himself, but he was no match for the terrorists and their rifle butts and rubber-hose truncheons. Amal oozed with smiles when he could not get up again.

On hands and knees, spent and in pain, Cassidy lifted his battered head and glared out of the one eye that was not swollen shut. Blood matted his hair.

Ho Chi Minh laughed and said something to Amal in Arabic.

"Not yet," Amal replied in English, for Cassidy's benefit.

Kathryn watched the entire episode without outward emotion. For all her reaction, she might well have been attending a violin recital for some local musician who was neither particularly talented nor exciting. She had been that way, almost zombie-like, for the past several days. She often smiled, as she did now, but in an eerie, inner-directed way toward places hidden deep and secret. Toward a safe world far away from this place. She continued to smile when the guards led her unresisting into the outer room where the bunk bed was.

So that was the reason Amal had come in the middle of the night, Cassidy thought. He would not dare torment them if there was a chance of Osama bin Laden finding out. Bin Laden believed in cruelty for politics, not for personal gratification.

"If you can stand up," Amal tormented him, "you can watch."

The guards slammed the door and locked the chain. Cassidy struggled to his feet. In spite of himself, not wanting to watch but driven to it, as though to record every atrocity and cruelty for some future accounting, he staggered to the door. He hung onto the bars and, both horrified and fascinated, peered through them into the outer room.

A single oil lamp illuminated the crude guard station with sickly yellow light. Amal, with his quick rat's paws, stripped Kathryn of her tattered dungarees. She submitted without resistance. She still smiled into distant places while her trousers fell to her ankles, revealing the matted triangle of her pubic hair. Her panties had long been gone. She had a tiny red rose tattooed on her left cheek. The three Muslims stared at it greedily.

Amal then unbuttoned her shirt, pulled it away from her shoulders and let it fall to the floor. Kathryn now wore only her bra, soiled almost black from the days of captivity. Amal ran fingers tantalizingly down her back. He cast a challenging look at Cassidy as he unfastened the bra and let it drop. Her breasts were heavy but well-formed. The sudden chill hardened her bare nipples.

Cassidy gripped the bars, fury turning his beaten face into a mask of hatred.

Amal continued to look at him all the while, as though entertaining a reluctant voyeur were part of his passion and pleasure. He took Kathryn's hand, placed it inside his trousers and made hunching movements against it with his erect penis. She stood placidly, looking somewhere else.

Ho Chi Minh and the other gunman followed in a lustful daze as Amal led the naked girl to the bunk below the portrait of Osama bin Laden and, almost gently, laid her out on it. He carefully spread her legs and looked up as he placed his little hand between them, on the mound of hair.

"Can't you see how much she wants it?" he asked Cassidy, mocking him.

During basic training at the Great Lakes Naval Training Center, female drills and Equal Opportunity officers attempted to harden both men and women recruits to the possibility of females falling into the hands of the enemy. Cassidy had not taken the classes seriously, never thinking he would be in such a situation.

"There are no men and no women in the U.S. Navy," the instructors lectured. "There are no heterosexuals nor gays. There are only sailors. There is no sex."

"That's what *she* thinks," Red Dog Warren had whispered, grinning across the classroom at a luscious brunette from Kansas City. She smiled shyly back at him and blushed, ducking her head. They had been sneaking out after taps nearly every night for trysts in the trees on the other side of the grinder.

"You are all sailors. You will treat each other as sailors."

Red Dog had elbowed Cassidy. About half the females ducked their heads. Some even blushed.

Cassidy knew what the military was trying to do in response to feminist demands for equality. It wanted to condition males and females in uniform from looking at each other as, well, men and women. He believed that only someone insane or totally fucked up with political correctness would ever attempt such brainwashing. It would never work. How could a twenty-year-old with raging hormones look at a blossoming eighteen-year-old blond farm girl from Garden City, Kansas, as ripe as a new apple in spring, as full and plump as a roasting ear of sweet corn, and think of her as just another swinging dick in uniform?

"Everybody's screwing like minks all over the base," Red Dog had chortled. "We don't have camp followers anymore because we recruit 'em and bring 'em with us. You're missing out, Cass, if you ain't getting your share."

A female soldier got lost during Desert Storm. She ended up captured and raped. But at least none of the male soldiers had to stand by helplessly and *watch* it, he thought now.

Sick to the marrow, he knew he could do nothing but hang onto the bars of his cell door and, as though mesmerized by a car wreck, watch through his one good eye. Amal dropped his trousers—bony little hairy butt, thin legs—and sat down on the bunk next to the naked girl. He fisted his thing with one hand, almost drooling on Kathryn, while with the other he roughly squeezed and massaged her breasts.

She frowned when his fingers entered her. She emitted a little cry of pain and began to whimper. Her blue eyes went wide with fright, as though abruptly jolted back from her beloved cornfields to the reality of the moment.

No matter how much indoctrination a man received, or whether he was brainwashed or ridiculed or ordered, it was impossible for him to stand by and watch a woman being misused and raped. Cassidy realized that now. For too many generations since the beginning of known time, men had been conditioned to care for and protect their females from marauders. Protectiveness over females was now an ingrained male trait.

"She *likes* it!" Amal hooted. "Look at her. She can hardly wait."

Tears welled in Cassidy's eyes. He kicked the door repeatedly while Amal and the guards laughed at him. Unable to stand the sight of the atrocity any longer, he sank to the cold floor in utter anguish and buried his battered head between his knees.

Kathryn's screaming grated through his soul like steel on ice. He gritted his teeth to bite off sobs of de-

spair and covered his ears, the top half of one having
been nearly torn off from the guards' beating.

He promised to return to Great Lakes someday and
strangle all those goofy sonsofbitches who kept preach-
ing that men and women in combat were the same.

# CHAPTER 43

The detachment members assembled in the air over Afghanistan. They had gone out of the airplane short of the intended DZ, but Brandon guided on the Harirud River and on the dim distant glow of Ahangaran to the west and Dowlat Yar on the east to pick another clearing less than a mile from the original site. He pulled at two thousand feet. Black parachutes blossomed. The team settled out of the night as silently as hunting owls.

The "clearing" wasn't as open and level as it appeared from the air. Thumbs landed in a wadi. Ice Man narrowly avoided a thorn tree. Linked together as they were, Major Kragle and Gypsy hit hard in the thin mountain air under their single parachute. Entangled with her on the ground, he managed to find and release the snap lock to let her roll free. Instead of immediately springing to her feet, she cast aside her helmet and lay with her arms out to each side, mentally and physically depleted.

She had assumed she was going to die.

Brandon threw aside his helmet and oxygen and crawled to her side. "Are you all right?"

"Yes," she replied weakly, and sat up. "Major . . . ? Brandon? That's the second rattlesnake you've saved me from."

"This time I threw you into the pit in the first place."

Like the General, he understood the necessity for emotional control. She squeezed his hand. He squeezed back. Darkness hid the raw emotion in his face as he broke away and proceeded to roll up the stick and consolidate.

All the air gear was tossed into canopies, and the canopies were rolled up to prevent their blowing and flapping about. None of the parachutes would be discovered until daylight at the earliest, and what difference would it make then? The team quickly assembled in a copse of alders. Everyone was still on a high.

"The plane was on fire and streaking like a fireball," Doc TB exclaimed in youthful excitement.

Thumbs couldn't believe he had made it. "What was it? A SAM missile? It's sure to alert everybody within two hundred miles."

"They don't have Peter Jennings on the tube over here," Brandon said. "Most won't know what the hell it was for days. We'll be long gone by then. Cut the bullshit, gang, we got work to do."

A head count revealed one man missing—Sergeant Rock Taylor.

"I don't think he made it out of the plane," Thumbs said. Brandon permitted a moment of silence for the survivors to adjust to the loss of a comrade.

If Rock went down with the aircraft, so did the Prick-137 radio, their only commo link back to Dark Night One in Cairo. That was a major loss. The General would know something was wrong when they failed to make an initial commo check.

Fuck Murphy and his law.

"The satellite block-out must not have worked," Gloomy Davis suggested. "If they can shoot us down in a C-141, the C-130s are flying pigeons just begging for it. My ol' daddy back in Hooker would have called this a three-legged dog—it just ain't running."

"How *are* we going to get out if the C-130 doesn't show up?" Cameron worried, voicing what all of them were thinking.

"It'll be there," Brandon hissed. "We have to trust the General."

Ice Man proposed an additional complication. "The terrorists will know we're coming."

"Criminey, Ice," Thumbs moaned. "When you do got something to say, it's a lulu."

"He's right," Gypsy joined in. "If the SAMs were alerted, they'll assume we're making a commando raid to get our people back. They'll be expecting us."

"Not if they think we went down with the plane," Brandon argued. "Look, we can talk this to death all night and still be here in the morning. Okay, we've had a setback. So? Get your act together. You know the drill. We're moving out. Ice, switch over to Team Redwine and take Rock's place with Iryani."

"Sir, you want me to take the machine gun?" Thumbs asked.

"We have two."

"Not anymore. Wind blast tore off Ice Man's ruck; he had the second machine gun in it."

"Shit," Brandon said. "Okay. You and Doc take the gun. You're apt to need it most on diversion. Give Ice the M-203."

Thus reconsolidated, as planned for during training, the team moved out using strict noise and light discipline. The night was cold, crisp, and moonless. The scent of mountain pine and heather wafted through the column. Ice Man assumed point with the night vision goggles. They moved rapidly but cautiously, climbing until they were all lightly sweating in their BDUs.

Shortly, they approached the originally intended DZ above the al Qaeda camp on the river. Ice Man and Gloomy scouted it, reporting it all clear. Brandon directed the detachment around the clearing to a stand of boulders that overlooked the terrorist position. He designated it the objective rally point and climbed into the boulders with the NVGs and binoculars to conduct a leader's reconnaissance of the target.

Somewhat to his surprise, he found the camp sleeping. It looked exactly like the little model mockup at Eglin when the lights were out. He used the NVGs to search for sentries, but again to his surprise located not a single one. With one exception, the several buildings were blocks of shadows with no breaks in their outlines. That exception was the target of the raid, the detention building. A pale light filled out a small window.

This bunch were crazies bound to a madman's jihad, he thought, too lax and careless to be *real* soldiers.

Brandon checked his watch. They were only a few

minutes behind schedule in spite of being prematurely
ejaculated from the airplane and landing farther from
the target than intended. They could still reach the extraction point with time to spare.

> *Gloom sets up the doom . . .*
> *Redwine stretches out the vine . . .*

Gloomy Davis broke out Mr. Blunderbuss and selected a shooter's site in the rock from which he could
cover virtually every point within the encampment.
Doc TB and Thumbs moved out silently to flank the
terrorist camp and set up to create a diversion with the
M-60 and Thumbs's demolitions. Hopefully, there
would be no need for it. There was to be no firing unless necessary.

Brandon gave Greenleaf ten minutes to get into position. While he waited, he secured to his battle harness the length of fire hose stuffed with C-4 and
equipped with a time fuse and an M-60 igniter for
quick detonation. He also carried one of the short
MP5 submachine guns, a holstered Sig-Sauer pistol,
and his grandfather's old Ka-Bar knife from the South
Pacific.

He tapped Ice Man and Iryani into action, then
gripped Gypsy's shoulder. If there was any way at all
he could leave her at the Objective Rally Point with
Gloomy, he would. It distressed him to once again
send her into harm's way. Already once tonight he had
almost lost her. . . .

He wouldn't think about it.

Her hand came up and squeezed his. Then she was

gone with the silent Ice Man to establish security posts between the detention building and the rest of the camp.

Almost immediately, Brandon and Cameron moved out in their wake. Cameron drew in a long, tortured breath. He was nervous, scared. Brandon turned on him and jerked him up eye-to-eye, as a warning. Cameron pushed him away.

Bent at the waist to cut down their silhouettes, the brothers ran across the opening between Gloomy's sniper position and the makeshift prison. They reached the building without incident. They flattened themselves against the wall and moved cautiously to the lighted square of window.

For a while no sounds came from inside. Brandon copped a quick peek through the window, not knowing what to expect, committing to practiced memory that single glance. He tapped his brother on the arm twice—two guards. Both had their backs to the door and window and appeared preoccupied with something along the wall.

A low, muffled scream came from inside, followed by a shrill of pain and fear. Brandon took another, longer look. This time he saw the reason for the guards' preoccupation. They were busy holding down a young woman on a bunk while a third terrorist's bony butt pumped away between her legs.

The girl had to be Kathryn Burguiere.

Brandon ducked underneath the light of the window and reached the door in two steps, Cameron right behind him. They flattened themselves to either side and Brandon checked the door. Always look to the obvious

first. The handle gave readily and the door eased open
an inch. Submachine gun ready in both hands, Brandon kicked open the door, interrupting coitus. He
leaped inside, shouting the Farsi word for "Surrender!"
that Gypsy had taught the team.

*Wildroot assaults the vault . . .*

At that same instant, the M-60 fragmented the night,
its sound a commanding presence. Doc and Thumbs
must have run into something unexpected.

# CHAPTER 44

Startled, Cassidy Kragle sprang to his feet when the outer door banged open and the nearby machine gun opened up. Face pressed against the bars, he saw two terrible figures pop catlike into the outer room. They wore BDU cammies and watch caps and their faces were painted black and green. He recognized Brandon and almost could have wept with relief.

The entry caught the tangos by total surprise, a condition compounded by the discharging of the M-60. The two guards recovered first and, ignoring commands to surrender, dived for their rifles left on the table. That turned out to be the last mistake of their relatively short and brutal lives.

Brandon rapped out a three-shot rhythm with his stubby submachine gun. It sounded like ripping cloth. No need for noise discipline now. The bullets pounded the torso of the one Cassidy had dubbed Ho Chi Minh with a rapid *thunk-thunk-thunk!* He dropped to the floor without a sound.

Major Kragle dispatched the second terrorist the same way. This one screamed on his way to Allah. He lay on the floor while his arms and legs twitched and his eyes stared wide as life quickly drained from his body. Smoke from the bullets hissed from wounds through his lungs. He seemed to be deflating. Cameron watched in horror, his weapon unfired.

The rapist was so terror-stricken that he couldn't move. Moaning and whimpering, with his face buried in the girl's neck and shoulder as if for shelter, he shook like a rag in the jaws of a growling puppy. The girl's shocked blue eyes regarded the intruders with open fear.

Brandon took three quick steps, ripped the terrorist off his victim and flung him against the wall with violent contempt. Amal slithered down the wall to the floor and drew himself into a tight cocoon, out of which the most prominent parts of him were his fear-burned eyes and his penis, suddenly gone flaccid and drooping on the floor between his thighs.

Cassidy, now recognizing his other brother, found his voice. "Brandon, Cam, I'm over here! Let me out."

Brandon used one of the terrorist's AKs to pry the lock chain off the cell door. Cassidy embraced his brother, then said, "Give me your pistol." His eyes blazed at Amal, rage pulsing through his system.

"I said, give me your pistol. Please. I'll kill the bastard."

Brandon could see, from his battered face and the dried blood, that Cassidy had suffered considerably in captivity. He looked at his brother, then at the cowering, near naked terrorist, and silently handed Cassidy his pistol.

"What are you doing?" Cameron cried in disbelief.

He let Kathryn drop back to the bunk where he was helping get her dressed. She sat here too numbed by events to react.

"Get out of my way, Cameron."

"Revenge belongs to the Lord—"

"Not this time. Step aside." He cocked the pistol.

"Listen to me, Cassidy. This is not the way. You'll damn your soul to hell—"

"Back off, Cameron," Brandon snapped. "We don't know what went on here, although I think we've seen parts of it. There are times when a man does what he must. I think God will understand. Get the girl into her clothes and let's get out of here."

Intermittent firing continued from the camp's right flank, but shouting and noise now came from throughout as the camp awoke to the raid.

"He's unarmed, for God's sake," Cameron still protested. "He's not resisting."

Brandon tossed the AK from the table at Amal. It clattered and rapped against Amal's bare shins. Amal shrank from it as though it were a rod of molten steel.

"Now he's armed," Brandon said.

"No! No!" Amal pleaded. "Please, please don't—"

Cassidy stepped around Cameron, pointing the pistol with a steady hand. "Weakling. Isn't that what you called Curtis before you shot him in the head? Look at that girl, you worthless piece of horseshit. Look at what you've done to her. Now pick up that gun, damn you. Pick it up and tell Allah you're going to hell."

Amal screamed and kept screaming, covering his face with both hands. Cameron turned away. Brandon watched without apparent emotion.

"Pick up the goddamn gun."

Amal hugged his knees into his chest. His penis dropped on the floor between his buttocks. It glistened obscenely from recent use.

"Damn you and praise Allah!" Cassidy howled, and began shooting.

Wood splintered as bullets gouged into the floor around the terrorist's penis. Amal was too terrified to do anything but blubber through his hands. Cassidy walked toward him, holding his fire now until he was near enough that he wouldn't miss, took aim, and Amal's penis vanished in a pink cloud of blood. The terrorist gave a final scream of anguish as he rolled over on the floor and grabbed his crotch. Blood squirted through his fingers.

Cassidy turned away, his face void of compassion or pity. His expression softened only when he went to Kathryn to help her with her clothing. He spoke to her as a father, and she in turn responded automatically, like a sleepy child.

"Let's move!" Brandon snapped.

The entire episode had consumed two precious minutes.

# CHAPTER 45

Judging from the sounds, the surprised terrorists were mounting little resistance. They were still too busy keeping their heads down and wondering what in the name of Almighty Allah was going on. Shouting came from everywhere in the night as terrorist leaders attempted to organize their men. Troops yelled and screamed, and some were shooting at each other in the confusion.

Thumbs was having a hell of a good time blowing up things in his sector. His motto was: "There are few of life's problems that cannot be solved by a good stick of TNT." The banging of C-4 explosions shook earth and structures and opened glimpses into hell's bright fires.

Doc claimed his share of the action with the M-60. Streaks of red machine gun tracers lashed and weaved throughout the camp. Heavy 7.62 slugs kept up a steady thumping as they chewed away at the buildings.

Above the cacophony of battle came the measured *craaaack!* of a high-powered rifle as Gloomy Davis in the rocks relentlessly picked off shadows with unerring accuracy. What stories he would tell about Mr. Blunderbuss when he got back to Wally World!

Wildroot got Kathryn dressed and ready to go. She was near-catatonic again from her ordeal.

"Don't worry about her bra," Brandon said. "Get her out of here. Now."

Amal lay moaning and weeping in his fetal position. Blood smeared his crotch and his clutching little paws and pooled underneath his body. Cameron couldn't stand to look at him, but the other brothers stepped contemptuously over him as they hustled the girl outside. Brandon knocked the lamp off the table to snuff out the light and closed the door behind him.

"He won't sound off again like he's got a pair," Brandon noted caustically.

"He never *had* a pair," Cassidy said.

In the darkness outside, they had a hurried conversation. Brandon quizzed Cassidy on what he might have learned about Osama bin Laden and other camp happenings during his captivity. Brandon had not yet given up on making a try for the Saudi fugitive.

"A helicopter came in this afternoon," Cassidy said. "I could see it from the window. Bin Laden got on it and left."

"Damn!"

There went the second bird of the "two birds with one stone." However, Cassidy added, the boat that brought them over was filled with munitions. It took three trucks and two days to get here over very bad roads and trails. All the stuff was unloaded into an armory.

"If we could send the armory up in smoke, we might save another U.S. ship or plane," Cassidy concluded.

"I'll settle for that. Which one's the armory?"

"I'll lead you there. What about Kathryn?"

"Cameron will take her to the ORP."

Cameron bit his lip. Back to the horse holding. Brandon didn't have to say it—he needed a fighter like young Cassidy, not a Bible toter. It didn't matter, Cameron assuaged himself. He was not like the other Kragles who could coldheartedly do what Cassidy had done to the Arab inside. He was almost relieved to withdraw. The fighting sounded like it was coming up the hill toward them. He grabbed Kathryn's hand and ran, pulling her with him toward the relative safety of the ORP.

Gypsy and Ice Man had established a security defense behind a stone outbuilding of some sort; probably a well house, Brandon thought. Ice Man lobbed grenades downrange with the M-203 attached to his M-16 rifle, popping out HE so fast that he kept a wall of exploding steel flickering on their perimeter. Lieutenant Iryani, armed with one of the submachine guns, exchanged fire with winking muzzles at the nearest barracks. Apparently, what it felt like to kill someone didn't concern her so much when she had to make the choice. She flattened herself away from the corner of the building when Brandon appeared.

She breathed hard from exertion and excitement. Bullets *thunked* and ricocheted off the building.

"They've discovered our position, Major," she

gasped. "We can't hold it much longer. Were they in
there—your brother?"

"Cass is right here. Can you give us two more minutes of cover? If we can blow up the armory, they'll
have more to think about than us."

"Go then. But hurry the fuck up. Sir."

"You're doing good, girl."

"Oh? Is that a compliment from the macho man who
despises slits in *his* army?"

"Don't push it, Iryani."

Damn, she was one hell of a woman—and she could
fight too. Now if she were just rich and owned a liquor
store. And if it weren't for Cameron . . .

In order to reach the armory, a smaller building behind the mess hall, they had to gallop across an open
space like ducks in a shooting gallery and cut between
the mess hall and the administration center. They could
talk about it or they could do it. Brandon slapped Cassidy on the shoulder and led the way; Cassidy had
armed himself with the guard's AK-47. Like his big
brother, he knew about guns from when he was a kid
listening to war stories from the older Kragle veterans.
Uncle Mike had taught him to shoot a variety of
weapons by the time he was ten.

They made it to the other side of the clearing. A
shadow flitted toward them, hugging the side of the
mess hall. Whoever it was had a hard time dis-
tinguishing friend from foe in the fog of battle. He
hesitated, and in that hesitation nearly found his un-
doing. Both Kragles threw down on him with blazing
bursts. He returned shots, burning Brandon across the

forearm with a slug, before he yelped and ran for his life.

"You all right?" Brandon called out to Cassidy.

"Let's get it done. It feels good not to be locked up like a cow."

Brandon's wound, though tender to the touch, had barely drawn blood. They came out of the dark passageway to discover nothing blocking their way to the next building, the armory. Apparently, bin Laden's soldiers kept personal weapons and ammo with them, or else they should have been beating the door down to get inside. Most of the action was now occurring in the direction of Greenleaf's diversionary efforts. There was a pretty good fight going on down there now. The terrorists seemed to be concentrating on the machine gun, which remained the camp's greatest threat. Doc and Thumbs had their hands full. Red tracers raked through the cantonment area, bringing destruction and death.

Brandon hurled all his two hundred pounds behind a run that had earned him an offensive back position on All Army, Class of 1993. The door crashed open.

"Watch for me, kid," he ordered.

"I'm here."

And Brandon knew he would be. *This* was the other Kragle who belonged with Delta.

It was a large open room, its only form of security the locked door and mesh steel screens on the windows. There wasn't even a sentry. These guys were *fucked up*, he thought. Something burned nearby from the 40mm incendiaries Ice Man was kicking out of his 203; the fire glow through windows provided light for

Brandon to see rack rows of AK-47 and M-16 rifles.
Farther back, in a large partitioned areas, were stacked
cans of ammo and boxes of TNT and C-4.

Kneeling, Brandon used his Ka-Bar to cut away the
end of a box of C-4 at the bottom of the pile. He removed the blasting cap, time fuse, and igniter from his
fire hose and threw the hose aside. The box—now,
*there* was some boom. He poked a hole in the plastique
with his knife, tapped the fused cap into it, cut off an
estimated three minutes' worth of time fuse from the
igniter end, and reattached the M-60 igniter.

"We're about to have company," Cassidy called out.

"Almost finished."

The igniter popped and sparked and the fuse began
hissing. He collected his little brother on the way out.
They hid in the passageway between buildings as a
squad of tangos ran past the front of the armory, unaware of one hell of an explosion that was about to go
off in minus three minutes.

"They're trying to encircle us," Brandon guessed,
concerned for the first time. He used his squad radio to
order the withdrawal. As a backup measure, Ice Man
immediately repeated the signal by shooting a red flare
arcing over the camp. Doc's M-60 ceased its deadly
banging; seconds later Thumbs delivered a final encore in his sector by blowing up a remaining building.

Brandon experienced a thrill of immense relief to
find Lieutenant Iryani unscathed and still fighting. Ice
Man, however, suffered an injury when splinters from
bullets striking the stone walls shattered his cheekbone. He hadn't said a word about it, simply continued
to fight.

Brandon slid down beside Gypsy just as Doc TB and Thumbs came fighting their way toward them across their flank. Neither was injured. They had created so much chaos that the terrorists didn't know which way to concentrate their efforts. Gypsy pounded off a salvo, hit her mag release, inserted a fresh magazine, and worked the bolt.

"You *do* know how to show a girl a good time, Major," she said.

"You try harder when you're not number one."

Fuck! Why did he always say the wrong things around her?

"Major, I don't think you know how to be anything but number one."

Doc TB laughed as he and Thumbs sought cover behind the well house. "The fuckers must think we're a fucking brigade of demons from hell. How's our casualties?"

"They'll hold," Brandon said.

"Sorry we stirred up things like this, Major, but we ran into some sorry ass who must have come out for a piss or something. He won't piss again."

The withdrawal was supposed to work in stages. First Wildroot with the freed hostages. Then Redwine, while Greenleaf lay down covering fire. Finally, Greenleaf. Major Kragle would regret for the rest of his life that he had not stuck to the original plan and given the signal to pull back as soon as Wildroot recovered Cassidy and Kathryn. He would always whip himself with the single phrase: "*It might have been different if I hadn't gone for the armory. . . .*"

Now he said, "In two minutes this place is going to go off like Independence Day. Let's go, lady."

"I didn't know you thought I was a lady."

"I'm being nice, *al* Iryani."

"You don't know how, sir."

"You don't make it easy."

"I'll work on it."

"Stop the gab and follow me."

The firing in their direction had intensified within the past few seconds. Things were going to get awful damn interesting.

Cassidy and Ice Man led the wild retreat to the former detention center. Gypsy and Brandon followed, while Thumbs and Doc remained at the well house to blast back at the terrorists with everything they had.

They ran hard, sweating, heads down, in the open for only a few moments. Brandon lagged back, trying the best he could to shield Gypsy from fire coming from their rear. Bullets buzzed around their heads. It was like running through raindrops.

The Major heard the sickening *thunk* of lead striking flesh. Gypsy tumbled like a rabbit shotgunned at full pace. Unable to stop, Brandon tripped over her downed body. He rolled, then scrambled back to her on all fours, yelling at her, demanding, ordering her to get up.

"Damn you, Iryani. I said *get up*! You hear me?"

He was over her now, protecting her with his own body, oblivious of the lead and steel seeking to finish them off. He grabbed her harness and shook her. Damn her! Shaking her, shouting at her, telling her she *had* to get up, that he loved her, goddamnit . . .

Major Kragle's tough shell had been penetrated. He flung Doc TB aside when the medic came running, whirled to finish him off, only to be tackled by Thumbs and pinned to the ground.

"Major, it's us! We got to get her out of here. Understand?"

"Don't touch her, damn you. I'll do it."

He shook his head to defog it. Things were clear again. He slung the submachine gun over his shoulder and scooped Gypsy's limp body off the ground. He ran with her as lead snapped and sizzled through the night air.

When he reached the shelter of the detention building, he lay her gently on the ground. Doc gave her a quick assessment, choking up as he did so.

"She's still breathing," he said.

"She's *alive*?"

"Entrance, no exit . . ."

He tore the plastic wrapper off a combat aid pack, cut loose her bra and pressed the plastic against the wound underneath her shirt. A lung shot, pulmonary leakage, lungs deflating . . . That meant she was in a bad way.

Brandon was back in control. "Doc, will she make it?"

"She's got a chance if we can get her out of here and aboard that C-130."

"We'll get her out of here, Doc. I promise you that."

Doc TB finished sealing off her lung and wrapped her torso tightly while Thumbs expended the rest of his

40mm grenades, keeping the terrorists at bay. Brandon lifted her in his arms and trotted toward the rocks where Gloomy Davis was still taking a toll with his rifle. She stirred in his arms.

"Bran . . . Brandon? I love . . ." And she passed out.

# CHAPTER 46

Why was it that everything always went according to plan during Full Mission Profiles? When it was for drill and training, the "bad guys" were the ones who ended up with deserved holes in their torsos, while damsels and innocents were rescued and the men in white hats emerged as unscathed heroes. Murphy seemed to save his anything-that-can-go-wrong tricks for the real thing.

Cameron almost flew into a hundred pieces when he realized who it was Brandon brought into the rocks and gently laid on the grass behind the boulders. Brandon had to step back out of the emotion zone in order to retain his own self-control. Tears stung his eyes as his brother knelt over the unconscious woman, sobbing, with his face muffled in her blood-soaked breast. Brandon felt jealousy, but at the same time, perhaps for one of the few times in his life, he experienced a deep empathy for his brother.

Damn her! Damn women. They didn't belong out here where they could tear out men's souls.

He knelt by his brother, embraced him, and held him

for a long few seconds while Cameron wept. Then he got up. He was a practical man, a combat veteran conditioned to the philosophy that mission always came first, always. A sense of urgency took over. They had less than an hour to reach the meadow where the C-130 would snatch them out of hell. And now they had a litter casualty to carry out, and Kathryn Burguiere wasn't much better than a walking wounded.

The Major directed Thumbs and Cassidy to fashion a stretcher for the lieutenant out of a poncho while Doc TB got an IV started in Gypsy's veins to replace volume and hold back shock. He was still bent over her, working, while Cameron feverishly prayed, when the armory went up with such a brilliant flash that it lit up the entire countryside like a reverse negative. The tremendous concussion shook the ground, knocking Brandon to his knees. It loosened rocks in the pile of boulders, and sent debris whizzing through the air for the length of two football fields. A haze of dust immediately fogged the camp and surrounding countryside. Secondary explosions began shooting streamers of fire, igniting what remained of adjoining buildings. In the burning rubble of the armory, caches of ammo began cooking off and sending bullets whining and buzzing wildly about the camp, chasing terrorists to cover.

"Yeah! Burn, baby, burn!" Thumbs cheered.

Then the detention building with Amal still inside blew up. Thumbs had rigged another little surprise of his own to aid the team's retreat. The entire stronghold resembled ground zero of a bombing raid. Terrorists dashed frantically about like ants trying to escape rot-

ted firewood tossed into a campfire, offering Gloomy
Davis's insatiable Mr. Blunderbuss plenty of fodder.
Brandon, however, ordered him to cease fire. The poor
sonsofbitches out there would be busy for the next
hour or two trying to sort things out. There was no
need for the team to give away its position by shooting
into them now.

Brandon issued his order. "Delta, move out!"

The battered detachment went down through the
rocks and headed north at a forced pace, each shooter
now in a hurry to vacate the AO and reach the LZ
where the C-130 would land for the pickup. Brandon
still refused to let himself consider the possibility that
their ride out of this shitpot country might also have
been shot down and wasn't coming.

Cameron took the head of Gypsy's poncho litter in
case she regained consciousness and asked for anything. The others traded off at intervals at the other end
of the litter while Doc TB trotted alongside to keep the
IV bag elevated and the needle patent. In spite of his
shattered cheekbone, Ice Man took point. Gloomy
Davis, uncharacteristic tears in his eyes because of
Gypsy, folded in on the tail with Cassidy, who led
Kathryn by the hand and was having trouble navigat-
ing himself because of his swollen eyes. Kathryn had
not spoken a word since her rescue.

They left the terrorist camp with the fire glowing
against the night sky. Shooting and cook offs would
continue intermittently for the next hour until all the
ammunition in the blazes was expended and the guerrillas finally pulled themselves together and discovered
their attackers were gone.

Cameron voiced the thought that plagued them all when they reached the extraction point clearing.

"What if it doesn't come? What if it's been shot down?" His concern was for Gypsy. He hovered over her. "She has to have a doctor."

Anxious eyes silently scanned the starred heavens. Ears strained to pick up engine sounds. The team had no way of contacting either the TOC or the airplane. Without a radio, blind faith in the General was all they had left.

Doc TB took Major Kragle aside. The young man was torn by Gypsy's condition. "She's fading," he reported. "She's lost a lot of blood. If that doesn't get her, septicemia will. The bullet's still inside."

"Can you take it out, Doc?"

"Under these conditions?" Doc exclaimed. "Major, it'd kill her sure. We need X rays to find it. It could be near her heart. . . . Anesthesia . . . sanitary conditions . . . I'm sorry, Major."

Brandon turned away. "How long . . . ?"

"Maybe if the C-130 comes—"

"And if it doesn't?"

Doc didn't want to say it. Brandon turned on him. "Doc, don't let her die."

"Sir, I'm doing what I can. It's out of my hands now."

"Yours are the only hands we have."

"No, sir. Your brother is praying. Do you ever pray, sir?"

Brandon kept checking his watch. The time for the rendezvous came and went. The dying minutes exponentially heightened the anxiety on the field. The sky in the east began to pale in announcing the coming of dawn.

"It's just late," Thumbs pursued hopefully. "Did you ever catch a flight that was on time?"

The airplane still did not come.

Trackers picked up their trail before dawn. Gloomy scrambled down from a high lookout post to report that he saw lanterns and flashlights coming their way.

"Sir, they'll be here within an hour."

# CHAPTER 47

**Cairo, Egypt**

They had insisted on remaining at the TOC with the General until at least dawn to help him with the radio watch. There was always that one slim chance that the detachment had gotten out before the Starlifter went down, although hopes of that were quickly and quietly dying. The Ambassador had provided an electric coffee urn, what he called a "percolator." Half-emptied plastic cups of black coffee littered the TOC. Others were strewn on the floor. Agent Thornton at the radio pushed back the headset and wiped sweat from his bowling ball head with a towel and started to sip from a cup. He scowled at the floating cigarette butt and tossed the cup at a trash basket, missing and sloshing liquid over the floor. He had quit smoking, but took it up again for the night's vigil.

Colonel Buck Thompson, his square jowls stained with a dark overnight shadow, dropped his head and sighed. The exhausted old Ambassador was nodding

off in his chair. General Kragle stood behind the FBI
agent and dropped big hands on his shoulders.

"Nothing," Thornton reported for the hundredth
time. "Not over the primary freq nor any of the alter-
nates. Sir, I think we're going to have to face it. They
went down with the plane."

"Keep trying, Claude. For a little longer."

Both C-130s had returned safely to Kuwait City,
where Army CID took over and locked down both
planes and crews. It wouldn't be long before the entire
story came out and CID would be in Cairo. The General pulled a chair up to the radios next to Thornton
and slowly and wearily rubbed both hands across his
crew cut. He had aged beyond age within recent hours.
He had failed his sons. In attempting to rescue one, he
had lost all three.

But, damnit, Cassidy wasn't *just* his son. He and
Seaman Apprentice Burguiere were *Americans*. He
would have done what he did for any Americans. That
was USSOCOM's job, his personal responsibility.
Ronald Reagan, God bless the man, would have kicked
terrorist ass all the way to Beijing to recover a single
citizen.

The General got up and poured himself a fresh cup
of coffee, then sighed heavily and sat back down.

"When Brandon and Cameron were kids," he said
with a sad smile, "they were always playing war with
other boys out in a thicket behind the house we lived in
at Bragg. Naturally, Brandon had to be the captain.
They had a set of walkie-talkies and the batteries went
dead. One of the boys called out that they didn't work.
Know what Brandon said? 'They'll work if I *want*

them to work.' That was him. Things always worked if he *wanted* them to work hard enough."

"I saw that in him when we were in Aden," Thornton said, looking into his coffee cup. "Both of the sons I met are strong-willed men."

The General rubbed his face. "Yes."

Things didn't always work, even if you wanted it hard enough.

Thornton concentrated into his headphones. He held up a hand to silence the General when he began speaking again. He had been scanning radio waves for the past hour, trying to pick up some kind of activity. An airplane downed by a missile over a foreign land ought to generate some interest.

"I'm starting to hear some Paki military traffic along the border," he explained. He listened intently for a few minutes while he worked with the squelch. "Hot damn!" he exclaimed suddenly. "Sir, these sand niggers are blabbing about some kind of an attack inside Afghanistan. They're sealing off the border, which I take to mean the attackers haven't been caught."

General Kragle and Colonel Buck shot to their feet together. Ambassador Kragle roused and looked around.

"We ain't beat yet!" the General roared.

# CHAPTER 48

**Afghanistan**

Major Kragle spread a map on the ground and used a red-lensed flashlight.

"The sitrep doesn't look good," he admitted.

Area studies of Afghanistan had circulated around Delta's Wally World ever since the Taliban took over following the war with Russia and turned the country into a terrorist retreat. It was one of the most inhospitable nations in the world, to foreigners and citizens alike. International Red Cross workers had been slammed into dungeons for mentioning Jesus Christ, while Muslims who converted to Christianity were publicly shot. Husbands received punishment for letting their wives dress in other than traditional clothing. Teachers faced imprisonment for schooling girls; education was for boys only. *Kite flying* had been outlawed.

One of the poorest nations in the world, Afghanistan had been at war now for its twenty-fourth consecutive year. When the Russians tucked it in after 1989, the post–civil war began where it left off before the Soviets came. The fanatical Muslim Taliban was still only in control in the Kabul area. Various warlords split up the rest of the country and continued to fight the Taliban and each other. Truth be known, the Taliban didn't have the power to throw Osama bin Laden's terrorist army out of western Afghanistan, even if it had wanted to.

As a result of all this, the economy had tanked. The criminal black market was virtually the only economy. Three-fourths of the world's opium came from Afghanistan, most of it from Taliban-controlled lands, smuggled out through Pakistan. This meant lawlessness prevailed. The country was full of thieves, smugglers, and privateers with access to plenty of arms from neighboring countries. Jealous warlords fought over turf, drugs, and their individual shares of power. It was a nation where every man turned his hand against the other.

"The way I read the situation," the Major said, "is that al Qaeda is more or less on its own. The Taliban leadership offers sanctuary for bin Laden, but not much else. In fact, the Taliban has little power this far out. Bin Laden is just another warlord with his little piece of territory. I think as long as we stay out of sight and don't piss off the locals and give them a reason to have to fight us, this is going to be between us and the al Qaeda tangos. I don't think anybody will go out of his way to help them or us."

"And now for the good news," Gloomy quipped in his deadpan Okie twang.

Brandon used his penlight as a pointer. "We're here on the Harirud River. It's doubtful if we can reach Pakistan. They'd probably swap us to the Taliban for a truck of coke snort anyhow. That leaves Iran and Turkmenistan. Anybody want to continue on west to Iran?"

"It looks to me," Gloomy said, "that the shortest route to Hooker, Oklahoma, lies through Moscow. I wonder if they got pinto beans, fried taters, and corn bread at the Kremlin."

"Turkmenistan it is. That leaves us two options. We can cross the river and head north to Turkmenistan. I make it 120 miles as the crow flies, but we have to climb through the Safid Kuh to reach the northern plains. That looks plenty rugged."

"Or?" Ice Man prompted, using up one of his precious words. Doc had placed a large bandage on his cheek that covered up one eye.

"We cross north to the Morghab River and follow it downstream to Bala Morghab. From there, it's about twenty-five miles farther to Turkmenistan. The disadvantages are that we're bound to encounter villages— but that also means we can scavenge for food and we'll have water from the river."

"Just like friendly Kmart shoppers," Cassidy mumbled through his broken lips. Doc had also bandaged his eye.

"I never thought I'd see the day when I looked to Russia as an escape," Thumbs said, chuckling. "Them ol' Cold War warriors would split their britches at the thought."

Brandon opened the sit-down to a few minutes dis-

cussion before he made the final decision. Doc TB
thought the terrorists might be able to chase them
down in vehicles, until Brandon pointed out that there
were no roads paralleling the river and that the terrain
was too rugged for anything short of off-road ATVs,
which he doubted the terrorists possessed. The tangos
might cut wide in trucks and try to head them off at one
of the roads coming down to the river, but that was a
chance they would have to take.

Cassidy pointed out that a helicopter, an old Huey
"slick" from Vietnam days, had brought Osama bin
Laden to the camp and taken him away again. The
chopper could be used either for surveillance or as a
weapons platform.

"I didn't say it was going to be easy," Major Kragle
said.

"There's one other option," Cameron suggested.
"We can turn ourselves in at the next village. Gypsy is
not going to make it otherwise."

Brandon's temper flared. "Right. Just walk in and
say, 'Hey, guys, where's the nearest hospital?' These
people would sell their own mothers for a few bucks.
Guess which firing squad we end up in?"

"Let *me* take her and turn us in. Just her and me,"
Cameron pleaded. "I know it's a small chance, but it's
the only chance she has. She's a woman and she's hurt.
Maybe they'll take that into consideration. . . ."

Cameron loved this woman enough that he would
sacrifice his life in order to give her even the slimmest
chance. Brandon turned his head away, overcome with
guilt at his own feelings for her. He vowed that
Cameron must never know.

"No," he said in a soft voice. He couldn't let his brother perish needlessly.

"You'll let her die."

"No." It was a decision he wished he didn't have to make. "Saddle up. The river it is. Let's move out."

"We walked across the Empty Quarter and made it, didn't we?" Gloomy said.

Brandon didn't have to point out that the Empty Quarter had been an afternoon's stroll compared to what now lay ahead. They now had a pack of pissed-off bombers on their back trail, and they were encumbered by a wounded person in a litter and a female sailor who seemed to think she might be out shopping at the Woodland Hills Mall.

The sun came up as they traveled, and it soon burned away any pleasantness in the air. They traveled hard, crossing the higher ground between the rivers. They passed small settlements, little baked-brown houses surrounded by chickens, goats, camels, oxen, donkeys, and skinny horses. They soon reached the upper Morghab. Half-naked brown kids swam in the river. The team skirted the villages, careful to keep out of sight.

Gypsy, sagging unconscious in the poncho litter, got passed back and forth among the men, two at a time carrying her. Brandon had to order Cameron to take a break from it; Gloomy likewise volunteered for more than his share of litter duty. His eyes watered whenever he looked at her. Doc TB rigged up a method whereby he attached an IV bag to the leading man's battle harness, with tubes leading back and down to Gypsy's veins to feed her IV antibiotics.

From loss of blood, her face looked as white as a plaster cast. She groaned sometimes when she was jolted, and she was jolted often. Once, she opened her eyes. Light seemed to be gradually fading from her emeralds. She thrashed her head, crying out unwittingly. Cameron and Major Brandon rushed to her side. Cameron was never far away. Her eyes found Cameron's, then Brandon's. They tore at Brandon's soul. She looked back at Cameron.

"Cam . . . Cam, I'm . . . I'm so sorry . . ."

She passed out again, and neither brother knew what it was she was sorry about.

The other casualty, Kathryn, proved easier to deal with. Cassidy tied a line from her waist to his. She placidly accepted being led like a Manhattan poodle out for a walk in Central Park.

Cameron dropped to his knees at every opportunity to pray.

"Do you think that'll do any good?" Brandon asked. He believed that if God existed, He was content to ignore man and his petty squabbling and ordeals.

Cameron looked up, his soft gray eyes moist and red-rimmed. "It can't hurt," he said.

By afternoon it was clear that the pursuing terrorists would overtake their slower prey within a day or so at most. Brandon and Gloomy dropped back and climbed to a high place. They glassed until they located the terrorists. They were about two miles back, but steadily closing the gap. Brandon estimated the force at approximately platoon level—twenty fighters or more, all of whom appeared heavily armed. The passage of time would soon shift the edge from the foxes to the hounds.

The man on point wore a red turban and baggy khaki pants. As though sensing he was being watched, he held up a rifle to halt his followers. He glassed the terrain ahead until he and Major Kragle were staring directly into each other's lenses. Brandon and Gloomy hurried down from their vantage point and soon caught up with the detachment.

"Pick up the pace," he urged.

All C-4 explosives and 40mm grenades for the 203 had been expended during the fight at the encampment, but there were still several frag grenades remaining. Thumbs fell back to the rear of the element with Ice Man when they passed through a narrows between two hills. The CTs rigged a "little surprise," a booby trap. They never knew if it went off or not, as they were too far away to hear an explosion by the time the terrorists reached the narrows, but, at any rate, it failed to discourage the pursuit.

"When the good ol' boys in Hooker go coyote hunting," Gloomy confided to Brandon, "two or three of them in their pickups jump up the varmint. Then they use CB radios to get into position to drive the coyote into blockers, who pull loose the chase and kill dogs as soon as they sight him. The coyote don't hardly ever stand a chance."

He glanced at Brandon to see if the Major picked up on it. "We're the coyote," he said, to make doubly sure Brandon understood.

By late in the afternoon they had covered less than twenty miles. Hard, dry, dirty miles. Ice Man came trotting up from rearguard, looking excited enough to make an entire speech.

"Major, the ragheads are gonna try to make an early end to this. They've come up with some riding horses from one of the villages."

# CHAPTER 49

Sergeant Gloomy Davis wriggled a comfortable slight depression in the dry ground on top of the knoll. He sifted a handful of dust through his palm; the wind was so slight that it barely clouded the dust as it fell. He adjusted the scope one click. The last thing he did before lying down in the shallow firer's pit, getting into the cocoon, was to take out an OD-colored cravat and spread it so the muzzle blast from the Winchester .300 would not kick up dust and give away his position.

The sunlight was slowly dying beyond the swell of the jagged mountain range to the west across the river. It was not the best light for shooting, what with the reddish cast, the angular distortions, and the long shadows—but he would make do.

He studied the range. He would be shooting five hundred yards across a short-grass meadow toward where the trail came up from the river out of some rocks and scrubby tree brush. All the advantages, as he saw it, were his. He had the element of surprise; he had Mr. Blunderbuss; and he was the best shooter since Marine Gunny Sergeant Carlos Hathcock left Vietnam.

Sergeant Hathcock had killed more than three hundred enemy in Vietnam, one at a time, looking at them individually through his scope. He and his spotter wiped out an entire NVA company in a clearing like this one afternoon. Students at both the Marine and the U.S. Army sniper schools studied his tactics. Carlos shot the first man in the column, then he shot the last one. Once he had them pinned down, he picked them off one or two at a time for the rest of the afternoon. It was, he said, like shooting prairie dogs. His targets couldn't keep their heads down. Every time one moved or stuck up his head, he received an ounce of lead through the skull.

It was different looking into a man's eyes through a scope and killing him outright and personal than it was being part of a unit and shouting and yelling in the heat of a firefight. Until last night at the al Qaeda stronghold, Gloomy had only killed one other man, a terrorist when Troop One took down a hijacked Boeing 747 on a runway. It had bothered him some, killing the first time, but not excessively so. It hardly bothered him at all last night during the fight. It had been too dark to see their faces. He would have tried to kill more of the bastards if he had known they were going to harm Lieutenant Iryani. She was the most lovely creature he had ever known.

It bothered him, though, that he would have to kill the horses.

He had grown up on a run-down cow ranch near Hooker, a scrawny little scabby-kneed kid who rode bulls in the occasional rodeo and trained one of the sharpest roping horses in Oklahoma. Ol' Whiskers was a gray quarter gelding with black mane, tail, and stockings. He burst out of the box with his ears laid back along his neck and his teeth bared like he was going to chew up that horned steer for dinner. Horses were noble creatures, the most noble on God's earth, and Whiskers ranked at the top.

But now the horses had to be shot to prevent new riders from taking them over, and to discourage the further use of mounts. That was what the Major said, and the boss was seldom wrong. After having served under him, Gloomy doubted he could ever take orders from any other officer.

Ice Man had counted five riders heavily armed and riding hell for leather out ahead of the walkers. The strategy was obvious. The horsemen pinned down the quarry and held it until the infantry arrived to finish the job.

The meadow remained undisturbed, but the cavalry should be arriving shortly.

Carlos Hathcock had been a very religious man, like Sergeant Cameron Kragle. There were, however, major differences between the two. The blond Kragle brother was always on his knees and, as far as Gloomy knew, had not fired a single shot during the fight last night. Carlos became a sniper, he said, because killing the enemy saved Marine lives. He had made his peace with it.

Gloomy would make his peace with it too.

He studied the open field and the place through the shrubs and rocks where the riders would have to come up from near the river.

He speculated about the strain between Cameron

and the Major that caused them to always be bristling at each other. It had something to do with Desert Storm. Something that had happened. Gloomy wondered if it might not also have something to do with Lieutenant Iryani.

She was the type of woman a runty little common grunt like himself could only dream of but never have. To save and protect a woman like that, Gloomy thought, he would kill all the horses there were in the world, and all the men who rode those horses.

Gloomy brought his focus sharply back to the meadow. From beyond the scrub of brush and through the rocks came the faint sound of bits and leather squeaking and the scuffing and clink of hooves on stone and baked ground. The setting sun cast a shaft of glorious soft light at a horizontal angle across the grassy steppe. It seemed to stage light where the horsemen would appear.

The little sniper settled his cheek against the polished wood of the rifle stock. His shooting eye automatically fit to the scope. The weapon was as natural to him as another limb.

He waited, emotionless now, concentrating only on what must be done.

The first rider appeared, looking like Lawrence of Arabia on a black stallion. He pulled up at the start of the clearing and seemed suspicious. Gloomy was afraid they might spook off and opt to go around. After a moment, however, Lawrence spurred the black into the open. Four others followed, flailing hell out of their mounts. There were two bays, a bald-faced dun, and a gray with black mane and tail. Gloomy felt indifferent toward the men, but he hated what must be done to the innocent horses.

He let the band proceed well into the open. The rider on the dun brought up the rear. Gloomy centered his cross hairs on the animal's chest, inhaled, let out half the breath, held the rest as he tenderly squeezed the trigger. The bark and recoil of the rifle came unexpectedly, as it always did for the best shooters.

The dun screamed like a woman, just like a woman, as the impact of the 180-grain bullet threw him up on his hind legs and over backward, pinning his rider underneath.

"One," Gloomy murmured.

He shifted smoothly to the lead horse, the black stallion, and shot him. It was a bad shot and the poor creature did not die instantly as it should have. His legs thrashed and he screamed in fear and anguish as he fell, throwing his rider clear. Lawrence leaped up running. Gloomy ignored him for the time being.

He shot the two bays. They were dead before they hit the ground. That left the gray that reminded him of Whiskers. He regretted it, it panged his heart, but he shot the gray anyhow. Then he went back and finished off the black stallion to put him out of his pain.

Lawrence was still running when Gloomy's cross hairs caught up with him. The guy tumbled when he was hit, just like when you shot a jackrabbit in the sagebrush with a shotgun.

Gloomy eliminated a second terrorist, but two others beat him to the bush and disappeared into it. An eerie silence settled over the clearing, broken quickly when the man trapped underneath the dead dun began screaming for his fleeing comrades to come back and help him.

Gloomy rose slowly from his hiding spot. He picked up the cravat drop cloth, dusted it off, and stuffed it into his pocket. He sat on a rock on top of the knoll and thoughtfully began reloading Mr. Blunderbuss. The trapped terrorist, having spotted him, grew quiet and managed to retrieve his rifle.

Gloomy gazed indifferently out over the distance and saw the puff of smoke from the tango's rifle before he heard the crash of the weapon's discharge. He continued reloading while he watched the desperate terrorist alternately attempt to extricate himself from eight hundred pounds of dead horseflesh and fire shots at the author of all this carnage. The guy then switched to full auto and sprayed a salvo at the strange man sitting calmly on the distant rock. The rounds chewed a swath out of the meadow at least a hundred yards short of their intended target.

Completing his reload, Gloomy cranked a fresh round into the chamber of the .300. He stood up, took bead on the trapped man, who began screaming at the top of his lungs, and killed him.

He wiped at his eyes as he abruptly turned away and began trotting to catch back up with the detachment. Damn. He really regretted having to kill the horse.

**Washington, D.C. (CPI)**—Sources confirm that a United States aircraft has been shot down over Afghanistan, apparently by a surface-to-air missile. Washington has refused to comment on the incident, citing national security interests. However, speaking by telephone from an undisclosed location in the Middle East, United States Special Operations Commander Darren E. Kragle announced that the C-141 Starlifter carried a detachment from the elite Special Forces counterterrorist unit known as Delta Force. It was on a secret mission to rescue American hostages held in Afghanistan by the Osama bin Laden terrorist group, al Qaeda.

General Kragle said it is believed the Delta detachment managed to insert into Afghanistan before the C-141 crashed. The detachment consists of eight elite Special Forces soldiers from Fort Bragg, North Carolina, all highly trained in counterterrorism and hostage rescue operations.

"The smaller unit was specially designated by the President of the United States in order to reassure countries in the region that this was not an invasion," General Kragle announced in a telephone statement. "But the President knows you cannot negotiate with terrorists. He wanted the world to know that terrorists can run but they cannot hide when they attack American interests and American citizens. It was a bold move on the President's part to authorize this risky mission in light of the world situation."

When asked if the SAM missile was fired from Pakistan or Afghanistan, General Kragle said he assumes neither country was officially involved, as permission for the American overflight had been granted by both nations. The most likely source, he said, was antigovernment elements or terrorist guerrillas inside Afghanistan.

General Kragle said that his tactical operations center was experiencing difficulties in communicating with the detachment. All radio contact has been cut off, apparently because of losses or damages suffered when the aircraft went down.

"Detachment 2A managed to successfully conduct its mission, the best we know at this time," he said. "There have been some delays in extracting the team and rescued hostages because of heightened tensions in the region. However, the President of the United States has assured me that USSOCOM will be authorized to use all measures necessary to bring these ten brave young Americans home."

Navy JO2 Cassidy W. Kragle, SN Curtis Slaton, and SA Kathryn A. Burguiere were seized when terrorists blew a hole in the side of the U.S. destroyer USS *Randolph* as it was refueling in the port of Aden. Cassidy Kragle is General Kragle's son.

Terrorists later executed Slaton, but the two other hostages were discovered to have been taken to a secret al Qaeda terrorist camp inside Afghanistan. Osama bin Laden offered to exchange them for four Muslim terrorists presently on trial in New York City for the bombing of American embassies in Africa.

So far, there has been little reaction from either China or Pakistan. Both nations have previously announced they would consider any intrusion by the United States into Afghanistan an act of war . . .

# CHAPTER 50

**Washington, D.C.**

The Honorable Clarence Todwell, National Security Advisor, looked as though the hog off which he had been eating high was about to get away from him. The Vice President sat stiffly at his desk, hands tented below his chin in a manner he had picked up from the President, and scowled. For his cardboard personality, it was a major display of displeasure. The pudgy NSA paced red-faced back and forth, popping a rolled copy of the *New York Times* against his thigh. The story that was about to let the hog go occupied the coveted upper left-hand double column under the banner PRESIDENT AUTHORIZES FOILED RESCUE ATTEMPT.

The President had *not* authorized the attempt, foiled or otherwise.

"The lying son of a bitch!" Todwell raved. "What gall the bastard has to go directly to the press with this cockamamie story that President Stanton authorized this abortion."

"It was a clever end run," the VP admitted with a

touch of admiration for General Kragle's adroitness.

"What do we do after *this*?" the NSA almost shouted. "We can't go out there now and release a statement that Kragle is a rogue and that *we* had the plane shot down. My God, we'll have a revolt at the Pentagon. We'll be hauled out and lynched."

The VP winced. "The President was given bad advice," he said.

Todwell wasn't listening. "The *Washington Post* and CNN are sniffing around," he said, sounding worried. "They're asking questions. They must have heard about the F-16s scrambling. A reporter called and asked if it was true that Kragle was going to be arrested, and if so, for what."

The VP stood up and slowly walked to his office window, hands clasped behind his back, where he assumed what his advisors called a thoughtful stance.

"The President was given bad advice," he tried again, now that he could tell that Todwell *was* listening. "He wants the arrest canceled."

The NSA blinked and fat flared around his collar as he tucked in his neck. "Bad advice?" he murmured as the thought caught up with him.

"Yes," the VP said. "Wasn't it your advice that world peace would be better served if General Kragle were *stopped*? Wasn't it *you* who gave the order to *stop* the airplane without the approval of or the authorization of the President?"

"Wait a minute, sir," Todwell bleated when he found his voice again. "Are you suggesting that *I* advised we shoot down that plane? It wasn't I at all, sir. The President himself—"

"Todwell! Shut up and listen!"

It occurred to Todwell that he was about to become the President's fall guy. It also occurred to him that his fingerprints were all over everything. He and the President had been alone in the Oval Office when the decision was made. He, Todwell, was the one who used the President's code to give the orders. The President, as always, was in the clear because he used his underlings to do the dirty work while he chewed his lip and shed a tear and demonstrated to the world how much he cared.

"Mr. Todwell, new polls show overwhelming public support for the raid. Now listen closely. This is the way it's going to be: the President indeed authorized the action. F-16s scrambled from the USS *Truman* to intercept and shoot down a rogue hostile aircraft that had already shot down our plane after the Delta Detachment was inserted. Is that clear?"

"Yes, sir." Todwell breathed somewhat easier as he saw a possible way out.

"Fine. Talk to Ron." Ron Morris was the White House press counsel. "That's what we want him to say. He will release the statement saying that the President has complete confidence in General Kragle's abilities to handle the situation in Afghanistan, and that General Kragle has full responsibility and authorization to resolve the situation."

He sat down at his desk, wearing a sly smile, and again tented his hands. A glass of tea sat on a coaster with its ice cubes melting.

"General Kragle thinks he's so cute, we will simply turn the tables on him," the VP resumed. "Put it back in his corner, to mix metaphors. The President has explained the situation to China and Pakistan and assured them that no further actions will occur. They have agreed to cooperate in exchange for certain trade considerations that don't concern you. While the General has been given these responsibilities, it will be up to you, Mr. Todwell, to make sure that he is provided no assets."

"*Me*, sir?" Todwell's stomach gurgled.

"Unless, of course, you prefer—"

"No, sir!"

"Good. Without assets and means, the General will ultimately fail and we will court-martial him and the entire Special Warfare leadership for incompetence."

"What about the detachment in Afghanistan, sir?"

"Are you having an attack of conscience, Mr. Advisor?"

"No, sir. But how are we going to explain it?"

"The odds of their getting out are slim to none. As far as we know, they may already be dead. The lives of a few insignificant uniform types must not be allowed to supercede the world peace initiative that, for the first time in the history of this planet, could produce global peace."

It sounded like a memorized campaign phrase to Todwell. For the first time it occurred to him that everybody in Washington, himself included, might be totally bug-fuck insane.

In Cairo, Egypt, General Kragle, saw the game the President was playing in issuing a statement saying USSOCOM had full authority and responsibility for the entire CT mission. Kragle knew that the White

House would be denying him all assets, including aircraft, intelligence resources, and manpower. Stanton undoubtedly had covered all bases to make sure he and not the White House was held liable for the loss of the C-141 and the Delta detachment. Postdated orders authorizing the action had been hand-delivered to the General's residence in Florida. No one would ever believe after all this that the President of the United States ordered the downing of an American aircraft.

Gloria had almost been in tears when he patched through a call to her. She was his only link to the United States for the time being, what with Ray Holloman on the carpet in D.C. and everyone else he trusted here with him in the TOC or on the ground in Afghanistan.

"They was some army investigators come here early this morning," Gloria relayed. "Then they done sent a messenger over with this thick envelope. It has 'the White House' on it."

She opened it. As he suspected, it contained his orders postdated to two weeks before Punitive Strike began.

"Darren, is my boys with you?" An accusing tone. "General, it be all over the television and all 'bout how we done lost an airplane and some of our folks from Delta Force. You tell me right now, Darren, you hear? Where are them boys? And don't you come up with no lies to old Gloria."

"I wouldn't lie to you, Brown Sugar Doll. Brandon and Cameron are all right; they've rescued Cassidy."

"Hallelujah! Praise the Lord! Is they on they way home?"

"It won't be long now, Sugar."

He didn't have the heart to tell her that all three Kragle offspring were now inside Afghanistan, apparently fighting for their lives, and that their country had abandoned them for the second time since the bombing of the *Randolph*.

# CHAPTER 51

## Afghanistan

On the third day, late in the afternoon, the helicopter came. The Major and Gloomy spotted it first; they had been expecting it sooner or later. It came toward the sunset out of the east, from the direction of Kabul, looking at first like one of the strange vultures that thrived in that part of the world because of all the human death. Several of the dark birds had shadowed them since morning. But as it drew nearer, its shape and sound became unmistakable. Brandon sounded the alarm. The exhausted column dashed for a grove of trees, dragging the wounded and weak along.

They huddled in the concealing shade while the Huey slowly patrolled the river for several miles up and down, sniffing and snooping, obviously looking for them. It left before dark, but no one harbored any illusion that it wouldn't be back at dawn, armed and ready like an attack dog. It would sniff them out, find them, fix them, and help the ground troops finish them.

Delta wasn't supposed to work like this. The troops pulled lightning hit-and-run missions, rescued hostages, knocked down terrorists, then extracted to the real world. It didn't do grunt work. That was for the by-God Marines and dogface soldiers. Delta was elite, specialized.

Ice Man and Thumbs were in favor of taking the fight to the enemy, making a stand.

"We can whip them bastards like stepchildren," Thumbs argued, his breath hissing in the gathering darkness. "Major, they'll walk right into an ambush. They don't stop, they just keep coming, no matter what we do. That's the only way to stop them."

Brandon knew that a fanatic who would blow *himself* up in order to sink a ship or who would wrap himself in TNT, walk into a pizza parlor in Jerusalem, and set himself off in order to kill Jewish children was one dangerous sonofabitch unlikely to be discouraged easily. The only way to stop him was to kill him.

"It won't be that easy to waylay them again," Doc TB opined. "They've got out point elements now, after Gloomy beat on their horses and heads, and they've put out flankers. It appears to me we're being driven like a herd of cows."

"Coyotes," Gloomy interjected.

During the day, as the chase continued downriver, the Major noted that there were more settlements, farms—more people. Which made the hide-and-seek game increasingly problematic. Roads of sorts and trails snaked up from the south toward the river; the detachment had had to make several tactical road crossings. Gloomy was right about the dogs and coyotes. It was only a matter of time before a vehicle blocking force cut them off and turned loose fresh kill dogs. The helicopter was the first sign of the encirclement.

"We'll have to fight our way out. It's come to that," Ice Man predicted.

"The Ice is right," Thumbs agreed. "I don't see any other way."

The Major remained silent and let them have it out, blow off steam and tension. Since earlier in the day, he had been considering a possible alternate plan. He noticed that the river grew deeper and less treacherous as it moved farther from its source, which was high in the Hindu Kush. Boat traffic on it increased.

Cameron added his weary and resigned voice to the discussion.

"We've wasted enough human life," he said from where he sat on the ground, holding Gypsy's hand. She had yet to regain consciousness, and Doc was skeptical if she ever would. It was a miracle—"The miracle of prayer," Cameron insisted—that she had lasted this long.

"And what do you propose, brother?" Cassidy flared. A tightness existed between the brothers since the incident of Amal's penis at the terrorist camp. Cameron couldn't believe the younger Kragle was capable of such brutality. He still wanted to give up himself and Gypsy and trust in the compassion of hostile or, at best, indifferent strangers.

"Bro', these clowns will take compassion and shove it up your—"

"I'm praying for you, Cass," Cameron said softly.

"Cameron, you don't understand. You weren't there. He deserved—"

" 'Cursed be their anger, for it was fierce; and their wrath, for it was cruel.' "

"I'm wondering," Cassidy seethed, "how you would have felt had you been in that cell instead of me and watched that bastard raping *her*." He indicated Gypsy. She hadn't moved or uttered a sound all day.

"He's killing her," Cameron accused bitterly, meaning Brandon. "She can't take much more. He's going to kill us all because of his pride and the pride of our father."

Brandon shot to his feet, the darkness in his heart darker than it was among the trees. It had been a mistake including both his brother and the girl on the mission, as he had argued from the start. The only redemption Cameron sought was for his soul in the hereafter. And Lieutenant Iryani? He had fallen in love with the bitch. That made two of them, brothers, in love with the same woman. There wasn't room within a detachment for that kind of rivalry. And now she was dying and there wasn't a damned thing either of them could do about it.

Thick silence hovered over the trees until a tiny voice said, "I'm hungry."

Cassidy jumped. They were the first words Kathryn had uttered since her rescue. The younger Kragle put his arms around her, speaking soothingly, and drew her into his protection. He sat her on the ground and cushioned her head against his chest, overjoyed that she seemed to be returning to this world, hard as it was at the moment.

"We're going home," he told her. "Do you understand, Kathryn? We've been rescued."

"I'm hungry."

"Yes. Soon I'll buy you the biggest pizza in America."

"You won't forget, Cass?"

"I won't forget."

So far, the pursuing terrorists had not traveled at night, apparently fearing an ambush and cautious about attempting to track in the dark. That provided the detachment the opportunity for much needed rest. However, Brandon knew that the appearance of the helicopter might have changed the equation. He sent out a patrol consisting of Gloomy and Ice Man, while the others prepared a quick meal over a small cooking fire, the glow of which was concealed beneath the thick foliage of a conifer. Thumbs gathered up canteens and sneaked down to the river for water.

Doc TB had inventoried their food on the first day of the flight. Each man carried a packaged emergency MRE ration in his cargo pocket. Two more were included in Ice Man's ruck for the prisoners when they were rescued. Not much food for nine people expending a great deal of energy.

Earlier in the day, Gloomy and Ice Man captured a hen setting on a nest of eggs away from a farmer's poor hovel. Gloomy wrung the chicken's neck and brought along the carcass and her nest of eggs. It was that scrawny hen that Doc TB, acting as camp cook, now roasted while eggs boiled in a canteen cup full of water. The meat scorched black on the outside while remaining raw on the inside. The eggs were half incubated.

"It ain't ol' Pete," Gloomy commented, "but it'll have to do."

Cameron boiled some of the meat into a broth for Gypsy. He tenderly held up her head and forced her to reactively swallow tiny sips of it.

"She looks stronger," he declared hopefully.

Doc looked at the Major across the campfire and slowly shook his head. Either Gypsy reached a doctor soon or . . . Brandon dismissed the thought. Looking at the larger scale, he had eight more lives to consider that were more important collectively than a single one.

Gloomy and Ice Man returned from their patrol to report that the terrorist band had indeed broken its nightly ritual and moved to within a half mile of them, another indication that the terrorists intended to utilize the helicopter and perhaps blockers to finish off the Americans come another day.

But even with this threat hanging over them, the ravished detachment devoured literally everything of the hen and her eggs except the feathers and shells. They even crushed bones with their teeth and sucked out the marrow.

Afterward, the Major climbed alone to a point overlooking the river. Dogs yapped from among a few dim kerosene lights marking a village next to the water. The current was still strong, Brandon noted. A small boat rowing across was being washed downstream. He used his binoculars to scan the riverbank by the village. Several more boats were tied up there. He studied them, thinking.

# CHAPTER 52

Even in a land without TV and universal electricity, where most people "went to bed with the chickens," as Gloomy put it, people were still outside their mud houses chatting and smoking. The Major and Ice Man squatted and peered at twin pinpricks of red glow doodling against the darkness—two people on their doorstep smoking the local corn shuck cigarettes and chatting about goats and rain or whatever farmers talked about here. They and their house were not more than a few dozen steps from the banks of the river and the moored boats.

"Shit!"

The two operators dropped to their bellies and crawled the rest of the way down a dry wadi. The air felt cool and dank when they reached the edge of the water. The river reflected the millions of stars and shimmered like liquid diamonds as it cut past the little settlement. Three or four boats were tied up at a rickety little pier in front of the house. They made dark designs against the sparkling river, as would any prowler who approached them. Brandon hoped the smokers were early to bed, early to rise types. The longer it took to steal a boat, the less time the team had to put distance between itself and the enemy before the terrorists discovered the ploy.

The current swept past at a good clip. The boats tugged against their lines like anxious steeds. Boats seen earlier on the river were being rowed. They were ancient-looking craft of local construct—oiled cattle or horse hides stretched over wooden frameworks. Brandon wondered how they got upstream against such a current.

He glanced at his watch—2200 hours. Still about seven hours to dawn. It was about seventy miles to the town of Bala Morghab. Brandon calculated that, working with the strong current, they should reach the town shortly after daylight.

Burn up those damned cigarettes and go to bed, he thought. Don't you guys have fields to plow or sheep to skin tomorrow?

With the boat, Lieutenant Iryani might stand a chance.

A dog began barking from downstream, at the other side of the village. At first Brandon feared it might be alerting the villagers to the presence of strangers. Gloomy and the others were skirting the houses to wait on the riverbank below. Brandon relaxed, however, when the dog kept barking at the night in a cadenced rhythm. It was just barking as its ancestors had done from campfires at caves for thousands of years, not because it saw or scented anything, but because it *didn't* and the night concealed unseen dangers.

Another fifteen minutes passed. The cigarettes went

out, but the low murmur of conversation continued. A match flared. A face glowed momentarily above the flame in cupped hands as the man lit another cigarette.

*Go to bed, damn you.*

A few minutes later the conversation stopped and the swinging red glow of the cigarette tip moved toward the river where Brandon and Ice Man hid. They flattened themselves into the curvature of the earth and measured their breathing in slow, shallow drafts as the man's shadow materialized in front of them. It stopped almost within arm's reach.

If he spotted them and they had to cut his throat, the entire country would rise up to bring them to the firing squad.

The man grunted and kind of moaned with relief. They heard the hiss of his urinating into the river. He farted explosively above their heads. The cigarette butt arced out over the river and hissed. The man turned and went back to his house. Brandon permitted himself a sigh of relief.

He waited another ten minutes before he led the way, slithering into the river. The water was so cold it almost stole his breath. He heard Ice Man gasp.

They let the current next to the bank carry them noiselessly to the pier, where they worked their way around it hand over hand to the three boats bobbing against their mornings. Brandon selected the largest one. It was not really a large boat, but it would have to do. To his delight, closer inspection revealed that it was equipped with a five horsepower Chinese-made outboard motor and a rusted tank about half full of gasoline. Apparently, the river people used motors, but only when they had to go upstream.

Ice Man found a second fuel tank also about half full in one of the other boats. He transferred it and untied while Brandon guided the stern to keep it from grating against shore. Together they swam it into deeper water, where the river caught it and swept it swiftly downstream. Only when they were clear of the settlement did they lift themselves over the gunwales into the boat. An inch or so of sour water sloshed in the bottom, but there was a wooden slat deck of sorts to stand on.

They grabbed oars and propelled the primitive craft next to shore until a red-lensed flashlight gave two dits from a stand of small trees. Gloomy Davis and Cameron appeared almost immediately.

"It's going to be crowded," Brandon apologized.

"To me it looks like the *Queen Mary*," Gloomy opined. "Any trouble?"

"Some guy tried to piss on the Major," Ice Man said.

Cameron and Doc carried Gypsy wrapped in her poncho out of the trees.

"Get everybody aboard," Brandon urged. "Next stop is Turkmenistan."

"Thank you, Lord. Thank you," Cameron murmured.

They resembled boat people fleeing Vietnam after the fall of Saigon, Brandon thought: nine people crammed into a stretched-skin craft intended for three or four at most. He held the skiff to the middle of the stream, where it would be harder to see from the banks. He cut the motor whenever they passed villages or towns. They made better time than initially calculated, what with the engine and the speed of the current. Their spirits rose with each watery mile logged in the boat's wake.

They swept past a small town on the north bank before midnight, drifting with the engine off and everyone low in the boat to cut down profiles. A few dogs barked, whiffing the scent of strangers, but the townspeople slept on.

The current slowed as the valley widened and the land flattened out into what might, a million years ago have been the bed of an inland sea. The map showed a road and a bridge crossing the Morghab near the town of Bala Morghab.

"We'll be in Turkmenistan tomorrow," Doc TB said optimistically. "I never thought I'd ever be glad to say that."

An hour past the small town, Cassidy gripped Brandon's arm. Brandon winced; his wound remained tender to the touch. "Sorry," Cassidy apologized as he stared into their black wake, listening intently. "Brandon, I've heard it several times now. At first I thought it was our motor echoing, but now I don't think so. I hear another boat."

Brandon immediately sliced the outboard. The boat drifted in a strained silence marred only by the gentle hollow lapping of current against the stretched-hide hull. Dogs barked ashore. Goats or sheep somewhere queried the darkness, bells tinkling merrily.

"Maybe the guy who almost pissed on us saw us

steal the boat and snitched to the tangos," Ice Man suggested in a terse whisper.

Possibly. Damn, Brandon thought. They should have waited longer, made sure he was asleep. There would be little sympathy forthcoming for Americans anywhere in this part of the world.

The expectant stillness sent Kathryn into a panic. "Please don't let them get me again!" she cried. "Cass! You promised I wouldn't have to go back to them, Cass!"

She stumbled and lurched in the boat, trying to reach her savior, threatening to capsize the boat in her desperation.

"Get her quiet!" Brandon hissed.

"Shut the slit up!" erupted a weak voice from the bottom of the boat. Lieutenant Iryani hadn't spoken in over two days. She must be hallucinating, Brandon thought. Cameron let out a sob as he held her head in his lap to make sure bilgewater didn't slosh onto that precious face.

"Gypsy? I'm here," he exclaimed.

"Where's *here*?" she asked. Her voice faded. Unconsciousness blocked out Cameron's reply.

Cassidy sank to the bottom of the boat, holding Kathryn in his arms as he calmed her. "Maybe it was my nerves," he said. "I don't hear anything now."

"We all have the nerves," Brandon agreed. He restarted the cranky outboard after five or six tugs on the pull rope.

It was Thumbs who called the next threatcon alert, a half hour later. The Major heard it too when he snuffed the outboard. The faint throb of other power boats, more than one.

"They're overtaking us," Cassidy whispered. "I could barely hear them before."

Kathryn began to whimper in fear.

"They could be farmers going to market or a festival or something," Cameron offered, with more hope than conviction.

Doc TB squelched that thought. "In the middle of the night?"

"Whoever it is, we can't afford to take chances," Major Kragle said. "Thumbs, set up the M-60 in the stern. How much ammo we got left for it?"

"A box. Box and a half at most."

Brandon cranked the pull start. The engine sputtered and coughed but refused to catch. The overloaded boat slowly spun bow to stern in the water.

"Come on! Come on! Come *on*!" Doc TB chanted.

Finally, the outboard sparked to life, hissing and popping. It soon smoothed out. Brandon gapped the throttle to increase speed and maintain a lead on the unknown boats to the rear.

"The Lord will deliver us from evil," Cameron softly recited, "for He is the way, the truth and the life."

"If He's going to do it, *now* would be a good time," Cassidy said.

The current abated as the river meandered farther into the fertile valley. Civilization, such as it was in such a poor, hostile land, was beginning to entrench itself along the banks. There were more mud houses and more boats tied to makeshift docks. Because they were rapidly running out of gas in the slower stream, Bran-

don twice used precious time and fuel checking
moored boats for gasoline. His efforts went unre-
warded. Apparently, boaters here, like urbanites everywhere, were more security-conscious. He dared not
waste additional time. The boats following them continued to gain.

As dawn approached, people began to stir and move
about, compounding the threat. A motorbike buzzed
across a bridge just as the boat swept underneath.
Everyone fell totally silent, and Brandon reduced the
throttle to idle, but did not kill the engine again for fear
it would fail to restart. He was afraid the female sailor
would fall apart again and betray their presence. It
might have been better for everyone had she remained
near-catatonic.

They watched the single dim taillight anxiously until it receded across the bridge and on up and around
some hills into the night. There was no other traffic.

The other boats kept coming, ominously, relentlessly, throbbing back there, spreading out across the
width of the stream to make sure the skiff ahead could
not cut back.

"It can't be farmers or even fishermen," Cassidy declared, listening. "There are too many. Listen to the
heavy sound in the water. The boats are full of troops.
The terrorists!"

The guy whose boat they stole was about to get his
revenge. Brandon opened the throttle full. The boat responded, but not for much longer. Little fuel remained.

**Washington, D.C. (CPI)**—The White House announced today that Clarence R. Todwell, Na-

tional Security Advisor, has resigned his position, effective immediately. In a prepared statement, Mr. Todwell stated he was resigning to spend more time with his wife and children. President Stanton praised Todwell as a devoted public servant who would be missed in Washington . . .

# CHAPTER 53

**Washington, D.C.**

General Darren Kragle and Colonel Buck Thompson were ushered to the Vice President's office. Claude Thornton remained at the TOC in Cairo to keep it open, monitoring the radios, in the event Punitive Strike managed to communicate. The VP looked as though aides had carried him in and placed him behind his desk with a glass of iced tea. He made neither an effort to shake hands nor to offer the two army officers a seat as they were shown in.

"I expected the two of you to return in irons," he greeted.

"Yes, sir," General Kragle reciprocated. "I expected the two of you, Mr. Vice President, to leave office in irons. Sir."

The VP almost reacted. He sipped his tea. "What do you want?" he asked.

"I expected to talk to President Stanton, but I see he still handles his dirty work through an intermediary."

"I speak for him. Get to the point. If we had a better

choice, you would be on your way to Leavenworth now."

"I'm sure I would. What I want is for the United States to allow Delta Force to go into Russia and extract our people—I know, I know. That's my responsibility, but you've cleverly denied me all resources."

The VP said nothing.

"Delta Detachment 2A remains on the ground in Afghanistan," the General said. "All you have to do is monitor internal communications from that region to know that the detachment hit Osama bin Laden. They hit him hard and they recovered our hostages. Denied extraction aircraft, the team went into escape and evasion. Major Kragle is now headed for Turkmenistan."

The VP silently sipped his tea.

"Mr. Vice President, I'm requesting you send the Secretary of State to Moscow to ask President Putin to intervene with Turkmenistan to patrol the Afghanistan border to pick up our people when they cross."

"What makes you think President Putin will do that?"

"The question is, will President Stanton? Let me tell you why I think he will. It has been almost four days since the raid on the camp. We know the team is still at large in the country, and I know they're heading for Turkmenistan. They'll be in bad shape when they finally cross the border. They'll need to be picked up and extracted right away. The United States can provide the extraction through Turkmenistan and Russia. The President and the administration can then take full credit for successfully freeing our hostages. His polls will shoot through the roof, virtually guaranteeing his Vice

President his party's nomination for President at the end of his term. It'll be part of his legacy."

The General paused. Couldn't the sonofabitch blink or something? he wondered.

"Or?" said the VP, reading the implied threat.

"The President can take credit, and we'll help him," the General resumed, "or, so help me God, when those Americans are safely home we'll expose the whole bloody episode to the press of how the President of the United States under cover of his fucking corrupt administration refused to do anything to rescue our hostages and, in fact, shot down one of our own planes and abandoned the rescuers and the hostages. You don't know much about the military, do you, Mr. Vice President? Everything that happens is documented. I may end up in Leavenworth, but the real story will come out. And it won't be the bullshit I fed the press to buy my people time either."

He couldn't be sure, but he seemed to have touched a nerve.

"Now, Mr. Vice President. Do we get the Russian patrols or not?"

# CHAPTER 54

**Afghanistan**

Bala Morghab lay ahead now, with a bridge crossing the river. Dawn chased the fleeing Americans toward it and gradually softened the darkness. A mist fogged over the water, but through the vapor, on the north bank, lights winked on inside windows. Coming daylight outlined the shadows of buildings that resembled a spilled box of children's play blocks jumbled up the hills and stacked on top of each other. Several buildings taller than the others, six or seven stories high, clustered near the river. Turkmenistan lay less than thirty miles away.

By Western standards, Bala Morghab appeared to be a primitive town, but it undoubtedly supported police and a garrison of somebody's soldiers, Brandon reflected. If he could get his people through the city without running out of fuel, or better yet, find another boat and some gas . . .

Meanwhile, behind and upriver, four boats were closing the gap on them. The pursuers were spread out across the river in chase formation, appearing and disappearing in ghostly images in the river fog. They were almost within shooting range.

"Hold your fire," Brandon instructed Thumbs, at the trigger of the M-60 in the stern.

Using all the power the rattling outboard produced, he headed for the town, hoping they could pass through without a firefight waking up the police and soldiers.

Gloomy and Ice Man rode the bow with their weapons. Cameron sat in the bottom with Gypsy's head in his lap, while Doc TB checked the lieutenant's bandages and started the last IV in his aid bag. So far, antibiotics fed directly into her veins—and perhaps, Brandon conceded, Cameron's praying—had prevented septicemia. Gypsy was hanging on. Kathryn had fallen asleep. Brandon tossed Cassidy his MP-5.

"You sailors know how to operate anything smaller than a five-incher?" he asked.

"We were raised by the General and Uncle Mike," Cassidy responded. "I still have the AK."

"Give it to me. The MP has extra mags. I won't be doing that much shooting as long as I'm driving."

The bridge loomed ahead at a narrows.

"Boss?" The tone of Gloomy's voice signaled more threat. He pointed to a short string of headlights to the south of the river, speeding toward the bridge. Then they heard the roar of heavy trucks. A couple of the vehicles were open deuces carrying troops silhouetted against the lighter sky. The others were commercial or private trucks, also hauling soldiers.

Damn! Brandon thought. If it weren't for Murphy, there wouldn't be any law at all in Afghanistan.

"Reckon it's the Afghan military?" Gloomy shouted.

*Which* Afghan military? Did it really matter when they all had guns?

"I guess we finally pissed them off," Gloomy decided.

It became a race to see who reached the bridge first. It was virtually a photo finish. Just as the boatload of Americans swept underneath the low, narrow span, trucks roared over the top and halted. Running feet tramped, vibrating the bridge. There was more shouting.

The boat hurtled out the other side. Troops on the bridge opened fire. Bullets sprayed the water like schools of leaping fish, but it was still dark enough, along with the fog, that the moving boat provided a poor target.

"Hold your fire!" Brandon commanded, thinking it better not to piss off the soldiers without at least gaining some tactical advantage. They were already past the bridge and heading for Bala Morghab.

Minutes later Brandon guided the skiff between the awakening town on either bank. A few early riser pedestrians stared.

Behind them the convoy of soldier trucks snaked off the bridge and rumbled through town to where a road dead-ended on the east bank of the Morghab. Soldiers jumped out again, but the boat had already passed that point and was chugging on downstream. They ran back to the truck, and the vehicles finally got turned around.

"They're going back," Thumbs said.

"They'll find a road that comes down to the river ahead of us," Brandon predicted.

The four terrorist boats, still in the chase, labored past the tallest of Bala Morghab's buildings.

"How's the gas?" Cassidy inquired.

"Don't ask."

A flat-bottomed riverboat carrying two men in green uniforms, apparently local police, pulled out of a little cove, hailed the strange craft, and started out to investigate.

Brandon gave Ice Man permission to shoot. "Across the bow."

Ice Man opened up with his M-16 on full auto, slicing a cataract of water in front of the oncoming boat. The boat swapped ends and went back faster than it came. Ice Man laughed cynically.

The town gave way to countryside on both banks. Brandon kept the throttle wide open in order to make better progress. Several miles outside of Bala Morghab, a young man in tattered jeans and a faded green T-shirt appeared on the riverbank, waving at them and shouting something. He seemed to want them to come ashore and go with him, although the Major couldn't be sure since the lieutenant was down and none of the others understood the lingo. The man wasn't armed, so Brandon decided to ignore him. He continued to keep pace with the boat, running from hiding place to hiding place and waving at them.

"Wonder what the hell he wants," Thumbs said.

Suddenly, the engine sputtered and went dead in the water. The boat began drifting.

"We're fixing to find out what he wants," Brandon said. "We just ran out of gas."

As Thumbs and Cassidy oared the boat toward

shore, the young man waded out to help them beach the boat. Closer inspection revealed that the right side of his face was horribly scarred, as from a fire. His right ear was missing altogether, leaving only a black hole into his skull. Hair grew in patched tufts among the scars on his head.

"Mohammed," the disfigured man said, pointing to himself.

"I would have thought Frankenstein," Gloomy commented.

Mohammed placed the heels of his palms together and made flapping motions with his fingers. He soared a flattened hand through the air and imitated engine noises.

"Airplane?" Brandon asked, puzzled.

Mohammed grinned and nodded encouragingly. "Airplane, airplane, airplane," he chanted, pointing uphill away from the river.

It couldn't be. Not out here. But what the hell? What did they have to lose? Terrorists were coming at them from one direction, and it wouldn't be long before a convoy of soldiers came at them from the other. The helicopter from the evening before would make the party a full house. Desperation called for taking chances.

"Lead on, Mohammed," Brandon said.

The detachment, carrying its wounded lieutenant, struggled up a steep barren hill covered with forest and rock scree. They reached a brown-grass meadow on the heights above. About a mile ahead, on the other side of the meadow, they saw a white-painted cottage snugged against rolling mountains. Next to it was a large outbuilding, hardly big enough to hangar an airplane. Brandon looked around.

"Where's the airplane?" he asked their guide.

"Airplane! Airplane!" Mohammed agreed eagerly, pointing at the outbuilding.

"It's a *model* airplane," Gloomy assumed. "Anybody bring any glue? We'll probably have to put it together."

Below, the river twisted in the morning sun. The enemy boats had not yet reached the abandoned skiff.

As they neared the cottage, a gray-bearded old man so skinny his shadow hardly filled out the figment of someone's imagination ran out waving his hands and shouting in Arabic. He and Mohammed engaged in a brief, heated conversation. Then the old man turned to the detachment, still agitated.

"Are you the leader of this army?" he asked Brandon.

"You're American!" Brandon exclaimed, surprised at his use of English.

"Oh, please! Hardly. I'm British."

He looked old enough to have been a survivor of the British defeat at the Khyber Pass.

"You cannot dally here," he scolded. "Please be so kind as to get these people out of here! You want me to be killed too?"

"We're not staying," Brandon retorted. "Your man here—"

"He is not *my* man. He merely works for me on occasion."

"I don't give a fuck if he's Prince Charlie," Brandon snapped, losing patience. "All I want to know is if you have an airplane in that shed."

"Well—"

There was no time for polite conversation. The Major yanked the thin Brit nearly off his feet and hustled him on tiptoe toward the outbuilding.

"Mohammed should never have brought you here," the old man protested.

"Then why did he?"

"The poor bloke is not entirely right in the head after he was bombed during the war. His family was destroyed and poor Mohammed was left as you see him. His dream is to go to America, where he can have plastic surgery. He wants to get married, but young women will not consort with him because of his dreadful appearance. When he saw you Americans—"

"How did he know we were Americans?"

"Please, my dear man. We are not that cut off from civilization. Everyone up and down the river for a hundred miles knows about you and what you did. Not everyone disapproves."

The outbuilding was locked. "Open it," Brandon ordered. "What the hell are you doing here? I thought foreigners were persona non grata."

"Some animals are more equal than others," the old man said cryptically as he nervously fumbled with a ring of keys. "I'm Professor Abraham Blake. I'm an archaeological historian. I have dwelled among these remarkable people on and off for thirty years. Are you aware that the Aryans invaded this region thirty-five hundred years ago?"

"Hurry up with the lock."

The professor flung open the wide door. The only light inside came from cracks between the board sid-

ing. Brandon stepped inside and looked around. Thin
mote-filled sunlight lay in yellow bars across piles of
junk.

"Where's the plane?" Brandon demanded.

Professor Blake pointed. "It's not precisely an airplane," he said.

The Major walked around a red-painted machine
that resembled an expanded three-wheeled go-cart
with an engine and a propeller in a cage on the back. A
large bag rested in the seat. Disappointed, Brandon
was already thinking of other options for his team.

"It's a Six Chuter," the Professor explained. "More
explicitly, it is a powered parachute. A parachute func-
tions as its wing."

"It flies?"

"My dear boy, most certainly it flies. I use it for ex-
ploring Aryan sites with infrared technology. But, sir,
it will hardly transport such a large group. It carries
only a pilot and one passenger, so if you are thinking
of appropriating it—"

"Do you have a vehicle?"

"Certainly. I frequently ride my bicycle, but the
roads are primitive at most and—"

"I mean, do you have a car, a truck?"

"Those are the choices, my good man—the bicycle
or the Six Chuter, neither of which will serve your purposes. Now if you and your people will do me the favor of vacating these premises—"

"Just shut up, Professor."

Mohammed, pleased with himself, was still flying
planes with his hands and pointing at the powered
parachute. Brandon stepped outside and looked across

the meadow toward the river. Still no sign of the terrorists, but it wouldn't be long now. Perhaps they should
make a stand here, or in the mountains beyond;
Custer's last stand at the Little Big Horn.

"Where's the road?" Brandon asked.

"There is no road, sorry to say," the Professor
replied.

"There is no road between here and the Turkmenistan border?"

"Oh, yes, of course. You mean the road from the
city?" He pointed toward the mountains. "It navigates
through a pass there, then progresses toward the river
about ten miles away and follows that tributary to the
border. If you are thinking of negotiating it, be aware
that there was considerable combat in this vicinity during the war between the Russians and the mujahideen,
who still mistrust each other dreadfully. The Turk-
menistan-Afghan border is heavily guarded on both
sides. I have flown near it, near enough to see that the
Russians have constructed an airstrip on the Turkmenistan side."

By this time, Major Brandon surmised, the convoy
of troops would be heading for that road to cut off the
team's retreat in that direction by both water and land.

"How far is it to the border?" he asked.

"Approximately twenty miles, maybe less as the Six
Chuter flies."

It might as well be a thousand, he thought. It
wouldn't be long before the enemy closed in on them
from both sides in a classic pincer movement. Detachment 2A had come to the end of the trail.

What would the General do in this situation? he wondered.

The others had gathered outside the building, and now, sensing their predicament, Kathryn began crying. The big young bear, Doc TB, glanced up from making Gypsy comfortable in the shade of the outbuilding. His heavily bearded face appeared gaunt and shabby, as did the others.

"Is that young woman dead?" Professor Blake asked.

"She is not dead!" Cameron barked, stepping forward. "With the Lord's help, she is not going to die. Brandon—Major—I have an idea. It's admittedly a long shot, but—"

"Let's hear it. I'm fresh out of ideas for the moment."

"You're a pilot," Cameron said. "You could fly this thing out of here to the border—"

"It could work!" Gloomy exclaimed. "It holds two people. Boss, you're the only flier among us. You could ferry us out one at a time."

The idea caught on. "How fast can that contraption fly?" Brandon asked Professor Blake.

"You're not taking—"

"How fast?"

"There's no wind this morning—about thirty miles an hour."

"That's it!"

"I informed you that it isn't strictly an airplane."

That information dampened spirits. Cameron argued that it was still worth the attempt. Better to get some of them out than none.

"You could patch through a line to the United States

when you reach Turkmenistan," Cameron argued. "If
the General knows the situation, he'll do *something*.
We could always count on him for that. All I ask is that
you take Gypsy on the first trip. You can fly me out
last."

Brandon looked at him. There would be no "last
trip," not at thirty miles an hour. Chances were, the detachment would be overrun long before even half were
flown out by the slow craft. Still, what other alternative
did they have?

At Brandon's nod, the team went into a frenzy of activity. The professor kept spare gasoline in the building
with the aircraft. The plane was quickly rolled out into
the meadow, where the old man reluctantly gave Brandon a quick lesson on how to fly it. There were basically only three controls—a left and right foot rudder
and a throttle.

"It flies just like an airplane. The same principles apply," Professor Blake coached.

The parachute was spread out behind on the grass.
Cameron and Doc TB buckled Gypsy into the jump
seat behind and above the pilot's position. She
slumped against her harness, barely breathing. Brandon buckled himself in. Professor Blake started the engine with a pull rope and offered last minute advice.

"Give her half power until the parachute pops overhead. Then apply full throttle for the takeoff."

Cameron blinked back tears. He stepped close and
touched Gypsy's cheek tenderly, then stretched to
reach her. He kissed her on the mouth. Brandon was
unable to hear his murmured, "Good-bye, Godspeed, I
love you," above the roar of the Rotax engine.

Then Cameron slapped Brandon on the shoulder and tried to grin. "Take care of her," he shouted.

Brandon took Cameron's offered hand. "Brother," he said.

The odd little airplane leaped into the air on its gaily colored parachute. As the Six Chuter gained altitude, Brandon spotted the terrorists below, beaching their boats and leaping ashore. Cameron with the M-60 and Gloomy were running across the meadow toward the timbered crest of the hill overlooking the river.

Before he soared the aircraft out above the river and turned north toward Turkmenistan, it occurred to Brandon that Cameron was about to redeem himself. Perhaps, all along, he only required something worth fighting for.

# CHAPTER 55

They heard the sounds of fighting from the other side of the meadow now, from the rising hills beyond Professor Blake's little white cottage. Thumbs and Ice Man had set up in a position north of the meadow, while Cassidy and Doc TB, taking Kathryn with them, fortified themselves to the southeast in a rock pile overlooking the meadow and the professor's bicycle trail. Lying on his stomach with Gloomy behind the M-60 on high ground above the twist of the Morghab River, Sergeant Cameron Kragle decided that advance troops from the convoy had been engaged by Thumbs and Ice. The fighting must be fierce, judging from the crackle of rifle and machine gun fire punctuated by the *crump!* of rocket-propelled grenades as the Afghan soldiers of whatever loyalty tried to blast the two Deltas out of their hiding place.

Cameron's heart beat rapidly against the ground. He and Gloomy listened to the fighting elsewhere during a lull in their own hour-long battle with the terrorist platoon from the boat. Gloomy was spread out next to him behind a ridge of flat rock jutting out of the forest floor. They were almost literally back to back, prepared for a final stand to defend the meadow landing field for the Major's return flight.

Cameron knew it was only a matter of time until their defenses crumbled and the detachment was overrun. But perhaps, before that, the Major could fly one or two more to safety. If he and Gypsy had made it out themselves. Cameron held no illusions, however, that he would ever leave this harsh land alive. He was going to die here; he had resigned himself to it. He was afraid, but he no longer experienced the terror of that night on the desert in the Abrams tank. Within the last hour, he'd discovered he could fight with a savagery he would have heretofore denied existed in his makeup. He wasn't proud of that revealed side of his character, but it was there and could never be avoided again. He was sure God must understand, for the Old Testament was rife with warriors and warrior kings whom God forgave. God even used warriors himself to smite wickedness.

*Lord, shall we smite with the sword?*

Cameron looked downhill through a tangle of brush and rock slides far below to where the terrorists had tied their boats. Nothing moved, but there was some shouting back and forth as the enemy prepared another assault. Uphill from the boats, he could see the sprawled body of a man in the open. Gloomy had picked him off with his .300 Winchester. He had plinked another as well, but that one had tumbled out of sight into bushes.

A sandaled brown foot stuck out from behind a rock. Cameron knew he had killed the owner of that foot. He had wounded another, perhaps two others, with machine gun fire. That had driven the remainder to cover, from which they now fought a sporadic duel with the two Deltas as they maneuvered to flank the hill. Sooner or later they would succeed. Gloomy had already selected and pointed out an alternate fighting position for when they had to withdraw.

A man down there in khakis jumped up and dashed off to Cameron's right. Some of the others lay down covering fire. Coolly ignoring the snap of lead around his head, Cameron swiveled the machine gun on its bipod, twisting his body in order to catch up with the runner and lead him. He squeezed the trigger, and the gun responded with a liquid recoil into his shoulder. Lead caught the man in mid-stride and slammed him to the ground. Mercifully, he disappeared from Cameron's view and did not move again.

From somewhere else a wounded terrorist begged in a clear, pleading voice for someone to help him. You didn't have to understand the language to know that he was hurting.

Cameron dropped his head on his arms and wiped sweat on his sleeves.

*Forgive me, Lord.*

"Your brother, the Major," Gypsy had said to him after their rescue from the Empty Quarter, "he is a hard man."

Did the ability to kill in combat make a hard man? If so, was he, Cameron, also now a hard man?

Cameron hadn't known how to respond at first. Later, he'd gone back to her and said, "Brandon is a man with a purpose in life. He is hard only when he has to be, when it is a matter of what he believes to be right. You have to look at both sides. He can kill— you've seen that—but at the same time he is willing to die to save someone else. You've also seen that. Only a man with a great deal of love and compassion is willing to die to save the life of another."

"Yes," she said. "Your brother is the most unusual man I've ever met."

Cameron was not a blind man. He knew he was foolish at times, like all men, but not blind. Gypsy Iryani had never said she was in love with him. But she *had* fallen in love with Brandon—and Cameron was certain Brandon loved her.

Now, it was enough for Cameron that she had escaped and lived, and that Brandon, his brother, lived as well. Cameron thought he had much to learn about love and compassion himself.

"How are you on ammo?" Gloomy asked, snapping him out of his reverie.

"We're going to be throwing rocks soon."

"Same here. I wonder what the poor folks back in Hooker are doing on a Sunday like this?"

"Is it Sunday?"

"Yes. As close as I can figure, it is."

"Gloomy, we're going to die today."

"We'll buy some time. The Major should be back soon." His eyes scanned the sky, looking for the brightly colored flying parachute. "We'll get Kathryn out, then maybe one more. I wouldn't want to make the decision on who the one more will be."

"That's one of the reasons why Brandon will be a general one day," Cameron said. "He'll be *the* General. Gloomy, would it be an insult if I asked you to pray with me, it being Sunday and all?"

The gaunt-looking little sniper looked solemnly back at Cameron. "Sergeant, it'd be an honor to pray with you."

Cameron reached out a hand. Gloomy took it.

"Lord, see over these brave men and women and forgive us one and all if we fall short of your expectations of us. Guide us to be better people in whatever short time we have left on earth. Amen."

"Amen."

Fifteen minutes later the helicopter came. It appeared from the south, skimming above the Morghab. It reached the moored boats on the river, banked, climbing, and soared up and over the high ridge, searching. In the distance, from the direction of the position occupied by the black demolitioneer and the silent Ice Man, firing had ceased altogether. Either the enemy had withdrawn, Cameron thought, or had overrun the Delta stronghold. The battlefield was silent, but it was going to heat up again with the arrival of the Huey.

It circled above. Cameron looked up into its dull green-brown belly and glimpsed the snouts of machine guns protruding from its doors as it flitted past above the trees. Obviously, it had commo with the ground and was being directed to the target. The next pass would bring machine gun fire and perhaps a box full of grenades raining down.

Cameron scooted back from the edge of the ridge to where a small cedarlike tree afforded some cover and concealment. He rolled over on his back and stuck the heavy barrel of the M-60 up through the tree to support it. He wrapped one loop of the carrying strap over his elbow for further stability, made sure the ammo belt fed freely, and secured the stock into the hollow of his shoulder. He lay looking up through the trees at the sky, heart pounding. He would die now, but he would not die running away.

"Sergeant," Gloomy Davis said, "you Kragles are the bravest soldiers I've ever known. Every one of you."

There were tears in Cameron's eyes, but they did not blind him to the swift return of the enemy helicopter. It came in low, with machine guns crackling and lead chewing and bursting tornado swaths out of the foliage and rocks. Cameron got on the trigger and laced a stream of tracers at the bird's belly.

To Cameron's amazement, the helicopter exploded in a bright fireball in the sky. Parts of it flew in all directions. The burning remains drifted almost lazily over the edge of the rise, the blades still turning. Cameron and Gloomy watched with disbelief as, picking up crash speed, the fireball fell in a gliding slide toward the river. It went into the drink with a final detonation that left debris and a flaming oil slick on unsettled waters.

Gloomy stared at Cameron's machine gun.

A second helicopter appeared, this one a giant compared to the other. The inexplicable became explicable. It was a Russian HIP bristling with 12.7mm machine guns in the nose, rocket pods, and Sagger antitank missiles. It roared overhead after blasting the Huey out of the sky and lay a line of devastation among the terrorists. Someone leaned out the side cabin door of the flying monster.

It was the Major. He was waving at them, motioning for them to come running as the aircraft flew back toward the meadow to sit down. Gloomy jumped up with his rifle.

"Come on, Sergeant!" he yelled. "I don't know about you, but I'm on my way to Hooker, Oklahoma."

**Washington, D.C. (CPI)**—The White House announced today that six members of the elite counterterrorist Delta Force sent into Afghanistan to rescue two American hostages snatched from the USS *Randolph* when it was bombed in Aden, Yemen, have been successfully recovered. The hostages were also retrieved.

The Delta Force detachment had lost its radio when its C-141 insertion aircraft was shot out of the air over Afghanistan, killing all four air crew members and one Delta operator, and had been out of contact for over three days. The team was initially considered lost, but managed to parachute out when the plane was hit.

Those killed when the airplane went down are listed as Lt. Colonel Thomas "Bud" Knight, pilot; Major Frederick R. Morrow, co-pilot; Captain Paul B. Harris, navigator; A 1/C John Nelson, crew chief; and SFC Roger W. Taylor, Delta communications specialist.

The surviving team members succeeded in rescuing the *Randolph* hostages, identified as JO2 Cassidy W. Kragle and SA Kathryn Burguiere, from the terrorist camp. Out of contact with its tactical operations center in Cairo, the detachment and recovered prisoners had evaded the enemy in an attempt to reach Turkmenistan. The team was less than twenty miles from the border when they were surrounded by terrorists from Osama bin Laden's al Qaeda organization. Major Brandon Kragle, team commander, flew a powered parachute out of the encirclement and succeeded in reaching the border on the Morghab River. In a cooperative effort with the United States, Russian and Turkmenistan aircraft were patrolling the area, searching for the Americans. A Turkmenistan pilot, Uri Mohammed Gargarin, helicoptered across the border to make the successful rescue. Three of the survivors were wounded and fighting for their lives when the helicopter reached them. All are expected to recover.

Lieutenant Gypsy Iryani, wounded by hostile fire during the raid to recover the hostages, accompanied Major Kragle on the daring powered parachute flight out of Afghanistan. She was pronounced dead upon arrival at the Russian border crossing. She was the first women to die in combat since the 1991 Gulf War with Iraq. Texas, her home state, has declared a day of mourning in her honor.

"America has much to be proud of in these

brave young soldiers," President John Stanton announced from the Rose Garden. "They risked their lives, and six of them were killed, in order to demonstrate that the United States of America will not permit terror and intimidation to rule the globe. It takes courage and conviction to resist the actions of outlaws and terrorists, but God has given me the resolve to live up to my word that they can run but they cannot hide."

The White House has scheduled a ceremony during which Delta Detachment 2A will be awarded medals for their heroism. President Stanton also commended Lieutenant General Darren E. Kragle, commander of the United States Special Operations Command, for his leadership in conducting the rescue mission.

There has been no reaction so far from China and Pakistan, whose leaders previously announced war could result if the U.S. raided Osama bin Laden's stronghold in Afghanistan. From an undisclosed location, Osama bin Laden denounced the raid as "barbaric," and declared that the jihad against America will continue.

# Afterword

## Arlington National Cemetery

Four tall men in uniform walked solemnly among the rows of white markers. Cassidy Kragle's face had all but healed from his beatings at the hands of terrorists, leaving him with a scar on his ear and another hairline mark on his forehead. He walked ahead with his father, General Darren Kragle.

Major Brandon Kragle and Sergeant Cameron Kragle walked silently behind. They came to the marker that read, simply, FIRST LT. GYPSY R. IRYANI, U.S. ARMY, and gave her dates of birth and death. In pairs, they stood on either side of the grave and bowed their heads while Cameron prayed.

Afterward, Brandon said to his brother, "You're going to make a fine army chaplain."

Cameron had just received notification of his acceptance into the Chaplain Corps.

"Cameron, there's something else I wanted you to know," the Major ventured. "Gypsy wasn't dead when we landed in Turkmenistan. She wanted me to tell you something. She wanted me to tell you that she loved you."

It was a lie. Cameron knew it was a lie, but he also knew telling it was a painful sacrifice for his brother, who also loved the brave little redhead from Funny Platoon. The gesture brought tears to Cameron's eyes. Unable to speak, he simply turned and embraced his older brother.

To everyone's surprise, the General turned and hugged Cassidy. Then he stepped around the grave and hugged each of his other sons. He regained his composure, looked around to make sure no one had seen, straightened his uniform, and marched out of the cemetery at the head of the Kragle clan of warriors.

# SEALS

## THE WARRIOR BREED

### by H. Jay Riker

The face of war is rapidly changing, calling
America's soldiers into hellish regions where
conventional warriors dare not go.
This is the world of the SEALs.

## SILVER STAR
0-380-76967-0/$6.99 US/$8.99 Can

## PURPLE HEART
0-380-76969-7/$6.99 US/$9.99 Can

## BRONZE STAR
0-380-76970-0/$6.99 US/$9.99 Can

## NAVY CROSS
0-380-78555-2/$5.99 US/$7.99 Can

## MEDAL OF HONOR
0-380-78556-0/$5.99 US/$7.99 Can

## MARKS OF VALOR
0-380-78557-9/$6.99 US/$9.99 Can

## IN HARM'S WAY
0-380-79507-8/$6.99 US/$9.99 Can

## DUTY'S CALL
0-380-79508-6/$6.99 US/$9.99 Can

Riveting Military Adventure from
*New York Times* Bestselling Author

# James W. Huston

"If you like Tom Clancy,
Huston is a good step up."
*Washington Post Book World*

## FALLOUT
0-380-73283-1/$7.99 US/$10.99 Can

## FLASH POINT
0-380-73282-3/$7.50 US/$9.99 Can

## THE PRICE OF POWER
0-380-73160-6/$6.99 US/$9.99 Can

## BALANCE OF POWER
Mass Market paperback: 0-380-73159-2/$6.99 US/$8.99 Can
Audio cassette: 0-694-52515-4/$9.99 US/$14.95 Can